BIBLIOTECA DELLA FENICE

Titolo originale:
The Penguin Book of Italian Short Stories
edited by Jhumpa Lahiri

In copertina: illustrazione 2016 © Nathalie Du Pasquier
Cover design: Tom Etherington
Adattamento: Giovanna Ferraris/*the*World*of*DOT
Progetto grafico: *the*World*of*DOT

ISBN 978-88-235-2317-3

RACCONTI ITALIANI

scelti e introdotti da

JHUMPA LAHIRI

UGO GUANDA EDITORE

Sommario

Avvertenza

La presente antologia, concepita e nata in inglese, ora rinasce e raddoppia in italiano, il che vuol dire fare un passo indietro e al tempo stesso in avanti.

Il libro che avete in mano è una specie di gioco del rovescio: la traduzione di una raccolta di racconti italiani, prima preparata e sistemata per un certo pubblico linguistico, poi confezionata per un altro. Di conseguenza, mentre il lettore anglofono leggerà tutti i racconti in traduzione e i miei apparati, scritti in inglese, in lingua originale, il lettore italiano sta per fare l'esatto contrario. In entrambi i casi resta un testo, in essenza, linguisticamente ibrido.

Mi sono chiesta, inizialmente, a cosa possa servire un libro che parla di letteratura italiana introdotto, curato e organizzato da una straniera come me. La risposta breve – approfondirò il discorso nell'Introduzione – è che credo questo libro sarà, per certi versi, una novità anche per voi. L'impeto di trasformarlo in italiano risponde non solo al desiderio di rendere omaggio alla forma breve novecentesca ma anche alla necessità di restituire visibilità a una serie di autori quasi dimenticati, e di dare nuova luce ad altri. Nasce dall'intenzione di far dialogare i quaranta scrittori scelti, e di riconoscere la rilevanza di ciascuno di loro in questo momento storico. Queste considerazioni, secondo me, valgono tanto per il pubblico anglofono quanto per quello italiano.

Ho avuto la tentazione, nel preparare la versione italiana, di modificare la curatela tenendo conto del lettore italiano e quindi di eliminare certe informazioni superflue o «troppo ovvie». Ma poi mi sono chiesta: chi sarebbe, esattamente, questo lettore? Cosa presuppone, e che cosa definisce questa figura? La nascita? La residenza? Il livello della scolarizzazione?

Noi che leggiamo e amiamo la lingua italiana, che vi apparteniamo per motivi personali o professionali, non siamo necessariamente italiani per origine famigliare, né viviamo necessariamente in Italia. Più ci penso, più sospetto che ci siano persone in ogni Paese del mondo – studenti e studiosi della lingua italiana di ogni età e ogni contesto, figli, nipoti e altri parenti di italiani all'estero, anche membri della diaspora italiana – che potranno apprezzare quest'antologia. Più ci penso, più mi convinco che «il lettore italiano» è una figura trasversale e perfino globale.

Modificare la mia curatela avrebbe limitato l'antologia, a mio avviso, a un pubblico italiano troppo ristretto. Questo volume non presuppone un lettore colto, o già disposto ad apprezzare la letteratura. Non presuppone un lettore nato e cresciuto in Italia. Vuol essere apprezzato da (e anche adatto a) ogni tipo di lettore, compresi i giovani, compresi quelli che provengono da altri Paesi, perfino quelli che sono approdati in Italia solo ieri e stanno per mettere radici e diventare, anche loro, italiani. Preferisco, insomma, che questo sia un libro accessibile a qualunque lettore che legga o abbia voglia di leggere meglio o di più in italiano. A cosa serve, poi, la letteratura, se non ad accogliere chiunque abbia la curiosità e la voglia di affrontarla? La letteratura non serve a farci sentire tutti colti, o a ostentare ciò che già sappiamo. La letteratura, un mondo senza confini a parte quelli linguistici, non è questo.

Dopo averci riflettuto parecchio, ho deciso di fare soltanto qualche piccola modifica. L'Introduzione che troverete nelle pagine che seguono è dunque più o meno la stessa del volume rivolto al lettore anglofono. Chiedo pazienza a chi avrà già presente certi dati, certe informazioni riguardanti la storia e la letteratura italiana. Preferisco che il volume accolga un pubblico italiano vasto, che sia una scoperta per chiunque abbia voglia di leggerlo, e che questo aspetto sia un punto di forza del libro. Potrebbe essere anche illuminante, credo, ogni tanto, guardarsi da un punto di vista alieno.

Nel suo piccolo questo volume rappresenta una quadratura del cerchio. È stato in italiano che ho conosciuto quasi tutti questi autori per la prima volta, e sarà in italiano che continuerò a frequentarli. Mentre la prima versione dell'antologia mi sarà utile per insegnare in inglese, farò tesoro di quella italiana rileggendola per me stessa. Ringrazio doppiamente Luigi Brioschi e tutti in Guanda per aver accolto, sostenuto e realizzato il mio progetto.

Introduzione

> Poiché dispongo di input ibridi, ho accettato volentieri e con curiosità la proposta di comporre anch'io un'« antologia personale », non nel senso borgesiano di autoantologia, ma in quello di una raccolta, retrospettiva e in buona fede...
>
> PRIMO LEVI, *La ricerca delle radici*[1]

Una sera a Roma, nella cucina della scrittrice Caterina Bonvicini, ho detto che mi sarebbe piaciuto curare una raccolta di racconti italiani tradotti in inglese. Era il marzo del 2016, durante un breve soggiorno in Italia. Sei mesi prima, io e la mia famiglia eravamo tornati negli Stati Uniti dopo aver vissuto per tre anni a Roma.

La mia vita di lettrice, a quell'epoca, aveva già preso una piega inaspettata: nel 2012, poco dopo essermi trasferita a Roma, avevo preso la decisione di leggere soltanto testi della letteratura italiana, soprattutto del Novecento, e di leggerli unicamente in italiano, una lingua che avevo studiato per molti anni con passione ma che non padroneggiavo ancora come avrei voluto. Avevo quarantacinque anni e, prima che questa nuova fase iniziasse, ero convinta che la mia formazione di lettrice e scrittrice fosse completa. Eppure ho dovuto arrendermi a un desiderio inspiegabile di allontanarmi da ciò che conoscevo, di tuffarmi e di acquisire un'altra formazione letteraria.

Un conto era leggere solo in italiano mentre vivevo in Italia, dove i venti erano favorevoli e il mio autoesilio letterario aveva un senso. Divoravo libri con ardore adolescenziale, trasportata in un'altra dimensione, messa di fronte a un nuovo gruppo di divinità. Un insegnante d'italiano veniva a casa due volte a settimana e, all'inizio, mi portava capitoli e brani corredati di note per lettori principianti. I miei amici italiani citavano autori di cui non avevo mai sentito parlare. Ho cominciato a frequentare le librerie, soprattutto dell'usato, e a setacciare gli scaffali alla ricerca dei titoli che sentivo nominare. Li compravo, li leggevo e trascrivevo a mano delle frasi che appendevo sopra la scrivania, perché m'ispirassero. Per la prima volta da molti anni, mi rendevo conto di leggere solamente per il mio piacere. Non ero più condizionata dalle aspettative e dal canone culturale che stabiliscono ciò che si dovrebbe leggere: tutti i vincoli erano spariti. Più gli altri commentavano la mia nuova inclinazione – *Non ti manca l'inglese?* –, più mi aggrappavo alla mia ritrovata libertà, decisa a farla durare il più a lungo possibile.

Ma un giorno è finita. La Princeton University mi ha proposto una cattedra di scrittura creativa, così io e la mia famiglia siamo tornati negli Stati Uniti. Mentre attraversavamo l'Atlantico, leggevo *Se questo è un uomo* di Primo Levi, libro d'esordio in cui il giovane chimico torinese che sarebbe diventato uno dei più grandi scrittori del Novecento raccontava gli undici mesi di prigionia in un campo di concentramento tedesco, da cui sarebbe stato liberato nel 1945. Era la prima volta che lo leggevo in italiano, e la verità e la bellezza folgorante di quelle pagine, che trasformano l'incontro di un uomo con l'inferno in un capolavoro della letteratura, hanno cambiato non solo il mio viaggio in aereo, ma la mia stessa esistenza, instillando in me un senso di meraviglia persistente – non saprei come altro definirlo – che tutt'oggi domina la mia nuova libertà di lettrice e di scrittrice.

A Princeton, ho cercato di trasmettere questo senso di meraviglia, di condividere la mia ammirazione per Levi e gli altri autori italiani che mi avevano parlato profondamente, che mi avevano insegnato così tanto ed erano diventati parte di me. E dato che insegnavo in lingua inglese, l'unico modo per riuscirci era far leggere quegli autori in traduzione. Così mi sono messa alla ricerca delle versioni inglesi delle opere di cui volevo parlare. È stato uno choc scoprire quante di quelle traduzioni fossero fuori commercio, o datate, o difficili da rintracciare, e lo è stato ancora di più rendermi conto di quanti grandi scrittori italiani fossero stati tradotti poco o per nulla.

Quella sera a casa di Caterina, dopo cena, io e lei siamo andate nel suo studio e abbiamo cominciato a tirare fuori libri dagli scaffali. Avevo già una dozzina di autori in mente, e Caterina me ne ha suggeriti altrettanti. Mi sono appuntata i nomi sull'agenda, ventiquattro in tutto. Ventitré di quegli autori sono presenti in questo volume. Quell'elenco era anche una lista dei desideri. Tornata a Princeton, mi sono procurata le fotocopie delle traduzioni e ho sperato che i miei studenti le apprezzassero. Poi, poco tempo dopo la fine del mio secondo semestre, la Penguin Classics mi ha proposto di curare quest'antologia.

Sono rimasta colpita dall'entusiasmo con cui i miei amici italiani hanno accolto il progetto, e non solo gli scrittori. La conoscenza e l'amore che italiani di vari ambienti sociali hanno mostrato per questo o quel racconto mi ha davvero sorpresa. Le persone mi scrivevano e-mail per segnalarmi un autore o il titolo di un racconto che secondo loro valeva la pena di inserire nell'antologia, o addirittura mi consegnavano libri presi dalla loro biblioteca personale. L'elenco ha cominciato a estendersi, e anche le mie letture. Tornata a Princeton, in autunno, avevo raccolto più di cinquanta nomi.

A un certo punto ho capito di dovermi imporre qualche regola. La prima è stata levare dalla lista tutti gli autori viventi. La seconda, stabilire un numero. Cinquanta mi sembrava una cifra festosa e di buon auspicio, ma temevo che avrebbe prodotto un libro di dimensioni ingestibili, e così, un po' a malincuore, ho sfoltito l'elenco fino ad arrivare ai quaranta di questo volume. Il frutto delle mie ricerche è stata la scoperta di una ricca e robusta tradizione italiana dedicata alla forma breve, una raccolta molto più ampia e variegata di quanto mi sarei aspettata.

I miei criteri? Mettere insieme il maggior numero possibile degli autori che hanno ispirato e alimentato il mio amore per la letteratura italiana, e in particolare per i racconti. Volevo creare un'antologia che io e altri docenti saremmo stati entusiasti di adottare come libro di testo e che gli studenti sarebbero stati entusiasti di leggere. Volevo includere una grande varietà di stili, tante voci diverse. La raccolta che ne risulta, e che non si può affatto considerare esaustiva, rispecchia i miei gusti e la mia sensibilità, e allo stesso tempo rispecchia un momento preciso del mio percorso di lettrice. Ho gettato una rete di ricerca assai ampia, e anche, inevitabilmente, un po' arbitraria. Diversi autori – compresi alcuni ai quali sono particolarmente affezionata – sono stati esclusi per una ragione o per l'altra; altri sono semplicemente sfuggiti alla rete.

Una volta definito l'elenco, ho scoperto che alcuni di questi quaranta autori potrebbero risultare sconosciuti a molti lettori italiani. Diversi sono passati di moda, o sono stati pubblicati solo sporadicamente, per questo è difficile vederli sugli scaffali delle librerie italiane. Per quanto sia paradossale, sono riuscita a recuperare una gran parte dei loro testi grazie alla Firestone Library, la biblioteca di Princeton, o, con un po' di fortuna, al mercato di Porta Portese, che ogni domenica fa affluire a Roma centinaia di libri usati. Anche dopo aver fatto le mie scelte, molte persone hanno continuato a suggerirmi nomi di scrittori che avrei dovuto includere, e i consigli di certo non faranno che moltiplicarsi ora che il libro ha visto la luce.

Mi sono concentrata soprattutto sul Ventesimo secolo, sebbene alcuni autori siano nati e abbiano iniziato a scrivere nel Diciannovesimo e altri siano rimasti attivi anche nel Ventunesimo. Ho privilegiato le donne, gli autori trascurati e meno conosciuti e quelli che hanno interpretato con particolare passione e virtuosismo la forma breve. Il mio obiettivo è fornire un ritratto sincero dell'Italia. Preferisco lottare contro un certo tipo di rappresentazione, ben riassunta dalla frase che mi ha detto una volta un americano: « In Italia non può succedere nulla di brutto ». Naturalmente, un conto è conoscere l'Italia da turisti, un altro è viverci. Del resto, basta leggere i libri scritti in un qualsiasi luogo del mondo per capire che le cose brutte accadono a tutti, ovunque.

Molti degli autori qui presenti si conoscevano. Si sostenevano a vicenda, si influenzavano, si scontravano. Promuovevano, rileggevano e recensivano l'opera l'uno dell'altro. Facevano parte di una comunità, di una rete, erano uniti da vivaci amicizie personali e professionali e, in un caso, persino dal matrimonio. E mentre consideravo e scrutavo questo panorama letterario nel tentativo di cogliere ogni aspetto delle loro vite e della natura della loro creatività, mi sono resa conto che erano quasi tutti individui ibridi, con molteplici inclinazioni, identità, caratteristiche e ombre. Erano scrittori di narrativa e allo stesso tempo erano anche altro: poeti, giornalisti, artisti, musicisti. Molti di loro avevano responsabilità editoriali importanti, erano critici, insegnanti. Alcuni erano scienziati di professione o politici. Altri erano militari, ricoprivano incarichi amministrativi o lavoravano nella diplomazia. E in gran parte erano traduttori, che vivevano, leggevano e scrivevano a cavallo tra due o più lingue.

L'atto di tradurre, fondamentale per la loro formazione artistica, è la rappresentazione linguistica del loro innato ibridismo. La maggioranza di questi scrittori oscillava tra il dialetto e l'italiano standard; sebbene tutti scrivessero in italiano, l'italiano non era per tutti la lingua dell'infanzia, o la prima che avessero imparato a leggere e scrivere, o quella nella quale erano state pubblicate le loro prime opere. Quattro sono nati fuori dai confini attuali dell'Italia e molti hanno trascorso una parte considerevole della propria esistenza all'estero, per studiare, viaggiare o lavorare. Alcuni si sono avvicinati ad altre lingue, hanno scritto romanzi in francese o portoghese, hanno sperimentato con l'inglese e il tedesco, hanno imparato un altro dialetto, rendendo ancora più complessi i propri testi e la propria identità. I loro percorsi sono stati segnati dallo sperimentalismo, linguistico o stilistico, e da un'ostinata volontà di trasformazione. Erano artisti che per tutta la vita si sono interrogati e si sono ridefiniti, alcuni prendendo provocatoriamente le distanze dalle fasi precedenti del proprio lavoro.

Un segno evidente di questo ibridismo è rappresentato dal numero impressionante di nomi inventati o alterati. Elena Ferrante è lo pseudonimo di una scrittrice che ha conquistato il mondo letterario, ma molto prima di lei altri autori italiani si sono creati degli alter ego per ragioni politiche o personali, per difendersi dalla legge o non essere associati alle proprie origini. Otto degli scrittori presenti in questo libro sono nati con un nome diverso, mentre altri hanno pubblicato alcune opere sotto pseudonimo. Cambiare nome significa modificare il proprio destino, rivendicare un'identità autonoma, e per uno scrittore è, quasi letteralmente, un modo per riscrivere se stesso. Non stupisce quindi che molti di questi racconti affrontino il tema dell'identità, dell'individualità fluttuante, e si soffermino in particolare sulla questione del nome. I personaggi hanno spesso un rapporto complicato con il proprio nome, e alcuni non ne hanno affatto: forse un ammiccamento a uno dei personaggi centrali dei *Promessi sposi*, chiamato, appunto, l'Innominato.

Sempre legata al discorso sull'identità è la questione femminile: il modo in cui le donne erano considerate e quello in cui erano viste. Molti di questi racconti sono ritratti di donne, che ora affrontano e sfidano l'ideologia patriarcale, ora rivelano una mentalità nella quale le donne sono ridotte a oggetti, denigrate, calunniate. Ho preso in considerazione la possibilità di escludere questi testi dalla mia selezione, in segno di protesta contro rappresentazioni tanto discutibili. Ma, così facendo, avrei fornito un'immagine distorta della società italiana e del modo in cui si rispecchia nella letteratura. Come donna e come scrittrice, questi racconti mi hanno aiutata a comprendere meglio il contesto culturale del femminismo italiano e ad ammirare ancora di più le conquiste fatte dalle donne di questo Paese. Il punto è che molte delle più toccanti descrizioni femminili qui presenti sono state scritte da uomini. Il matrimonio è un tema ricorrente: per la precisione, il modo in cui l'identità di una donna può essere alterata, compromessa e negata da un uomo, e anche dalla maternità. Ma tutto il Novecento, che ha assistito al collasso di una serie di grandi istituzioni sociali, compreso il matrimonio, è stato un laboratorio nel quale le identità individuali sono state perse e ritrovate, riconquistate e scartate.

L'ibridismo si manifesta anche attraverso il gran numero di animali che si trovano in queste pagine, una metafora ricorrente che mette in evidenza la barriera porosa tra mondo umano e animale. In tal senso, alcuni testi sono riconducibili alle favole di Esopo, alle *Metamorfosi* di Ovidio e alla tradizione folclorica, nella quale il regno animale ha sempre rivestito un ruolo di primo piano. L'importanza degli animali nella letteratura satirica è stata colta anche da Giacomo Leopardi, i cui *Paralipomeni della Batracomiomachia* sono una parodia del racconto epico, ispirata a un antico poema greco rivisitato da Leopardi per criticare le politiche dell'Impero austriaco e il falso patriottismo italiano.[2] In molti racconti compaiono animali che parlano, agiscono e pensano come esseri umani. Svolgono il ruolo di amici, amanti, interlocutori filosofici, coniugi. Fungono da specchio, da filtro, riflettendo e rivelando una moltitudine di psicologie e stati d'animo. Al lettore non sfuggirà la presenza di numerosi personaggi che sembrano più animali che umani, o che hanno tratti sia animali sia umani. La valenza paradossale degli animali merita grande attenzione, perché rappresentano una condizione di libertà e sottomissione, di innocenza e ferocia. Come emerge chiaramente da questi racconti, sono creature allo stesso tempo amate e divorate, venerate e sacrificate, esseri che definiscono e approfondiscono il significato stesso di «umano».

Mentre riflettevo sui vari e intriganti incontri tra uomo e animale in quest'antologia, sono rimasta colpita da una frase di Benito Mussolini: «Il fascismo nega [...] la 'equazione benessere-felicità', che convertirebbe gli uomini in animali di una cosa sola pensosi: quella di essere pasciuti e ingrassati, ridotti, quindi, alla pura e semplice vita vegetativa».[3] Questa osservazione, in antitesi con la natura intermedia, trasversale, proteiforme di molti di questi scrittori e delle loro opere, ci autorizza a introdurre anche un altro, più inquietante principio organizzativo: la realtà del fascismo. Giovanni Verga è morto nel 1922, l'anno della marcia su Roma. Tutti gli altri hanno vissuto sotto il fascismo e sono stati toccati direttamente dalla sua eredità. La più crudele delle manifestazioni del fascismo è stata disumanizzare, trattare le persone come animali, o anche peggio. Il paradosso è che, per raggiungere i propri obiettivi, sono stati proprio coloro che erano al potere a comportarsi come animali.

Il fascismo è stato declinato anche in modo linguistico, fino al punto di imporre un «italiano puro», privo di parole ed espressioni straniere. Sotto il fascismo, il croissant diventa un *cornetto*, il bar un *quisibeve* e il football, inventato dagli inglesi, *calcio*. Proibito persino l'uso del *lei* come forma di cortesia (contrapposto al *voi*), perché si riteneva fosse un prestito spagnolo, oltre che per il suono «femminile». Quando si parla di letteratura italiana del Novecento, non si può prescindere dalla questione linguistica. Il regime ha tentato di normalizzare e appiattire la lingua, di estirpare i dialetti e altre anomalie e, più di tutto, di chiuderla in se stessa. È proprio in quell'epoca che gli scrittori italiani, o per lo meno un numero rilevante, si aprono provocatoriamente verso l'esterno. Tutto il Ventesimo secolo può essere considerato come uno scontro frontale tra il muro che il fascismo aveva tentato di erigere intorno all'Italia e alla sua cultura e le persone – tra cui molti degli autori qui presenti – che, pur correndo gravi rischi, erano determinate ad abbatterlo.

I quaranta scrittori di questa antologia provengono da ogni parte del Paese, anche se devo ammettere che il mio legame con Roma e il mio amore per l'Italia meridionale hanno influenzato le mie scelte. Sono cresciuti in famiglie povere e ricche. Hanno avuto formazioni politiche diverse e gradi molto differenti di impegno politico. Sul piano stilistico, tutte le principali correnti sono rappresentate: realismo, neorealismo, avanguardia, fantastico, modernismo, postmodernismo. Alcuni hanno coltivato la propria fama letteraria, altri hanno fatto di tutto per sottrarvisi. Molti sono stati personaggi celebri, potenti, autorevoli. Qualcuno non ha mai visto le proprie opere pubblicate mentre era in vita.

Se dovessi indicare un tema dominante, direi che è la Seconda guerra mondiale. La scrittrice Cristina Campo la definisce «l'abisso che avrebbe spezzato il secolo»;[4] ed è effettivamente questa drammatica cesura a unire la grande maggioranza degli autori. Due sono stati prigionieri in campi di concentramento nazisti e un altro è scappato durante la deportazione. Almeno una dozzina è stata costretta a nascondersi, o perché apparteneva alla Resistenza, o perché ebrea. La Seconda guerra mondiale e le sue conseguenze hanno trasformato radicalmente e in modo irrevocabile la società italiana, permeando la coscienza collettiva, traumatizzandola, ma infine rivitalizzandola sul piano culturale ed economico. Il moltiplicarsi delle riviste letterarie nel dopoguerra, le iniziative e i progetti editoriali sempre più innovativi e lo spirito di comunità e collaborazione tra gli scrittori fanno sì che quel periodo sia oggi considerato come una sorta di età dell'oro della cultura letteraria italiana.

Detto questo, e nonostante gli innumerevoli legami personali tra molti degli autori, l'antologia comprende alcune intense riflessioni sull'alienazione, l'isolamento, la solitudine. L'unico vero terreno a cui appartengono tutti gli autori è la lingua italiana, essa stessa un'invenzione, definita da Leopardi «piuttosto un complesso di lingue che una lingua sola».[5] È stata imposta a una popolazione linguisticamente e culturalmente diversificata intorno alla fine dell'Ottocento, quando le regioni d'Italia sono state unificate in nome dell'identità nazionale.

Le radici del racconto italiano moderno sono a loro volta ibride: insieme profonde e superficiali, straniere e «nostrane». Mentre lavoravo a questa antologia, la raccolta di *Racconti italiani del Novecento* curata da Enzo Siciliano per «I Meridiani» Mondadori è stata una vera miniera di informazioni. Siciliano è stato uno scrittore, critico e giornalista romano, ed è diventato direttore di *Nuovi Argomenti*, importante rivista letteraria, dopo la morte del suo fondatore, Alberto Moravia. Esistono due versioni dell'antologia di Siciliano: una in un solo volume di più di millecinquecento pagine, senza note (nella quale figurano settantuno autori, pubblicata nel 1983), e una in tre volumi (con una nuova introduzione e un totale di novantotto autori, tra cui Siciliano stesso, pubblicata nel 2001).

Nella sua introduzione, Siciliano fa risalire le origini del racconto italiano al Medioevo, al *Novellino*, raccolta anonima duecentesca che contiene episodi e personaggi biblici e della tradizione classica e medievale, al *Decameron* di Giovanni Boccaccio (composto probabilmente tra il 1349 e il 1351) e a Matteo Bandello, le cui *Novelle* cinquecentesche (ne scrisse più di duecento) potrebbero aver ispirato la trama della *Dodicesima notte* e di *Molto rumore per nulla* di Shakespeare attraverso una traduzione francese. Tra Bandello e Boccaccio non va dimenticato Masuccio Salernitano, a sua volta autore di un *Novellino*, pubblicato postumo, che tra i suoi cinquanta racconti ne annovera uno famoso per essere stato tra le fonti di *Romeo e Giulietta*.

Ma che cos'è un *novellino*?, potrebbe chiedersi il lettore. È un libro che raccoglie varie novelle, termine che indica un racconto o una favola. Anche se Boccaccio scelse il titolo *Decameron* per il suo capolavoro, definisce «novelle» i racconti che contiene. Siciliano analizza la differenza tra «novella» e «racconto», termini in apparenza intercambiabili, entrambi contrapposti a romanzo. La parola racconto, di origine latina, è etimologicamente legata al verbo inglese *recount*: dire ancora. Obiettivo del racconto è trasmettere una storia, personalmente e deliberatamente, a un ascoltatore. Di conseguenza *raconteur*, termine francese entrato anche nella lingua inglese, si riferisce specificamente a una figura umana, un narratore, in particolare un narratore capace di sedurre i suoi ascoltatori. Lo spirito del racconto implica un rapporto dinamico, nel quale siano coinvolte almeno due persone; benché distinto dal dialogo, indica una forma, immediata e di solito breve, di scambio. Nell'italiano contemporaneo, il verbo «raccontare» è usato correntemente nelle conversazioni, quando le persone vogliono narrare qualcosa in modo naturale ma vivace, conferendo a questo termine letterario un'accezione quotidiana. La scelta della parola «racconti» nel titolo dell'antologia di Siciliano è di fatto una dichiarazione programmatica, che colloca questa forma in una linea decisamente moderna, nel solco di autori quali Guy de Maupassant, Gustave Flaubert e Čechov, distinguendo in tal modo il racconto dalla più tradizionale novella.

Fuggevoli per natura, i racconti, nonostante l'inevitabile concisione e densità, sono infinitamente flessibili, aperti, indagatori, inafferrabili, tanto da suggerire che il genere stesso sia di natura fondamentalmente volubile, ibrida, persino sovversiva. Riferendosi ai numerosi *Racconti romani* di Moravia – una pietra miliare nella tradizione del racconto italiano novecentesco – Siciliano cita l'illuminante osservazione di Moravia secondo cui il racconto sarebbe un qualcosa che nasce da un'intuizione. Sono d'accordo. In un certo senso in Italia l'intruso, il genere d'importazione, è il romanzo. Manzoni e Verga si sono rivolti ai modelli francesi e inglesi, Grazia Deledda ai russi, Italo Svevo alla tradizione mitteleuropea. Il romanzo, sostiene Moravia, è frutto della ragione ed è permeato dalla struttura narrativa, elementi per natura estranei al racconto. Genere profondamente italiano, il racconto ha prosperato per secoli e rappresenta, molto più del romanzo, un terreno di incontro e di scambio con la letteratura del resto del mondo.

I volumi curati da Siciliano, quei mattoncini blu allineati sulla mia scrivania con i segnalibri in seta cuciti nella rilegatura, sono stati indispensabili nei miei viaggi avanti e indietro sull'Atlantico, e ne raccomando la lettura a chiunque desideri ampliare la propria conoscenza della forma breve. Il primo consiglio che darei a chi è in cerca di suggerimenti di lettura è di scorrere l'indice. Sfogliare quelle pagine significa provare il brivido di intravedere dall'alto la grande distesa dell'oceano, invece di navigare nelle acque più sicure ma in parte inesplorate della baia che ho delimitato qui.

Ogni lingua è un'entità circondata da mura, e l'inglese può contare su fortificazioni particolarmente robuste. Uscire dal mondo anglofono significa rendersi conto del dominio pressoché totale della lingua inglese riguardo a ciò che oggi è considerato letteratura. Si tratta di un dominio sul quale pochi, per lo meno dal lato inglese, si soffermano a riflettere. Sono consapevole del fatto che il mio attuale orientamento – guardare al di fuori della letteratura anglofona, riproporre autori che persino in Italia oggi sono trascurati – mi allontana dalle correnti letterarie dominanti, sia in Italia sia nel mondo anglofono. Mi colpisce il numero enorme di autori di lingua inglese esposti in bella mostra nelle librerie italiane e recensiti ogni settimana su quotidiani e riviste, così come la quantità di premi, residenze e festival organizzati per ospitare e celebrare autori anglofoni. Io stessa ho partecipato con grande piacere ad alcuni di questi eventi, premi e residenze. Tuttavia, la discrepanza è evidente. Non si può ignorare il fatto che per più di un secolo gli scrittori italiani, nel bene e nel male, hanno cercato ispirazione al di fuori dei confini del loro Paese, e che la solida tradizione di traduzioni dall'inglese, almeno per conto degli editori italiani, ha influenzato in maniera cruciale il panorama letterario.

Dei quaranta racconti, sedici non erano mai stati tradotti in inglese prima d'ora, e nove sono stati ritradotti per l'edizione inglese. Di questi quaranta, molti sono stati ignorati e di conseguenza quasi dimenticati persino in Italia. Gran parte delle riviste in cui questi racconti sono stati pubblicati per la prima volta non esiste più. C'è stato un periodo, in particolare dopo la Seconda guerra mondiale, in cui le piccole riviste letterarie, molte delle quali fondate dagli scrittori qui presenti, hanno goduto di grande fortuna. Alcune hanno avuto vita breve ma un impatto editoriale clamoroso. Ognuna incarnava una speranza, un indirizzo particolare, un clima culturale o un punto di vista nuovo. Queste riviste hanno dato grande risalto ai racconti. La loro esistenza corrisponde a un periodo di eccezionale fermento letterario, e i loro direttori si vantavano di promuovere voci nuove, eterodosse. Tale fenomeno è la dimostrazione che i racconti pubblicati individualmente, fuori dai meccanismi economici dell'editoria libraria, sono per definizione testi autonomi: una sacca di resistenza, un modo per sperimentare la creatività, anche correndo qualche rischio. Per fortuna, ci sono ancora scrittori italiani di talento che praticano la forma del racconto, e ogni tanto, in Italia come altrove, una raccolta di racconti riesce a intrufolarsi nella selezione di un premio letterario nazionale. Un altro segnale incoraggiante è la nascita, nel 2016, di Racconti Edizioni, casa editrice romana che si dedica a pubblicare raccolte di racconti.

Fino a poco tempo fa, in Italia le scuole di scrittura creativa erano una rarità. Di recente il loro numero è cresciuto, anche se rimangono slegate dalle istituzioni accademiche. Le espressioni « scrittura creativa » e « *storytelling* » sono entrate nel vocabolario corrente, ma il loro significato rimane in parte avvolto nel mistero, e sono percepite, non a torto, come un fenomeno straniero. Ciò che è accaduto negli Stati Uniti e, in misura minore, anche in Gran Bretagna – il regno del Master of Fine Arts, grazie al quale il mestiere di scrivere diventa un corso di studio accademico, ossia del matrimonio d'interesse tra arte e università –, in Italia non si è ancora realizzato pienamente, di conseguenza la maggior parte degli scrittori italiani orbita intorno a un altro centro di gravità, che sia il giornalismo, l'università o l'editoria o, in alcuni casi, tutti e tre. In Italia la separazione tra scrittori e editori è meno rigida, e l'ambiente editoriale, più intimo, meno aziendale che in America, può a sua volta vantare una storia appassionante. Studiarne l'evoluzione e le dinamiche è fondamentale per capire come e perché in Italia si siano scritti così tanti racconti nel secolo scorso, e in stili tanto diversi. La Cronologia alla fine di questo volume si muove su due piani: fornire un quadro degli eventi storici e politici che fanno da sfondo alle vite di questi scrittori, senza tuttavia trascurare la storia dell'editoria italiana.

Mentre il mio lavoro su questo progetto si avvicinava alla fine, in Italia si votava per eleggere un nuovo governo. I partiti xenofobi guadagnano consensi e si diffonde la violenza neofascista nei confronti degli immigrati, mentre il governo si ostina a negare la cittadinanza ai figli di genitori stranieri nati in Italia. Nonostante questa realtà inquietante, l'Italia è diventata la mia seconda casa, e gli italiani hanno per lo più accolto con calore i miei sforzi di esplorare la loro letteratura e cimentarmi nella loro lingua con la sensibilità di chi viene da fuori. A dispetto di chi vuole chiudere le frontiere e creare un Paese in cui vengano « prima gli italiani », l'identità dell'Italia – compresa la definizione stessa di « italiani » – si sta trasformando radicalmente, e la letteratura, da sempre aperta agli influssi esterni e arricchita da questi cambiamenti, continua a sperimentare strade nuove.

La lingua è l'essenza della letteratura, ma è anche ciò che la rinchiude in se stessa, relegandola nel buio e nel silenzio. La traduzione è l'unica soluzione possibile. Questo libro, che celebra le figure di così tanti scrittori-traduttori, è sia un omaggio ai racconti italiani, sia una conferma della necessità – estetica, politica, etica – dell'atto di tradurre. Nel tradurre sei di questi racconti in inglese, ho raddoppiato il mio impegno in questo senso. Soltanto le traduzioni possono allargare l'orizzonte letterario, aprire le porte, abbattere i muri.

Ho disposto i racconti in ordine alfabetico inverso, in base al cognome degli autori. Una scelta arbitraria, certo, ma che per una fortunata coincidenza ha fatto sì che il libro si apra con il nome di Elio Vittorini. Nel 1942 Vittorini ha pubblicato *Americana*, un'antologia di trentatré autori americani pressoché sconosciuti, tra cui Nathaniel Hawthorne, Henry James e Willa Cather. Non si trattava però di una semplice raccolta: è stata un'imponente impresa di traduzione collettiva, alla quale hanno contribuito alcuni dei più importanti scrittori italiani del tempo, come Moravia, Pavese e Montale. L'obiettivo di *Americana* era far conoscere al pubblico italiano le grandi voci della letteratura statunitense. Perché nell'immaginario di molti italiani di quella generazione, l'America era anche una proiezione favolosa: una terra leggendaria simbolo di giovinezza, ribellione, libertà e futuro. Ma quella proiezione, o per lo meno la versione di Vittorini, non era un'evasione dalla realtà, bensì l'espressione di un dissenso creativo e politico, un tentativo eroico e coraggioso di stabilire, attraverso la letteratura, un legame con un mondo nuovo.

La prima edizione di *Americana*, in pubblicazione per Bompiani, è stata messa all'indice dal regime mussoliniano. Ha superato il vaglio della censura soltanto dopo che Vittorini ha rimosso le sue osservazioni critiche sugli autori ed è stata inserita un'introduzione di Emilio Cecchi, critico in buoni rapporti col governo fascista. Sfogliare oggi quel volume, lungo più di mille pagine, equivale ad attraversare un ponte a dir poco rivoluzionario. Vittorini è stato il mio faro mentre lavoravo a questo libro.

Mi sono ispirata a lui scrivendo le brevi biografie degli autori – concepite come abbozzi parziali, e non come interpretazioni conclusive – che introducono i racconti, ed è in omaggio a lui e alla sua fondamentale antologia – alla volontà di celebrare le opere di colleghi lontani, di rivolgere lo sguardo al di fuori dei confini e trasformare l'ignoto in qualcosa di familiare – che propongo questo mio contributo.

Roma, 2018

Note

1. Dalla prefazione a *La ricerca delle radici*, in Primo Levi, *Opere complete*, vol. I, a cura di Marco Belpoliti, Einaudi, Torino 2016. Commissionata e pubblicata da Einaudi nel 1981, l'antologia – un insieme di letture formative particolarmente care a Levi – consiste in una trentina di testi scelti, introdotti e in cinque casi anche tradotti dall'autore. Tra gli scrittori selezionati vi sono Charles Darwin, Marco Polo e Paul Celan (l'opera cui Levi fa riferimento nella citazione è l'*Antologia personale*, una raccolta di testi di Jorge Luis Borges curata da lui stesso, pubblicata in spagnolo nel 1961 e uscita in Italia nel 1962).
2. Il poemetto leopardiano è basato sulla *Batracomiomachia*, una parodia dell'*Iliade* di Omero. Leopardi tradusse la *Batracomiomachia* e concepì i *Paralipomeni* come una continuazione di quel testo. Il titolo letteralmente significa « cose omesse » (dalla *Batracomiomachia*).
3. Citazione tratta da Remo Bodei, *Destini personali*, Feltrinelli, Milano 2002.
4. La citazione è tratta da « La noce d'oro », il racconto di Cristina Campo incluso in questa antologia.
5. Giacomo Leopardi, *Zibaldone di pensieri*, a cura di G. Pacella, Garzanti, Milano 1991, vol. I, p. 261 [321], 13 novembre 1820.

ELIO VITTORINI

1908-66

La piccola isola di Ortigia, dove Vittorini nasce, è collegata da un istmo a Siracusa, città che ospita un antico teatro greco. Figlio di un ferroviere, Vittorini lascia la Sicilia a diciannove anni per lavorare in un'impresa di costruzioni in Friuli-Venezia Giulia. Lavora come correttore di bozze per un giornale fiorentino ed è proprio lì che, grazie a un collega, impara l'inglese durante i momenti di pausa, traducendo parola per parola il *Robinson Crusoe* di Defoe. La Mondadori gli affida la traduzione di un libro di D.H. Lawrence; traduce anche Edgar Allan Poe, William Faulkner, William Saroyan e John Steinbeck. La sua passione per la traduzione culmina nella monumentale antologia *Americana* (si veda l'Introduzione a questo libro). Figura di spicco dell'Einaudi, Vittorini faceva inoltre parte del brillante collettivo editoriale che ha avuto un ruolo tanto determinante nella promozione della letteratura italiana del dopoguerra. Il suo primo libro, *Piccola borghesia*, pubblicato nel 1931, contiene alcuni racconti apparsi sulla rivista antifascista *Solaria*, sotto accusa perché ospitava gli scritti di autori ebrei. Il suo primo grande romanzo, *Conversazione in Sicilia*, risente del ritmo dell'inglese, lingua che Vittorini leggeva, traduceva, assorbiva e restituiva in italiano. L'edizione americana contiene una folgorante prefazione di Ernest Hemingway. Questo racconto, allusivo, misurato e asciutto, è una parabola nella quale convivono elementi quotidiani e soprannaturali. L'atto di scrivere e quello di nominare sono centrali, e si può già cogliere la predilezione di Vittorini per i dialoghi.

Nome e lagrime

Io scrivevo sulla ghiaia del giardino e già era buio da un pezzo con le luci accese a tutte le finestre.

Passò il guardiano.

«Che scrivete?» mi chiese.

«Una parola» risposi.

Egli si chinò a guardare, ma non vide.

«Che parola è?» chiese di nuovo.

«Bene» dissi io. «È un nome.»

Egli agitò le sue chiavi.

«Niente viva? Niente abbasso?»

«Oh no!» io esclamai.

E risi anche.

«È un nome di persona» dissi.

«Di una persona che aspettate?» egli chiese.

«Sì» io risposi.

«L'aspetto.»

Il guardiano allora si allontanò, e io ripresi a scrivere. Scrissi e incontrai la terra sotto la ghiaia, e scavai, e scrissi, e la notte fu più nera.

Ritornò il guardiano.

«Ancora scrivete?» disse.

«Sì» dissi io. «Ho scritto un altro poco.»

«Che altro avete scritto?» egli chiese.

«Niente d'altro» io risposi. «Nient'altro che quella parola.»

«Come?» il guardiano gridò. «Nient'altro che quel nome?»

E di nuovo agitò le sue chiavi, accese la sua lanterna per guardare.

«Vedo» disse. «Non è altro che quel nome.»

Alzò la lanterna e mi guardò in faccia.

«L'ho scritto più profondo» spiegai io.

«Ah così?» egli disse a questo. «Se volete continuare vi do una zappa.»

«Datemela» risposi io.

Il guardiano mi diede la zappa, poi di nuovo si allontanò, e con la zappa io scavai e scrissi il nome sino a molto profondo nella terra. L'avrei scritto, invero, sino al carbone e al ferro, sino ai più segreti metalli che sono nomi antichi. Ma il guardiano tornò ancora una volta e disse: «Ora dovete andarvene. Qui si chiude».

Io uscii dalle fosse del nome.

«Va bene» risposi.

Posai la zappa, e mi asciugai la fronte, guardai la città intorno a me, di là dagli alberi oscuri.

«Va bene» dissi. «Va bene.»

Il guardiano sogghignò.

«Non è venuta, eh?»

«Non è venuta» dissi io.

Ma subito dopo chiesi: «Chi non è venuta?»

Il guardiano alzò la sua lanterna a guardarmi in faccia come prima.

«La persona che aspettavate» disse.

«Sì» dissi io «non è venuta.»

Ma, di nuovo, subito dopo, chiesi: «Quale persona?»

«Diamine!» il guardiano disse. «La persona del nome.»

E agitò la sua lanterna, agitò le sue chiavi, soggiunse: «Se volete aspettare ancora un poco, non fate complimenti».

«Non è questo che conta» dissi io. «Grazie.»

Ma non me ne andai, rimasi, e il guardiano rimase con me, come a tenermi compagnia.

«Bella notte!» disse.

«Bella» dissi io.

Quindi egli fece qualche passo, con la sua lanterna in mano, verso gli alberi.

«Ma» disse «siete sicuro che non sia là?»

Io sapevo che non poteva venire, pure trasalii.

«Dove?» dissi sottovoce.

«Là» il guardiano disse. «Seduta sulla panca.»

Foglie, a queste parole, si mossero; una donna si alzò dal buio e cominciò a camminare sulla ghiaia. Io chiusi gli occhi per il suono dei suoi passi.

«Era venuta, eh?» disse il guardiano.

Senza rispondergli io m'avviai dietro a quella donna.

«Si chiude» il guardiano gridò. «Si chiude.»

Gridando «si chiude» si allontanò tra gli alberi.

Io andai dietro alla donna fuori dal giardino, e poi per le strade della città.

La seguii dietro a quello ch'era stato il suono dei suoi passi sulla ghiaia.

Posso dire anzi: guidato dal ricordo dei suoi passi. E fu un camminare lungo, un seguire lungo, ora nella folla e ora per marciapiedi solitari fino a che, per la prima volta, non alzai gli occhi e la vidi, una passante, nella luce dell'ultimo negozio.

Vidi i suoi capelli, invero. Non altro. Ed ebbi paura di perderla, cominciai a correre.

La città, a quelle latitudini, si alternava in prati e alte case, Campi di Marte oscuri e fiere di lumi, con l'occhio rosso del gasogeno al fondo.

Domandai più volte: «È passata di qua?»

Tutti mi rispondevano di non sapere.

Ma una bambina beffarda si avvicinò, veloce su pattini a rotelle, e rise.

«Aaah!» rise. «Scommetto che cerchi mia sorella.»

«Tua sorella?» io esclamai. «Come si chiama?»

«Non te lo dico» la bambina rispose.

E di nuovo rise; fece, sui suoi pattini, un giro di danza della morte intorno a me.

«Aaah!» rise.

«Dimmi allora dov'è» io le domandai.

«Aaah!» la bambina rise. «È in un portone.»

Turbinò intorno a me nella sua danza della morte ancora un minuto, poi pattinò via sull'infinito viale, e rideva.
« È in un portone » gridò da lungi, ridendo.

C'erano abbiette coppie nei portoni ma io giunsi ad uno ch'era deserto e ignudo. Il battente si aprì quando lo spinsi, salii le scale e cominciai a sentir piangere.
« È lei che piange? » chiesi alla portinaia.
La vecchia dormiva seduta a metà delle scale, coi suoi stracci in mano, e si svegliò, mi guardò.
« Non so » rispose. « Volete l'ascensore? »
Io non lo volli, volevo andare sino a quel pianto, e continuai a salire le scale tra le nere finestre spalancate. Arrivai infine dov'era il pianto; dietro un uscio bianco. Entrai e l'ebbi vicino, accesi la luce.
Ma non vidi nella stanza nessuno, né udii più nulla. Pure, sul divano, c'era il fazzoletto delle sue lagrime.

« Nome e lagrime »
Pubblicato sulla rivista *Corrente* il 31 ottobre 1939. In seguito divenne il titolo del primo romanzo di Vittorini, pubblicato da Parenti nel 1941 e, nello stesso anno, ripubblicato da Bompiani come *Conversazione in Sicilia*.

GIOVANNI VERGA

1840-1922

Catania, distrutta più volte dai terremoti e dalle eruzioni dell'Etna e ricostruita in pietra lavica dopo il 1693 in stile tardobarocco, ha un aspetto allo stesso tempo cupo e spettacolare. Oppressa dalla minaccia di una catastrofe sempre imminente, è l'incarnazione del dramma, della distruzione e della rinascita. Verga, l'autore più vecchio della presente antologia, vissuto a cavallo tra Otto e Novecento, cresce in questa città, ma deve andarsene per esprimere la sua arte, prima a Firenze, dove si immerge nella cultura letteraria locale, poi a Milano, dove vive per vent'anni (anche se continua a tornare spesso in Sicilia). Nasce tre mesi dopo Thomas Hardy, autore con il quale ha numerosi punti in comune. Entrambi hanno affrontato temi come la miseria, la famiglia e le passioni fatali con lirismo e pessimismo, ed entrambi hanno avuto un legame complesso con il proprio luogo di origine, dal quale si sentivano insieme ispirati e respinti. Il Verismo di Verga è stato una reazione alla corrente della Scapigliatura (votata, in linea di massima, all'interiorità, all'individualismo e agli ideali). Ai tempi di Verga il Realismo, con la sua attenzione alle tensioni sociali e il rifiuto dell'astrazione o dell'evasione, era considerato un approccio letterario anticonformista. Riproducendo elementi dialettali, Verga consentiva ai suoi personaggi di esprimersi come nella vita reale e descriveva i poveri senza sentimentalismi. Così facendo, ha rotto definitivamente con l'estetica letteraria che lo aveva preceduto. Ha scritto sette raccolte di novelle nell'arco della sua vita. «Fantasticheria», descrizione del villaggio di pescatori di Aci Trezza, è considerata una sorta di premessa al suo successivo capolavoro *I Malavoglia*, da cui venne tratto il film neorealista

La terra trema di Luchino Visconti, uscito nel 1948. Ma « Fantasticheria » è molto più che un lavoro preliminare: la struttura epistolare, il linguaggio ricco d'immagini, la visione precisa e allo stesso tempo panoramica di questo racconto sono impressionanti.

Fantasticheria

Una volta, mentre il treno passava vicino ad Aci-Trezza, voi, affacciandovi allo sportello del vagone, esclamaste: « Vorrei starci un mese laggiù! »

Noi vi ritornammo e vi passammo non un mese, ma quarantott'ore; i terrazzani che spalancavano gli occhi vedendo i vostri grossi bauli avranno creduto che ci sareste rimasta un par d'anni. La mattina del terzo giorno, stanca di vedere eternamente del verde e dell'azzurro, e di contare i carri che passavano per via, eravate alla stazione, e gingillandovi impaziente colla catenella della vostra boccettina da odore, allungavate il collo per scorgere un convoglio che non spuntava mai. In quelle quarantott'ore facemmo tutto ciò che si può fare ad Aci-Trezza: passeggiammo nella polvere della strada, e ci arrampicammo sugli scogli; col pretesto d'imparare a remare vi faceste sotto il guanto delle bollicine che rubavano i baci; passammo sul mare una notte romanticissima, gettando le reti tanto per far qualche cosa che a' barcaiuoli potesse parer meritevole di buscare dei reumatismi; e l'alba ci sorprese nell'alto del *faraglione*, un'alba modesta e pallida, che ho ancora dinanzi agli occhi, striata di larghi riflessi violetti, sul mare di un verde cupo; raccolta come una carezza su quel gruppetto di casuccie che dormivano quasi raggomitolate sulla riva, e in cima allo scoglio, sul cielo trasparente e profondo, si stampava netta la vostra figurina, colle linee sapienti che vi metteva la vostra sarta, e il profilo fine ed elegante che ci mettevate voi. – Avevate un vestitino grigio che sembrava fatto apposta per intonare coi colori dell'alba. – Un bel quadretto davvero! e si indovinava che lo sapevate anche voi dal modo col quale vi modellavate nel vostro sciallетto, e sorridevate coi grandi occhioni sbarrati e stanchi a quello strano spettacolo, e a quell'altra stranezza di trovarvici anche voi presente. Che cosa avveniva nella vostra testolina mentre contemplavate il sole nascente? Gli domandavate forse in qual altro emisfero vi avrebbe ritrovata fra un mese? Diceste soltanto ingenuamente: « Non capisco come si possa viver qui tutta la vita ».

Eppure, vedete, la cosa è più facile che non sembri: basta non possedere centomila lire di entrata, prima di tutto; e in compenso patire un po' di tutti gli stenti fra quegli scogli giganteschi, incastonati nell'azzurro, che vi facevano batter le mani per ammirazione. Così poco basta perché quei poveri diavoli che ci aspettavano sonnecchiando nella barca, trovino fra quelle loro casipole sgangherate e pittoresche, che viste da lontano vi sembravano avessero il mal di mare anch'esse, tutto ciò che vi affannate a cercare a Parigi, a Nizza ed a Napoli.

È una cosa singolare; ma forse non è male che sia così – per voi, e per tutti gli altri come voi. Quel mucchio di casipole è abitato da pescatori; « gente di mare », dicono essi, come altri direbbe « gente di toga », i quali hanno la pelle più dura del pane che mangiano, quando ne mangiano, giacché il mare non è sempre gentile, come allora che baciava i vostri guanti... Nelle sue giornate nere, in cui brontola e sbuffa, bisogna contentarsi di stare a guardarlo dalla riva, colle mani in mano, o sdraiati bocconi, il che è meglio per chi non ha desinato; in quei giorni c'è folla sull'uscio dell'osteria, ma suonano pochi soldoni sulla latta del banco, e i monelli che pullulano nel paese, come se la miseria fosse un buon ingrasso, strillano e si graffiano quasi abbiano il diavolo in corpo.

Di tanto in tanto il tifo, il colèra, la malannata, la burrasca, vengono a dare una buona spazzata in quel brulicame, il quale si crederebbe che non dovesse desiderar di meglio che esser spazzato, e scomparire; eppure ripullula sempre nello stesso luogo; non so dirvi come, né perché.

Vi siete mai trovata, dopo una pioggia di autunno, a sbaragliare un esercito di formiche tracciando sbadatamente il nome del vostro ultimo ballerino sulla sabbia del viale? Qualcuna di quelle povere bestioline sarà rimasta attaccata alla ghiera del vostro ombrellino, torcendosi di spasimo; ma tutte le altre, dopo cinque minuti di pànico e di viavai, saranno tornate ad aggrapparsi disperatamente al loro monticello bruno. Voi non ci tornereste davvero, e nemmen io; ma per poter comprendere siffatta caparbietà, che è per certi aspetti eroica, bisogna farci piccini anche noi, chiudere tutto l'orizzonte fra due zolle, e guardare col microscopio le piccole cause che fanno battere i piccoli cuori. Volete metterci un occhio anche voi, a cotesta lente, voi che guardate la vita dall'altro lato del cannocchiale? Lo spettacolo vi parrà strano, e perciò forse vi divertirà.

Noi siamo stati amicissimi, ve ne rammentate? e mi avete chiesto di dedicarvi qualche pagina. Perché? *à quoi bon?* come dite voi? Che cosa potrà valere quel che scrivo per chi vi conosce? e per chi non vi conosce che cosa siete voi? Tant'è, mi son rammentato del vostro capriccio un giorno che ho rivisto quella povera donna cui solevate far l'elemosina col pretesto di comperar le sue arancie messe in fila sul panchettino dinanzi all'uscio. Ora il panchettino non c'è più; hanno tagliato il nespolo del cortile, e la casa ha una finestra nuova. La donna sola non aveva mutato, stava un po' più in là a stender la mano ai carrettieri, accoccolata sul mucchietto di sassi che barricano il vecchio *posto* della guardia nazionale; ed io girellando, col sigaro in bocca, ho pensato che anche lei, così povera com'è, vi avea vista passare, bianca e superba.

Non andate in collera se mi son rammentato di voi in tal modo, e a questo proposito. Oltre i lieti ricordi che mi avete lasciati, ne ho cento altri, vaghi, confusi, disparati, raccolti qua e là, non so più dove; forse alcuni son ricordi di sogni fatti ad occhi aperti; e nel guazzabuglio che facevano nella mia mente, mentre io passava per quella viuzza dove son passate tante cose liete e dolorose, la mantellina di quella donnicciola freddolosa, accoccolata, poneva un non so che di triste e mi faceva pensare a voi, sazia di tutto, perfino dell'adulazione che getta ai vostri piedi il giornale di moda, citandovi spesso in capo alla cronaca elegante – sazia così da inventare il capriccio di vedere il vostro nome sulle pagine di un libro.

Quando scriverò il libro, forse non ci penserete più; intanto i ricordi che vi mando, così lontani da voi in ogni senso, da voi inebbriata di feste e di fiori, vi faranno l'effetto di una brezza deliziosa, in mezzo alle veglie ardenti del vostro eterno carnevale. Il giorno in cui ritornerete laggiù, se pur ci ritornerete, e siederemo accanto un'altra volta, a spinger sassi col piede, e fantasie col pensiero, parleremo forse di quelle altre ebbrezze che ha la vita altrove. Potete anche immaginare che il mio pensiero siasi raccolto in quel cantuccio ignorato del mondo, perché il vostro piede vi si è posato, – o per distogliere i miei occhi dal luccichìo che vi segue dappertutto, sia di gemme o di febbri – oppure perché vi ho cercata inutilmente per tutti i luoghi che la moda fa lieti. Vedete quindi che siete sempre al primo posto, qui come al teatro.

Vi ricordate anche di quel vecchietto che stava al timone della nostra barca? Voi gli dovete questo tributo di riconoscenza perché egli vi ha impedito dieci volte di bagnarvi le vostre belle calze azzurre. Ora è morto laggiù all'ospedale della città, il povero diavolo, in una gran corsìa tutta bianca, fra dei lenzuoli bianchi, masticando del pane bianco, servito dalle bianche mani delle suore di carità, le quali non avevano altro difetto che di non saper capire i meschini guai che il poveretto biascicava nel suo dialetto semibarbaro.

Ma se avesse potuto desiderare qualche cosa egli avrebbe voluto morire in quel cantuccio nero vicino al focolare, dove tanti anni era stata la sua cuccia « sotto le sue tegole », tanto che quando lo portarono via piangeva guaiolando, come fanno i vecchi. Egli era vissuto sempre fra quei quattro sassi, e di faccia a quel mare bello e traditore col quale dové lottare ogni giorno per trarre da esso tanto da campare la vita e non lasciargli le ossa; eppure in quei momenti in cui si godeva cheto cheto la sua « occhiata di sole » accoccolato sulla pedagna della barca, coi ginocchi fra le braccia, non avrebbe voltato la testa per vedervi, ed avreste cercato invano in quegli occhi attoniti il riflesso più superbo della vostra bellezza; come quando tante fronti altere s'inchinano a farvi ala nei saloni splendenti, e vi specchiate negli occhi invidiosi delle vostre migliori amiche.

La vita è ricca, come vedete, nella sua inesauribile varietà; e voi potete godervi senza scrupoli quella parte di ricchezza che è toccata a voi, a modo vostro. Quella ragazza, per esempio, che faceva capolino dietro i vasi di basilico, quando il fruscìo della vostra veste metteva in rivoluzione la viuzza, se vedeva un altro viso notissimo alla finestra di faccia, sorrideva come se fosse stata vestita di seta anch'essa. Chi sa quali povere gioie sognava su quel davanzale, dietro quel basilico odoroso, cogli occhi intenti in quell'altra casa coronata di tralci di vite? E il riso dei suoi occhi non sarebbe andato a finire in lagrime amare, là, nella città grande, lontana dai sassi che l'avevano vista nascere e la conoscevano, se il suo nonno non fosse morto all'ospedale, e suo padre non si fosse annegato, e tutta la sua famiglia non fosse stata dispersa da un colpo di vento che vi aveva soffiato sopra – un colpo di vento funesto, che avea trasportato uno dei suoi fratelli fin nelle carceri di Pantelleria; « nei guai! » come dicono laggiù.

Miglior sorte toccò a quelli che morirono; a Lissa l'uno, il più grande, quello che vi sembrava un David di rame, ritto colla sua fiocina in pugno, e illuminato bruscamente dalla fiamma dell'ellera. Grande e grosso com'era, si faceva di brace anch'esso quando gli fissaste in volto i vostri occhi arditi; nondimeno è morto da buon marinaio, sulla verga di trinchetto, fermo al sartiame, levando in alto il berretto, e salutando un'ultima volta la bandiera col suo maschio e selvaggio grido d'isolano. L'altro, quell'uomo che sull'isolotto non osava toccarvi il piede per liberarlo dal lacciuolo teso ai conigli nel quale v'eravate impigliata da stordita che siete, si perdé in una fosca notte d'inverno, solo, fra i cavalloni scatenati, quando fra la barca e il lido, dove stavano ad aspettarlo i suoi, andando di qua e di là come pazzi, c'erano sessanta miglia di tenebre e di tempesta. Voi non avreste potuto immaginare di qual disperato e tetro coraggio fosse capace per lottare contro tal morte quell'uomo che lasciavasi intimidire dal capolavoro del vostro calzolaio.

Meglio per loro che son morti, e non « mangiano il pane del re », come quel poveretto che è rimasto a Pantelleria, e quell'altro pane che mangia la sorella, e non vanno attorno come la donna delle arancie, a viver della grazia di Dio; una grazia assai magra ad Aci-Trezza. Quelli almeno non hanno più bisogno di nulla! Lo disse anche il ragazzo dell'ostessa, l'ultima volta che andò all'ospedale per chieder del vecchio e portargli di nascosto di quelle chiocciole stufate che son così buone a succiare per chi non ha più denti, e trovò il letto vuoto, colle coperte belle e distese, e sgattaiolando nella corte andò a piantarsi dinanzi a una porta tutta brandelli di cartaccie, sbirciando dal buco della chiave una gran sala vuota, sonora e fredda anche di estate, e l'estremità di una lunga tavola di marmo, su cui era buttato un lenzuolo, greve e rigido. E dicendo che quelli là almeno non avevano più bisogno di nulla, si mise a succiare ad una ad una le chiocciole che non servivano più, per passare il tempo. Voi, stringendovi al petto il manicotto di volpe azzurra, vi rammenterete con piacere che gli avete dato cento lire, al povero vecchio.

Ora rimangono quei monellucci che vi scortavano come sciacalli e assediavano le arancie; rimangono a ronzare attorno alla mendica, e brancicarle le vesti come se ci avesse sotto del pane, a raccattar torsi di cavolo, bucce d'arancie e mozziconi di sigari, tutte quelle cose che si lasciano cadere per via ma che pure devono avere ancora qualche valore, perché c'è della povera gente che ci campa su; ci campa anzi così bene che quei pezzentelli paffuti e affamati cresceranno in mezzo al fango e alla polvere della strada, e si faranno grandi e grossi come il loro babbo e come il loro nonno, e popoleranno Aci-Trezza di altri pezzentelli, i quali tireranno allegramente la vita coi denti più a lungo che potranno, come il vecchio nonno, senza desiderare altro; e se vorranno fare qualche cosa diversamente da lui, sarà di chiudere gli occhi là dove li hanno aperti, in mano del medico del paese che viene tutti i giorni sull'asinello, come Gesù, ad aiutare la buona gente che se ne va.

– Insomma l'ideale dell'ostrica! direte voi. – Proprio l'ideale dell'ostrica, e noi non abbiamo altro motivo di trovarlo ridicolo, che quello di non esser nati ostriche anche noi. Per altro il tenace attaccamento di quella povera gente allo scoglio sul quale la fortuna li ha lasciati cadere mentre seminava principi di qua e duchesse di là, questa rassegnazione coraggiosa ad una vita di stenti, questa religione della famiglia, che si riverbera sul mestiere, sulla casa, e sui sassi che la circondano, mi sembrano – forse pel quarto d'ora – cose serissime e rispettabilissime anch'esse. Parmi che le irrequietudini del pensiero vagabondo s'addormenterebbero dolcemente nella pace serena di quei sentimenti miti, semplici, che si succedono calmi e inalterati di generazione in generazione. – Parmi che potrei vedervi passare, al gran trotto dei vostri cavalli, col tintinnìo allegro dei loro finimenti e salutarvi tranquillamente.

Forse perché ho troppo cercato di scorgere entro al turbine che vi circonda e vi segue, mi è parso ora di leggere una fatale necessità nelle tenaci affezioni dei deboli, nell'istinto che hanno i piccoli di stringersi fra loro per resistere alle tempeste della vita, e ho cercato di decifrare il dramma modesto e ignoto che deve aver sgominati gli attori plebei che conoscemmo insieme. Un dramma che qualche volta forse vi racconterò e di cui parmi tutto il nodo debba consistere in ciò: – che allorquando uno di quei piccoli, o più debole, o più incauto, o più egoista degli altri, volle staccarsi dal gruppo per vaghezza dell'ignoto, o per brama di meglio, o per curiosità di conoscere il mondo, il mondo da pesce vorace com'è, se lo ingoiò, e i suoi più prossimi con lui. – E sotto questo aspetto vedete che il dramma non manca d'interesse. Per le ostriche l'argomento più interessante deve essere quello che tratta delle insidie del gambero, o del coltello del palombaro che le stacca dallo scoglio.

« Fantasticheria »
Pubblicato per la prima volta in *Il Fanfulla della Domenica* il 14 marzo 1880 e, nello stesso anno, nella raccolta *Vita dei campi* (Treves).

GIUSEPPE TOMASI DI LAMPEDUSA

1896-1957

La produzione letteraria di Tomasi di Lampedusa è tuttora un caso. Nato a Palermo, principe ed erudito, scrive la sua opera più importante negli ultimi due anni di vita, *Il Gattopardo*, composto febbrilmente tra il 1955 e il 1956 e rifiutato da diverse case editrici, tra cui l'Einaudi di Vittorini, che non lo ritiene adatto alla collana «I gettoni». È un altro scrittore, Giorgio Bassani – che aveva ricevuto il manoscritto dalla scrittrice Elena Croce, figlia di Benedetto –, a recarsi a Palermo un anno dopo la morte di Tomasi di Lampedusa, farsi dare le sue carte dalla vedova lettone e curarne la pubblicazione. Avvincente romanzo storico e psicologico sul declino dell'aristocrazia siciliana negli anni a ridosso dell'Unità d'Italia, il libro vende più di tre milioni di copie, viene tradotto in ventisette lingue e adattato al cinema nel 1963 da Luchino Visconti. Oltre al *Gattopardo*, Tomasi di Lampedusa scrive anche saggi critici e alcuni racconti, tra cui questo, indiscutibilmente il più straordinario della sua produzione. Un racconto nel racconto, in cui ogni cosa è doppia: due piani narrativi, due protagonisti, due ambientazioni, due registri, due punti di vista. Persino i titoli sono due: pubblicato come «La sirena», in origine si chiamava «Lighea», titolo scelto dalla moglie dell'autore e che evoca il nome della sirena al cuore di questa storia misteriosa, fusione di elementi sensuali e intellettuali, pagani e moderni. Ma è anche una riflessione sul rinnovamento e sulla trasformazione impliciti nell'impatto con una nuova lingua: in questo caso, il greco antico. Tomasi di Lampedusa lo scrive negli ultimi mesi di vita, quando già sapeva che sarebbe morto di cancro ai polmoni.

La sirena

Nel tardo autunno di quell'anno 1938 mi trovavo in piena crisi di misantropia. Risiedevo a Torino e la «tota» n. 1, frugando nelle mie tasche alla ricerca di un qualche biglietto da cinquanta lire, aveva, mentre dormivo, scoperto anche una letterina della «tota» n. 2 che pur attraverso scorrettezze ortografiche non lasciava dubbi circa la natura delle nostre relazioni.

Il mio risveglio era stato immediato e burrascoso. L'alloggetto di via Peyron echeggiò di escandescenze vernacole; per cavarmi gli occhi venne anche fatto un tentativo che potei mandare a vuoto soltanto storcendo un poco il polso sinistro della cara figliuola. Quest'azione di difesa pienamente giustificata pose fine alla scenata ma anche all'idillio. La ragazza si rivestì in fretta, ficcò nella borsetta piumino, rossetto, fazzolettino, il biglietto da cinquanta «causa mali tanti», mi scaraventò sul viso un triplice «pourcoun!» e se ne andò. Mai era stata carina quanto in quel quarto d'ora di furia. Dalla finestra la vidi uscire e allontanarsi nella nebbiolina del mattino, alta, slanciata, adorna di riconquistata eleganza.

Non la ho vista mai più come non ho più rivisto un «pullover» di cashmere nero che mi era costato un occhio e che aveva il funesto pregio di una foggia adatta tanto a maschi quanto a femmine. Essa lasciò soltanto, sul letto, due di quelle forcinette attorcigliate, dette «invisibili».

Lo stesso pomeriggio avevo un appuntamento con la n. 2 in una pasticceria di piazza Carlo Felice. Al tavolinetto rotondo nell'angolo ovest della seconda sala che era il «nostro» non vidi le chiome castane della fanciulla più che mai desiderata ma la faccia furbesca di Tonino, un suo fratello di dodici anni che aveva appena finito di inghiottire una cioccolata con doppia panna. Quando mi avvicinai si alzò con la consueta urbanità torinese.

« Monsù » mi disse, « la Pinotta non verrà; mi ha detto di darle questo biglietto. Cerea, monsù. »

E uscì portando via due « brioches » rimaste nel piatto. Col cartoncino color avorio mi si notificava un congedo assoluto, motivato dalla mia infamia e « disonestà meridionale ». Era chiaro che la n. 1 aveva rintracciato e sobillato la n. 2 e che io ero rimasto seduto fra due sedie.

In dodici ore avevo perduto due ragazze utilmente complementari fra loro più un « pullover » al quale tenevo; avevo anche dovuto pagare le consumazioni dell'infernale Tonino. Il mio sicilianissimo amor proprio era umiliato: ero stato fatto fesso; e decisi di abbandonare per qualche tempo il mondo e le sue pompe.

Per questo periodo di ritiro non poteva trovarsi luogo più acconcio di quel caffè di via Po dove adesso, solo come un cane, mi recavo ad ogni momento libero e, sempre, la sera dopo il mio lavoro al giornale. Era una specie di Ade popolato da esangui ombre di tenenti colonnelli, magistrati e professori in pensione. Queste vane apparenze giocavano a dama o a domino, immerse in una luce oscurata il giorno dai portici e dalle nuvole, la sera dagli enormi paralumi verdi dei lampadari; e non alzavano mai la voce timorosi com'erano che un suono troppo forte avrebbe fatto scomporsi la debole trama della loro apparenza. Un adattissimo Limbo.

Come l'animale abitudinario che sono, sedevo sempre al medesimo tavolino d'angolo accuratamente disegnato per offrire il massimo incomodo possibile al cliente. Alla mia sinistra due spettri d'ufficiali superiori giocavano a « tric-trac » con due larve di consiglieri di corte d'appello; i dadi militari e giudiziari scivolavano atoni fuori dal bicchiere di cuoio. Alla mia destra sedeva sempre un signore di età molto avanzata, infagottato in un cappotto vecchio con colletto di un astrakan spelacchiato. Leggeva senza tregua riviste straniere, fumava sigari toscani e sputava spesso; ogni tanto chiudeva le riviste, sembrava inseguire nelle volute di fumo un qualche suo ricordo. Dopo, ricominciava a leggere ed a sputare. Aveva bruttissime mani, nocchierute, rossastre con le unghie tagliate dritte e non sempre pulite, ma una volta che in una delle sue riviste s'imbatté nella fotografia d'una statua greca arcaica, di quelle con gli occhi lontani dal naso e col sorriso ambiguo, mi sorpresi vedendo che i suoi deformi polpastrelli accarezzavano l'immagine con una delicatezza addirittura regale. Si accorse che lo avevo visto, grugnì di furore e ordinò un secondo espresso.

Le nostre relazioni sarebbero rimaste su quel piano di latente ostilità non fosse stato un fortunato incidente. Io portavo con me dalla redazione cinque o sei quotidiani, fra essi, una volta, il *Giornale di Sicilia*. Erano gli anni nei quali il Minculpop più infieriva, e tutti i giornali erano identici; quel numero del quotidiano palermitano era più banale che mai e non si distingueva da un giornale di Milano e di Roma se non per la imperfezione tipografica; la mia lettura di esso fu quindi breve e presto abbandonai il foglio sul tavolino. Avevo appena iniziato la contemplazione di un'altra incarnazione del Minculpop quando il mio vicino mi indirizzò la parola: « Mi scusi, signore, Le dispiacerebbe se dessi una scorsa a questo suo *Giornale di Sicilia*? Sono siciliano e da venti anni non mi capita di vedere un giornale delle mie parti ». La voce era quanto mai coltivata, l'accento impeccabile; gli occhi grigi del vecchio mi guardavano con profondo distacco.

« Prego, faccia pure. Sa, sono siciliano anch'io, se lo desidera mi è facile portare qui il giornale ogni sera. »

« Grazie, non credo sia necessario; la mia è una semplice curiosità fisica. Se la Sicilia è ancora come ai tempi miei, immagino che non vi succede mai niente di buono, come da tremila anni. »

Leggiucchiò il foglio, lo ripiegò, me lo restituì e s'ingolfò nella lettura di un opuscolo. Quando se ne andò voleva evidentemente svignarsela senza salutare ma io mi alzai e mi presentai; mormorò fra i denti il proprio nome che non compresi; ma non mi tese la mano; sulla soglia del caffè, però, si voltò, alzò il cappello e gridò forte: « Ciao, paesano ». Scomparve sotto i portici lasciandomi sbalordito e provocando gemiti di disapprovazione fra le ombre che giocavano.

Compii i riti magici atti a far materializzare un cameriere e gli chiesi mostrando il tavolo vuoto: « Chi era quel signore? »

« Chiel » rispose. « Chiel l'è 'l senatour Rosario La Ciura. »

Il nome diceva molto anche alla mia lacunosa cultura giornalistica: era quello di uno dei cinque o sei italiani che posseggono una reputazione universale e indiscussa, quello del più illustre ellenista dei nostri tempi. Mi spiegai le corpulente riviste e l'incisione accarezzata; anche la scontrosità ed anche la raffinatezza celata.

L'indomani, al giornale, frugai in quel singolare schedario che contiene i necrologi ancora « in spe ». La scheda « La Ciura » era lì, passabilmente redatta, una volta tanto. Vi si diceva come il grand'uomo fosse nato ad Aci-Castello (Catania) in una povera famiglia della piccola borghesia, come mercé una stupefacente attitudine allo studio del greco ed a forza di borse di studio e pubblicazioni erudite avesse ottenuto a ventisette anni la cattedra di letteratura greca all'Università di Pavia; come poi fosse stato chiamato a quella di Torino dove era rimasto sino al compimento dei limiti di età; aveva tenuto dei corsi a Oxford e a Tübingen e compiuto molti viaggi anche lunghi perché, senatore pre-fascista e accademico dei Lincei, era anche dottore « honoris causa » a Yale, Harvard, Nuova Delhi e Tokio oltre che, s'intende, delle più illustri università europee da Upsala a Salamanca. L'elenco delle sue pubblicazioni era lunghissimo e molte sue opere, specie sui dialetti ionici, erano reputate fondamentali; basti dire che aveva ricevuto l'incarico, unico straniero, di curare l'edizione teubneriana di Esiodo cui aveva premesso una introduzione latina d'insorpassata profondità scientifica; infine, gloria massima, non era membro dell'Accademia d'Italia. Ciò che lo aveva sempre distinto dagli altri pur eruditissimi colleghi era il senso vivace, quasi carnale, dell'antichità classica e ciò si era manifestato in una raccolta di saggi italiani *Uomini e dei* che era stata stimata opera non soltanto di alta erudizione ma di viva poesia. Insomma era « l'onore di una nazione e un faro di tutte le colture », così concludeva il compilatore della scheda. Aveva settantacinque anni e viveva lontano dall'opulenza ma decorosamente con la sua pensione e l'indennità senatoriale. Era celibe.

È inutile negarlo: noi italiani figli (o padri) di primo letto del Rinascimento stimiamo il Grande Umanista superiore a qualsiasi altro essere umano. La possibilità di trovarmi adesso in quotidiana prossimità del più alto rappresentante di questa sapienza delicata, quasi necromantica e poco redditizia, mi lusingava e turbava; provavo le medesime sensazioni di un giovane statunitense che venga presentato al signor Gillette; timore, rispetto e una forma particolare di non ignobile invidia.

La sera discesi al Limbo in uno spirito ben diverso dei giorni precedenti. Il senatore era già al suo posto e rispose al mio saluto reverenziale con un borbottio appena percettibile. Quando però ebbe finito di leggere un articolo e di completare alcuni appunti su una sua agendina, si voltò verso di me e con la voce stranamente musicale: «Paesano» mi disse, «dai modi come mi hai salutato mi sono accorto che qualcuna di queste larve qui ti ha detto chi sono. Dimenticalo e, se non lo hai già fatto, dimentica anche gli aoristi studiati al liceo. Dimmi piuttosto come ti chiami perché ieri sera hai fatto la solita presentazione farfugliata ed io non ho, come te, la risorsa di chiedere il tuo nome ad altri, perché qui, certo, nessuno ti conosce».

Parlava con insolente distacco; si avvertiva che io ero per lui assai meno di uno scarafaggio, una specie di quelle bricioluzze di pulviscolo che roteano senza costrutto nei raggi del sole. Però la voce pacata, la parola precisa, il «tu», davano la sensazione di serenità di un dialogo platonico.

«Mi chiamo Paolo Corbèra, sono nato a Palermo, dove mi sono laureato in legge; adesso lavoro qui alla redazione della *Stampa*. Per rassicurarla, senatore, aggiungerò che alla licenza liceale ho avuto 'cinque più' in greco, e che ho motivo di ritenere che il 'più' sia stato aggiunto proprio per poter darmi il diploma.»

Sorrise di mezza bocca. «Grazie di avermelo detto, meglio così. Detesto di parlare con gente che crede di sapere mentre invece ignora, come i miei colleghi all'Università; in fondo in fondo non conoscono che le forme esteriori del greco, le sue stramberie e difformità. Lo spirito vivo di questa lingua scioccamente chiamata 'morta' non è stato loro rivelato. Nulla è stato loro rivelato, d'altronde. Povera gente, del resto: come potrebbero avvertirlo questo spirito se non hanno mai avuto occasione di sentirlo, il greco? »

L'orgoglio sì, va bene, è preferibile alla falsa modestia; ma a me sembrava che il senatore esagerasse; mi balenò anche l'idea che gli anni fossero riusciti a rammorbidire alquanto quel cervello eccezionale. Quei poveri diavoli dei suoi colleghi avevano avuto l'occasione di udire il greco antico proprio quanto lui, cioè mai.

Lui proseguiva: « Paolo... Sei fortunato di chiamarti come il solo apostolo che avesse un po' di cultura e una qualche infarinatura di buone lettere. Girolamo però sarebbe stato meglio. Gli altri nomi che voi cristiani portate in giro sono veramente troppo vili. Nomi da schiavi ».

Continuava a deludermi; sembrava davvero il solito mangiapreti accademico con in più un pizzico di nietzscheismo fascista. Era mai possibile?

Continuava a parlare con l'avvincente modulazione della sua voce e con la foga di chi, forse, era stato molto tempo in silenzio. « Corbèra... M'inganno o non è questo un grande nome siciliano? Ricordo che mio padre pagava per la nostra casa di Aci-Castello un piccolo canone annuo all'amministrazione di una casa Corbèra di Palina o Salina, non ricordo più bene. Anzi ogni volta scherzava e diceva che se al mondo vi era una cosa sicura era che quelle poche lire non sarebbero finite nelle tasche del 'dominio diretto', come diceva lui. Ma tu sei proprio uno di quei Corbèra o soltanto il discendente di un qualche contadino che ha preso il nome del signore? »

Confessai che ero proprio un Corbèra di Salina, anzi il solo esemplare superstite di questa famiglia: tutti i fasti, tutti i peccati, tutti i canoni inesatti, tutti i pesi non pagati, tutte le Gattoparderie insomma erano concentrate in me solo. Paradossalmente il senatore sembrò contento.

« Bene, bene. Io ho molta considerazione per le vecchie famiglie. Esse posseggono una memoria, minuscola è vero, ma ad ogni modo maggiore delle altre. Sono quanto di meglio, voialtri, possiate raggiungere in fatto d'immortalità fisica. Pensa a sposarti presto, Corbèra, dato che voialtri non avete trovato nulla di meglio, per sopravvivere, che il disperdere la vostra semente nei posti più strani.»

Decisamente, mi spazientiva. «Voialtri, voialtri.» Chi voialtri? Tutto il vile gregge che non aveva la fortuna di essere il senatore La Ciura? E lui la conseguiva l'immortalità fisica? Non si sarebbe detto a guardare il volto rugoso, il corpo pesante...

«Corbèra di Salina,» continuava imperterrito. «Non ti offenderai se continuo a darti del 'tu' come a uno dei miei studentelli che, un istante, sono giovani?»

Mi professai non solo onorato ma lieto, come infatti ero. Superate ormai le questioni di nomi e di protocollo, si parlò della Sicilia. Lui erano venti anni che non ci metteva piede e l'ultima volta che era stato laggiù (così diceva, al modo piemontese) vi era rimasto soltanto cinque giorni, a Siracusa, per discutere con Paolo Orsi alcune quistioni circa l'alternarsi dei semicori nelle rappresentazioni classiche.

«Ricordo che mi hanno voluto portare in macchina da Catania a Siracusa; ho accettato solo quando ho appreso che ad Augusta la strada passa lontano dal mare, mentre la ferrovia è sul litorale. Raccontami della nostra isola; è una bella terra benché popolata da somari. Gli Dei vi hanno soggiornato, forse negli Agosti inesauribili vi soggiornano ancora. Non parlarmi però di quei quattro templi recentissimi che avete, tanto non ne capisci niente, ne sono sicuro.»

Così parlammo della Sicilia eterna, di quella delle cose di natura; del profumo di rosmarino sui Nèbrodi, del gusto del miele di Melilli, dell'ondeggiare delle messi in una giornata ventosa di Maggio come si vede da Enna, delle solitudini intorno a Siracusa, delle raffiche di profumo riversate, si dice, su Palermo dagli agrumeti durante certi tramonti di Giugno. Parlammo dell'incanto di certe notti estive in vista del golfo di Castellammare, quando le stelle si specchiano nel mare che dorme e lo spirito di chi è coricato riverso fra i lentischi si perde nel vortice del cielo mentre il corpo, teso e all'erta, teme l'avvicinarsi dei demoni.

Dopo un'assenza quasi totale di cinquanta anni il senatore conservava un ricordo singolarmente preciso di alcuni fatti minimi. «Il mare: il mare di Sicilia è il più colorito, il più aromatico di quanti ne abbia visti; sarà la sola cosa che non riuscirete a guastare, fuori delle città, s'intende. Nelle trattorie a mare si servono ancora i 'rizzi' spinosi spaccati a metà?»

Lo rassicurai aggiungendo però che pochi li mangiano adesso, per timore del tifo.

«Eppure sono la più bella cosa che avete laggiù, quelle cartilagini sanguigne, quei simulacri di organi femminili, profumati di sale e di alghe. Che tifo e tifo! Saranno pericolosi come tutti i doni del mare che dà la morte insieme all'immortalità. A Siracusa li ho perentoriamente richiesti a Orsi. Che sapore, che aspetto divino! Il più bel ricordo dei miei ultimi cinquanta anni!»

Ero confuso ed affascinato; un uomo simile che si abbandonasse a metafore quasi oscene, che esibiva una golosità infantile per le, dopo tutto mediocri, delizie dei ricci di mare!

Parlammo ancora a lungo e lui, quando se ne andò, tenne a pagarmi l'espresso, non senza manifestare la sua singolare rozzezza («Si sa, questi ragazzi di buona famiglia non hanno mai un soldo in tasca»), e ci separammo amici se non si vogliono considerare i cinquanta anni che dividevano le nostre età e le migliaia di anni luce che separavano le nostre culture.

Continuammo ad incontrarci ogni sera e, benché il fumo del mio furore contro l'umanità cominciasse a dissiparsi, mi facevo un dovere di non mancare mai d'incontrare il senatore negli Inferi di via Po; non che si chiacchierasse molto: lui continuava a leggere e a prendere appunti e mi rivolgeva la parola solo di tanto in tanto, ma quando parlava era sempre un armonioso fluire di orgoglio e insolenza, misto a allusioni disparate, a venature d'incomprensibile poesia. Continuava anche a sputare e finii col notare che lo faceva soltanto mentre leggeva. Credo che anche lui si fosse preso di un certo affetto per me, ma non mi faccio illusioni: se affetto c'era non era quello che uno di «noialtri» (per adoperare la terminologia del senatore) può risentire per un essere umano, ma piuttosto era simile a quello che una vecchia zitella può provare verso il proprio cardellino del quale conosce la fatuità e l'incomprensività ma la cui esistenza le permette di esprimere ad alta voce rimpianti nei quali la bestiola non ha parte alcuna: però se questa non ci fosse essa risentirebbe un malessere. Cominciai a notare, infatti, che quando tardavo gli occhi alteri del vecchio erano fissi alla porta d'ingresso.

Ci volle circa un mese perché dalle considerazioni, originalissime sempre ma generiche da parte di lui, si passasse agli argomenti indiscreti che sono poi i soli a distinguere le conversazioni fra amici da quelle fra semplici conoscenze. Fui io stesso a prendere l'iniziativa. Quel suo sputare frequente m'infastidiva (aveva infastidito anche i custodi dell'Ade che finirono col porre vicino al suo posto una sputacchiera di tersissimo ottone) cosicché una sera ardii chiedergli perché non si facesse curare di questo suo insistente catarro. Feci la domanda senza riflettere, mi pentii subito di averla arrischiata e aspettavo che l'ira senatoriale facesse crollare sul mio capo gli stucchi del soffitto. Invece la voce ben timbrata mi rispose pacata: «Ma, caro Corbèra, io non ho nessun catarro. Tu che osservi con tanta cura avresti dovuto notare che non tossisco mai prima di sputare. Il mio sputo non è segno di malattia anzi lo è di salute mentale: sputo per disgusto delle sciocchezze che vo leggendo; se ti vorrai dare la pena di esaminare quell'arnese lì (e mostrava la sputacchiera) ti accorgerai che esso custodisce pochissima saliva e nessuna traccia di muco. I miei sputi sono simbolici e altamente culturali; se non ti garbano ritorna ai tuoi salotti natii dove non si sputa soltanto perché non ci si vuol nauseare mai di niente».

La straordinaria insolenza era attenuata soltanto dallo sguardo lontano, nondimeno mi venne voglia di alzarmi e di piantarlo lì; per fortuna ebbi il tempo di riflettere che la colpa stava nella mia avventatezza. Rimasi, e l'impassibile senatore passò subito al contrattacco. «E tu, poi, perché frequenti questo Erebo pieno di ombre e, come dici, di catarri, questo luogo geometrico di vite fallite? A Torino non mancano quelle creature che a voialtri sembrano tanto desiderabili. Una gita all'albergo del Castello, a Rivoli o a Moncalieri allo stabilimento di bagni e il vostro sudicio sollazzo sarebbe presto realizzato.»

Mi misi a ridere sentendo da una bocca tanto sapiente informazioni così esatte sui luoghi di piacere torinesi. «Ma come fa Lei a conoscere questi indirizzi, senatore?»

«Li conosco, Corbèra, li conosco. Frequentando i Senati Accademici e politici si apprende questo, e questo soltanto. Mi farai però la grazia di esser convinto che i sordidi piaceri di voialtri non sono mai stati roba per Rosario La Ciura.» Si sentiva che era vero: nel contegno, nelle parole del senatore vi era il segno inequivocabile (come si diceva nel 1938) di un riserbo sessuale che non aveva nulla da fare con l'età.

«La verità, senatore, è che ho cominciato a venir qui appunto come in un temporaneo asilo lontano dal mondo. Ho avuto dei guai proprio con due di queste ragazze da Lei tanto giustamente stigmatizzate.»

La risposta fu fulminea e spietata. «Corna, eh, Corbèra? oppure malattie?»

«Nessuna delle due cose: peggio: abbandono.» E gli narrai i ridicoli avvenimenti di due mesi prima. Li narrai in modo lepido perché l'ulcera al mio amor proprio si era cicatrizzata; qualsiasi persona che non fosse stato quell'ellenista della malora mi avrebbe o preso in giro o, eccezionalmente, compatito. Ma il temibile vecchio non fece né l'uno né l'altro: s'indignò, invece.

«Ecco che cosa succede, Corbèra, quando ci si accoppia fra esseri ammalati e squallidi. Lo stesso del resto direi alle due sgualdrinelle parlando di te, se avessi il disgusto d'incontrarle.»

«Ammalate, senatore? Stavano d'incanto tutte e due; bisognava vederle come mangiavano quando si pranzava agli Specchi; e squallide poi, no: erano pezzi di figliuole magnifiche, ed eleganti anche.»

Il senatore sibilò uno dei suoi sputi sdegnosi. «Ammalate, ho detto bene, ammalate; fra cinquanta, sessanta anni, forse molto prima, creperanno; quindi sono fin da ora ammalate. E squallide anche: bella eleganza, quella loro, fatta di cianfrusaglie, di 'pullover' rubati e di moinette apprese al cinema. Bella generosità quella loro di andare a pesca di bigliettucci di banca untuosi nelle tasche dell'amante invece di regalare a lui, come altre fanno, perle rosate e rami di corallo. Ecco che cosa succede quando ci si mette con questi sgorbietti truccati. E non avevate ribrezzo, loro quanto te, te quanto loro, a sbaciucchiare queste vostre future carcasse fra maleodoranti lenzuola? »

Risposi stupidamente: « Ma le lenzuola erano sempre pulitissime, senatore! »

S'infuriò. « E che c'entrano le lenzuola? L'inevitabile lezzo di cadavere era il vostro. Ripeto, come fate a intrecciar bagordi con gente della loro, della tua risma? »

Io che avevo di già adocchiato una deliziosa « cousette » di Ventura, mi offesi. « Ma insomma non si può mica andare a letto soltanto con delle Altezze Serenissime! »

« Chi ti parla di Altezze Serenissime? Queste sono materiale da carnaio come le altre. Ma questo non lo puoi capire, giovanotto, ho torto io a dirtelo. È fatale che tu e le tue amiche v'inoltriate nelle mefitiche paludi dei vostri piaceri immondi. Pochissimi sono coloro che sanno. » Con gli occhi rivolti al soffitto si mise a sorridere; il suo volto aveva un'espressione rapita; poi mi tese la mano e se ne andò.

Non si vide durante tre giorni; il quarto mi giunse una telefonata in redazione. « L'è monsù Corbèra? Io sono la Bettina, la governante del signor senatore La Ciura. Le fa dire che ha avuto un forte raffreddore, che adesso sta meglio e che vuol vederla stasera dopo cena. Venga in via Bertola 18, alle nove; al secondo piano. » La comunicazione, perentoriamente interrotta, divenne inappellabile.

Il numero 18 di via Bertola era un vecchio palazzo malandato, ma l'appartamento del senatore era vasto e ben tenuto, suppongo mercé le insistenze della Bettina. Fin dalla sala d'ingresso cominciava la sfilata dei libri, di quei libri di aspetto modesto e di economica rilegatura di tutte le biblioteche vive. Ve ne erano migliaia nelle tre stanze che attraversai. Nella quarta sedeva il senatore avvolto in un'amplissima veste da camera di pelo di cammello, fine e soffice come non ne avevo mai viste. Seppi poi che non di cammello si trattava ma di preziosa lana di una bestia peruviana e che era un dono del Senato Accademico di Lima. Il senatore si guardò bene dall'alzarsi quando entrai ma mi accolse con cordialità grande; stava meglio, anzi del tutto bene, e contava rimettersi in circolazione non appena l'ondata di gelo che in quei giorni pesava su Torino si fosse mitigata. Mi offrì del vino resinoso cipriota, dono dell'Istituto Italiano di Atene, degli atroci « lukum » rosa, offerti dalla Missione Archeologica di Ankara, e dei più razionali dolci torinesi acquistati dalla previdente Bettina. Era tanto di buon umore che sorrise ben due volte con tutta la bocca e che giunse perfino a scusarsi delle proprie escandescenze nell'Ade.

« Lo so, Corbèra, sono stato eccessivo nei termini per quanto, credimi, moderato nei concetti. Non ci pensare più. »

Non vi pensavo davvero anzi mi sentivo pieno di rispetto per quel vecchio che sospettavo di essere quanto mai infelice malgrado la sua carriera trionfale. Lui divorava gli abominevoli « lukum ».

« I dolci, Corbèra, debbono essere dolci e basta. Se hanno anche un altro sapore sono come dei baci perversi. » Dava larghe briciole ad Eaco, un grande « boxer » che era entrato a un certo punto. « Questo, Corbèra, per chi sa comprenderlo, rassomiglia più agl'Immortali, malgrado la sua bruttezza, delle tue sgrinfiette. » Rifiutò di farmi vedere la biblioteca. « Tutta roba classica che non può interessare uno come te, moralmente bocciato in greco. » Ma mi fece fare il giro della stanza nella quale eravamo che era poi il suo studio. Vi erano pochi libri e fra essi notai il Teatro di Tirso de Molina, la *Undine* di La Motte Fouqué, il dramma omonimo di Giraudoux e, con mia sorpresa, le opere di H.G. Wells; ma in compenso alle pareti vi erano enormi fotografie, a grandezza naturale, di statue greche arcaiche; e non le solite fotografie che tutti noi possiamo procurarci ma esemplari stupendi evidentemente richiesti con autorità ed inviati con devozione dai musei di tutto il mondo. Vi erano tutte, quelle magnifiche creature: il *Cavaliere* del Louvre, la *Dea seduta* di Taranto che è a Berlino, il *Guerriero* di Delfi, la *Core* dell'Acropoli, l'*Apollo* di Piombino, la *Donna Lapita* e il *Febo* di

Olimpia, il celeberrimo *Auriga*... La stanza balenava dei loro sorrisi estatici ed insieme ironici, si esaltava nella riposata alterigia del loro portamento. « Vedi, Corbèra, queste sì, magari; le 'totine', no. » Sul caminetto anfore e crateri antichi: Odisseo legato all'albero della nave, le Sirene che dall'alto della rupe si sfracellavano sugli scogli in espiazione di aver lasciato sfuggire la preda. « Frottole queste, Corbèra, frottole piccolo-borghesi dei poeti; nessuno sfugge e quand'anche qualcuno fosse scampato le Sirene non sarebbero morte per così poco. Del resto come avrebbero fatto a morire? »

Su di un tavolino, in una modesta cornice, una fotografia vecchia e sbiadita; un giovane ventenne, quasi nudo, dai ricci capelli scomposti, con una espressione baldanzosa sui lineamenti di rara bellezza. Perplesso, mi fermai un istante: credevo di aver capito. Niente affatto. « E questo, paesano, questo era ed è, e sarà (accentuò fortemente) Rosario La Ciura. »

Il povero senatore in veste da camera era stato un giovane dio.

Poi parlammo d'altro e prima che me ne andassi mi mostrò una lettera in francese del Rettore dell'Università di Coimbra che lo invitava a far parte del comitato d'onore nel congresso di studi greci che in Maggio si sarebbe svolto in Portogallo. « Sono molto contento; m'imbarcherò a Genova sul *Rex* insieme ai congressisti francesi, svizzeri e tedeschi. Come Odisseo mi turerò le orecchie per non sentire le fandonie di quei minorati, e saranno belle giornate di navigazione: sole, azzurro, odor di mare. »

Uscendo ripassammo davanti allo scaffale nel quale stavano le opere di Wells e osai sorprendermi di vederle lì. « Hai ragione, Corbèra, sono un orrore. Vi è poi un romanzetto che se lo rileggessi mi farebbe venir la voglia di sputare per un mese di fila; e tu, cagnolino da salotto come sei, te ne scandalizzeresti. »

Dopo questa mia visita le nostre relazioni divennero decisamente cordiali; da parte mia, per lo meno. Feci elaborati preparativi per far venire da Genova dei ricci di mare ben freschi. Quando seppi che essi sarebbero arrivati l'indomani mi procurai del vino dell'Etna e del pane di contadini e, timoroso, invitai il senatore a visitare il mio quartierino. Con mio grande sollievo accettò contentissimo. Andai a prenderlo con la mia Balilla, lo trascinai sino a via Peyron che è un po' al diavolo verde. In macchina aveva un po' di paura e nessuna fiducia nella mia perizia di guidatore. «Ti conosco, adesso, Corbèra; se abbiamo la sventura d'incontrare uno dei tuoi sgorbietti in sottana, sarai capace di voltarti e andremo tutti e due a spaccarci il muso contro un cantone.» Non incontrammo nessun aborto in gonnella degno di nota e arrivammo intatti.

Per la prima volta da quando lo conoscevo vidi il senatore ridere: fu quando entrammo nella mia camera da letto. «E così, Corbèra, questo è il teatro delle tue lercie avventure.» Esaminò i miei pochi libri. «Bene, bene. Sei forse meno ignorante di quel che sembri. Questo qui» aggiunse prendendo in mano il mio Shakespeare, «questo qui qualche cosa la capiva. '*A sea-change into something rich and strange.*'[1] '*What potions have I drunk of Siren tears?*' »[2]

Quando, in salotto, la buona signora Carmagnola entrò portando il vassoio con i ricci, i limoni e il resto, il senatore rimase estatico. «Come? hai pensato a questo? Come fai a sapere che sono la cosa che desidero di più?»

«Può mangiarli sicuro, senatore, ancora stamani erano nel mare della Riviera.»

«Già, già, voialtri siete sempre gli stessi, con le vostre servitù di decadenza, di putrescibilità; sempre con le lunghe orecchie intente a spiare lo strascichio dei passi della Morte. Poveri diavoli! Grazie, Corbèra, sei stato un buon 'famulus'. Peccato che non siano del mare di laggiù, questi ricci, che non siano avvolti nelle nostre alghe; i loro aculei non hanno certo mai fatto versare un sangue divino. Certo hai fatto quanto era possibile, ma questi sono ricci quasi boreali, che sonnecchiavano sulle fredde scogliere di Nervi o di Arenzano.» Si vedeva che era uno di quei siciliani per i quali la Riviera Ligure, regione tropicale per i milanesi, è invece una specie d'Islanda. I ricci, spaccati, mostravano le loro carni ferite, sanguigne, stranamente compartimentate. Non vi avevo mai badato prima di adesso, ma dopo i bizzarri paragoni del senatore, essi mi sembravano davvero una sezione fatta in chissà quali delicati organi femminili. Lui li degustava con avidità ma senza allegria, raccolto, quasi compunto. Non volle strizzarvi sopra del limone.

« Voialtri, sempre con i vostri sapori accoppiati! Il riccio deve sapere anche di limone, lo zucchero anche di cioccolata, l'amore anche di paradiso! » Quando ebbe finito bevve un sorso di vino, chiuse gli occhi. Dopo un po' mi avvidi che da sotto le palpebre avvizzite gli scivolavano due lagrime. Si alzò, si avvicinò alla finestra, si asciugò guardingo gli occhi. Poi si volse. « Sei stato mai ad Augusta, tu, Corbèra? » Vi ero stato tre mesi da recluta; durante le ore di libera uscita in due o tre si prendeva una barca e si andava in giro nelle acque trasparenti dei golfi. Dopo la mia risposta tacque; poi, con voce irritata: « E in quel golfetto interno, più in su di Punta Izzo, dietro la collina che sovrasta le saline, voi cappelloni siete mai andati? »

« Certo; è il più bel posto della Sicilia, per fortuna non ancora scoperto dai dopolavoristi.[3] La costa è selvaggia, è vero, senatore? completamente deserta, non si vede neppure una casa; il mare è del colore dei pavoni; e proprio di fronte, al di là di queste onde cangianti, sale l'Etna; da nessun altro posto è bello come da lì, calmo, possente, davvero divino. È uno di quei luoghi nei quali si vede un aspetto eterno di quell'isola che tanto sciocсamente ha volto le spalle alla sua vocazione che era quella di servir da pascolo per gli armenti del Sole. »

Il senatore taceva. Poi: « Sei un buon ragazzo, Corbèra; se non fossi tanto ignorante si sarebbe potuto fare qualcosa di te ». Si avvicinò, mi baciò in fronte. « Adesso vai a prendere il tuo macinino. Voglio andare a casa. »

Durante le settimane seguenti continuammo a vederci al solito. Adesso facevamo delle passeggiate notturne, in generale giù per via Po e attraverso la militaresca piazza Vittorio, andavamo a guardare il fiume frettoloso e la Collina, là dove essi intercalano un tantino di fantasia nel rigore geometrico della città. Cominciava la primavera, la commovente stagione di gioventù minacciata; nelle sponde spuntavano i primi lillà, le più premurose fra le coppiette senza asilo sfidavano l'umidità dell'erba. « Laggiù il sole brucia di già, le alghe fioriscono; i pesci affiorano a pelo d'acqua nelle notti di luna e s'intravedono guizzi di corpi fra le spume luminose; noi stiamo qui davanti a questa corrente di acqua insipida e deserta, a questi casermoni che sembrano soldati o frati allineati; e udiamo i singhiozzi di questi accoppiamenti di agonizzanti. » Lo rallegrava però di pensare alla prossima navigazione fino a Lisbona; la partenza era ormai vicina. « Sarà piacevole; dovresti venire anche tu; peccato però che non sia una comitiva per deficienti in greco; con me si può ancora parlare in italiano, ma se con Zuckmayer o Van der Voos non dimostrassi di conoscere gli ottativi di tutti i verbi irregolari saresti fritto; benché forse della realtà greca sei forse più conscio di loro; non per coltura, certo, ma per istinto animalesco. »

Due giorni prima della sua partenza per Genova mi disse che l'indomani non sarebbe venuto al caffè ma che mi aspettava a casa sua alle nove della sera.

Il cerimoniale fu lo stesso dell'altra volta: le immagini degli Dei di tremila anni fa irradiavano gioventù come una stufa irradia calore; la scialba fotografia del giovane dio di cinquanta anni prima sembrava sgomenta nel guardare la propria metamorfosi, canuta e sprofondata in poltrona.

Quando il vino di Cipro fu bevuto il senatore fece venire la Bettina e le disse che poteva andare a letto. « Accompagnerò io stesso il signor Corbèra quando se ne andrà. » « Vedi, Corbèra, se ti ho fatto venire qui stasera a rischio di scombinare una tua qualche fornicazione a Rivoli, è perché ho bisogno di te. Parto domani e quando alla mia età si va via non si sa mai se non ci si dovrà trattenere lontani per sempre; specialmente quando si va sul mare. Sai, io, in fondo, ti voglio bene: la tua ingenuità mi commuove, le tue scoperte macchinazioni vitali mi divertono; e poi mi sembra di aver capito che tu, come capita ad alcuni siciliani della specie migliore, sei riuscito a compiere la sintesi di sensi e di ragione. Meriti dunque che io non ti lasci a bocca asciutta, senza averti spiegato la ragione di alcune mie stranezze, di alcune frasi che ho detto davanti a te e che certo ti saranno sembrate degne di un matto.»

Protestai fiaccamente: «Non ho capito molte delle cose dette da Lei; ma ho sempre attribuito l'incomprensione alla inadeguatezza della mia mente, mai a un'aberrazione della sua».

«Lascia stare, Corbèra, tanto fa lo stesso. Tutti noi vecchi sembriamo pazzi a voi giovani e invece è spesso il contrario. Per spiegarmi, però, dovrò raccontarti la mia avventura che è inconsueta. Essa si è svolta quando ero 'quel signorino lì'» e m'indicava la sua fotografia. «Bisogna risalire al 1887, tempo che ti sembrerà preistorico ma che per me non lo è.»

Si mosse dal proprio posto dietro la scrivania, venne a sedersi sul mio stesso divano. «Scusa, sai, ma dopo dovrò parlare a voce bassa. Le parole importanti non possono essere berciate; l''urlo di amore' o di odio s'incontra soltanto nei melodrammi o fra la gente più incolta, che sono poi la stessa cosa. Dunque nel 1887 avevo ventiquattro anni; il mio aspetto era quello della fotografia; avevo di già la laurea in lettere antiche, avevo pubblicato due opuscoletti sui dialetti ionici che avevano fatto un certo rumore nella mia Università; e da un anno mi preparavo al concorso per l'Università di Pavia. Inoltre non avevo mai avvicinato una donna. Di donne a dir vero non ne ho mai avvicinato né prima né dopo quell'anno.» Ero sicuro che il mio volto fosse rimasto di una marmorea impassibilità, ma m'ingannavo. «È molto villano quel tuo battere di ciglia, Corbèra: ciò che dico è la verità; verità ed anche vanto. Lo so che noi Catanesi passiamo per esser capaci d'ingravidare le nostre balie, e sarà vero. Riguardo a me, no però. Quando si frequentano, notte e giorno, dee e semidee come facevo io in quei tempi, rimane poca voglia di salire le scale dei postriboli di San Berillio. D'altronde, allora, ero anche trattenuto da scrupoli religiosi. Corbèra, dovresti davvero apprendere a controllare le tue ciglia: ti tradiscono continuamente. Scrupoli religiosi, ho detto, sì. Ho anche detto 'allora'. Adesso non ne ho più; ma sotto questo riguardo non mi è servito a nulla.

«Tu, Corbèruccio, che probabilmente hai avuto il tuo posto al giornale in seguito a un bigliettino di qualche gerarca, non sai che cosa sia la preparazione a un concorso per una cattedra universitaria di letteratura greca. Per due anni occorre sgobbare sino al limite della demenza. La lingua, per fortuna, la conoscevo di già abbastanza bene, proprio quanto la conosco adesso; e, sai, non fo per dire... Ma il resto: le varianti alessandrine e bizantine dei testi, i brani citati, sempre male, dagli autori latini, le innumerevoli connessioni della letteratura con la mitologia, la storia, la filosofia, le scienze! C'è da impazzire, ripeto. Studiavo quindi come un cane e inoltre davo lezioni ad alcuni bocciati dal liceo per poter pagarmi l'alloggio in città. Si può dire che mi nutrissi soltanto di olive nere e di caffè. In cima a tutto questo sopravvenne la catastrofe di quell'estate del 1887 che fu una di quelle proprio infernali come ogni tanto se ne passano laggiù. L'Etna la notte rivomitava l'ardore del sole immagazzinato durante le quindici ore del giorno; se a mezzogiorno si toccava una ringhiera di balcone si doveva correre al Pronto Soccorso; i selciati di lava sembravano sul punto di ritornare allo stato fluido; e quasi ogni giorno lo scirocco ti sbatteva in faccia le ali di pipistrello vischioso. Stavo per crepare. Un amico mi salvò: m'incontrò mentre erravo stravolto per le strade balbettando versi greci che non capivo più. Il mio aspetto lo impressionò. 'Senti, Rosario, se continui a restare qui impazzisci e addio concorso. Io me ne vo in Svizzera (quel ragazzo aveva soldi) ma ad Augusta posseggo una casupola di tre stanze a venti metri dal mare, molto fuori del paese. Fai fagotto, prendi i tuoi libri e vai a starci per tutta l'estate. Passa a casa fra un'ora e ti darò la chiave. Vedrai, lì è un'altra cosa. Alla stazione domanda dov'è il casino Carobene, lo conoscono tutti. Ma parti davvero, parti stasera.'

«Seguii il consiglio, partii la stessa sera, e l'indomani al risveglio, invece delle tubature dei cessi che di là dal cortile mi salutavano all'alba, mi trovai di fronte a una pura distesa di mare, con in fondo l'Etna non più spietato, avvolto nei vapori del mattino. Il posto era completamente deserto, come mi hai detto che lo è ancora adesso, e di una bellezza unica. La casetta nelle sue stanze malandate conteneva in tutto il sofà sul quale avevo passato la notte, un tavolo e tre sedie; in cucina qualche pentola di coccio e un vecchio lume. Dietro la casa un albero di fico e un pozzo. Un paradiso. Andai in paese, rintracciai il contadino della terricciuola di Carobene, convenni con lui che ogni due o tre giorni mi avrebbe portato del pane, della pasta, qualche verdura e del petrolio. L'olio ce lo avevo, di quello nostro che la povera mamma mi aveva mandato a Catania. Presi in affitto una barchetta leggera che il pescatore mi portò nel pomeriggio insieme a una nassa e a qualche amo. Ero deciso a restare lì almeno due mesi.

«Carobene aveva ragione: era davvero un'altra cosa. Il caldo era violento anche ad Augusta ma, non più riverberato da mura, produceva non più una prostrazione bestiale ma una sorta di sommessa euforia, ed il sole, smessa la grinta sua di carnefice, si accontentava di essere un ridente se pur brutale donatore di energie, ed anche un mago che incastonava diamanti mobili in ogni più lieve increspatura del mare. Lo studio aveva cessato di essere una fatica: al dondolio leggero della barca nella quale restavo lunghe ore, ogni libro sembrava non più un ostacolo da superare ma anzi una chiave che mi aprisse il passaggio ad un mondo del quale avevo già sotto gli occhi uno degli aspetti più maliosi. Spesso mi capitava di scandire ad alta voce versi dei poeti e i nomi di quegli Dei dimenticati, ignorati dai più, sfioravano di nuovo la superficie di quel mare che un tempo, al solo udirli, si sollevava in tumulto o placava in bonaccia.

«Il mio isolamento era assoluto, interrotto soltanto dalle visite del contadino che ogni tre o quattro giorni mi portava le poche provviste. Si fermava solo cinque minuti perché a vedermi tanto esaltato e scapigliato doveva certo ritenermi sull'orlo di una pericolosa pazzia. E, a dir vero, il sole, la solitudine, le notti passate sotto il roteare delle stelle, il silenzio, lo scarso nutrimento, lo studio di argomenti remoti, tessevano attorno a me come una incantazione che mi predisponeva al prodigio.

«Questo venne a compiersi la mattina del cinque Agosto, alle sei. Mi ero svegliato da poco ed ero subito salito in barca; pochi colpi di remo mi avevano allontanato dai ciottoli della spiaggia e mi ero fermato sotto un roccione la cui ombra mi avrebbe protetto dal sole che già saliva, gonfio di bella furia, e mutava in oro e azzurro il candore del mare aurorale. Declamavo, quando sentii un brusco abbassamento dell'orlo della barca, a destra, dietro di me, come se qualcheduno vi si fosse aggrappato per salire. Mi voltai e la vidi: il volto liscio di una sedicenne emergeva dal mare, due piccole mani stringevano il fasciame. Quell'adolescente sorrideva, una leggera piega scostava le labbra pallide e lasciava intravedere dentini aguzzi e bianchi, come quelli dei cani. Non era però uno di quei sorrisi come se ne vedono fra voialtri, sempre imbastarditi da un'espressione accessoria, di benevolenza o d'ironia, di pietà, crudeltà o quel che sia; esso esprimeva soltanto se stesso, cioè una quasi bestiale gioia di esistere, una quasi divina letizia. Questo sorriso fu il primo dei sortilegi che agisse su di me rivelandomi paradisi di dimenticate serenità. Dai disordinati capelli color di sole l'acqua del mare colava sugli occhi verdi apertissimi, sui lineamenti d'infantile purezza.

«La nostra ombrosa ragione, per quanto predisposta, s'inalbera dinanzi al prodigio e quando ne avverte uno cerca di appoggiarsi al ricordo di fenomeni banali; come chiunque altro volli credere di aver incontrato una bagnante e, muovendomi con precauzione, mi portai all'altezza di lei, mi curvai, le tesi le mani per farla salire. Ma essa, con stupefacente vigoria emerse diritta dall'acqua sino alla cintola, mi cinse il collo con le braccia, mi avvolse in un profumo mai sentito, si lasciò scivolare nella barca: sotto l'inguine, sotto i glutei il suo corpo era quello di un pesce, rivestito di minutissime squame madreperlacee e azzurre, e terminava in una coda biforcuta che batteva lenta il fondo della barca. Era una Sirena.

«Riversa poggiava la testa sulle mani incrociate, mostrava con tranquilla impudicizia i delicati peluzzi sotto le ascelle, i seni divaricati, il ventre perfetto; da lei saliva quel che ho mal chiamato un profumo, un odore magico di mare, di voluttà giovanissima. Eravamo in ombra ma a venti metri da noi la marina si abbandonava al sole e fremeva di piacere. La mia nudità quasi totale nascondeva male la propria emozione.

«Parlava e così fui sommerso, dopo quello del sorriso e dell'odore, dal terzo, maggiore sortilegio, quello della voce. Essa era un po' gutturale, velata, risuonante di armonici innumerevoli; come sfondo alle parole in essa si avvertivano le risacche impigrite dei mari estivi, il fruscio delle ultime spume sulle spiagge, il passaggio dei venti sulle onde lunari. Il canto delle Sirene, Corbèra, non esiste: la musica cui non si sfugge è quella sola della loro voce.

«Parlava greco e stentavo molto a capirlo. 'Ti sentivo parlare da solo in una lingua simile alla mia; mi piaci, prendimi. Sono Lighea, sono figlia di Calliope. Non credere alle favole inventate su di noi: non uccidiamo nessuno, amiamo soltanto.'

«Curvo su di essa, remavo, fissavo gli occhi ridenti. Giungemmo a riva: presi fra le mie braccia il corpo aromatico, passammo dallo sfolgorio all'ombra densa; lei m'instillava già nella bocca quella voluttà che sta ai vostri baci terrestri come il vino all'acqua sciapa.»

Il senatore narrava a bassa voce la sua avventura; io che in cuor mio avevo sempre contrapposto le mie svariate esperienze femminili a quelle di lui ritenute mediocri e che da ciò avevo tratto uno sciocco senso di diminuita distanza, mi trovavo umiliato: anche in fatto di amori mi vedevo inabissato a distanze invalicabili. Mai un istante ebbi il sospetto che mi si raccontassero delle frottole e chiunque, il più scettico, fosse stato presente, avrebbe avvertito la verità più sicura nel tono del vecchio.

«Così ebbero inizio quelle tre settimane. Non è lecito, non sarebbe d'altronde pietoso verso di te, entrare in particolari. Basti dire che in quegli amplessi godevo insieme della più alta forma di voluttà spirituale e di quella elementare, priva di qualsiasi risonanza sociale, che i nostri pastori solitari provano quando sui monti si uniscono alle loro capre; se il paragone ti ripugna è perché non sei in grado di compiere la trasposizione necessaria dal piano bestiale a quello sovrumano, piani, nel mio caso, sovrapposti.

«Ripensa a quanto Balzac non ha osato esprimere nella *Passion dans le désert*. Dalle membra di lei immortali scaturiva un tale potenziale di vita che le perdite di energia venivano subito compensate, anzi accresciute. In quei giorni, Corbèra, ho amato quanto cento dei vostri Don Giovanni messi insieme per tutta la vita. E che amori! Al riparo di conventi e di delitti, del rancore dei Commendatori e della trivialità dei Leporello, lontani dalle pretese del cuore, dai falsi sospiri, dalle deliquescenze fittizie che inevitabilmente macchiano i vostri miserevoli baci. Un Leporello, a dir vero, ci disturbò il primo giorno, e fu la sola volta: verso le dieci udii il rumore degli scarponi del contadino sul sentiero che portava al mare. Feci appena a tempo a ricoprire con un lenzuolo il corpo inconsueto di Lighea che egli era già sulla porta: la testa, il collo, le braccia di lei che non erano coperte fecero credere al Leporello che si trattasse di un mio volgare amorazzo e quindi gl'incussero un improvviso rispetto; si fermò ancor meno del solito e andandosene strizzò l'occhio sinistro e col pollice e l'indice della destra, raggomitolati e chiusi, fece l'atto di arricciarsi all'angolo della sua bocca un baffo immaginario; e si arrampicò sul sentiero.

«Ho parlato di venti giorni passati insieme; non vorrei però che tu immaginassi che durante quelle tre settimane essa ed io abbiamo vissuto 'maritalmente', come si dice, avendo in comune letto, cibo e occupazioni. Le assenze di Lighea erano frequentissime: senza farmene cenno prima si tuffava in mare e scompariva, talvolta per moltissime ore. Quando ritornava, quasi sempre di primo mattino, o m'incontrava in barca o, se ero ancora nella casupola, strisciava sui ciottoli metà fuori e metà dentro l'acqua, sul dorso, facendo forza con le braccia e chiamandomi per esser aiutata a salire la china. 'Sasà' mi chiamava, poiché le avevo detto che questo era il diminutivo del mio nome. In questo atto, impacciata proprio da quella parte del corpo suo che le conferiva scioltezza nel mare, essa presentava l'aspetto compassionevole di un animale ferito, aspetto che il riso dei suoi occhi cancellava subito.

«Essa non mangiava che roba viva: spesso la vedevo emergere dal mare, il torso delicato luccicante al sole, mentre straziava coi denti un pesce argentato che fremeva ancora; il sangue le rigava il mento e dopo qualche morso il merluzzo o l'orata maciullata venivano ributtati dietro le sue spalle e, maculandola di rosso, affondavano nell'acqua mentre essa infantilmente gridava nettandosi i denti con la lingua. Una volta le diedi del vino; dal bicchiere le fu impossibile bere, dovetti versargliene nella palma minuscola ed appena appena verdina, ed essa lo bevette facendo schioccare la lingua come fa un cane mentre negli occhi le si dipingeva la sorpresa per quel sapore ignoto. Disse che era buono, ma, dopo, lo rifiutò sempre. Di quando in quando veniva a riva con le mani piene di ostriche, di cozze, e mentre io faticavo ad aprirne i gusci con un coltello, lei li schiacciava con una pietra e succhiava il mollusco palpitante, insieme a briciole di conchiglia delle quali non si curava.

«Te l'ho già detto, Corbèra: era una bestia ma nel medesimo istante era anche una Immortale ed è peccato che parlando non si possa continuamente esprimere questa sintesi come, con assoluta semplicità, essa la esprimeva nel proprio corpo. Non soltanto nell'atto carnale essa manifestava una giocondità e una delicatezza opposte alla tetra foia animale ma il suo parlare era di una immediatezza potente che ho ritrovato soltanto in pochi grandi poeti. Non si è figlia di Calliope per niente: all'oscuro di tutte le colture, ignara di ogni saggezza, sdegnosa di qualsiasi costrizione morale, essa faceva parte, tuttavia, della sorgiva di ogni coltura, di ogni sapienza, di ogni etica e sapeva esprimere questa sua primigenia superiorità in termini di scabra bellezza. 'Sono tutto perché sono soltanto corrente di vita priva di accidenti; sono immortale perché tutte le morti confluiscono in me da quella del merluzzo di dianzi a quella di Zeus, e in me radunate ridiventano vita non più individuale e determinata ma pànica e quindi libera.' Poi diceva: 'Tu sei bello e giovane; dovresti seguirmi adesso nel mare e scamperesti ai dolori, alla vecchiaia; verresti nella mia dimora, sotto gli altissimi monti di acque immote e oscure, dove tutto è silenziosa quiete tanto connaturata che chi la possiede non la avverte neppure. Io ti ho amato e, ricordalo, quando sarai stanco, quando non ne potrai proprio più, non avrai che da sporgerti sul mare e chiamarmi: io sarò sempre lì, perché sono ovunque, e il tuo sogno di sonno sarà realizzato'.

«Mi narrava della sua esistenza sotto il mare, dei Tritoni barbuti, delle glauche spelonche, ma mi diceva che anche queste erano fatue apparenze e che la verità era ben più in fondo, nel cieco muto palazzo di acque informi, eterne, senza bagliori, senza sussurri.

«Una volta mi disse che sarebbe stata assente a lungo, sino

alla sera del giorno seguente. 'Debbo andare lontano, là dove so che troverò un dono per te.'

« Ritornò infatti con uno stupendo ramo di corallo purpureo incrostato di conchiglie e muffe marine. L'ho conservato a lungo in un cassetto ed ogni sera baciavo quei posti sui quali ricordavo che si erano posate le dita della Indifferente cioè della Benefica. Un giorno poi la Maria, quella governante mia che ha preceduto la Bettina, lo ha rubato per darlo a un suo magnaccia. L'ho ritrovato poi da un gioielliere di Ponte Vecchio, sconsacrato, ripulito e lisciato al punto di essere quasi irriconoscibile. Lo ho ricomprato e di notte lo ho buttato in Arno: era passato per troppe mani profane.

« Mi parlava anche dei non pochi amanti umani che essa aveva avuto durante la sua adolescenza millenaria: pescatori e marinai greci, siciliani, arabi, capresi, alcuni naufraghi anche, alla deriva su rottami fradici cui essa era apparsa un attimo nel lampeggiare della burrasca per mutare in piacere il loro ultimo rantolo. 'Tutti hanno seguito il mio invito, sono venuti a ritrovarmi, alcuni subito, altri trascorso ciò che per loro era molto tempo. Uno solo non si è fatto più vedere; era un bel ragazzone con pelle bianchissima e con capelli rossi col quale mi sono unita su di una spiaggia lontana là dove il nostro mare si versa nel grande Oceano; odorava di qualche cosa di più forte di quel vino che mi hai dato l'altro giorno. Credo che non si sia fatto vedere non certo perché felice ma perché quando c'incontrammo era talmente ubriaco da non capir più nulla; gli sarò sembrata una delle solite pescatrici.'

« Quelle settimane di grande estate trascorsero rapide come un solo mattino; quando furono passate mi accorsi che in realtà avevo vissuto dei secoli. Quella ragazzina lasciva, quella belvetta crudele era stata anche Madre saggissima che con la sola presenza aveva sradicato fedi, dissipato metafisiche; con le dita fragili, spesso insanguinate, mi aveva mostrato la via verso i veri eterni riposi, anche verso un ascetismo di vita derivato non dalla rinunzia ma dalla impossibilità di accettare altri piaceri inferiori. Non io certo sarò il secondo a non ubbidire al suo richiamo, non rifiuterò questa specie di Grazia pagana che mi è stata concessa.

«In ragione della sua violenza stessa, quell'estate fu breve. Un po' dopo il venti Agosto si riunirono le prime timide nuvole, piovve qualche goccia isolata tiepida come sangue. Le notti fu tutto un concatenarsi, sul lontano orizzonte, di lenti, muti lampeggiamenti che si deducevano l'uno dall'altro come le cogitazioni di un dio. Al mattino il mare color di tortora come una tortora si doleva per sue arcane irrequietudini ed alla sera s'increspava, senza che si percepisse brezza, in un digradare di grigi-fumo, grigi-acciaio, grigi-perla, soavissimi tutti e più affettuosi dello splendore di prima. Lontanissimi brandelli di nebbia sfioravano le acque: forse sulle coste greche pioveva di già. Anche l'umore di Lighea trascolorava dallo splendore all'affettuosità del grigio. Taceva di più, passava ore distesa su uno scoglio a guardare l'orizzonte non più immobile, si allontanava poco. 'Voglio restare ancora con te; se adesso andassi al largo i miei compagni del mare mi tratterrebbero. Li senti? Mi chiamano.' Talvolta mi sembrava davvero di udire una nota differente, più bassa fra lo squittio acuto dei gabbiani, intravedere scapigliamenti fulminei fra scoglio e scoglio. 'Suonano le loro conche, chiamano Lighea per le feste della bufera.'

«Questa ci assalì all'alba del giorno ventisei. Dallo scoglio vedemmo l'avvicinarsi del vento che sconvolgeva le acque lontane, vicino a noi i flutti plumbei si rigonfiavano vasti e pigri. Presto la raffica ci raggiunse, fischiò nelle orecchie, piegò i rosmarini disseccati. Il mare al di sotto di noi si ruppe, la prima ondata avanzò coperta di biancore. 'Addio, Sasà. Non dimenticherai.' Il cavallone si spezzò sullo scoglio, la Sirena si buttò nello zampillare iridato; non la vidi ricadere; sembrò che si disfacesse nella spuma.»

Il senatore partì l'indomani mattina; io andai alla stazione per salutarlo. Era scontroso e tagliente come sempre, ma quando il treno incominciò a muoversi, dal finestrino le sue dita sfiorarono la mia testa.

Il giorno dopo, all'alba, si telefonò da Genova al giornale: durante la notte il senatore La Ciura era caduto in mare dalla coperta del *Rex* che navigava verso Napoli, e benché delle scialuppe fossero state immediatamente messe in mare, il corpo non era stato ritrovato.

Una settimana più tardi venne aperto il testamento di lui: alla Bettina andavano i soldi in banca e il mobilio; la biblioteca veniva ereditata dall'Università di Catania; in un codicillo di recente data io ero nominato quale legatario del cratere greco con le figure delle Sirene e della grande fotografia della *Core* dell'Acropoli.

I due oggetti furono inviati da me alla mia casa di Palermo. Poi venne la guerra e mentre io me ne stavo in Marmarica con mezzo litro di acqua al giorno i «Liberators» distrussero la mia casa: quando ritornai la fotografia era stata tagliata a striscioline che erano servite come torce ai saccheggiatori notturni; il cratere era stato fatto a pezzi; nel frammento più grosso si vedono i piedi di Ulisse legato all'albero della nave. Lo conservo ancora. I libri furono depositati nel sottosuolo dell'Università ma poiché mancano i fondi per le scaffalature essi vanno imputridendo lentamente.

«La sirena»
Scritto nell'inverno 1956-1957 e pubblicato postumo (con il titolo «Lighea») in *Racconti* (Feltrinelli, 1961).

ANTONIO TABUCCHI

1943-2012

Scrivere, per Tabucchi, spesso significava superare i confini, passare da un insieme di coordinate al successivo. Fondamentale nel suo percorso creativo è stata la dedizione continua e determinante a un'altra lingua, alla sua letteratura e alla sua gente. Nel caso di Tabucchi, la lingua era il portoghese, incontrato per la prima volta nelle opere di Fernando Pessoa, famoso per aver creato identità letterarie separate conosciute come eteronimi. Nel tradurre e nel far conoscere gli scritti di Pessoa in Italia, Tabucchi si è fabbricato un'identità postmoderna unica. Si reca in Portogallo, conosce e sposa una donna portoghese e fonda, insieme alla moglie, una rivista dedicata alla letteratura portoghese. Insegna lingua e letteratura portoghese per decenni, a Bologna, Genova e Siena, e verso la fine degli anni Ottanta diventa direttore dell'Istituto italiano di cultura di Lisbona. Scrive romanzi lunghi e brevi, in uno stile che a sua volta supera i confini della tecnica narrativa tradizionale. Compone il romanzo *Requiem* in portoghese e non è lui a tradurlo in italiano. Intellettuale schietto, collabora con i principali giornali italiani finché i suoi articoli, ferocemente critici nei confronti del governo Berlusconi, non lo emarginano nel regno delle pubblicazioni apertamente di sinistra. Tabucchi ha scritto quattro raccolte di racconti. Il testo che ho scelto appare alla fine della sua ultima raccolta, *Il tempo invecchia in fretta*: nove storie cicliche e profondamente elegiache nelle quali tempo, luogo e memoria formano una triade tematica. I racconti sono ambientati in diverse città del mondo. Il libro è stato pubblicato tre anni prima della morte dello scrittore, avvenuta in Portogallo. Tabucchi nel frattempo era diventato cittadino portoghese, così ora le sue ceneri riposano in una tomba dedicata agli scrittori portoghesi nel Cemiterio dos Prazeres di Lisbona. I suoi funerali sono stati celebrati in italiano, francese e portoghese.

Controtempo

Era stato così:

l'uomo si era imbarcato da un aeroporto italiano, perché tutto cominciava in Italia, e che fosse Milano o Roma era secondario, l'importante è che fosse un aeroporto italiano che permetteva di prendere un volo diretto per Atene, e da lì, dopo una breve sosta, una coincidenza per Creta con l'Aegean Airlines, perché di questo era certo, che l'uomo aveva viaggiato con l'Aegean Airlines, dunque aveva preso in Italia un aereo che gli dava una coincidenza da Atene per Creta intorno alle due del pomeriggio, lo aveva visto sull'orario della compagnia greca, il che significava che costui era arrivato a Creta intorno alle tre, tre e mezza del pomeriggio. L'aeroporto di partenza ha comunque un'importanza relativa nella storia di colui che aveva vissuto quella storia, è un mattino di una qualsiasi giornata di fine aprile del duemilaotto, una giornata splendida, quasi estiva. Il che non è un particolare insignificante, perché l'uomo che stava per prendere l'aereo, meticoloso com'era, dava molta importanza al tempo e seguiva un canale satellitare dedicato alla meteorologia di tutto il globo, e il tempo, aveva visto, a Creta era davvero splendido: ventinove gradi diurni, cielo sgombro, umidità nei limiti consentiti, un tempo da mare, l'ideale per stendersi su una di quelle spiagge bianche che diceva la sua guida, immergersi nel mare azzurro e godersi una meritata vacanza. Perché questo era anche il motivo del viaggio di quell'uomo che stava per vivere quella storia: una vacanza. E in effetti così pensò, seduto nella sala d'attesa dei voli internazionali di Roma-Fiumicino, aspettando che l'altoparlante lo chiamasse all'imbarco per Atene.

Ed eccolo finalmente sull'aereo, installato comodamente in business class – è un viaggio pagato, come si vedrà dopo – rassicurato dalle premure degli assistenti di volo. L'età è difficile da definire, anche per colui che conosceva la storia che l'uomo stava vivendo: diciamo fra i cinquanta e i sessanta, magro, robusto, di aspetto sano, capelli brizzolati, baffetti sottili e biondi, occhiali da presbite di plastica appesi al collo. La professione. Anche su questo punto colui che conosceva la sua storia aveva qualche incertezza. Poteva trattarsi di un manager di una multinazionale, uno di quegli anonimi uomini d'affari che passano la vita in un ufficio e dei quali un giorno la sede centrale riconosce il merito. Ma anche di un biologo marino, uno di quegli studiosi che osservando al microscopio le alghe e i microrganismi senza muoversi dal loro laboratorio sono in grado di affermare che il Mediterraneo diventerà un mare tropicale come forse fu milioni di anni fa. Ma anche questa ipotesi gli pareva poco soddisfacente, i biologi che studiano il mare non restano sempre chiusi nel loro laboratorio, vanno per spiagge e scogli, magari si immergono, fanno rilevamenti scientifici personali, e quel passeggero appisolato sulla sua poltrona di business su un volo per Atene, di biologo marino non aveva proprio l'aspetto, magari nei fine-settimana andava in palestra e teneva in buona forma il proprio corpo, nient'altro. Ma poi, se davvero andava in palestra, perché vi andava? A che pro mantenere il suo corpo con quell'aspetto così giovanile? Davvero non c'era motivo: con la donna che aveva considerato la compagna della sua vita era finita da tempo, non aveva un'altra compagna né un'amante, viveva solo, da impegni seri si teneva alla larga, a parte qualche rara avventura che può capitare a tutti. Forse l'ipotesi più credibile è che fosse un naturalista, un moderno seguace di Linneo, e che si recasse a un congresso a Creta insieme con altri esperti di erbe e piante medicinali che a Creta abbondano. Perché una cosa era sicura, si stava recando a un convegno di studiosi come lui, il suo era un viaggio che premiava una vita intera di lavoro e di dedizione, il convegno si teneva nella città di Retimno, sarebbe stato alloggiato in un albergo fatto di bungalow, a pochi chilometri da Retimno, dove una macchina di servizio lo avrebbe condotto il pomeriggio, e aveva tutte le mattine a disposizione.

L'uomo si svegliò, dal sacco a mano prese la guida e cercò

l'albergo dove avrebbe alloggiato. Il risultato lo rassicurò: due ristoranti, una piscina, servizio in camera, l'albergo, chiuso durante l'inverno, riapriva solo alla metà di aprile, il che significava che dovevano esserci pochissimi turisti, i clienti abituali, i nordici assetati di sole, come li definiva la guida, erano ancora nelle loro casette boreali. La gentile voce al microfono pregò di allacciare le cinture, era iniziata la discesa verso Atene dove sarebbero atterrati fra venti minuti circa. L'uomo chiuse il tavolinetto e rialzò lo schienale della poltrona, ripose la guida nel sacco a mano e dalla reticella del sedile di fronte sfilò il giornale che la hostess aveva distribuito e al quale non aveva prestato attenzione. Era un giornale con molti supplementi a colori, come ormai si usa nei fine-settimana, quello economico e finanziario, quello dello sport, quello dell'arredamento e il *magazine*. Evitò tutti i supplementi e aprì il *magazine*. Sulla copertina, in bianco e nero, c'era la fotografia del fungo della bomba atomica, con questo titolo: *Le grandi immagini del nostro tempo*. Cominciò a sfogliarlo con una certa riluttanza. Dopo la pubblicità di due stilisti con un giovanotto a tronco nudo, che lì per lì pensò fosse una grande immagine del nostro tempo, la prima vera immagine del nostro tempo: la lastra di pietra di una casa di Hiroshima dove per il calore dell'atomica il corpo di un uomo si era liquefatto lasciandovi impressa la propria ombra. Non l'aveva mai vista e se ne stupì, provando una specie di rimorso verso se stesso: quella cosa era successa oltre sessant'anni prima, possibile che non l'avesse mai vista? L'ombra sulla pietra era di profilo, e nel profilo gli parve di riconoscere il suo amico Ferruccio che a Capodanno del millenovecentonovantanove, poco prima della mezzanotte, senza motivi comprensibili si era buttato dal decimo piano di un edificio di via Cavour. Possibile che il profilo di Ferruccio, schiacciatosi al suolo il trentuno dicembre del millenovecentonovantanove, assomigliasse al profilo assorbito da una pietra di una città giapponese nel millenovecentoquarantacinque? L'idea era assurda, eppure gli attraversò la mente in tutta la sua assurdità. Continuò a sfogliare la rivista, e intanto il suo cuore cominciò a battere con un ritmo disordinato, uno-due-pausa, tre-uno-pausa, due-tre-uno, pausa-pausa-due-tre, le cosiddette extrasistole, niente di patologico, gli aveva garantito il cardiologo dopo una giornata intera di esami, solo un fatto ansioso. Ma ora, perché? Non potevano essere quelle immagini a provocare la sua emozione, erano cose lontane. Quella bambina nuda a braccia alzate che correva incontro alla macchina fotografica sullo sfondo di un paesaggio apocalittico l'aveva già vista più di una volta senza provare un'impressione così violenta, e ora invece gli provocò un forte turbamento. Girò pagina. Sul bordo di una fossa c'era un uomo inginocchiato a mani giunte mentre un ragazzetto dall'aria sadica gli puntava una pistola alla tempia. Khmer rossi, diceva la didascalia. Per rassicurarsi si obbligò a pensare che erano anch'esse cose di posti lontani e ormai lontane nel tempo, ma il pensiero non fu sufficiente, una strana forma di emozione, che era quasi pensiero, gli stava dicendo il contrario, quell'atrocità era successa ieri, anzi era successa proprio quella mattina, mentre lui prendeva l'aereo, e per stregoneria si era impressa sulla pagina che stava guardando. La voce dell'altoparlante comunicò che per motivi di transito avrebbero ritardato l'atterraggio di un quarto d'ora, e intanto i passeggeri potevano godersi il panorama. L'aereo disegnò un'ampia curva, inclinandosi sulla destra, dal finestrino opposto riuscì a scorgere l'azzurro del mare mentre il suo inquadrò la bianca città di Atene, con una macchia di verde nel mezzo, certo un parco, e poi l'Acropoli, si vedeva perfettamente l'Acropoli, e il Partenone, sentì che le palme delle mani erano umide di sudore, si chiese se non fosse una sorta di panico provocato dall'aereo che girava a vuoto, e intanto guardava la fotografia di uno stadio dove poliziotti con il casco schermato puntavano la canna dei mitra contro un gruppo di uomini scalzi, sotto c'era scritto: Santiago del Cile, 1973. E nella pagina accanto a quella una fotografia che gli sembrò un montaggio, sicuramente era un trucco, non poteva essere vero, non l'aveva mai vista: sul balcone di un palazzo ottocentesco si vedeva Papa Giovanni Paolo II accanto a un generale in divisa. Il Papa era senza dubbio il Papa, e il generale era senza dubbio Pinochet, con quei capelli pieni di brillantina, il volto grassoccio, i baffetti e gli occhiali Ray-Ban. La didascalia diceva: Sua Santità il Pontefice nella sua visita ufficiale in Cile, aprile 1987. Si mise a sfogliare in fretta la rivista, come ansioso di arrivare in fondo, quasi senza guardare le fotografie, ma ad una dovette fermarsi, si vedeva un ragazzino di spalle rivolto a un furgone della polizia, il ragazzino aveva le braccia alzate come se la sua squadra del cuore avesse fatto goal ma a guardare meglio si capiva che stava cadendo all'indietro, che qualcosa più forte di lui lo aveva abbattuto. C'era scritto: Genova, luglio 2001, riunione degli otto paesi più ricchi del mondo. Gli otto paesi più ricchi del mondo: la frase gli provocò una strana sensazione, come qualcosa che è allo stesso tempo comprensibile e assurdo, perché era comprensibile eppure assurda. Ogni fotografia aveva una pagina argentata come se fosse Natale, con la data in caratteri grandi. Era arrivato al duemilaquattro, ma indugiò, non era sicuro di voler vedere la fotografia seguente, possibile che intanto l'aereo continuasse a fare dei giri a vuoto?, voltò la pagina, si vedeva un corpo nudo accasciato per terra, era evidentemente un uomo ma nella foto avevano sfocato la zona pubica, un soldato in divisa mimetica allungava una gamba verso il corpo come se allontanasse col piede un sacco di spazzatura, il cane che teneva al laccio tentava di mordergli una gamba, i muscoli dell'animale erano tesi come la corda che lo reggeva, nell'altra mano il soldato aveva una sigaretta. C'era scritto: carcere di Abu Ghraib, Iraq, 2004. Dopo quella, arrivò all'anno in cui si trovava lui, l'anno di grazia duemilaotto dopo Cristo, cioè si trovò sincronico, fu quello che pensò anche se non sapeva con che cosa, ma sincronico. Quale fosse l'immagine con cui era sincronico lo ignorava, ma non girò la pagina, e intanto l'aereo stava finalmente atterrando, vide la pista che correva sotto di lui con le strisce bianche intermittenti che per la velocità diventavano una striscia unica. Era arrivato.

L'aeroporto Venizelos sembrava nuovo di zecca, sicuramente lo avevano costruito in occasione delle Olimpiadi. Si rallegrò con se stesso per riuscire a raggiungere la sala d'imbarco per Creta evitando di leggere le scritte in inglese, il greco imparato al liceo serviva ancora, curioso. Quando scese all'aeroporto di Hania lì per lì non si rese conto che ormai era arrivato a destinazione: nel breve volo da Atene a Creta, poco meno di un'ora, si era addormentato profondamente dimenticando tutto, gli parve, persino se stesso. A tal punto che quando dalla scaletta dell'aereo scese in quella luce africana si chiese dov'era, e perché c'era, e addirittura chi era, e in quello stupore di nulla si sentì perfino felice. La sua valigia non tardò ad arrivare sul nastro, appena fuori dalle sale d'imbarco c'erano gli uffici dei rent-a-car, non ricordava più le istruzioni, Hertz o Avis? Se non era l'una era l'altra, per fortuna indovinò alla prima, con le chiavi della macchina gli consegnarono una carta stradale di Creta, una copia del programma del convegno, la prenotazione alberghiera e il tracciato del percorso da seguire per raggiungere il villaggio turistico dove erano alloggiati i convegnisti. Che ormai sapeva a memoria, perché se l'era studiato e ristudiato sulla sua guida ben fornita di carte stradali: dall'aeroporto si scende direttamente al lungomare, la direzione è obbligata, a meno che tu non voglia andare verso le spiagge di Marathi, si gira a sinistra, perché altrimenti si finisce a ovest, e lui andava a est, verso Iraklion, passi davanti all'hotel Doma, percorri la Venizelos e segui i cartelli verdi che significano autostrada, ma che in realtà è una superstrada litoranea, si esce poco dopo Georgopolis, luogo vacanziero da evitare, e si seguono le indicazioni dell'albergo, Beach Resort, era facile.

L'automobile, una Volkswagen nera parcheggiata al sole, era bollente, ma lasciò appena che si raffreddasse con gli sportelli aperti, vi entrò come se fosse in ritardo a un appuntamento, ma non era in ritardo e non aveva appuntamenti, erano le quattro del pomeriggio, avrebbe raggiunto l'albergo in poco più di un'ora, il convegno sarebbe cominciato soltanto la sera dell'indomani, con un banchetto ufficiale, aveva oltre ventiquattr'ore di libertà, che fretta c'era? Nessuna fretta. Dopo pochi chilometri di strada un cartello turistico indicava la tomba di Venizelos, a poche centinaia di metri dalla strada principale. Decise di fare una breve sosta per rinfrescarsi prima del viaggio. Vicino alla porta del Monumento c'era una gelateria con una grande terrazza all'aperto da cui si dominava la cittadina. Si sistemò a un tavolo, ordinò un caffè alla turca e un sorbetto di limone. La città che guardava era stata dei veneziani e poi dei turchi, era bella, e di un candore che quasi feriva gli occhi. Ora si sentiva proprio bene, con un'energia insolita, il malessere provato sull'aereo era svanito del tutto. Guardò la carta stradale: per raggiungere la superstrada per Iraklion poteva attraversare la città o contornare il golfo di Souda, qualche chilometro in più. Scelse il secondo itinerario, il golfo dall'alto era bellissimo e il mare di un azzurro intenso. Fu piacevole la discesa della collina fino a Souda, oltre la vegetazione bassa e il tetto di qualche casa si vedevano piccole insenature di sabbia bianca, gli venne una gran voglia di fare il bagno, spense l'aria condizionata e abbassò il finestrino per ricevere sul viso quell'aria calda che sapeva di mare. Superò il piccolo porto industriale, il centro abitato e arrivò all'incrocio in cui girando a sinistra la strada si immetteva sulla litoranea che portava a Iraklion. Mise la freccia a sinistra e si fermò. Una macchina dietro di lui dette un colpo di clacson invitandolo ad avanzare: dall'altra corsia non veniva nessuno. Non avanzò, lasciò che la macchina lo sorpassasse, poi mise la freccia a destra e imboccò la direzione opposta, dove un cartello diceva Mourniès.

E ora lo stiamo seguendo, l'ignoto personaggio che è arrivato a Creta per raggiungere un'amena località marina e che a un certo momento, bruscamente, per un motivo anch'esso ignoto, ha preso una strada verso le montagne. L'uomo proseguì fino a Mourniès, attraversò il villaggio senza sapere dove andava come se sapesse dove andare. In realtà non pensava, guidava e basta, sapeva che stava andando verso il sud: il sole, ancora alto, era già alle sue spalle. Da quando aveva cambiato direzione era ritornata quella sensazione di leggerezza che per pochi attimi aveva provato al tavolino della gelateria guardando dall'alto l'ampio orizzonte: una leggerezza insolita, e insieme un'energia di cui non serbava memoria, come se fosse ritornato giovane, una sorta di lieve ebbrezza, quasi una piccola felicità. Arrivò fino a un villaggio che si chiamava Fournès, attraversò il borgo con sicurezza, come se già conoscesse la strada, si fermò a un bivio, la strada principale seguitava verso destra, lui imboccò quella secondaria il cui cartello diceva: Lefka Ori, i monti bianchi. Proseguì tranquillo, la sensazione di benessere si stava trasformando in una sorta di allegria, gli venne in mente un'aria di Mozart e sentì che poteva riprodurne le note, cominciò a fischiettarle con una facilità che lo stupì, stonando in maniera pietosa in un paio di passaggi, il che lo fece ridere. La strada si infilava fra le aspre gole di una montagna. Erano luoghi belli e selvatici, l'automobile correva in uno stretto asfalto lungo il letto di un torrente asciutto, a un certo punto il letto del torrente scomparve fra le pietre e l'asfalto finì in un sentiero di terra, in una pianura brulla fra montagne inospitali, intanto la luce calava, ma lui andava avanti come se già conoscesse la strada, come qualcuno che obbedisce a una memoria antica o a un ordine ricevuto in sogno, e a un certo punto su un palo sbilenco vide un cartello di latta con dei buchi come se fosse stato forato da fucilate o dal tempo che diceva: Monastiri.

Lo seguì come se fosse quello che aspettava finché non vide un piccolo monastero con un tetto semidiroccato. Capì di essere arrivato. Scese. La porta sgangherata di quelle rovine pendeva all'interno. Pensò che ormai in quel luogo non c'era più nessuno, un alveare di api sotto il piccolo portico sembrava esserne l'unico guardiano. Scese e aspettò come se avesse un appuntamento. Era quasi buio. Sulla porta apparve un frate, era molto vecchio e si muoveva a fatica, aveva un aspetto da anacoreta, con i capelli incolti sulle spalle e una barba giallastra, cosa vuoi, gli chiese in greco. Conosci l'italiano?, rispose il viaggiatore. Il vecchio fece un cenno di assenso con la testa. Un po', mormorò. Sono venuto a darti il cambio, disse l'uomo.

Dunque era stato così, e non c'era altra conclusione possibile, perché quella storia non prevedeva altre conclusioni possibili, ma colui che conosceva questa storia sapeva che non poteva permettere che si concludesse in questo modo, e a questo punto faceva un salto di tempo. E grazie a uno di quei salti di tempo che sono possibili soltanto nell'immaginazione, ci si trovava nel futuro, rispetto a quel mese di aprile del duemilaotto. Di quanti anni non si sa, e colui che conosceva la storia si teneva sul vago, vent'anni, per esempio, che per la vita di un uomo sono molti, perché se nel duemilaotto un uomo di sessant'anni ha ancora tutte le sue forze, nel duemilaventotto sarà un vecchio, con il corpo usurato dal tempo.

Così immaginava il seguito della storia colui che conosceva questa storia, e dunque accettiamo di trovarci nel duemilaventotto, come voleva colui che conosceva la storia e ne aveva immaginato il seguito.

E a questo punto, colui che immaginava il seguito di questa storia vedeva due giovani, un ragazzo e una ragazza con due pantaloncini di cuoio e gli scarponi da trekking, che stavano facendo un viaggio fra le montagne di Creta. La ragazza diceva al compagno: secondo me quella vecchia guida che hai trovato nella biblioteca di tuo padre non ha proprio senso, il monastero ormai sarà un mucchio di pietre pieno di lucertole, perché non torniamo verso il mare? E il ragazzo rispondeva: credo che tu abbia ragione. Ma proprio quando diceva così lei replicava: ma no, andiamo avanti ancora un po', non si sa mai. E infatti bastava aggirare l'aspra collina di pietre rosse che tagliava una parte del paesaggio ed ecco il monastero, anzi le sue rovine, e i ragazzi avanzavano, fra le gole soffiava il vento e sollevava polvere, la porta del monastero era crollata, nidi di vespe difendevano quella spelonca vuota, i ragazzi avevano già voltato le spalle a quella malinconia quando sentirono una voce. Nel vano cieco della porta c'era un uomo. Era vecchissimo, aveva un aspetto orrido, con una lunga barba bianca sul petto e i capelli incolti sulle spalle. Oooh, chiamò la voce. Nient'altro. I ragazzi si fermarono. L'uomo chiese: capite l'italiano? I ragazzi non risposero. Cos'è successo dal duemilaotto?, chiese il vecchio. I ragazzi si guardarono, non avevano il coraggio di scambiarsi una parola. Avete fotografie?, chiese ancora il vecchio, cos'è successo dal duemilaotto? Poi fece un cenno con la mano come per mandarli via, ma forse stava scacciando le vespe che vorticavano sotto il portico, e rientrò nel buio della sua spelonca.

L'uomo che conosceva questa storia sapeva che non poteva finire in nessun'altra maniera. Prima di scriverle, le sue storie lui amava raccontarsele. E se le raccontava in maniera così perfetta, con tutti i dettagli, parola per parola, che si può dire fossero scritte nella sua memoria. Se le raccontava preferibilmente la sera tardi, nella solitudine di quella grande casa vuota, o certe notti in cui non riusciva a trovar sonno, certe notti in cui l'insonnia non gli concedeva altro che l'immaginazione, poca cosa, però l'immaginazione gli dava un reale così vivo da sembrare più reale del reale che stava vivendo. Ma la cosa più difficile non era raccontarsi le sue storie, quello era facile, era come se le parole con cui se le raccontava le vedesse scritte sullo schermo buio della sua camera, quando la fantasia gli teneva gli occhi spalancati. E quella storia lì, che si era raccontato così tante volte da sembrargli un libro già stampato, e che nelle parole mentali con cui se la raccontava era facilissima da dire, era invece difficilissima da scrivere con i caratteri dell'alfabeto ai quali doveva ricorrere quando il pensiero deve farsi concreto e visibile. Era come se gli mancasse il principio di realtà per scrivere il suo racconto, ed era per questo, per vivere la realtà effettuale di ciò che era reale in lui ma che non riusciva a diventare reale davvero, che aveva scelto quel luogo.

Il suo viaggio era preparato in ogni dettaglio. Scese all'aeroporto di Hania, ritirò la valigia, entrò nell'ufficio della Hertz, ritirò le chiavi della macchina. Tre giorni?, gli chiese stupito l'impiegato. Cosa c'è di strano, disse lui. Nessuno viene in vacanza a Creta per tre giorni, rispose sorridendo l'impiegato. Ho un lungo fine-settimana, disse lui, per quello che ho da fare mi basta.

Era bella la luce di Creta. Non era mediterranea, era africana; per raggiungere il Beach Resort ci avrebbe messo un'ora e mezzo, al massimo due, anche andando piano sarebbe arrivato verso le sei, una doccia e si sarebbe messo subito a scrivere, il ristorante dell'albergo era aperto fino alle undici, era giovedì sera, contò: venerdì, sabato e domenica pieni, tre giorni pieni. Bastavano: nella sua testa era già tutto scritto.

Perché a quel semaforo girò a sinistra non avrebbe saputo dirlo. I piloni della superstrada si distinguevano nitidamente, ancora quattrocento o cinquecento metri e avrebbe imboccato la litoranea per Iraklion. E invece girò a sinistra, laddove un piccolo cartello blu gli indicava una località ignota. Pensò che c'era già stato, perché in un attimo vide tutto: una strada alberata con rare case, una piazza disadorna con un brutto monumento, una cornice di rocce, una montagna. Fu un lampo. È quella cosa strana che la medicina non sa spiegare, si disse, lo chiamano *déjà vu*, un già visto, non mi era mai successo. Ma la spiegazione che si dette non lo rassicurò, perché il già visto perdurava, era più forte di ciò che vedeva, avvolgeva come una membrana la realtà circostante, gli alberi, i monti, le ombre della sera, perfino l'aria che stava respirando. Si sentì preso da una vertigine e temette di venirne risucchiato, ma fu un attimo, perché nel dilatarsi quella sensazione subiva una strana metamorfosi, come un guanto che rovesciandosi portasse con sé la mano che ricopriva. Tutto cambiò di prospettiva, in un lampo provò l'ebbrezza della scoperta, una sottile nausea e una mortale malinconia. Ma anche un senso di liberazione infinito, come quando finalmente capiamo qualcosa che sapevamo da sempre e non volevamo sapere: non era il già visto che lo inghiottiva in un passato mai vissuto, era lui che lo stava catturando in un futuro ancora da vivere. Mentre guidava in quella stradina fra gli uliveti che lo portava verso le montagne, sapeva che a un certo punto avrebbe trovato un vecchio cartello arrugginito pieno di buchi su cui era scritto: Monastiri. E che l'avrebbe seguito. Ora tutto era chiaro.

«Controtempo»
Pubblicato nella raccolta *Il tempo invecchia in fretta* (Einaudi, 2009).

ITALO SVEVO

1861-1928

La città di Trieste ha fatto parte dell'Impero asburgico fino al 1918, quando è stata annessa al Regno d'Italia. Svevo, personalità profondamente ibrida e dalle duplici radici, vi nasce con il nome di Aron Ettore Schmitz. Sebbene oggi sia considerato uno dei primi grandi modernisti italiani, Svevo è in realtà una figura letteraria bifronte, il cui orientamento artistico è tanto italiano quanto mitteleuropeo (lo pseudonimo rappresenta, quasi letteralmente, l'amalgama culturale e geografico che costituiva la sua essenza: « Italo » rappresenta l'Italia, mentre « Svevo » definisce una persona della Svevia, regione della Germania sudoccidentale). Figlio di un ebreo austriaco e di un'ebrea italiana, studia in una scuola tedesca, in casa parla dialetto ed è cittadino austriaco. Si converte al Cattolicesimo per sposarsi, ma i suoi funerali vengono celebrati secondo il rito ebraico. Lavora in banca e, dopo il matrimonio, per l'azienda del suocero, che produce vernici sottomarine. Ma la sua passione, fin dall'adolescenza, è la letteratura; si nutre della filosofia di Arthur Schopenhauer e dei testi di psicoanalisi di Sigmund Freud, e mescola il dialetto triestino e il tedesco per creare il suo caratteristico italiano anticonvenzionale. Il suo insegnante di inglese a Trieste era James Joyce. Erano diventati amici. Perennemente combattuto tra vocazione artistica e responsabilità famigliari, aveva pubblicato il suo romanzo più importante, *La coscienza di Zeno*, nel 1923. Fino ad allora, i suoi scritti erano passati per lo più inosservati: il silenzio con cui era stato accolto *Senilità*, pubblicato più di vent'anni prima, lo aveva quasi convinto a rinunciare alla scrittura. Ma Joyce adorava *Senilità*, al punto da memorizzarne intere pagine e scegliere il titolo della versione inglese del romanzo:

As a Man Grows Older. Il declino fisico, l'inettitudine e l'oziosità sono temi onnipresenti nelle pagine di Svevo, e quasi tutti i suoi racconti, per lo più composti negli ultimi anni, descrivono il campo di battaglia della vecchiaia. Il protagonista di questo testo è rappresentativo degli eroi «guerrieri» di Svevo, insieme nevrotico e nobile, infantile e illuminato.

Vino generoso

Andava a marito una nipote di mia moglie, in quell'età in cui le fanciulle cessano d'essere tali e degenerano in zitelle. La poverina fino a poco prima s'era rifiutata alla vita, ma poi le pressioni di tutta la famiglia l'avevano indotta a ritornarvi, rinunziando al suo desiderio di purezza e di religione, aveva accettato di parlare con un giovane che la famiglia aveva prescelto quale un buon partito. Subito dopo addio religione, addio sogni di virtuosa solitudine, e la data delle nozze era stata stabilita anche più vicina di quanto i congiunti avessero desiderato. Ed ora sedevamo alla cena della vigilia delle nozze.

Io, da vecchio licenzioso, ridevo. Che aveva fatto il giovane per indurla a mutare tanto presto? Probabilmente l'aveva presa fra le braccia per farle sentire il piacere di vivere e l'aveva sedotta piuttosto che convinta. Perciò era necessario si facessero loro tanti auguri. Tutti, quando sposano, hanno bisogno di auguri, ma quella fanciulla più di tutti. Che disastro, se un giorno essa avesse dovuto rimpiangere di essersi lasciata rimettere su quella via, da cui per istinto aveva aborrito. Ed anch'io accompagnai qualche mio bicchiere con auguri, che seppi persino confezionare per qualche caso speciale: « Siate contenti per uno o due anni, poi gli altri lunghi anni li sopporterete più facilmente, grazie alla riconoscenza di aver goduto. Della gioia resta il rimpianto ed è anche esso un dolore, ma un dolore che copre quello fondamentale, il vero dolore della vita ».

Non pareva che la sposa sentisse il bisogno di tanti auguri. Mi sembrava anzi ch'essa avesse la faccia addirittura cristallizzata in un'espressione d'abbandono fiducioso. Era però la stessa espressione che già aveva avuta quando proclamava la sua volontà di ritirarsi in un chiostro. Anche questa volta essa faceva un voto, il voto di essere lieta per tutta la vita. Fanno sempre dei voti certuni a questo mondo. Avrebbe essa adempiuto questo voto meglio del precedente?

Tutti gli altri, a quella tavola, erano giocondi con grande naturalezza, come lo sono sempre gli spettatori. A me la naturalezza mancava del tutto. Era una sera memoranda anche per me. Mia moglie aveva ottenuto dal dottor Paoli che per quella sera mi fosse concesso di mangiare e bere come tutti gli altri. Era la libertà resa più preziosa dal monito che subito dopo mi sarebbe stata tolta. Ed io mi comportai proprio come quei giovincelli cui si concedono per la prima volta le chiavi di casa. Mangiavo e bevevo, non per sete o per fame, ma avido di libertà. Ogni boccone, ogni sorso doveva essere l'asserzione della mia indipendenza. Aprivo la bocca più di quanto occorresse per ricevervi i singoli bocconi, ed il vino passava dalla bottiglia nel bicchiere fino a traboccare, e non ve lo lasciavo che per un istante solo. Sentivo una smania di muovermi io, e là, inchiodato su quella sedia, seppi avere il sentimento di correre e saltare come un cane liberato dalla catena.

Mia moglie aggravò la mia condizione raccontando ad una sua vicina a quale regime io di solito fossi sottoposto, mentre mia figlia Emma, quindicenne, l'ascoltava e si dava dell'importanza completando le indicazioni della mamma. Volevano dunque ricordarmi la catena anche in quel momento in cui m'era stata levata? E tutta la mia tortura fu descritta: come pesavano quel po' di carne che m'era concessa a mezzodì, privandola d'ogni sapore, e come di sera non ci fosse nulla da pesare, perché la cena si componeva di una rosetta con uno spizzico di prosciutto e di un bicchiere di latte caldo senza zucchero, che mi faceva nausea. Ed io, mentre parlavano, facevo la critica della scienza del dottore e del loro affetto. Infatti, se il mio organismo era tanto logoro, come si poteva ammettere che quella sera, perché ci era riuscito quel bel tiro di far sposare chi di sua elezione non l'avrebbe fatto, esso potesse improvvisamente sopportare tanta roba indigesta e dannosa? E bevendo mi preparavo alla ribellione del giorno appresso. Ne avrebbero viste di belle.

Gli altri si dedicavano allo *champagne*, ma io dopo averne preso qualche bicchiere per rispondere ai vari brindisi, ero ritornato al vino da pasto comune, un vino istriano secco e sincero, che un amico di casa aveva inviato per l'occasione. Io l'amavo quel vino, come si amano i ricordi e non diffidavo di esso, né ero sorpreso che anziché darmi la gioia e l'oblio facesse aumentare nel mio animo l'ira.

Come potevo non arrabbiarmi? M'avevano fatto passare un periodo di vita disgraziatissimo. Spaventato e immiserito, avevo lasciato morire qualunque mio istinto generoso per far posto a pastiglie, gocce e polverette. Non più socialismo. Che cosa poteva importarmi se la terra, contrariamente ad ogni più illuminata conclusione scientifica, continuava ad essere l'oggetto di proprietà privata? Se a tanti, perciò, non era concesso il pane quotidiano e quella parte di libertà che dovrebbe adornare ogni giornata dell'uomo? Avevo io forse l'uno o l'altra?

Quella beata sera tentai di costituirmi intero. Quando mio nipote Giovanni, un uomo gigantesco che pesa oltre cento chilogrammi, con la sua voce stentorea si mise a narrare certe storielle sulla propria furberia e l'altrui dabbenaggine negli affari, io ritrovai nel mio cuore l'antico altruismo. «Che cosa farai tu» gli gridai «quando la lotta fra gli uomini non sarà più lotta per il denaro?»

Per un istante Giovanni restò intontito alla mia frase densa, che capitava improvvisa a sconvolgere il suo mondo. Mi guardò fisso con gli occhi ingranditi dagli occhiali. Cercava nella mia faccia delle spiegazioni per orientarsi. Poi, mentre tutti lo guardavano, sperando di poter ridere per una di quelle sue risposte di materialone ignorante e intelligente, dallo spirito ingenuo e malizioso, che sorprende sempre ad onta sia stato usato ancor prima che da Sancho Panza, egli guadagnò tempo dicendo che a tutti il vino alterava la visione del presente, e a me invece confondeva il futuro. Era qualche cosa, ma poi credette di aver trovato di meglio e urlò: «Quando nessuno lotterà più per il denaro, lo avrò io senza lotta, tutto, tutto». Si rise molto, specialmente per un gesto ripetuto dei suoi braccioni, che dapprima allargò stendendo le spanne, eppoi ristrinse chiudendo i pugni per far credere di aver afferrato il denaro che a lui doveva fluire da tutte le parti.

La discussione continuò e nessuno s'accorgeva che quando

non parlavo bevevo. E bevevo molto e dicevo poco, intento com'ero a studiare il mio interno, per vedere se finalmente si riempisse di benevolenza e d'altruismo. Lievemente bruciava quell'interno. Ma era un bruciore che poi si sarebbe diffuso in un gradevole tepore, nel sentimento della giovinezza che il vino procura, purtroppo per breve tempo soltanto.

E, aspettando questo, gridai a Giovanni: «Se raccoglierai il denaro che gli altri rifiuteranno, ti getteranno in gattabuia».

Ma Giovanni pronto gridò: «Ed io corromperò i carcerieri e farò rinchiudere coloro che non avranno i denari per corromperli».

«Ma il denaro non corromperà più nessuno.»

«E allora perché non lasciarmelo?»

M'arrabbiai smodatamente: «Ti appenderemo» urlai. «Non meriti altro. La corda al collo e dei pesi alle gambe.»

Mi fermai stupito. Mi pareva di non aver detto esattamente il mio pensiero. Ero proprio fatto così, io? No, certo no. Riflettei: come ritornare al mio affetto per tutti i viventi, fra i quali doveva pur esserci anche Giovanni? Gli sorrisi subito, esercitando uno sforzo immane per correggermi e scusarlo e amarlo. Ma lui me lo impedì, perché non badò affatto al mio sorriso benevolo e disse, come rassegnandosi alla constatazione di una mostruosità: «Già, tutti i socialisti finiscono in pratica col ricorrere al mestiere del carnefice».

M'aveva vinto, ma l'odiai. Pervertiva la mia vita intera, anche quella che aveva precorso l'intervento del medico e che io rimpiangevo come tanto luminosa. M'aveva vinto perché aveva rivelato lo stesso dubbio che già prima delle sue parole avevo avuto con tanta angoscia.

E subito dopo mi capitò un'altra punizione.

«Come sta bene» aveva detto mia sorella, guardandomi con compiacenza, e fu una frase infelice, perché mia moglie, non appena la sentì, intravvide la possibilità che quel benessere eccessivo che mi coloriva il volto, degenerasse in altrettanta malattia. Fu spaventata come se in quel momento qualcuno l'avesse avvisata di un pericolo imminente, e m'assaltò con violenza: «Basta, basta» urlò, «via quel bicchiere». Invocò l'aiuto del mio vicino, certo Alberi, ch'era uno degli uomini più lunghi della città, magro, secco e sano, ma occhialuto come Giovanni. «Sia tanto buono, gli strappi di mano quel bicchiere.» E visto che Alberi esitava, si commosse, s'affannò: «Signor Alberi, sia tanto buono, gli tolga quel bicchiere».

Io volli ridere, ossia indovinai che allora a una persona bene educata conveniva ridere, ma mi fu impossibile. Avevo preparato la ribellione per il giorno dopo e non era mia colpa se scoppiava subito. Quelle redarguizioni in pubblico erano veramente oltraggiose. Alberi, cui di me, di mia moglie e di tutta quella gente che gli dava da bere e da mangiare non importava un fico fresco, peggiorò la mia situazione rendendola ridicola. Guardava al disopra dei suoi occhiali il bicchiere ch'io stringevo, vi avvicinava le mani come se si fosse accinto a strapparmelo, e finiva per ritirarle con un gesto vivace, come se avesse avuto paura di me che lo guardavo. Ridevano tutti alle mie spalle, Giovanni con un certo suo riso gridato che gli toglieva il fiato.

La mia figliuola Emma credette che sua madre avesse bisogno del suo soccorso. Con un accento che a me parve esageratamente supplice, disse: «Papà mio, non bere altro».

E fu su quell'innocente che si riversò la mia ira. Le dissi una parola dura e minacciosa dettata dal risentimento del vecchio e del padre. Ella ebbe subito gli occhi pieni di lagrime e sua madre non s'occupò più di me, per dedicarsi tutta a consolarla.

Mio figlio Ottavio, allora tredicenne, corse proprio in quel momento dalla madre. Non s'era accorto di nulla, né del dolore della sorella né della disputa che l'aveva causato. Voleva avere il permesso di andare la sera seguente al cinematografo con alcuni suoi compagni che in quel momento gliel'avevano proposto. Ma mia moglie non lo ascoltava, assorbita interamente dal suo ufficio di consolatrice di Emma.

Io volli ergermi con un atto d'autorità e gridai il mio permesso: «Sì, certo, andrai al cinematografo. Te lo prometto io e basta». Ottavio, senz'ascoltare altro, ritornò ai suoi compagni dopo di avermi detto: «Grazie, papà». Peccato, quella sua furia. Se fosse rimasto con noi, m'avrebbe sollevato con la sua contentezza, frutto del mio atto d'autorità.

A quella tavola il buon umore fu distrutto per qualche istante ed io sentivo di aver mancato anche verso la sposa, per la quale quel buon umore doveva essere un augurio e un presagio. Ed invece essa era la sola che intendesse il mio dolore, o così mi parve. Mi guardava proprio maternamente, disposta a scusarmi e ad accarezzarmi. Quella fanciulla aveva sempre avuto quell'aspetto di sicurezza nei suoi giudizii.

Come quando ambiva alla vita claustrale, così ora credeva di essere superiore a tutti per avervi rinunziato. Ora s'ergeva su me, su mia moglie e su mia figlia. Ci compativa, e i suoi begli occhi grigi si posavano su noi, sereni, per cercare dove ci fosse il fallo che, secondo lei, non poteva mancare dove c'era il dolore.

Ciò accrebbe il mio rancore per mia moglie, il cui contegno ci umiliava a quel modo. Ci rendeva inferiori a tutti, anche ai più meschini, a quella tavola. Laggiù, in fondo, anche i bimbi di mia cognata avevano cessato di chiacchierare e commentavano l'accaduto accostando le testine. Ghermii il bicchiere, dubbioso se vuotarlo o scagliarlo contro la parete o magari contro i vetri di faccia. Finii col vuotarlo d'un fiato. Questo era l'atto più energico, perché asserzione della mia indipendenza: mi parve il miglior vino che avessi avuto quella sera. Prolungai l'atto versando nel bicchiere dell'altro vino, di cui pure sorbii un poco. Ma la gioia non voleva venire, e tutta la vita anche troppo intensa, che ormai animava il mio organismo, era rancore. Mi venne una idea curiosa. La mia ribellione non bastava per chiarire tutto. Non avrei potuto proporre anche alla sposa di ribellarsi con me? Per fortuna proprio in quell'istante essa sorrise dolcemente all'uomo che le stava accanto fiducioso. Ed io pensai: «Essa ancora non sa ed è convinta di sapere».

Ricordo ancora che Giovanni disse: «Ma lasciatelo bere. Il vino è il latte dei vecchi». Lo guardai raggrinzando la mia faccia per simulare un sorriso ma non seppi volergli bene. Sapevo che a lui non premeva altro che il buon umore e voleva accontentarmi, come un bimbo imbizzito che turba un'adunata d'adulti.

Poi bevetti poco e soltanto se mi guardavano, e più non fiatai. Tutto intorno a me vociava giocondamente e mi dava fastidio. Non ascoltavo ma era difficile di non sentire. Era scoppiata una discussione fra Alberi e Giovanni, e tutti si divertivano a vedere alle prese l'uomo grasso con l'uomo magro. Su che cosa vertesse la discussione non so, ma sentii dall'uno e dall'altro parole abbastanza aggressive. Vidi in piedi l'Alberi che, proteso verso Giovanni, portava i suoi occhiali fin quasi al centro della tavola, vicinissimo al suo avversario, che aveva adagiato comodamente su una poltrona a sdraio, offertagli per ischerzo alla fine della cena, i suoi centoventi chilogrammi, e lo guardava intento, da quel buon schermitore che era, come se studiasse dove assestare la propria stoccata. Ma anche l'Alberi era bello, tanto asciutto, ma tuttavia sano, mobile e sereno.

E ricordo anche gli augurii e i saluti interminabili al momento della separazione. La sposa mi baciò con un sorriso che mi parve ancora materno. Accettai quel bacio, distratto. Speculavo quando mi sarebbe stato permesso di spiegarle qualche cosa di questa vita.

In quella, da qualcuno, fu fatto un nome, quello di un'amica di mia moglie e antica mia: Anna. Non so da chi né a che proposito, ma so che fu l'ultimo nome ch'io udii prima di essere lasciato in pace dai convitati. Da anni io usavo vederla spesso accanto a mia moglie e salutarla con l'amicizia e l'indifferenza di gente che non ha nessuna ragione per protestare d'essere nati nella stessa città e nella stessa epoca. Ecco che ora invece ricordai ch'essa era stata tanti anni prima il mio solo delitto d'amore. L'avevo corteggiata quasi fino al momento di sposare mia moglie. Ma poi del mio tradimento ch'era stato brusco, tanto che non avevo tentato di attenuarlo neppure con una parola sola, nessuno aveva mai parlato, perché essa poco dopo s'era sposata anche lei ed era stata felicissima. Non era intervenuta alla nostra cena per una lieve influenza che l'aveva costretta a letto. Niente di grave. Strano e grave era invece che io ora ricordassi il mio delitto d'amore, che veniva ad appesantire la mia coscienza già tanto turbata. Ebbi proprio la sensazione che in quel momento il mio antico delitto venisse punito. Dal suo letto, che era probabilmente di convalescente, udivo protestare la mia vittima: «Non sarebbe giusto che tu fossi felice». Io m'avviai alla mia stanza da letto molto abbattuto. Ero un po' confuso, perché una cosa che intanto non mi pareva giusta era che mia moglie fosse incaricata di vendicare chi essa stessa aveva soppiantato.

Emma venne a darmi la buona notte. Era sorridente, rosea, fresca. Il suo breve groppo di lacrime s'era sciolto in una reazione di gioia, come avviene in tutti gli organismi sani e giovini. Io, da poco, intendevo bene l'anima altrui, e la mia figliuola, poi, era acqua trasparente. La mia sfuriata era servita a conferirle importanza al cospetto di tutti, ed essa ne godeva con piena ingenuità. Io le diedi un bacio e sono sicuro di aver pensato ch'era una fortuna per me ch'essa fosse tanto lieta e contenta. Certo, per educarla, sarebbe stato mio dovere di ammonirla che non s'era comportata con me abbastanza rispettosamente. Non trovai però le parole, e tacqui. Essa se ne andò, e del mio tentativo di trovare quelle parole, non restò che una preoccupazione, una confusione, uno sforzo che m'accompagnò per qualche tempo. Per quetarmi pensai: « Le parlerò domani. Le dirò le mie ragioni ». Ma non servì. L'avevo offesa io, ed essa aveva offeso me. Ma era una nuova offesa ch'essa non ci pensasse più mentre io ci pensavo sempre.

Anche Ottavio venne a salutarmi. Strano ragazzo. Salutò me e la sua mamma quasi senza vederci. Era già uscito quand'io lo raggiunsi col mio grido: « Contento di andare al cinematografo? » Si fermò, si sforzò di ricordare, e prima di riprendere la sua corsa disse seccamente: « Sì ». Era molto assonnato.

Mia moglie mi porse la scatola delle pillole. « Son queste? » domandai io con una maschera di gelo sulla faccia.

« Sì, certo » disse ella gentilmente. Mi guardò indagando e, non sapendo altrimenti indovinarmi, mi chiese esitante: « Stai bene? »

« Benissimo » asserii deciso, levandomi uno stivale. E precisamente in quell'istante lo stomaco prese a bruciarmi spaventosamente. « Era questo ch'essa voleva » pensai con una logica di cui solo ora dubito.

Inghiottii la pillola con un sorso d'acqua e ne ebbi un lieve refrigerio. Baciai mia moglie sulla guancia macchinalmente. Era un bacio quale poteva accompagnare le pillole. Non me lo sarei potuto risparmiare se volevo evitare discussioni e spiegazioni. Ma non seppi avviarmi al riposo senz'avere precisato la mia posizione nella lotta che per me non era ancora cessata, e dissi nel momento di assestarmi nel letto: « Credo che le pillole sarebbero state più efficaci se prese con vino ».

Spense la luce e ben presto la regolarità del suo respiro mi annunziò ch'essa aveva la coscienza tranquilla, cioè, pensai subito, l'indifferenza più assoluta per tutto quanto mi riguardava. Io avevo atteso ansiosamente quell'istante, e subito mi dissi ch'ero finalmente libero di respirare rumorosamente, come mi pareva esigesse lo stato del mio organismo, o magari di singhiozzare, come nel mio abbattimento avrei voluto. Ma l'affanno, appena fu libero, divenne un affanno più vero ancora. Eppoi non era una libertà, cotesta. Come sfogare l'ira che imperversava in me? Non potevo fare altro che rimuginare quello che avrei detto a mia moglie e a mia figlia il giorno dopo. « Avete tanta cura della mia salute, quando si tratta di seccarmi alla presenza di tutti? » Era tanto vero. Ecco che io ora m'arrovellavo solitario nel mio letto e loro dormivano serenamente. Quale bruciore! Aveva invaso nel mio organismo tutto un vasto tratto che sfociava nella gola. Sul tavolino accanto al letto doveva esserci la bottiglia dell'acqua ed io allungai la mano per raggiungerla. Ma urtai il bicchiere vuoto e bastò il lieve tintinnìo per destare mia moglie. Già quella lì dorme sempre con un occhio aperto.

« Stai male? » domandò a bassa voce. Dubitava di aver sentito bene e non voleva destarmi. Indovinai un tanto, ma le attribuii la bizzarra intenzione di gioire di quel male, che non era altro che la prova ch'ella aveva avuto ragione. Rinunziai all'acqua e mi riadagiai, quatto quatto. Subito essa ritrovò il suo sonno lieve che le permetteva di sorvegliarmi.

Insomma, se non volevo soggiacere nella lotta con mia moglie, io dovevo dormire. Chiusi gli occhi e mi rattrappii su di un fianco. Subito dovetti cambiare posizione. Mi ostinai però e non apersi gli occhi. Ma ogni posizione sacrificava una parte del mio corpo. Pensai: « Col corpo fatto così non si può dormire ». Ero tutto movimento, tutto veglia. Non può pensare il sonno chi sta correndo. Della corsa avevo l'affanno e anche, nell'orecchio, il calpestìo dei miei passi: di scarponi pesanti. Pensai che forse, nel letto, mi movevo troppo dolcemente per poter azzeccare di colpo e con tutte e due le membra la posizione giusta. Non bisognava cercarla. Bisognava lasciare che ogni cosa trovasse il posto confacente alla sua forma. Mi ribaltai con piena violenza. Subito mia moglie mormorò: « Stai male? » Se avesse usato altre parole io avrei risposto domandando soccorso. Ma non volli rispondere a quelle parole che offensivamente alludevano alla nostra discussione.

Stare fermi doveva essere tanto facile. Che difficoltà può essere a giacere, giacere veramente nel letto? Rividi tutte le grandi difficoltà in cui ci imbattiamo a questo mondo, e trovai che veramente, in confronto a qualunque di esse, giacere inerte era una cosa di nulla. Ogni carogna sa stare ferma. La mia determinazione inventò una posizione complicata ma incredibilmente tenace. Ficcai i denti nella parte superiore del guanciale, e mi torsi in modo che anche il petto poggiava sul guanciale mentre la gamba destra usciva dal letto e arrivava quasi a toccare il suolo, e la sinistra s'irrigidiva sul letto inchiodandomivi. Sì. Avevo scoperto un sistema nuovo. Non io afferravo il letto, era il letto che afferrava me. E questa convinzione della mia inerzia fece sì che anche l'oppressione aumentò, io ancora non mollai. Quando poi dovetti cedere mi consolai con l'idea che una parte di quella orrenda notte era trascorsa, ed ebbi anche il premio che, liberatomi dal letto, mi sentii sollevato come un lottatore che si sia liberato da una stretta dell'avversario.

Io non so per quanto tempo stessi poi fermo. Ero stanco. Sorpreso m'avvidi di uno strano bagliore nei miei occhi chiusi, d'un turbinìo di fiamme che supposi prodotte dall'incendio che sentivo in me. Non erano vere fiamme ma colori che le simulavano. E s'andarono poi mitigando e componendo in forme tondeggianti, anzi in gocce di un liquido vischioso, che presto si fecero tutte azzurre, miti, ma cerchiate da una striscia luminosa rossa. Cadevano da un punto in alto, si allungavano e, staccatesi, scomparivano in basso. Fui io che dapprima pensai che quelle gocce potevano vedermi. Subito, per vedermi meglio, esse si convertirono in tanti occhiolini. Mentre si allungavano cadendo, si formava nel loro centro un cerchietto che privandosi del velo azzurro scopriva un vero occhio, malizioso e malevolo. Ero addirittura inseguito da una folla che mi voleva male. Mi ribellai nel letto gemendo invocando: «Mio Dio!»

«Stai male?» domandò subito mia moglie.

Dev'esser trascorso qualche tempo prima della risposta. Ma poi avvenne che m'accorsi ch'io non giacevo più nel mio letto, ma mi ci tenevo aggrappato, ché s'era convertito in un'erta da cui stavo scivolando. Gridai: «Sto male, molto male».

Mia moglie aveva acceso una candela e mi stava accanto nella sua rosea camicia da notte. La luce mi rassicurò ed anzi ebbi chiaro il sentimento di aver dormito e di essermi destato soltanto allora. Il letto s'era raddrizzato ed io vi giacevo senza sforzo. Guardai mia moglie sorpreso, perché ormai, visto che m'ero accorto di aver dormito, non ero più sicuro di aver invocato il suo aiuto. «Che vuoi?» le domandai.

Essa mi guardò assonnata, stanca. La mia invocazione era bastata a farla balzare dal letto, non a toglierle il desiderio del riposo, di fronte al quale non le importava più neppure di aver ragione. Per fare presto domandò: «Vuoi di quelle gocce che il dottore prescrisse per il sonno?»

Esitai per quanto il desiderio di star meglio fosse fortissimo. «Se lo vuoi» dissi tentando di apparire solo rassegnato. Prendere le gocce non equivale mica alla confessione di star male.

Poi ci fu un istante in cui godetti di una grande pace. Durò finché mia moglie, nella sua camicia rosea, alla luce lieve di quella candela, mi stette accanto a contare le gocce. Il letto che era un vero letto orizzontale, e le palpebre, se le chiudevo, bastavano a sopprimere qualsiasi luce nell'occhio. Ma io le aprivo di tempo in tempo, e quella luce e il roseo di quella camicia mi davano altrettanto refrigerio che l'oscurità totale. Ma essa non volle prolungare di un solo minuto la sua assistenza e fui ripiombato nella notte a lottare da solo per la pace.

Ricordai che da giovine, per affrettare il sonno, mi costringevo a pensare ad una vecchia bruttissima che mi faceva dimenticare tutte le belle visioni che m'ossessionavano. Ecco che ora mi era invece concesso d'invocare senza pericolo la bellezza, che certo m'avrebbe aiutato. Era il vantaggio – l'unico – della vecchiaia. E pensai, chiamandole per nome, varie belle donne, desiderii della mia giovinezza, d'un'epoca nella quale le belle donne avevano abbondato in modo incredibile. Ma non vennero. Neppur allora si concedettero. Ed evocai, evocai, finché dalla notte sorse una sola figura bella: Anna, proprio lei, com'era tanti anni prima, ma la faccia, la bella rosea faccia, atteggiata a dolore e rimprovero. Perché voleva apportarmi non la pace ma il rimorso. Questo era chiaro. E giacché era presente, discussi con lei. Io l'avevo abbandonata, ma essa subito aveva sposato un altro, ciò ch'era nient'altro che giusto. Ma poi aveva messo al mondo una fanciulla ch'era ormai quindicenne e che somigliava a lei nel colore mite, d'oro nella testa e azzurro negli occhi, ma aveva la faccia sconvolta dall'intervento del padre che le era stato scelto: le ondulazioni dolci dei capelli mutate in tanti ricci crespi, le guance grandi, la bocca larga e le labbra eccessivamente tumide. Ma i colori della madre nelle linee del padre finivano coll'essere un bacio spudorato, in pubblico. Che cosa voleva ora da me dopo che mi si era mostrata tanto spesso avvinta al marito?

E fu la prima volta, quella sera, che potei credere di aver vinto. Anna si fece più mite, quasi ricredendosi. E allora la sua compagnia non mi dispiacque più. Poteva restare. E m'addormentai ammirandola bella e buona, persuasa. Presto mi addormentai.

Un sogno atroce: Mi trovai in una costruzione complicata, ma che subito intesi come se io ne fossi stato parte. Una grotta vastissima, rozza, priva di quegli addobbi che nelle grotte la natura si diverte a creare, e perciò sicuramente dovuta all'opera dell'uomo; oscura, nella quale io sedevo su un treppiedi di legno accanto ad una cassa di vetro, debolmente illuminata di una luce che io ritenni fosse una sua qualità, l'unica luce che ci fosse nel vasto ambiente, e che arrivava ad illuminare me, una parete composta di pietroni grezzi e di sotto un muro cementato. Come sono espressive le costruzioni del sogno! Si dirà che lo sono perché chi le ha architettate può intenderle facilmente, ed è giusto. Ma il sorprendente si è che l'architetto non sa di averle fatte, e non lo ricorda neppure quand'è desto, e rivolgendo il pensiero al mondo da cui è uscito e dove le costruzioni sorgono con tanta facilità può sorprendersi che là tutto s'intenda senza bisogno di alcuna parola.

Io seppi subito che quella grotta era stata costruita da alcuni uomini che l'usavano per una cura inventata da loro, una cura che doveva essere letale per uno dei rinchiusi (molti dovevano esserci laggiù nell'ombra) ma benefica per tutti gli altri. Proprio così! Una specie di religione, che abbisognava di un olocausto, e di ciò naturalmente non fui sorpreso.

Era più facile assai indovinare che, visto che m'avevano posto vicino alla cassa di vetro nella quale la vittima doveva essere asfissiata, ero prescelto io a morire, a vantaggio di tutti gli altri. Ed io già anticipavo in me i dolori della brutta morte che m'aspettava. Respiravo con difficoltà, e la testa mi doleva e pesava, per cui la sostenevo con le mani, i gomiti poggiati sulle ginocchia.

Improvvisamente tutto quello che già sapevo fu detto da una quantità di gente celata nell'oscurità. Mia moglie parlò per prima: « Affrettati, il dottore ha detto che sei tu che devi entrare in quella cassa ». A me pareva doloroso, ma molto logico. Perciò non protestai, ma finsi di non sentire. E pensai: « L'amore di mia moglie m'è sembrato sempre sciocco ». Molte altre voci urlarono imperiosamente: « Vi risolvete ad obbedire? » Fra queste voci distinsi chiaramente quella del dottor Paoli. Io non potevo protestare, ma pensai: « Lui lo fa per essere pagato ».

Alzai la testa per esaminare ancora una volta la cassa di vetro che m'attendeva. Allora scopersi, seduta sul coperchio della stessa, la sposa. Anche a quel posto ella conservava la sua perenne aria di tranquilla sicurezza. Sinceramente io disprezzavo quella sciocca, ma fui subito avvertito ch'essa era molto importante per me. Questo l'avrei scoperto anche nella vita reale, vedendola seduta su quell'ordigno che doveva servire ad uccidermi. E allora io la guardai, scodinzolando. Mi sentii come uno di quei minuscoli cagnotti che si conquistano la vita agitando la propria coda. Un'abbiezione!

Ma la sposa parlò. Senz'alcuna violenza, come la cosa più naturale di questo mondo essa disse: « Zio, la cassa è per voi ».

Io dovevo battermi da solo per la mia vita. Questo anche indovinai. Ebbi il sentimento di saper esercitare uno sforzo enorme senza che nessuno se ne potesse avvedere. Proprio come prima avevo sentito in me un organo che mi permetteva di conquistare il favore del mio giudice senza parlare, così scopersi in me un altro organo, che non so che cosa fosse, per battermi senza muovermi e così assaltare i miei avversari non messi in guardia. E lo sforzo raggiunse subito il suo effetto. Ecco che Giovanni, il grosso Giovanni, sedeva nella cassa di vetro luminosa, su una sedia di legno simile alla mia e nella stessa mia posizione. Era piegato in avanti, essendo la cassa troppo bassa, e teneva gli occhiali in mano, affinché non gli cadessero dal naso. Ma così egli aveva un po' l'aspetto di trattare un affare, e di essersi liberato dagli occhiali, per pensare meglio senza vedere nulla. Ed infatti, benché sudato e già molto affannato, invece che pensare alla morte vicina era pieno di malizia, come si vedeva dai suoi occhi, nei quali scorsi il proposito dello stesso sforzo che poco prima avevo esercitato io. Perciò io non sapevo aver compassione di lui, perché di lui temevo.

Anche a Giovanni lo sforzo riuscì. Poco dopo al suo posto nella cassa c'era l'Alberi, il lungo, magro e sano Alberi, nella stessa posizione che aveva avuto Giovanni ma peggiorata dalle dimensioni del suo corpo. Era addirittura piegato in due e avrebbe destato veramente la mia compassione se anche in lui oltre che affanno non ci fosse stata una grande malizia. Mi guardava di sotto in su, con un sorriso malvagio, sapendo che non dipendeva che da lui di non morire in quella cassa.

Dall'alto della cassa di nuovo la sposa parlò: « Ora, certamente toccherà a voi, zio ». Sillabava le parole con grande pedanteria. E le sue parole furono accompagnate da un altro suono, molto lontano, molto in alto. Da quel suono prolungatissimo emesso da una persona che rapidamente si moveva per allontanarsi, appresi che la grotta finiva in un corridoio erto, che conduceva alla superficie della terra. Era un solo sibilo di consenso, e proveniva da Anna che mi manifestava ancora una volta il suo odio. Non aveva il coraggio di rivestirlo di parole, perché io veramente l'avevo convinta ch'essa era stata più colpevole verso di me che io verso di lei. Ma la convinzione non fa nulla, quando si tratta di odio.

Ero condannato da tutti. Lontano da me, in qualche parte della grotta, nell'attesa, mia moglie e il dottore camminavano su e giù e intuii che mia moglie aveva un aspetto risentito. Agitava vivacemente le mani declamando i miei torti. Il vino, il cibo e i miei modi bruschi con lei e con la mia figliuola.

Io mi sentivo attratto verso la cassa dallo sguardo di Alberi, rivolto a me trionfalmente. M'avvicinavo ad essa lentamente con la sedia, pochi millimetri alla volta, ma sapevo che quando fossi giunto ad un metro da essa (così era la legge) con un solo salto mi sarei trovato preso, e boccheggiante.

Ma c'era ancora una speranza di salvezza. Giovanni, perfettamente rimessosi dalla fatica della sua dura lotta, era apparso accanto alla cassa, che egli più non poteva temere, essendoci già stato (anche questo era legge laggiù). Si teneva eretto in piena luce, guardando ora l'Alberi che boccheggiava e minacciava, ed ora me, che alla cassa lentamente m'avvicinavo.

Urlai: «Giovanni. Aiutami a tenerlo dentro... Ti darò del denaro». Tutta la grotta rimbombò del mio urlo, e parve una risata di scherno. Io intesi. Era vano supplicare. Nella cassa non doveva morire né il primo che v'era stato ficcato, né il secondo, ma il terzo. Anche questa era una legge della grotta, che come tutte le altre, mi rovinava. Era poi duro che dovessi riconoscere che non era stata fatta in quel momento per danneggiare proprio me. Anch'essa risultava da quell'oscurità e da quella luce. Giovanni neppure rispose, e si strinse nelle spalle per significarmi il suo dolore di non poter salvarmi e di non poter vendermi la salvezza.

E allora io urlai ancora: «Se non si può altrimenti, prendete mia figlia. Dorme qui accanto. Sarà facile». Anche questi gridi furono rimandati da un'eco enorme. Ne ero frastornato, ma urlai ancora per chiamare mia figlia: «Emma, Emma, Emma!»

Ed infatti dal fondo della grotta mi pervenne la risposta di Emma, il suono della sua voce tanto infantile ancora: «Eccomi, babbo, eccomi».

Mi parve non avesse risposto subito. Ci fu allora un violento sconvolgimento che credetti dovuto al mio salto nella cassa. Pensai ancora: «Sempre lenta quella figliuola quando si tratta di obbedire». Questa volta la sua lentezza mi rovinava ed ero pieno di rancore.

Mi destai. Questo era lo sconvolgimento. Il salto da un mondo nell'altro. Ero con la testa e il busto fuori del letto e sarei caduto se mia moglie non fosse accorsa a trattenermi. Mi domandò: «Hai sognato?» E poi, commossa: «Invocavi tua figlia. Vedi come l'ami?»

Fui dapprima abbacinato da quella realtà in cui mi parve che tutto fosse svisato e falsato. E dissi a mia moglie che pur doveva saper tutto anche lei: «Come potremo ottenere dai nostri figliuoli il perdono di aver dato loro questa vita?»

Ma lei, sempliciona, disse: «I nostri figliuoli sono beati di vivere».

La vita, ch'io allora sentivo quale la vera, la vita del sogno, tuttavia m'avviluppava e volli proclamarla: «Perché loro non sanno niente ancora».

Ma poi tacqui e mi raccolsi in silenzio. La finestra accanto al mio letto andava illuminandosi e a quella luce io subito sentii che non dovevo raccontare quel sogno perché bisognava celarne l'onta. Ma presto, come la luce del sole continuò così azzurrigna e mite ma imperiosa ad invadere la stanza, io quell'onta neppure la sentii. Non era la mia la vita la vita del sogno e non ero io colui che scodinzolava e che per salvare se stesso era pronto d'immolare la propria figliuola.

Però bisognava evitare il ritorno a quell'orrenda grotta. Ed è così ch'io mi feci docile, e volonteroso m'adattai alla dieta del dottore. Qualora senza mia colpa, dunque non per libazioni eccessive ma per l'ultima febbre io avessi a ritornare a quella grotta, io subito salterei nella cassa di vetro, se ci sarà, per non scodinzolare e per non tradire.

«Vino generoso»
Pubblicato sulla rivista *La fiera letteraria* (28 agosto 1927). In seguito incluso nella raccolta *La novella del buon vecchio e della bella fanciulla e altri scritti* (Morreale, 1929).

LEONARDO SCIASCIA

1921-89

Sciascia ha scritto una sola raccolta di racconti, verso la fine della vita, intitolata *Il mare colore del vino* ricalcando un epiteto omerico. Tra i più stimati intellettuali siciliani, nasce in provincia di Agrigento, e l'isola è l'argomento dei suoi scritti dall'inizio alla fine. Ne descrive la gente, la politica, la bellezza e la corruzione, la violenza della mafia, la ricca storia culturale, il fascino ammaliante. Indaga i rapporti sempre tesi tra l'isola e il resto del Paese, e affronta attraverso una combinazione di partecipazione emotiva e documentazione rigorosa il grande tema della giustizia. Sciascia si confronta con le principali controversie e i peggiori eventi tragici dei suoi giorni, incluso il terrorismo, scrivendo pagine indimenticabili sul sequestro e l'assassinio di Aldo Moro negli anni Settanta. Accanto alla sua opera di saggista e giornalista politico e d'inchiesta, scrive una serie di romanzi duri e asciutti che elevano la narrativa poliziesca a forma di alta letteratura. *Il giorno della civetta* e *A ciascuno il suo*, tra i suoi romanzi più famosi, sono due capolavori di concisione. Prima di diventare uno scrittore a tempo pieno, ha insegnato in una scuola elementare. È stato eletto nel consiglio comunale di Palermo nel 1976 come indipendente nelle liste del Partito comunista ed è diventato membro del Parlamento europeo. I tredici racconti di *Il mare colore del vino* sono stati pubblicati tra il 1959 e il 1972 in vari giornali e riviste. Nella nota che chiude la raccolta, nella quale i racconti sono disposti in ordine di pubblicazione, l'autore si dice soddisfatto di aver messo insieme il volume « dentro la mia più generale e continua insoddisfazione ».[1] Le frasi di Sciascia sono ricche e oscure come il mare evocato dal titolo, il suo linguaggio figurato è preciso e inquietante. « Il lungo viaggio » ha una grazia mitica e ci conduce dove meno ci aspettiamo.

Il lungo viaggio

Era una notte che pareva fatta apposta, un'oscurità cagliata che a muoversi quasi se ne sentiva il peso. E faceva spavento, respiro di quella belva che era il mondo, il suono del mare: un respiro che veniva a spegnersi ai loro piedi.

Stavano, con le loro valige di cartone e i loro fagotti, su un tratto di spiaggia pietrosa, riparata da colline, tra Gela e Licata: vi erano arrivati all'imbrunire, ed erano partiti all'alba dai loro paesi; paesi interni, lontani dal mare, aggrumati nell'arida plaga del feudo. Qualcuno di loro, era la prima volta che vedeva il mare: e sgomentava il pensiero di dover attraversarlo tutto, da quella deserta spiaggia della Sicilia, di notte, ad un'altra deserta spiaggia dell'America, pure di notte. Perché i patti erano questi: « Io di notte vi imbarco » aveva detto l'uomo: una specie di commesso viaggiatore per la parlantina, ma serio e onesto nel volto « e di notte vi sbarco: sulla spiaggia del Nugioirsi, vi sbarco; a due passi da Nuovaiorche... E chi ha parenti in America, può scrivergli che aspettino alla stazione di Trenton, dodici giorni dopo l'imbarco... Fatevi il conto da voi... Certo, il giorno preciso non posso assicurarvelo: mettiamo che c'è mare grosso, mettiamo che la guardia costiera stia a vigilare... Un giorno più o un giorno meno, non vi fa niente: l'importante è sbarcare in America ».

L'importante era davvero sbarcare in America: come e quando non aveva poi importanza. Se ai loro parenti arrivavano le lettere, con quegli indirizzi confusi e sgorbi che riuscivano a tracciare sulle buste, sarebbero arrivati anche loro; « chi ha lingua passa il mare », giustamente diceva il proverbio. E avrebbero passato il mare, quel grande mare oscuro; e sarebbero approdati agli *stori* e alle *farine* dell'America, all'affetto dei loro fratelli zii nipoti cugini, alle calde ricche abbondanti case, alle automobili grandi come case.

Duecentocinquantamila lire: metà alla partenza, metà all'arrivo. Le tenevano, a modo di scapolari, tra la pelle e la camicia. Avevano venduto tutto quello che avevano da vendere, per racimolarle: la casa terragna il mulo l'asino le provviste dell'annata il canterano le coltri. I più furbi avevano fatto ricorso agli usurai, con la segreta intenzione di fregarli; una volta almeno, dopo anni che ne subivano angaria: e ne avevano soddisfazione, al pensiero della faccia che avrebbero fatta nell'apprendere la notizia. « Vieni a cercarmi in America, sanguisuga: magari ti ridò i tuoi soldi, ma senza interesse, se ti riesce di trovarmi. » Il sogno dell'America traboccava di dollari: non più, il denaro, custodito nel logoro portafogli o nascosto tra la camicia e la pelle, ma cacciato con noncuranza nelle tasche dei pantaloni, tirato fuori a manciate: come avevano visto fare ai loro parenti, che erano partiti morti di fame, magri e cotti dal sole; e dopo venti o trent'anni tornavano, ma per una breve vacanza, con la faccia piena e rosea che faceva bel contrasto coi capelli candidi.

Erano già le undici. Uno di loro accese la lampadina tascabile: il segnale che potevano venire a prenderli per portarli sul piroscafo. Quando la spense, l'oscurità sembrò più spessa e paurosa. Ma qualche minuto dopo, dal respiro ossessivo del mare affiorò un più umano, domestico suono d'acqua: quasi che vi si riempissero e vuotassero, con ritmo, dei secchi. Poi venne un brusìo, un parlottare sommesso. Si trovarono davanti il signor Melfa, ché con questo nome conoscevano l'impresario della loro avventura, prima ancora di aver capito che la barca aveva toccato terra.

« Ci siamo tutti? » domandò il signor Melfa. Accese la lampadina, fece la conta. Ne mancavano due. « Forse ci hanno ripensato, forse arriveranno più tardi... Peggio per loro, in ogni caso. E che ci mettiamo ad aspettarli, col rischio che corriamo? »

Tutti dissero che non era il caso di aspettarli.

« Se qualcuno di voi non ha il contante pronto » ammonì il signor Melfa « è meglio si metta la strada tra le gambe e se ne torni a casa: ché se pensa di farmi a bordo la sorpresa, sbaglia di grosso; io vi riporto a terra com'è vero dio, tutti quanti siete. E che per uno debbano pagare tutti, non è cosa giusta: e dunque chi ne avrà colpa la pagherà per mano mia e per mano dei compagni, una pestata che se ne ricorderà mentre campa; se gli va bene... »

Tutti assicurarono e giurarono che il contante c'era, fino all'ultimo soldo.

« In barca » disse il signor Melfa. E di colpo ciascuno dei partenti diventò una informe massa, un confuso grappolo di bagagli.

« Cristo! E che vi siete portata la casa appresso? » cominciò a sgranare bestemmie, e finì quando tutto il carico, uomini e bagagli, si ammucchiò nella barca: col rischio che un uomo o un fagotto ne traboccasse fuori. E la differenza tra un uomo e un fagotto era per il signor Melfa nel fatto che l'uomo si portava appresso le duecentocinquantamila lire; addosso, cucite nella giacca o tra la camicia e la pelle. Li conosceva, lui, li conosceva bene: questi contadini zaurri, questi villani.

Il viaggio durò meno del previsto: undici notti, quella della partenza compresa. E contavano le notti invece che i giorni, poiché le notti erano di atroce promiscuità, soffocanti. Si sentivano immersi nell'odore di pesce di nafta e di vomito come in un liquido caldo nero bitume. Ne grondavano all'alba, stremati, quando salivano ad abbeverarsi di luce e di vento. Ma come l'idea del mare era per loro il piano verdeggiante di messe quando il vento lo sommuove, il mare vero li atterriva: e le viscere gli si strizzavano, gli occhi dolorosamente verminavano di luce se appena indugiavano a guardare.

Ma all'undicesima notte il signor Melfa li chiamò in coperta: e credettero dapprima che fitte costellazioni fossero scese al mare come greggi; ed erano invece paesi, paesi della ricca America che come gioielli brillavano nella notte. E la notte stessa era un incanto: serena e dolce, una mezza luna che trascorreva tra una trasparente fauna di nuvole, una brezza che dislagava i polmoni.

« Ecco l'America » disse il signor Melfa.

« Non c'è pericolo che sia un altro posto? » domandò uno: poiché per tutto il viaggio aveva pensato che nel mare non ci sono né strade né trazzere, ed era da dio fare la via giusta, senza sgarrare, conducendo una nave tra cielo ed acqua.

Il signor Melfa lo guardò con compassione, domandò a tutti «E lo avete mai visto, dalle vostre parti, un orizzonte come questo? E non lo sentite che l'aria è diversa? Non vedete come splendono questi paesi?»

Tutti convennero, con compassione e risentimento guardarono quel loro compagno che aveva osato una così stupida domanda.

«Liquidiamo il conto» disse il signor Melfa.

Si frugarono sotto la camicia, tirarono fuori i soldi. «Preparate le vostre cose» disse il signor Melfa dopo avere incassato.

Gli ci vollero pochi minuti: avendo quasi consumato le provviste di viaggio, che per patto avevano dovuto portarsi, non restava loro che un po' di biancheria e i regali per i parenti d'America: qualche forma di pecorino qualche bottiglia di vino vecchio qualche ricamo da mettere in centro alla tavola o alle spalliere dei sofà. Scesero nella barca leggeri leggeri, ridendo e canticchiando; e uno si mise a cantare a gola aperta, appena la barca si mosse.

«E dunque non avete capito niente?» si arrabbiò il signor Melfa. «E dunque mi volete fare passare il guaio?... Appena vi avrò lasciati a terra potete correre dal primo sbirro che incontrate, e farvi rimpatriare con la prima corsa: io me ne fotto, ognuno è libero di ammazzarsi come vuole... E poi, sono stato ai patti: qui c'è l'America, il dover mio di buttarvici l'ho assolto... Ma datemi il tempo di tornare a bordo, Cristo di Dio!»

Gli diedero più del tempo di tornare a bordo: ché rimasero seduti sulla fresca sabbia, indecisi, senza saper che fare, benedicendo e maledicendo la notte: la cui protezione, mentre stavano fermi sulla spiaggia, si sarebbe mutata in terribile agguato se avessero osato allontanarsene.

Il signor Melfa aveva raccomandato «sparpagliatevi» ma nessuno se la sentiva di dividersi dagli altri. E Trenton chi sa quant'era lontana, chi sa quanto ci voleva per arrivarci.

Sentirono, lontano e irreale, un canto. «Sembra un carrettiere nostro» pensarono: e che il mondo è ovunque lo stesso, ovunque l'uomo spreme in canto la stessa malinconia, la stessa pena. Ma erano in America, le città che baluginavano dietro l'orizzonte di sabbia e d'alberi erano città dell'America.

Due di loro decisero di andare in avanscoperta. Camminarono in direzione della luce che il paese più vicino riverberava nel cielo. Trovarono quasi subito la strada: «asfaltata, ben tenuta: qui è diverso che da noi», ma per la verità se l'aspettavano più ampia, più dritta. Se ne tennero fuori, ad evitare incontri: la seguivano camminando tra gli alberi.

Passò un'automobile: «pare una seicento»; e poi un'altra che pareva una millecento, e un'altra ancora: «le nostre macchine loro le tengono per capriccio, le comprano ai ragazzi come da noi le biciclette». Poi passarono, assordanti, due motociclette, una dietro l'altra. Era la polizia, non c'era da sbagliare: meno male che si erano tenuti fuori della strada.

Ed ecco che finalmente c'erano le frecce. Guardarono avanti e indietro, entrarono nella strada, si avvicinarono a leggere: SANTA CROCE CAMERINA-SCOGLITTI.

«Santa Croce Camerina: non mi è nuovo, questo nome.»

«Pare anche a me; e nemmeno Scoglitti mi è nuovo.»

«Forse qualcuno dei nostri parenti ci abitava, forse mio zio prima di trasferirsi a Filadelfia: ché io ricordo stava in un'altra città, prima di passare a Filadelfia.»

«Anche mio fratello: stava in un altro posto, prima di andarsene a Brucchilin... Ma come si chiamasse, proprio non lo ricordo: e poi, noi leggiamo Santa Croce Camerina, leggiamo Scoglitti; ma come leggono loro non lo sappiamo, l'americano non si legge come è scritto.»

«Già, il bello dell'italiano è questo: che tu come è scritto lo leggi... Ma non è che possiamo passare qui la nottata, bisogna farsi coraggio... Io la prima macchina che passa, la fermo: domanderò solo 'Trenton?'... Qui la gente è più educata... Anche a non capire quello che dice, gli scapperà un gesto, un segnale: e almeno capiremo da che parte è, questa maledetta Trenton.»

Dalla curva, a venti metri, sbucò una cinquecento: l'automobilista se li vide guizzare davanti, le mani alzate a fermarlo. Frenò bestemmiando: non pensò a una rapina, ché la zona era tra le più calme; credette volessero un passaggio, aprì lo sportello.

« Trenton? » domandò uno dei due.

« Che? » fece l'automobilista.

« Trenton? »

« Che trenton della madonna » imprecò l'uomo dell'automobile.

« Parla italiano » si dissero i due, guardandosi per consultarsi: se non era il caso di rivelare a un compatriota la loro condizione.

L'automobilista chiuse lo sportello, rimise in moto. L'automobile balzò in avanti: e solo allora gridò ai due che rimanevano sulla strada come statue « ubriaconi, cornuti ubriaconi, cornuti e figli di... », il resto si perse nella corsa.

Il silenzio dilagò.

« Mi sto ricordando » disse dopo un momento quello cui il nome di Santa Croce non suonava nuovo « a Santa Croce Camerina, un'annata che dalle nostre parti andò male, mio padre ci venne per la mietitura. »

Si buttarono come schiantati sull'orlo della cunetta: ché non c'era fretta di portare agli altri la notizia che erano sbarcati in Sicilia.

« Il lungo viaggio »
Pubblicato sull'*Unità* (21 ottobre 1962), successivamente incluso in *Racconti siciliani*, un'edizione non commerciale dei racconti di Sciascia, pubblicata a Urbino nel 1966. Poi pubblicato in *Il mare colore del vino* (Einaudi, 1973).

ALBERTO SAVINIO

1891-1952

Savinio, che per tutta la vita rifiuta di aderire a una sola identità, intitola il suo primo libro *Hermaphrodito*: un diario che oscilla tra diversi generi (poesia e prosa), lingue (francese e italiano, oltre a un po' di greco) e toni (alto e basso). Musicista, pittore e scrittore affermato – sebbene si definisse un dilettante in tutti e tre i campi –, nasce ad Atene con il nome di Andrea Francesco Alberto de Chirico. Studia pianoforte e composizione in Grecia e in Germania e all'età di diciannove anni si trasferisce a Parigi insieme al fratello maggiore, Giorgio, futuro pittore di fama mondiale. Come André Breton riconoscerà in seguito, l'attività artistica dei due fratelli a Parigi getta i semi del movimento surrealista, che si affermerà negli anni Venti. Savinio scrive i suoi primi lavori in francese, e Guillaume Apollinaire promuove la sua prima performance avanguardistica nel 1914. È in quell'occasione che diventa Alberto Savinio. La scelta di un nuovo nome sarà fondamentale non solo per inaugurare la sua individualità creativa, ma anche per differenziarsi da Giorgio. L'anno successivo, i due fratelli si trasferiscono da Parigi a Ferrara per combattere nella Prima guerra mondiale – il modo più semplice per acquisire la cittadinanza italiana. In quel periodo Savinio abbandona la musica per la scrittura. Ma nel 1926, tornato a Parigi, si dedica seriamente alla pittura e la sua prima mostra viene presentata da Jean Cocteau. Realizza dipinti onirici, con allusioni ai temi del viaggio, dell'antichità classica, degli animali, dei giocattoli infantili, e non privi di un tocco di eccentricità (ritrae i genitori fusi nelle loro poltrone preferite, parzialmente mutati in uccelli). Nel 1931, al suo rientro in Italia, cambia di nuovo rotta e si consacra alla scrittura. Diventerà una personalità di spicco delle avanguardie, pur rimanendo sempre nell'ombra della fama di Giorgio. Il racconto riportato nelle pagine che seguono, tratto da una raccolta del 1945 intitolata *Tutta la vita*, è un esempio dell'amore dei surrealisti per la sovrapposizione di mondi animati e inanimati.

Bago

« Buongiorno, Bago. »

Questo augurio Ismene lo dice ogni mattina appena sveglia, e ogni sera prima di addormentarsi dice: « Buonanotte Bago ». Le parrebbe altrimenti d'iniziare male la giornata e di terminarla male, anzi di non iniziarla e di non terminarla. Così in passato se non avesse detto « buongiorno » e « buonanotte » al babbo e alla mamma. Poi soltanto alla mamma quando il babbo morì. Poi soltanto a Bug quando anche la mamma morì. E ora soltanto a Bago che anche Bug è morto che aveva tanti peli sugli occhi e lo sguardo umano. A suo marito Ismene dimentica talvolta di dire « buongiorno » o « buonanotte », ma allora non le pare di iniziare male la giornata o di terminarla male. Rutiliano del resto è così di rado in casa, così spesso in viaggio... Una mattina Rutiliano aprì la porta e domandò: « Con chi parlavi? » Ismene rispose: « Forse nel sogno » e questa risposta ella non ebbe difficoltà a trovarla. Non ebbe neanche l'impressione di mentire. La parte migliore della sua vita è della specie di un sogno che tanto dormendo essa sogna quanto vegliando, e anche i suoi dialoghi segreti con Bago fanno parte della parte del sogno. Dicendo che col dire « Buongiorno Bago » parlava nel sogno, Ismene non mentiva.

« Buongiorno Bago. »

Ismene è seduta sul letto, la testa china d'un lato, le mani unite e calde ancora di notte, sorridendo nella direzione di Bago come a un padre robusto e protettore, e sta in ascolto. La camera è odorosa di sognati sogni come di fiori appassiti. Sola traccia che i sogni si lasciano dietro è questo odore, e se la camera la mattina puzza è che abbiamo sognato brutto. Sulla tenda tirata davanti la finestra lucono come gradini di una scala d'oro le strisce della luce mattutina che trapela tra le stecche dell'avvolgibile. I mobili sono ombre gravi che emergono dal pallore del muro. Su una sedia albeggia la biancheria di Ismene. Sul soffitto trèmola un serto di luce che non si sa onde venga, un alone forse entro il quale si affaccerà la testa di un angelo. Ma Billi angelo non è. Che aspetta di ascoltare Ismene? Che cosa ascolta? Che cosa ha ascoltato?

(*Ismene balza leggera giù dal letto e corre a piedi nudi ad aprire la finestra.*)

Nulla ha echeggiato nella camera, eppure Ismene egualmente ha udito ed è contenta. Essa stamattina è più impaziente del solito dell'attesa voce, più contenta di averla udita. Oggi Billi ritorna dal suo lungo viaggio. Oggi Ismene ha bisogno più che negli altri giorni di sentire Bago presente e la sua protezione.

Ora la camera è chiara, l'odore dei sogni vizzi si è dissipato. Ismene indugia alla finestra, in fondo alla valle galleggiano ancora alcuni vapori. È contenta. Il suo corpo roseggia dietro il velo della camicia da notte, s'incupisce alla commessura delle cosce e del bacino in un'ombra triangolare simile all'occhio di un dio tenebroso. Ma chi all'infuori di Bago può vedere il corpo stretto di Ismene sotto il velo della camicia, simile a un gran pesce rosa sotto un pelo d'acqua? Di Bago Ismene non ha vergogna... Eppure sì. Ma è un'altra specie di vergogna. E il timore di fare a Bago qualcosa che a Bago non bisogna fare. Prima di aprire i battenti di Bago Ismene rimane un po' incerta, come quando, bambina, stava per sbottonare la giacca del babbo e cavargli dal panciotto l'orologio per sentire sonare le ore e i quarti.

Babbo, mamma, Bug, Bago, Billi. Quanto diverso il nome Rutiliano da questi nomi che sembrano formati apposta per la bocca di un bambino, di un balbuziente, di una creatura debole! Quanto estraneo il nome Rutiliano!

Altri sono i momenti di vergogna. Quando Rutiliano viene a trovare Ismene di notte. Ismene allora si alza dal letto, va a prendere il grande paravento e lo apre tra il letto e Bago, così da nascondere il letto. Rutiliano ogni volta stupisce di quella manovra e chiede spiegazioni. Ismene dice che ha paura dell'aria. L'aria? Sì l'aria che passa sotto la porta. E a rendere più forte il riparo Ismene spiega sul paravento la coperta di giorno del letto, che di notte sta ripiegata su una sedia. Rutiliano guarda quelle operazioni con occhio incomprensivo. Del resto che cosa capisce Rutiliano? Che cosa capisce di lei? Rutiliano è grave e distante. Non ride mai e tiene dietro a certe occupazioni misteriose che necessitano frequenti viaggi. Malgrado il mistero che le avvolge, Ismene non ha curiosità di conoscere le occupazioni di Rutiliano. Fin dove arrivano i suoi ricordi d'infanzia, Ismene ricorda Rutiliano. Questi faceva parte della casa come il divano fa parte del salotto, come la credenza fa parte della stanza da pranzo. Per Natale e la Befana Rutiliano arrivava carico di scatole, dalle quali estraeva con meticolosità i regali. Ismene allora lo baciava in fronte e diceva: «Grazie, zio Rutiliano». Zio era un titolo d'onore e, per Ismene, sinonimo di vecchio. Non piaceva a Ismene baciare la fronte dello zio Rutiliano né tanto meno farsi baciare da lui. Eppure quando anche la mamma morì, non rimaneva altro da fare che sposare lo zio Rutiliano. A chi profittava quel matrimonio? A zio non di certo. Così almeno diceva lui. Dalla vita ormai questi non aspettava più nulla. A Ismene invece quel matrimonio avrebbe assicurato benessere e protezione. «Non ci si sposa mica per il solo nostro piacere.» Così disse zio Rutiliano il quale parlava molto di rado, ma le pochissime volte che parlava diceva delle verità inconfutabili. «Fortuna che parla così di rado!» disse Billi a Ismene, e chinò la testa. L'abito di seta, il velo bianco, i regali, gl'invitati, il pranzo avrebbero potuto fare del giorno delle nozze un giorno lieto, ma proprio in quel giorno Billi partì per arruolarsi nella marina. «Come sarebbe felice la tua povera mamma, come sarebbe felice il tuo povero papà!» disse zio Rutiliano, che in quel giorno fu anche più silenzioso del solito.

A tavola, davanti a trenta invitati che si abbottavano, Ismene chiamò suo marito «zio Rutiliano», e immediatamente il gelato le andò per traverso. Pochi giorni dopo, affinché Ismene non ricadesse nello stesso errore, Rutiliano cambiò nome e si fece chiamare Ruti. Non era vero però che Ruti avesse sempre ragione.

Ismene non trovò in suo marito quella sicurezza, quella confidenza che aveva avuto nei suoi genitori, e per ritrovare le quali si era unita in matrimonio con lui. Le trovò invece in Bug che aveva tanti peli sugli occhi e lo sguardo umano, e dopo la morte di Bug le trovò in Bago. E Bago era impossibile che morisse. Ruti un giorno parlò di rinnovare i mobili della camera da letto, mettere dei mobili più chiari, più freschi, più intonati alla camera di una giovane sposa. Ismene difese i «suoi» mobili con un accanimento che sbalordì Ruti. Questi si maravigliò di un attaccamento così forte a mobili di così poco valore, ma in fondo fu contento di non fare nuove spese. Ismene, specie quando suo marito era in casa, passava la giornata nella propria camera vicino a Bago. Il «vecchio» armadio l'aveva vista nascere, aveva custodito i suoi abiti di bambina, poi quelli di fanciulla e ora custodiva i suoi abiti di donna. Sta seduta accanto al battente socchiuso, come per ascoltare i palpiti di quel cuore tenebroso ma profondamente buono. Si confida con lui. Dice a lui quello che ad altri e soprattutto a Ruti non direbbe mai. Gli parla del ritorno di Billi.

Ruti si affacciò alla porta, annunciò con aria lugubre che partiva con la macchina e non sarebbe ritornato se non l'indomani. Ismene lo baciò in fronte, come quando Ruti era ancora «zio Rutiliano» e le portava i regali di Natale.

Ora Ismene e Billi stanno silenziosi uno di fronte all'altro, come se non avessero nulla da dirsi. È forse imbarazzato Billi di trovarsi nella camera da letto d'Ismene? Costei vuole sentirsi vicino a Bago, ora soprattutto che nella sua camera da letto c'è Billi.

Rombo crescente di un'automobile in arrivo. Scricchiolio della ghiaia sotto le ruote, strappo del freno a mano davanti alla porta d'ingresso.

La voce allarmata di Ancilla nel corridoio: «È tornato il signore! È tornato il signore!»

Billi scatta in piedi. È pallidissimo. Si guarda attorno. Perché è allarmata la voce di Ancilla? Che pericolo costituisce il ritorno del « signore »?

Un urlo. Urlo profondo. Più potente di quanto la più potente voce umana può dare, ma tutto « interno ». Urlo « incarnato » e circoscritto entro un raggio strettissimo. Urlo a uso locale. Urlo « domestico ». Urlo « cubicolare ». Urlo « per pochi intimi ».

Nell'urlo, le porte dell'armadio si sono spalancate. Billi spicca un salto e si tuffa dentro l'armadio, che di colpo richiude i battenti. Billi è saltato volontariamente dentro l'armadio, oppure è stato succhiato dall'armadio? Nel momento in cui i battenti dell'armadio si sono aperti, gli abiti di Ismene sono volati fuori a sciame e ora giacciono sparpagliati per la camera, come un bucato in campagna.

Ruti si affaccia alla porta, più lugubre che mai.

« Gente inqualificabile! » dice Ruti. « Mi fanno fare centocinquanta chilometri in macchina e non... Che disordine è questo? Perché i tuoi abiti sono sparsi sui mobili, per terra? Con quello che costa oggi un abito! »

Ismene guarda i suoi abiti sparsi per la camera. Ma sono davvero i suoi abiti? Ora tutti i suoi abiti sono bianchi. Ismene guarda il suo abito da sera rovesciato sulla spalliera della poltrona, simile a un nàufrago piatto su uno scoglio. La forma è la medesima, ma il colore non è più rosso ma bianco. Mentre Ismene stupita guarda il suo abito e stenta a riconoscerlo, l'abito comincia a rosseggiare e a poco a poco ritrova il suo colore che la paura gli aveva fatto perdere.

Ismene invece non ritrova il suo colore: la paura la sbianca ancora che Ruti apra l'armadio per riporvi, lui così meticoloso, gli abiti sparsi.

Ruti dice: « L'ordine è la prima qualità di una padrona di casa: ricòrdatelo ». E se ne va.

Ora anche Ismene comincia a roseggiare in mezzo agli abiti sparsi, che a poco a poco ritrovano il proprio colore: il rosso, il celeste, il verde, l'arancione, il violetto.

Quando anche Ismene ha ritrovato il proprio colore, essa va ad aprire l'armadio. *L'armadio è vuoto.*

*

Da quel giorno Ismene non si staccò più d'accanto all'armadio. Non toccò cibo e anche le poche ore che dormiva, le dormiva sulla poltrona presso i battenti socchiusi di Bago.

Visse quindici giorni in tutto. Quando le tirarono via la coperta da sopra le gambe, le trovarono un biglietto posato sulle ginocchia. Era scritto con scrittura infantile. « Anch'io voglio essere chiusa dentro il corpo oscuro e buono di Bago. Gli abiti non siano tolti: sono i miei amici. » In fondo al biglietto c'era un richiamo: « Bago è il nome dell'armadio della mia camera da letto ».

Rutiliano odiava l'assurdità in tutte le sue forme, ma poiché la consuetudine vuole che le volontà dei morti sieno rispettate anche se assurde, Rutiliano ordinò che fosse fatto com'era scritto nel biglietto.

Ismene fu collocata nell'armadio e l'armadio calato nella fossa: tomba a due ante e troppo grande per quel corpo così piccino. Come un padre che si chiude la figlia in petto.

« Bago »
Pubblicato su *La Stampa* il 3 luglio 1943 e nel 1946 sulla rivista *Il Risveglio*. Fu poi incluso nella raccolta *Tutta la vita* (Bompiani, 1945).

UMBERTO SABA

1883-1957

Nel cuore di Trieste si trova una piazza unica e magnifica, con un lato che si apre sul mare. Dietro l'angolo c'è una splendida libreria antiquaria, rilevata da Saba nel 1919, dove il poeta ha lavorato per la maggior parte della vita. Considerato insieme a Montale e a Ungaretti uno dei più importanti poeti italiani dei suoi anni, Saba nasce con il cognome «Poli» (sceglie «Saba», che significa «nonno» in ebraico, quando si avvicina ai trent'anni). La sua più famosa opera in versi, il *Canzoniere*, è un vasto contenitore di raccolte di poesie, strutturate come un'autobiografia in divenire. Ma la sua padronanza della prosa è altrettanto raffinata. *Scorciatoie e raccontini* è una densa raccolta di aforismi e microracconti, allo stesso tempo di grande rigore intellettuale e molto accattivanti. Il suo romanzo autobiografico postumo, *Ernesto*, che narra le prime esperienze sessuali di un ragazzo con un operaio più grande di lui e con una prostituta, è un capolavoro conturbante. Bisessuale, ebreo da parte di madre e cresciuto senza un padre, ha scritto poesie commoventi sia alla moglie, sia in memoria di Federico Almansi, giovane uomo e sua musa. Nel 1938, quando vengono promulgate le leggi razziali, Umberto e la moglie sono costretti a cambiare spesso casa, e per un periodo vivono a Roma nell'appartamento di Ungaretti. Soffrirà per tutta la vita di disturbi nervosi: la prima crisi si manifesta a ventun anni e in età adulta è sottoposto a cure psichiatriche. Trascorre gli ultimi due anni ricoverato e muore in una clinica di Gorizia, d'infarto, prima di terminare *Ernesto*. Il racconto qui riportato, che parla dell'amore di un adolescente per un animale, è un resoconto eloquente della perdita dell'innocenza. Saba è uno dei pochi autori, tra quelli presenti in questo volume, a esprimere profonde riserve nei confronti della traduzione.

La gallina

Odone Guasti, che doveva più tardi, e sotto altro nome, acquistarsi una qualche fama nella repubblica delle lettere, era, a non ancora quindici anni, praticante di ufficio e di magazzino presso una piccola ditta di agrumi a Trieste. Aveva abbandonato con un'orgia di contentezza gli studi classici, ai quali si credeva poco adatto, per la carriera mercantile: non si sentiva egli forse un commerciante nato? Tuttavia non era passato un mese dalla sua nuova vita che già l'irrequietezza fondamentale alla sua natura l'aveva ripreso davanti alle casse d'aranci da marcare e al copialettere da registrare, come sui testi di greco e di latino approvati dal Ministero e insudiciati ai margini di disegni caricaturali. Il giovanetto odiava il suo principale, lo « sfruttatore » della sua calligrafia chiara e delle sue lunghe gambe di adolescente, di un odio molto simile a quello che aveva portato al capoclasse; e disprezzava il suo unico compagno di lavoro, un impiegato anziano, come sulle panche del ginnasio aveva disprezzato i condiscepoli che sapevano meritarsi dei buoni gradi a fine d'anno e la costante benevolenza dei superiori. Odio, si capisce, ingiusto: ma dovevano passare molti anni e molti dolori essere superati perché Odone, ripensando al passato e paragonandolo al presente, comprendesse che il torto era tutto dalla sua parte, troppo e troppo poco per riuscire un buon scolaro prima e un buon impiegato poi. È inestimabile privilegio dell'età matura quello di ritrovare in noi soli la radice dei nostri mali; il giovane non può che incolparne il mondo esterno, e con tanto più accanimento quanto maggiore è il difetto. E chi del resto avrebbe potuto chiarire a se stesso Odone, e rimproverarlo con frutto, se il padre suo, partito non si sapeva per dove, prima ancora della sua nascita, non era più ritornato, ed egli viveva solo con sua madre, povera e infelicissima donna, la quale poco comprendeva della vita fuori della necessità che il suo unico figlio stesse fisicamente bene, e guadagnasse presto e abbastanza per togliere lei e lui all'umiliante dipendenza dai parenti? La signora Rachele (così si chiamava la madre di Odone) amava il fanciullo con un'intensità quasi peccaminosa, con quell'esasperazione dell'amor materno propria alle donne sposate inutilmente; e l'amato l'aveva fino allora ricambiata di pari affetto, seppure colorato d'egoismo; perché i genitori amano per quello che danno, e i figli per quello che ricevono. V'è un momento nella vita del giovane, in cui l'amore figliale, prima di spegnersi nella reazione alla famiglia, e nell'amore propriamente detto, dà come un'ultima e più splendente fiammata: così i rari amatori del semideserto passeggio di Sant'Andrea potevano vedere, nei pomeriggi dei giorni di festa, Odone già in calzoni lunghi e con alle labbra il presentimento dei baffi, camminare a braccetto di sua madre, molto più piccola di lui di statura, con in testa un velo nero e un cappello strano e minuscolo da impietosire l'osservatore. Così, dopo cena, madre e figlio avevano fra di loro dei tenerissimi colloqui, dove la diversità di opinioni, che già cominciava ad accentuarsi nel giovane, non era ancora tale, di fronte alla certezza di un comune avvenire, da far degenerare la sommissione filiale in aperta rivolta e l'idillio in scenate. Odone era sempre, per sua madre, un bambino che ogni sera, prima di coricarsi, non dimenticava di ringraziare nelle sue orazioni Iddio, per avergli concessa la più bella, la più buona, la più saggia fra quante mamme abitavano, per la felicità dei loro figli, la splendida e non mai abbastanza lodata opera della creazione.

Fu dunque pensando la contentezza che avrebbe provato sua madre, che il giovanetto disse al suo padrone un «grazie» commosso e pieno di riconoscenza, quando questi, una sera dell'ultimo del mese, gettava sul suo tavolo una banconota, avvertendolo: «Da quest'oggi lei è in paga: avrà dieci corone al mese». Era quello il suo primo guadagno: come sarebbe rimasta la cara, e, fino a quel giorno, mal ricompensata creatura, quando le avesse messo in mano il denaro, dicendole: «Prendi, mamma; è per te!»; e sottointendendo: benché tutto questo sia nulla in confronto a quello che saprò darti un giorno. Sparvero con quelle dieci corone i dubbi che, in più mesi di garzonato, aveva avuto il tempo di porre alla sua vocazione commerciale: sparve con esse quella punta di rimorso che non poteva non avvertire se, uscito per una commissione, incontrava per via un ex condiscepolo, e cercava – ahimè inutilmente! – di persuaderlo dell'immenso bene che gli era capitato lasciando la scuola per l'impiego; e l'altro, o gli rispondeva male o, tacendo, pareva dicesse: « Ci rivedremo fra qualche anno, povero galoppino! » Terminata la sua giornata, corse a casa, fece le scale col batticuore d'un innamorato che porti il primo dono alla sua bella, e, balbettando e baciandola, dette a sua madre la grande notizia. La signora Rachele se ne mostrò commossa (meno però di quanto Odone aveva sperato), perdonandogli anche un'arrabbiatura che il ragazzo le aveva fatto prendere all'ora di pranzo, rifiutandosi di mangiare la minestra, e il cui ricordo gli aveva reso ancora più caro il pensiero della soddisfazione da procurarle rincasando. Volle infine che Odone serbasse per sé, per i suoi capricci, la metà dell'importo, non senza però raccomandargli di spenderlo così bene come bene l'aveva guadagnato; e ricordargli certi pericoli nei quali i giovani vengono istruiti piuttosto dai padri che dalle madri; ma a lei, che non pronunciava certe parole, o non le indicava con una perifrasi, senza aver prima sputato per terra (tanto era lo schifo che ne provava) era toccata anche questa croce di doverne parlare al figlio; e faceva, pure in sì triste bisogna, del suo meglio; per potersi, quando fosse piaciuto al Signore, addormentare in pace, e senza rimorsi sulla coscienza.

Raccomandazioni inutili: Odone non si voltava ancora a guardare le donne, e non passava mai senza affrettare il passo per certi vicoli ingombri la sera di marinai e di donne dalla voce rauca: e poi aveva già deciso come spendere le sue cinque corone: avrebbe, con quelle, comperato un regalo a sua madre: solo era in dubbio fra una tabacchiera rotonda dai fregi d'argento e un ventaglio nero a lustrini. Ma, finché l'uomo propone e Dio dispone, nessuno ha il diritto di credersi al sicuro dalla tentazione, per quanto forte egli si senta in un generoso proposito. E se la tentazione non venne per Odone sotto la specie di una femmina umana, venne invece in quella di una bella gallina; ed ora dirò come e perché non seppe resisterle, e come amaramente poi ne fu punito.

Passando verso le due del pomeriggio del giorno seguente per la Piazza del Ponterosso, dove c'era, e c'è ancora, a Trieste il mercato degli uccelli e del pollame vivo, Odone, che era uscito di casa per ritornare al lavoro e bighellonare un poco, ben deciso a non ritornare in prigione un momento prima del necessario, si fermò ad osservare la merce esposta nelle gabbie. Prima lo colpirono certi uccelletti esotici, dai colori accesi e brillanti, che gli ricordavano al vivo i francobolli delle colonie inglesi e degli staterelli barbarici, quali ammirava spesso nella sua modesta collezione; poi il suo desiderio si posò sopra un merlo, animale dall'aspetto assolutamente misterioso, nel cui becco d'oro si divincolava una mezza dozzina di vermetti, che l'uccello inghiottiva non più di uno alla volta, a intervalli regolari, socchiudendo, per il gusto che ne provava, gli occhietti tondi e cerchiati del medesimo oro fino del becco; guardò con scarsa simpatia i pappagalli, con ripugnanza una scimmia: infine lo attrassero i polli, chiusi stipati nelle loro anguste gabbie di legno, da cui sporgevano alternativamente i colli, e dove si lamentavano con acredine, o si vendicavano l'uno su l'altro della sete e della mancanza di spazio. Non era già il ghiottone che si commosse in lui a quello spettacolo: Odone amava moltissimo le galline vive e gli erano peggio che indifferenti servite a tavola. Quando in una passeggiata solitaria in campagna, in una di quelle passeggiate che hanno, nell'adolescenza, la durata di una marcia forzata e la solennità di una conquista, gli apparivano davanti alla casa colonica o tra il verde dei prati creste e bargigli, egli si rallegrava a quella vista come di tante pennellate in cui fosse concentrato il sentimento del paesaggio; e accarezzava volentieri la gallina abbastanza domestica o resa dal terrore così maldestra alla fuga da non scappare a tempo davanti alla sua mano amorevolmente tesa. Dove gli altri non avvertono che suoni monotoni e sgradevoli, Odone ascoltava come una musica sempre variata le voci del pollaio, specialmente sul far della sera, quando le galline, prese dal sonno, hanno una dolcissima maniera di querelarsi. Meno gli piaceva il gallo. La fierezza e magnanimità di questo sultano dell'aia, visibile davanti a un bruco o altro squisito boccone, concupito e poi, non senza visibile lotta interiore, lasciato alle femmine, non può essere apprezzata che da un uomo già esperto della vita, capace di intendere il superbo valore di quella rinuncia e la maschia signorilità che sta in fondo ad ogni vero sacrificio. Se poi qualcuno gli avesse chiesto perché tanto gli piaceva quello stupido volatile, a cui gli altri non associano che idee gastronomiche, il fanciullo non avrebbe forse saputo cosa rispondere. A molti infatti che allora glielo chiesero, egli non rispose che vent'anni dopo, con una lirica, poco, anche quella, capita. Quei pennuti corpicciolі egli li sentiva veramente impregnati d'aria e di campagna e delle diverse ore del giorno: aggiungi a questo motivo estetico un altro sentimentale: Odone aveva lungamente giocato, nella sua infanzia priva di fratelli e di amici, con una gallina. Sua madre l'aveva comperata per ucciderla e mangiarla; ma tali e tanti erano stati i pianti e le preghiere di Odone che la signora Rachele aveva infine accondisceso a tenerla viva e libera per la casa, come un cane. Da quel giorno, oltre a berne le uova calde, il ragazzo ebbe una compagnia; ed anche sua madre finì col divertirsi a vedere i salti formidabili che spiccava contro la porta a vetri della cucina, dove la rinchiudeva le rare volte che aveva delle visite; e quando, sudata e ansante, ritornava dal mercato con in mano la cesta della spesa, Cò-Cò (come si erano accordati a chiamarla madre e figlio) le correva incontro con il becco aperto, le ali tese e vibranti. « E poi dicono che le galline sono stupide » diceva, ammirata, la signora Rachele. Ma spesso si irritava, vedendo suo figlio parlare a un pollo come a una persona: le pareva quasi un segno d'imbecillità. Per Odone invece le ore che trascorreva con lei erano veramente sue; se la faceva « sedere » (appollaiare) accanto, sui gradini che mettevano dalla cucina alla camera da pranzo, gradini di mattoni, che il tramonto arrossava stranamente e gli ricordavano quelli dell'antipurgatorio, come li aveva veduti raffigurati in un'immagine sacra; se la serrava al cuore fino a farla strillare, pensando con gioia che aveva tanto tempo davanti a sé, da vivere e da godere in questo mondo (e poi ancora gli sarebbe rimasta l'eternità); parlava a Cò-Cò di viaggi e di traffici avventurosi, di felicità avvenire, di tutto quello insomma che gli passava per la testa. Ma, dopo due anni di domestica clausura e di cibi eccessivamente ghiotti e riscaldanti, alla strana compagna di quell'infanzia sacrificata ed estatica scoppiò (come disse una vicina che se ne intendeva) scoppiò il cuore per troppa grassezza (sembrava un'odalisca): insomma morì, e fu sepolta dal suo amico. Odone ne avrebbe voluto subito subito un'altra; desiderio che sua madre non volle assolutamente appagare: era già troppo grande per quel genere di divertimenti: l'album dei francobolli e qualche passeggiata con lei erano – dovevano essergli – svaghi sufficienti. Però, desiderio non appagato è desiderio protratto; e Odone se ne ricordò davanti a quelle gabbie di polli, avendo in tasca il suo primo guadagno. Una specialmente gli piaceva: bellissimo esemplare davvero, con una testolina piccola ed espressiva, un piumaggio nero e brillante, e una coda lunga arcuata, che ricordava ad Odone le piume sul cappello dei bersaglieri italiani. Ne domandò il prezzo, più in principio per curiosità, che col fermo proposito di acquistarla (credeva costasse chissà quanto); e il pollivendolo, stupito di quel cliente per sesso ed età insolito, gli rispose con malgarbo, e come certo di buttar via il fiato: «Tre corone e cinquanta centesimi».

«Così poco?» esclamò Odone. L'altro lo guardò più offeso che meravigliato; e più che mai convinto di essere preso in giro da un monello. Poi, come comprese che questi faceva sul serio, aperse la gabbia, e ne prese fuori l'animale, a cui soffiò tra le penne; per farne ammirare al compratore la grassezza e il colorito appetitoso della carne.

«Basta, basta» esclamò Odone, offeso dagli acuti strilli che mandava la vittima e dagli sforzi che faceva per tenere il capo in su, e non crepare congestionata. «La compero» aggiunse «se può mandarmela a casa subito.»

«Subito» rispose l'omaccio; e, chiamato un ragazzo, gli consegnò, tenendolo per le zampe, il pollo. Odone pagò, dette il suo indirizzo, più venti centesimi di mancia per il ragazzo, raccomandò a questi di dire, a chi gli aprisse, il suo nome. Poi guardò l'orologio. Erano quasi le due e un quarto, e si affrettò a ritornare in ufficio, cercando di persuadersi che aveva speso bene il proprio denaro. Si esagerava, a questo scopo, la gioia che avrebbe provato a ritrovare, rincasando, Cò-Cò rediviva. Ma più si affannava a scacciarlo, e più lo affliggeva il pensiero, il sospetto, di aver fatto qualcosa di inutile, se non anche di ridicolo. Sentiva che Cò-Cò era morta una volta per sempre, e che non si poteva sostituirla con tutte le galline del mondo; che la sua infanzia era morta anch'essa, ed era da stolto volerne far rivivere le dolcezze fuori che nel ricordo; che sua madre aveva già tutti i capelli bianchi, che si stancava sempre più presto e che forse sarebbe morta prima che egli Odone fosse riuscito a farle gustare la promessa agiatezza; che aveva fatto male a lasciare la scuola per l'impiego; che un errore era stato commesso nella sua vita, non sapeva dire quale né quando, un errore, un peccato che gli angustiava ogni giorno di più il cuore, e che il fanciullo credeva proprio a lui solo, non sapendo ancora (come troppo bene seppe più tardi) che quel dolore era il dolore dell'uomo, dell'essere vivente come individuo; era il dolore che la religione chiama del peccato originale.

Fuori del magazzino Odone trovò i braccianti che lo aspettavano con un carico di casse di aranci, e si dimenticò facilmente in questo lavoro di marcatura e di vigilanza; poi scrisse delle fatture; trascrisse in bella calligrafia commerciale una lunga lettera di cui il padrone gli aveva steso la minuta; andò a fare una commissione all'altro lato della città; ritornò con la risposta, e dovette uscire di nuovo a pagare una polizza d'imbarco presso la società di navigazione Adria; bagnò le tele e mise le lettere nella pressa; infine aiutò il facchino a chiudere. Avrebbe anche dovuto affrettarsi alla Posta Grande, affinché la corrispondenza partisse in giornata, ma per quella sera, e appena fuori dalla vista del principale, la gettò in una cassetta qualunque (la prima che trovò); e arrivò a casa quasi di corsa. Sua madre, che lo aveva aspettato alla finestra, aprì la porta senza domandare « Chi è? »; gli tolse di mano il cappello, gli porse la giacca di ricambio; e poi:

« Grazie » gli disse sorridendo « grazie del bel regalo che mi hai fatto. Quanto ti è costato? »

« Tre corone e cinquanta » rispose allegramente Odone « più venti centesimi di mancia. È poco, vero? » Era contento e meravigliato che sua madre avesse accolto con piacere, e come un regalo fatto a lei, quell'animale proibito, più invero da cortile che da abitazione, e che insudiciava dove passava.

« Dov'è? » disse. « Fammela vedere. »

La massaia aperse una porta. Dietro, appesa a un chiodo e già spennata, la gallina, nella sua rigidità di cadavere, gelò il cuore di Odone.

« Non so » disse sua madre « come hai fatto a trovarne una così bella grassa. Pare più un cappone che una gallina. Hai avuto davvero l'occhio felice. Domani, con l'aggiunta di un po' di manzo, te ne preparerò un brodo eccellente. Per questa sera devi accontentarti della frittura. La povera bestia era piena di uova, tanto che fu quasi un peccato averla ammazzata. »

Odone non volle sentire altro e corse a rifugiarsi nella sua stanzetta. Il cuore gli batteva forte forte, e lacrime di dolore gli pungevano gli occhi, non solo per la miserevole fine del pollo – servito ad uno scopo così diverso da quello per cui l'aveva comperato – ma al pensiero che sua madre – sua madre! – non lo avesse capito. Era possibile questo? Che una madre non capisse suo figlio? Che un figlio, per farsi capire da sua madre, dovesse spiegarsi come con un estraneo? Erano fatte così le madri (dieci anni dopo avrebbe detto le donne), o solo la sua? Non sentiva una grande volontà di parlare; tuttavia, quando la colpevole entrò nella sua stanza, con in mano il lume a petrolio già acceso, Odone volle spiegarle l'equivoco: l'immenso dolore che, sia pure involontariamente, gli aveva procurato.

La signora Rachele alzò le spalle, si meravigliò, si stizzì, disse che quando un ragazzo ha quindici anni fra due mesi, non gioca più con le galline. Poi lo invitò ad uscire un poco, perché la cena non era ancora pronta e una breve passeggiatina gli avrebbe fatto bene.

« Chi l'ha ammazzata? » domandò Odone.

« Io. Perché mi fai questa domanda? »

« Perché credevo che tu non avessi il coraggio di ammazzare i polli. »

« Quando ero ragazza » disse la signora Rachele « non ne avrei ucciso uno nemmeno per cento franchi. Ma, da quando sono diventata madre, non mi fa più nessun effetto. Quando tu eri convalescente del tifo, con che gusto tiravo il collo a un pollastro, pensando al buon brodo sostanzioso che avrebbe procurato a mio figlio.»

Odone tacque, perché sentiva di aver da dire, in proposito, più a se stesso che agli altri. Ma da quella sera amò meno, sempre meno, sua madre.

«La gallina»
Scritto nel 1912-13. Pubblicato sul giornale *La Tribuna* (15 novembre 1913), poi incluso (con modifiche significative) in *Ricordi-Racconti*, il quindicesimo volume dell'opera omnia di Saba (Mondadori, 1956).

LALLA ROMANO

1906-2001

Il primo libro in prosa di Lalla Romano porta lo stesso titolo del capolavoro di Ovidio che celebra l'atto della trasformazione: *Le metamorfosi*. Il suo percorso artistico comincia dalla pittura e solo in seguito si dedica alla scrittura (poco dopo che la sua casa e il suo studio a Torino vengono colpiti dai bombardamenti della Seconda guerra mondiale). Le sue tele sono malinconiche, nebulose, dominate dalle tonalità del grigio. Scrittrice profondamente visiva, verso la fine della sua vita diventa quasi cieca. Continuerà a scrivere su enormi fogli di carta, anche una sola parola per volta. Risultato di questi sforzi ostinati è il *Diario ultimo*, pubblicato postumo. In esso l'autrice scrive: «La mia cecità = un punto di vista», un'equazione tanto paradossale quanto profonda. La sua prosa sorprende per asciuttezza e incisività. In maniera contraddittoria, la Romano mantiene sempre una netta separazione tra sfera pubblica e privata – gli amici e i parenti non la chiamano mai Lalla, bensì con il suo nome di battesimo, Graziella – e tuttavia i suoi scritti hanno un forte carattere autobiografico, quasi confessionale. *Nei mari estremi*, composto dopo la morte del marito, è un testo straziante sulla malattia e il declino fisico del compagno di una vita, mentre in *Le parole tra noi leggere*, romanzo con il quale nel 1969 vince il Premio Strega, racconta in modo schietto il rapporto travagliato con il figlio. Dalla fine della guerra vive a Milano, ma il racconto che ho scelto è ambientato sulle montagne di Cuneo, la sua terra d'origine. Il punto di vista ben calibrato rivela l'atteggiamento di un'artista attenta alla gestualità e alle sfumature. Sottilmente erotico, è allo stesso tempo un tributo, benché ironico, allo sguardo femminile, e un'analisi delle differenze politiche e di classe. Oltre a essere una scrittrice e una pittrice, la Romano ha lavorato come bibliotecaria e ha tradotto i *Tre racconti* di Flaubert, esperienza che, come ha detto lei stessa, l'ha spinta a dedicarsi alla prosa.

La Signora

La Signora si mise a osservare il Signore seduto di fronte a lei a un tavolino dell'albergo, e dopo un primo esame concluse che il Signore era interessante.

La cosa essenziale, vale a dire le mani, erano perfette. La Signora non prendeva in considerazione uomini che avessero mani rozze e poco curate. Il Signore del tavolo di fronte aveva evidentemente cura delle sue mani. Erano mani magre e nervose, e la curva delle unghie era nobile e priva di impurità. I capelli del Signore, grigi sulle tempie, erano lisci e aderenti alla sua testa rotonda e piuttosto piccola. A ogni nuovo elemento che si veniva ad aggiungere alla sua analisi, l'approvazione saliva nel cuore della Signora, e tutto il suo essere si disponeva felicemente.

Il Signore aveva terminato il pranzo senza sollevare il capo, e la Signora non aveva potuto incontrare i suoi occhi. Il Signore si alzò e lasciò la sala, non solo senza aver guardato la Signora, ma senza aver fatto un cenno di saluto. Alla Signora si fermò in gola per un istante il boccone che aveva appena inghiottito, ma essa si affrettò a pensare che poteva essersi ingannata, e si abbandonò a piacevoli fantasie guardando fuori dalla finestra il pendio del monte, dove piccoli campi di segala parevano rincorrersi sotto l'onda continua del vento.

Fu portato un biglietto per la Signora. La Signora aspettava quel biglietto, perché non aveva veduto Nicola Rossi al suo arrivo con la corriera del mattino. Nicola Rossi si scusava di non essere venuto, e pregava la Signora di salire fino al suo albergo. Nicola Rossi era un critico musicale, amico del marito della Signora. Per tutto il pomeriggio Nicola Rossi parlò del suo disturbo intestinale che gli aveva impedito di andare incontro alla Signora. Il suo disturbo intestinale era dovuto all'altitudine, e purtroppo nella farmacia del paese non si trovavano rimedi efficaci. Nicola Rossi non parlò d'altro per tutto il pomeriggio, e alla sera la Signora fu grata al Signore del tavolo di fronte della sua esistenza.

Dopo tre giorni la Signora era riuscita soltanto a incrociare due o tre volte lo sguardo con quello del Signore, ma non aveva potuto trattenerlo nemmeno per un momento. Interrogando poi dentro di sé quello sguardo, che le rimaneva impresso nitidamente, la Signora cercava di scoprirvi un po' di calore, un lampo di simpatia o di sensualità, ma non era affatto sicura di trovarcelo.

Qualcosa come un'inquietudine incominciava a insinuarsi nell'animo della Signora. Ma non era ancora disgiunta da una sottile gioia, dovuta in parte proprio alla difficoltà dell'impresa. Senonché la Signora dovette accorgersi che questa speciale gioia o piuttosto piacevole eccitazione andava facendosi meno spontanea, tanto che doveva essere da lei ricercata e provocata; ed era perciò sempre meno viva e persino un po' insincera e finta.

In altri casi una particolare finezza di questa gioia era consistita nel fatto che la Signora la sentiva proprio mentre scambiava occhiate o discorsi più o meno indifferenti col nuovo personaggio in questione. Questa volta invece la cosa più strana era proprio questa, che in presenza del Signore le era impossibile provarla, e intanto si sentiva preda di un inspiegabile imbarazzo, che bisognava risolversi a chiamar timidezza. La Signora era però sicura che avrebbe riacquistato tutta la sua padronanza se avesse potuto parlare.

A questo punto la Signora si trovò a provare molta curiosità di sapere chi fosse il Signore, che specie di professione esercitasse. Le sue mani nervose facevano pensare a un pianista o a un chirurgo.

La Signora si fece dare con un pretesto il registro dell'albergo, ma riuscì soltanto a sapere che il Signore aveva quarant'anni. Nella casella della professione non c'era scritto niente. La Signora fu seccata, per quanto la riguardava, di aver scritto «scenografa » – la Signora consigliava il marito architetto – e vi sostituì « pittrice » che le sembrò meno eccentrico. Rammaricò anche di aver indicato esattamente la sua età, ma non osò correggerla. Del resto, in confronto con l'età del Signore, la Signora era ancora assai giovane.

La Signora si era appena alzata da tavola e stava guardando, appoggiata alla finestra, i piccoli campi di segala mossi dal vento. La finestra era posta dietro le spalle del Signore, che stava terminando la sua colazione. Ogni tanto la Signora distoglieva gli occhi dal paesaggio e fissava la nuca del Signore. Non era una nuca ostinata e diritta, ma pieghevole come quella di un ragazzo. Non era possibile trovarvi un'espressione crudele.

Il Signore si alzò, e invece di raggiungere la porta come era solito fare, si voltò verso la Signora e senza dire una parola le porse una sigaretta. La Signora ne fu turbata e felice come una adolescente timida, e l'atto del Signore di accostare il cerino alla sua sigaretta le parve un piccolo atto di intimità.

Non vi fu propriamente una conversazione, ma solo qualche frase sull'albergo e sul sito. Ripensandoci, la Signora notò poi che non era mancato uno spunto, e che era stato proprio il Signore a offrirlo; si rammaricò di non averlo saputo cogliere. La Signora ripeteva per la ventesima volta, la sera nel suo letto, la conversazione del mattino, e trovava facilmente infinite maniere per avviare un discorso interessante. Parlando dell'albergatore, il Signore aveva detto che si era sposato proprio in quell'anno, ma soltanto perché gli era morta la madre e gli occorreva una donna per l'albergo; altrimenti sarebbe rimasto scapolo perché aveva la sua stessa idea intorno al matrimonio. Avrebbe potuto farlo parlare su quell'argomento, e così sapere cosa pensava delle donne.

Del resto la Signora sapeva che non soltanto per la sua brevità la conversazione del Signore l'aveva delusa. Sapeva anche che il Signore aveva una bella voce, ma che la sua pronunzia era resa sgradevole da un marcato accento dialettale. Soprattutto sapeva che era troppo tardi. Il momento di accorgersi che si era ingannata, attraverso il quale le era pure occorso altre volte di dover passare, e durante il quale sempre aveva preso rapidamente la sua decisione, si poteva dire che fosse stato oltrepassato senza essere mai stato raggiunto.

La Signora prese l'abitudine di immaginare situazioni favorevoli, che erano sempre dal più al meno avventurose e catastrofiche. Per esempio un incendio di notte nel piccolo albergo, scompiglio, fughe. La Signora si ricordò che immaginazioni simili l'avevano confortata nella sua infanzia, quando voleva farsi notare da una compagna di scuola più anziana, che non si curava di lei. Allora quelle immaginarie disgrazie volevano essere pretesti per salvataggi, azioni eroiche, prove di abnegazione. Adesso servivano invece come occasioni per fughe in pigiama o ancora meno indosso. La Signora finiva con l'addormentarsi su tali fantasie, e i suoi sogni per lo più ne raccoglievano lo spunto e gli davano imprevisti svolgimenti.

Nelle sue passeggiate solitarie – evitava di far visita a Nicola Rossi, sempre costretto a rimanere in albergo dal suo disturbo intestinale – la Signora ripensava lungamente alle avventure frammentarie dei suoi sogni. Questi sogni finivano col creare una specie di complicità di lei col Signore. Però riuscivano solo a intrigarla sempre più, senza infonderle alcuna fiducia, non solo perché essa aveva coscienza della loro natura unilaterale, ma anche perché non erano tali da convincerla, sia pure illusoriamente, di un mutamento del Signore nei suoi riguardi, dato che egli appariva sempre, anche nei sogni, implacabilmente simile a se stesso.

Non mancava in questi sogni un lato più spiritoso – ma tale significato sfuggiva alla Signora – che poteva valere come una specie di inconscia vendetta.

Uno era quello del museo. Da ragazzina la Signora aveva visitato un museo di scultura ed era stata molto colpita da una statua di nudo maschile che non aveva la solita foglia al posto del sesso. Ma il motivo del suo stupore e del leggero disagio che provava non era dovuto al fatto di vedere svelato quello che di solito non era, ma invece al fatto che esso le pareva molto piccolo e tenue in confronto alla statura del personaggio. A quel tempo le sue nozioni in questo campo erano molto approssimative, ed essa non era naturalmente precoce. La cosa l'aveva turbata inconsciamente, sicché aveva finito col dimenticare l'episodio.

Nel sogno la statua le appariva in un giardino di notte, molto folto e oscuro. Era altissima e il capo si perdeva nell'ombra. La Signora riconobbe la statua e tornò a provare quel senso di disagio, che però era molto più forte e angoscioso. Il suo sguardo era corso al punto che l'aveva turbata, ma non v'era traccia di quello che allora vi aveva scorto. Al posto vi era la solita foglia. La Signora sapeva che la statua era il Signore dell'albergo.

Il Signore entrò in modo ancor più palese in un altro sogno. L'intero villaggio bruciava, e una folla atterrita fuggiva per la montagna. La Signora indugiava perché cercava qualcuno. A questo punto il Signore attraversò la scena. Attraversava la scena a passi lunghi e lentissimi, benché corresse. Correva fluidamente, come le figure del cinematografo viste col rallentatore. La Signora riconobbe subito le gambe del Signore e non si stupì del loro strano movimento, perché era solita osservare il Signore quando si alzava da tavola. Aveva notato che aveva le gambe lunghe e agili come quelle di un ragazzo, ma che il suo passo era lento e pieghevole, come se molleggiasse sulle ginocchia. La cosa imbarazzante era che il Signore indossava una camicia da notte bianca e svolazzante, di quelle che la Signora non aveva mai veduto, se non in qualche comica quando era bambina. Improvvisamente la Signora seppe di essere in un sogno, e ne approfittò per soddisfare la sua curiosità. Si avvicinò al Signore e allungò una mano con l'intenzione di sollevare la camicia fluttuante, ma in quell'atto si svegliò, o per lo meno a quel punto finiva in lei la memoria del sogno.

Ci fu una seconda conversazione. Il Signore disse che aspettava l'arrivo di un amico per fare la scalata del ghiacciaio. Anche questa conversazione fu molto breve, però non terminò come la prima, perché il Signore non se ne andò, ma accadde un'altra cosa.

Il Signore e la Signora erano seduti di fronte vicino alla solita finestra. A un tratto, senza nemmeno avere terminata la sigaretta, il Signore appoggiò la testa allo stipite della finestra e chiuse gli occhi. La Signora non si sentì offesa, ma provò uno stringimento al cuore, come una brevissima angoscia. Guardò la faccia del Signore, nobilmente nervosa anche, nel sonno, ed ebbe voglia di piangere. Allora si voltò verso il monte, dove i soliti campi di segala ondeggiavano sotto il vento come piccoli laghi in tempesta.

Il Signore dormiva veramente, ma si svegliò presto e disse che per dormire bene bisognava andare a distendersi su di un prato al sole. La Signora andò a prendere una vestaglia e a mutar d'abito. Indossò i calzoncini da sole e non dimenticò di provvedersi di un libro; perché, intanto che si affrettava, aveva pensato che non sarebbe accaduto niente.

La Signora si arrampicò su per un sentiero dietro l'albergo, fino a un piccolo prato lambito tutt'intorno dall'ombra di un bosco di faggi. Aprì la vestaglia sull'erba, e si era appena distesa, che il Signore la raggiunse e passò oltre cacciandosi, tra i cespugli, forse in cerca di un altro prato più in alto. La Signora fu grata al sole del suo calore.

Passò molto tempo. L'ombra dei faggi raggiunse la Signora che incominciò ad avvertire qualche brivido. Il sole era già triste sui nevai. Si udì rumore di sassi smossi: il Signore scendeva lentamente il sentiero. La Signora guardò il suo torso nudo, un po' gracile e aggraziato. Senza decidere, impulsivamente salutò. Il Signore si fermò e alla Signora parve che guardasse le sue gambe; perché lo vide arrossire leggermente sotto l'abbronzatura. Non provò piacere, ma un pungente senso di vergogna. Si alzò e raccolse la vestaglia.

Alla sera il posto di fronte al Signore era occupato. Un grosso uomo vestito di velluto marrone voltava le spalle alla Signora e le impediva di contemplare il suo idolo e di intercettare le sue occhiate distratte. Sopra le spalle massicce dell'uomo la Signora vedeva ora, attraverso la finestra, non più il monte vicino, ma solo una rosea lama di sole che andava spegnendosi sui nevai della valle opposta.

Dopo il pranzo il nuovo signore si presentò. Era cordiale e

aveva grosse mani tozze e bonarie. Era con lui un figlio di diciotto anni. La Signora salì nella sua camera e scelse fra i suoi vestiti uno bianco da sera che dal primo giorno aveva scartato giudicando che non fosse il caso di metterlo in un albergo come quello. Era un vestito che lasciava le spalle scoperte, e si portava con una corta mantellina di velluto rosso. La Signora lo indossò, cambiò l'acconciatura dei capelli che raccolse in cima alla testa con dei pettini, si truccò accuratamente, poi ridiscese nella sala. Nessuno le badò.

La piccola compagnia era raccolta intorno alla radio, dominata da una specie di gigante, un capo operaio della centrale elettrica, che aveva l'incarico di far funzionare l'apparecchio. Il figlio dell'amico incominciò a fissare con insistenza la Signora poi, incoraggiato da un cenno, le domandò se le piaceva la musica da ballo, e la invitò a ballare. Il grosso amico ammiccava ogni tanto verso di loro e il Signore parlava fitto con lui. Negli intervalli delle sue danze la Signora udiva la voce del Signore e lo sgradevole accento dialettale. A un certo punto si accorse che sentiva i discorsi e si mise ad ascoltare.

Il marito della Signora era un intellettuale di sinistra e così Nicola Rossi e così tutti gli amici della Signora. I discorsi del Signore e del suo amico erano quanto si poteva immaginare di più reazionario, specialmente quelli del Signore, mentre l'amico appariva più incerto e soprattutto meno accanito. Anche il capo operaio si introdusse nella conversazione e, con stupore della Signora, proclamò a gran voce le sue opinioni, che erano ancor più retrograde. Siccome era visibilmente in ascolto, la Signora fu interpellata. Essa cercò di rispondere a tono, e provò uno strano piacere al pensiero che nessuno dei suoi amici era testimone della sua abiezione.

In una pausa il Signore si mise a osservare con attenzione i sandali della Signora, poi li lodò gravemente. La Signora provò un acuto piacere, ma rimase come al solito imbarazzata e osservò a sua volta le scarpe del Signore. Le scarpe del Signore erano meravigliose. Erano di camoscio bianco con volute in rilievo di camoscio marrone. La Signora espresse il suo stupore e la sua ammirazione, e fu così che, per la prima volta, vide il Signore sorridere francamente. A questo punto l'amico disse che se non era lui ad avere le scarpe belle, chi avrebbe potuto averle. Dato che le faceva lui.

Il Signore precisò che lui era tagliatore di tomaie, e diede alla Signora alcuni consigli intorno all'acquisto delle scarpe.

Sebbene soffrisse, la Signora non provava, nei riguardi del Signore, alcun sentimento che assomigliasse al dispetto o al rancore. Del resto nemmeno disprezzava se stessa: in verità era talmente occupata dalla sua passione che non aveva il tempo di fermarsi su sentimenti marginali. Sapeva che non sarebbe accaduto nulla, eppure provava una impressione angosciosa, ma non del tutto avvilente, di rischio, come se si trovasse a camminare sull'orlo del vuoto. Aveva tanta chiaroveggenza da avvertire che per la prima volta nella sua vita una cosa terribile sembrava partire da lei stessa, senza avere perciò minor potenza, e anzi una inevitabile fatalità di sconfitta. Era una scoperta, tale che avrebbe mutato e messo in dubbio, per l'avvenire, ogni sua certezza e illusione. La Signora sentiva addirittura un vago senso di rispetto per se stessa, o meglio per quanto vedeva avvenire dentro di sé, perché sapeva che non si trattava di un puntiglio, ma di qualcosa posto al di là della vanità e dell'orgoglio. Pertanto tutte le sue facoltà erano tese in una inutile aspettazione.

La presenza dell'amico non le recava nessun vantaggio. Il figlio le portava dei fiori di ritorno dalle passeggiate, e guardandola negli occhi le confidava le sue delusioni intorno alla leggerezza delle sue compagne di scuola. La Signora lo trovava noioso, ma in quel momento lo preferiva a Nicola Rossi e a chiunque altro.

Intanto Nicola Rossi, sempre perseguitato dal suo disturbo intestinale, si decise a far ritorno in città, e la Signora lo incaricò di dire al marito che lei si annoiava.

Il Signore e l'amico avevano deciso la loro escursione sul ghiacciaio. Li accompagnava l'albergatore-guida. Il ragazzo scongiurava la Signora perché andasse con loro. La Signora, benché non serbasse alcuna illusione di poter dare una qualsiasi consistenza alla sua avventura, non poteva fare a meno di vagheggiare intorno a questa gita sul ghiacciaio e immaginare infinite occasioni. Però non si decise.

La vigilia, nella sala dell'albergo si vedevano piccozze, corde e ramponi. Dovevano partire prima dell'alba. Verso le quattro, alla Signora parve di sentire una macchina. Dopo un'ora, siccome non poteva riprender sonno, si alzò, pensando che sarebbe andata sulla montagna da sola. Ma trovò tutti in sala, con le corde e i ramponi. Nessuno la salutò. La macchina che doveva portarli fino alla funivia non era venuta, e adesso aspettavano il camion del latte.

L'albergatore sorvegliava la strada e dopo una mezz'ora chiamò. Il camion del latte era enorme, senza sponde, e già gremito di gente sopra i bidoni. La Signora ebbe un moto di consentimento quando la guida la chiamò, e fu così che si lasciò issare sul camion.

Era molto difficile tenersi in equilibrio sul camion: la strada saliva a svolte, e nelle curve il camion sbandava. I paesani con le ceste erano inchiodati sul camion, ma i signori, compresa la guida, erano un grappolo pericolante, e si aggrappavano alle spalle delle vecchie, che sembravano di pietra. La Signora era la più sicura, seduta sopra una cesta in mezzo a due bidoni, e stava già dimenticando un poco se stessa e il suo male, intenta ad afferrare, a ogni svolta, le apparizioni di un monte altissimo e bianco, continuamente ringoiato dal buio delle pinete. Ma si accorse che il Signore era vicino a lei, in attitudine disagiata, perché stava con una mano cercando un appiglio. Fu svelta ad afferrargli la mano. Gli lanciò un'occhiata e vide nel vento che lui con qualche imbarazzo ringraziava.

La Signora provò subito, al contatto della mano, un profondo piacere. La mano era liscia, asciutta e calda, e stringeva la sua quel tanto che occorreva per sostenersi, non di più. La Signora sapeva che non le poteva giungere nulla, ma non provava la solita umiliazione, bensì un tranquillo senso di possesso.

Quella specie di stretta senza toccar terra, in mezzo al turbine delle svolte e degli scossoni, e allo srotolarsi degli scenari spettrali delle montagne, assomigliava di più all'intimità ingannevole degli incontri sul terreno dei sogni che a un contatto reale, ma sebbene avesse di quelli la precarietà e soprattutto il senso di solitudine, il calore che gliene veniva era vero e confortante, quasi familiare.

Quando si trattò di discendere, le parve che il Signore si affrettasse a staccare la sua mano. Comunque non si occupò più di lui. Una macchina la riaccompagnò all'albergo, dove trovò un telegramma del marito. Fece appena in tempo a preparare le valigie, e partì con la corriera del pomeriggio.

«La Signora»
Scritto nel 1948, pubblicato per la prima volta nella raccolta *La villeggiante* (Einaudi, 1975).

FABRIZIA RAMONDINO

1936-2008

Fabrizia Ramondino è l'autrice più giovane in questa antologia. *Althénopis*, romanzo d'esordio autobiografico incentrato sulla fuga e ispirato alla sua infanzia itinerante, è il suo capolavoro. Intellettuale di sinistra, impegnata nel sociale, trascorre gran parte della giovinezza fuori dall'Italia, in Spagna, Francia e Germania. Suo padre, un diplomatico, muore quando lei è ancora giovane. Intorno ai venticinque anni, torna a Napoli e vi si stabilisce. Nonostante la sua natura errante, o forse proprio a causa di essa, resta affascinata dagli spazi confinati e limitati: in *L'isola riflessa* racconta il periodo passato, in un momento di crisi profonda, a Ventotene, isola al largo della costa tra Roma e Napoli dove l'imperatore Augusto aveva esiliato una delle sue figlie per adulterio, dove Mussolini faceva internare i nemici e dove, nel 1941, lo scrittore al confino Altiero Spinelli ha stilato l'innovativo manifesto che ha aperto la strada all'unificazione europea (e alla nascita dell'Unione europea). La Ramondino dedica inoltre un libro alle testimonianze delle donne ricoverate in un centro di salute mentale di Trieste. La limitazione spaziale è il fulcro del racconto che ho scelto. Ruota intorno a un piccolo gruppo di personaggi insieme uniti e distanti. Nonostante un'impostazione che ricorda il teatro da camera, dal testo emerge una riflessione pungente e di ampio respiro sulle conseguenze del boom economico degli anni Sessanta, gli effetti della massiccia emigrazione dal Sud al Nord Italia e la dissoluzione della famiglia tradizionale. La Ramondino racconta con eccezionale lucidità gli stati di sofferenza emotiva e fisica, e scrive pagine sincere sui suoi problemi di alcolismo. Nel 1996 si unisce alla troupe che gira un documentario per conto dell'Unicef sull'esilio del popolo Saharawi nell'Africa occidentale. La Ramondino amava il mare, che è presente in quasi tutti i suoi scritti. Morirà all'improvviso, colta da malore mentre nuotava in prossimità della costa di Gaeta. Il suo ultimo romanzo, *La via*, uscirà il giorno dopo la sua scomparsa.

La torre

Arrivarono il sabato scaricati dalla corriera: il padre, la madre, il gatto nel cesto, la figlia. La casa del padre, come altre sue case. La donna preparò sul tavolo della cucina alcune vettovaglie che aveva portato con sé e dell'altra roba che trovò in casa; fra cui molto vino. Mangiarono allegri. Il padre disse: « Sembra un antipasto di Pasqua ». C'erano infatti uova sode, formaggio e olive. La donna era stanca – aveva un inizio di mestrui –, e andò a letto con un romanzo e la radio che alternava arie d'opera al giornale del Terzo.[1] La figlia e il padre, muniti di pile, andarono a esplorare la torre. « Attenta a non cadere, manca uno scalino! » diceva il padre, oppure: « Da queste feritoie vegliavano i soldati mille anni fa », come si era detto ai bambini trent'anni prima. Sulla cima della torre: il vento, le stelle, il gatto fra i piedi, disorientato tra nuovi odori.

La domenica, al mattino, la donna si ritrovò la figlia accanto, nel letto. Uscì dalla camera. Entrò in cucina. Dalle feritoie filtrava una luce stretta, ma intensa. Fece un giro per la stanza. Da ogni feritoia, su ciascuna parete, quel sole abbagliante e il paese a spicchi, immerso in un brusio che si mescolava alla luce. La donna ingoiò il tranquillante, perché il lato del cuore le doleva, e si fece un caffè, che bevve in una ciotola, senza zucchero, con un poco di latte. Poi cominciò a fumare.

Al gabinetto, l'acqua già era finita – la toglievano alle sette; – se ne sarebbe riparlato la sera. Si lavò con quella del bidone e guardò con distaccata soddisfazione la pettinatura gonfia, da geisha, che il parrucchiere le aveva fatto il giorno innanzi e che non si era guastata.

La casa le era familiare, come quelle passate di lui.

Mentre fumava e beveva caffè nella stretta cucina in attesa

che il tranquillante le facesse sparire l'angustia al petto – avvolta nel brusio di voci che veniva dabbasso –, gli altri si svegliarono. C'era poco in casa per la prima colazione. Così, insieme alla decisione di andare al mare, si prese anche quella di far colazione al bar. Prima di uscire però, la figlia volle che la madre esplorasse la torre, come lei, eccitata, aveva fatto al buio la sera precedente. La donna non ne aveva voglia, era tediata e non voleva fingere incanto. Ma andò.

In cima alla torre, la luce, prima spezzata nelle stanze dagli spigoli angusti delle feritoie, si ricompose in cerchio: le tegole rosse del paese, il viale di lecci, la piazza dinanzi al castello con l'orrido san Francesco bianco anni Trenta[2] – al posto del solito Milite Ignoto –, i campi arancioni e gialli, in fondo i laghi lagunari, la stretta striscia di spiaggia, il mare, le isole; tutti immersi nella luce limpida di settembre, alta e fresca.

Scesero in paese. Tutt'intorno al castello, in antiche stalle e frantoi, delle botteghe: il bar, la latteria, il barbiere. Entrarono nel bar assediato da uomini: la donna prese un brandy, la figlia un buondì e un succo di frutta, il padre un caffè. In attesa della corriera, fecero un giro per i vichi: case imbiancate, con peperoni e pomodori appesi a seccare, e sedie, anch'esse sospese in alto a ganci; vi erano esposti al sole, su piatti larghi, fichi e conserve da preservare da ragazzi e animali. Provavano un certo disagio a passare da lì, perché ogni viuzza era come una casa, e ai turisti, in quei paesi dell'interno, non si era abituati. Girarono poi lungo le mura, dentro le quali erano state ricavate delle casette. La figlia era stanca di camminare, di vedere pietre, campi, case.

Mancava un'ora per la corriera e, mentre aspettavano in piazza, comprarono il giornale. Erano i giorni della Festa dell'Unità[3] e, in prima pagina, si leggeva che si erano vendute tot mila copie dell'*Unità*, che l'Flm aveva proclamato legittima la disobbedienza civile contro l'aumento delle tariffe dei trasporti, e forse anche dell'elettricità.

La corriera infine giunse. Costeggiarono campi arancioni e gialli, vigne e uliveti, un paese di tegole rosse che era tutto su quell'unica via che lo attraversava, fino allo scalo ferroviario, dov'era il mare. La corriera ripartì subito. La figlia volle aspettare che passasse il treno, ma non ne giunse nessuno – non coincidevano quasi mai gli orari dei treni e della corriera. Oltre i binari, alcuni edifici ormai deserti: ristoranti, bar, alberghi destinati al mese d'agosto, al turismo chiassoso degli emigranti che, tra balere, bar, alberghetti, dovevano in fretta, venti giorni al massimo, gioire, amare, riposare, spendere tutto in uno stridio ininterrotto di clacson e radioline. Al di là degli emigranti il turismo non poteva espandersi, come accadeva in altre coste dell'Adriatico; e questo, a causa dei vivai della forestale situati lungo il litorale.

Quella domenica di fine settembre non c'era quasi nessuno: quattro giovani, saltati giù da una Cinquecento e spogliatisi rapidamente, che si tuffavano; una madre prudente con un bambino per mano, vestiti di tutto punto, che passeggiavano lungo la battigia.

Il padre e la figlia andarono in mare e iniziarono interminabili scherzi, spruzzi, tuffi, corse, nuotate.

La donna si stese al sole, vestita dapprima; poi si denudò, perché mutandina e reggiseno neri in nulla erano dissimili da un vero e proprio costume. Il suo corpo era magro, giovanile, ornato dalla gonfia pettinatura da geisha. Rassicurata riguardo al suo aspetto, volle abbandonarsi al sole. Mal si accordavano però il calore febbrile del mestruo, che la teneva in uno stato di levitazione e disagio, e quello del sole, così aperto, diretto, non abbastanza forte tuttavia da vincere l'altro, e rotto dal vento, che chiedeva corse e nuoto, e non levitazioni turbate. Stava distesa a braccia aperte di fronte al mare. In croce. A destra e a sinistra, pensò, a molti chilometri di distanza, da un lato e dall'altro, c'erano altri due luoghi dell'Adriatico a lei ben noti.

Dieci anni prima, a Rimini, in settembre, quando ancora non avevano una figlia, felici autostoppisti a trecento lire al giorno, avevano dormito con degli amici in una cabina abbandonata sfondandone un finestrino. L'indomani, si era svegliata su uno sconfinato deserto di sabbia e cabine. Un bagnino ubriaco aveva approfittato di un momento in cui si era appartata dagli altri per stringerle il seno: gli occhi gli uscivano dalle orbite nel viso rosso, in quel settembre freddo, deserto di femmine, mentre un bambino ai suoi piedi trascinava per un filo un rocchetto di legno.

E solo quindici giorni prima, a sud, oltre i laghi lagunari, si era ritagliata un week-end da adolescente. Era partita senza figlia, con tre amici pescatori subacquei, anch'essi senza mogli al seguito né fidanzate. Avevano rotolato con la piccola macchina per campeggi, baie, torri saracene, campi di fichi d'India, paesi bianchi, altipiani abbandonati; sole e burrasca si davano il cambio, vento e mare si eccitavano a vicenda, a distogliere i compagni dalla pesca, in apnea o con le bombole. Così, alla fine, oltre che senza affetti, erano anche senza scopo. Nel campeggio deserto, due degli amici avevano ingaggiato una lotta per ore, come guerrieri dell'*Iliade*, facendosi scudo con i coperchi di plastica dei bidoni dell'immondezza e lanciandosi contro rami divelti e fronzuti, o ancora sbarre di ferro strappate dalla tettoia dello spaccio, tra grida di guerra confuse nel vento. La notte, dalla sua piccola tenda, lei aveva udito il lamento di uno degli uomini; voleva una donna e si acquietò solo al terzo giorno, sulla via del ritorno, quando ciascuno col pensiero era già immerso nei fastidi consueti e negli affetti lasciati.

La donna si volgeva adesso a quelle due adolescenze – così distanti negli anni l'una dall'altra, così turbolente e vigili –, a quelle amicizie cameratesche con gli uomini – che prima avevano protratto i sortilegi di un'eterna e incolume attesa, poi rivelato il disincanto.

Il sole, il mare, il vento, e le frenesie dei giochi della figlia, cui sempre accondiscendeva il padre, quel giorno mal si confacevano – lo percepiva in modo sempre più evidente – a quel senso di leggera levitazione e malessere. Sicché si rivestì e si avviò alla piccola locanda retta da quello che un tempo era l'amministratore dei beni familiari ormai sperperati dai genitori dell'uomo, il suo ex compagno.

Dovette chiacchierare con la moglie, una donna magra e bionda, madre di due figli; chiacchierare della macchina, del marito, della cucina nuova a cui aspirava e che aveva visto su *Grazia*, di parrucchieri, villeggiatura, lavastoviglie, la scuola dei figli, *Emmanuelle*,[4] la pillola, la famiglia. Scambiò anche due parole con la suocera di questa, una vecchia contadina, nostalgica delle chiacchiere del suo antico vico, che le mostrò, tirandoli fuori da una scatola, i merletti a tombolo destinati agli innumeri figli e nipoti arricchitisi nel Nord al tempo del boom; merletti, prima disprezzati, ma che ora, raffinatasi la famiglia, andavano a ruba. Proprio come gli oli e le conserve che le altre vecchie rimaste in paese inviavano a figli e nipoti, operai a Milano, e che prima, nel '55, venivano da loro famelicamente apprezzati, per poi, negli anni successivi, quelli del benessere appunto, essere a malapena tollerati solo per affetto – meglio l'olio Sasso che non guastava il fegato, la gelatina della Massalombarda, i pavesini, lo zampone in carta di alluminio a chiusura ermetica –, e infine tornare di nuovo graditi, da quando nei motel sulle autostrade andava tanto di moda il finto rustico genuino delle conserve sigillate in vecchi barattoli di vetro con su incollata la scritta a mano.

Queste, le chiacchiere; e alla donna venne un'aristocratica smania di trovarsi in un caffè di Istanbul o di Vienna, dove nessuno la conoscesse, dove nessuno potesse rivolgerle la parola e distoglierla da quel suo stato di estenuata concentrazione.

Sullo spiazzo tra lo scalo e il mare, poi, un gran chiasso di bambini, non gioioso, ma petulante nel chiedere il gelato, il biscotto, la gomma, e: « A che ora, a che ora si accende il televisore? »

Poi, il ritorno in macchina; la figlia, inesausta, che voleva scendere dalla portiera a vedere la tv, voleva il gelato, il biscotto, la gomma. La cena in casa, perché, si sa, i bambini devono mangiare. Ma non c'era granché in cucina. Il padre scese, comprò del latte e una lussuosa scatola di biscotti – per loro, una bottiglia di grappa -. La bambina cenò, fece un po' di follie per le scale delle torri e col gatto; esausta, si addormentò sul suo fumetto, lo stesso da una settimana.

Anche il padre e la madre erano stanchi, ma non di aria, di moto, mare, sole; ciascuno di sé piuttosto, e ancora di più del doversi ritrovare, per via della figlia.

La grappa li aveva sempre accompagnati in quegli ultimi anni: prima per la difficoltà di stare insieme, poi per la noia di ritrovarsi. La grappa quando c'erano i soldi, sennò il vino. E quella sera ancora ce n'erano.

Lui le aveva insegnato la grappa, il vino, e l'ebbrezza. Insegnava tutto come una felicità e una promessa. Accompagnava l'iniziazione con un sorriso, ora mite e radioso, ora ammiccante d'intelligenza, ora sommesso per un'intima pena, ora aereo e trascinante, ora dolente, come offeso dalla ristrettezza del mondo; il sorriso di una perenne adolescenza; incattivita però a volte, di chi non aveva retto al peso dello svelamento. Lo offuscavano poi, sempre di più nel corso degli anni, le offese dell'incomprensione e quelle, più gravi, della comprensione. Un sorriso, che all'inizio l'aveva sedotta, perché lei lo aveva deformato, letto cioè fuori della comune misura, come fanno i bambini quando vedono volti bellissimi in persone comuni, vastissima la piazza del villaggio, parlanti gli animali. O forse era stato così bello realmente allora, ed era stata la vita a stravolgerlo.

A volte, adesso, le appariva meschino o pauroso: non mite ma pusillanime, non radioso ma kitsch; era rimasta l'intelligenza ammiccante, ma impigliata in piccoli fastidi quotidiani – e se si levava a orizzonti più larghi, pareva un delirio o una trappola tesa ad altri più ingenui; la dolente ironia si era volta in tic, in marchio di offese subite e recate. Negli ultimi tempi, poi, nulla di misuratamente trascinante era rimasto in esso, pareva invece allontanare; e spesso si mutava in una smorfia, come di chi si tappi le orecchie per uno stridio, gli occhi per una luce accecante. La tolleranza si era volta in cinismo, la pietà in autocommiserazione e acrimonia.

Non si sarebbero rivisti a quel modo, a rievocare un mondo che era stato comune, davanti a una bottiglia di grappa, non ci fosse stata la figlia. Ma questa condanna – pensava la donna – era anche una salvezza. Nel suo intimo infatti era severa, contraria alle evasioni dal passato. Ma quanto le pesava! Lui infatti l'avrebbe voluta infelice, come alcuni prediligono siano le loro madri. Mater Dolorosa. No, non lo sarebbe stata.

Nei primi tempi dei loro incontri obbligati finiva sempre ubriaca, perché ancora si dibatteva nello sforzo di decifrare l'enigma: le stava davanti, inafferrabile, un significato a venire, terribile, che non poteva né voleva ancora manifestarsi. Da una parte e dall'altra, c'erano un sì e un no protesi e nemici fra i vapori falsamente accomodanti dell'alcol; e questo li lasciava poi esausti, confusi da ambigue connivenze.

Ormai, e da molto, tutto era cambiato. Di qua e di là dal tavolo c'era solo quell'obbligo, lo stare insieme per riguardo alla figlia; ma li prendeva talvolta, come un vizio, l'inveterata abitudine a ricercare un'impossibile comprensione reciproca. S'impantanavano allora in una perigliosa palude di memorie.

Come tutte le persone profondamente sole, la donna era ingenua e violenta. Non si parlavano poi da molto tempo. Di nuovo lei ricadde, dunque, nel vizio della connivenza, scambiata per condivisione. Parevano, i loro discorsi, antichi sofismi, distruttori verso il mondo e se stessi. Resti irrisori di antica saggezza. Si lasciò andare all'alcol, finché non giunse il vomito liberatorio. Seguì un grande malessere.

Quando il rito fu compiuto sino in fondo, andò a letto, accanto alla figlia. Ma il malessere cresceva. Onde si levavano come da una palude, non della memoria, ma del nulla; onde profonde, e nebbie rapide. Avrebbe voluto qualcuno vicino a quietarle, dissiparle; come faceva una volta la madre.

Si alzò e andò nel letto di lui, e a lui si abbracciò forte, ma rimanendo sul bordo del materasso, per non dargli fastidio, non essere respinta; proprio come usava fare con la madre, e quella, quando non la respingeva, la chiamava, allora, vezzeggiandola, «la mia foglia d'edera»; tanto nel letto si era fatta stretta.

Lui provò a scacciarla, aveva frainteso. Ma lei insisté, sorda, finché il malessere non dileguò nel sonno.

Al mattino, il padre e la figlia decisero di avviarsi di nuovo al mare. La donna aveva un gran mal di capo, ancora quel morboso calore di mestrui, e rimase a letto. Ma, dopo un po', sentì impellente il bisogno di fuggire da quell'inquietante odore del sangue. Si alzò; di nuovo dalle feritoie entravano il sole e il brusio della piazza. Lesse tutto il giorno. Finì *La coscienza di Zeno*. Cominciò *Cent'anni di solitudine*.

Nel pomeriggio scese in piazza per acquistare del cibo; la gente guardava «la straniera». «Chissà per chi mi prendono» si disse. «Magari, forse per la moglie di un nuovo impiegato o per una puttana.»

Pensò a lui nel paese, più straniero di un impiegato. Rifugiato in quella torre abbandonata e diruta che nessuno dei parenti rivendicava. Costretto a frequentare solamente la portinaia – che lo aveva conosciuto bambino, come figlio di signori, e che ora, vedendolo povero, lo trattava con una familiarità pelosa – e un suo compagno d'infanzia, brav'uomo, proprietario di un negozio, tutto dedito al lavoro e alla famiglia. Lo immaginò ridotto per settimane a riso, olio di Puglia e Nazionali, come fosse al confino, in esilio volontario, dopo il suicidio (o morte accidentale) di un amico.

Alla figlia parlava a lungo del topo frequentatore del cassetto, suo fedele compagno, ingrassato tra le croste di formaggio; della luce particolare, in certe ore e giorni, che svelava o accendeva le isole; di storie passate della torre: trabocchetti, assassinii, labirinti; di un futuro operoso e ridente, quando, chissà, avrebbe piantato nel fossato della torre basilico, pomodori, melanzane, insalate – e forse anche rose e gerani.

La figlia, un giorno, le aveva chiesto: «Perché non vive con noi?» E lei, mentendo, le aveva detto: «Perché vuole essere libero come un uccello». Le pareva in quella torre invece un uccello impigliato, che avesse perso l'orientamento e non potesse più uscirne.

Era tardi per la spesa. Il mercato era vuoto. Trovò una bottega, scelse qualcosa tra verdure e frutta di scarto – le aggiunsero un basilico molle, senza superbia di odore –; comprò del pane e del formaggio. Tutto era complicato in quel paese diffidente, dove nessuno pareva sapere nulla, neppure dove fosse la bottega, e gli occhi la fissavano socchiusi o cheti: dei sigilli.

Dovette preparare la cena, apparecchiare. Il triangolo familiare, lì, sul tavolo. Le venne una smania. Ebbe un moto malvagio. Non c'era nessuno a vederla. Disfece il triangolo: ammucchiò i tre piatti al centro, ci mise sopra le posate, accanto i bicchieri uno dentro l'altro. Una specie di self-service. Padre e figlia non ci diedero peso, non se ne accorsero neanche. Lui rifece semplicemente il triangolo. E siccome alla bambina non piacevano alcuni cibi, cominciò a divertirla, a istruirla, a convincerla che bisognava assaggiare tutte le cose nuove, non per dovere, ma per curiosità.

Dopo cena, venne sonno a tutti, a ognuno per motivi suoi: alla piccola per la movimentata giornata marina; alla donna per la sbornia del giorno precedente e per i mestrui; a lui, chissà perché – in quei giorni era facile al sonno, a diradare forse in nebbie un delirio.

Il martedì seguente, dopo la colazione, dalle feritoie entrava ancora quel brusio assolato; ma il cielo non era più così terso, si era alzato il vento e dal mare avanzavano nuvole. La figlia scese a giocare dalla portinaia. E mentre la donna si sistemava a leggere nell'unica poltrona accanto all'unica finestra, ornata di vite vergine rigogliosa e rossiccia, lui la chiamò in una stanza, un antico pollaio, dove aveva sistemato uno scrittoio. « Ho consultato » disse « l'*I King*. » Aveva cercato la voce « moglie », ne erano risultati danni e devastazioni. Allora la donna, al suo sorrisetto ambiguo, ricordò come lui avesse accolto, qualche sera prima, quel suo gesto notturno di coricarglisi a fianco, interpretandolo come l'atto proprio della femmina che vuole accostarsi al maschio. Così non era stato, in verità, e non avrebbe mai più potuto essere. Si adombrò per questa incomprensione. Ma non volle immeschinirsi in spiegazioni. Uscì in silenzio.

E al silenzio si attenne, non come a un patto, a una consegna, ma per istinto.

Passarono altri quattro giorni. L'aria si era raffreddata, c'erano stati temporali notturni. Dalle feritoie, al mattino, non entrava più il brusio assolato: il cielo era fosco, la piazza deserta. La donna sedeva accanto alla finestra avvolta in scialli e coperte; la pioggia velava il muro di fronte; o si diradava, e le gocciole brillavano sui colombi. La figlia continuava i suoi giochi eccitati: per le scale della torre, col gatto; nella piazza, con i ragazzi; passava le serate davanti al televisore della portinaia. Il padre talora l'assecondava nei giochi – solo con i bambini sembrava quello di un tempo –; più spesso sedeva allo scrittoio nel pollaio tra casse di libri, abiti e dischi che ancora, nonostante fosse lì da vari mesi, non aveva aperto.

La donna leggeva. O, inevitabilmente, ricordava. Si asteneva dall'alcol; beveva la fredda acqua della memoria.

Il tumulto degli anni trascorsi a Milano, la loro allegra brigata di emigrati: da un lavoretto all'altro, da una camera ammobiliata all'altra, la sera da un bar all'altro. Dietro di sé avevano lasciato Posillipo. Davanti, avevano un avvenire ricco di promesse. Nessuno voleva fare soldi. Per tutti poi quegli anni erano passati. Lui, nella giovinezza, era invece rimasto impigliato.

Di tanto in tanto, levando gli occhi dal libro, osservava la stanzetta dove si era rifugiata in quei giorni; pareva un bovindo o un boudoir.

Ogni cosa sembrava salvata da un naufragio: la libreria girevole salvata dalla rovina della famiglia; lo specchio salvato dal fallimento della convivenza con lei; la foto del giovane che lei un tempo aveva amato; la foto della figlia, riguardo alla quale lui aveva detto: « Che cosa noiosa allevare un bambino »; quadri di un vecchio amico dei tempi di Brera. Ma questi relitti erano ricomposti da un'aura comune che lei si sforzava di definire: stoffe stinte poggiate sulle poltrone e sui letti; luci smorzate; angoli arrotondati e nicchie; un soffuso color pastello; un disordine barocco, che evocava bambini rosei tra i cespugli, gonne bianche a righine azzurre su cui l'erba s'impigliava, preti rotondi e giocosi, affaristi inglesi e viveur meridionali, estreme unzioni grottesche e solenni, perché troppo lunghe erano state le vite dei moribondi. Indefinibilmente simile dunque alle stanze della madre di lui, attorno alla quale ogni luogo si faceva alcova e boudoir, ogni colore si smorzava in una nuance pastello, ogni rumore dileguava sui tappeti, ogni sventura si sopiva nelle buone maniere, ogni fede trascolorava in una tolleranza che pareva fatua, ma che era insidiosa, mortale.

Il venerdì sera ci furono alcuni screzi. I soldi erano quasi finiti e ognuno ne attribuiva la responsabilità all'altro. La donna prima di partire aveva pagato le bollette, lui invece su quei soldi contava. Era rimasto appena qualche spicciolo per il biglietto. Lui, insieme alla figlia, sarebbe andato da sua madre e sua sorella in macchina col cugino. La donna poi gli aveva chiesto in prestito un volume del *Don Chisciotte* da leggere in treno, perché a quel libro si era come aggrappata dal giorno innanzi. Ma lui non volle darglielo. Disse che ci teneva. Lei si sentì defraudata. E l'amareggiò anche il senso nascosto di questi fatti meschini: la carica infantile di odio che lui aveva nei suoi confronti, perché da lei si sentiva svelato. Aveva invece bisogno attorno a sé di quell'aura ambigua, sonnolenta, propria della sua famiglia, quell'aura che era stata il terreno di coltura del suo esilio, in un mondo che invece esigeva definizioni.

L'indomani pioveva. La corriera sarebbe partita alle dodici. La donna, com'era solita, si era svegliata prima degli altri. In cucina, dalle feritoie, per un vento malevolo, entrava la pioggia. Accese una sigaretta, in attesa.

«La torre»
Parte della raccolta *Arcangelo e altri racconti* (Einaudi, 2005).

LUIGI PIRANDELLO

1867-1936

Pirandello, Premio Nobel per la letteratura nel 1934, è forse più conosciuto per la sua opera di drammaturgo che ha sovvertito le convenzioni del teatro, ma anche la sorprendente produzione di racconti è stata un luogo di continue sperimentazioni. Nel 1922, l'anno dopo aver raggiunto la fama mondiale grazie al rivoluzionario dramma *Sei personaggi in cerca d'autore*, comunica al suo editore, Mondadori, la volontà di dedicarsi a un grande progetto intitolato *Novelle per un anno*, che avrebbe dovuto comporsi di 365 racconti già apparsi su giornali e riviste. Vengono pubblicati quindici volumi, per un totale di 242 racconti, tuttavia l'opera rimane incompiuta. Pirandello nasce ad Agrigento, ma si trasferisce a Roma a vent'anni e per i successivi venticinque vi insegna letteratura italiana. La sua vita privata è travagliata: le difficoltà economiche compromettono la salute mentale della moglie, che viene internata in manicomio e vi resta per quarant'anni. Nel 1924, Pirandello scrive un telegramma a Mussolini e aderisce pubblicamente al Partito fascista, un atto che gli assicura le risorse economiche per fondare una compagnia teatrale. Ciò nonostante la sua produzione letteraria, ossessionata dalle maschere e dal doppio, sempre attenta a indagare il silenzio al cuore dell'esistenza, è caratterizzata da un'irriducibile essenza eversiva. Il racconto qui riportato è apparso nel 1912, più di dieci anni prima del magistrale romanzo *Uno, nessuno e centomila*, impareggiabile riflessione sull'identità. Angosciante ed essenziale, il racconto è stilisticamente distante dai precedenti lavori folclorici. Secondo un caro amico palermitano, in questo testo « c'è l'anima di un siciliano ». Nonostante il diritto a un funerale di Stato, Pirandello chiede che la sua salma sia trasportata da un modesto carro funebre e vuole essere cremato senza alcuna cerimonia. L'ultimo testo che pubblica – un racconto – esce il giorno prima della sua morte.

La trappola

No, no, come rassegnarmi? E perché? Se avessi qualche dovere verso altri, forse sì. Ma non ne ho! E allora perché?

Stammi a sentire. Tu non puoi darmi torto. Nessuno, ragionando così in astratto, può darmi torto. Quello che sento io, senti anche tu, e sentono tutti.

Perché avete tanta paura di svegliarvi la notte? Perché per voi la forza alle ragioni della vita viene dalla luce del giorno. Dalle illusioni della luce.

Il bujo, il silenzio, vi atterriscono. E accendete la candela. Ma vi par triste, eh? triste quella luce di candela. Perché non è quella la luce che ci vuole per voi. Il sole! il sole! Chiedete angosciosamente il sole, voialtri! Perché le illusioni non sorgono più spontanee con una luce artificiale, procacciata da voi stessi con mano tremante.

Come la mano, trema tutta la vostra realtà. Vi si scopre fittizia e inconsistente. Artificiale come quella luce di candela. E tutti i vostri sensi vigilano tesi con ispasimo, nella paura che sotto a questa realtà, di cui scoprite la vana inconsistenza, un'altra realtà non vi si riveli, oscura, orribile: la vera. Un alito... che cos'è? Che cos'è questo scricchiolio?

E, sospesi nell'orrore di quell'ignota attesa, tra brividi e sudorini, ecco davanti a voi in quella luce vedete nella camera muoversi con aspetto e andatura spettrale le vostre illusioni del giorno. Guardatele bene; hanno le vostre stesse occhiaje enfiate e acquose, e la giallezza della vostra insonnia, e anche i vostri dolori artritici. Sì, il rodio sordo dei tofi alle giunture delle dita.

E che vista, che vista assumono gli oggetti della camera! Sono come sospesi anch'essi in una immobilità attonita, che v'inquieta.

Dormivate con essi lì attorno.

Ma essi non dormono. Stanno lì, così di giorno, come di notte.

La vostra mano li apre e li chiude, per ora. Domani li aprirà e chiuderà un'altra mano. Chi sa quale altra mano... Ma per loro è lo stesso. Tengono dentro, per ora, i vostri abiti, vuote spoglie appese, che hanno preso il grinzo, le pieghe dei vostri ginocchi stanchi, dei vostri gomiti aguzzi. Domani terranno appese le spoglie aggrinzite d'un altro. Lo specchio di quell'armadio ora riflette la vostra immagine, e non ne serba traccia; non serberà traccia domani di quella d'un altro.

Lo specchio, per sé, non vede. Lo specchio è come la verità.

Ti pare ch'io farnetichi? ch'io parli a mezz'aria? Va' là, che tu m'intendi; e intendi anche piú ch'io non dica, perché è molto difficile esprimere questo sentimento oscuro che mi domina e mi sconvolge.

Tu sai come ho vissuto finora. Sai che ho provato sempre ribrezzo, orrore, di farmi comunque una forma, di rapprendermi, di fissarmi anche momentaneamente in essa.

Ho fatto sempre ridere i miei amici per le tante... come le chiamate? alterazioni, già, alterazioni de' miei connotati. Ma avete potuto riderne, perché non vi siete mai affondati a considerare il mio bisogno smanioso di presentarmi a me stesso nello specchio con un aspetto diverso, di illudermi di non esser sempre quell'uno, di vedermi un altro!

Ma sì! Che ho potuto alterare? Sono arrivato, è vero, anche a radermi il capo, per vedermi calvo prima del tempo; e ora mi sono raso i baffi, lasciando la barba; o viceversa; ora mi sono raso baffi e barba; o mi son lasciata crescer questa ora in un modo, ora in un altro, a pizzo, spartita sul mento, a collana...

Ho giocato coi peli.

Gli occhi, il naso, la bocca, gli orecchi, il torso, le gambe, le braccia, le mani, non ho potuto mica alterarli. Truccarmi, come un attore di teatro? Ne ho avuto qualche volta la tentazione. Ma poi ho pensato che, sotto la maschera, il mio corpo rimaneva sempre quello... e invecchiava!

Ho cercato di compensarmi con lo spirito. Ah, con lo spirito ho potuto giocar meglio!

Voi pregiate sopra ogni cosa e non vi stancate mai di lodare la costanza dei sentimenti e la coerenza del carattere. E perché? Ma sempre per la stessa ragione! Perché siete vigliacchi, perché avete paura di voi stessi, cioè di perdere – mutando – la realtà che vi siete data, e di riconoscere, quindi, che essa non era altro che una vostra illusione, che dunque non esiste alcuna realtà, se non quella che ci diamo noi.

Ma che vuol dire, domando io, darsi una realtà, se non fissarsi in un sentimento, rapprendersi, irrigidirsi, incrostarsi in esso? E dunque, arrestare in noi il perpetuo movimento vitale, far di noi tanti piccoli e miseri stagni in attesa di putrefazione, mentre la vita è flusso continuo, incandescente e indistinto.

Vedi, è questo il pensiero che mi sconvolge e mi rende feroce!

La vita è il vento, la vita è il mare, la vita è il fuoco; non la terra che si incrosta e assume forma.

Ogni forma è la morte.

Tutto ciò che si toglie dallo stato di fusione e si rapprende, in questo flusso continuo, incandescente e indistinto, è la morte.

Noi tutti siamo esseri presi in trappola, staccati dal flusso che non s'arresta mai, e fissati per la morte.

Dura ancora per un breve spazio di tempo il movimento di quel flusso in noi, nella nostra forma separata, staccata e fissata; ma ecco, a poco a poco si rallenta; il fuoco si raffredda; la forma si dissecca; finché il movimento non cessa del tutto nella forma irrigidita.

Abbiamo finito di morire. E questo abbiamo chiamato vita!

Io mi sento preso in questa trappola della morte, che mi ha staccato dal flusso della vita in cui scorrevo senza forma, e mi ha fissato nel tempo, in questo tempo!

Perché in questo tempo?

Potevo scorrere ancora ed esser fissato più là, almeno, in un'altra forma, più là... Sarebbe stato lo stesso, tu pensi? Eh sì, prima o poi... Ma sarei stato un altro, più là, chi sa chi e chi sa come; intrappolato in un'altra sorte; avrei veduto altre cose, o forse le stesse, ma sotto aspetti diversi, diversamente ordinate.

Tu non puoi immaginare l'odio che m'ispirano le cose che vedo, prese con me nella trappola di questo mio tempo; tutte le cose che finiscono di morire con me, a poco a poco! Odio e pietà! Ma più odio, forse, che pietà.

È vero, sì, caduto più là nella trappola, avrei allora odiato quell'altra forma, come ora odio questa; avrei odiato quell'altro tempo, come ora questo, e tutte le illusioni di vita, che *noi morti d'ogni tempo* ci fabbrichiamo con quel po' di movimento e di calore che resta chiuso in noi, del flusso continuo che è la vera vita e non s'arresta mai.

Siamo tanti morti affaccendati, che c'illudiamo di fabbricarci la vita.

Ci accoppiamo, un morto e una morta, e crediamo di dar la vita, e diamo la morte... Un altro essere in trappola!

«Qua, caro, qua; comincia a morire, caro, comincia a morire... Piangi, eh? Piangi e sguizzi... Avresti voluto scorrere ancora? Sta' bonino, caro! Che vuoi farci? Preso, co-a-gu-la-to, fissato... Durerà un pezzetto! Sta' bonino...»

Ah, finché siamo piccini, finché il nostro corpo è tenero e cresce e non pesa, non avvertiamo bene d'esser presi in trappola! Ma poi il corpo fa il groppo; cominciamo a sentirne il peso; cominciamo a sentire che non possiamo più muoverci come prima.

Io vedo, con ribrezzo, il mio spirito dibattersi in questa trappola, per non fissarsi anch'esso nel corpo già leso dagli anni e appesito. Scaccio subito ogni idea che tenda a raffermarsi in me; interrompo subito ogni atto che tenda a divenire in me un'abitudine; non voglio doveri, non voglio affetti, non voglio che lo spirito mi s'indurisca anch'esso in una crosta di concetti. Ma sento che il corpo di giorno in giorno stenta vie più a seguire lo spirito irrequieto; casca, casca, ha i ginocchi stanchi e le mani grevi... vuole il riposo! Glielo darò.

No, no, non so, non voglio rassegnarmi a dare anch'io lo spettacolo miserando di tutti i vecchi, che finiscono di morir lentamente. No. Ma prima... non so, vorrei far qualche cosa d'enorme, d'inaudito, per dare uno sfogo a questa rabbia che mi divora.

Vorrei, per lo meno... – vedi queste unghie? affondarle nella faccia d'ogni femmina bella che passi per via, stuzzicando gli uomini, aizzosa.

Che stupide, miserabili e incoscienti creature sono tutte le femmine! Si parano, s'infronzolano, volgono gli occhi ridenti di qua e di là, mostrano quanto più possono le loro forme provocanti; e non pensano che sono nella trappola anch'esse, fissate anch'esse per la morte, e che pur l'hanno in sé la trappola, per quelli che verranno!

La trappola, per noi uomini, è in loro, nelle donne. Esse ci rimettono per un momento nello stato di incandescenza, per cavar da noi un altro essere condannato alla morte. Tanto fanno e tanto dicono, che alla fine ci fanno cascare, ciechi, infocati e violenti, là nella loro trappola.

Anche me! Anche me! Ci hanno fatto cascare anche me! Ora, di recente. Sono perciò così feroce.

Una trappola infame! Se l'avessi veduta... Una madonnina. Timida, umile. Appena mi vedeva, chinava gli occhi e arrossiva. Perché sapeva che io, altrimenti, non ci sarei mai cascato.

Veniva qua, per mettere in pratica una delle sette opere corporali di misericordia: visitare gl'infermi. Per mio padre, veniva; non già per me; veniva per aiutare la mia vecchia governante a curare, a ripulire il mio povero padre, di là...

Stava qui, nel quartierino accanto, e s'era fatta amica della mia governante, con la quale si lagnava del marito imbecille, che sempre la rimbrottava di non esser buona a dargli un figliuolo.

Ma capisci com'è? Quando uno comincia a irrigidirsi, a non potersi più muovere come prima, vuol vedersi attorno altri piccoli morti, teneri teneri, che si muovano ancora, come si moveva lui quand'era tenero tenero; altri piccoli morti che gli somiglino e facciano tutti quegli attucci che lui non può più fare.

È uno spasso lavar la faccia ai piccoli morti, che non sanno ancora d'esser presi in trappola, e pettinarli e portarseli a spassino.

Dunque, veniva qua.

« Mi figuro » diceva con gli occhi bassi, arrossendo, « mi figuro che strazio dev'esser per lei, signor Fabrizio, vedere il padre da tanti anni in questo stato! »

« Sissignora » le rispondevo io sgarbatamente, e le voltavo le spalle e me n'andavo.

Sono sicuro, adesso, che appena voltavo le spalle per andarmene, lei rideva, tra sé, mordendosi il labbro per trattenere la risata.

Io me n'andavo perché, mio malgrado, sentivo d'ammirar quella femmina, non già per la sua bellezza (era bellissima, e tanto più seducente, quanto più mostrava per modestia di non tenere in alcun pregio la sua bellezza); la ammiravo, perché non dava al marito la soddisfazione di mettere in trappola un altro infelice.

Credevo che fosse lei; e invece, no; non mancava per lei; mancava per quell'imbecille. E lei lo sapeva, o almeno, se non proprio la certezza, doveva averne il sospetto. Perciò rideva; di me, di me rideva, di me che l'ammiravo per quella sua presunta incapacità. Rideva in silenzio, nel suo cuore malvagio, e aspettava. Finché una sera...

Fu qua, in questa stanza.

Ero al bujo. Sai che mi piace veder morire il giorno ai vetri d'una finestra e lasciarmi prendere e avviluppare a poco a poco dalla tenebra, e pensare: « Non ci sono più! » pensare: « Se ci fosse uno in questa stanza, si alzerebbe e accenderebbe un lume. Io non accendo il lume, perché non ci sono più. Sono come le seggiole di questa stanza, come il tavolino, le tende, l'armadio, il divano, che non hanno bisogno di lume e non sanno e non vedono che io sono qua. Io voglio essere come loro, e non vedermi e dimenticare di esser qua ».

Dunque, ero al bujo. Ella entrò di là, in punta di piedi, dalla camera di mio padre, ove aveva lasciato acceso un lumino da notte, il cui barlume si soffuse appena appena nella tenebra quasi senza diradarla, a traverso lo spiraglio dell'uscio.

Io non la vidi; non vidi che mi veniva addosso. Forse non mi vide neanche lei. All'urto, gittò un grido; finse di svenire, tra le mie braccia, sul mio petto. Chinai il viso; la mia guancia sfiorò la guancia di lei; sentii vicino l'ardore della sua bocca anelante, e...

Mi riscosse, alla fine, la sua risata. Una risata diabolica. L'ho qua ancora, negli orecchi! Rise, rise, scappando, la malvagia! Rise della trappola che mi aveva teso con la sua modestia; rise della mia ferocia: e d'altro rise, che seppi dopo.

È andata via, da tre mesi, col marito promosso professor di liceo in Sardegna.

Vengono a tempo certe promozioni.

Io non vedrò il mio rimorso. Non lo vedrò. Ma ho la tentazione, in certi momenti, di correre a raggiungere quella malvagia e di strozzarla prima che metta in trappola quell'infelice cavato così a tradimento da me.

Amico mio, sono contento di non aver conosciuto mia madre. Forse, se l'avessi conosciuta, questo sentimento feroce non sarebbe nato in me. Ma dacché m'è nato, sono contento di non aver conosciuto mia madre.

Vieni, vieni; entra qua con me, in quest'altra stanza. Guarda!

Questo è mio padre.

Da sette anni, sta lì. Non è più niente. Due occhi che piangono; una bocca che mangia. Non parla, non ode, non si muove più. Mangia e piange. Mangia imboccato; piange da solo; senza ragione; o forse perché c'è ancora qualche cosa in lui, un ultimo resto che, pur avendo da settantasei anni principiato a morire, non vuole ancora finire.

Non ti sembra atroce restar così, per un punto solo, ancora preso nella trappola, senza potersi liberare?

Egli non può pensare a suo padre che lo fissò settantasei anni addietro per questa morte, la quale tarda così spaventosamente a compirsi. Ma io, io posso pensare a lui; e penso che sono un germe di quest'uomo che non si muove più; che se sono intrappolato in questo tempo e non in un altro, lo debbo a lui!

Piange, vedi? Piange sempre così... e fa piangere anche me! Forse vuol essere liberato. Lo libererò, qualche sera, insieme con me. Ora comincia a far freddo; accenderemo, una di queste sere, un po' di fuoco... Se ne vuoi profittare...

No, eh? Mi ringrazii? Sì, sì, andiamo fuori, andiamo fuori, amico mio. Vedo che tu hai bisogno di rivedere il sole, per via.

«La trappola»
Pubblicato sul *Corriere della Sera* il 23 maggio 1912. Fu poi incluso nella raccolta *La trappola* (Treves, 1915), nel quarto volume di *Novelle per un anno (L'uomo solo)* (Bemporad, 1922) e nell'edizione finale di *Novelle per un anno* (Mondadori, 1937).

CESARE PAVESE

1908-50

La traduzione di *Moby Dick*, fatta da Pavese a soli ventitré anni con una conoscenza rudimentale dell'inglese, viene criticata per i numerosi errori, omissioni e licenze che contiene. E tuttavia dice molto su questo autore, tormentato genio torinese, studente ossessionato dalla lingua inglese, che si laurea con una tesi su Walt Whitman. Il suo amore visionario per la letteratura americana, animato da ragioni sia estetiche sia politiche, abbatte una barriera, contribuendo a cambiare per sempre il corso della scrittura italiana. Viene mandato al confino in Calabria per attività antifascista, terra in cui ambienta alcuni racconti memorabili. Rientrato a Torino dopo la guerra, diventa editor all'Einaudi, dove lavora al fianco di Vittorini (nato nel suo stesso anno) e fa da mentore a Italo Calvino, di cui sostanzialmente promuove la carriera. Si dedica alla narrativa soltanto nell'ultima fase della sua vita, dopo la monumentale attività di traduttore, poeta, critico e editore. I suoi scritti, raccolti in sedici volumi, sono in gran parte autobiografici e si fondano su un nucleo primordiale di natura, mito e sacrificio. Come Hemingway, Pavese è un maestro dell'omissione, del non detto. E come Hemingway ha un orecchio sensibilissimo per l'espressione orale, con una particolare predilezione per lo slang. I suoi racconti tendono ad avere una vena tetra, amara. Il testo che ho scelto, scritto nel 1936, è stato pubblicato postumo. L'io narrante, dolente e autocritico, getta luce sul difficile rapporto di Pavese con le donne. L'autore ha ambientato il suo ultimo romanzo, *La luna e i falò*, uscito nell'anno della sua morte, in parte in America, evocando efficacemente il paesaggio della California pur senza averlo mai visto. Fino al 1950, Pavese era una figura allo stesso tempo ai margini e al centro dell'ambiente letterario italiano del dopoguerra. Nell'agosto di quell'anno, due mesi dopo aver vinto il Premio Strega, si toglie la vita in una stanza d'albergo; lascia una nota in cui chiede: « Non fate troppi pettegolezzi ».

Viaggio di nozze

I

Ora che, a suon di lividi e di rimorsi, ho compreso quanto sia stolto rifiutare la realtà per le fantasticherie e pretendere di ricevere quando non si ha nulla da offrire; ora, Cilia è morta. Penso talvolta che, rassegnato alla fatica e all'umiltà come adesso vivo, saprei con gioia adattarmi a quel tempo, se tornasse. O forse questa è un'altra delle mie fantasie: ho maltrattato Cilia, quand'ero giovane e nulla doveva inasprirmi, la maltratterei ora per l'amarezza e il disagio della triste coscienza. Per esempio, non mi sono ancora chiarito in tutti questi anni, se le volessi davvero bene. Ora certamente la rimpiango e ritrovo in fondo ai miei più raccolti pensieri; non passa giorno che non rifrughi dolorosamente nei miei ricordi di quei due anni; e mi disprezzo di averla lasciata morire, soffrendo più sulla mia solitudine che sulla sua giovinezza; ma – quello che conta – le ho voluto davvero bene, allora? Non certo quel bene sereno e cosciente, che si deve a una moglie.

In verità, le dovevo troppe cose, e non sapevo ricambiarla che con un cieco sospettare i suoi motivi. Ed è furtuna che la mia innata leggerezza non sapesse sprofondarsi nemmeno in quest'acquaccia, contentandomi io allora di un'istintiva diffidenza e rifiutando corpo e peso a certi pensieri sordidi, che, accolti in fondo all'anima, me l'avrebbero avvelenata del tutto. Comunque, mi chiedevo qualche volta: « E perché Cilia mi ha sposato? » Non so se fosse la coscienza di un mio valore riposto, o di una profonda inettitudine, a propormi la domanda: fatto sta che almanaccavo.

Che Cilia mi avesse sposato, e non io lei, non c'era dubbio.

Quelle sere di abbattimento trascorse in sua compagnia a passeggiare senza pace ogni strada, stringendola al braccio, fingendo disinvoltura, proponendo per scherzo di saltare insieme nel fiume – io non davo a questi pensieri molto peso, perché c'ero abituato –, la stravolsero e la intenerirono, tanto che mi volle offrire, dal suo stipendio di commessa, una sommetta per sostenermi nella ricerca di un miglior lavoro. Io non volli i denari, ma le dissi che trovarmi con lei alla sera, se anche non si andava in nessun posto, mi bastava. Fu così che scivolammo. Cominciò a dirmi con molta dolcezza che a me mancava una compagnia degna, con cui vivere. E che giravo troppo per le strade e che una moglie innamorata avrebbe saputo aggiustarmi una casetta tale che, solo a entrarci, sarei tornato gaio, non importa quanto stanco o disgustato mi avesse ridotto la giornata. Tentai di rispondere che nemmeno da solo riuscivo troppo a tirare avanti; ma sentivo io stesso che non era questo un argomento. «In due ci si aiuta» disse Cilia, «e si risparmia. Basta volersi un po' di bene, Giorgio.» Io ero stanco e avvilito, in quelle sere, Cilia era cara e seria, col bel soprabito fatto dalle sue mani e la borsetta screpolata: perché non darle quella gioia? Quale donna più adatta per me? Conosceva il lavoro, conosceva le privazioni, era orfana d'operai; non le mancava uno spirito pronto e grave – più del mio, ne ero certo. Le dissi divertito che se mi accettava così brusco e scioperato com'ero, la sposavo. Ero contento, sollevato dal calore della buona azione e dal coraggio che mi scoprivo. Dissi a Cilia: «T'insegnerò il francese». Lei mi rispose ridendo negli occhi umili e aggrappandosi al mio braccio.

II

A quei tempi mi credevo sincero e misi ancora in guardia Cilia dalla mia povertà. L'avvertii che guadagnavo appena da finire le giornate e non sapevo ciò che fosse uno stipendio. Quel collegio dove insegnavo il francese mi pagava a ore. Un giorno le dissi che, se intendeva farsi una posizione, doveva cercare un altro. Cilia imbronciata mi offrì di continuare a far la commessa. «Sai bene che non voglio» borbottai. Così disposti, ci sposammo.

La mia vita non mutò sensibilmente. Già nel passato Cilia era venuta certe sere a star con me nella mia stanza. L'amore non fu una novità. Prendemmo due camere ingombre di mobilio; quella da letto aveva una chiara finestra, dove accostammo il tavolino coi miei libri.

Cilia sì, divenne un'altra. Avevo temuto, per mio conto, che una volta sposata le desse fuori una volgare sciatteria che immaginavo essere stata di sua madre, e invece la trovai più attenta e fine anche di me. Sempre ravviata, sempre in ordine; persino la povera tavola, che mi preparava in cucina, aveva la cordialità e la cura di quelle mani e di quel sorriso. Il suo sorriso, appunto, s'era trasfigurato. Non era più quello, fra timido e malizioso, della commessa che fa una scappata, ma il trepidante affiorare di un'intima contentezza, pacato e sollecito insieme, serio sulla magra giovinezza del viso. Io provavo un'ombra di risentimento a quel segno di una gioia che non sempre dividevo. «Lei mi ha sposato e se la gode» pensavo.

Solo al mattino risvegliandomi, il mio cuore era sereno. Volgevo il capo accanto al suo, nel tepore, e mi accostavo a lei distesa, che dormiva o che fingeva, e le soffiavo nei capelli. Cilia, ridendo insonnolita, mi abbracciava. Un tempo invece i miei risvegli solitari mi gelavano e lasciavano avvilito a fissare il barlume dell'alba.

Cilia mi amava. Una volta in piedi, per lei cominciava un'altra gioia: muoversi, apparecchiare, spalancare finestre, guardarmi di sottecchi. Se mi mettevo al tavolino, mi girava intorno cauta per non disturbare; se stavo per uscire, mi seguiva con lo sguardo fino all'uscio. Ai miei ritorni, saltava in piedi pronta.

C'eran giorni che non tornavo a casa volentieri. Mi urtava pensare che l'avrei inevitabilmente trovata in attesa – benché sapesse magari fingere disinteresse –, che mi sarei seduto accanto a lei, che le avrei detto su per giù le stesse cose, o magari nulla, e ci saremmo guardati a disagio, e sorriso, e così l'indomani, e così sempre. Bastava un po' di nebbia o un sole grigio per piegarmi a quei pensieri. O invece era una limpida giornata d'aria chiara o un incendio di sole sui tetti o un profumo nel vento, che mi avvolgeva e mi rapiva, e indugiavo per strada, riluttante all'idea di non essere più solo e non potere gironzare fino a notte e mangiucchiare all'osteria in fondo a un corso. Solitario com'ero sempre stato, mi pareva di far molto a non tradire.

Cilia, attendendomi in casa, s'era messa a rammendare e guadagnava qualcosa. Il lavoro glielo dava una vicina, certa Amalia trentenne, che c'invitò una volta a pranzo. Costei viveva sola, sotto di noi; prese a poco a poco l'abitudine di salire da Cilia col lavoro, e passavano insieme il pomeriggio. Aveva il viso devastato da una scottatura orribile, che s'era fatta da bambina, tirandosi in testa una pentola bollente; e due occhi tristi e timidi, pieni di voglie, che si torcevano sotto gli sguardi, come a scusare con la loro umiltà la distorsione dei lineamenti. Era una buona ragazza; dissi a Cilia che mi pareva la sua sorella maggiore e scherzai e le chiesi se, abbandonandola io un bel giorno, sarebbe andata a star con lei. Cilia mi concesse di tradirla, se volevo, con Amalia, diversamente guai al mondo. Amalia mi chiamava signore e intimidiva in mia presenza, cosa che dava un'allegrezza folle a Cilia e lusingava me un tantino.

III

Quello scarso bagaglio di studî, che ha in me malamente sostituito la pratica di un mestiere e sta alla radice di tante mie storture e male azioni, poteva riuscire un buon mezzo di comunione con Cilia, se soltanto non fosse stata la mia inconsistenza. Cilia era molto sveglia e desiderava di sapere tutto quanto io sapevo, perché, volendomi bene, si faceva una colpa di non essere degna di me e nulla che io pensassi si rassegnava a ignorare. E chi sa, se io fossi riuscito a darle questa povera gioia, avrei forse nella tranquilla intimità dell'occupazione comune compreso allora quanto degna fosse lei, e bella e reale la nostra vita, e forse Cilia vivrebbe ancora al mio fianco, con quel sorriso che in due anni le gelai sulle labbra.

Cominciai con entusiasmo, come so fare sempre. La cultura di Cilia eran pochi romanzi a dispense, la cronaca del quotidiano e una dura, precoce esperienza della vita. Che cosa dovevo insegnarle? Lei avrebbe voluto intanto imparare il francese di cui, chi sa come, qualcosa aveva già messo insieme e che, sola in casa, andava rintracciando sui miei dizionari; ma io aspirai più in alto e pretesi di insegnarle addirittura a leggere, a capire i più bei libri, di cui – mio tesoro – un certo numero avevo sul tavolino. Mi gettai a spiegarle romanzi e poesie, e Cilia fece del suo meglio per seguirmi. Nessuno mi supera nel riconoscere quel che è bello e giusto in una favola, in un pensiero; e nel dirlo con accese parole. Mi sforzavo di farle sentire la freschezza di pagine antiche; la verità di tutti quei sentimenti, sperimentati quando né io né lei eravamo nemmeno al mondo; e quanto la vita sia stata bella e diversa per tanti uomini e tanti tempi. Cilia mi ascoltava attenta e mi faceva domande e sovente m'imbarazzava. Qualche volta, che camminavamo per strada o cenavamo in silenzio, lei usciva con una voce candida a chiedermi conto di certi suoi dubbi; e un giorno che le risposi senza convinzione o con impazienza – non rammento –, le scappò da ridere.

Ricordo che il mio primo regalo di marito fu un libro, *La figlia del mare*. Glielo feci un mese dopo il matrimonio, quando appunto cominciammo le letture. Fino allora né stoviglie né indumenti le avevo comperato, perché eravamo troppo poveri. Cilia fu molto contenta e foderò il volume, ma non lo lesse mai.

Con le scarse economie andavamo qualche volta al cinematografo e qui davvero Cilia si divertiva. Le piaceva anche perché poteva stringersi al mio fianco e chiedermi ogni tanto spiegazioni, che sapeva capire. Al cinema non volle mai che con noi venisse Amalia, benché questa una sera gliene avesse chiesto il permesso. C'eravamo conosciuti in un cinema, mi spiegava, e in quella beata oscurità noi dovevamo essere soli.

La crescente frequenza di Amalia in casa, e le mie meritate delusioni, mi fecero presto trascurare, e poi smettere, le letture educative. Mi accontentavo ora, quand'ero in vena di cordialità, di scherzare con le due ragazze. Amalia perse un po' della sua soggezione e una sera, che tornai dal collegio molto tardi e nervoso, giunse a piantarmi in faccia il suo timido sguardo con un lampo di rimprovero sospettoso. Io fui anche più disgustato all'orrenda cicatrice di quel volto; cercai malignamente di rintracciarne i lineamenti distrutti; e dissi a Cilia, quando fummo soli, che magari Amalia da bambina le era somigliata.

« Poveretta » fece Cilia, « spende tutti i soldi che guadagna, per farsi guarire. Spera poi di trovare marito. »

« Ma non sanno che cercare un marito, le donne? »

« Io l'ho già trovato » sorrise Cilia.

« E se ti fosse capitato come a Amalia? » sogghignai.

Cilia mi venne vicino. « Non mi vorresti più? » chiese balbettando.

« No. »

« Ma che cos'hai questa sera? Ti dispiace se Amalia viene in casa? Mi dà lavoro e mi aiuta. »

Avevo che quella sera non potevo liberarmi dall'idea che anche Cilia era un'Amalia e tutte e due mi disgustavano ed io mi facevo rabbia. Fissavo Cilia con occhi duri e la sua tenerezza offesa m'impietosiva e m'irritava. Avevo visto per la via un marito con due bambini sudici al collo, e dietro una donnetta patita, la moglie. Immaginai Cilia invecchiata, deturpata, e mi sentii serrare in gola.

Fuori c'erano le stelle. Cilia mi guardava silenziosa.

« Vado a spasso » le dissi, con un brutto sorriso; e me ne uscii.

IV

Non avevo amici e capivo qualche volta che Cilia era tutta la mia vita. Traversando le strade, ci pensavo e mi dolevo di non guadagnar tanto da pagarle ogni mio debito con gli agi e non più avere a vergognarmi rientrando. Nulla dei nostri guadagni sprecavo – non fumavo neppure – e, orgoglioso di ciò, consideravo almeno i miei pensieri cosa mia. Ma che fare di questi pensieri? Passeggiavo andando a casa, guardavo la gente, mi chiedevo come tanti conquistassero fortune e anelavo mutamenti e casi strani.

Mi soffermavo alla stazione studiando il fumo e il trambusto. Per me la fortuna era sempre l'avventura lontana, la partenza, il piroscafo sul mare, l'entrata nel porto esotico col fragore di metalli e di grida, l'eterna fantasticheria. Una sera mi fermai atterrito, comprendendo a un tratto che, se non mi affrettavo a fare un viaggio con Cilia giovane e innamorata, una moglie sfiorita e un bambino strillante me l'avrebbero poi per sempre impedito. «E se venissero davvero i soldi» ripensai. «Si fa tutto coi soldi.»

Bisogna meritarla la fortuna, mi dicevo, accettare ogni peso dalla vita. Io mi sono sposato, ma non desidero un figlio. Per questo sono meschino. Che davvero con un figlio debba venire la fortuna?

Vivere sempre assorto in sé è cosa deprimente, perché il cervello abituato al segreto non si perita di uscire in sciocchezze inconfessabili, che mortificano chi le pensa. La mia attitudine agli ombrosi sospetti non aveva altra origine.

Qualche volta fantasticavo i miei sogni anche in letto. Mi coglieva d'improvviso in certe notti senza vento, immobili, il fischio remoto e selvaggio di un treno, e mi faceva trasalire accanto a Cilia, risvegliandomi le smanie.

Un pomeriggio, che passavo avanti alla stazione senza nemmeno fermarmi, mi sbuca innanzi un viso noto e mi grida un saluto. Malagigi: dieci anni che non lo vedevo. Mano in mano, ci fermammo a festeggiarci. Non più laido e maligno, demonio di chiazze d'inchiostro e complotti al cesso. Lo riconobbi in quel suo ghigno.

«Malagigi, ancora vivo?»

«Vivo e ragioniere.» La voce non era più quella. Mi parlava un uomo.

«Parti anche tu?» mi fece subito. «Indovina dove vado.» Raccolse intanto da terra una valigia di pelle, intonata al chiaro impermeabile e all'eleganza della cravatta, e mi prese a braccetto. «Accompagnami al treno. Vado a Genova.»

« Ho fretta. »

« Poi parto per la Cina. »

« No? »

« Tutti così. Non si può andare in Cina. Che cos'avete con la Cina? Invece di farmi gli auguri. Potrei non tornare. Sei anche tu una donna? »

« Ma che mestiere fai? »

« Vado in Cina. Vieni dentro. »

« No, che non posso. Ho fretta. »

« Allora vieni a prendere il caffè. Sei l'ultimo che saluto. »

Prendemmo il caffè lì alla stazione, al banco, e Malagigi irrequieto m'informava a scatti dei suoi destini. Lui non era sposato. Lui aveva avuto un bambino bell'e morto. Lui la scuola l'aveva lasciata dopo di me, senza finirla. Aveva pensato a me una volta rifacendo un esame. La sua scuola era stata la lotta per la vita. Tutte le ditte se lo contendevano. E parlava quattro lingue. E lo mandavano in Cina.

Ribattendo sulla fretta che non avevo, urtato e scombattuto, me ne liberai. Giunsi a casa ancor agitato dall'incontro, balzandomi i pensieri in convulsione dall'inaspettato ritorno dell'adolescenza scolorita all'esaltante impertinenza di quel destino. Non che invidiassi Malagigi o mi piacesse; ma l'improvvisa sovrapposizione a un ricordo grigio, ch'era stato anche il mio, di quella vivida e assurda realtà, da me malamente intravvista, mi tormentava.

La stanza era vuota, perché adesso Cilia scendeva sovente a lavorare dalla vicina. Rimasi un po' a meditare nel buio velato appena dal barlume azzurrino del fornello a gas, su cui sobbolliva quieta la pentola.

V

Molte sere trascorsi così, solo nella stanza, in attesa, dando volte o buttato sul letto, assorto in quell'altissimo silenzio del vuoto, che la foschia del crepuscolo attutiva a poco a poco e riempiva. I brusii sottostanti o lontani – vocio di ragazzi, fragori, strilli d'uccelli e qualche voce – mi giungevano appena. Cilia s'accorse presto che di lei non mi occupavo rientrando e tendeva il capo, cucendo, dall'alloggetto di Amalia, per sentirmi passare e chiamarmi. Io entravo con indifferenza – se mi sentiva – e dicevo qualcosa e chiesi una volta sul serio ad Amalia perché non saliva più da noi, dove c'era molta luce, e ci obbligava a sloggiare ogni sera. Amalia non disse nulla e Cilia, distogliendo gli occhi, arrossì.

Una notte, per contarle qualcosa, le accennai di Malagigi e la feci ridere beata di quello strambo figuro. Mi lagnai però che lui facesse fortuna e andasse in Cina. «Piacerebbe anche a me» sospirò Cilia, «andassimo in Cina.» Io feci una smorfia. «In fotografia forse, se la mandiamo a Malagigi.»

«E non per noi?» disse. «Giorgio non abbiamo ancora una fotografia insieme.»

«Soldi sprecati.»

«Facciamoci la fotografia.»

«Ma non dobbiamo mica lasciarci. Stiamo già insieme giorno e notte. A me non piacciono.»

«Siamo sposati e non abbiamo un ricordo. Facciamocene una.»

Non risposi.

«Spenderemo poco. La terrò io.»

«Fattela fare con Amalia.»

L'indomani Cilia, rivolta alla parete, con i capelli sugli occhi, non voleva saperne di guardarmi. Dopo qualche moina mi accorsi che resisteva e saltai dal letto infastidito. Anche Cilia si alzò e, lavatasi la faccia, mi diede il caffè con una calma guardinga, abbassando gli occhi. Me ne andai senza parlare.

Ritornai dopo un'ora. «Quanto c'è sul libretto?» vociai. Cilia mi guardò sorpresa. Era seduta al tavolino con un'aria smarrita. «Non so. L'hai tu. Trecento lire, credo.» «Trecento e quindici e sessanta. Eccole qua.» E piantai sul tavolo il rotolo. «Spendile come vuoi. Facciamo baldoria. È roba tua.»

Cilia si alzò e mi venne incontro.

«Perché fai questo, Giorgio?»

«Perché sono uno stupido. Senti, non ho voglia di parlare. I denari, quando ce n'è pochi, non contano più. Vuoi ancora la fotografia?»

«Ma, Giorgio, voglio che tu sia contento.»

«Io sono contento.»

«Ti voglio bene, io.»

«Anch'io.» Le presi un braccio, mi sedetti, e me la tirai sulle ginocchia. «Qui la testa, su.» E feci la voce viziata, dell'intimità. Cilia non disse nulla e appoggiava la guancia alla mia. «Quando andiamo?»

«Non importa» bisbigliò.

«Allora senti.» Le presi la nuca e le sorrisi. Cilia, ancor palpitante, mi stringeva alla spalla e volle baciarmi. «Cara. Ragioniamo. Abbiamo trecento lire. Diamo un calcio a ogni cosa e facciamo un viaggetto. Ma subito. Adesso. Se ci pensiamo sopra, ci pentiamo. Non dirlo a nessuno, nemmeno Amalia. Stiamo via solo un giorno. Sarà il viaggio di nozze che non abbiamo fatto.»

«Giorgio, perché non l'hai voluto fare allora? Dicevi che era una sciocchezza, allora.»

«Sì, ma questo non è un viaggio di nozze. Vedi, adesso ci conosciamo. Siamo come amici. Nessuno ne sa niente. E poi, ne abbiamo bisogno. Tu no?»

«Certo, Giorgio, sono contenta. Dove andiamo?»

«Non so, ma si fa presto. Vuoi che andiamo al mare? a Genova?»

VI

Ancora sul treno, mostrai una certa preoccupazione, e Cilia, che alla partenza cercava di farmi parlare e mi prendeva la mano e non stava più in sé, trovandomi così ombroso ben presto comprese e si mise a fissare con una smorfia il finestrino. Io guardavo in silenzio nel vuoto e ascoltavo nel corpo il sussulto, in cadenza, di ruote e rotaie. C'era gente nel vagone, cui badavo appena; al mio fianco scappavano prati e colline; dirimpetto anche Cilia, piegata sul vetro, pareva ascoltasse qualcosa, ma a tratti con occhi fugaci tentava un sorriso. Mi spiò così, a lungo.

Arrivati ch'era notte, trovammo riparo in un grosso albergo silenzioso, nascosto tra gli alberi di un viale deserto. Ma prima salimmo e scendemmo in un'eternità di ricerche tortuose. Faceva un tempo grigio e fresco, che invogliava a passeggiare naso all'aria. Mi stava invece appesa al braccio Cilia stanca morta e fui ben sollevato di trovare da sederci. Tante strade abbaglianti avevamo girato, tanti vicoli bui, col cuore in gola, senza mai giungere al mare, e la gente non badava a noi. Sembravamo una coppia a passeggio, non fosse stata la tendenza a uscir dal marciapiedi e gli sguardi affannati di Cilia ai passanti e alle case.

Quell'albergo faceva per noi: nessuna eleganza, un giovanotto ossuto mangiava a maniche rimboccate a un tavolino bianco. Ci accolse una donna alta e fiera, con un vezzo di coralli sul seno. Fui lieto di sedermi perché, comunque, girare con Cilia non mi lasciava assorbirmi in ciò che vedevo e in me stesso. Preoccupato e impacciato, dovevo pure tenerla al fianco e risponderle almeno coi gesti. Ora, io volevo – volevo – contemplare, conoscere in me solo, la città sconosciuta: c'ero venuto apposta.

Attesi sotto, trepidante, a ordinare la cena, senza salire nemmeno a vedere la camera e discutere anch'io. Quel giovanotto mi attirava, baffi rossicci, sguardo annebbiato e solitario. Sull'avambraccio doveva avere, scolorito, un tatuaggio. Se ne andò raccogliendo una rattoppata giacchetta turchina.

Cenammo ch'era mezzanotte. Cilia al tavolinetto rise molto dell'aria sdegnosa della padrona. «Ci crede appena sposati» balbettò. Poi, con gli occhi stanchi e inteneriti: «Lo siamo vero?» mi chiese, carezzandomi la mano.

C'informammo dei luoghi. Avevamo il porto a cento passi in fondo al viale. «Guarda un po'» disse Cilia. Era assonnata, ma quella passeggiata volle farla con me.

Giungemmo alla ringhiera d'una terrazza col fiato sospeso. Era una notte serena ma buia, e i lampioni sprofondavano ancora quel fresco abisso nero che ci stava dinanzi. Non dissi nulla e aspirai trasalendo il sentore selvaggio.

Cilia guardava intorno e m'indicò una fila di luci tremolanti nel vuoto. Una nave, il molo? Giungevano dal buio aliti labili, brusii, tonfi leggeri. «Domani» disse estasiata, «domani, lo vedremo.»

Ritornando all'albergo, Cilia mi stringeva al fianco tenace. «Come sono stanca. Giorgio, che bello. Domani. Sono contenta. Sei contento?» e mi strisciava la guancia sulla spalla.

Io non sentivo quasi. Camminavo a mascelle serrate, respiravo, mi carezzava il vento. Ero irrequieto, lontano da Cilia, solo al mondo. A metà scala le dissi: «Non ho ancor voglia di dormire. Tu va' su. Faccio due passi per il corso e ritorno».

VII

E anche quella volta fu la stessa cosa. Tutto il male che ho fatto a Cilia e di cui mi coglie ancora adesso un desolato rimorso, nel letto, sull'alba, quando non posso farci nulla e fuggire; tutto questo male io non sapevo più evitarlo.

Feci ogni cosa sempre come uno stolto, un trasognato, e non mi accorsi di me stesso che alla fine, quand'era inutile anche il rimorso. Ora intravvedo la verità: mi sono tanto compiaciuto in solitudine, da atrofizzare ogni mio senso di umana relazione e incapacitarmi a tollerare e corrispondere qualunque tenerezza. Cilia per me non era un ostacolo; semplicemente non esisteva. Se avessi soltanto compreso questo e sospettato quanto male facevo a me stesso così mutilandomi, l'avrei potuta risarcire con un'immensa gratitudine, tenendo la sua presenza come la mia sola salvezza.

Ma è mai bastato uno spettacolo di angoscia altrui, per aprir gli occhi a un uomo? O non occorrono invece sudori d'agonia e la pena vivace, che si leva con noi, ci accompagna per strada, ci si corica accanto e ci sveglia la notte sempre spietata, sempre fresca e vergognosa?

Sotto un'alba nebbiosa e umidiccia, quando il viale era ancora deserto, rientrai indolenzito nell'albergo. Scorsi Cilia e la padrona sulla scala, che discinte altercavano, e Cilia piangeva. Alla mia entrata la padrona in vestaglia cacciò uno strillo. Cilia rimase immobile, appoggiata alla ringhiera; aveva un volto spaventoso, disfatto, e tutti i capelli e le vesti in disordine.

« Eccolo. »

« Che c'è, a quest'ora? » feci severo.

La padrona, stringendosi al seno, si mise a vociferare. L'avevano svegliata a metà notte, mancava un marito: pianti, fazzoletti strappati, telefono, questura. Ma era il modo? Di dove venivo?

Io non stavo più dritto e la guardai assente e disgustato. Cilia non s'era mossa: soltanto, con la bocca dischiusa respirava profondo e il suo viso stirato avvampava.

« Cilia, non hai dormito? »

Ancora non rispose. Lacrimava immobile, senza battere gli occhi, e teneva le mani congiunte sul ventre, tormentando il fazzoletto.

« Sono andato a spasso » feci cupo. « Mi son fermato al porto. » La padrona fu per ribattere, alzando le spalle. « Insomma, sono vivo. E casco dal sonno. Lasciatemi buttare sul letto. »

Dormii fino alla luce, sodo come un ubriaco. Mi svegliai di botto. La stanza era in penombra; giungevano frastuoni dalla strada. Istintivamente non mi mossi: c'era Cilia seduta in un angolo, che mi guardava, e guardava la parete, si scrutava le mani, a scatti trasalendo.

Dopo un po' bisbigliai cauto: « Cilia, mi fai la guardia? » Cilia levò vivamente gli occhi. Quello sguardo sconvolto di prima le si era come raggelato sulla faccia. Mosse le labbra per parlare; e non disse nulla.

« Cilia non va bene far la guardia al marito » ripresi con la vocetta scherzosa da bimbo. « Hai mangiato, piuttosto? » La poveretta scosse il capo. Saltai dal letto allora e guardai l'orologio. « Alle tre e mezzo parte il treno, Cilia, facciamo presto, mostriamoci allegri alla padrona. » Poi, siccome non si muoveva, le venni vicino e la tirai su per le guance.

« Senti » le dissi, mentre i suoi occhi le si riempivano di lacrime, « è per stanotte? Avrei potuto mentire, raccontarti che mi sono perduto, darti dell'olio. Se non l'ho fatto, è perché non mi piacciono le smorfie. Mettiti in pace, sono sempre stato solo. Neanch'io» e la sentii sussultare «neanch'io mi sono troppo divertito a Genova. Pure non piango.»

«Viaggio di nozze»
Questo racconto fu scritto tra il 24 novembre e il 6 dicembre 1936. Venne pubblicato per la prima volta poco dopo la morte di Pavese, sulla rivista *Comunità* (IV, n. 9, settembre-ottobre 1950) e poi incluso nella raccolta *Notte di festa* (Einaudi, 1953).

GOFFREDO PARISE

1929-86

« Malinconia » fa parte dei *Sillabari* di Parise, ingegnosa opera letteraria composta da cinquantatré racconti relativamente brevi ed essenziali raggruppati in base alle lettere dell'alfabeto e dedicati ognuno a un sentimento. Il risultato è un brillante glossario del cuore umano. Si comincia con la A di Amore e si finisce con la S di Solitudine. Parise si è fermato prima di arrivare alla Z, spiegando che « alla lettera S, nonostante i programmi, la poesia mi ha abbandonato ».[1] Lo scrittore Giuseppe Montesano ha paragonato i *Sillabari* all'opera di Robert Walser e Truman Capote, il critico Cesare Garboli li ha definiti « romanzi virtuali ». E in effetti ognuno racchiude un universo che lascia immaginare dimensioni molto maggiori e, contemporaneamente, è un miracolo di brevità che, come le *Variazioni Goldberg* di Johann Sebastian Bach, costituisce insieme agli altri una serie di testi interconnessi e autonomi, ordinati ed emotivamente anarchici. Parise ha lavorato come giornalista e sceneggiatore e ha scritto diversi romanzi, ma i *Sillabari* (in origine ne esistevano due volumi, il *Sillabario n. 1* e il *Sillabario n. 2*, pubblicati nel 1972 e nel 1982 e tradotti in inglese con il titolo, rispettivamente, di *Abecedary* e *Solitudes*) sono considerati il suo lavoro migliore. Con il secondo volume vince il Premio Strega. In una lettera risalente a quel periodo, descrive il tentativo di raggiungere « una specie di limbo, di lieve e soffusa esaltazione, in cui, nel suo complesso ti piace la vita e ne hai al tempo stesso nostalgia ».[2] La sintassi di Parise – fluida, sfaccettata e associativa – è caratterizzata da una scioltezza che consente a un pensiero di fare sempre spazio a un altro, instillando nel racconto una profonda ambivalenza. Figlio illegittimo, Parise non ha mai conosciuto suo padre, ed è stato a lungo il compagno di Giosetta Fioroni, pittrice della pop art italiana famosa per i suoi ritratti femminili.

Malinconia

Ogni giorno di quella lontana e fresca estate i bambini della Colonia Bedin-Alighieri, una colonia per poveri mandata avanti da suore altrettanto povere, le Dorotee, venivano fatti alzare di buon'ora per poi uscire subito nei prati o nel boschetto di pini alla sommità della collina. Li sorvegliavano due suore giovani vestite tutte di bianco, per l'occasione estiva, anziché del saio nero e la cuffia nera, infantili anche loro e piccole quasi quanto i ragazzi. C'erano maschi e femmine e tra le femmine un'« ospite » di nome Silvia, chiamata « ospite » perché nipote di uno dei fondatori, socialista, che povero non era.

Ecco perché Silvia, a differenza di tutti gli altri, anziché indossare il grembiule d'obbligo della colonia, di colore grigio senza colletto e di tela molto povera, poteva scegliere ogni giorno nel suo piccolo guardaroba i suoi soliti abiti, le sue scarpe di sempre (e non sandali di gomma rossa che facevano parte dell'uniforme) e perfino bambole o giocattoli di sua proprietà che si era portati da casa. Dormiva però in camerone con tutte le bambine e per il resto la giornata di Silvia era uguale a quella degli altri: stessa piccola colazione, stesso pranzo, stessa merenda al pomeriggio e stessa cena. Anche il lettino smaltato di bianco, e le lenzuola ruvide con una grossa cucitura nel mezzo, erano uguali a quelli delle altre.

Era la prima volta che Silvia stava in compagnia di bambini, in una colonia e non come al solito, sola col nonno e con la cameriera insieme ai quali viveva tutto l'anno. L'aveva accompagnata il nonno sulla canna della bicicletta, che aveva un sellino apposta per lei, lui vestito come al solito di nero, alpagas nera, la cravatta a farfallone svolazzante, il grande cappello nero e gli stivaletti anche quelli neri di capretto, alti con l'abbottonatura di lato: l'aveva raccomandata alle suore che del resto si erano mostrate felicissime di riceverla trattandosi di un'ospite di particolare riguardo.

La grande novità di quel soggiorno in colonia furono per Silvia gli odori: nei prati distingueva nettamente i diversi odori delle erbe e delle piante, senza conoscere il nome né delle une né delle altre, ma erano mentuccia, salvia, rosmarino oppure semplici piante d'erba o di radicchio o felci o erba gramigna o altre erbe che invece puzzavano e che i maschi le mettevano apposta sotto il naso. Altri odori completamente diversi erano quelli nel boschetto di abeti e larici alla sommità della collina dove andavano al pomeriggio: pigne, pinoli, aghi di pino e certe bacche a forma di campanello che Silvia definiva «i morti» con gran successo tra i bambini.

Anche gli insetti avevano un odore particolare: le cavallette che Silvia era abilissima a catturare sapevano di verbena, e così certi coleotteri o cervi volanti sapevano odore di celluloide o lo emanavano una volta rinchiusi in certe gabbiette di fili d'erba che una delle suore le aveva insegnato a costruire. Uno degli odori preferiti di Silvia era quello del letto e delle lenzuola che impregnava l'intera camerata: era un odore come di temporale e frammisto a questo c'era qualche volta un lieve odore di sudore infantile e di orina che le piaceva molto.

Silvia ogni tanto pensava al nonno ma in modo molto labile e le pareva di non sentirne la mancanza. Lo pensava al tardo pomeriggio, subito dopo cena, dopo il rosario nella piccola cappella, quando stando seduti sull'erba, fuori, guardava e soprattutto udiva le rondini che con le loro strida volavano bassissime su di loro e sulla colonia mentre il più grande dei bambini suonava la campana. Al crepuscolo le rondini si stagliavano nette contro il cielo colore lilla e giallo all'orizzonte, dalla porta della cappella usciva un po' di odore d'incenso e questo, insieme all'odore di umidità che saliva dai prati di erba alta immediatamente sotto la cappella, provocava in Silvia un sentimento che non aveva mai provato e che non avrebbe saputo definire: era certo che tale sentimento, provocato da quegli odori resi un po' freddi dal crepuscolo, le chiudeva la gola e le veniva da piangere.

Silvia domandò alla suora di poter vestire come tutti gli altri, cioè con il camiciotto grigio di tela e i sandali di gomma rossa ma, inspiegabilmente per Silvia, la suora rifiutò.

«Qualcuno ti ha detto qualcosa per i tuoi vestiti e per i tuoi giocattoli?» le domandò la superiora. «Ti hanno preso in giro, rimproverata?» Silvia rispose di no. Nessuno aveva mai detto nulla ma, senza saperlo spiegare alla suora (aveva soltanto sette anni) Silvia si sentiva estranea agli altri e sotto certi aspetti si vergognava sia delle bambole e dei giocattoli, sia dei suoi vestiti: infatti lasciava i giocattoli in mano agli altri senza curarsene. Silvia si sentiva estranea: ma questo non significava che gli altri bambini si comportassero con lei da estranei o la lasciassero fuori dei loro giochi, anzi, al contrario, sempre veniva invitata e pressata e sospinta a fare qualche cosa, a sostenere qualche ruolo anche principale nei giochi e nelle costruzioni di piccole capanne. Silvia si sentiva estranea, come dire, per nascita e non per famiglia, forse proprio per il fatto che, ad eccezione del nonno, non aveva famiglia. Gli altri bambini ascoltavano ciò con grande stupore e, al contrario di sentirla estranea come lei pensava che la sentissero, era motivo di curiosità e di domande a cui Silvia non sapeva rispondere.

No, il padre non l'aveva mai conosciuto, la madre, forse, ricordava una signorina che doveva essere sua madre da certi piccoli particolari, certi regali, una collanina d'oro con un pendaglio di corallo, una signorina bionda che aveva visto due o tre volte e fratelli e sorelle niente. A quel punto degli interrogatori parlava però con grande entusiasmo e dovizia di particolari del nonno che anche tutti gli altri bambini del resto avevano visto perché era passato in rivista all'intera colonia il giorno del loro arrivo. Sapevano che era uno dei fondatori.

«Ma tuo nonno è ricco?» chiedeva un tipo, il maggiore di tutta la colonia, un veterano che veniva da alcuni anni e aveva una pelle squamata che sapeva odore di pesce e di uovo.

«Non lo so» rispondeva Silvia.

«Ma cosa fa?»

«Ha una fabbrica di biciclette.»

« Allora è ricco » dicevano in coro maschi e femmine. « Ecco perché sei vestita meglio di noi. »

Di avere il nonno ricco, di essere vestita meglio di loro, a Silvia non andava. Non tanto perché gli altri bambini fossero poveri, molto più poveri di lei, né perché la presunta ricchezza del nonno e la diversità degli abiti la facevano oggetto di curiosità e di domande ma perché si sentiva estranea. E si sentiva estranea prima di tutto a causa della sua grande sensibilità per gli odori, che del resto riscuoteva un grande successo tra gli altri bambini che le mettevano sotto il naso un'erba, una foglia di alloro, una farfalla e lei, con gli occhi bendati, sapeva sempre riconoscere tutto senza errori: ma si sentiva estranea anche per un'altra cosa e quest'altra cosa, del resto strettamente legata alla sensibilità per gli odori, era quel sentimento del crepuscolo che ora provava però ad ore alterne, anche durante il giorno e la notte, quel sentimento che lei non sapeva definire in altro modo se non dicendosi « mi viene da piangere ».

Si era in agosto e questo sentimento del « mi viene da piangere » aumentava per alcune ragioni ben precise e per altre che si andavano aggiungendo col passare dei giorni: infatti gli odori si erano fatti leggermente più freddi di prima e diversi e in un certo senso cambiavano: forse il sole scaldava meno le cose e inoltre le cicale e i grilli le pareva che non cantassero più tanto. Questo passaggio di qualità e di sostanza negli odori e nel timbro dei suoni e dei rumori, si faceva più forte e avvertibile al crepuscolo, sempre alla solita ora, dopo la piccola funzione nella cappella e anche i colori del cielo a quell'ora non erano più gli stessi. Silvia ottenne per qualche giorno di indossare abiti e sandali come gli altri ma, e questo non se lo sarebbe mai aspettato, la estraneità aumentò. Vestita come gli altri si sentiva ancora più diversa e il sentimento « del piangere » aumentò. Tornò ai suoi vestiti. Venne un temporale che per un giorno portò freddo in colonia, poi tornò il sole ma andava e veniva sotto nubi grigie, rosa e caffelatte che passavano veloci. In quei giorni di tempo instabile Silvia ebbe molta voglia di piangere e qualche volta andò nei gabinetti a piangere.

Furono fatte delle fotografie in gruppo, Silvia vestita con i suoi abiti, i capelli rossi e cespugliosi le nascondevano gli occhi, in mezzo a tutti gli altri vestiti uguali. Le suore spiegarono che ogni anno si facevano delle fotografie-ricordo e Silvia chiese di vedere quelle degli altri anni. La superiora la portò nel suo ufficio dove stavano appese al muro altre fotografie uguali a quella che avevano fatto in quei giorni: si vedeva un gruppo di bambini e bambine, vestiti con l'uniforme della colonia, con le stesse suore e sullo stesso sfondo. Alcuni di quei bambini erano in colonia anche quell'anno.

«E gli altri?» chiese Silvia alla superiora.

«Gli altri sono diventati grandi» disse la superiora «non vengono più in colonia.»

Anche questa risposta e quelle fotografie uguali una all'altra e a quella che avevano fatto giorni prima nello stesso angolo del piazzale sotto l'asta della bandiera precipitarono Silvia in quello stato d'animo «di pianto», che peggiorò di giorno in giorno tanto che Silvia doveva andare a piangere nei gabinetti. Era un momento, poi passava.

Venne la fine di agosto e il nonno arrivò a prenderla. I bambini lo vollero vedere e si attaccarono ai suoi pantaloni mentre distribuiva a tutti caramelle. Fu fatta la valigia di Silvia e i saluti avvennero nell'ufficio della superiora insieme a tutte le suore. Naturalmente il nonno chiese alle suore come si era trovata e come si era comportata Silvia.

«Bene, mi pare, vero?» disse la superiora accennando a Silvia.

«Sì, sì benissimo» rispose Silvia.

«Ti dispiace tornare a casa?» domandò il nonno.

Silvia disse di no. Ascoltò cosa dicevano il nonno e le suore, la superiora parlando del carattere di Silvia disse una parola che Silvia non capì: disse che era intelligente, molto brava e buona e molti complimenti tra cui la parola malinconia, malinconica.

Silvia non disse niente ma poco più tardi quando il nonno spingeva la bicicletta verso il grande cancello d'uscita, accanto alla pineta, tra due alte mura coperte di muschio, gli domandò cosa voleva dire malinconia.

Il nonno si fermò per respirare (aveva un po' di fiatone) e aspettò prima di rispondere. Poi guardò un po' in giro nel cielo.

« Malinconia? Mah! » e fece una lunga pausa. « Il tempo che passa fa malinconia » disse. « Perché? Tu avevi malinconia? »

Silvia salì sul sellino della canna, ora cominciava la discesa.

« Qualche volta » rispose.

« Malinconia »

Pubblicato come parte di una serie sul *Corriere della Sera* il 23 luglio 1978. Poi incluso in *Sillabario n. 2* (Mondadori, 1982), ripubblicato insieme a *Sillabario n. 1* con il titolo *Sillabari* (Mondadori, 1984, poi Adelphi, 2004).

ALDO PALAZZESCHI

1885-1974

Il movimento futurista, fondato dal poeta Filippo Tommaso Marinetti nel 1909, cercava di rompere con il passato smantellando la sintassi, la grammatica e la punteggiatura e liberando le parole. Sosteneva la velocità, l'immediatezza, l'audacia, la forza militare e la guerra. Era quindi legato alla visione fascista che proprio in quegli anni si stava affermando; i due movimenti, uno culturale e l'altro politico, avrebbero stretto un'insolita alleanza. Palazzeschi, nato con il nome di Aldo Giurlani a Firenze, adotta il cognome della nonna materna, pubblica testi su *Poesia*, rivista fondata da Marinetti, e diventa una figura di spicco del Futurismo. In seguito tuttavia rompe con il movimento, così come con gli altri a cui aderisce; durante la sua lunga e prolifica carriera letteraria, sfugge sempre alle costrizioni di ogni stile o moda. Le sue prime poesie erano considerate crepuscolari, con versi liberi e rifiuto di un certo sentimentalismo, in sintonia con quella corrente poetica. E libertà e rifiuto del sentimentalismo contraddistinguono tutta la sua produzione letteraria, che oscilla tra due poli stilisticamente distanti, dalla poesia alla prosa, dalla scrittura avanguardista alle forme narrative più tradizionali, sempre sotto il segno dell'ambiguità e dell'enigma. Vive a cavallo tra due città, facendo per decenni la spola tra Venezia e Roma. Sempre pronto a contraddirsi, Palazzeschi, la cui omosessualità era un segreto di Pulcinella, mantiene una distanza divertita persino da se stesso; nella poesia *Chi sono?* si definisce «il saltimbanco dell'anima mia». Traccia ritratti acuti di persone solitarie – per lo più vedove, scapoli e zitelle –, raggiungendo forse i risultati più alti nel romanzo *Sorelle Materassi*, uscito per la prima volta nel 1934 ma ripubblicato, nella stesura definitiva, nel 1960 dopo una lunga revisione stilistica. Questo racconto, che risale all'ultima fase della vita creativa di Palazzeschi, ha un respiro romanzesco ed è incentrato sul tema della comunicazione, o meglio della sua evidente assenza. È la storia di un'unione non convenzionale che trasmette, in maniera elegante e terribile, un senso di solitudine senza scampo.

Silenzio

Benedetto Vai, che da oltre vent'anni viveva con Leonia, sua donna di servizio, passava per uomo carico di difetti e squilibrato di cervello: egoista, poltrone, avaro, superbo, dispettoso e stravagante in modo superlativo: unico. In realtà aveva un difetto solo: era misantropo, e di cervello equilibratissimo. Anziché attenuare, o nascondere il proprio torto come s'usa in tal caso, gli era andato incontro coraggioso, e forse con un piacere acutissimo tanto il torto era profondo, spingendolo alle estreme conseguenze come al coronamento dell'ideale o alla realizzazione del sogno. In seguito ad un processo lungo e faticoso, quanto mai duro, sforzo costante di tutta la vita, nella sua casa era riuscito a stabilire il silenzio e fuori a non scambiar parola con alcuno.

Sarà bene ricordare che Benedetto Vai, benestante di nascita, viveva con Leonia. Per le consuetudini della vita pratica non sarebbe riuscito a viver solo.

La situazione era al punto che una parola o un monosillabo pronunciati per disgrazia o per errore nella casa di Benedetto Vai, avrebbe rappresentato un fenomeno apocalittico: il crollo di un'epoca, di un mondo.

Fuori dell'uscio Benedetto Vai usava tale contegno per cui nessuno avrebbe osato avvicinarsi per rivolgergli una parola o il saluto; e se uno sconsiderato, o ignaro, lo faceva talvolta, egli stringendo la bocca e spalancando i grandi occhi azzurri lo fissava in modo che l'altro si trovava davanti a lui col capo basso e il labbro chiuso. E chi, per caso, gli avesse chiesto un'informazione lungo la via, sicuramente avrebbe creduto d'essersi rivolto a un sordo.

Anche Leonia, ogni qualvolta un tizio le si parava davanti per attaccar discorso, alzava l'indice col gesto solenne e se lo poneva diritto come una sbarra attraverso bocca e viso.

Né bisogna credere che con la massima facilità Leonia fosse giunta a tanto, non vogliamo indagare l'intima causa di avere accettato il sacrifizio per una donna inumano. Aveva conosciuto il padrone giovane e bello, Benedetto Vai era stato un giovane bellissimo, biondo e coi grandi occhi in cui pareva specchiarsi il cielo. Ora, era un bel vecchio, alto, snello, agile di corpo, diritto, e con gli occhi ancora di un bambino. Ne conosceva la voce della quale conservava l'eco entro di sé, e della sua scontrosità aveva subito il fascino. Averlo seguito fino in fondo nel disperato disegno, rappresentava una dedizione fuor del comune e, inconsciamente, un grande atto amoroso.

Una volta, per costringerlo a parlare, aveva salato la minestra quattro volte. Non appena accostato alla bocca il cucchiaio, il padrone le rese la scodella con lo sguardo così accorato che si pentì amaramente di averlo fatto. E un'altra ancora per costringerlo, almeno, a dare un grido, aveva infilato nel mezzo della seggiola uno spillo. Lo sguardo del padrone così puro e doloroso, non per la bucatura dello spillo, le fece abbassare il capo piena di vergogna e di rimorso per chiedergli perdono. Egli mostrava di comprendere la durezza della prova alla quale la donna veniva sottoposta, comprenderla, e compatirla, sorreggerla nell'istante di debolezza e del dubbio. E molte volte, simili alle tentazioni cui vengono sottoposti anche i santi, era stata sul punto di rompere l'incanto e, dopo tanta costrizione, dare il «via» allo scilinguagnolo: mettendosi a gridare, ridere e cantare: ricordava uno stornello che calzava al caso suo sollevando in proprio favore il vicinato al completo. Ma poi, era felice d'essersi saputa vincere. È chiaro però che se una donna le avesse imposto il medesimo sacrifizio, la lingua di Leonia sarebbe diventata un mulino a vento, un'elica d'aeroplano.

Per il padrone, invece, quella dedizione assoluta rappresentava il dominio indispensabile sopra l'unico essere di cui aveva bisogno.

Anche Leonia era stata bella, l'anzianità le aveva dato un'aria matronale, e il silenzio non aveva avuto altro effetto che quello d'ingrassarla rendendola solenne, misteriosa. Per modo che i due silenziosi godevano di ottima salute con un aspetto florido e soddisfatto.

Il portinaio del casamento si limitava a dire che gli abitanti dell'interno 7 erano uno più matto dell'altro. Chi non riusciva a darsene pace era la moglie, poverina, mille anni non sarebbero bastati per convincere quella donna di un simile fenomeno. « Il Signore ci ha fatto questo dono » ripeteva sempre: « perché ricusarlo? » Ella che faceva tanto onore al dono divino. E gl'inquilini all'incontro dei silenziosi volgevano il capo, e poi dal capo ai piedi li squadravano dietro in un mutismo che diceva tutto.

Erano occorse ragioni di panico nel casamento, un piccolo incendio presto sedato, un furto, anzi due, fughe di gas, e per la rottura di un condotto perdite d'acqua a scataroscio; insieme a casi gravissimi di panico collettivo. In quell'appartamento non era stato possibile di penetrare a nessun costo, né farne uscire gli abitanti per nessuna ragione al mondo. La porta di Benedetto Vai, oltre alla normale chiusura con una toppa a dodici mandate, la catena e tre enormi chiavistelli, era armata di due contrafforti che la rendevano una cosa sola col muro.

Alcunché d'eroico e di ascetico era nel bizzarro contegno.

Se dovessimo indagare fin dalla nascita in quello che si rivelò poi il carattere dell'uomo, dovremmo dire subito che Benedetto Vai fu un bambino troppo sorridente e troppo tranquillo. Ed abbiamo un indizio più sicuro: era portato, dall'infanzia, a sostituire la parola col sorriso, sorriso che nel volgere dell'età s'era estinto sul labbro, ma in apparenza così dolce e buono da rappresentare per gli altri un soddisfacente eloquio e per lui il mezzo infallibile d'isolamento.

Nella vastità e profondità della vita si è attratti talora a seguire una strana piega come il rivelarsi e formarsi di un capolavoro.

Poco era uso parlare col padre, con la madre invece più, con la madre che avendo quell'unico figliolo, costituiva per essa la gioia e la felicità: « il mio Betto bello », diceva sempre con inesauribile tenerezza: « il mio Bettino biondo, il mio Bettino d'oro ».

A scuola questo carattere taciturno s'era accentuato. Spesso si serviva di un compagno per appartarsi e respingere gli altri in blocco, e mantenendosi con lui freddissimo, e nella sorridente apparenza misterioso, in modo da non provocare o facilitare la rapida confidenza e l'amicizia che nel calore della gioventù si sprigiona senza ritegno. Talora riuscì a respingerli fino all'ultimo.

Odiava il poetico, il letterario, il pittoresco, il fantastico. Della storia diceva le date con una sollecitudine e un'esattezza impressionanti, riducendo i fatti a due parole. Il modo di pronunziarle lasciava comprendere che per lui erano troppe. E scriveva certi componimenti che sembravano da portarsi all'ufficio telegrafico. L'aggettivo escluso dal vocabolario in modo assoluto, e il verbo usato quanto possibile all'infinito. Il professore di retorica davanti a lui si sentiva perduto. Buttar via tanta grazia di Dio e ridurre in pillole quello che per lui rappresentava luce, splendore, la grandezza e ricchezza dell'universo. D'altra parte, con un'aridità sprezzante il tema era svolto, e per cavarsela gli aveva decretato un « sei » cronico.

Nelle scienze esatte Benedetto Vai era un portento. L'insegnante di matematica rimaneva perplesso davanti alla possibilità e rapidità che aveva il giovane allievo di risolvere il problema più arduo. E i compagni allungavano il collo sul suo quaderno, gli posavan la testa sopra una spalla passandogli dietro, o per ricevere un lume gli strizzavano l'occhio nel momento del pericolo. Diveniva tutto un sorriso per nascondere il disappunto che provocava in lui un tale modo di procedere, e muto come un pesce perché non insistessero in quell'uso. N'erano spaventati e attratti al tempo stesso.

Il padre decise di farne un ingegnere elettrotecnico, ma una volta laureato, a pieni voti, d'ingegneria in casa Vai non se ne parlò più.

Benedetto Vai possedeva durante la giovinezza una virilità cruda e forte, prepotente, ma cercava nell'amore quel genere che esclude l'affascinante preludio in modo completo, e al momento dell'azione il palpitante e fiancheggiante commento, fatto di nulla ma così espressivo. Si capisce che amori di questo tipo non lasciassero che una cifra nel ricordo.

Col maturare degli anni, in famiglia incominciò a sparire, e quando venivano i parenti, i conoscenti, gli amici, si faceva vedere sempre meno: « Bettino è fuori con un amico... » diceva incerta la madre. Quale? Non ne aveva nessuno. O con sicurezza molto dubbia: « è in camera sua, gli doleva un pochino il capo ». Dolore sconosciuto a Bettino. « Il mio Bettino è un po' orso, è un po' rospo » aggiungeva ridendo, « e lo diviene sempre più, scappa non appena vede qualcuno. » E piano piano si guardò bene dal parlarne, lasciando a Bettino, divenuto uomo, la piena libertà di non farsi vedere da chicchessia.

Morta la madre, la casa subì il fatale raffreddamento per cui la natura del nostro eroe subì un notevolissimo progresso. Durante cinque anni padre e figlio sedettero uno davanti all'altro senza far motto. Il padre era divenuto taciturno per il vuoto incolmabile che con la perdita della compagna gli s'era creato dentro e Benedetto, approfittando di quello stato penoso, aveva potuto sviluppare senza ostacoli il suo temperamento. Alla fine tra padre e figlio correva la « buonanotte » e il « buongiorno ». E la fedele Leonia interveniva solo per le pratiche necessità del vivere giornaliero che richiedevano l'eterno concorso del « sì » o del « no » in una casa dove tutto funzionava con la regolarità e monotonia di un orologio.

Quando morì il padre Benedetto Vai, già cinquantenne, ebbe un attimo di commozione che gli raggiunse l'anima fino in fondo. Di commozione e di grandezza non appena il vecchio, con una forza insospettata in un moribondo, gli afferrò il polso per esalare l'ultimo respiro. E sentì dopo quell'attimo, fugacissimo, tutto il suo essere sciolto da un vincolo: dopo quella stretta egli era il solo responsabile delle proprie azioni e di sé, come se allora soltanto fosse divenuto un uomo.

Da oltre vent'anni la casa di Benedetto Vai viveva nel silenzio al quale egli aveva saputo condurla come al massimo compimento.

S'era ridotto a vivere in un'unica stanza molto ampia, dove aveva il lettuccio un cassettone e l'armadio, e dove era una grande tavola rotonda al centro. Su quella Leonia gli serviva i pasti tre volte al giorno, su quella ogni lunedì il padrone le faceva trovare il denaro per le spese della settimana quasiché durante la notte ce lo avesse depositato l'angioletto. Denaro per il quale Leonia doveva ricorrere a tutte le astuzie e acrobazie del suo ruolo, non essendole possibile di chiedere un supplemento. Talora il padrone tentava di mettere sopra il tavolo qualche cosa di meno, ma nella tema che la donna aprisse bocca la volta seguente le metteva qualche cosa di più.

Se in quella casa, dove un vecchio signore viveva con la propria domestica vecchia altrettanto, fossero avvenuti fra uno sbadiglio e l'altro i soliti discorsi del vivere ordinario, l'eterno chiacchiericcio e i più consueti, inevitabili battibecchi per ogni faccenda: le anomalie del tempo e i conti della spesa, l'aumentato prezzo del latte, dei legumi o della pasta, e nei rapporti della portinaia i fatterelli del vicinato vecchi quanto il cucco, argomenti di una vita stagnante, insulsa fino all'assurdo, esclusivamente vegetativa in cui nulla riesce a portare una vibrazione o una scossa, il divario, la casa sarebbe sembrata fredda e deserta. Di quel silenzio, invece, era piena, colma, gonfia, a bollore, simile a una caldaia che ogni giorno minaccia lo scoppio. Non v'era attimo della giornata che non fosse riempito dal silenzio, non v'era cantuccio che il silenzio non riempisse con l'imponente solennità della sua presenza.

La biancheria della famiglia Vai s'andava esaurendo ogni giorno, Leonia doveva mettere punti su punti, aggiustare, rassettare, eseguire rattoppi e rammendi per conservarla in vita. Anche la biancheria personale del padrone e il suo guardaroba eran tenuti in vita per le cure incessanti della donna, in modo da fargli fare ancora una figura decorosa.

E della famiglia a poco a poco s'erano esaurite le stoviglie; piatti, vassoi, bicchieri, caraffe... nel volgere di tanti anni, in seguito a distrazioni o disgrazie, erano avvenute le inevitabili rotture, per quanto vigile fosse l'attenzione di Leonia. A lei era rimasta una scodella, in quella doveva mangiare tutto, dalla minestra alla frutta. E al padrone due piatti e una scodella. Sovente Leonia era costretta a lavarne uno durante la mensa. E un unico bicchiere: l'ultimo, ella beveva alla bottiglia. Più d'ogni cosa la donna paventava per quel bicchiere, rappresentava un assillo che le turbava il riposo, una notte sognò d'averlo rotto, l'era scivolato di mano, l'ultimo bicchiere di casa Vai era andato in pezzi: si svegliò di soprassalto ringraziando il Signore che si trattasse solamente di un sogno. E pochi giorni dopo, vedi fatalità, il bicchiere l'era davvero caduto in terra senza prodursi una scalfittura. La Provvidenza era intervenuta, era dalla sua, non v'è dubbio. Leonia, col pensiero, recitò una preghiera, e considerò la caduta del bicchiere un'azione miracolosa e un superiore avvertimento.

Accadde un fatto straordinario e inaspettato.

Ritornando dalla passeggiata una mattina all'ora del pranzo, Benedetto Vai si presentò con un grosso involto sotto il braccio, e che posò con grandissima cura sopra la tavola della propria camera.

Alla vista inusitata, sbalorditiva, Leonia dette un balzo.

Da oltre vent'anni il padrone non era tornato a casa con qualche cosa in mano. Che poteva contenere quel pacco? Che cosa rappresentava un tale fenomeno?

Toltosi cappello e cappotto, Benedetto Vai si dette con la massima sollecitudine, e sotto gli occhi della donna a svolgere il suo involto. Conteneva dodici bicchieri bellissimi, d'antica foggia e di una impressionante leggerezza. Portavano delle incisioni con motivi di caccia, circondati e intramezzati da piccole ghirlande di fiori e fronde di una grazia infinita. Raffinato lavoro veneziano settecentesco.

Che poteva significare un tale acquisto? Con chi lo aveva contrattato? Dove lo aveva preso? A chi dovevano servire quei dodici bicchieri? Il silenzioso s'era deciso ad aprire la bocca, l'incanto era rotto. E ora si decideva ad aprire la casa a qualcheduno? Rompere la tragica solitudine e il silenzio. Il sacrificio costato uno sforzo sovrumano sarebbe andato a finire in una bicchierata? Magari volgarissima. Vent'anni di silenzio si sarebbero conclusi in un chiasso: una baldoria. Forse una sbornia collettiva con taluno andato a finir sotto la tavola. La donna sentiva di cadere nel vuoto. Si sentiva giuocata, turlupinata a fondo. E per la prima volta preda di un matto. Non era stata dunque, una necessità profonda della propria natura e dello spirito che lo aveva portato a tanto, ma una attraente esperienza, un capriccio da uomo ozioso, un giuoco da capo scarico, uno scherzo di pessimo gusto. Chi sarebbe venuto a bere nella casa del misantropo? A chi avrebbe rivolto l'invito un simile soggetto?

Osservato i bellissimi bicchieri a lungo, con un'ammirazione ed una compiacenza che non si esaurivano, e che producevano nell'animo della donna un intollerabile struggimento, Benedetto Vai si dette a vuotare il proprio armadio delle mille cianfrusaglie che lo riempivano: buttò fuori tutto con sdegno e dopo averne spolverati i palchetti, nel più alto dispose in fila i dodici bicchieri, con grandissima gioia e seguitando a guardarli e riguardarli una volta dentro, quasi gli dispiacesse di chiudere l'armadio per non vederli più. E dopo chiuso lo riapriva ogni pochino per poterli guardare ancora uno a uno. E uno ne portava davanti alla finestra per esaminarlo contro luce e gustarne la fragilità della materia, la genialità del disegno, la finezza del lavoro. Erano bellissimi, esecuzione, forma e materia formavano un tutto armonioso e perfetto.

Torva come la belva in agguato, mentre egli si deliziava ad ammirare i suoi bicchieri, Leonia gli girava attorno.

Qualche tempo dopo Benedetto Vai all'ora medesima giunse a casa con un secondo involucro, questa volta molto peso, che posò come al solito sopra la tavola nella sua stanza da letto.

Quando si diede a svolgerlo, conteneva dodici antichi piatti di marca pregiatissima, magnifici, con dorature e miniature a fiori di uno splendore abbagliante.

Non si saziava di guardarli, di porli in ogni luce e in ogni senso al fine di poterli godere a pieno.

La bevuta veniva accompagnata da qualche cosa in solido, il bere tira di conseguenza lo sgranocchìo; un dolce probabilmente, quei piatti lo rivelavano senz'altro, un trattenimento vero e proprio. Finché il terzo pacco, alcuni giorni dopo, fece fare alla donna un balzo ancor più vivo. Dava un pranzo? I nuovi piatti erano stupendi, la qualità delle pitture e dorature appariva eccezionale. Un pranzo a chi? Voleva guardarla in viso la gente che sarebbe venuta a mangiare in una casa dove da oltre vent'anni vigeva la consegna ferrea del silenzio. Era sempre più torva Leonia, sempre più accigliata. La cosa non poteva finire lì. Al momento preciso avrebbe dato anche lei la stura al bocchino, per rifarsi d'essere stata zitta tanto tempo. Il vicinato aveva ragione, se tutti lo dicevano era vero, quel padrone che aveva così sconsideratamente amato, e seguito ciecamente in ogni cimento, non era altro che un pazzo, un soggetto da manicomio che viveva nel normale consorzio.

Altri involucri portò a casa il padrone. Dodici bicchierini piccoli e non meno belli degli altri, su cui erano incise delle colombe in volo. Che delizia, che fattura impalpabile, un prodigio, un sogno.

Oramai il padrone, durante il giorno, non faceva che aprire e chiudere il suo armadio, per ammirare, spolverare, e sempre meglio disporre i bellissimi oggetti che vi si trovavano dentro: dar loro un posto appropriato, sempre più comodo, disporli in modo che riuscisse facile e non pericoloso il toglierli e riporli dentro.

La burla diveniva sanguinosa. Leonia si sentiva burlata con ignominia e senza riscontro. Quando sarebbe venuto il gran giorno? Ella, che in fatto di cucina si trovava fuori d'esercizio, ridotta com'era a ripetere le solite vivande da un anno all'altro con la precisione di un cronometro. Si sentiva contrariata e offesa, e preoccupata ad un tempo.

Altri piatti, altri bicchieri portò a casa il padrone; due grandi caraffe con delle volpi incise e il manico d'argento, un'ampollina di sapore eccentrico, una zuppiera di gusto barocco, una piccola legumiera e una salsiera color violetto sfumato, in forma di tulipano. Si capiva a volo che per quest'ultima cosuccia il padrone nutriva una debolezza spiccatissima, una predilezione, un privilegio, vera e propria tenerezza; reggendola delicatamente sulle dita pareva volerci giocare, avvicinandola alla faccia sembrava volerle dare un bacio, e da tanto che gli piaceva di volerla mangiare; un giorno fu sul punto di cadergli, con una abilissima giravolta di tutta la persona la riprese all'ultimo momento. Fosse caduta, almeno, che gioia! Vederla andare in cento pezzi, che soddisfazione, che felicità! Ella si sarebbe rifiutata senz'altro di servire la maionese dentro il tulipano.

Il piacere di togliere e riporre gli oggetti nell'armadio, in quell'uomo esalava da ogni poro.

E poco tempo dopo portò una cassetta di tale peso, che giunse a casa ansante, sudato fradicio, esausto. Leonia non gli corse incontro per soccorrerlo.

La cassetta conteneva un servizio di posate principesco, in argento dorato. E dopo ancora, con una leggerezza di farfalla, una tovaglia e dodici tovaglioli di tela così leggera da crederli rubati al vento, fra le sue mani parevano spiccare il volo, e cosparsi da mazzettini di fiori così tenui e delicati di colore e disegno, che procuravano all'occhio la freschezza e giocondità di un giardino. Infine, un grande mazzo di rose in madreperla e uno di rose d'argento che, si capiva subito, dovevano completare la sontuosa imbandigione di un convito.

L'armadio era al completo. Benedetto Vai non faceva che andare e venire, aprire e chiudere, per sistemare, spolverare e ammirare con inesauribile piacere e con perfetto scrupolo ogni oggetto. Ogni pochino ne tirava fuori uno per goderlo in modo particolare e totale. Lo portava davanti alla finestra e con snervante lentezza si decideva a rimetterlo al suo posto.

Nello sguardo di Leonia si annidava la rivolta che cresceva ogni giorno, col sospetto di una belva lo osservava e gli girava attorno.

Benedetto Vai, che aveva goduto durante la lunga esistenza di una salute senza confronto, incominciò a sentirsi male: un crollo subitaneo ed imprevisto avvenne nell'uomo che possedeva ancora il portamento e i colori della gioventù.

Leonia lo curava assiduamente, con amore, con dedizione completa, e allorquando fu costretto a letto, non s'allontanò più dal capezzale, e la notte si distendeva in un lettuccio improvvisato vicino al suo. Gli preparava certe bibite deliziose per rinfrescarlo, e per aiutarlo nella nutrizione delle creme prelibate.

Venne il medico, che rispettando la legge osservata nel luogo, si pronunziò con un'alzata di spalle: « quando si è vecchi non resta che morire ». E venne il sacerdote che in un'invocazione supplice davanti al degente muto spalancò le braccia verso il cielo: « il Signore perdonerà. Il suo dissidio non era con Dio, ma col mondo ».

In un tiepido tramonto di maggio, il sole invase la stanza a poco a poco, di quel tempo la invadeva ogni sera come per portarvi un saluto.

Benedetto Vai aveva trascorso la notte agitata, e tale agitazione era cresciuta durante il giorno. Lo possedeva un'inquietudine che riusciva a contenere con lo sforzo sovrumano della volontà. Vero e proprio eroismo. La mente era ancora lucida e la volontà in suo possesso. Solo qualche movimento del capo lasciava trasparire l'entità del male. Leonia gli aggiustava i guanciali sotto la testa, gli stringeva le mani, gli bagnava le labbra, gli asciugava il sudore sulla fronte. Nella faccia del vecchio, contratta per la sofferenza, i grandi occhi azzurri davano ancora un aspetto di vita e di candore. I begli occhi erano anche più grandi e vagavano naufraghi per la stanza in cerca di un punto che non riuscivano a trovare. Anche gli occhi di Leonia erano belli, pieni di passione e di dolore, seguendo gli sguardi naufraghi del padrone. Un lampo la illuminò. S'alzò di colpo come chi si sovviene di aver dimenticato una cosa importante. Corse all'armadio, lo spalancò, ne trasse la tovaglia e sulla grande tavola rotonda ch'era nel mezzo la distese accuratamente. Prese dodici piatti e in bell'ordine li dispose giro giro. Quindi i bicchieri. Correva agile e rapida dalla tavola all'armadio, dall'armadio alla tavola la donna corpulenta, nell'apparecchiare la mensa non aveva più corpo, non aveva più peso.

Benedetto Vai la fissava avido, la fissava con tutte le forze che gli rimanevano, la sua vita era concentrata in quel punto: nel fissare la donna al lavoro. E ogni tanto guardava fugacemente la porta. Gli occhi azzurri erano ancora grandi e puri come quelli di un fanciullo.

A fianco dei piatti, fra i piatti e i bicchieri, Leonia disponeva le belle posate d'oro, con precisione, con calma, con serenità, e seguitava a girare leggera intorno a quella tavola con ampio gesto e quasi a passo di danza nell'apparecchiarla. Vi compose nel mezzo un grande cespuglio, con le rose di madreperla, con le rose d'argento, e corse per la casa chiusa e disabitata a cercarvi dodici seggiole. Non appena lo ebbe compiuto, si fece da una parte per considerare con gioia il suo operato: era tutta un sorriso.

Il sole, che nell'ora del tramonto aveva invaso la stanza, con la sua luce di porpora faceva risplendere e scintillare la regale imbandigione.

Guardò il padrone Leonia, che tenacemente fissava la tavola, e ogni tanto si distraeva per guardare la porta.

Qualcuno entrò con la leggerezza di un vapore, e così bianco che nell'aria non si poteva distinguere. Soltanto Benedetto Vai poteva distinguere l'apparizione candida che dalla porta seguì fino alla tavola imbandita che nei grandi occhi azzurri si fissava per l'eternità.

« Silenzio »
Pubblicato per la prima volta sul settimanale *L'Europeo* (IV, n. 51, 19) nel dicembre del 1948. Successivamente incluso in *Tutte le novelle* (Mondadori, 1957).

ANNA MARIA ORTESE

1914-98

La Ortese ha frequentato poco più che le scuole elementari. Nata a Roma in una famiglia povera, trascorre tre anni in Libia da bambina e a diciott'anni si stabilisce a Napoli. Uno dei suoi fratelli annega quando lei ha diciannove anni – una tragedia che ispira i suoi primi scritti – e perde entrambi i genitori prima di compierne quaranta. Vive per il resto dei suoi anni con la sorella, che la segue di città in città mentre lei accetta vari lavori legati alla scrittura. Massimo Bontempelli è uno dei suoi primi ammiratori. La sua prima raccolta di racconti esce nel 1937; ne pubblicherà altre dieci e scriverà sei romanzi. Questo racconto, sulla percezione della povertà da parte di un bambino, è considerato un punto di riferimento della narrazione breve. È il testo che apre *Il mare non bagna Napoli*, raccolta pubblicata del 1953 nella collana «I gettoni» diretta da Vittorini (cfr. la Cronologia), grande ciclo di affreschi che raffigura una Napoli a pezzi dopo la Seconda guerra mondiale e che vale alla scrittrice il Premio Viareggio. Ma l'ultimo racconto, un attacco all'establishment letterario della città, le mette contro critici influenti e la costringe a lasciare Napoli. Il suo isolamento cresce, lei stessa si paragona a un naufrago e a un gatto. La sua vita è segnata dalle difficoltà economiche; nonostante la vittoria del Premio Strega nel 1968, viene costretta a ricorrere alla Legge Bacchelli, varata dal governo italiano per sostenere i cittadini illustri bisognosi d'aiuto. La Ortese rifiutava la realtà e allo stesso tempo la documentava. La sua scrittura, ha osservato lei stessa, «ha un che di esaltato, di febbrile, tende ai toni più alti, dà nell'allucinato: e quasi in ogni punto della pagina presenta, pur nel suo rigore, un che di 'troppo'».[1] Ha scritto una trilogia di romanzi che hanno per protagonisti degli animali.

Un paio di occhiali

« *Ce sta 'o sole... 'o sole!* » canticchiò, quasi sulla soglia del basso, la voce di don Peppino Quaglia. « Lascia fa' a Dio » rispose dall'interno, umile e vagamente allegra, quella di sua moglie Rosa, che gemeva a letto con i dolori artritici, complicati da una malattia di cuore, e soggiunse, rivolta a sua cognata che si trovava nel gabinetto: « Sapete che faccio, Nunziata? Più tardi mi alzo e levo i panni dall'acqua ».

« Fate come volete, per me è una vera pazzia » disse dal bugigattolo la voce asciutta e triste di Nunziata « con i dolori che tenete, un giorno di letto in più non vi farebbe male! » Un silenzio. « Dobbiamo mettere dell'altro veleno, mi sono trovato uno scarrafone nella manica, stamattina. »

Dal lettino in fondo alla stanza, una vera grotta, con la volta bassa di ragnatele penzolanti, si levò, fragile e tranquilla, la voce di Eugenia: « Mammà, oggi mi metto gli occhiali ».

C'era una specie di giubilo segreto nella voce modesta della bambina, terzogenita di don Peppino (le prime due, Carmela e Luisella, stavano con le monache, e presto avrebbero preso il velo, tanto s'erano persuase che questa vita è un gastigo; e i due piccoli, Pasqualino e Teresella, ronfavano ancora, capovolti, nel letto della mamma).

« Sì, e scassali subito, mi raccomando! » insisté, dietro la porta dello stanzino, la voce sempre irritata della zia. Essa faceva scontare a tutti i dispiaceri della sua vita, primo fra gli altri quello di non essersi maritata e di dover andare soggetta, come raccontava, alla carità della cognata, benché non mancasse di aggiungere che offriva questa umiliazione a Dio. Di suo, però, aveva qualche cosa da parte, e non era cattiva, tanto che si era offerta lei di fare gli occhiali a Eugenia, quando in casa si erano accorti che la bambina non ci vedeva. « Con quello che costano! Ottomila lire vive vive! » soggiunse. Poi si sentì correre l'acqua nel catino. Si stava lavando la faccia, stringendo gli occhi pieni di sapone, ed Eugenia rinunciò a risponderle.

Del resto, era troppo, troppo contenta.

Era stata una settimana prima, con la zia, da un occhialaio di via Roma. Là, in quel negozio elegante, pieno di tavoli lucidi e con un riflesso verde, meraviglioso, che pioveva da una tenda, il dottore le aveva misurato la vista, facendole leggere più volte, attraverso certe lenti che poi cambiava, intere colonne di lettere dell'alfabeto, stampate su un cartello, alcune grosse come scatole, altre piccolissime come spilli. « Questa povera figlia è quasi cecata » aveva detto poi, con una specie di commiserazione, alla zia « non si deve più togliere le lenti. » E subito, mentre Eugenia, seduta su uno sgabello, e tutta trepidante, aspettava, le aveva applicato sugli occhi un altro paio di lenti col filo di metallo bianco, e le aveva detto: « Ora guarda nella strada ». Eugenia si era alzata in piedi, con le gambe che le tremavano per l'emozione, e non aveva potuto reprimere un piccolo grido di gioia. Sul marciapiede passavano, nitidissime, appena più piccole del normale, tante persone ben vestite: signore con abiti di seta e visi incipriati, giovanotti coi capelli lunghi e il pullover colorato, vecchietti con la barba bianca e le mani rosa appoggiate sul bastone dal pomo d'argento; e, in mezzo alla strada, certe belle automobili che sembravano giocattoli, con la carrozzeria dipinta in rosso o in verde petrolio, tutta luccicante; filobus grandi come case, verdi, coi vetri abbassati, e dietro i vetri tanta gente vestita elegantemente; al di là della strada, sul marciapiede opposto, c'erano negozi bellissimi, con le vetrine come specchi, piene di roba fina, da dare una specie di struggimento; alcuni commessi col grembiule nero le lustravano dall'esterno. C'era un caffè coi tavolini rossi e gialli e delle ragazze sedute fuori, con le gambe una sull'altra e i capelli d'oro. Ridevano e bevevano in bicchieri grandi, colorati. Al disopra del caffè, balconi aperti, perché era già primavera, con tende ricamate che si muovevano, e, dietro le tende, pezzi di pittura azzurra e dorata, e lampadari pesanti d'oro e cristalli, come cesti di frutta artificiale, che scintillavano. Una meraviglia. Rapita da tutto quello splendore, non aveva seguito il dialogo tra il dottore e la zia. La zia, col vestito marrò della messa, e tenendosi distante dal banco di vetro, con una timidezza poco naturale in lei, abbordava ora la questione del prezzo: «Dottò, mi raccomando, fateci risparmiare... povera gente siamo...» e, quando aveva sentito «ottomila lire», per poco non si era sentita mancare.

«Due vetri! Che dite! Gesù Maria!»

«Ecco quando si è ignoranti...» rispondeva il dottore, riponendo le altre lenti dopo averle lustrate col guanto «non si calcola nulla. E metteteci due vetri, alla creatura, mi saprete dire se ci vede meglio. Tiene nove diottrie da una parte, e dieci dall'altra, se lo volete sapere... è quasi cecata.»

Mentre il dottore scriveva nome e cognome della bambina: «Eugenia Quaglia, vicolo della Cupa a Santa Maria in Portico», Nunziata si era accostata a Eugenia, che sulla soglia del negozio, reggendosi gli occhiali con le manine sudicie, non si stancava di guardare: «Guarda, guarda, bella mia! Vedi che cosa ci costa questa tua consolazione! Ottomila lire, hai sentito? Ottomila lire, vive vive!» Quasi soffocava. Eugenia era diventata tutta rossa, non tanto per il rimprovero, quanto perché la signorina della cassa la guardava, mentre la zia le faceva quell'osservazione che denunziava la miseria della famiglia. Si tolse gli occhiali.

«Ma come va, così giovane e già tanto, miope?» aveva chiesto la signorina a Nunziata, mentre firmava la ricevuta dell'anticipo «e anche sciupata!» soggiunse.

«Signorina bella, in casa nostra tutti occhi buoni teniamo, questa è una sventura che ci è capitata... insieme alle altre. Dio sopra la piaga mette il sale...»

«Tornate fra otto giorni» aveva detto il dottore «ve li farò trovare.»

Uscendo, Eugenia aveva inciampato nello scalino.

«Vi ringrazio, zi' Nunzia» aveva detto dopo un poco, «io sono sempre scostumata con voi, vi rispondo, e voi così buona mi comprate gli occhiali...»

La voce le tremava.

« Figlia mia, il mondo è meglio non vederlo che vederlo » aveva risposto con improvvisa malinconia Nunziata.

Neppure questa volta Eugenia le aveva risposto. Zi' Nunzia era spesso così strana, piangeva e gridava per niente, diceva tante brutte parole e, d'altra parte, andava a messa con compunzione, era una buona cristiana, e quando si trattava di soccorrere un disgraziato, si offriva sempre, piena di cuore. Non bisognava badarle.

Da quel giorno, Eugenia aveva vissuto in una specie di rapimento, in attesa di quei benedetti occhiali che le avrebbero permesso di vedere tutte le persone e le cose nei loro minuti particolari. Fino allora, era stata avvolta in una nebbia: la stanza dove viveva, il cortile sempre pieno di panni stesi, il vicolo traboccante di colori e di grida, tutto era coperto per lei da un velo sottile: solo il viso dei familiari, la mamma specialmente e i fratelli, conosceva bene, perché spesso ci dormiva insieme, e qualche volta si svegliava di notte e, al lume della lampada a olio, li guardava. La mamma dormiva con la bocca aperta, si vedevano i denti rotti e gialli; i fratelli, Pasqualino e Teresella, erano sempre sporchi e coperti di foruncoli, col naso pieno di catarro: quando dormivano, facevano un rumore strano, come se avessero delle bestie dentro. Eugenia, qualche volta, si sorprendeva a fissarli, senza capire, però, che stesse pensando. Sentiva confusamente che al di là di quella stanza, sempre piena di panni bagnati, con le sedie rotte e il gabinetto che puzzava, c'era della luce, dei suoni, delle cose belle; e, in quel momento che si era messa gli occhiali, aveva avuto una vera rivelazione: il mondo, fuori, era bello, bello assai.

« Marchesa, omaggi... »

Questa era la voce di suo padre. La spalla coperta da una camicia stracciata, che fino a quel momento era stata inquadrata dalla porta del basso, non si vide più. La voce della marchesa, una voce placida e indifferente, diceva adesso: « Dovreste farmi un piacere, don Peppino... »

« Ai vostri ordini... comandate... »

Eugenia sgusciò dal letto, senza far rumore, s'infilò il vestito e venne sulla porta, ancora scalza. Il sole, che di prima mattina, da una fenditura del caseggiato, entrava nel brutto cortile, le venne incontro, così puro e meraviglioso, illuminò il suo viso di piccola vecchia, i capelli come stoppa, tutti arruffati, le manine ruvide, legnose, con le unghie lunghe e sporche. Oh, se in quel momento avesse avuto gli occhiali! La marchesa era là, col suo vestito di seta nera, la cravattina di pizzo bianco, con quel suo aspetto maestoso e benigno che incantava Eugenia, le mani bianche e piene di gioielli; ma il viso non si vedeva bene, era una macchia bianchiccia, ovale. Là sopra, tremavano delle piume viola.

«Sentite, dovreste rifarmi il materasso del bambino... potete salire verso le dieci e mezza?»

«Con tutto il cuore, ma io sarei disposto nel pomeriggio, signora marchesa...»

«No, don Peppino, di mattina deve essere. Nel pomeriggio viene gente. Vi mettete sul terrazzo e lavorate. Non vi fate pregare... fatemi questo favore... Ora sta suonando la messa. Quando sono le dieci e mezza, mi chiamate...»

E, senza aspettare risposta, si allontanò, scansando accortamente un filo d'acqua gialla che scorreva da un terrazzino e aveva fatto una pozza a terra.

«Papà» disse Eugenia andando dietro a suo padre che rientrava nel basso «la marchesa quant'è buona! Vi tratta come un galantuomo. Il Signore glielo deve rendere!»

«Una buona cristiana, questo è» rispose, con tutt'altro significato di quello che si sarebbe potuto intendere, don Peppino. Con la scusa ch'era proprietaria della casa, la marchesa D'Avanzo si faceva servire continuamente dalla gente del cortile; a don Peppino, per i materassi, metteva in mano una miseria; Rosa, poi, era sempre a sua disposizione per le lenzuola grandi, anche se le ossa le bruciavano si doveva alzare per servire la marchesa; è vero che le figlie gliele aveva fatte chiudere lei, e così aveva salvato due anime dai pericoli di questo mondo, che pei poveri sono tanti, ma per quel terraneo, dove tutti si erano ammalati, si pigliava tremila lire, non una di meno. «Il cuore ci sarebbe, sono i soldi che mancano» amava ripetere con una certa flemma.

« Oggi, caro don Peppino, i signori siete voi, che non avete pensieri... Ringraziate... ringraziate la Provvidenza, che vi ha messo in questa condizione... che vi ha voluto salvare... » Donna Rosa aveva una specie di adorazione per la marchesa, per i suoi sentimenti religiosi: quando si vedevano, parlavano sempre dell'altra vita. La marchesa ci credeva poco, ma non lo diceva, ed esortava quella madre di famiglia a pazientare e sperare.

Dal letto, donna Rosa chiese, un po' preoccupata: « Le hai parlato? »

« Vuole fare il materasso al nipote » fece don Peppino annoiato. Portò fuori il treppiede col fornello per scaldare un po' di caffè, regalo delle monache, e rientrò ancora per prendere dell'acqua in un pentolino. « Non glielo faccio per meno di cinquecento » disse.

« È un prezzo giusto. »

« E allora, chi va a ritirare gli occhiali di Eugenia? » domandò zi' Nunzia uscendo dallo sgabuzzino. Aveva, sopra la camicia, una gonna scucita, ai piedi le ciabatte. Dalla camicia, le uscivano le spalle puntute, grigie come pietre. Si stava asciugando la faccia in un tovagliolo. « Io, per me, non ci posso andare, e Rosa è malata... »

Senza che nessuno li vedesse, i grandi occhi quasi ciechi di Eugenia si riempirono di lacrime. Ecco, forse sarebbe passata un'altra giornata senza che avesse i suoi occhiali. Andò vicino al letto della madre, abbandonò le braccia e la fronte sulla coperta, in un atteggiamento compassionevole. Una mano di donna Rosa si allungò a carezzarla.

« Ci vado io, Nunzia, non vi scaldate... anzi, uscire mi farà bene... »

« Mammà... »

Eugenia le baciava una mano.

Alle otto, c'era una grande animazione nel cortile. Rosa era uscita in quel momento dal portone, alta figura allampanata, col cappotto nero, senza spalline, pieno di macchie e corto da scoprirle le gambe simili a bastoncini di legno, la borsa della spesa sotto il braccio, perché al ritorno dall'occhialaio avrebbe comprato il pane. Don Peppino, con una lunga scopa in mano, stava togliendo l'acqua di mezzo al cortile, fatica inutile perché il mastello ne dava continuamente, come una vena aperta. Là dentro c'erano i panni di due famiglie: le sorelle Greborio, del primo piano, e la moglie del cavaliere Amodio, che aveva avuto un bambino due giorni avanti. Era appunto la serva della Greborio, Lina Tarallo, che stava sbattendo i tappeti a un balconcino, con un fracasso terribile. La polvere scendeva a poco a poco, mista a vera immondizia, come una nuvola, su quella povera gente, ma nessuno ci faceva caso. Si sentivano strilli acutissimi e pianti: era zi' Nunzia che, dal basso, chiamava a testimoni tutti i santi per affermare ch'era stata una disgraziata, e la causa di tutto questo era Pasqualino che piangeva e urlava come un dannato perché voleva andare dietro alla mamma. « Vedetelo, questo sforcato! » gridava zi' Nunzia. « Madonna bella, fatemi la grazia, fatemi morire, ma subito, se ci state, tanto in questa vita non stanno bene che i ladri e le male femmine. » Teresella, più piccola di suo fratello, perché era nata l'anno che il re era andato via, seduta sulla soglia di casa, sorrideva, e, ogni tanto, leccava un cantuccio di pane che aveva trovato sotto una sedia.

Seduta sullo scalino di un altro basso, quello di Mariuccia la portinaia, Eugenia guardava un pezzo di giornale per ragazzi, ch'era caduto dal terzo piano, con tante figurine colorate. Ci stava col naso sopra, perché se no non leggeva le parole. Si vedeva un fiumiciattolo azzurro, in mezzo a un prato che non finiva mai, e una barca rossa che andava... andava... chissà dove. Era scritto in italiano, e per questo lei non capiva troppo, ma ogni tanto, senza un motivo, rideva.

« Così, oggi ti metti gli occhiali? » disse Mariuccia, affacciandosi alle sue spalle. Tutti, nel cortile, lo sapevano, e perché Eugenia non aveva resistito alla tentazione di raccontarlo, e anche perché zi' Nunzia aveva trovato necessario far capire che, in quella famiglia, lei spendeva del suo... e che insomma...

« Te li ha fatti la zia, eh? » soggiunse Mariuccia, sorridendo bonariamente. Era una donna piccola, quasi nana, con un viso da uomo, pieno di baffi. In quel momento si stava pettinando i lunghi capelli neri, che le arrivavano al ginocchio: una delle poche cose che attestassero che era anche una donna. Se li pettinava lentamente, sorridendo coi suoi occhietti di topo, furbi e buoni.

« Mammà li è andati a ritirare a via Roma » disse Eugenia con uno sguardo di gratitudine. « Li abbiamo pagati ottomila lire, sapete? Vive vive... La zia è... » stava aggiungendo « proprio buona », quando zi' Nunzia, affacciandosi al basso, chiamò inviperita: « Eugenia! »

« Eccomi qua, zia! » e corse come un cane.

Dietro la zia, Pasqualino, tutto rosso e sbalordito, con una smorfia terribile, tra lo sdegno e la sorpresa, aspettava.

« Vammi a comprare due caramelle da tre lire l'una, da don Vincenzo il tabaccaio. Torna subito! »

« Sì, zia. »

Prese i soldi nel pugno, senza più curarsi del giornale, e uscì lesta dal cortile.

Per un vero miracolo scansò un carro di verdura alto come una torre e tirato da due cavalli, che le stava venendo addosso all'uscita dal portone. Il carrettiere, con la frusta sguainata, sembrava cantasse, e dalla bocca gli uscivano intanto queste parole: « Bella... fresca », strascicate e piene di dolcezza, come un canto d'amore. Quando il carro fu alle sue spalle, lei, alzando in alto i suoi occhi sporgenti, scorse quel bagliore caldo, azzurro, ch'era il cielo, e sentì, senza però vederla chiaramente, la gran festa che c'era intorno. Carretti, uno dietro l'altro; grossi camion con americani vestiti di giallo che si sporgevano dal finestrino, biciclette che sembrava rotolassero. In alto, i balconi erano tutti ingombri di cassette fiorite, e alle inferriate penzolavano, come gualdrappe di cavallo, come bandiere, coperte imbottite gialle e rosse, straccetti celesti di bambini, lenzuola, cuscini e materasse esposti all'aria, e si snodavano le corde dei canestri che scendevano in fondo al vicolo per ritirare la verdura o il pesce offerto dai venditori ambulanti. Benché il sole non toccasse che i balconi più alti (la strada era come una spaccatura nella massa disordinata delle case), e il resto non fosse che ombra e immondizia, si presentiva, là dietro, l'enorme festa della primavera. E pur così piccola e scialba, legata come un topo al fango del suo cortile, Eugenia cominciava a respirare con una certa fretta, come se quell'aria, quella festa e tutto quell'azzurro ch'erano sospesi sul quartiere dei poveri, fossero anche cosa sua. Mentre entrava dal tabaccaio, la sfiorò il paniere giallo della serva di Amodio, Buonincontri Rosaria. Era grassa, vestita di nero, con le gambe bianche e il viso acceso, pacifico.

«Di' a mammà se oggi può salire un momento sopra, la signora Amodio le deve fare un'ambasciata.»

Eugenia la riconobbe alla voce.

«Ora non ci sta. È andata a via Roma a ritirarmi gli occhiali.»

«Io pure me li dovrei mettere, ma il mio fidanzato non vuole.»

Eugenia non afferrò il senso di quella proibizione. Rispose solo, ingenuamente: «Costano assai assai, bisogna tenerli riguardati».

Entrarono insieme nel buco di don Vincenzo. C'era gente. Eugenia era respinta sempre indietro. «Fatti avanti... sei proprio cecata» osservò con un bonario sorriso la serva di Amodio.

«Ma zi' Nunzia ora le fa gli occhiali» intervenne, strizzando l'occhio, con aria d'intesa scherzosa, don Vincenzo che aveva sentito. Anche lui portava gli occhiali.

«Alla tua età» disse porgendole le caramelle «ci vedevo come un gatto, infilavo gli aghi di notte, mia nonna mi voleva sempre appresso... Ma ora sono invecchiato.»

Eugenia assentì vagamente.

«Le mie compagne... nessuna tengono le lenti» disse. Poi, rivolta alla Buonincontri, ma parlando anche per don Vincenzo: «Io sola... Nove diottrie da una parte e dieci dall'altra... sono quasi cecata!» sottolineò dolcemente.

«Vedi quanto sei fortunata...» disse don Vincenzo ridendo, e a Rosaria: «Quanto di sale?»

«Povera creatura!» commentò la serva di Amodio mentre Eugenia usciva, tutta contenta. «È l'umidità che l'ha rovinata.

In quella casa ci chiove. Ora donna Rosa ha i dolori nelle ossa. Datemi un chilo di sale grosso, e un pacchetto di quello fino... »

« Sarete servita. »

« Che mattinata, eh, oggi, don Vincenzo? Sembra già l'estate. »

Camminando più adagio di quando era venuta, Eugenia cominciò a sfogliare, senza rendersene ben conto, una delle due caramelle, e poi se la infilò in bocca. Sapeva di limone. « Dico a zi' Nunzia che l'ho perduta per la strada » propose dentro di sé. Era contenta, non le importava se la zia, così buona, si sarebbe arrabbiata. Si sentì prendere una mano, e riconobbe Luigino.

« Sei proprio cecata! » disse ridendo il ragazzo. « E gli occhiali? »

« Mammà è andata a prenderli a via Roma. »

« Io non sono andato a scuola, è una bella giornata, perché non ce ne andiamo a camminare un poco? »

« Sei pazzo! Oggi debbo stare buona... »

Luigino la guardava e rideva, con la sua bocca come un salvadanaio, larga fino alle orecchie, sprezzante.

« Tutta spettinata... »

Istintivamente, Eugenia si portò una mano ai capelli.

« Io non ci vedo buono, e mammà non tiene tempo » rispose umilmente.

« Come sono questi occhiali? Col filo dorato? » s'informò Luigino.

« Tutto dorato! » rispose Eugenia mentendo « lucenti lucenti! »

« Le vecchie portano gli occhiali » disse Luigino.

« Anche le signore, le ho viste a via Roma. »

« Quelli sono neri, per i bagni » insisté Luigino.

« Parli per invidia. Costano ottomila lire... »

« Quando li hai avuti, fammeli vedere » disse Luigino. « Mi voglio accertare se il filo è proprio dorato... sei così bugiarda... » e se ne andò per i fatti suoi, fischiettando.

Rientrando nel portone, Eugenia si domandava ora con ansia

se i suoi occhiali avrebbero avuto o no il filo dorato. In caso negativo, che si poteva dire a Luigino per persuaderlo ch'erano una cosa di valore? Però, che bella giornata! Forse mammà stava per tornare con gli occhiali chiusi in un pacchetto... Fra poco li avrebbe avuti sul viso... avrebbe... Una furia di schiaffi si abbatté sulla sua testa. Una vera rovina. Le sembrava di crollare; inutilmente si difendeva con le mani. Era zi' Nunzia, naturalmente, infuriata per il ritardo, e dietro zi' Nunzia, Pasqualino, come un ossesso, perché non credeva più alla storia delle caramelle. «Butta il sangue!... Tieni!... Brutta cecata!... E io che ho dato la vita mia per questa ingratitudine... Finire male, devi! Ottomila lire, vive vive! Il sangue mi tolgono dalle vene, questi sforcati...»

Lasciò cadere le mani solo per scoppiare in un gran pianto. «Vergine Addolorata, Gesù mio, per le piaghe del vostro costato, fatemi morire!...»

Anche Eugenia piangeva, dirottamente.

«'A zi', perdonatemi... 'a zi'...»

«Uh... uh... uh...» faceva Pasqualino, con la bocca spalancata.

«Povera creatura...» fece donna Mariuccia andando vicino a Eugenia, che non sapeva dove nascondere la faccia, tutta rigata di rosso e di lacrime davanti al dispiacere della zia «non l'ha fatto apposta, Nunzia... calmatevi...» E a Eugenia: «Dove tieni le caramelle?»

Eugenia rispose piano, perdutamente, offrendo l'altra nella manina sporca: «Una l'ho mangiata. Tenevo fame».

Prima che la zia si muovesse di nuovo, per buttarsi addosso alla bambina, si sentì la voce della marchesa, dal terzo piano, dove c'era il sole, chiamare piano, placidamente, soavemente: «Nunziata!»

Zi' Nunzia levò in alto il viso amareggiato, come quello della Madonna dei Sette Dolori, che stava a capo del letto suo.

«Oggi è il primo venerdì di mese. Offritelo a Dio.»

«Marchesa, quanto siete buona! Queste creature mi fanno fare tanti peccati, io mi sto perdendo l'anima, io...» E crollava il viso tra le mani come zampe, mani di faticatore, con la pelle marrone, squamata.

« Vostro fratello non ci sta? »

« Povera zia, essa ti fa pure gli occhiali, e tu così la ringrazi... » diceva intanto Mariuccia a Eugenia che tremava.

« Sissignora, eccomi qua... » rispose don Peppino, che fino a quel momento era stato mezzo nascosto dietro la porta del basso, agitando un cartone davanti al fornello dove cuocevano i fagioli per il pranzo.

« Potete salire? »

« Mia moglie è andata a ritirare gli occhiali di Eugenia... io sto badando ai fagioli... vorrebbe aspettare, se non vi dispiace... »

« Allora, mandatemi su la creatura. Tengo un vestito per Nunziata. Glielo voglio dare... »

« Dio ve ne renda merito... obbligatissimo » rispose don Peppino con un sospiro di consolazione, perché era quella l'unica cosa che poteva calmare sua sorella. Ma, guardando Nunziata, si accorse che essa non si era affatto rallegrata. Continuava a piangere dirottamente, e quel pianto aveva tanto stupito Pasqualino, che il bambino si era chetato per incanto, e ora si leccava il catarro che gli scendeva dal naso, con un piccolo, dolce sorriso.

« Hai sentito? Sali su dalla signora marchesa, ti deve dare un vestito... » disse don Peppino alla figlia.

Eugenia stava guardando qualche cosa nel vuoto, con gli occhi che non ci vedevano: erano fissi fissi, e grandi. Trasalì e si alzò subito, obbediente.

« Dille: 'Dio ve ne renda merito', e rimani fuori la porta. »

« Sì, papà. »

« Mi dovete credere, Mariuccia » disse zi' Nunzia, quando Eugenia si fu allontanata « io a quella creatura le voglio bene, e dopo mi pento, quanto è vero Dio, di averla strapazzata. Ma mi sento tutto il sangue alla testa, mi dovete credere, quando devo combattere con i ragazzi. La gioventù se n'è andata, lo vedete... » e si toccava le guance infossate. « A volte, mi sento come una pazza... »

« D'altra parte, pure loro debbono sfogare » rispose donna Mariuccia « sono anime innocenti. Avranno tempo per piangere. Io, quando li vedo, e penso che devono diventare tale e quale a noi... » andò a prendere una scopa e spinse via una foglia di cavolo dalla soglia « mi domando che cosa fa Dio. »

« Ve lo siete tolto nuovo nuovo! » disse Eugenia piantando il naso sul vestito verde steso sul sofà in cucina, mentre la marchesa andava cercando un giornale vecchio per involtarlo.

La D'Avanzo pensò che la bambina non ci vedeva davvero, perché se no si sarebbe accorta che il vestito era vecchissimo e pieno di rammendi (era di sua sorella morta), ma si astenne dal far commenti. Solo dopo un momento, mentre veniva avanti col giornale, domandò: « E gli occhiali te li ha fatti la zia? Sono nuovi? »

« Col filo dorato. Costano ottomila lire » rispose d'un fiato Eugenia, commuovendosi ancora una volta al pensiero del privilegio che le toccava « perché sono quasi cecata » aggiunse semplicemente.

« Secondo me » fece la marchesa, involtando con dolcezza il vestito nel giornale, e poi riaprendo il pacco perché una manica veniva fuori « tua zia se le poteva risparmiare. Ho visto degli occhiali ottimi, in un negozio all'Ascensione, per sole duemila lire. »

Eugenia si fece di fuoco. Capì che la marchesa era dispiaciuta. « Ognuno nel suo rango... tutti ci dobbiamo limitare... » l'aveva sentita dire tante volte, parlando con donna Rosa che le portava i panni lavati, e si fermava a lamentarsi della penuria.

« Forse non erano buoni... io tengo nove diottrie... » ribatté timidamente.

La marchesa inarcò un ciglio, ma Eugenia per fortuna non lo vide.

« Erano buoni, ti dico... » si ostinò con la voce leggermente più dura la D'Avanzo. Poi si pentì, « Figlia mia » disse più dolcemente « parlo così perché so i guai di casa tua. Con seimila lire di differenza, ci compravate il pane per dieci giorni, ci compravate... A te, che ti serve veder bene? Per quello che tieni intorno!... » Un silenzio. « A leggere, leggevi? »

«Nossignora.»

«Qualche volta, invece, ti ho vista col naso sul libro. Anche bugiarda, figlia mia... non sta bene...»

Eugenia non rispose più. Provava una vera disperazione, fissava gli occhi quasi bianchi sul vestito.

«È seta?» domandò stupidamente.

La marchesa la guardava, riflettendo.

«Non te lo meriti, ma ti voglio fare un regaluccio» disse a un tratto, e si avviò verso un armadio di legno bianco. In quel momento il campanello del telefono, ch'era nel corridoio, cominciò a squillare, e invece d'aprire l'armadio la D'Avanzo uscì per rispondere all'apparecchio. Eugenia, oppressa da quelle parole, non aveva neppure sentito la consolante allusione della vecchia, e appena fu sola si mise a guardare intorno come le consentivano i suoi poveri occhi. Quante cose belle, fini! Come nel negozio di via Roma! E lì, proprio davanti a lei, un balcone aperto, con tanti vasetti di fiori.

Uscì sul balcone. Quant'aria, quanto azzurro! Le case, come coperte da un velo celeste, e giù il vicolo, come un pozzo, con tante formiche che andavano e venivano... come i suoi parenti... Che facevano? Dove andavano? Uscivano e rientravano nei buchi, portando grosse briciole di pane, questo facevano, avevano fatto ieri, avrebbero fatto domani, sempre... sempre. Tanti buchi, tante formiche. E intorno, quasi invisibile nella gran luce, il mondo fatto da Dio, col vento, il sole, e laggiù il mare pulito, grande... Stava lì, col mento inchiodato sui ferri, improvvisamente pensierosa, con un'espressione di dolore che la imbruttiva, di smarrimento. Suonò la voce della marchesa, placida, pia. Teneva in mano, nella sua liscia mano d'avorio, un librettino foderato in cartone nero, con le lettere dorate.

«Sono pensieri di santi, figlia mia. La gioventù, oggi, non legge niente, e per questo il mondo ha cambiato strada. Tieni, te lo regalo. Ma mi devi promettere di leggerne un poco ogni sera, ora che ti sei fatti gli occhiali.»

«Sissignora» disse Eugenia frettolosamente, arrossendo di nuovo perché la marchesa l'aveva trovata sul balcone, e prese il libretto che essa le dava. La D'Avanzo la guardò compiaciuta.

«Iddio ti ha voluto preservare, figlia mia!» disse andando a prendere il pacchetto col vestito e mettendoglielo tra le mani. «Non sei bella, tutt'altro, e sembri già una vecchia. Iddio ti ha voluto prediligere, perché così non avrai occasioni di male. Ti vuole santa, come le tue sorelle!»

Senza che queste parole la ferissero veramente, perché da tempo era già come inconsciamente preparata a una vita priva di gioia, Eugenia ne provò lo stesso un turbamento. E le parve, sia pure un attimo, che il sole non brillasse più come prima, e anche il pensiero degli occhiali cessò di rallegrarla. Guardava vagamente, coi suoi occhi quasi spenti, un punto del mare, dove si stendeva come una lucertola, di un colore verde smorto, la terra di Posillipo. «Di' a papà» proseguiva intanto la marchesa «che pel materasso del bambino oggi non se ne fa niente. Mi ha telefonato mia cugina, starò a Posillipo tutto il giorno.»

«Io pure, una volta, ci sono stata...» cominciava Eugenia, rianimandosi a quel nome e guardando, incantata, da quella parte.

«Sì? veramente?» La D'Avanzo era indifferente, per lei quel nome non significava nulla. Con tutta la maestà della sua persona, accompagnò la bambina, che ancora si voltava verso quel punto luminoso, alla porta che chiuse adagio alle sue spalle.

Fu mentre scendeva l'ultimo gradino, e usciva nel cortile, che quell'ombra che le aveva oscurato la fronte da qualche momento scomparve, e la sua bocca s'aperse a un riso di gioia, perché Eugenia aveva visto arrivare sua madre. Non era difficile riconoscere la sua logora, familiare figura. Gettò il vestito su una sedia, e le corse incontro.

«Mammà! Gli occhiali!»

«Piano, figlia mia, mi buttavi a terra!»

Subito, si fece una piccola folla intorno. Donna Mariuccia, don Peppino, una delle Greborio, che si era fermata a riposarsi su una sedia prima di cominciare le scale, la serva di Amodio che rientrava in quel momento, e, inutile dirlo, Pasqualino e Teresella, che volevano vedere anche loro, e strillavano allungando le mani. Nunziata, dal canto suo, stava osservando il vestito che aveva tolto dal giornale, con un viso deluso.

«Guardate, Mariuccia, mi sembra roba vecchia assai... è tutto consumato sotto le braccia! » disse accostandosi al gruppo. Ma chi le badava? In quel momento, donna Rosa si toglieva dal collo del vestito l'astuccio degli occhiali, e con cura infinita lo apriva. Una specie d'insetto lucentissimo, con due occhi grandi grandi e due antenne ricurve, scintillò in un raggio smorto di sole, nella mano lunga e rossa di donna Rosa, in mezzo a quella povera gente ammirata.

« Ottomila lire... una cosa così! » fece donna Rosa guardando religiosamente, eppure con una specie di rimprovero, gli occhiali.

Poi, in silenzio, lì posò sul viso di Eugenia, che estatica tendeva le mani, e le sistemò con cura quelle due antenne dietro le orecchie. « Mo' ci vedi? » domandò accorata.

Eugenia, reggendoli con le mani, come per paura che glieli portassero via, con gli occhi mezzo chiusi e la bocca semiaperta in un sorriso rapito, fece due passi indietro, così che andò a intoppare in una sedia.

« Auguri! » disse la serva di Amodio.

« Auguri! » disse la Greborio.

« Sembra una maestra, non è vero? » osservò compiaciuto don Peppino.

« Neppure ringrazia! » fece zi' Nunzia, guardando amareggiata il vestito. « Con tutto questo, auguri! »

« Tiene paura, figlia mia! » mormorò donna Rosa, avviandosi verso la porta del basso per posare la roba. « Si è messi gli occhiali per la prima volta! » disse alzando la testa al balcone del primo piano, dove si era affacciata l'altra sorella Greborio.

« Vedo tutto piccolo piccolo » disse con una voce strana, come se venisse di sotto una sedia, Eugenia. « Nero nero. »

« Si capisce; la lente è doppia. Ma vedi bene? » chiese don Peppino. « Questo è l'importante. Si è messi gli occhiali per la prima volta » disse anche lui, rivolto al cavaliere Amodio che passava con un giornale aperto in mano.

« Vi avverto » disse il cavaliere a Mariuccia, dopo aver fissato per un momento, come fosse stata solo un gatto, Eugenia « che la scala non è stata spazzata... Ho trovato delle spine di pesce davanti alla porta! » E si allontanò curvo, quasi chiuso nel suo giornale, dove c'era notizia di un progetto-legge per le pensioni, che lo interessava.

Eugenia, sempre tenendosi gli occhiali con le mani, andò fino al portone, per guardare fuori, nel vicolo della Cupa. Le gambe le tremavano, le girava la testa, e non provava più nessuna gioia. Con le labbra bianche voleva sorridere, ma quel sorriso si mutava in una smorfia ebete. Improvvisamente i balconi cominciarono a diventare tanti, duemila, centomila; i carretti con la verdura le precipitavano addosso; le voci che riempivano l'aria, i richiami, le frustate, le colpivano la testa come se fosse malata; si volse barcollando verso il cortile, e quella terribile impressione aumentò. Come un imbuto viscido il cortile, con la punta verso il cielo e i muri lebbrosi fitti di miserabili balconi; gli archi dei terranei, neri, coi lumi brillanti a cerchio intorno all'Addolorata; il selciato bianco di acqua saponata, le foglie di cavolo, i pezzi di carta, i rifiuti, e, in mezzo al cortile, quel gruppo di cristiani cenciosi e deformi, coi visi butterati dalla miseria e dalla rassegnazione, che la guardavano amorosamente. Cominciarono a torcersi, a confondersi, a ingigantire. Le venivano tutti addosso, gridando, nei due cerchietti stregati degli occhiali. Fu Mariuccia per prima ad accorgersi che la bambina stava male, e a strapparle in fretta gli occhiali, perché Eugenia si era piegata in due e, lamentandosi, vomitava.

« Le hanno toccato lo stomaco! » gridava Mariuccia reggendole la fronte. « Portate un acino di caffè, Nunziata! »

« Ottomila lire, vive vive! » gridava con gli occhi fuor della testa zi' Nunzia, correndo nel basso a pescare un chicco di caffè in un barattolo sulla credenza; e levava in alto gli occhiali nuovi, come per chiedere una spiegazione a Dio. « E ora sono anche sbagliati! »

« Fa sempre così, la prima volta » diceva tranquillamente la serva di Amodio a donna Rosa. « Non vi dovete impressionare; poi a poco a poco si abitua. »

« È niente, figlia, è niente, non ti spaventare! » Ma donna

Rosa si sentiva il cuore stretto al pensiero di quanto erano sfortunati.

Tornò zi' Nunzia col caffè, gridando ancora: « Ottomila lire, vive vive! » intanto che Eugenia, pallida come una morta, si sforzava inutilmente di rovesciare, perché non aveva più niente. I suoi occhi sporgenti erano quasi torti dalla sofferenza, e il suo viso di vecchia inondato di lacrime, come istupidito. Si appoggiava a sua madre e tremava.

« Mammà, dove stiamo? »

« Nel cortile stiamo, figlia mia » disse donna Rosa pazientemente; e il sorriso finissimo, tra compassionevole e meravigliato, che illuminò i suoi occhi, improvvisamente rischiarò le facce di tutta quella povera gente.

« È mezza cecata! »

« È mezza scema, è! »

« Lasciatela stare, povera creatura, è meravigliata » fece donna Mariuccia, e il suo viso era torvo di compassione, mentre rientrava nel basso che le pareva più scuro del solito.

Solo zi' Nunzia si torceva le mani:

« Ottomila lire, vive vive! »

« Un paio di occhiali »
Inizialmente pubblicato con il titolo « Ottomila lire per gli occhi di Eugenia » sulla rivista *Omnibus*, nel maggio 1949. Fu poi incluso nel volume *Il mare non bagna Napoli*, nella collana « I gettoni » (Einaudi, 1953).

ALBERTO MORAVIA

1907-90

Moravia, nato Alberto Pincherle, scrittore romano per eccellenza, ha dedicato più pagine di chiunque altro agli abitanti della capitale, alle sue strade, alla sua anima. Nel 1952 vince il Premio Strega con la raccolta intitolata *I racconti*. I suoi «racconti romani», riuniti in volume prima nel 1954 e poi nel 1959 (e pubblicati con il titolo di *Racconti romani* e *Nuovi racconti romani*), sono nel complesso molto più di un centinaio. Il testo scelto per questa antologia proviene da una raccolta meno nota, pubblicata nel 1976 e intitolata *Boh*. Sono tutti narrati in prima persona da una voce femminile. Insieme, queste istantanee formano un ritratto collettivo di donne romane sulla soglia di qualcosa di nuovo, come la protagonista di «L'altra faccia della luna», intrappolata tra ruoli tradizionali e una nascente consapevolezza femminista. La raccolta, uscita quando Moravia aveva già pubblicato romanzi indimenticabili come *La noia* e consolidato la sua fama di scrittore, rappresenta un altro lato della sua personalità creativa. Ma Moravia, scrittore insieme classico e sovversivo, incarna uno spirito di contraddizione fin dagli inizi. Non ha compiuto studi regolari. Da bambino una malattia lo ha costretto a letto, spingendolo a dedicarsi alla lettura, un'esperienza che sarà fondamentale per la sua formazione. Tra le sue prime opere ci sono anche alcuni racconti scritti in francese per la rivista *900* di Bontempelli e il romanzo d'esordio, *Gli indifferenti*, ritratto impietoso di una famiglia borghese che scatena le ire della critica fascista, pubblicato a poco più di vent'anni e da molti ritenuto il suo capolavoro. Con altrettanta efficacia Moravia ha descritto personaggi della classe operaia e della classe media, negozianti e impiegati di banca. È stato fondatore e redattore di *Nuovi Argomenti*, una delle riviste letterarie più prestigiose d'Italia, che tuttora ospita racconti. Si è legato sentimentalmente a scrittrici, è stato marito di Elsa Morante, di Carmen Llera e per molti anni compagno di Dacia Maraini.

L'altra faccia della luna

Sono due persone in una o, se si preferisce, una persona bifronte cioè con due facce, come la luna. E come la luna, ho una faccia nota a tutti e sempre eguale e una faccia ignota non soltanto agli altri ma anche, in certo modo, a me stessa. Questa seconda faccia del tutto sconosciuta potrebbe anche non esserci: le cose che si ignorano, a ben guardare, non esistono. Ma non è così. L'altra faccia della luna, anche se non la conosco né la faccio conoscere, la « sento ». E questo sentimento oscuro che l'altra faccia esiste, invisibile e diversa, dietro la mia faccia palese, sul mio occipite, e guarda al mondo che sta alle mie spalle, fa sì che nella vita quotidiana sono sempre scrupolosamente, doverosamente impegnata e, al tempo stesso, come dire?, « scollata ». Già, scollata; cioè distaccata dalle cose che faccio nel momento stesso che le faccio. Avete mai visto un mobile antico a cui si sia scollato ad un tratto un pezzo che sinora sembrava fare tutt'uno col resto? Lo guardate e vedete che sulla superficie del legno vecchio e secco c'è come un velo debolmente luccicante di antica colla. Il mobile si è rotto chissà quanti secoli fa; qualcuno, già morto da secoli anche lui, l'ha incollato; ma la colla, un bel giorno, non ha più tenuto e il pezzo rotto si è scollato. Ci vorrebbe adesso una colla nuova, buona come la prima; ma va a sapere quale. Ebbene, nella vita di tutti i giorni, io sono questo pezzo di mobile che sembra aderire ma, in realtà, è staccato.

Scollata e diligente, sono la moglie perfetta, giovane e bella, di un maturo giudice, tutti i giorni, dalle otto di sera fino alle sei di mattina; la matrigna perfetta dei due bambini di primo letto del giudice, dalle sei del pomeriggio fino alle nove di sera; l'impiegata di banca perfetta, dalle otto e mezzo all'una e mezzo. Perché questi orari? Perché nella mia vita non esiste altro tempo che quello dell'orologio; tutti gli altri ne sono esclusi. Ogni giorno mi alzo alle sei, faccio la mia toletta, mi vesto, sveglio i bambini, li aiuto a fare la loro toletta e a vestirsi, preparo la colazione per tutti. Poi mio marito esce con la macchina; prima porterà i bambini alla scuola di suore dove stanno a semiconvitto, poi andrà al tribunale. Io vado a piedi alla banca che sta a poca distanza da casa. In banca, seria e diligente a tal punto che i colleghi, per scherzo, mi chiamano Miss Dovere, mi do da fare fino all'una e mezzo. Quindi torno a casa a piedi. La domestica a ore mi ha già fatto la spesa su una lista che le preparo ogni sera, prima di coricarmi; vado in cucina, apro pacchi e pacchetti, accendo fornelli, preparo una leggera colazione per me e per mio marito. Arriva mio marito, ci mettiamo a tavola; dopo mangiato lavo i piatti e riordino ogni cosa; poi passiamo nella camera da letto, è il momento dell'amore, a mio marito gli piace farlo a quell'ora perché la sera si sente stanco. Alle quattro lui se ne va e poco dopo arrivano i bambini. Senza concedermi un solo momento di tregua, preparo loro la merenda, guardo con loro la televisione, li aiuto a fare i compiti, gli cucino la cena, li metto a letto. Sono ormai le otto e mio marito rincasa. Lui si mette a leggere i giornali; io corro in camera, indosso un vestito elegante, mi trucco, mi acconcio e quindi andiamo insieme a cena in un ristorante ó in casa di amici, e poi al cinema. A questo punto, però, crollo perché, da anni, nella mia giornata mancano almeno due ore di sonno. Così mi appisolo dovunque mi trovo, a tavola, al ristorante, nella poltrona del cinema, al fianco di mio marito mentre guida la macchina. Lo amo mio marito? Diciamo che gli voglio bene. Del resto non ho tempo di pensare a questo genere di cose.

Eppure, nonostante questa vita da Miss Dovere, non aderisco alle cose che faccio, mi sento tutto il tempo, come ho già detto, scollata. A proposito, ho affermato che la mia altra faccia della luna è ignota non soltanto agli altri ma anche a me. Non è del tutto esatto: a sapervi leggere, questa faccia sconosciuta è tuttavia intuibile nella mia fisionomia. Mi descrivo, giudicate voi stessi. Sono bionda, alta e magra, con un volto un po' germanico, del genere di quelli che si affacciano dalle nicchie nelle antiche chiese gotiche. Ho un viso triangolare, con la parte larga che è la fronte, dura e ossuta, e con la parte acuta, che è il mento, carnosa e dolce. Ho il naso aquilino e la bocca sottile, ambedue di nobile disegno; ma i miei brutti occhi di un azzurro slavato, contraddicono l'aristocratica severità del volto con uno sguardo losco da far paura, di espressione sfuggente, furtiva, fredda e come in agguato, simile allo sguardo di un animale che può mordere alla prima occasione.

L'occasione, alla fine, è venuta, nel quarto anno del mio matrimonio. Una mattina di novembre, recandomi al lavoro sotto una pioggia grigia e pungente, ho visto al volante di una grossa macchina scura, parcheggiata di fronte alla mia banca, un uomo che prendeva delle fotografie. L'ho visto già da lontano: portava all'occhio una minuscola macchina fotografica, scattava le fotografie, tre, quattro, cinque alla volta, con furia calma ed esperta. Poi nascondeva la mano e, per qualche momento, contemplava il vuoto; quindi ricominciava, ad un tratto, a scattare fotografie. Cosa fotografava? Non c'era dubbio: l'ingresso della banca. Ho camminato ancora e allora l'ho visto meglio; era un uomo di piccola statura, a giudicare dalle spalle; aveva la fronte larga, il naso ricurvo, la bocca ben disegnata: faceva pensare a certe stampe in cui è ritratto Napoleone giovane. Poi gli sono passata accanto, lui ha tirato giù la mano, e mi ha guardato, come aspettando che scomparissi. Allora, inspiegabilmente, non so che istinto mi ha suggerito di strizzare l'occhio. Lui ha visto lo strizzamento e mi ha accennato col capo, come per farmi capire che se ne era accorto. Ho attraversato con passo sicuro, avvolta nel mio impermeabile rosso fiamma, il viale; mi sono riunita al gruppo degli impiegati, davanti all'ingresso della banca. Quando mi sono voltata, la macchina non c'era più.

Sono passati quindici giorni. Una mattina sono uscita dalla banca per andare a casa. Camminando, mi sono accorta che non partecipavo affatto al sollievo e alla gioia di tipo domenicale che si diffondevano a ondate per le strade via via che gli uffici e le scuole si svuotavano e coloro che vi erano stati finora rinchiusi, costretti al lavoro o allo studio, ne uscivano, liberati, e si affrettavano verso casa. Io ero senza sollievo e senza gioia: già pensavo al pranzo che avrei cucinato, ai piatti che avrei lavato, all'amore che avrei fatto. Poi, d'improvviso, ho alzato gli occhi e ho visto, proprio accanto a me, l'uomo delle fotografie che, al volante della sua macchina, mi seguiva passo passo. I nostri occhi si sono incontrati; e allora lui mi ha interpellata con una breve frase di irripetibile oscenità. Non ho esitato. Ho assentito col capo; lui ha fermato la macchina, ha aperto la portiera e io sono salita.

Siamo andati non tanto lontano, su un Lungotevere deserto, ci siamo fermati e lui, immediatamente, come eseguendo un piano prestabilito, ha cercato di baciarmi. Da fermo, come ho detto, rassomigliava a Napoleone giovane; ma appena il volto gli si animava in un'espressione qualsiasi, si rivelava subito, sia pure non senza grazia, la volgarità del piccolo gangster di periferia. L'ho respinto e gli ho detto: «Giù le zampe, per questo ci sarà sempre tempo. Adesso dimmi cosa vuoi da me».

Ha risposto con tono sicuro: «Voglio te».

«No, tu non vuoi soltanto me. Se tu volessi soltanto me, allora vorrebbe dire che sei un feticista.»

«Feticista? Che roba è?»

«Qualcuno che, come te, non ama soltanto la persona ma anche gli oggetti che la riguardano. Per esempio, la porta della banca in cui lavoro.»

«Ma quando mai?»

«Quando mai? Due settimane fa, alle otto e mezzo del mattino. Quante fotografie avrai scattato? Io dico, almeno una ventina.»

«A te non si può nascondere nulla. Chi sei? Il diavolo?» Così è cominciata la nostra storia che, alla fine, ha riempito di titoli neri le pagine dei giornali. È inutile che vi racconti come si è svolta la rapina, un «classico» del genere, secondo i cronisti; se volete sapere come è andata, potete consultare la cronaca nera nei giornali di quell'anno. Né voglio dirvi della parte non piccola che ci ho avuto: sarebbe pericoloso per me, perché è rimasta ignorata; e io sono, tuttora, per i miei colleghi alla banca, la Miss Dovere di sempre. La sola cosa che vorrei aggiungere è che la rapina è avvenuta di primo pomeriggio, quando non ci sono che pochi impiegati e la banca è chiusa ai clienti. Erano le quattro circa e io ero scappata di casa, subito dopo aver fatto il solito amore con mio marito, e avevo appena un'ora, prima che i bambini tornassero da scuola. Dovevo aspettare, al volante della tradizionale macchina rubata, in una strada solitaria, che il mio gangster e il suo compagno arrivassero, a rapina eseguita. Ebbene, ci credereste? Nonostante il batticuore la solita stanchezza mi ha fatto addormentare al volante, di un sonno meraviglioso, invincibile e beato. Nel sonno partecipavo a modo mio alla rapina. Sognavo che stavo chiusa nella cassaforte della banca e poi, tutto ad un tratto, il mio gangster apriva la cassaforte e io allora, con un grido di gioia, gli cascavo tra le braccia. Ma in quello stesso momento, ecco, sono stata svegliata da lui che mi scuoteva per un braccio, bestemmiando tra i denti. Subito, senza neppure guardarmi intorno, come un automa, ho acceso il motore e siamo partiti.

Dopo la rapina non ci siamo visti per sei mesi. Lui non ha voluto che ci vedessimo; diceva che la polizia sicuramente indagava sulla vita di ciascuno degli impiegati della banca. Abbiamo, però, convenuto che in capo a questi sei mesi, io sarei andata a vivere con lui, trasformandomi così da Miss Dovere in Madonna Mitra o qualche cosa di simile come, senza dubbio, appena l'avessero saputo, mi avrebbero soprannominata, con detestabile spirito, i miei antichi compagni di lavoro.

Ho ripreso dunque la mia solita vita, tra la casa e la banca. Ora, uno di quei giorni, mi sono accorta che avevo finito l'acqua di colonia. Quello stesso pomeriggio ho accompagnato in macchina mio marito all'aeroporto, andava a Cagliari per ragioni di ufficio. Sulla via del ritorno, mi sono ricordata dell'acqua di colonia e allora ho fermato la macchina in una strada di periferia, davanti ad una profumeria che aveva sull'insegna il nome del profumiere parigino che fabbricava, appunto, quell'acqua. La profumeria, appena ci sono entrata, mi ha abbagliato con lo scintillio delle tante bottiglie e flaconi e bocce di acque da toletta e lozioni che si allineavano, torno torno le pareti, nelle credenze a vetri. Così, per un momento, non ho visto il mio gangster, il quale, ritto dietro il banco, stava servendo una cliente di mezza età, bisognosa di non so quale rara sfumatura di rossetto. Il mio gangster aveva vari tubetti sparsi sul banco, tra la cliente e lui; e via via ne scappucciava uno o un altro, se ne sbaffava appena il dorso della mano, allargava la macchia con il polpastrello e poi lo mostrava alla cliente, parlandole, intanto, sottovoce, mitemente, lungamente, pazientemente. Ma la cliente guardava e poi scuoteva il capo: non era ancora quello, il rossetto che cercava.

Il mio gangster non mi aveva detto che possedeva questo magnifico negozio; di lui sapevo soltanto che viveva con la vecchia madre e due bambini, e che sua moglie l'aveva lasciato e stava a Milano con un altro. Ma ho capito che era profumiere da tempo, forse da anni, perché il discorso che teneva alla cliente era uno di quelli che chi non è del mestiere, non se lo può inventare. Per me, la perfezione professionale di questo discorso è stato come un lampo nella notte, quando si vede tutto un paesaggio fin nei minimi particolari, anche se per un solo attimo. Ho capito, insomma, che mi ero sbagliata: l'avevo scambiato per un falco rapace; ed era invece una talpa sorniona. Allora, in quell'attimo di riflessione lampeggiante, ho fatto un calcolo e ho capito che tanto valeva mio marito che lui. Anche lui aveva due bambini di cui avrei dovuto occuparmi; anche lui mi avrebbe chiesto di sfacchinare a casa. Quanto al lavoro, era meglio essere bancaria che profumiera, se non altro perché alla banca dovevo andarci soltanto la mattina. È vero, c'era l'amore; ma mi sono accorta che, adesso, dopo la scoperta del negozio, mi sentivo di fronte a lui altrettanto scollata che di fronte a mio marito. Così non ho aspettato che la cliente trovasse il rossetto giusto. Ho voltato le spalle e sono andata via. Sulla soglia, però, mi sono girata, lui mi guardava adesso al disopra della spalla della cliente, e io gli ho fatto un segno di diniego col capo. Non era uno stupido, e deve aver capito, perché non mi ha mai più cercata. Forse, chissà, non si fidava di me come profumiera. Dopo tutto, tra un negozio e una banca non c'è differenza; e allora lui ha temuto che io, incorreggibile, ripetessi la rapina, ma questa volta ai suoi danni e magari in combutta con un gangster vero, di quelli che assaltano le banche per delinquenza e non per comprarsi la profumeria.

« L'altra faccia della luna »
Pubblicato in *Boh* (Bompiani, 1976).

ELSA MORANTE

1912-85

In una fotografia scattata negli anni Sessanta, Elsa Morante è seduta a un tavolo del Caffè Rosati, in piazza del Popolo, insieme al marito Alberto Moravia e al caro amico Pier Paolo Pasolini. La vediamo di profilo, mentre dice qualcosa e forse si gratta un braccio per una puntura di zanzara. Troppo povera per finire l'università, Elsa Morante diventerà la regina incontrastata della letteratura romana. Sua madre, ebrea, era maestra elementare, e il suo padre biologico – la madre si era sposata con un altro uomo, che l'avrebbe allevata – lavorava alle poste. Seconda di cinque figli, cresce nel quartiere Testaccio e a diciott'anni se ne va di casa e comincia a mantenersi da sola. Il suo primo romanzo, *Menzogna e sortilegio*, è un libro sconfinato, dall'energia demoniaca, in cui già si osserva la struttura corale e complessa che caratterizzerà anche il suo capolavoro, *La storia*. La Morante esordisce con una raccolta di racconti intitolata *Il gioco segreto* nel 1941. Uno dei suoi libri più apprezzati è *L'isola di Arturo*, vincitore del Premio Strega nel 1957. Membro di varie delegazioni culturali e letterarie, Elsa Morante visita l'Unione sovietica, la Cina, l'India, gli Stati Uniti e il Brasile, spesso accompagnata da Moravia. Ma nel 1960, ancora sposata, va a vivere da sola e fa amicizia con il giovane pittore americano Bill Morrow, che prende sotto la sua protezione. Dopo il suicidio di Morrow, che si getta da un grattacielo nel 1962, la Morante si ritira. Nel 1983, lei stessa tenta il suicidio. È considerata una grandissima scrittrice, aveva una grafia minuscola e una grandiosa visione tragica. Ha scritto pagine indimenticabili sui rapporti tra genitori e figli, tema sul quale è incentrato anche questo racconto. Pubblicato postumo, è un perfetto esempio del suo acume e della sua prosa densa e virtuosistica.

Le ambiziose

Quando, alcuni anni fa, conobbi le Donato, il contrasto fra la madre e la figlia maggiore era già grave. Angela Donato, la madre vedova, aveva tre figlie, e di esse Concetta, la maggiore, era senza paragone la più bella di tutte; e la più somigliante alla stessa Angela. In quei paesi meridionali le donne maturano presto; umori dolci e pigri scorrono nel loro sangue, e i loro corpi si colmano, con la grassa venustà delle tuberose, mentre l'ardore primitivo degli occhi si copre di un velo tenero. Concetta era ancora adolescente, nella sua raggiante snellezza; Angela già declinava, e sul suo grasso, maestoso corpo di madre il suo volto dai tratti grandi e decisi appassiva languidamente. Ma simile, nella madre e nella figlia, era il sorriso, insieme civettuolo e fervido; simile la forma degli occhi, nei quali l'affettuosità si mescolava, direi quasi, alla ferocia; simile il taglio delle labbra che, quando non ridevano, rivelavano una volontà orgogliosa. E simili, infine, erano le mani, bianche, piene e morbide, così belle da parer mani di gran dama; madre e figlia se le curavano amorosamente, riserbando le faccende più rudi alle sorelle minori. Sia la madre che la figlia, erano, difatti, vanitose, soprattutto nei riguardi delle loro mani bellissime. La madre soleva baciare quelle della figlia, ricordo, dando a ciascuna un bacio per ogni fossetta, un bacio per ogni dito; e di rimando la figlia baciava le mani della madre.

Entrambe, madre e figlia, avevano una voce fresca, alta e cantante; e fra le loro ambizioni c'era, appunto, quella di cantare; ma mentre la madre aveva sognato per sé i teatri, la figlia bramava di cantare in chiesa, nei cori delle suore, i mottetti sacri, accompagnata dall'organo. Tanto Concetta che Angela amavano le feste, la pompa; ma Angela vagheggiava i corsi affollati, le carrozze, i balli, i carnevali sulle piazze: mentre Concetta prediligeva le solennità nelle cattedrali, i gigli, le fiamme dei ceri, le leggende istoriate sui vetri. Ad Angela piacevano i bei vestiti, gli orecchini e le collane; Concetta si estasiava sulle pianete ricamate, sugli aurei tabernacoli, sulle ricche stole. Appunto qui stava il motivo di contrasto fra madre e figlia. Si aggiunga che, quando Concetta ebbe compiuto i quindici anni, sua madre incominciò a promettersi per la figlia un grandioso matrimonio, che portasse in casa quegli onori e quelle eleganze da lei sempre, e inutilmente, sospirati. E invece, Concetta, dopo aver parlato, con le suore, dello sposo celeste, non volle più saperne di nessun altro.

Già nel tempo della sua fanciullezza, a volte, trovandosi sola in una stanza, faceva udire fin nella stanza vicina lo schiocco gentile di certi suoi baci sonanti; e se ci si accostava a spiare di sulla soglia, la si vedeva gettar baci in aria, con sorrisi rapiti: quei baci erano diretti appunto al suo sposo prescelto, cioè al Signore. La madre allora scuotendola per il braccio le diceva: « Ah, che cosa mi tocca di vedere, sciocca, insensata! » e Concetta, con occhi fiammeggianti d'ira, si liberava dalla stretta materna e fuggiva via.

Le quattro donne abitavano, nel centro del paese, e precisamente sulla Piazza Garibaldi, un appartamento di due piccole camere e cucina, con un balconcino che si affacciava sulla piazza. Le stanze erano adorne di quegli arazzi che vendono alle fiere i venditori ambulanti, raffiguranti la Madonna della Seggiola, o la Scoperta dell'America, o lo sbarco dei Mille in Sicilia. Inoltre, le pareti erano abbellite da ritagli di riviste, da vecchie fotografie e cartoline. Sui letti, erano stesi finti damaschi scarlatti. Non c'erano cameriere, e si pranzava in cucina, sotto un paralume di carta a smerli, a una tavola coperta da una tela incerata.

Quando io conobbi le Donato, Concetta era stata chiesta dal figlio del primo albergatore della città; e quest'offerta di matrimonio, quanto mai lusinghiera, aveva elettrizzato Angela. Già essa vedeva Concetta installata nell'ingresso dell'albergo, in abito matronale di velluto, con una spilla di rubini, ad accogliere gli ospiti con affabile sovranità; e se stessa, con la stola di pelliccia, piume e braccialetti, in visita dalla figlia, a sventagliarsi nel salone.

Invece Concetta rifiutò l'offerta del figlio dell'albergatore. E la rifiutò come se un tale rifiuto fosse cosa ovvia e indiscussa: con una risolutezza così insultante, che il giovanotto da allora giurò alle Donato eterna inimicizia. Incontrando la vedova Donato, egli la oltrepassava con piglio marziale, senza salutarla; e lei, a sua volta, lo sogguardava sprezzantemente, come un'imperatrice. Presto colui si fidanzò con un'altra ragazza; e passava apposta con lei sotto le finestre delle Donato, per far vedere quanto era elegante la sua fidanzata, e che tacchi, e che collane portava. Gli occhi incupiti dall'invidia, un sorriso indifferente sulle labbra, la vedova Donato lo adocchiava di dietro i vetri. «Eh, altro che lui, ci vuole, per mia figlia! » mi diceva, con supremo disdegno, « mia figlia è nata per girare in macchina fuoriserie, con autista, balia e *porte-enfant*! »

Si dava spesso il caso, a quel tempo, che le scarpette di Concetta, come pure quelle delle sue sorelle, fossero sfondate. Me ne accorgevo quando, in chiesa, Concetta stava in ginocchio davanti a me. Gli occhi di Concetta, in quel momento, non potevo vederli, ma sapevo che essi, vòlti all'altare, parevano spiccare il volo, come due minuscole allodole verso il sole. Concetta possedeva molte immagini sacre, donàtele dalle suore, che contemplava tutto il giorno: in una si vedeva una monachella, non più in vesti da suora, però, ma in bellissime vesti di broccato, nell'atto di tendere la mano verso un affabile fantolino, il quale, all'aureola che gli cingeva la testa, si rivelava per il Bambino Gesù. Questi, con un sorriso amoroso, le infilava nell'anulare grassoccio la fede d'oro, mentre un angelo in tunica gemmata, librato sopra di loro, le posava sul capo una ghirlanda. In un'altra immagine, si vedeva un altissimo colonnato, istoriato d'auree scene, davanti al quale un'umile monaca stringeva la destra al Re del Cielo; testimone di tali nozze era un vecchione che all'abito sontuoso si sarebbe detto un Papa, e che con gesto benevolo sospingeva la verginella verso lo Sposo. Le suore spiegavano a Concetta che il prezioso colonnato del fondo non era altro se non l'ingresso della magione (così esse si esprimevano), della magione che doveva accogliere la sposina. Le chiese, spiegavano le suore, anche le cattedrali scintillanti di musaici, sono soltanto le case di Dio sulla terra; figurarsi che cosa dev'essere la magione di Dio in cielo. Il pavimento è un prato di fiori, ma i fiori sono di brillanti; nei giardini, al posto degli uccelli, volano angeli, e le loro ali, grandi come quelle delle aquile, nel battere suonano armoniosamente. La vita passa in continui suoni, danze, e in sorrisi d'amore. Angeli nascosti fra gli alberi, come pastori, cantano le lodi della Sposina. Altri le porgono le vesti principesche, altri le infilano i sandali rabescati. Ella non ha che da levare un dito, e tutto il Paradiso tace per ascoltarla.

Concetta splendeva d'orgoglio all'udire simili promesse; tutti i giorni fuggiva di casa per andare dalle suore, e, appena fu maggiorenne, entrò nel convento. A quel tempo, io non ero al paese e non assistetti alla sua vestizione, alla quale la madre e le sorelle si rifiutarono di assistere. Quando ritornai, le sorelle a bassa voce mi ammonirono a non parlare mai di Concetta davanti ad Angela; questa aveva giurato che per lei la figlia non esisteva più. Una volta me la nominò; si pose una mano sul cuore, e, con occhi oscuri, col tono solenne di chi getta un anatema, disse: «Il mio cuore era tutto per quella figlia là, e adesso, al posto del cuore *tengo'nu sasso*». Poi gettò uno sguardo di altèra commiserazione alle altre due figlie, che erano entrambe piccole e tozze, coi capelli lisci e grosse mani ruvide.

Concetta intanto, dal convento, faceva (diciamo così) la corte a sua madre. Spesso le mandava regali, a esempio pizze dolci sparse di confettini, che la madre ricusava di assaggiare, e lasciava a noi; oppure strisce di seta bianca, sulle quali era stato ricamato un cuore rosso trafitto da una freccia. Questi ricami, che portavano in casa l'odore domestico e pio dei monasteri, la madre con ironico disprezzo li gettava in un canto. A Pasqua, arrivò una scatola di cartone, contenente una monaca di pasta dolce, lunga più di quaranta centimetri, col saio di cioccolata. Era opera di tutto il convento, e non si era trascurato di legarle alla vita una cordicella da cui pendeva una minuscola croce coperta di confettini rossi. Alla vista di questa monaca, la madre fu invasa da una fredda furia, e ordinò di gettarla nel fuoco. Le due figlie ubbidirono, non senza rimpianto.

La sera, di dietro le grate del convento, Concetta, le mani in croce, guardava il cielo stellato. Ella fantasticava che le stelle fossero le finestre illuminate della sua futura magione, e cercava d'indovinare quale, fra esse, appartenesse alla camera del suo sposo. Concetta aveva ormai ventitre anni. Fu a quel tempo che si ammalò di tifo e morì.

Le sorelle vennero a trovarmi affannose, dicendomi che Concetta era entrata in agonia, e pregandomi di persuadere la madre a visitarla, almeno adesso. Corsi alla casa della vedova, ma subito capii che Angela s'era già persuasa, e solo per capriccio s'impuntava e pretendeva di farsi pregare. Con pupille scintillanti, due macchie vermiglie sulle gote, mi precedette verso il convento, e, senza neppure salutare la suora portinaia, con aria di padrona salì alla cella di sua figlia. Alle suore che bisbigliando le si accostavano, aveva l'aria di dire: « Scostatevi, mia figlia è mia, io sola ho il diritto di piangerla ». Si avvicinò al letto, e coi modi teatrali, ardenti, che le mie paesane hanno nel dolore, esclamò: « Ah, Concettella mia, Concettè! » e, inginocchiatasi presso il letto della figlia, le prese la manina e la coprì di fitti baci.

A Concetta, per non dar peso alla sua testa affaticata, erano state tolte le bende di suora; i suoi capelli corti erano tutti a riccioli, come quelli dei bambini. Ma sebbene il suo viso fosse smagrito, si vedeva che il male l'aveva colta sul punto che la sua bellezza ormai maturava e si espandeva, come avviene in quei paesi alle spose. Il suo petto grande e florido affannava sotto il lenzuolo, il suo viso, dai languenti occhi cerchiati, aveva il pallore caldo e ricco dei gelsomini, di fra le labbra scolorite a ogni fiato apparivano i denti belli e minuti, di una grazia animalesca, ma leggermente ombrati dalla malattia. « Muore come una santa » mi disse la madre superiora scuotendo il capo. Angela udì, e gettò sulla superiora uno sguardo inviperito, di rivale. Poi si aggrappò a quel povero lettuccio di ferro, e con voce stridente, singhiozzando, prese a rimproverare sua figlia: « Com'eri bella, figlietta mia! » le disse, « ah, com'eri bella! Eri un giardino di rose. Un gran signore dovevi sposare, e non essere morta in questa cameruccia. Ah, figlia del mio sangue, sangue mio, chi ti ha ammazzata? Con tua madre dovevi restare, che ti baciava la tua bella bocca e non ti faceva morire. Eri tutta bellezza, che piedini avevi, che manucce preziose! Concetta, Concetta, ritorna con tua madre! »

Tutte intorno tacevamo, come a uno spettacolo. Ma Concetta non dava nessun segno di accorgersi di sua madre. Apriva adesso, leggermente, le labbra, a un sorriso affaticato ed estatico, ma balenante ancora di una inesprimibile civetteria. E con una voce puerile e quasi spenta, sottile come una ragnatela, incominciò a dire: « Vedo, vedo... »

Tutte intorno sospendemmo il fiato. Ella piegava i cigli, con aria amorosa, e appena si udiva la sua voce che sospirava: « Vedo un prato di gigli, vedo i santi e gli angeli. Questo bel palazzo, è mio, Signore! Che bel palazzo, quante corone, per me... » Parve interrompersi, quasi cercasse parole di ringraziamento; la sua bocca era rimasta socchiusa, ma taceva. Vidi che intorno le sue compagne suore avevano un'aria trionfante, di vincitrici; guardai la gentile mano di Concetta che, inanimata oramai, giaceva sul lenzuolo, e mi accorsi che le sue unghie, dalla graziosa forma ovale, erano di un colore violaceo. Angela pareva annichilita; il suo volto silenzioso era esangue come quello di sua figlia, ma lo bagnavano fitte, pesanti lagrime. Ella lasciò la mano di Concetta, e si coprì il viso; quando si rialzò, aveva gli occhi asciutti, un'espressione dignitosa e dura.

Poco dopo, ella dava ordini nel convento per i funerali di Concetta, che avrebbe voluto sontuosi: « Mia figlia era una signora! » dichiarò, con alterigia, alle suore che, in quel monastero, quasi tutte erano figlie di contadini e di artigiani. Esse ascoltavano a testa china, e annuivano umilmente, quasi fossero al cospetto della Madre Badessa.

Così ci ritirammo, lasciando alle suore del convento, secondo le usanze, il compito di vegliare sulla compagna. La quale fu rivestita degli abiti che la facevano riconoscere quale suora di Dio: la gonna nera, il crocifisso di legno, il soggolo, le ali nere sul capo. Il giorno dopo, rimasta in casa di Angela per non lasciar sola la madre, vidi dalla finestra la partenza di Concetta verso la sua sospirata magione. Per quanto si fosse fatto, il funerale era modesto. Sulla bara, portata a braccia, non c'erano che tre piccole corone, dietro venivano i preti oranti, e poi le suore; e infine le

Figlie di Maria nei loro candidi veli da spose sotto cui si vedevano i vestitini di fustagno di tutti i giorni, a colori vivaci, e gli stivaletti sdruciti.

Angela guardava il corteo con occhi fissi; a un tratto, agitando il pugno chiuso, disse: «Non ha avuto neppure una parola per sua madre!» e volse il viso da un lato, in un singhiozzo amaro di gelosia. Poi tornò a osservare attentamente le corone, il seguito, le Figlie di Maria coi lunghi ceri in mano; nei suoi occhi, dietro il velo vitreo delle lagrime, c'era una curiosità mondana, e sulla sua bocca apparve un broncio infantile che presto si risolse in una furia di pianto: «Ah, la mia bella figlia!» gridò con vanità disperata, «guardala come se ne va! E invece le toccherebbero onori da regina! Era una regina, quell'infame!» E con disdegno si ritirò dalla finestra, mentre la breve processione scompariva dietro Piazza Garibaldi.

«Le ambiziose»
Pubblicato per la prima volta sulla rivista *Oggi*, il 6 dicembre 1941, e, postumo, nei *Racconti dimenticati* (Einaudi, 2004).

GIORGIO MANGANELLI

1922-90

Manganelli, che detestava il realismo e la narrativa convenzionale, apparteneva al Gruppo 63, movimento letterario della neoavanguardia fondato a Palermo appunto in quell'anno. In polemica con il pensiero intellettuale dominante e con la visione postbellica di scrittori come Carlo Cassola, il gruppo, che non ha mai prodotto un manifesto, promuoveva lo sperimentalismo, con una particolare attenzione all'aspetto linguistico. Nato a Milano, studente brillante, Manganelli si unisce alla Resistenza nel 1944. Catturato e condannato a morte l'anno seguente, viene liberato dall'ufficiale incaricato dell'esecuzione, dopo essere stato tramortito con il calcio del fucile. Comincia la sua carriera letteraria traducendo *Fiducia* di Henry James; traduce anche T.S. Eliot, Edgar Allan Poe e William Butler Yeats. Lavora come editor per diverse case editrici e insegna letteratura inglese all'Università La Sapienza, ma l'ambiente accademico finisce per deluderlo. Appassionato di viaggi, racconta l'India con grande lucidità. Per molti anni è stato in terapia presso un analista junghiano; ha avuto un rapporto travagliato con la madre, molto possessiva, e ha incorporato archetipi mitici nelle sue opere. Gli appunti presi durante il periodo di analisi hanno ispirato il suo primo libro, un monologo linguisticamente ricercato e dallo stile irriverente intitolato *Hilarotragoedia*, pubblicato a più di quarant'anni, dopo la scomparsa della madre. *Centuria*, che riceve il Premio Viareggio nel 1979, è un volume composto da cento racconti brevissimi, angosciosi, affilati – lo stesso numero delle novelle del *Decameron*. Si tratta di testi oscuri e implacabili, rigorosamente sul filo. Sono frammenti da assaporare senza fretta e, data la loro natura intricata e densa, non per forza in sequenza. Ecco alcuni esempi di questa prosa raffinata, della sua sensibilità sperimentale, della sua forma insieme audace e nitida.

Sedici, Ventuno, Ventotto e Trentasette da Centuria

Sedici

Il signore vestito di lino, con scarpe a mocassino e calze corte, guarda l'orologio; mancano due minuti alle otto. È in casa, seduto, con un lieve disagio, sull'orlo di una sedia rigorosa e rigida. È solo. Tra due minuti – ormai sono non più di novanta secondi – egli dovrà cominciare. Si è alzato un poco più presto per esser veramente pronto. Si è lavato con cura, ha orinato con attenzione, ha evacuato con pazienza, si è rasato meticolosamente. Tutta la sua biancheria è nuova, mai usata, e questo vestito è stato confezionato da oltre un anno per questa mattina. Per tutto un anno, egli non ha osato; si è spesso alzato molto presto – d'altronde è mattiniero – ma al momento in cui, espletati tutti i preparativi, prende posto sulla sedia, il coraggio gli viene meno. Ma ora sta per cominciare: mancano cinquanta secondi alle otto. Propriamente, non deve cominciare nulla assolutamente. Da un punto di vista, deve cominciare assolutamente tutto. Comunque, egli non deve « fare » nulla. Deve semplicemente andare dalle ore otto alle ore nove. Nient'altro: percorrere lo spazio d'un'ora, uno spazio che egli ha innumere volte percorso, ma deve percorrerlo solo in quanto tempo, niente altro, assolutamente. Le otto sono già passate da poco più di un minuto. Egli è calmo, ma sente un lieve tremito prepararsi nel suo corpo. Al settimo minuto, il cuore poco alla volta comincia ad accelerare. Al decimo minuto, la gola prende a stringersi, mentre il cuore pulsa all'orlo del panico. Al quindicesimo minuto, l'intero corpo si avvolge di sudore, quasi istantaneamente; tre minuti dopo, la saliva prende a ritrarsi dalla sua bocca; le labbra si sbiancano. Al ventunesimo minuto prendono a battergli i denti, come se ridesse, e gli occhi si dilatano, le palpebre cessano di battere. Sente dilatarsi lo sfintere, e in tutto il corpo tutti i peli diventano irti e immoti, immersi nel gelo. Di colpo, il cuore rallenta, la vista si annebbia. Al venticinquesimo, un tremito furioso lo squassa interamente per venti secondi; quando cessa, il diaframma prende a muoversi; ora il diaframma gli avvolge il cuore. Versa lacrime, sebbene non pianga. Un clangore lo assorda. Il signore vestito di lino vorrebbe spiegare, ma il ventottesimo minuto lo colpisce sulla tempia, ed egli cade dalla sedia e, percuotendo assolutamente senza rumore il pavimento, si sbriciola.

Ventuno

Ad ogni risveglio, il mattino – un risveglio riluttante e che si potrebbe definire pigro – il signore inizia con un rapido inventario del mondo. Da tempo si è accorto che ogni volta si sveglia in un punto diverso del cosmo, anche se la terra che è suo abitacolo non appare estrinsecamente mutata. Da bambino, egli si era persuaso che, nei moti attraverso lo spazio, la terra passa talora nei pressi o addirittura all'interno dell'inferno, mentre non le è mai concesso di passare all'interno del paradiso, perché tale esperienza renderebbe impossibile, superflua, irrisoria, ogni ulteriore prosecuzione del mondo. Quindi il paradiso deve evitare la terra ad ogni costo, per non ferire i piani accurati e incomprensibili della creazione. Anche ora – uomo adulto, che guida un'automobile di sua proprietà – qualcosa di quella ipotesi infantile non l'ha lasciato. Ora egli la ha lievemente laicizzata, e la domanda che si pone è più metaforica e apparentemente distaccata: egli sa che, durante il sonno, tutto il mondo si è spostato – come dimostrano i sogni – e che ogni mattino i pezzi del mondo, siano o meno impegnati in una partita, sono diversamente collocati. Egli non pretende di sapere quel che significa questo spostamento, ma sa che talora avverte la presenza di abissi, tentazioni di strapiombi, o rare, lunghe pianure per le quali vorrebbe rotolare – gli accade di pensare a se stesso come a un tondo corpo celeste – a lungo; talora ha una confusa impressione di erbe, altre volte una sensazione eccitante ma non di rado sgradevole, di essere illuminato da più soli, non sempre reciprocamente amici. Altre volte ascolta nitido un fragore di onde, che possono essere tempesta o accalmìa; altre volte ancora è la sua propria posizione nel mondo che gli si svela brutalmente: ad esempio, quando mascelle crudeli ed attente lo stringono alla nuca, come deve essere accaduto innumere volte ai suoi antenati sfiniti tra i denti di belve di cui non ha mai visto il volto. Da tempo ha imparato che non ci si sveglia mai nella propria stanza: ha, anzi, concluso che non esiste stanza, che pareti e lenzuola sono una illusione, una finta; sa di essere sospeso nel vuoto, di essere, lui come ogni altro, il centro del mondo, dal quale si dipartono infiniti infiniti. Sa che non potrebbe reggere a tanto orrore, e che la stanza, e perfino l'abisso e l'inferno, sono invenzioni intese a difenderlo.

Ventotto

Eccitato da un inconsueto e assurdo disegno di nuvole all'alba, l'Imperatore giunse in Cornovaglia; ma il viaggio era stato così laborioso, così tortuoso ed erroneo, che egli aveva un ricordo assai impreciso del luogo da cui era partito. Era partito con tre scudieri e un uomo di fatica; il primo scudiero era fuggito con una zingara, dopo una disperata discussione con l'Imperatore durante una notte fitta di fulmini; il secondo scudiero s'era innamorato della peste, e per nessun motivo volle abbandonare un villaggio devastato dalla moria; il terzo scudiero s'era arruolato nelle truppe dell'imperatore successivo, e aveva cercato di assassinarlo; l'Imperatore era stato costretto a considerarlo condannato a morte, e finse di eseguire la sentenza tagliandogli il collo con il dito mignolo; poi entrambi risero, e si salutarono. L'uomo di fatica rimase con l'Imperatore. Erano tutt'e due silenziosi, malinconici, consapevoli di perseguire un obiettivo non tanto improbabile quanto irrilevante, avevano idee metafisiche assai imprecise, e quando incontravano un tempio, una chiesa, un santuario, non entravano, giacché, per motivi diversi, erano certi di incontrarvi solo menzogna, equivoci, disinformazione. Quando furono arrivati in Cornovaglia, l'Imperatore non negò il suo disagio: non capiva la lingua, non sapeva che fare, le sue monete venivano esaminate con cura sospettosa da villani diffidenti. Voleva scrivere a Palazzo, ma non ricordava l'indirizzo; un Imperatore è l'unico che può, o deve ignorare il proprio indirizzo. L'uomo di fatica non aveva problemi, stare con l'Imperatore disorientato era l'unico modo per conoscere l'orientamento. Col passare del tempo, la Cornovaglia si aperse al traffico dei mercanti e dei turisti: e un professore di storia di Samarcanda (Ohio) riconobbe il profilo dell'Imperatore, che ormai passava le sue giornate al pub, servito dal suo taciturno uomo di fatica. La voce che l'Imperatore era in Cornovaglia si diffuse rapidamente, e sebbene nessuno sapesse né che mai fosse un Imperatore né di quale parte del mondo, la cosa lusingò gli indigeni. La birra gli venne passata gratis. Il villaggio che lo ospitava inserì una sua moneta nello stemma. L'uomo di fatica ebbe un generico titolo nobiliare, e l'Imperatore, che ormai parla un poco la lingua del luogo, sposerà tra qualche giorno la bella figlia di un guerriero depresso, ora ha l'orologio e mangia pasticcio di mele; dicono che alle prossime elezioni sarà candidato liberale, e perderà con onore.

Trentasette

La donna che egli aspettava non è venuta all'appuntamento. Tuttavia egli – l'uomo vestito in modo più giovanile di quanto non gli si addica – non se ne sente offeso; anzi, non ne soffre affatto. Se fosse più attento, dovrebbe confessare di provarne un lieve, ma indubitabile piacere. Egli può fare varie ipotesi sui motivi per cui la donna non è stata puntuale al convegno. Mentre sonda le ipotesi, egli non si allontana dal punto designato dall'appuntamento, ma solo un poco se ne apparta, come se fosse un covo in cui qualcosa di lei, o lei per intero, sta acquattata. Forse se ne è dimenticata. Poiché egli ama pensare se stesso come persona inconsistente, si compiace di tale ipotesi, che significherebbe che lei pure l'ha identificato come esiguo, casuale, e dunque tale che il dimenticarlo è il solo modo per ricordarlo. Potrebbe aver deciso in un momento di bizzarria, forse di collera, giacché è una donna impetuosa; ed allora gli avrebbe riconosciuto la sua funzione di molestia, una minuscola piaga, certo non un affanno del cuore, ma qualcosa che lei non può allontanare dalla propria vita, o almeno da talune giornate. Può aver sbagliato l'ora dell'appuntamento, e in quel momento egli s'accorge di non aver chiaro, lui appunto, quale fosse quell'ora. Ma non se ne turba, giacché gli pare naturale che l'ora sia imprecisa, giacché egli si considera perpetuamente in appuntamento con la donna che non è giunta. Non potrebbe essere un errore di luogo? Sorride. Vuol forse dire che lei si ripara, si rifugia in un qualche luogo segreto, e che l'assenza è allora paura, fuga, o anche gioco, richiamo? O che l'appuntamento era dovunque, per cui nessuno in realtà ha potuto mancare l'altro, né per il luogo né per il tempo? Dunque, egli dovrebbe concludere che in realtà l'appuntamento è stato non solo rispettato, ma ubbidito con assoluta precisione, anzi è stato interpretato, capito, consumato. Il lieve piacere si sta trasformando in un inizio di gioia. Decide anzi che l'appuntamento è stato talmente vissuto, che ora non può dare nulla di più alto e totale di se medesimo. Bruscamente, volta la schiena al luogo dell'incontro, e sussurra teneramente « Addio », alla donna che si appresta ad incontrare.

« Sedici », « Ventuno », « Ventotto » e « Trentasette »
da *Centuria* (Rizzoli, 1979).

PRIMO LEVI

1919-87

Levi odiava le etichette. Nel *Sistema periodico*, opera che sfugge a ogni catalogazione, parla della ossessione dei tedeschi di classificare ogni cosa. Sopravvissuto ad Auschwitz, Levi resta immune a ogni classificazione. Figura poliedrica, per tutta la vita ha riflettuto sull'atto della trasformazione: le reazioni chimiche, la duplice natura delle cose. Come scrittore, si è cimentato in vari generi e come chimico ha lavorato per anni in una fabbrica di vernici. Nato a Torino da una famiglia ebrea, si appassiona alla letteratura molto prima della deportazione, avvenuta nel 1943: ama in particolare i racconti d'avventura, Herman Melville, François Rabelais. Il racconto che segue, allo stesso tempo crudele e magico, ha come protagonista un centauro ed è un inno alla vita, al desiderio e al lato animale dell'uomo. È tratto da *Storie naturali* (1966), raccolta bollata come di fantascienza e che Levi ha pubblicato con lo pseudonimo di Damiano Malabaila, forse per sfuggire all'etichetta di «scrittore dell'Olocausto» che gli era stata attribuita in seguito all'uscita di *Se questo è un uomo*. Dopo una prima edizione che passa quasi inosservata, *Se questo è un uomo* riscuote un successo più ampio solo nel 1958, con un risvolto non firmato ma scritto da Calvino, e ora in Italia è una lettura obbligata per qualunque studente delle scuole superiori. Anche il risvolto di *Storie naturali*, redatto dallo stesso Levi, non è firmato, ma non è difficile intuire chi lo ha scritto: «Non le pubblicherei se non mi fossi accorto (non subito, per verità) che fra il Lager e queste invenzioni una continuità, un ponte esiste». Levi ha vinto il Premio Strega nel 1979 con *La chiave a stella*, romanzo composto da varie vicende intrecciate, che ha come protagonista un operaio che si esprime in modo colloquiale, usando termini tecnici e anche parole in dialetto torinese. Primo Levi si è tolto la vita otto anni dopo, gettandosi nella tromba delle scale del palazzo dov'era nato.

Quaestio de Centauris

et quae sit iis potandi, comedendi et nubendi ratio.
Et fuit debatuta per X hebdomadas inter vesanum auctorem
et ejusdem sodales perpetuos G.L. et L.N.

Mio padre lo teneva in stalla, perché non sapeva dove altro tenerlo. Gli era stato regalato da un amico, capitano di mare, che diceva di averlo comperato a Salonicco: io però ho saputo da lui direttamente che il suo luogo di nascita era Colofone.

A me, avevano severamente proibito di avvicinarlo, perché, dicevano, si arrabbia facilmente e tira calci. Ma, per mia esperienza diretta, posso affermare che si tratta di un vecchissimo luogo comune: per cui, fin dalla mia adolescenza, ho sempre tenuto il divieto in ben poco conto, ed anzi, specialmente d'inverno, ho passato con lui molte ore memorabili, ed altre bellissime di estate, quando Trachi (così si chiamava) mi caricava sul dorso con le sue stesse mani, e partiva in folle galoppo per i boschi della collina.

Aveva imparato la nostra lingua abbastanza facilmente, conservando però un leggero accento levantino. Nonostante i suoi duecentosessanta anni, era di aspetto giovanile, sia nella parte umana che in quella equina. Quanto andrò esponendo è il frutto di quei nostri lunghi colloqui.

Le origini dei centauri sono leggendarie; ma le leggende che si tramandano fra loro sono molto diverse da quelle che noi consideriamo classiche.

È notevole che anche queste loro tradizioni facciano capo all'uomo arci-intelligente, ad un Noè inventore e salvatore, che fra loro porta il nome di Cutnofeset. Ma non vi erano centauri nell'arca di Cutnofeset: né vi erano d'altronde «sette paia di ogni specie di animali mondi, ed un paio di ogni specie di animali immondi». La tradizione centauresca è più razionale di quella biblica, e racconta che furono salvati solo gli archetipi, le specie-chiave: l'uomo, ma non la scimmia; il cavallo, ma non l'asino né l'onagro; il gallo ed il corvo, ma non l'avvoltoio né l'upupa né il girifalco.

Come sono dunque nate queste specie? Subito dopo, dice la leggenda. Quando le acque si ritirarono, la terra rimase coperta di uno strato profondo di fango caldo. Ora questo fango, che albergava nella sua putredine tutti i fermenti di quanto nel diluvio era perito, era straordinariamente fertile: non appena il sole lo toccò, si coprì di germogli, da cui scaturirono erbe e piante di ogni genere; ed ancora, ospitò nel suo seno cedevole ed umido le nozze di tutte le specie salvate nell'arca. Fu un tempo mai più ripetuto, di fecondità delirante, furibonda, in cui l'universo intero sentì amore, tanto che per poco non ritornò in caos.

Furono quelli i giorni in cui la terra stessa fornicava col cielo, in cui tutto germinava, tutto dava frutto. Ogni nozza era feconda, e non in qualche mese, ma in pochi giorni; né solo ogni nozza, ma ogni contatto, ogni unione anche fugace, anche fra specie diverse, anche fra bestie e pietre, anche fra piante e pietre. Il mare di fango tiepido, che occultava la faccia della terra fredda e verecconda, era un solo talamo sterminato, che ribolliva di desiderio in ogni suo recesso, e pullulava di germi giubilanti.

Fu questa seconda creazione la vera creazione; ché, a quanto si tramanda fra i centauri, non si spiegherebbero diversamente certe analogie, certe convergenze da tutti osservate. Perché il delfino è simile ad un pesce, eppure partorisce ed allatta i suoi nati? Perché è figlio di un tonno e di una vacca. Di dove i colori gentili delle farfalle, e la loro abilità al volo? Sono figlie di una mosca e di un fiore. E le testuggini, sono figlie di un rospo e di uno scoglio. E i pipistrelli, di una civetta e di un topo. E le conchiglie, di una lumaca e di un ciottolo levigato. E gli ippopotami, di una cavalla e di un fiume. E gli avvoltoi, di un verme nudo e di una strige. E le grandi balene, i leviatani, di cui a stento si potrebbe spiegare altrimenti la sterminata mole? Le loro ossa legnose, la loro pelle untuosa e nera ed il loro fiato rovente sono la testimonianza viva di un connubio venerando, della stretta avida dello stesso fango primordiale attorno alla chiglia femminea dell'arca, che era stata costruita in legno di Gofer, e rivestita di dentro e di fuori con lucido asfalto, quando la fine di ogni carne era stata decretata.

Così ebbe dunque origine ogni forma oggi vivente od estinta: i dragoni ed i camaleonti, le chimere e le arpie, i coccodrilli e i minotauri, gli elefanti e i giganti, le cui ossa pietrose ancor oggi si ritrovano con meraviglia nel seno delle montagne. E così loro stessi, i centauri: poiché a questa festa delle origini, a questa panspermìa, anche i pochi superstiti della famiglia umana avevano preso parte.

Vi aveva preso parte segnatamente Cam, il figlio scostumato: dai cui amori sfrenati con una cavalla di Tessaglia trasse origine la prima generazione di centauri. Questi furono fin dall'inizio una progenie nobile e forte, in cui si conservava il meglio della natura umana e della equina. Erano ad un tempo savi e valorosi, generosi ed arguti, buoni alla caccia ed al canto, alla guerra ed alla osservazione degli astri. Pareva anzi, come avviene nei connubi più felici, che le virtù dei genitori si esaltassero a vicenda nella prosapia, poiché essi furono, almeno agli inizi, più possenti e più veloci alla corsa delle loro madri tessale, e di gran lunga più sapienti e più accorti del nero Cam e degli altri loro padri umani. Così pure sarebbe da spiegarsi, secondo alcuni, la loro longevità; la quale, secondo altri, sarebbe invece da attribuirsi alle loro abitudini alimentari, che in seguito andrò dichiarando. O forse ancora, essa non è che la proiezione nel tempo della loro vitalità grande: e questo anch'io credo per fermo (e lo attesta la storia che sto per raccontare), che non si tramandi in essi la possa erbivora del cavallo, bensì la cecità rossa dello spasimo sanguigno e vietato, l'attimo di pienezza umano-ferina in cui furono concepiti.

Checché di questo si pensi, a chiunque abbia considerato con qualche attenzione le tradizioni classiche sui centauri non può essere sfuggito che ivi non è mai fatta menzione delle centauresse. A quanto appresi da Trachi, esse infatti non esistono.

L'unione uomo-cavalla, che oggi peraltro è feconda solo in rari casi, non porta e non ha mai portato che a centauri maschi, del che deve certamente esistere una ragione vitale, che per ora ci sfugge. Quanto alla unione inversa, di cavalli con donne, essa ebbe luogo assai di rado in ogni tempo, ed inoltre per sollecitazione di donne dissolute, e quindi perciò stesso poco propense alla generazione.

Tale rarissimo connubio, nei casi eccezionali in cui riesce fecondo, conduce bensì ad una prole femminea e duplice: ma in essa le due nature sono commesse al modo inverso. Le creature hanno capo, collo e zampe anteriori equine; ma il dorso ed il ventre sono di femmina umana, e gambe umane sono le zampe posteriori.

Nella sua lunga vita Trachi non ne incontrò che poche, e mi assicurò di non aver provato alcuna attrazione per questi squallidi mostri. Non sono « fiere snelle », ma animali scarsamente vitali, infecondi, inerti e fuggitivi: non entrano in dimestichezza con l'uomo né apprendono ad obbedire ai suoi comandi, ma vivono miseramente nelle selve più fitte, non in branchi, ma in rustica solitudine. Si nutrono di erbe e di bacche, e quando sono sorprese dall'uomo, hanno la curiosa abitudine di presentarglisi sempre di fronte, quasi vergognose della loro metà umana.

Trachi era dunque nato in Colofone dall'unione segreta di un uomo con una delle numerose cavalle tessale che ancora vivono selvagge in quest'isola. Temo che alcuni fra i lettori di queste note potranno rifiutare credenza a queste affermazioni, poiché la scienza ufficiale, imbevuta ancor oggi di aristotelismo, nega la possibilità di unioni feconde fra specie diverse. Ma la scienza ufficiale manca spesso di umiltà; infeconde sono invero tali unioni, in generale; ma quante volte è stata tentata la prova? Non più di qualche diecina. Ed è stata tentata fra tutte le innumerevoli coppie possibili? No certo. Poiché non ho ragione di dubitare su quanto di se stesso Trachi mi narrò, devo dunque invitare gli increduli a considerare che vi sono più cose in cielo ed in terra di quante la nostra filosofia ne abbia sognate.

Aveva vissuto per lo più in solitudine, abbandonato a se stesso, come è destino comune di tutti i suoi simili. Dormiva all'aperto, in piedi sulle quattro zampe, col capo sulle braccia, e queste appoggiate ad un ramo basso o ad una roccia. Pascolava per le praterie e le radure dell'isola, o raccoglieva frutti dai rami; nei giorni più caldi, scendeva a qualche spiaggia deserta, e qui si bagnava, nuotando alla maniera equina, col busto ed il capo eretti, e galoppava poi a lungo, segnando impetuosamente la sabbia umida.

Ma la massima parte del suo tempo, in ogni stagione, era dedicata al cibo: anzi, in tutte le scorrerie che Trachi, nel vigore della sua giovinezza, spesso intraprendeva per le balze e le forre sterili della sua isola nativa, sempre, secondo un loro provvido istinto, portava seco sotto le ascelle due grossi fasci di erbe o di fronde, che raccoglieva nei momenti di riposo.

Occorre infatti ricordare che i centauri, benché costretti ad un regime strettamente erbivoro dalla loro costituzione, che è in prevalenza equina, hanno torso e capo a somiglianza di uomini: questa loro struttura li costringe ad introdurre, attraverso una piccola bocca umana, l'ingente quantità di erba, fieno o biada che è necessaria al sostentamento dei loro vasti corpi. Questi alimenti, notoriamente poco nutritivi, esigono inoltre una lunga masticazione, poiché la dentatura umana male si adatta alla triturazione dei foraggi.

In conclusione, l'alimentazione dei centauri è un processo laborioso: essi, per fisica necessità, sono costretti a trascorrere masticando i tre quarti del loro tempo. Di questo fatto non mancano testimonianze autorevoli: prima fra tutte quella di Ucalegonte di Samo (*Dig. Phil.*, XXIV, 11-8 e XLIII *passim*), il quale attribuisce la proverbiale saggezza dei centauri proprio al loro regime alimentare, consistente in un unico pasto continuato dall'alba al tramonto: questo li distoglierebbe da altre sollecitudini nefaste o vane, quali la cupidigia di ricchezze o la maldicenza, e contribuirebbe alla loro continenza abituale. Né la cosa era sconosciuta a Beda, che vi accenna nella *Historia Ecclesiastica Gentis Anglorum*.

È abbastanza strano che la tradizione mitologica classica abbia trascurato questa peculiarità dei centauri. La verità del fatto riposa nondimeno su testimonianze certe, e d'altronde, come abbiamo dimostrato, esso può venire dedotto per mezzo di semplici considerazioni di filosofia naturale.

Per ritornare a Trachi, la sua educazione era stata, per i nostri criteri, stranamente parziale. Aveva imparato il greco dai pastori dell'isola, la cui compagnia egli talora cercava, per quanto fosse di natura schiva e taciturna. Aveva inoltre appreso, per sua propria osservazione, molte cose sottili ed intime sulle erbe, sulle piante, sugli animali dei boschi, sulle acque, sulle nuvole, sulle stelle e sui pianeti; ed io stesso notai che, anche dopo la cattura, e sotto un cielo straniero, sentiva l'approssimarsi di una bufera, o l'imminenza di una nevicata, con molte ore di anticipo. Sentiva anche, e non saprei descrivere come, né d'altronde lui stesso lo sapeva, sentiva germinare il grano nei campi, sentiva pulsare le acque nelle vene sotterranee, percepiva la erosione dei torrenti nelle piene. Quando partorì la vacca dei De Simone, a duecento metri da noi, affermò di sentirne il riflesso nei propri visceri; lo stesso accadde quando venne a partorire la figlia del mezzadro. Anzi, mi segnalò in una notte di primavera che un parto doveva essere in corso, e precisamente in un certo angolo del fienile; e vi andammo, e vi trovammo una pipistrella, che aveva appena dato alla luce sei mostriciattoli ciechi, e stava porgendo loro il suo minuscolo latte.

Così, mi disse, tutti i centauri son fatti, che sentono per le vene, come un'onda di allegrezza, ogni germinazione, animale, umana o vegetale. Percepiscono anche, a livello dei precordi, e sotto forma di un'ansia e di una tensione tremula, ogni desiderio ed ogni amplesso che avvenga nelle loro vicinanze; perciò, quantunque abitualmente casti, entrano in uno stato di viva inquietudine al tempo degli amori.

Abbiamo vissuto a lungo insieme: in un certo senso, posso affermare che siamo cresciuti insieme. Malgrado i suoi molti anni, era di fatto una creatura giovane, in tutte le sue manifestazioni ed attività, ed apprendeva con tale prontezza che ci parve inutile (oltre che imbarazzante) mandarlo a scuola. Lo educai io stesso, quasi senza saperlo e volerlo, trasmettendogli a misura le nozioni che giorno per giorno imparavo dai miei maestri.

Lo tenevamo il più possibile nascosto, in parte per suo esplicito desiderio, in parte per una forma di affetto esclusivo e geloso che tutti gli portavamo; in parte ancora, perché ragione ed intuito insieme ci consigliavano di risparmiargli ogni contatto non necessario col nostro mondo umano.

Naturalmente, la sua presenza presso di noi era trapelata fra il vicinato; in principio facevano molte domande, anche poco discrete, ma in seguito, come suole, la loro curiosità andò attenuandosi per mancanza di alimento. Pochi amici nostri intimi erano stati ammessi alla sua presenza, primi fra tutti i De Simone, e divennero in breve amici anche suoi. Solo una volta, che la puntura di un tafano gli aveva provocato un doloroso ascesso purulento alla groppa, dovemmo ricorrere all'opera di un veterinario: ma era un uomo discreto e comprensivo, il quale ci garantì il più scrupoloso segreto professionale, e, a quanto so, mantenne la promessa.

Altrimenti andavano le cose col maniscalco. I maniscalchi, purtroppo, sono ormai rarissimi: ne trovammo uno a due ore di cammino, ed era un tanghero, stupido e brutale. Mio padre cercò invano di indurlo ad un certo riserbo: tra l'altro, pagandogli i suoi servigi il decuplo dell'onesto. Non servì a nulla: ogni domenica, all'osteria, teneva circolo e raccontava all'intero villaggio del suo strano cliente. Per fortuna, era dedito al vino, e solito raccontare storie strampalate quando era ubriaco; perciò incontrò scarsa credenza.

Mi pesa scrivere questa storia. È una storia della mia giovinezza, e mi pare, scrivendola, di espellerla da me, e che dopo mi sentirò privo di qualche cosa forte e pura.

Venne una estate, e ritornò presso i genitori Teresa De Simone, mia coetanea e amica d'infanzia. Aveva studiato in città, non la vedevo da molti anni, la trovai cambiata, ed il cambiamento mi turbò. Forse me ne innamorai, ma inconsciamente: voglio dire, senza prenderne atto, neppure in via ipotetica. Era piuttosto graziosa, timida, tranquilla e serena.

Come ho già accennato, i De Simone erano fra i pochi vicini che noi frequentassimo con qualche assiduità. Conoscevano Trachi e lo amavano.

Dopo il ritorno di Teresa, passammo una lunga serata insieme, noi tre. Fu una serata di quelle, rare, che non si dimenticano: un intenso odore di fieno, la luna, i grilli, un'aria tiepida e ferma. Si sentivano canti lontani, e Trachi prese ad un tratto a cantare, senza guardarci, come in sogno. Era una lunga canzone, dal ritmo fiero ed alto, con parole a me sconosciute. Una canzone greca, disse Trachi: ma quando gli chiedemmo di tradurla, volse il capo e tacque.

Tacemmo tutti a lungo; poi Teresa si congedò. La mattina seguente Trachi mi trasse in disparte e mi parlò così: «La mia ora è giunta, o carissimo: mi sono innamorato. Quella donna è entrata in me, e mi possiede. Desidero vederla e udirla, forse anche toccarla, e non altro; desidero quindi una cosa che non si dà. Mi sono ristretto in un punto: non c'è più altro in me che questo desiderio. Sto mutando, sono mutato, sono diventato un altro».

Anche altre cose mi disse, che trascrivo con esitazione, perché sento che difficilmente saprò cogliere il segno. Che, dalla sera prima, si sentiva diventato «un campo di battaglia»; che comprendeva, come mai aveva compreso, le gesta dei suoi avi impetuosi, Nesso, Folo; che tutta la sua metà umana era gremita di sogni, di fantasie nobili, gentili e vane; avrebbe voluto compiere imprese temerarie, facendo giustizia con la forza del suo braccio; sfondare col suo impeto le foreste più fitte, giungere in corsa ai confini del mondo, scoprire e conquistare nuove terre, ed instaurarvi opere di civiltà feconda. Che tutto questo, in qualche modo a lui stesso oscuro, avrebbe voluto farlo davanti agli occhi di Teresa De Simone: farlo per lei, dedicarlo a lei. Che infine, conosceva la vanità dei suoi sogni nell'atto stesso in cui li sognava; e che era questo il contenuto della canzone della notte avanti: una canzone appresa nella sua lontana adolescenza in Colofone, e da lui mai compresa né mai cantata fino ad allora.

Per varie settimane non avvenne altro; vedevamo ogni tanto i De Simone, ma dal contegno di Trachi nulla si vide della tempesta che lo agitava. Io fui, e non altri, chi provocò lo scioglimento.

Una sera di ottobre Trachi si trovava dal maniscalco. Incontrai Teresa, e passeggiammo insieme nel bosco. Parlavamo: e di chi se non di Trachi? Non tradii le confidenze del mio amico: ma feci peggio.

Mi accorsi ben presto che Teresa non era timida come sembrava: scelse come a caso un viottolo che conduceva nel bosco più fitto; era un viottolo cieco, io lo sapevo, e sapevo che Teresa lo sapeva. Dove la traccia spariva, sedette sulle foglie secche, ed io feci altrettanto. Suonavano le sette al campanile della valle, ed ella si strinse a me in un modo che mi tolse ogni dubbio. Quando tornammo a casa era notte, ma Trachi non era ancora rientrato.

Ho avuto subito coscienza di aver male operato: anzi nell'atto stesso; ed ancor oggi ne porto pena. Eppure so che la mia colpa non è piena, né lo è quella di Teresa. Trachi era fra noi: eravamo immersi nella sua aura, gravitavamo nel suo campo. So questo, poiché io stesso ho visto, dove lui passava, schiudersi anzitempo i fiori, ed il loro polline volare nel vento della sua corsa.

Trachi non rientrò. Il resto della sua storia fu da noi ricostruito faticosamente, nei giorni che seguirono, su testimonianze e su segni.

Dopo una notte, che fu di ansiosa attesa per tutti, e per me di segreto tormento, scesi io stesso a cercare del maniscalco. Non lo trovai in casa: era all'ospedale, con il cranio spaccato; non era in grado di parlare. Trovai il suo aiutante. Mi raccontò che Trachi era venuto verso le sei, per farsi ferrare. Era taciturno e triste, ma tranquillo. Si lasciò incatenare come al solito, senza mostrare impazienza (era questo l'uso incivile di quel maniscalco: aveva avuto un incidente anni prima con un cavallo ombroso, ed invano avevamo cercato di convincerlo che tale precauzione era del tutto assurda con Trachi). Aveva già tre zoccoli ferrati, quando un brivido lungo e violento lo aveva scosso. Il maniscalco si era rivolto a lui con quelle voci rudi che si usano coi cavalli; come andava facendosi sempre più inquieto, lo aveva colpito con una frusta.

Trachi era sembrato calmarsi, «ma girava gli occhi intorno come un matto, e sembrava che sentisse delle voci». Ad un tratto, con una scossa furiosa aveva divelto le catene dai loro incastri nel muro, ed una appunto di queste aveva colpito al capo il maniscalco, mandandolo a terra svenuto; si era buttato contro la porta con tutto il suo peso, a capofitto, riparandosi la testa con le braccia incrociate, ed era partito al galoppo su per la collina, mentre le quattro catene, che ancora gli impedivano le zampe, gli roteavano intorno ferendolo a più riprese.

« A che ora è successo? » domandai, turbato da un presentimento.

L'aiutante esitò: non era ancora notte. Non sapeva con precisione. Ma sì, ora ricordava: pochi attimi prima dello scatenamento era suonata l'ora al campanile, ed il padrone gli aveva detto, in dialetto perché Trachi non capisse: « Già le sette! Se tutti i clienti fossero *difisiôs* come questo... »

Le sette!

Non trovai difficoltà, purtroppo, a seguire il percorso di Trachi furioso: se anche nessuno l'avesse visto, rimanevano tracce cospicue del sangue che aveva perduto, ed i graffi delle catene sulla scorza degli alberi e sulle rocce ai margini della strada. Non si era diretto verso casa, né verso la cascina De Simone: aveva saltato netto la staccionata alta due metri che recinge la proprietà Chiapasso, aveva preso di traverso per le vigne, aprendosi un varco tra i filari con furia cieca, in linea retta, abbattendo paletti e viti, stroncando i robusti fili di ferro che sostengono i tralci.

Era giunto sull'aia, e aveva trovato la porta della stalla chiusa col catenaccio dall'esterno. Avrebbe potuto agevolmente aprire con le mani: invece aveva raccolto una vecchia macina da grano, pesante mezzo quintale, e l'aveva scagliata contro la porta mandandola in schegge. Nella stalla non c'erano che le sei mucche, un vitello, polli e conigli. Trachi era ripartito all'istante, e si era diretto, sempre a folle galoppo, verso la tenuta del barone Caglieris.

Questa è lontana almeno sei chilometri, dall'altra parte della valle, ma Trachi vi arrivò in pochi minuti. Cercava la scuderia: non la trovò al primo colpo, ma solo dopo di aver sfondato a calci e a spallate diverse porte. Quanto fece nella scuderia, lo sappiamo da un testimone oculare: uno stalliere, che al fracasso della porta infranta aveva avuto il buon senso di nascondersi nel fieno, e di lì aveva visto ogni cosa.

Aveva sostato un attimo sulla soglia, ansante e sanguinante. I cavalli, inquieti, scrollavano i musi tirando sulle cavezze: Trachi era piombato su di una cavalla bianca, di tre anni; aveva spezzato d'un colpo la catenella che la legava alla mangiatoia, e trascinandola per questa stessa l'aveva condotta fuori. La cavalla non aveva opposto alcuna resistenza; strano, mi disse lo stalliere, perché era di carattere piuttosto ombroso e restio, e non era neppure in calore.

Avevano galoppato insieme fino al torrente: qui Trachi era stato visto sostare, attingere acqua colle mani, e bere ripetutamente. Poi avevano proseguito affiancati fino al bosco. Sí, ho seguito le loro tracce: fino a quel bosco, fino a quel sentiero, fino a quella macchia in cui Teresa mi aveva chiesto.

E proprio qui, per tutta la notte, Trachi doveva aver celebrato le sue nozze gigantesche. Vi trovai il suolo scalpicciato, rami spezzati, crini bianchi e bruni, capelli umani, ed ancora sangue. Poco lontano, richiamato dal suo respiro affannoso, trovai lei, la giumenta. Giaceva a terra su di un fianco, ansimante, col nobile mantello sporco di terra e d'erba. Al mio passo sollevò a stento il muso, e mi seguì con lo sguardo terribile dei cavalli spaventati. Non era ferita, ma esausta. Partorì dopo otto mesi un puledrino: normalissimo, a quanto mi è stato detto.

Qui le tracce dirette di Trachi si perdono. Ma, come forse qualcuno ricorda, nei giorni seguenti comparve sui giornali notizia di una curiosa catena di abigeati, tutti perpetrati con la medesima tecnica: la porta infranta, la cavezza sciolta o spezzata, l'animale (sempre una giumenta, e sempre una sola) condotto in qualche bosco poco lontano, e qui ritrovato sfinito. Solo una volta il rapitore sembrò aver trovato resistenza: la sua occasionale compagna di quella notte fu trovata morente, con la cervice slogata.

Sei furono questi episodi, e furono segnalati in vari punti della penisola, susseguendosi da nord a sud. A Voghera, a Lucca, presso il lago di Bracciano, a Sulmona, a Cerignola. L'ultimo avvenne presso Lecce. Poi null'altro; ma forse si deve riconnettere a questa storia la curiosa segnalazione fatta alla stampa dall'equipaggio di un peschereccio pugliese: di aver incontrato, al largo di Corfù, « un uomo a cavallo di un delfino ». La strana apparizione nuotava vigorosamente verso levante; i marinai le avevano dato una voce, al che l'uomo e la groppa grigia si erano immersi, scomparendo alla vista.

« Quaestio de Centauris »
Inizialmente pubblicato su *Il Mondo* (4 aprile 1961) con il titolo « Il centauro di Trachi ». Poi incluso nella raccolta *Storie naturali* (Einaudi, 1966).

TOMMASO LANDOLFI

1908-79

Landolfi, un aristocratico della provincia di Caserta, città che un tempo ospitava la famiglia reale dei Borbone di Napoli, amava il gioco d'azzardo e detestava essere fotografato. Evitava gli eventi letterari, concedeva pochissime interviste e pretendeva che le quarte di copertina dei suoi libri – spazio commerciale preziosissimo per la maggior parte degli autori – fossero lasciate in bianco. Le sue opere sono altrettanto eccentriche: con il tempo abbandona del tutto le forme espressive convenzionali e comincia a giocare con la lingua, in modo rigoroso, creando un lessico tutto suo. Sotto questo aspetto, Landolfi è assimilabile ad altri due autori presenti in questa antologia, Gadda e Savinio: iconoclastico, verbalmente precoce, legato al Surrealismo e alla sperimentazione. La sua scrittura è ricca di arcaismi, persino ostica. La sua produzione si può dividere grosso modo in due fasi, dalla narrazione tradizionale fino a testi profondamente metafisici, diari fittizi e dialoghi. Studente indisciplinato – finisce con fatica le superiori –, è tuttavia molto portato per le lingue e colleziona libri di grammatica e dizionari. Legge in francese, spagnolo, tedesco e inglese, e studia anche l'arabo, il polacco, l'ungherese, il giapponese e lo svedese. Ama in particolare la letteratura russa: si laurea con una tesi sulla poesia di Anna Achmatova e uno dei suoi libri più celebri prende il titolo da un suo articolo sul periodo che Nikolaj Gogol' trascorre a Roma. La protagonista femminile del suo primo, estroso romanzo, *La pietra lunare*, pubblicato nel 1939, è per metà capra e per metà umana. Landolfi è autore di lunghi racconti, blasfemi, amari, focalizzati sul mistero e sulla sorte. Il testo riportato in queste pagine, bizzarro su ogni fronte, riassume bene la sua attrazione per il tortuoso e l'irrazionale. È una cronaca insieme irreale e iperrealistica della stesura di una biografia letteraria e della nostra ossessione per le vite degli scrittori. Landolfi riceve il Premio Strega nel 1975 per la raccolta di racconti *A caso* e vince due volte il Premio Viareggio, per la narrativa e per la poesia.

La moglie di Gogol'

«Fragori di guerra intorno»

...Giunto così ad affrontare la complessa questione della moglie di Nikolaj Vasil'evič, un'esitazione mi prende. Avrò io il diritto di rivelare quanto a tutti è ignoto, quanto lo stesso mio indimenticabile amico tenne a tutti celato (e ne aveva le sue buone ragioni), quanto, dico, servirà senza dubbio alle più malevole e balorde interpretazioni; senza neppure contare che offenderà forse gli animi di tanti sordidi e preteschi ipocriti, e, perché no, qualche anima candida davvero, se è che ancora se ne danno? Il diritto, da ultimo, di rivelare cosa davanti a cui il mio medesimo giudizio si ritrae, quando non penda dalla parte d'una più o men confessata riprovazione? Ma infine, precisi doveri m'incombono come biografo; né, giudicando che ogni notizia d'un sì eccelso uomo sia per riuscir preziosa a noi e alle future generazioni, né vorrò io affidare a labile giudizio, cioè nascondere, quello che solo alla fine del tempo potrebbe semmai essere sanamente giudicato. Giacché, come ci arrogheremmo noi di condannare? Ci è dato forse sapere a quale intima necessità, non solo, ma a quale superiore e generale utilità rispondano di tali eccelsi uomini gli atti che per avventura ci appaiano vili? No certo, ché di quelle privilegiate nature noi nulla, in fondo, intendiamo. «È vero» disse un grande «anch'io fo pipì, ma per tutt'altre ragioni!»

Ma ecco senza più ciò che mi risulta in modo incontrovertibile, ciò che so di sicura ragione e posso in ogni modo provare, circa la controversa questione – d'ora innanzi, oso sperare, non più tale. Che tralascio, perché ormai superfluo allo stadio attuale degli studi gogoliani, di riassumere previamente.

La moglie di Nikolaj Vasil'evič, è presto detto, non era una donna, né un essere umano purchessia, neppure un essere comunque vivente, animale o pianta (secondo taluno, peraltro, insinuò); essa era semplicemente un fantoccio. Sì, un fantoccio; e ciò può ben spiegare le perplessità o, peggio, le indignazioni di alcuni biografi, anch'essi amici personali del Nostro. I quali si lagnano di non averla mai vista sebbene frequentassero abbastanza assiduamente la casa del suo grande marito; non soltanto, ma di non averne mai «neanche udito la voce». Dal che inferiscono non so che oscure e ignominiose, e nefande magari, complicazioni. Ma no, signori, tutto è sempre più semplice di quanto non si creda: non ne udiste la voce semplicemente perché essa non poteva parlare. O più esattamente, non lo poté che in certe condizioni, come vedremo, e in tutti i casi, tranne uno, da sola a solo con Nikolaj Vasil'evič. Bando tuttavia alle inutili e facili confutazioni; e veniamo a una descrizione quant'è possibile esatta e completa dell'essere, od oggetto, in parola.

La cosiddetta moglie di Gogol', dunque, si presentava come un comune fantoccio di spessa gomma, nudo in qualsiasi stagione, e di color carnicino o, secondo usa chiamarlo, color pelle. Ma poiché le pelli femminili non son tutte dello stesso colore, preciserò che in generale si trattava qui di pelle alquanto chiara e levigata, quale quella di certe brune. Esso, o essa, era infatti, è ozioso aggiungerlo, di sesso femminile. Piuttosto, conviene dire subito che era altresì grandemente mutevole nei suoi attributi, senza però giungere, com'è ovvio, a mutare addirittura di sesso. Pur poteva, certo, una volta mostrarsi magra, quasi sfornita di seno, stretta di fianchi, più simile a un efebo che a una donna; un'altra prosperosa oltremodo o, per dir tutto, pingue. Mutava inoltre di frequente il colore dei capelli e degli altri peli del corpo, concordemente o non. E così anche poteva apparir modificata in altre minime particolarità, come posizioni dei nèi, vivezza delle mucose, eccetera; persino, in certa misura, nel colore stesso della pelle. Sicché da ultimo ci si potrebbe chiedere quale essa fosse in realtà, e se davvero se n'abbia a parlare come d'un personaggio unico; non è però prudente, lo vedremo, insistere su tale punto.

La ragione di questi mutamenti stava, secondo i miei lettori avranno già capito, in nient'altro che nella volontà di Nikolaj Vasil'evič. Il quale la gonfiava più o meno, le cambiava parrucca e altri velli, la ungeva con suoi unguenti e in varie maniere ritoccava, di modo da ottenere press'a poco il tipo di donna che gli si confaceva in quel giorno o in quel momento. Egli anzi si divertiva talvolta, seguendo in ciò la naturale inclinazione della sua fantasia, a cavarne forme grottesche o mostruose; perché è chiaro che oltre un certo limite di capienza ella si deformava, e così pure appariva deforme se restava al di qua d'un certo volume. Ma presto Gogol' si stancava di tali esperimenti, che giudicava «in fondo poco rispettosi» per la moglie, cui a suo modo (modo per noi imperscrutabile) voleva bene. Voleva bene, ma a quale appunto di codeste incarnazioni? si potrà domandare. Ahimè, ho già accennato che il seguito della presente relazione fornirà forse una risposta purchessia. Ahimè, come ho potuto testé affermare che era la volontà di Nikolaj Vasil'evič a governare quella donna! In determinato senso, sì, ciò è vero, ma altrettanto certo è che presto ella divenne, nonché sua mancipia, sua tiranna. E qui si spalanca l'abisso, la gola del tartaro, se volete. Ma si proceda per ordine.

Ho anche detto che Gogol' otteneva, colle sue manipolazioni, *press'a poco* il tipo di donna che volta a volta gli conveniva. Soggiungo che quando, per straordinario caso, la forma ottenuta incarnava invece compiutamente quella vagheggiata, Nikolaj Vasil'evič se ne innamorava «in modo esclusivo» (com'egli diceva nella sua lingua), e ciò serviva anche a renderne stabile per un certo tempo, vale a dire fino a che non sopravveniva il disamore, la sembianza. Di tali violente passioni, o cotte come purtroppo oggidì si dice, non ne ho tuttavia contate che tre o quattro in tutta la vita, per così esprimermi, coniugale del grande scrittore. Aggiungiamo subito, per speditezza, che Gogol' aveva anche imposto, qualche anno dopo quello che si può chiamare il suo matrimonio, un nome a sua moglie. Esso suonava «Caracas»; che è, se non vado errato, la capitale del Venezuela. I motivi che determinarono tale scelta non son mai riuscito a penetrare: bizzarrie di alte menti!

Se ci si riferisca alla sua forma media, Caracas era ciò che si dice una bella donna, ben formata e proporzionata in ogni sua parte. Come s'è già rammentato, ella aveva in proprio luogo tutti i più minuti attributi del suo sesso. Particolarmente degni di nota erano i suoi organi genitali (se questo aggettivo può qui aver senso), che Gogol' mi permise di osservare durante una memoranda serata, di cui oltre. Essi risultavano da ingegnosi ripiegamenti della gomma; nulla vi era stato dimenticato, e vari accorgimenti, nonché la pressione dell'aria interna, ne rendevano agevole l'uso.

Caracas aveva anche uno scheletro, sebbene anche questo rudimentale, fatto forse di stecche di balena; specialmente curata era stata soltanto l'esecuzione della gabbia toracica, delle ossa del bacino e di quelle del cranio. I due primi sistemi riuscivano, com'è giusto, più o meno visibili a seconda dello spessore, dirò così, del pannicolo adiposo che li copriva. È un vero peccato, mi sia concesso soggiungere di sfuggita, che Gogol' non abbia mai voluto rivelarmi il nome dell'autore di sì bell'opera; in tal rifiuto poneva anzi un'ostinazione che non mi riesce chiara.

Nikolaj Vasil'evič gonfiava sua moglie coll'aiuto d'una pompa di sua invenzione, assai simile a quella che si tien ferma coi due piedi e che oggidì vediamo usata in tutte le officine meccaniche, attraverso lo sfintere anale; dove era situata una piccola valvola a battente, o comunque in linguaggio tecnico si chiami, paragonabile alla mitrale del cuore, tale insomma che, una volta gonfio, il corpo poteva sì prendere ancora, ma non cedere aria. Per sgonfiarlo, era necessario svitare un cappuccetto posto nella bocca, in fondo alla gola. E tuttavia!... Ma non anticipiamo.

E con tanto mi pare d'aver esaurita la descrizione delle particolarità notabili di quell'essere. Se non che mi compete ancora rammentare la stupenda fila di dentini che ornava la sua bocca, e gli occhi bruni che, salvo la costante immobilità, simulavano alla perfezione la vita. Dio mio, simulare non è la parola; vero è bensì che nulla di quanto si dicesse di Caracas sarebbe propriamente detto. Anche di questi occhi si poteva modificare il colore, con uno speciale procedimento assai lungo e noioso, epperò era cosa che Gogol' faceva di rado. Dovrei parlare della sua voce, che una sol volta mi fu dato udire. Ma non lo posso senza entrare nel vivo dei rapporti fra i due coniugi, e qui non mi sarà possibile ormai seguire un ordine qualunque, né di ogni cosa rispondere con altrettanta e assoluta certezza. In coscienza non mi sarà possibile! a tal punto è di per se stesso e nella mia mente confuso ciò che imprendo a narrare. Ecco dunque, alla rinfusa, alcuni ricordi.

La prima, dico, e ultima volta che udii Caracas parlare, fu a una certa serata rigorosamente intima, trascorsa nella stanza dove la donna, mi si passi il verbo, viveva; stanza a tutti preclusa, addobbata press'a poco alla foggia orientale, priva di finestre e situata nel luogo più impenetrabile della casa. Che ella parlasse non ignoravo, ma Gogol' non aveva mai voluto chiarirmi le proprie circostanze in cui lo faceva. Lì dentro eravamo, s'intende, soltanto noi due, o tre. Nikolaj Vasil'evič ed io bevevamo vodka e discutevamo del romanzo di Butkov; ricordo che, uscendo alquanto di tema, egli andava sostenendo la necessità di radicali riforme della legge di successione; la avevamo quasi dimenticata. Quando disse di punto in bianco, con voce estremamente rauca e sommessa, da Venere nel Toro: « Voglio fare popò ». Sobbalzai, credendo aver traudito, e la guardai: stava seduta su un mucchio di cuscini contro la parete ed era quel giorno una tenera beltà bionda, piuttosto in carne. Il suo volto mi parve avesse assunto un'espressione tra maligna e furbesca, fra puerile e beffarda. Quanto a Gogol', arrossì violentemente e le saltò addosso ficcandole due dita in gola; e tosto ella ricominciò a smagrire e, si sarebbe detto, impallidire, riprese quell'aria attonita e smarrita che le era propria, per ridursi alla fine non più che una pelle floscia su una sommaria intelaiatura d'ossa. Anzi, poiché aveva (per intuibili ragioni di comodità nell'uso) la spina dorsale straordinariamente flessibile, si piegò quasi in due; e rimase a guardarci da quella sua abbiezione, di terra dov'era scivolata, per tutto il resto della serata. « Fa per gioco o per malizia » brontolò Gogol' a mo' di commento « perché di simili bisogni non soffre. » Generalmente, in presenza d'altri, cioè mia, egli mostrava di trattarla con disdegno.

Seguitammo a bere e a discorrere, ma Nikolaj Vasil'evič sembrava fortemente turbato e come assente. S'interruppe a un tratto e mi prese le mani scoppiando in lagrime. « E ora? » esclamò. « Capisci, Foma Paskalovič, che l'amavo! » Giova infatti rilevare che ciascuna forma di Caracas era, a meno d'un miracolo, irrepetibile; era insomma ogni volta una creazione, e vano sarebbe riuscito il tentativo di ritrovare le particolari proporzioni, la particolare pienezza e via dicendo, d'una disfatta Caracas. Sicché la tal bionda in carne era per Gogol' ormai perduta senza speranza. E questa fu veramente la fine miseranda d'uno di quei pochi amori di Nikolaj Vasil'evič cui mi son più sopra riferito. Egli poi rifiutò di fornirmi spiegazioni, respinse tristemente i miei conforti, e presto per quella sera ci separammo. Ma il suo stesso sfogo servì ad aprirmene d'ora innanzi il cuore; cessarono molte delle sue reticenze, e presto egli non ebbe quasi segreti per me. Il che mi è, fra parentesi, motivo d'infinito orgoglio.

Durante i primi tempi di vita in comune, era sembrato che le cose andassero bene per la « coppia ». Nikolaj Vasil'evič appariva allora contento di Caracas, e dormiva con lei regolarmente nello stesso letto, cosa che d'altronde seguitò a fare fino alla fine, asserendo con timido sorriso che non si dava compagna più tranquilla e meno importuna di lei; del che tuttavia io presto ebbi ragione di dubitare, a giudicar soprattutto dallo stato in cui lo trovavo talvolta al suo risveglio. In capo però a qualche anno le loro relazioni s'imbrogliarono stranamente.

Questo, s'avverta una volta per tutte, non è che uno schematico tentativo di spiegazione. Ma insomma pare che la donna principiasse in quel torno a manifestare velleità d'indipendenza o, come dire, d'autonomia. Nikolaj Vasil'evič aveva la bizzarra impressione che colei andasse acquistando una propria, sebbene indecifrabile, personalità, distinta dalla sua, e gli sfuggisse per così dire di mano. Certo è che una continuità purchessia finì con lo stabilirsi fra le sue diverse e svariate apparenze: fra tutte quelle brune, quelle bionde, quelle castane, quelle rosse, quelle donne grasse o magre, aduste o nivee o ambrate, c'era nondimeno alcunché di comune. Ho, sul principio del presente capitolo, posto in dubbio la legittimità del considerare Caracas un personaggio unico; eppure in realtà io stesso, ogni volta che la vedevo, non riuscivo a liberarmi dall'impressione, per quanto inaudito ciò sia per parere, che si trattasse in fondo della medesima donna. E per questo appunto, forse, Gogol' sentì il bisogno di imporle un nome.

Altra cosa è tentar di stabilire in che propriamente consistesse la qualità comune a tutte quelle forme. Può darsi fosse né più e né meno che il soffio creatore medesimo di Nikolaj Vasil'evič. Ma in verità sarebbe stato troppo singolare che egli si fosse sentito tanto scisso da se stesso e tanto a se stesso avverso. Giacché, per dir tutto subito, Caracas, chiunque ella fosse difatto, era comunque una presenza inquietante e, giova esser chiari, ostile. In conclusione però, né io né Gogol' riuscimmo mai a formulare un'ipotesi vagamente plausibile sulla sua natura; dico formularla in termini razionali e a tutti accessibili. Non posso ad ogni modo tacere d'uno straordinario caso che si produsse in quel torno.

Caracas si ammalò di un morbo vergognoso, o almeno se ne ammalò Gogol', che pure non aveva né ebbe mai contatti con altre donne. Come ciò avvenisse o donde provenisse la sozza infermità, neppur provo ad almanaccare; io, solo so che ciò avvenne. E che il mio infelice e grande Amico mi diceva talvolta: « Vedi dunque, Foma Paskalovič, qual era il nocciolo di Caracas: essa è lo spirito della sifilide! »; mentre tal altra accusava assurdamente se stesso (all'autoaccusa egli fu sempre disposto). Questo caso fu oltre a tutto una vera e propria catastrofe per quanto è dei rapporti, già così oscuri, tra i coniugi e dei contrastanti sentimenti di Nikolaj Vasil'evič. Il quale era poi costretto a cure continue e dolorose (quelle del tempo), la situazione essendo aggravata dal fatto che nella donna la malattia non appariva ovviamente curabile. Soggiungo ancora che Gogol' si illuse per un certo tempo, gonfiando, sgonfiando la moglie e attribuendole i più vari aspetti, di ottenerne donna immune da contagio; dovette però desistere senza aver sortito alcun risultato.

Ma abbrevio il racconto per non tediare i miei lettori; oltrediché, sempre più confuse e meno sicure si fanno le mie risultanze. E affretto il tragico scioglimento. A proposito tuttavia del quale ultimo, si intenda bene, nuovamente mi protesto sicuro del fatto mio: di esso fui infatti testimone oculare, e così non lo fossi stato!

Gli anni passarono. E sempre più forte pareva farsi il disgusto di Nikolaj Vasil'evič per la moglie, sebbene il suo amore non accennasse a diminuire. Verso gli ultimi tempi l'avversione e l'attaccamento per lei si davano così fiera battaglia nel suo animo, che egli ne usciva affranto e addirittura stroncato. I suoi occhi irrequieti, che tante e così diverse espressioni sapevano assumere e tanto dolcemente talvolta parlare al cuore, serbavano ormai quasi sempre una luce febbrile, come se egli fosse sotto l'effetto d'una droga. Le più strane manie insorsero in lui, accompagnate dai più sinistri terrori. Sempre più spesso m'andava parlando di Caracas, che accusava di cose impensate e sorprendenti. Qui io non potevo seguirlo, dato il mio saltuario commercio colla moglie e la mia poca o nessuna intimità con lei; data soprattutto la mia sensibilità estremamente limitata in confronto della sua. Mi limiterò dunque a riferire talquali alcune delle sue accuse, senza far parte veruna alle mie personali impressioni.

« Lo capisci sì o no, Foma Paskalovič » mi diceva sovente, ad esempio, Nikolaj Vasil'evič « lo capisci sì o no che *sta invecchiando*? » E mi prendeva le mani, com'era la sua maniera, fra commozioni indicibili. Egli accusava anche Caracas di abbandonarsi a suoi piaceri solitari, malgrado la di lui espressa proibizione. Infine prese addirittura a incolparla di tradimento. Ma i suoi discorsi in proposito finirono col diventare tanto oscuri, che mi passo dal riportarli oltre.

Quanto appare certo è che negli ultimi tempi Caracas, vecchia o no, s'era ridotta una creatura acida o, francescanamente, acariastra, ipocrita e affetta da manie religiose. Non escludo che ella possa aver influito sull'atteggiamento morale di Gogol' nell'ultimo periodo di sua vita, atteggiamento a tutti noto. La tragedia comunque scoppiò improvvisa una notte che Nikolaj Vasil'evič festeggiava meco le sue nozze d'argento, una purtroppo delle ultime notti che trascorremmo insieme. Che cosa per l'appunto l'abbia determinata, quando ormai egli pareva rassegnato a tutto tollerare dalla consorte, non mi è possibile, né è da me, dire. Quale avvenimento nuovo potesse essersi prodotto in quei giorni, ignoro. E mi attengo ai fatti; i miei lettori si formino da sé la propria opinione.

Quella sera Nikolaj Vasil'evič era particolarmente agitato. Il suo disgusto per Caracas pareva aver raggiunto una violenza senza precedenti. Il famoso «bruciamento delle vanità», cioè dei suoi preziosi manoscritti, era già stato da lui compiuto, non oso dire per istigazione della moglie. Talché il suo stato d'animo era anche per altre ragioni assai vessato. Quanto alle sue condizioni fisiche, erano sempre più pietose, e rafforzavano la mia impressione che egli fosse drogato. Tuttavia prese a parlare in modo abbastanza normale di Belinskij, che gli stava dando dei dispiaceri coi suoi attacchi e la sua critica alla *Corrispondenza*. Ma si interruppe a un tratto esclamando, mentre le lacrime gli salivano agli occhi: «No, no! È troppo, è troppo... non è possibile più!...» E altre frasi oscure e sconnesse, su cui si esimeva dal fornir chiarimento. Sembrava del resto parlare seco medesimo. Giungeva le mani, scoteva il capo, si levava bruscamente per risedersi poi dopo aver mutato quattro o cinque passi convulsi. Quando Caracas comparve, o meglio quando ci recammo, a notte avanzata, nella sua stanza orientale, egli più non si controllò e prese a comportarsi come (se m'è lecito un tale paragone) come un vecchio rimbambito in preda alle sue manie. Mi dava ad esempio di gomito, ammiccando e dicendo insensatamente: «Eccola lì, eccola lì, Foma Paskalovič!»; mentre ella pareva considerarlo con sprezzante attenzione. Ma al di là di simili «manierismi» si sentiva in lui un sincero ribrezzo, che aveva raggiunto, suppongo, i limiti del tollerabile. Infatti...

Nikolaj Vasil'evič sembrò, in capo a un certo tempo, farsi forza. Scoppiò in pianto, ma in un pianto, quasi direi, più virile. Di nuovo si torceva le mani, mi afferrava le mie, passeggiava, mormorava: «No, basta, non è possibile!... Io una cosa simile?!... A me una cosa simile? Come è possibile reggere a *questo*, reggere *questo*!...» e simili. Quindi inopinatamente si scagliò sulla a suo tempo ricordata pompa, per raggiungere poi come turbine Caracas. Le inserì la cannula nell'ano, prese a gonfiare... Piangeva intanto e gridava invasato: «Come l'amo, Dio mio, come l'amo, la povera, la cara!... Ma deve scoppiare. Misera Caracas, creatura infelice di Dio! Ma devi morire» e così di seguito alternatamente.

Caracas si gonfiava. Nikolaj Vasil'evič sudava, piangeva e seguitava a pompare. Io volevo trattenerlo, ma non ne ebbi, non so perché, il coraggio. Ella cominciò a deformarsi, fu presto una parvenza mostruosa; pure, fin qui non dava segni d'allarme, giacché era poi abituata a quegli scherzi. Ma quando cominciò a sentirsi piena in modo intollerabile, o forse penetrò le intenzioni di Nikolaj Vasil'evič, assunse, avrei detto, un'espressione fra stupida e sgomenta, persino supplichevole, senza tuttavia perdere quella sua aria sdegnosa: aveva paura, si raccomandava quasi, eppure non credeva ancora, non poteva credere alla sua prossima sorte e a tanta audacia in suo marito. Questi d'altronde non aveva modo di vederla perché le era dietro; io la guardavo come affascinato e non movevo un dito. Infine la soverchia pressione interna forzò le fragili ossa inferiori del cranio, imprimendole sul volto un ghigno indescrivibile. La sua pancia, le sue cosce, i fianchi, il petto, quanto potevo scorgere del deretano, avevano raggiunto inimmaginabili proporzioni. D'improvviso ella ruttò ed emise un lungo gemito sibilante; fenomeni che, volendo, si possono ambedue spiegare colla anzidetta violenta pressione dell'aria, la quale s'aprisse d'impeto un passaggio attraverso la valvola della gola. Gli occhi da ultimo le si stravolsero, e minacciavano di schizzar fuori dalle orbite. Colle costole largamente aperte e non più riunite dallo sterno, ella era ormai simile in tutto e per tutto a un pitone che digerisca un asino, che dico, un bue, se non un elefante. I suoi organi genitali, quegli organi rosati e vellutati tanto cari a Nikolaj Vasil'evič, protuberavano orrendamente. A questo punto la giudicai già morta. Ma Nikolaj Vasil'evič, sudando e piangendo, mormorando: o cara o santa o buona, seguitava a pompare.

Scoppiò d'improvviso e, per così dire, tutta insieme: non fu cioè una regione della sua pelle a cedere, ma tutta la superficie di essa nel medesimo tempo. E si sparse per l'aria. I pezzi ricaddero poi più o meno lentamente a seconda della loro grandezza; che era minima in ogni caso. Ricordo distintamente un pezzo di guancia con una parte della bocca rimasto appeso allo spigolo formato dal piano del camino; e altrove un brindello di seno colla sua punta. Nikolaj Vasil'evič mi fissava smemorato. Poi si riscosse e, in preda a nuova furia, si diede a raccogliere accuratamente quei poveri cencini ch'erano stati la levigata pelle di Caracas, e tutta lei. «Addio, Caracas» mi sembrò di sentirlo sussurrare «addio, mi facevi troppo pietà...» E subito dopo soggiunse distintamente: «Al fuoco, al fuoco! Anche lei al fuoco!»; e si segnò, colla sinistra, si capisce. Raccolti che ebbe tutti quegli avvizziti cenci, arrampicandosi persino sui mobili per non dimenticarne alcuno, li gettò in mezzo alla fiamma del camino, dove cominciarono a bruciare lentamente e con odore oltremodo sgradevole. Nikolaj Vasil'evič infatti, come tutti i Russi, aveva la passione del buttar cose importanti nel fuoco.

Rosso in volto e con un'espressione indicibile di disperazione eppur sinistro trionfo, egli contemplava il rogo di quei miseri resti; m'aveva afferrato un braccio e lo stringeva convulsamente. Ma avevano, quei frammenti di spoglia, appena cominciato a consumarsi, che egli parve ancora una volta riscuotersi e improvvisamente rammentarsi di qualcosa o prendere una grave decisione; e d'un subito corse via dalla stanza. Di lì a pochi secondi lo udii parlarmi attraverso la porta, con voce rotta e stridula. «Foma Paskalovič» gridava «Foma Paskalovič, promettimi che non guarderai, *golubčilt*, quello che sto per fare!» Non so bene cosa rispondessi, o se tentai di calmarlo in qualche modo. Ma egli insisteva. Dovetti promettere, come a un bambino, che mi sarei volto contro il muro e avrei atteso sua licenza per girarmi. La porta allora si spalancò con fracasso e Nikolaj Vasil'evič rientrò precipitosamente nella stanza, correndo verso il camino.

Devo qui confessare la mia debolezza, del resto giustificabile, considerate le straordinarie circostanze in cui mi trovavo: io mi girai prima che Nikolaj Vasil'evič me lo permettesse, fu più forte di me. Mi girai appena in tempo per vedere che egli recava qualcosa fra le braccia, qualcosa che subito gettò col resto nel fuoco, il quale adesso vampeggiava alto. Peraltro, la brama di *vedere* avendomi afferrato irresistibilmente, sì da vincere in me ogni altro moto, mi buttai ora verso il camino. Ma Nikolaj Vasil'evič mi si parò davanti e mi respinse pel petto con una forza di cui non lo credevo capace. Nel frattempo l'oggetto bruciava con una gran fumea. Quando egli accennò a calmarsi, non potei scorgere se non un mucchio di cenere muta.

In verità, se volevo *vedere*, era soprattutto perché avevo già *intravisto*. Ma solo intravisto, epperò non dovrei forse osare ulteriori referti, né introdurre un malcerto elemento in questa veridica narrazione. Eppure, una testimonianza non è completa se il teste non riferisce anche ciò che gli è noto non di sicura ragione. In breve, quel qualcosa era un bambino. Non un bambino in carne ed ossa, si capisce, alcunché piuttosto come una pupattola, o un bamberottolo, di gomma. Alcunché, infine, che all'apparenza si sarebbe detto *il figlio di Caracas*. Avrò anch'io avuto il delirio? È quanto non saprei dire; questo è comunque ciò che vidi, confusamente ma coi miei propri occhi. E a quale sentimento ho obbedito or ora quando, riferendo del ritorno di Nikolaj Vasil'evič nella stanza, ho taciuto che brontolava fra sé: « anche lui, anche lui! »?

E con ciò quanto mi è noto della moglie di Nikolaj Vasil'evič si esaurisce. Di quello che fu in seguito di lui medesimo, dirò nel prossimo capitolo, l'ultimo della sua vita. Interpretare poi i suoi sentimenti nella relazione con sua moglie come in tutte, è diversa e ben più ardua cosa; è ciò tuttavia che s'è tentato in altra sede e altra parte del presente volume; alla quale rimando il lettore. Spero intanto di aver portato sufficiente luce su una controversa questione e d'aver svelato, se non il mistero di Gogol', quello almeno di sua moglie. Implicitamente ho rintuzzato l'insensata accusa che egli maltrattasse e persino picchiasse la sua compagna, nonché le rimanenti assurdità. E che altro intento può avere in fondo un umile biografo quale io sono, se non quello di giovare alla memoria dell'uomo eccelso che fece oggetto del proprio studio?

« La moglie di Gogol' »
Pubblicato per la prima volta sulla rivista *Città* (14 dicembre 1944), poi incluso in *Ombre* (Vallecchi, 1954) e successivamente in *Racconti* (Vallecchi, 1961).

NATALIA GINZBURG

1916-91

La Ginzburg è una giovane sposa e madre quando nel 1941 lascia Torino, dov'è cresciuta, per seguire suo marito Leone, dissidente antifascista, al confino in un piccolo paese dell'Abruzzo. In quel luogo tanto amato quanto detestato, scrive molti racconti sotto lo pseudonimo di Alessandra Tornimparte, precauzione necessaria all'epoca per una scrittrice ebrea. Dopo la caduta di Mussolini e la Liberazione, Einaudi pubblicherà un volume intitolato *La strada che va in città*, con il suo vero nome. Questo racconto è tratto proprio da quel libro. La Ginzburg lo scrive di notte, mentre i figli dormono. Nel 1943 nasce la figlia Alessandra, che prende il nome dallo pseudonimo che ha protetto e in un certo senso «dato alla luce» la scrittrice Natalia Ginzburg. Il suo libro più famoso, *Lessico famigliare*, vincitore del Premio Strega nel 1963, è un amalgama di verità e finzione che insieme anticipa e supera il genere del memoir letterario. Leggendo la Ginzburg, si comprende che la memoria è sempre il risultato di una costruzione. Nel 1937 la casa editrice Einaudi – di cui Leone è stato tra le personalità più importanti – le propone di unirsi al gruppo di scrittori incaricati di tradurre l'opera completa di Marcel Proust (tradurrà il primo volume della *Recherche*, *Dalla parte di Swann*). La Ginzburg lavorerà per anni come redattrice dell'Einaudi (dove, com'è noto, insieme a Pavese, ha dato parere negativo al manoscritto di *Se questo è un uomo* di Levi). Questo racconto, esemplificativo dello stile delicato e distaccato dell'autrice e del suo amore per la narrazione in prima persona, è caratterizzato da una quiete che nasconde violenti flussi emotivi. È stata la figlia di Natalia, Alessandra, a consigliarmi di inserirlo nella mia antologia.

Mio marito

Uxori vir debitum reddat:
Similiter autem et uxor viro.

SAN PAOLO, I *Cor.*, 7.3.

Quando io mi sposai avevo venticinque anni. Avevo lungamente desiderato di sposarmi e avevo spesso pensato, con un senso di avvilita malinconia, che non ne avevo molte probabilità. Orfana di padre e di madre, abitavo con una zia anziana e con mia sorella in provincia. La nostra esistenza era monotona e all'infuori del tener pulita la casa e del ricamare certe grandi tovaglie, di cui non sapevamo poi cosa fare, non avevamo occupazioni precise. Ci venivano anche a far visita delle signore, con le quali parlavamo a lungo di quelle tovaglie.

L'uomo che mi volle sposare venne da noi per caso. Era sua intenzione comprare un podere che mia zia possedeva. Non so come aveva saputo di questo podere. Era medico condotto di un piccolo paese, in campagna. Ma era abbastanza ricco del suo. Arrivò in automobile, e siccome pioveva, mia zia gli disse di fermarsi a pranzo. Venne alcune altre volte, e alla fine mi domandò in moglie. Gli fu fatto osservare che io non ero ricca. Ma disse che questo non aveva importanza per lui.

Mio marito aveva trentasette anni. Era alto, abbastanza elegante, coi capelli un poco brizzolati e gli occhiali d'oro. Aveva un fare serio, contenuto e rapido, nel quale si riconosceva l'uomo avvezzo a ordinare delle cure ai pazienti. Era straordinariamente sicuro di sé. Gli piaceva piantarsi in una stanza in piedi, con la mano sotto il bavero della giacca, e scrutare in silenzio.

Quando lo sposai non avevo scambiato con lui che ben poche parole. Egli non mi aveva baciata, né mi aveva portato dei fiori, né aveva fatto nulla di quello che un fidanzato usa fare. Io sapevo soltanto che abitava in campagna, in una casa grande e molto vecchia, circondata da un ampio giardino, con un servo giovane e rozzo e una serva attempata di nome Felicetta. Se qualcosa l'avesse interessato o colpito nella mia persona, se fosse stato colto da un amore subitaneo per me, o se avesse voluto semplicemente sposarsi, non sapevo. Dopo che ci fummo congedati dalla zia, egli mi fece salire nella sua macchina, chiazzata di fango, e si mise a guidare. La strada uguale, costeggiata di alberi, ci avrebbe portati a casa. Allora lo guardai. Lo guardai a lungo e curiosamente, forse con una certa insolenza, con gli occhi ben aperti sotto il mio cappello di feltro. Si volse verso di me e mi sorrise, e strinse la mia mano nuda e fredda. «Occorrerà conoscersi un poco» egli disse.

Passammo la nostra prima notte coniugale in un albergo di un paese non molto lontano dal nostro. Avremmo proseguito l'indomani mattina. Salii in camera mentre mio marito provvedeva per la benzina. Mi tolsi il cappello e mi osservai nel grande specchio che mi rifletteva tutta. Sapevo di non essere bella, ma avevo un viso acceso e animato, e il mio corpo era alto e piacevole, nel nuovo abito grigio di taglio maschile. Mi sentivo pronta ad amare quell'uomo, se egli mi avesse aiutato. Doveva aiutarmi. Dovevo costringerlo a questo.

L'indomani quando ripartimmo non c'era ancora mutamento alcuno. Non avevamo scambiato che poche parole, e nessuna luce era sorta fra noi. Avevo sempre pensato, nella mia adolescenza, che un atto come quello che avevamo compiuto dovesse trasformare due persone, allontanarle o avvincerle per sempre l'una all'altra. Sapevo ora che poteva anche non esser così. Mi strinsi infreddolita nel soprabito. Non ero un'altra persona.

Arrivammo a casa a mezzogiorno, e Felicetta ci aspettava al cancello. Era una donnettina gobba e canuta, con modi furbi e servili. La casa, il giardino e Felicetta erano come avevo immaginato. Ma nella casa non c'era niente di tetro, come c'è spesso nelle case vecchie. Era spaziosa e chiara, con tende bianche e poltrone di paglia. Sui muri e lungo la cancellata si arrampicava l'edera e delle piante di rose.

Quando Felicetta mi ebbe consegnato le chiavi, sgattaiolando dietro a me per le stanze e mostrando ogni cosa, mi sentii lieta e pronta a dar prova a mio marito e a tutti della mia competenza.

Non ero una donna istruita, non ero forse molto intelligente, ma sapevo dirigere bene una casa, con ordine e con metodo. La zia m'aveva insegnato. Mi sarei messa d'impegno al mio compito, e mio marito avrebbe veduto quello che sapevo fare.

Così ebbe inizio la mia nuova esistenza. Mio marito era fuori tutto il giorno. Io mi affaccendavo per la casa, sorvegliavo il pranzo, facevo i dolci e preparavo le marmellate, e mi piaceva anche lavorare nell'orto in compagnia del servo. Bisticciavo con Felicetta, ma col servo andavo d'accordo. Quando ammiccava gettando il ciuffo all'indietro, c'era qualcosa nella sua sana faccia che mi dava allegria. Passeggiavo a lungo per il paese e discorrevo coi contadini. Li interrogavo, e loro m'interrogavano. Ma quando rientravo la sera, e sedevo accanto alla stufa di maiolica, mi sentivo sola, provavo nostalgia della zia e di mia sorella, e avrei voluto essere di nuovo con loro. Ripensavo al tempo in cui mi spogliavo con mia sorella nella nostra camera, ai nostri letti di ferro, al balcone che dava sulla strada ed al quale stavamo tranquillamente affacciate nei giorni di domenica.

Una sera mi venne da piangere. All'improvviso mio marito entrò. Era pallido e molto stanco. Vide i miei capelli scomposti, le mie guance bagnate di lagrime. «Che c'è?» mi disse. Tacqui, chinando il capo. Sedette accanto a me carezzandomi un poco. «Triste?» mi chiese. Feci segno di sì. Allora egli mi strinse contro la sua spalla. Poi a un tratto si alzò e andò a chiudere a chiave la porta. «Da molto tempo volevo parlarti» disse. «Mi riesce difficile, e perciò non l'ho fatto finora. Ogni giorno pensavo 'sarà oggi', e ogni giorno rimandavo, mi pareva di non poter trovare le parole, avevo paura di te. Una donna che si sposa ha paura dell'uomo, ma non sa che l'uomo ha paura a sua volta, non sa fino a che punto anche l'uomo ha paura. Ci sono molte cose di cui ti voglio parlare. Se sarà possibile parlarsi, e conoscersi a poco a poco, allora forse ci vorremo bene, e la malinconia passerà. Quando ti ho veduta per la prima volta, ho pensato: 'Questa donna mi piace, voglio amarla, voglio che mi ami e mi aiuti, e voglio essere felice con lei'. Forse ti sembra strano che io abbia bisogno d'aiuto, ma pure è così.»

Sgualciva con le dita le pieghe della mia sottana. «C'è qui nel paese una donna che ho amato molto. È sciocco dire una donna, non si tratta di una donna ma di una bambina, di una sudicia bestiolina. È la figlia di un contadino di qui. Due anni fa la curai d'una pleurite grave. Aveva allora quindici anni. I suoi sono poveri, ma più ancora che poveri, avari, hanno una dozzina di figli e non volevano saperne di comprarle le medicine. Provvidi per le medicine, e quando fu guarita, la cercavo nei boschi dove andava a far legna e le davo un po' di denaro, perché si comperasse da mangiare. A casa sua non aveva che del pane e delle patate col sale; del resto non ci vedeva niente di strano: così si nutrivano i suoi fratelli e così si nutrivano il padre e la madre, e gran parte dei loro vicini. Se avessi dato del denaro alla madre, si sarebbe affrettata a nasconderlo nel materasso e non avrebbe comprato nulla. Ma vidi poi che la ragazza si vergognava di entrare a comprare, temendo che la cosa fosse risaputa dalla madre, e che anche lei aveva la tentazione di cucire il denaro nel materasso come sempre aveva visto fare a sua madre, sebbene io le dicessi che se non si nutriva, poteva ammalarsi di nuovo e morire.

«Allora le portai ogni giorno del cibo. Sul principio aveva vergogna di mangiare davanti a me, ma poi s'era avvezzata e mangiava mangiava, e quando era sazia si stendeva al sole, e passavamo delle ore così, lei e io. Mi piaceva straordinariamente vederla mangiare, era quello il momento migliore della mia giornata, e quando mi trovavo solo, pensavo a quello che aveva mangiato e a quello che le avrei portato l'indomani. E così presi a far l'amore con lei. Ogni volta che mi era possibile salivo nei boschi, l'aspettavo e veniva, e io non sapevo neppure perché veniva, se per sfamarsi o per fare all'amore, o per timore che io m'inquietassi con lei. Ma io come l'aspettavo! Quando a un sentimento si unisce la pietà e il rimorso, ti rende schiavo, non ti dà più pace. Mi svegliavo la notte e pensavo a quello che sarebbe avvenuto se l'avessi resa incinta e avessi dovuto sposarla, e l'idea di dividere l'esistenza con lei mi riempiva d'orrore, ma nello stesso tempo soffrivo a immaginarla sposata ad un altro, nella casa di un altro, e l'amore che provavo per lei mi era insopportabile, mi toglieva ogni forza. Nel vederti ho pensato che unendomi a te mi sarei liberato di lei, l'avrei forse dimenticata, perché non volevo lei, non volevo Mariuccia, era una donna come te che io volevo, una donna simile a me, adulta e cosciente. C'era qualcosa in te che mi diceva che mi avresti forse perdonato, che avresti acconsentito ad aiutarmi, e così mi pareva che se agivo male con te, non aveva importanza, perché avremmo imparato ad amarci, e tutto questo sarebbe scomparso. » Dissi: « Ma potrà scomparire? » « Non so » egli disse, « non so. Da quando ti ho sposato non penso più a lei come prima, e se la incontro la saluto calmo, e lei ride e si fa tutta rossa, e io mi dico allora che fra alcuni anni la vedrò sposata a qualche contadino, carica di figli e disfatta dalla fatica. Pure qualcosa si sconvolge in me se la incontro, e vorrei seguirla nei boschi e sentirla ridere e parlare in dialetto, e guardarla mentre raccoglie le frasche per il fuoco. » « Vorrei conoscerla » dissi, « me la devi mostrare. Domani usciremo a passeggio e me la mostrerai quando passa. » Era il mio primo atto di volontà, e mi diede un senso di piacere. « Non mi serbi rancore? » egli mi chiese. Scossi il capo. Non provavo rancore: non sapevo io stessa quello che provavo, mi sentivo triste e contenta nel medesimo tempo. S'era fatto tardi, e quando andammo a cena, trovammo tutto freddo: ma non avevamo voglia di mangiare. Scendemmo in giardino, e passeggiammo a lungo per il prato buio. Egli mi teneva il braccio e mi diceva: « Sapevo che avresti capito ». Si svegliò più volte nella notte, e ripeteva stringendomi a sé: « Come hai capito tutto! »

Quando vidi Mariuccia per la prima volta, tornava dalla fontana, reggendo la conca dell'acqua. Portava un abito azzurro sbiadito e delle calze nere, e trascinava ai piedi un paio di grosse scarpe da uomo. Il rossore si sparse sul suo viso bruno, al vedermi, e rovesciò un po' d'acqua sulle scale di casa, mentre si voltava a guardare. Questo incontro mi diede un'emozione così forte, che chiesi a mio marito di fermarci, e sedemmo sulla panca di pietra davanti alla chiesa. Ma in quel momento vennero a chiamarlo e io rimasi sola. E mi prese un profondo sconforto, al pensiero che forse ogni giorno avrei veduto Mariuccia, che mai più avrei potuto camminare spensieratamente per quelle strade. Avevo creduto che il paese dove ero venuta a vivere mi sarebbe divenuto caro, che mi sarebbe appartenuto in ogni sua parte, ma ora questo mi era negato per sempre. E difatti ogni volta che uscivo m'incontravo con lei, la vedevo risciacquare i panni alla fontana o reggere le conche o portare in braccio uno dei suoi fratellini sporchi, e un giorno sua madre, una contadina grassa, m'invitò a entrare nella loro cucina, mentre Mariuccia stava là sulla porta con le mani sotto il grembiule, gettandomi ogni tanto uno sguardo curioso e malizioso, e alfine scappò via. Rientrando io dicevo a mio marito: « Oggi ho visto Mariuccia », ma egli non rispondeva e distoglieva gli occhi, finché un giorno mi disse irritato: « Che importa se l'hai vista? È una storia passata, non occorre parlarne più ».

Finii col non allontanarmi più dal giardino. Ero incinta, e mi ero fatta grossa e pesante. Sedevo nel giardino a cucire, tutto intorno a me era tranquillo, le piante frusciavano e diffondevano ombra, il servo zappava nell'orto e Felicetta andava e veniva per la cucina lucidando il rame. Pensavo qualche volta al bambino che doveva nascere, con meraviglia. Egli apparteneva a due persone che non avevano nulla di comune fra loro, che non avevano nulla da dirsi, che sedevano a lungo l'una accanto all'altra in silenzio. Dopo quella sera in cui mio marito mi aveva parlato di Mariuccia, non aveva più cercato di avvicinarsi a me, si era richiuso nel silenzio, e a volte quando io gli parlavo levava su di me uno sguardo vuoto, offeso, come se io l'avessi distolto da qualche riflessione grave con le mie incaute parole. E allora io mi dicevo che occorreva che i nostri rapporti mutassero prima della venuta del bambino. Perché cosa avrebbe pensato il bambino di noi? Ma poi mi veniva quasi da ridere: come se un bambino piccolo avesse potuto pensare.

Il bambino nacque d'agosto. Arrivarono mia sorella e la zia, venne organizzata una festa per il battesimo, e vi fu un grande andirivieni in casa. Il bambino dormiva nella sua culla accanto al mio letto. Giaceva rosso, coi pugni chiusi, con un ciuffo scuro di capelli che spuntava sotto la cuffia. Mio marito veniva continuamente a vederlo, era allegro e rideva, e parlava a tutti di lui. Un pomeriggio ci trovammo soli. Io m'ero abbandonata sul cuscino, fiacca e indebolita dal caldo. Egli guardava il bambino, sorrideva toccandogli i capelli e i nastri. «Non sapevo che ti piacessero i bambini» dissi ad un tratto. Sussultò e si rivolse. «Non mi piacciono i bambini» rispose, «mi piace solo questo, perché è nostro.» «Nostro?» gli dissi. «Ha importanza per te che sia *nostro*, cioè mio e tuo? Rappresento qualcosa io per te?» «Sì» egli disse come soprapensiero, e si venne a sedere sul mio letto. «Quando ritorno a casa, e penso che ti troverò, ne ho un senso di piacere e di calore.» «E poi?» domandai quietamente, fissandolo. «Poi, quando sono davanti a te, e vorrei raccontarti quello che ho fatto nella giornata, quello che ho pensato, mi riesce impossibile, non so perché. O forse so il perché. È perché c'è qualcosa nella mia giornata, nei miei pensieri, che io ti devo nascondere, e così non posso più dirti nulla.» «Che cosa?» «Questo» egli disse, «che di nuovo m'incontro con Mariuccia nel bosco.» «Lo sapevo» io gli dissi, «lo sentivo da molto tempo.» Si chinò su di me baciando le mie braccia nude. «Aiutami, te ne prego» diceva, «come faccio se tu non mi aiuti?» «Ma che cosa posso fare per aiutarti?» gridai, respingendolo e scoppiando a piangere. Allora mio marito andò a prendere Giorgio, lo baciò e me lo porse, e mi disse: «Vedrai che ora tutto ci sarà più facile».

Poiché io non avevo latte, venne fatta arrivare una balia da un paese vicino. E la nostra esistenza riprese il suo corso, mia sorella e la zia ripartirono, io mi alzai e scesi in giardino, ritrovando a poco a poco le mie abitudini. Ma la casa era trasformata dalla presenza del bambino, in giardino e sulle terrazze erano appesi i pannolini bianchi, la gonna di velluto della balia frusciava nei corridoi, e le stanze risuonavano delle sue canzoni. Era una donna non più molto giovane, grassa e vanitosa, che amava molto parlare delle case nobili dov'era stata. Occorreva comprarle ogni mese qualche nuovo grembiule ricamato, qualche spillone per il fazzoletto. Quando mio marito rientrava, io gli andavo incontro al cancello, salivamo insieme nella camera di Giorgio e lo guardavamo dormire, poi andavamo a cena e io gli raccontavo come la balia s'era bisticciata con Felicetta, parlavamo a lungo del bambino, dell'inverno che si avvicinava, delle provviste di legna, e io gli dicevo di un romanzo che avevo letto e gli esponevo le mie impressioni. Egli mi circondava col braccio la vita, mi accarezzava, io appoggiavo il viso contro la sua spalla. Veramente la nascita del bambino aveva mutato i nostri rapporti. Eppure ancora a volte io sentivo che c'era qualcosa di forzato nei nostri discorsi, nella sua bontà e tenerezza, non avrei saputo dire perché. Il bambino cresceva, sgambettava e si faceva grasso, e mi piaceva guardarlo, ma a volte mi domandavo se lo amavo davvero. A volte non avevo voglia di salire le scale per andare da lui. Mi pareva che appartenesse ad altri, a Felicetta o alla balia, ma non a me.

Un giorno seppi che il padre di Mariuccia era morto. Mio marito non me ne aveva detto nulla. Presi il cappotto e uscii. Nevicava. Il morto era stato portato via dal mattino. Nella cucina buia, Mariuccia e la madre, circondate dalle vicine, si tenevano il capo fra le mani dondolandosi ritmicamente e gettando acute grida, come usa fare in campagna se è morto qualcuno di casa, mentre i fratelli, vestiti dei loro abiti migliori, si scaldavano al fuoco le mani violette dal freddo. Quando entrai, Mariuccia mi fissò per un attimo col suo sguardo stupito, acceso di una subitanea allegria. Ma non tardò a riprendersi e ricominciò a lamentarsi.

Ella ora camminava nel paese avvolta in uno scialle nero. E sempre mi turbavo all'incontrarla. Rientravo triste: vedevo ancora davanti a me quei suoi occhi neri, quei denti, grossi e bianchi che sporgevano sulle labbra. Ma di rado pensavo a lei se non la incontravo.

Nell'anno seguente diedi alla luce un altro bambino. Era di nuovo un maschio, e lo chiamammo Luigi. Mia sorella s'era sposata ed era andata a vivere in una città lontana, la zia non si mosse, e nessuno m'assistette nel parto all'infuori di mio marito. La balia che aveva allattato il primo bambino partì e venne una nuova balia, una ragazza alta e timida, che si affezionò a noi e rimase anche dopo che Luigi fu svezzato. Mio marito era molto contento di avere i bambini. Quando tornava a casa domandava subito di loro, correva a vederli, li trastullava finché non andavano a letto. Li amava, e senza dubbio pensava che io pure li amassi. E io, li amavo, ma non come un tempo credevo si dovessero amare i propri figli. Qualcosa dentro di me taceva, mentre li tenevo in grembo. Essi mi tiravano i capelli, si aggrappavano al filo della mia collana, volevano frugare dentro il mio cestello da lavoro, e io ne ero infastidita e chiamavo la balia. Qualche volta pensavo che forse ero troppo triste per stare coi bambini. « Ma perché sono triste? » mi chiedevo. « Che c'è? Non ho ragione d'essere così triste. »

In un pomeriggio soleggiato d'autunno, mio marito ed io sedevamo sul divano di cuoio dello studio. « Siamo sposati già da tre anni » io gli dissi. « È vero » egli disse, « e vedi che è stato come io pensavo, vedi che abbiamo imparato a vivere insieme. » Tacevo, e accarezzavo la sua mano abbandonata. Poi egli mi baciò e mi lasciò. Dopo alcune ore io pure uscii, attraversai le strade del paese e presi il sentiero lungo il fiume. Volevo passeggiare un poco, in compagnia dell'acqua. Appoggiata al parapetto di legno del ponte, guardai l'acqua scorrere tranquilla ed oscura, fra l'erba e le pietre, con la mente un poco addormentata da quell'uguale rumore. Mi venne freddo e stavo per andarmene, quando ad un tratto vidi mio marito salire rapidamente per il dorso erboso del pendio, in direzione del bosco. M'accorsi che lui pure mi aveva veduta. Si fermò per un attimo, incerto, e riprese a salire, afferrandosi ai rami dei cespugli, finché scomparve fra gli alberi. Io tornai a casa, ed entrai nello studio. Sedetti sul divano dove poco prima egli mi aveva detto che avevamo imparato a vivere insieme. Capivo adesso quello che intendeva dire. Egli aveva imparato a mentirmi, non ne soffriva più. La mia presenza nella sua casa l'aveva reso peggiore. E anch'io ero divenuta peggiore stando con lui. M'ero inaridita, spenta. Non soffrivo, non provavo alcun dolore. Anch'io gli mentivo: vivevo accanto a lui come se l'avessi amato, mentre non lo amavo, non sentivo nulla per lui.

A un tratto risonò per le scale il suo passo pesante. Entrò nello studio, senza guardarmi si tolse la giacca infilando la vecchia giubba di fustagno che portava in casa. Dissi: « Vorrei che lasciassimo questo paese ». « Farò richiesta per un'altra condotta, se tu lo desideri » mi rispose. « Ma sei tu che devi desiderarlo » gridai. E mi accorsi allora che non era vero che non soffrivo, soffrivo invece in modo intollerabile, e tremavo per tutto il corpo. «Una volta dicevi che dovevo aiutarti, che è per questo che mi hai sposata. Ah, perché mi hai sposata?» dissi con un gemito. «Ah, davvero, perché? Che errore è stato!» disse, e sedette, e si coprì la faccia con le mani. «Non voglio più che tu vada da lei. Non voglio più che tu la veda» dissi, e mi chinai su di lui. Ma egli mi respinse con un gesto. «Che m'importa di te?» disse. «Tu non rappresenti nulla di nuovo per me, non hai nulla che possa interessarmi. Rassomigli a mia madre e alla madre di mia madre, e a tutte le donne che hanno abitato in questa casa. Te, non ti hanno picchiata quando eri piccola. Non ti hanno fatto soffrire la fame. Non ti hanno costretta a lavorare nei campi dal mattino alla sera, sotto il sole che spacca la schiena. La tua presenza, sì, mi dà riposo e pace, ma nient'altro. Non so che farci, ma non posso amarti.» Prese la pipa e la riempì accuratamente e l'accese, con una subitanea calma. «Del resto questi sono tutti discorsi inutili, chiacchiere senza importanza. Mariuccia è incinta» egli disse.

Alcuni giorni dopo io partii coi bambini e la balia per il mare. Da lungo tempo avevamo deciso questo viaggio, perché i bambini erano stati malati e avevano bisogno entrambi di aria marina: mio marito sarebbe venuto ad accompagnarci e si sarebbe trattenuto là con noi per un mese. Ma senza che ci dicessimo più nulla, era inteso ora che non sarebbe venuto. Ci fermammo al mare tutto l'inverno. Scrivevo a mio marito una volta alla settimana, ricevendo la sua puntuale risposta. Le nostre lettere non contenevano che poche frasi, brevi e assai fredde.

All'inizio della primavera tornammo. Mio marito ci aspettava alla stazione. Mentre percorrevamo in automobile il paese, vidi passare Mariuccia col ventre deformato. Camminava leggera, nonostante il peso del suo ventre, e la gravidanza non aveva mutato il suo aspetto infantile. Ma il suo viso aveva ora un'espressione nuova, di sottomissione e di vergogna, ed ella arrossì nel vedermi, ma non più come arrossiva una volta, con quella lieta insolenza. E io pensavo che presto l'avrei veduta reggere fra le braccia un bambino sporco, con la veste lunga che hanno tutti i bambini dei contadini, e che quel bambino sarebbe stato il figlio di mio marito, il fratello di Luigi e di Giorgio. Pensavo che non avrei sopportato la vista di quel bambino con la veste lunga. Non avrei potuto allora continuare l'esistenza con mio marito, restare ad abitare nel paese. Sarei andata via.

Mio marito era estremamente abbattuto. Passavano giorni e giorni senza che pronunciasse una parola. Neppure coi bambini si divertiva più. Lo vedevo invecchiato, trasandato negli abiti: le sue mascelle erano ricoperte di un'ispida barba. Rientrava molto tardi la sera e a volte si coricava senza cenare. A volte non si coricava affatto e passava l'intera notte nello studio.

Trovai la casa nel più grande disordine dopo la nostra assenza. Felicetta s'era fatta vecchia, si scordava di tutto, litigava col servo e lo accusava di bere troppo. Si scambiavano violenti insulti e spesso io dovevo intervenire a placarli.

Per alcuni giorni ebbi molto da fare. C'era da ordinare la casa, prepararla per l'estate vicina. Occorreva riporre negli armadi le coperte di lana, i mantelli, ricoprire le poltrone con le usse di tela bianca, metter le tende in terrazza e seminare nell'orto, potare i rosai nel giardino. Ricordavo con quanta animazione ed orgoglio m'ero data a tutte queste cose, nei primi tempi che ero sposata. Immaginavo che ogni mio semplice atto dovesse avere la più grande importanza. Non erano passati da allora neppur quattro anni, ma come mi vedevo cambiata! Anche il mio aspetto oggi era quello d'una donna matura. Mi pettinavo senza scriminatura, con la crocchia bassa sul collo. A volte specchiandomi pensavo che così pettinata non stavo bene e apparivo più vecchia. Ma non desideravo più d'esser bella. Non desideravo niente.

Una sera sedevo in sala da pranzo con la balia che mi stava insegnando un punto a maglia. I bambini dormivano e mio marito era partito per un paese lontano alcuni chilometri, dove c'era un ammalato grave. All'improvviso suonò il campanello e il servo andò scalzo ad aprire. Anch'io scesi: era un ragazzo sui quattordici anni, e riconobbi uno dei fratelli di Mariuccia. «M'hanno mandato a chiamare il dottore, che mia sorella sta male» disse. «Ma il dottore non c'è.» Si strinse nelle spalle e andò via. Ricomparve di lì a poco. «Non è tornato il dottore?»

chiese. « No » gli dissi, « ma lo farò avvertire. » Il servo s'era già coricato: gli dissi di vestirsi e di andare a chiamare il dottore in bicicletta. Salii nella mia camera e feci per spogliarmi: ma ero troppo inquieta, eccitata, sentivo che anch'io dovevo fare qualcosa. Mi copersi il capo con uno scialle ed uscii. Camminai nel paese buio, deserto. In cucina, i fratelli di Mariuccia sonnecchiavano col capo sulla tavola. Le vicine parlavano tra loro aggruppate davanti alla porta. Nella camera accanto, Mariuccia camminava nello stretto spazio tra il letto e la porta, camminava e gridava, sostenendosi alla parete. Mi fissò senza riconoscermi, seguitando a camminare e a gridare. Ma la madre mi gettò uno sguardo astioso, cattivo. Sedetti sul letto. « Non tarderà il dottore, signora? » mi chiese la levatrice. « Sono diverse ore che la ragazza ha i dolori. Ha perso già molto sangue. È un parto che non si presenta bene. » « L'ho mandato a chiamare. Dovrebbe essere qui tra poco » risposi.

Poi Mariuccia cadde svenuta e la portammo sul letto. Occorreva qualcosa in farmacia e mi offersi di andarvi io stessa. Al mio ritorno s'era riavuta ed aveva ricominciato a gridare. Aveva le guance accese, sussultava buttando via le coperte. Si aggrappava alla spalliera del letto e gridava. La levatrice andava e veniva con le bottiglie dell'acqua. « È una brutta storia » mi disse ad alta voce, tranquillamente. « Ma bisogna fare qualcosa » le dissi. « Se mio marito tarda, bisogna avvertire un altro medico. » « I medici sanno dire molte belle parole, e nient'altro » disse la madre, e di nuovo mi gettò il suo sguardo amaro, riponendosi in seno la corona. « Gridan tutte quando si sgravano » disse una donna.

Mariuccia si dibatteva sul letto coi capelli in disordine. A un tratto s'aggrappò a me, mi strinse con le scarne braccia brune. « Madonna, Madonna » diceva. Le lenzuola erano macchiate di sangue, c'era del sangue perfino in terra. La levatrice non s'allontanava più da lei. « Coraggio » le diceva di quando in quando. Ora ella aveva come dei singhiozzi rauchi. Aveva un cerchio sotto gli occhi, la faccia scura e sudata. « Va male, va male » ripeteva la levatrice. Ricevette nelle sue mani il bambino, lo sollevò, lo scosse. « È morto » e lo buttò in un angolo del letto. Vidi una faccia vizza di piccolo cinese. Le donne lo portarono via, ravvolto in uno straccio di lana.

Ora Mariuccia non gridava più, giaceva pallida pallida, e il sangue non cessava di scorrere dal suo corpo. Vidi che c'era una chiazza di sangue sulla mia camicetta. « Va via con un po' d'acqua » mi disse la levatrice. « Non fa nulla » risposi. « Mi è stata molto d'aiuto stanotte » ella disse, « è una signora molto coraggiosa. Proprio la moglie di un dottore. »

Una delle vicine volle ad ogni costo farmi prendere un po' di caffè. La dovetti seguire in cucina, bere del caffè chiaro e tiepido dentro un bicchiere. Quando tornai, Mariuccia era morta. Mi dissero che era morta così, senza più riaversi dal suo sopore.

Le pettinarono le trecce, le ricomposero le coltri intorno. Alfine mio marito entrò. Teneva in mano la sua valigetta di cuoio: era pallido e trafelato, col soprabito aperto. Sedevo accanto al letto, ma egli non mi guardò. Si fermò nel mezzo della camera. La madre gli venne davanti, gli strappò dalle mani la valigetta buttandola a terra. « Non sei neppure venuto a vederla morire » gli disse.

Allora io raccolsi la valigetta e presi mio marito per la mano. « Andiamo via » gli dissi. Egli si lasciò condurre da me attraverso la cucina, fra le donne che mormoravano, e mi seguì fuori. A un tratto io mi fermai: mi sembrava che avrei dovuto mostrargli il piccolo cinese. Ma dov'era? Chissà dove l'avevano portato.

Camminando mi stringevo a lui, ma egli non rispondeva in alcun modo alla mia stretta, e il suo braccio pendeva immobile lungo il mio corpo. Capivo che non poteva accorgersi di me, capivo che non dovevo parlargli, che dovevo usare la più grande prudenza. Venne con me fino alla porta della nostra camera, mi lasciò e ridiscese nello studio, come spesso faceva negli ultimi tempi.

Era già quasi giorno, sentivo gli uccelli cantare forte sugli alberi. Mi coricai. E ad un tratto mi accorsi che ero in preda a una felicità immensa. Ignoravo che si potesse essere così felici della morte di una persona. Ma non ne provavo alcun rimorso. Da molto tempo non ero felice, e questa era ormai una cosa tutta nuova per me, che mi stupiva e mi trasformava. Ed ero piena di uno sciocco orgoglio, per il mio contegno di quella notte. Comprendevo che mio marito non poteva pensarci ora, ma più tardi, quando si fosse ripreso un poco, ci avrebbe ripensato e si sarebbe forse reso conto che avevo agito bene.

All'improvviso un colpo risuonò nel silenzio della casa. Mi alzai dal letto gridando, gridando uscii per le scale, mi gettai nello studio e scossi quel suo grande corpo immobile nella poltrona, le braccia abbandonate e riverse. Un po' di sangue bagnava le sue guance e le sue labbra, quel volto che io conoscevo così bene.

Poi la casa si riempì di gente. Dovetti parlare, rispondere ad ogni domanda. I bambini furono portati via. Due giorni dopo, accompagnai mio marito al cimitero. Quando ritornai a casa, mi aggirai assorta per le stanze. Quella casa mi era divenuta cara, ma mi pareva di non avere il diritto di abitarvi, perché non mi apparteneva, perché l'avevo divisa con un uomo che era morto senza una parola per me. Eppure non avrei saputo dove andare. Non c'era un luogo al mondo in cui desiderassi andare.

« Mio marito »
Scritto nel 1941 e pubblicato nel 1942 (sotto lo pseudonimo di A. Tornimparte) sulla rivista *Lettere d'oggi* (IV, 2-3, marzo-aprile), in seguito incluso in *La strada che va in città e altri racconti* (Einaudi, 1945).

CARLO EMILIO GADDA

1893-1973

Gadda è un autore singolare che può incutere soggezione: chi non lo adora generalmente deve alzare le mani, come davanti a un Henry James o al Joyce di *Finnegans Wake*. Comincia a lavorare come ingegnere elettrotecnico, ma la prigionia durante la Prima guerra mondiale, che si porta via suo fratello, lo avvicina alla scrittura. La parola chiave per comprendere Gadda è «maccheronico», genere poetico che mescolava latino e volgare per creare una lingua nuova; si ritrova nel *Baldus* di Teofilo Folengo, scrittore rinascimentale che arriva a influenzare Rabelais. Anche Gadda crea un impasto di registri alti e bassi, intrecciando dialetto e italiano letterario, ed è su questo contrasto che si fonda la sua estetica. Il risultato è una voce unica per definizione, che non smette mai di disorientare, sfidare, capovolgere. Anche il suo modo di accostarsi ai generi è scherzoso: racconto, novella, romanzo sono categorie che gli stanno strette e che rifiuta. Come Pasolini, impara il romanesco e lo usa nei suoi libri; e con Pasolini condivide anche un'identità omosessuale e un interesse per i temi della prostituzione e della vita nelle periferie urbane (che darà i suoi frutti migliori in *Quer pasticciaccio brutto de via Merulana*). Vive per un breve periodo in Argentina e traduce un testo del drammaturgo della Nuova Spagna Juan Ruiz de Alarcón, vissuto tra Cinque e Seicento. Ha avuto un rapporto complicato con la madre e ha perso il padre a sedici anni. Questo racconto – privo di trama, sbandato, spaventoso – è apparso in una raccolta, ma è anche un capitolo del romanzo autobiografico *La cognizione del dolore*, ambientato in un immaginario stato sudamericano. L'effetto è un connubio di caos e coerenza. Gadda ha cominciato a scriverlo dopo la morte della madre e lo ha lasciato volutamente incompiuto. Le note dell'autore a piè di pagina sono parte integrante del racconto. Più che di note, in effetti, si tratta di vere e proprie digressioni.

La mamma

Vagava, sola, nella casa. Ed erano quei muri, quel rame, tutto ciò che le era rimasto? di una vita. Le avevano precisato il nome, crudele e nero, del monte: dove era caduto: e l'altro, desolatamente sereno, della terra dove lo avevano portato e dimesso, col volto ridonato alla pace e alla dimenticanza, privo di ogni risposta, per sempre. Il figlio che le aveva sorriso, brevi primavere! che così dolcemente, passionatamente, l'aveva carezzata, baciata. Dopo un anno, a Pastrufazio, un sottufficiale d'arma le si era presentato con un diploma, le aveva consegnato un libercolo, pregandola di voler apporre la sua firma su di un altro brogliaccio: e in così dire le aveva porto una matita copiativa. Prima le aveva chiesto: « È lei la signora Adelaide François? » Impallidendo all'udir pronunziare il suo nome, che era il nome dello strazio, aveva risposto: « Sì, sono io ». Tremando, come al feroce rincrudire d'una condanna. A cui, dopo il primo grido orribile, la buia voce dell'eternità la seguitava a chiamare.

Avanti che se ne andasse, quando con un tintinnare della catenella raccolse a sé, dopo il registro, anche la spada luccicante, ella gli aveva detto come a trattenerlo: « Posso offrirle un bicchiere di Nevado? »: stringendo l'una nell'altra le mani scarne. Ma quello non volle accettare. Le era parso che somigliasse stranamente a chi aveva occupato il fulgore breve del tempo: del consumato tempo. I battiti del cuore glie lo dicevano: e sentì di dover riamare, con un tremito dei labbri, la riapparita presenza: ma sapeva bene che nessuno, nessuno mai, ritorna.

Vagava nella casa: e talora dischiudeva le gelosie d'una finestra, che il sole entrasse, nella grande stanza. La luce allora incontrava le sue vesti dimesse, quasi povere: i piccoli ripieghi di cui aveva potuto medicare, resistendo al pianto, l'abito umiliato della vecchiezza. Ma che cosa era il sole? Quale giorno portava? sopra i latrati del buio. Ella ne conosceva le dimensioni e l'intrinseco, la distanza dalla terra, dai rimanenti pianeti tutti: e il loro andare e rivolvere; molte cose aveva imparato e insegnato: e i matemi e le quadrature di Keplero che perseguono nella vacuità degli spazi senza senso[1] l'ellisse del nostro disperato dolore.

Vagava, nella casa, come cercando il sentiero misterioso che l'avrebbe condotta ad incontrare qualcuno: o forse una solitudine soltanto, priva d'ogni pietà e d'ogni imagine. Dalla cucina senza più fuoco alle stanze, senza più voci: occupate da poche mosche. E intorno alla casa vedeva ancora la campagna, il sole.

Il cielo, così vasto sopra il tempo dissolto, si adombrava talora delle sue cupe nuvole; che vaporavano rotonde e bianche dai monti e cumulate e poi annerate ad un tratto parevano minacciare chi è sola nella casa, lontani i figli, terribilmente. Ciò accadde anche nello scorcio di quella estate, in un pomeriggio dei primi di settembre, dopo la lunga calura che tutti dicevano sarebbe durata senza fine: trascorsi una diecina di giorni da quando aveva fatto chiamare la custode, con le chiavi: e, da lei accompagnata, era voluta discendere al Cimitero. Quella minaccia la feriva nel profondo. Era l'urto, era lo scherno di forze o di esseri non conosciuti, e tuttavia inesorabili alla persecuzione: il male che risorge ancora, ancora e sempre, dopo i chiari mattini della speranza. Ciò che più la soleva sgomentare fu sempre il malanimo impreveduto di chi non avesse cagione alcuna da odiarla, o da offenderla: di quelli a cui la sua fiducia così pura si era così trasportatamente rivolta, come ad eguali e a fratelli in una superiore società delle anime. Allora ogni soccorrevole esperienza e memoria, valore e lavoro, e soccorso della città e della gente, si scancellava a un tratto dalla desolazione dell'istinto mortificato, l'intimo vigore della consapevolezza si smarriva: come di bimba urtata dalla folla, travolta. La folla imbarbarita degli evi persi, la tenebra delle cose e delle anime erano un torbido enigma, da-

[1] Destituiti di apparato sensorio e quindi di sensitiva.

vanti a cui si chiedeva angosciata – (ignara come smarrita bimba) – perché, perché.

L'uragano, e anche quel giorno, soleva percorrere con lunghi ululati le gole paurose delle montagne, e sfociava poi nell'aperto contro le case e gli opifici degli uomini. Dopo ogni tetro accumulo di sua rancura, per tutto il cielo si disfrenava alle folgori, come nel guasto e nelle rapine un capitanaccio dei lanzi a gozzovigliare tra sinistre luci e spari. Il vento, che le aveva rapito il figlio verso smemoranti cipressi, ad ogni finestra pareva cercare anche lei, anche lei, nella casa. Dalla finestretta delle scale, una raffica, irrompendo, l'aveva ghermita per i capegli: scricchiolavano da parer istiantare i pianciti e le loro intravature di legno: come fasciame, come di nave in fortuna: e gli infissi chiusi, barrati, gonfiati da quel furore del di fuori. Ed ella, simile ad animale di già ferito, se avverta sopra di sé ancora ed ancora le trombe efferate della caccia, si raccolse come poteva nella sua stremata condizione a ritrovare un rifugio, da basso, nel sottoscala: scendendo, scendendo: in un canto. Vincendo paurosamente quel vuoto d'ogni gradino, tentandoli uno dopo l'altro, col piede, aggrappandosi alla ringhiera con le mani che non sapevano più prendere, scendendo, scendendo, giù, giù, verso il buio e l'umidore del fondo. Ivi, una piccola mensola.

E la oscurità le permise tuttavia di ritrovarvi al tatto una candela, ammollata, un piattello con degli zolfini, predisposti per l'ore della notte, a chi rincasasse nelle tarde ore. Nessuno rincasava. Sollecitò a più tratti uno zolfanello, un altro, sulla carta di vetro: ed ecco, nel giallore alfine di quella tremula cognizione dell'ammattonato, ecco ulteriormente fuggitiva una scheggia di tenebra, orrenda: ma poi subito riprendersi nella immobilità d'una insidia: il nero dello scorpione. Si raccolse allora, chiusi gli occhî, nella sua solitudine ultima: levando il capo, come chi conosce vana ogni implorazione di bontà. E si sminuiva in sé, prossima a incenerire, una favilla dolorosa del tempo: e nel tempo ella era stata donna, sposa, e madre. Ristava ora, atterrita, davanti l'arma senza prodezza di cui a respingerla s'avvaleva essa pure, la tenebra. E la inseguivano fin là, dov'era discesa, discesa, nel fondo buio d'ogni memoria, l'accaneggiavano gli scoppi, ferocemente, e la gloria vandalica dell'uragano. La insidia repugnante della oscurità: nata, più nera macchia, dall'umidore e dal male.

Il suo pensiero non conosceva più perché, perché! dimentico, nella offesa estrema, che una implorazione è possibile, o l'amore, dalla carità delle genti: non ricordava più nulla: ogni antico soccorso della sua gente era perduto, lontano. Invano aveva partorito le creature, aveva dato loro il suo latte: nessuno lo riconoscerebbe dentro la gloria sulfurea delle tempeste, e del caos, nessuno più ci pensava: sugli anni lontani delle viscere, sullo strazio e sulla dolcezza cancellata, erano discesi altri fatti: e poi il clangore della vittoria, e le orazioni e le pompe della vittoria: e, per lei, la vecchiezza: questa solitudine postrema a chiudere gli ultimi cieli dello spirito.

Il gocciare della smoccolatura le cadde, scottandola, sulla tremante mano, l'alito gelato della tempesta, dalla finestretta delle scale, infletteva e laminava la fiammella smagandola sopra il guazzo e sopra il crassume della cera, attenuava, quel baluginare del lucignolo, a commiato di morte.

Non vide più nulla. Tutto fu orrore, odio. Il tuono incombeva sulle cose e le fulgurazioni dell'elettrico si precipitavano all'ira, grigliate in rinnovati attimi dalle stecche delle gelosie chiuse, nell'alto. Ed ecco lo scorpione, risveglio, aveva proceduto, come di lato, come a raggirarla, ed ella, tremando, aveva retroceduto dentro il suo solo essere, distendendo una mano diaccia e stanca, come a volerlo arrestare. I capegli le spiovevano sulla fronte, non osava dir nulla, con labbri secchi, esangui: nessuno, nessuno l'avrebbe udita, sotto il fragore. E a chi rivolgersi, nel tempo mutato, quando tanto odio, dopo gli anni, le era oggi rivolto? Se le creature stesse, negli anni, erano state un dolore vano, fiore dei cimiteri: perdute!... nella vanità della terra...

Perché? Perché?

Dal fondo buio delle scale levava talora il volto, e anche in quell'ore, a riconoscere sul suo capo taciuti interludî della bufera, la nullità stupida dello spazio: e della sera sopraccadente, dalla gronda, fuori, gocce, come pianto, o il misericorde silenzio. Immaginava che le lame repentine d'ogni raffica, avendo corsa ogni stanza, ne fossero uscite quasi tardataria masnada a recuperarsi verso la pianura e la notte, dove s'aggiungessero al loro migrante stormo. Una imposta batteva, schiaffeggiandolo, contro il muro della casa. Gli alberi, fuori, udiva, davano rade stille, verso notte, detersi come da un pianto.

Nessuno la vide, discesa nella paura, giù, sola, dove il giallore del lucignolo vacillava, smoriva entro l'ombre, dal ripiano della mensola, agonizzando nella sua cera liquefatta. Ma se qualcuno si fosse mai trovato a ravvisarla, oh! anche un lanzo! avrebbe sentito nell'animo che quel viso levato verso l'alto, impietrato, non chiedeva nemmeno di poter implorar nulla, da vanite lontananze. Capegli effusi le vaporavano dalla fronte, come fiato d'orrore. Il volto, a stento, emergeva dalla fascia tenebrosa, le gote erano alveo alla impossibilità delle lacrime. Le dita incavatrici di vecchiezza parevano stirar giù, giù, nel plasma del buio, le fattezze di chi approda alla solitudine. Quel viso, come spetro, si rivolgeva dal buio sottoterra alla società superna dei viventi, forse immaginava senza sperarlo il soccorso, la parola di un uomo, di un figlio.

Questo nome le si posò lieve sull'animo: e fu cara parvenza, suggerimento quasi di mattino e di sogno, un'ala alta che trasvolasse, una luce. Sì: c'era il suo figlio, nel tempo, nella certezza e nella cognizione dei viventi: ed anche dopo il tramutare, dopo il precipitare degli anni. Camminava tra i vivi. Andava i cammini degli uomini. Il primo suo figlio. Quello nel di cui corpicino aveva voluto vedere, oh! giorni!, la prova difettiva di natura, un fallito sperimento delle viscere dopo la frode accolta del seme, reluttanti ad aver patito, ad aver generato il non suo: in una lunga e immedicabile oscurazione di tutto l'essere, nella fatica della mente, e dei visceri dischiusi poi al disdoro lento dei parti, nello scherno dei negoziatori sagaci e dei mercanti, sotto la strizione dei doveri ch'essi impongono, così nobilmente solleciti delle comuni fortune, alla pena e alla miseria degli onesti. Ed era ora il figlio: il solo. Andava le strade arse lungo il fuggire degli olmi, dopo la polvere verso le sere ed i treni. Il suo figlio primo. Oh! Soltanto il nembo – fersa di cieli sibilanti sopra incurve geniture della campagna – soltanto il terrore aveva potuto disgiungerla per tal modo dalla verità, dalla sicurezza fondata della memoria. Il suo figlio: Gonzalo. A Gonzalo, no, no!, non erano stati tributati i funebri onori delle ombre; la madre inorridiva al ricordo: via, via!, dall'inane funerale le nenie, i pianti turpi, le querimonie: ceri, per lui, non eran scemati d'altezza tra i piloni della nave fredda e le arche dei secoli-tenebra. Quando il canto d'abisso, tra i ceri, chiama i sacrificati, perché scendano, scendano, dentro il fasto verminoso dell'eternità.

Un clàcson, dalla camionale: e il vuoto delle cose. Tutto taceva, finalmente. I gatti, all'ora consueta, certo, ecco erano penetrati nella casa, per dove loro solo entrano: vellutate presenze l'affisavano dalla metà delle scale, con occhi nella oscurità come topazî, ma fenduti d'un taglio, lineate pupille della lor fame: e le rivolsero, miaulando, un saluto timido, un appello: «è l'ora». L'ordine e la carità domestici la richiamavano sopra. Ed ella, dimentica della propria, si fece subito solerte dell'altrui pena, come sempre: risaliva le scale. Il zoccolante passo del contadino risuonò sull'ammattonato di sopra: reduce dalla spesa del tabacco, e forse, sperò, del sale: la chiamò nel buio, le parlò delle provviste e del fuoco, le notificò l'ora, devastati i ricolti: si fece, con nuovi urti di voce, a disserrar l'ante, i vetri. Rinfrancata, ella rivide chiarità dolci e lontane del paese e nella dolce memoria le fiorirono quelle parole di sempre: «Apre i balconi – apre terrazzi e logge la famiglia»: quasi che la società degli uomini ricostituita le riapparisse dopo notte lunga. E il famiglio, ecco, davanti ai gatti, le andava per la casa: dal suo proprio focolare a quest'altro, così ampio e gelido: recando faville, tirsi; e poi per le scale; dietro la fuga quadrupedata degli zoccoli sbatacchiavano ante ed usci. E fustelli e rametti un po' per tutto lungo il virile cadere dell'itinerario. E il vento si era smarrito verso la pianura, in direzione del Pequeño.

Dalla terrazza, nelle sere d'estate, ella scorgeva all'orizzonte lontano i fumi delle ville, che immaginava popolate, ognuna, della reggiora, col marito alla stalla, e dei figli. Le ragazze, a frotte, tornavano dall'opificio, telai, o incannatoî, o bacinelle di filanda: biciclette avevano riportato i garzoni dall'incudine: o erano rivenuti dietro il padre con dondolanti buoi dal campo, ed egli reggeva e raffrenava pel timone il suo carro basso, a brevi sponde inclinate ed aperte con piccole ruote dagli assali unti e taciti, ricolmo dell'avere e del lavoro, dei fusti e dell'erbe: sul cui monte posavano come dimenticate le stanche falci, nell'ombre di sera.

Prole rustica venuta senza numero dal lavoro al fuoco, a un cucchiaio: alle povere scodelle slabbrate che ne rimeritavano il giorno.

Bagliori lontanissimi, canti, le arrivavano dal di fuori della casa. Come se alcuna reggiora avesse disposto il suo rame ad asciugar nell'aia, a riverberare, splendendo, il tramonto. Forse per un saluto a lei, la signora!, che un tempo, come loro, era stata donna, sposa, e madre. Ella non invidiava a nessuno. Sperava a tutte, a tutte, l'allegrezza e la forza pacata dei figlioli, che avessero lavoro, sanità, pace: buone corse nel mattino dove il capitano li comanda: che trovassero la sposa presto, venuti di reggimento, nel folto odoroso delle ragazze.

Così, ogni giorno, trovava motivo o pretesto per chiamare a sé la lavandaia, la figlia della fornaia, la venditrice di limoni o talvolta qualche naranza rara di Tierra Caliente, la vecchia madre ottantaseienne del famiglio, la moglie del pescivendolo. (Si aveva ragione di supporre che i termini della serie indumentale non vigessero al completo sulla persona di costei.) Erano dei poveri lucci, scuri, di muso aguzzo come il desiderio dei poveri, e tetro, che avevano remigato e remigato carestie verdi incontro all'argenteo baleno della durlindana; o tinche, pescioni gialli dei laghi d'un viscidume crasso e melenso, che ancora sapevano tra carote e sedani il sapore della melma: dopo l'ora del tramonto arpionati su con la lenza dal Seegrün o da quell'altra valle, assai dolce agli autunni, dell'abate-poeta, o da quell'altra ancora poco più là del pittore-discepolo, quando vi si specchia, sotto liquefatte nuvole, la dentatura della montagna rovesciata.

Con carote e sedani, a fuoco lento, nella casseruola lunga del luccio; vi rimestava, in quello sguazzo, con un cucchiarone di legno: ne veniva una cosa piena di spini, di sedani, ma piuttosto buona al gusto. A opera finita non ne faceva che un assaggio, era lieta; regalava tutto alle donne. Le donne la lodavano della sua bravura nel cucinare, la rimeritavano della bontà.

Non invidiava a nessuno. Forse, dopo tanto valore e studio, dopo d'aver faticato e patito, e aver dato senza lacrime la sua genitura, perché ne disponessero, gli strateghi della Repubblica, del suo sangue più bello!, secondo ragione loro comandava; forse dopo l'infuocato precipitare d'ogni giorno, e degli anni, stanche ellissi, forse aveva ragione il tempo: lieve suasore d'ogni rinuncia: oh! l'avrebbe condotta dove si dimentica e si è dimenticati, oltre le case ed i muri, lungo il sentiero aspettato dai cipressi.

Prole rustica, leva del perenne pane: crescessero, amassero. Si considerava alla fine della sua vicenda. Il sacrificio era stato consumato. Nella purità; di cui Dio solo è conoscenza. Si compiaceva che altri ed altre avessero a poter raccogliere il senso vitale della favola, illusi ancora, nel loro caldo sangue, a crederla verità necessaria. Dall'orizzonte lontano esalavano i fumi delle ville. Di lei nessuno avrebbe più recato lo spirito, o il sangue, nei giorni vuoti.

Ma Gonzalo? Oh, il bel nome della vita! Una continuità che s'adempie. Di nuovo le sembrò, dal terrazzo, di scorgere la curva del mondo: la spera dei lumi, a rivolversi; tra brume color pervinca disparivano incontro al sopore della notte. Sul mondo portatore di frumenti, e d'un canto, le quiete luminarie di mezza estate. Le sembrò di assistervi ancora, dalla terrazza di sua vita, oh! ancora, per un attimo, di far parte della calma sera. Una levità dolce. E, nel cielo alto, lo zaffiro dell'oceano: che avevan rimirato l'Alvise, a tremare, e Antoniotto di Noli, doppiando capi dalla realità senza nome incontro al sogno apparito degli arcipelaghi. Si sentì ripresa nell'evento, nel flusso antico della possibilità, della continuazione: come tutti, vicina a tutti. Col pensiero, coi figli, donandosi aveva superato la tenebra: doni delle opere e delle speranze verso la santità del futuro. La sua consumata fatica la riportava nel cammino delle anime. Aveva imparato, insegnato. Tardi rintocchi: e il lento lucignolo delle vigilie si era bevuto il silenzio. Lungo gli interrighi s'insinuava l'alba: nobili paragrafi! ed ella, nel sonno, ne ridiceva la sentenza. Generazioni, stridi delle primavere, gioco della perenne vita sotto il guardare delle torri. Pensieri avevano suscitato i pensieri, anime avevano suscitato le anime. Doloranti patrie le tragittavano verso le prode di conoscenza, navi per il Mare Tenebroso. Forse, così, l'atrocità del suo dolore non sarebbe vana a Dio.

Congiunse le mani.

Gonzalo, del lavoro, traeva di che vivere. Recentemente era passato da Modetia,[2] la camiciaia di Modetia gli aveva da preparare alcune camicie di tela: aveva scritto, anzi: le taglierebbe con il miglior impegno, in tanta obbligazione sentiva di essere, cara signora, con la di lei bontà e gentilezza.

Gonzalo! Il suo figlio maggiore non era un pensionato dello Stato, se non da ridere, per una medagliuzza: l'ultima e la più risibile delle medaglie. (Ma così potevano credere i competenti, non la sua certezza di madre.) Nessuna ragione sussisteva, d'altronde, perché avesse ad essere un pensionato dello Stato. I di lui timpani erano affetti d'altro male, ora, che una lacerazione traumatica, d'altro tedio guasti, si sarebbe detto, che non fosse la nebbia imperscrutabile della sordità. Ella non si capacitava del come le fosse riapparito, oh, in un'alba di cenere: tra le mercature e la fanghiglia di Pastrufazio, e le macchine invitte. Era incolume, con poveri anni dentro le grigie controspalline del ritorno. Forse la sua guerra, a lui, non era stata pericolosa. Non raccontava nulla, mai: non ne parlava ad alcuno: non certo ai ragazzi, se lo attorniavano in un minuto di lor sosta, belligeranti o ammiragli sgraffiati, accaldati, con baionette di latta: e nemmeno alle signore in villa, ch'erano, diceva, tra le più elette gentildonne di Pastrufazio le più assetate di epos: e in conseguenza le più entusiaste bevitrici di fandonie.

I ragazzi, poi, sembrava addirittura che li avesse in odio. Una severità cupa gli si metteva sulla faccia a trovarne in casa anche un solo, come quel povero scioccherello, sorrise la madre, del

[2] Fondata nel 1695 appiè le ultime ondulazioni moreniche del Serruchón, da alcuni immigrati monzesi; che diedero alla città ritrovata il nome latino della perduta.

caillou, bijou. Oh! il «suo» Gonzalo! Era troppo evidente che l'arsenale della gloria aveva rifiutato di prenderlo in carico. Plauto, in lui, non troverebbe il suo personaggio, forse Molière. La povera madre, non volendolo, rivide le lontane figure del Misanthrope e dell'Avare, tutte pizzi e gale sotto ai ginocchi, nel vecchio libro, a due colonne, de' suoi adolescenti mattini, delle sue veglie così fervide: quando il cerchio della lucernetta, sul tavolo, era l'orbe di pensiero e di chiarità nella incolumità del silenzio. Nel vecchio libro, odoroso del vecchio inchiostro di Francia, con le cuffie, i pizzi, e Maître Corbeau. Era evidente. Dopo recuperate vittorie, gli stampatori della gloria funebre non gli eran più bastate le loro xilografie mortuarie fino ai carmi d'un reduce senza endecasillabi: lampade funerarie e motti e fiammelle e perennis ardeo: tutto esaurito per gli xilografi, sulle coperte dei cadaverosi poemi. I compagni morti, mai, mai, Gonzalo non li avrebbe mai adoperati a così gloriosamente poetare, il fratello, sorriso lontano! Chiusone in sé il nome, la disperata memoria.

I venditori di passamanerie non ebbero gale di nessun prezzo da potergli vendere, né alamari di caballero, né nastri, né fibbie, per il suo cammino silente. Lo hidalgo reluttava ai salotti, alle opinioni delle signore patriottarde. Al tè lungo, come non bastasse, preferiva la strada solitaria della Recoleta. Dopo le quali incresciose constatazioni, la stima della gente seria cominciò davvero a dovergli girare alla larga. E un bel giorno, anzi, sistemati i quadri delle sue Lettere, e della sua Ingegneria, la natale Pastrufazio non poté a meno di defecarlo.

Ma queste note erano esterne all'amore della madre, come anche al linguaggio: nell'ambascia de' suoi giorni spenti ella non aveva mai acceduto alle conversazioni, alle tinnule conglomerazioni della buona società.

Pensava con dolcezza a questo suo primo figlio, rivedendolo bimbo, assorto e studioso. E adesso già curvo, noiato sopra l'errare dei sentieri. Rientrò, dal terrazzo, nella grande stanza. Le mosche avevano ripreso, dileguata la tempesta, a sorvolare la tavola: dov'erano i giornali, coi nuovi avvenimenti, ch'erano succeduti ad altri. Così d'anno in anno, di giorno in giorno: per tutta la serie degli anni, dei giorni. E i fogli, ben presto, ingiallivano. Quando le mosche, per un momento, si ristavano dal loro carosello, e anche il moscone verde, un attimo, allora nel cosmo labile di quella sospensione impreveduta udiva più distinto il tarlo a cricchiare, cricchiare affaticatamente, con piccoli strappi, nel vecchio secrétaire di noce ch'ella non riusciva più a disserrare. Il giuoco della chiave si era smarrito nella successione dei tentativi, o, forse, nelle ombre dolorose della memoria. Ci doveva essere il ritratto... i ritratti... i gemelli di madreperla... forse, anche le due lettere... le ultime!... le forbicine da lavoro, il ventaglio nero, di pizzo... Quello che le avevano regalato in palude, quando si era accommiatata dai colleghi, dalle poche alunne... più d'una febbricitante, tutte avevano voluto il suo bacio... Ma non le mancavano, por suerte, delle forbicine di riserva: tre paia, anzi.

Ed erano state le nozze.

Se il suo pensiero discendeva, dal ricordo di quei due bimbi, agli anni vicini, all'oggi... le pareva che la crudeltà fosse troppa: simile, ferocemente, a scherno.

Perché? Perché? Il volto, in quelle pause, le si pietrificava nell'angoscia: nessun battito dell'anima era più possibile: forse ella non era più la madre, come nell'urlo dei parti, lacerato, lontano: non era più persona, ma ombra. Sostava così, nella sala, con pupille cieche ad ogni misericorde ritorno, immobilità scarnita da vecchiezza; per lunghe falcate del tempo. E l'abito di povertà e di vecchiezza era come un segno estremo dell'essere, portato davanti ai volti dei ritratti, dove alìgeri fatui, sul vuoto, orbiteranno entro il sopravvivente domani. Poi, quasi un rito della stagione, improvvisa, le giungeva l'ora dalla torre; liberando nel vuoto i suoi rintocchi persi, eguali. E le pareva memento innecessario, crudele. Nel tempo finito d'ogni estate, traverso il mondo che l'aveva lasciata così. Le mosche descrivevano pochi cerchî nella grande sala, davanti ai ritratti, sotto i dardi orizzontali della sera. Con una mano, allora, stanca, si ravviava i capelli sbiancati dagli anni, effusi dalla fronte senza carezze come quelli di Re Lear. Superstiti ad ogni fortuna. Ed ora nel silenzio, discendendo il tramonto, vanite le tempeste della possibilità. Ella aveva tanto imparato, tanti libri letto! Alla piccola lucerna lo

Shakespeare: e ne diceva ancora qualche verso, come d'una stele infranta si disperdono smemorate sillabe, e già furono luce della conoscenza, e adesso l'orrore della notte.

Nel cielo si erano dissipati i vapori, e i fumi, su dalla strozza de' camini, di sotto pentola, delle povere cene della gente. S'erano dissoluti come una bontà della terra: incontro alla stella vesperale, per l'aria azzurrina del settembre: su, su, dov'è la bionda luce, dai camini neri; che si adergono con vigore di torri al di là dell'ombre e delle inazzurrate colline, dietro alberi, sopra i colmigni lontani delle ville.

Aveva udito il rotolare del treno... il fischio d'arrivo... Avrebbe voluto che qualcuno le fosse vicino, all'avvicinarsi della oscurità.

Ma il suo figliolo non appariva se non raramente sul limitare di casa.

«La mamma»
Originariamente pubblicato come parte di *La cognizione del dolore* in *Letteratura* (IV, n. 1, gennaio-marzo 1940). Poiché il progetto originario fu temporaneamente sospeso, Gadda incluse il racconto in *Novelle dal ducato in fiamme* (Valecchi, 1953) e in *Accoppiamenti giudiziosi* (Garzanti, 1963). Successivamente andò a costituire il quinto capitolo di *La cognizione del dolore* (Einaudi, 1963).

ENNIO FLAIANO

1910-72

Flaiano nasce a Pescara, nella stessa via di Gabriele D'Annunzio. Si trasferisce a Roma da adolescente e in seguito progetta di studiare architettura. E invece si ritrova a raccontare i caffè della capitale, la sua volgarità, la vacuità delle corse dei paparazzi. Nel farlo riesce a cogliere con occhio penetrante il clima culturale degli anni Cinquanta. Ha una visione disincantata, pessimista, a tratti nichilista. Grande appassionato di Thomas Mann e Charlie Chaplin, Flaiano esordisce come critico teatrale. Nell'ottobre del 1935 partecipa alla campagna di Etiopia e il suo romanzo postcoloniale *Tempo di uccidere* vince il Premio Strega nel 1947. Tuttavia, dedicherà gran parte delle energie a scrivere sceneggiature, firmando alcuni grandi classici del cinema italiano del dopoguerra, tra cui *La dolce vita* e *8½* di Federico Fellini e *La notte* di Michelangelo Antonioni. Collabora intensamente con Fellini e sposa la sorella di Nino Rota, autore delle colonne sonore dei suoi film. Flaiano è stato un maestro degli aforismi e ha tenuto una rubrica chiamata *Diario notturno* sulla rivista *Il Mondo*. «Un marziano a Roma» è il testo che ha inaugurato la rubrica e insieme agli altri pezzi confluirà in un volume con lo stesso titolo. Il racconto, scritto sotto forma di diario, è ambientato a Roma e include, nel ruolo di comparse, una serie di personaggi del mondo della cultura, tra cui alcuni degli autori presenti in questa antologia. In questo celebre ritratto della vita romana – tuttora di eccezionale attualità – Flaiano descrive l'accoglienza riservata a un «alieno» arrivato da un universo lontano. Pochi anni dopo la sua morte uscirà *Diario degli errori*, raccolta di osservazioni pungenti e scritti di viaggio.

Un marziano a Roma

12 ottobre

Oggi un marziano è sceso con la sua aeronave a Villa Borghese, nel prato del galoppatoio. Cercherò di mantenere, scrivendo queste note, la calma che ho interamente perduta all'annunzio dell'incredibile evento, di reprimere l'ansia che subito mi ha spinto nelle strade, per mescolarmi alla folla. Tutta la popolazione della periferia si è riversata al centro della città e ostacola ogni traffico. Debbo dire che la gioia, la curiosità è mista in tutti ad una speranza che poteva sembrare assurda ieri e che di ora in ora si va invece facendo più viva. La speranza « che tutto cambierà ». Roma ha preso subito l'aspetto sbracato e casalingo delle grandi occasioni. C'è nell'aria qualcosa che ricorda il 25 luglio del 1943; la stessa gente che si abbraccia; le stesse vecchie popolane che passano dirette a immaginarie barricate, inneggiando alla libertà; gli stessi ufficiali di complemento che hanno indossato la divisa, convinti di poter in quell'arnese farsi largo e raggiungere il galoppatoio: che è invece guardato da carri armati della polizia e da due reggimenti in assetto di guerra.

Già a piazza Fiume non ci si muove più: la folla pressata, ondeggiante, aspetta, canta, grida, improvvisa danze. Ho visto i primi ubriachi. I tetti degli autobus (fermi questi nelle strade come navi sorprese dall'inverno in un mare glaciale) brulicano di giovani e di bambini che urlano agitando grandi bandiere sporche. I negozi hanno abbassato le saracinesche. A tratti arriva, portato dal vento, un lontano scoppio di applausi che riaccende la curiosità e provoca sbandamenti, una maggiore e più allegra confusione.

Verso le sette ho incontrato pallido, sconvolto dall'emozione il mio amico Fellini. Egli si trovava al Pincio quando l'aeronave è discesa e sulle prime ha creduto si trattasse di un'allucinazione.

Quando ha visto gente accorrere urlando e ha sentito dalla aeronave gridare secchi ordini in un italiano un po' freddo e scolastico, Fellini ha capito. Travolto subito dalla folla, e calpestato, si è risvegliato senza scarpe, la giacca a pezzi. Ha girato per la villa come un ebete, a piedi nudi, cercando di trovare un'uscita qualsiasi. Io ero la prima persona amica che incontrava. Ha pianto abbracciandomi, scosso da un'emozione che ben presto si è comunicata anche a me. Mi ha descritto poi l'aeronave: un disco di enormi dimensioni, giallo e lucente come un sole. E il fruscio indimenticabile, il fruscio di un foulard di seta, al momento di calarsi al suolo! E il silenzio che ha seguito quel momento! In quel breve attimo ha sentito che un nuovo periodo stava iniziando per l'umanità. Le prospettive sono – mi dice – immense e imperscrutabili. Forse tutto: la religione e le leggi, l'arte e la nostra vita stessa, ci apparirà tra qualche tempo illogico e povero. Se il solitario viaggiatore sceso dall'aeronave è veramente – e ormai, dopo il comunicato ufficiale, sarebbe sciocco dubitarne – l'ambasciatore di un altro pianeta dove tutto si conosce del nostro, questo è il segno che altrove « le cose sono più semplici ». Il fatto che il marziano sia venuto solo dimostra che egli possiede mezzi a noi sconosciuti per difendersi; e argomenti tali da mutare radicalmente il nostro sistema di vita e la nostra concezione del mondo.

Al Policlinico, dove lo accompagno per farsi medicare le ferite ai piedi, incontro tra i contusi Giovannino Russo e Carletto Mazzarella. Il primo ha perso gli occhiali e non mi riconosce, il secondo ha perso le scarpe e non lo riconosco. Sono ancora stravolti dalle emozioni. Prima che la folla si scatenasse nel suo entusiasmo, hanno fatto in tempo a vedere il marziano! Dunque, è vero! La loro ironia (credevano in una mistificazione pubblicitaria) è caduta di colpo quando hanno visto scendere il biondo navigatore dall'apparecchio. Russo lo descrive come un uomo alto, di portamento nobile, un po' malinconico. Veste comunemente, come potrebbe vestire uno svedese – ha soggiunto Mazzarella. Ha parlato in perfetto italiano. Due donne sono svenute quando egli è passato, sorridente, tra i cordoni della polizia, per raggiungere l'auto del Prefetto. Nessuno ha osato avvicinarglisi troppo.

Solo un bambino è corso verso di lui. La scena che è seguita ha strappato grida e lacrime ai presenti. Il marziano ha parlato al bambino, dolcemente, carezzandolo. Niente altro. Sorrideva ed era stanco.

Mazzarella è particolarmente entusiasta del marziano. Egli ne deduce che le marziane sono certo migliori delle spagnole e forse anche delle americane. Spera che il marziano abbia portato con sé i testi poetici della letteratura marziana.

13 ottobre

Il marziano è stato ricevuto dal presidente della Repubblica, ieri notte. Verso le due via Veneto brulicava di folla come in una mattinata domenicale. Si formavano capannelli attorno ai fortunati che hanno visto da vicino il marziano. Le impressioni sono tutte favorevolissime. Sembra che il marziano conosca molto bene la nostra situazione economica, sociale, politica. È un uomo di maniere semplici ma compitissime. Non dà molte spiegazioni e non ne chiede nessuna. Quando gli hanno chiesto perché avesse scelto proprio Roma per la sua visita ha sorriso finemente. Sembra anche che si tratterrà a Roma molto tempo, forse sei mesi. Verso le due e mezzo ho incontrato Mario Pannunzio con il solito gruppo del *Mondo*. Si parlava del marziano ma con un certo scetticismo, che mi ha stupito. « Non si hanno ancora notizie ufficiali » ha detto Sandro De Feo « il comunicato è stato smentito. » Al che Pannunzio ha soggiunto: « Non ci credo nemmeno se lo vedo ».

Alle tre sono uscite le edizioni straordinarie, vietate sino allora dalla Questura per motivi di ordine pubblico. Il marziano si chiama: Kunt. Ha propositi pacifici benché altre aeronavi, a suo dire, incrocino nella stratosfera. Il viaggio da Marte alla Terra non dura più di tre giorni. Sulle conversazioni in corso tra il marziano e le autorità non si hanno indiscrezioni. Questo è tutto. Tornando a casa mi sono fermato a leggere un manifesto di un partito, pieno di offese per un altro. Tutto mi è sembrato di colpo ridicolo. Ho sentito il bisogno di urlare. Credo al marziano e credo soprattutto alla sua buona fede! Ero sconvolto. E chi incontro? Il vecchietto che guarda le automobili in via Sicilia, quello che ha il berretto con la scritta: *Journaux suisses*. Gli ho dato tutto il denaro che avevo in tasca, non molto, gli ho baciato le mani, scongiurandolo, cristianamente, di perdonarmi. La scena non è apparsa niente affatto strana a due o tre persone che vi hanno assistito e che si sono affrettate a dar soldi al vecchietto. A casa, sono caduto sul letto e mi sono addormentato di colpo, felice e lieve come un bambino. Si preparano giorni grandi e terribili.

14 ottobre

Le autorità hanno fatto recintare l'aeronave, che si potrà d'ora in poi vedere dietro pagamento di una tassa a favore di certe opere assistenziali cattoliche. Il marziano ha dato la sua approvazione. La tassa è stata fissata in lire cento, per permettere anche alle persone meno abbienti di vedere l'aeronave. Tuttavia i mutilati di guerra, i funzionari del ministero degli Interni, i giornalisti con tessera possono entrare gratis. Gli enalisti, le scuole e le comitive possono ottenere uno sconto.

15 ottobre

Camminiamo per Roma come formiche impazzite, cercando qualche amico a cui comunicare la nostra inebriante felicità. Ogni cosa ci appare in una nuova dimensione. Quale il nostro futuro? Potremo allungare la nostra vita, combattere le malattie, evitare le guerre, dare pane a tutti? Non si parla d'altro. Più ancora che nei giorni precedenti sentiamo che qualcosa di nuovo si prepara. Non è la fine del mondo, ma *il principio* del mondo. C'è l'attesa del levarsi del sipario, resa più acuta da uno spettacolo che non conosciamo. È solo turbata, quest'attesa, dai facili profeti, da coloro che l'avevano sempre detto e che ora sono pronti alla nuova prova; dai comunisti, che hanno già tentato di accaparrarsi il marziano; dai fascisti, che avanzano il dubbio della razza.

18 ottobre

Sono riuscito finalmente a vedere l'aeronave. È impressionante. Le guardie di polizia sono gentili, parlano a bassa voce, quasi per farsi perdonare la loro presenza. Nessuno del resto commette il più piccolo atto irriverente. Un bambino che ha tentato di scrivere qualcosa col gesso sulla lucida superficie dell'aeronave è stato sculacciato dai genitori. Anch'io ho toccato, come tutti, l'aeronave e a quel calore metallico ho sentito una profonda dolcezza, mai prima provata. Sorridevamo io e uno sconosciuto, guardandoci, e infine ci siamo stretti la mano, spinti dallo stesso impulso fraterno, né dopo ho sentito vergogna della mia commozione. Sembra che l'aeronave abbia fatto già due miracoli, ma non è provato, benché alcune donne abbiano insistito per lasciare a terra delle targhe di marmo con i loro ringraziamenti. Un impiegato del Comune ha già preso l'appalto per le candele, ma il ricavato sembra che andrà a beneficio di un'Opera.

Uscendo dal recinto vedo Mario Soldati. È lì, seduto sull'erba, la cravatta slacciata, in maniche di camicia e gilet. Singhiozzava, addirittura sconvolto da quella realtà che era a due passi da noi. « Tutto da capo! » mi ha detto vedendomi. Mi ha stretto le mani e ho sentito che la sua emozione era sincera. « *C'est la fin!* » ha soggiunto poi in francese, e ha ripetuto la frase parecchie volte finché tanto io che lui ne abbiamo perso il significato: ci guardavamo sbalorditi, non sapendo che dirci di più. Siamo poi andati a bere qualcosa ad uno dei tanti chioschi improvvisati, sorti abusivamente nel galoppatoio. Soldati voleva una gazzosa, di quelle che una volta si vendevano nelle fiere, con la pallina, e ha insistito, ma invano. Non si fabbricano più. Dalle nostre considerazioni sul marziano, favorevolissime, ci ha riscosso il curioso incidente provocato da un giovane ladro che era riuscito a introdursi nell'aeronave. Riconosciuto da una guardia per uno di quei tipi che rubano nelle auto straniere, ha tentato di salvarsi fingendo un attacco epilettico. Ha un volto opaco, sospettoso, e indurito dal suo lavoro. La paura lo rendeva selvaggio.

19 ottobre

Il ricevimento in Campidoglio ha avuto dei momenti bellissimi, mi dicono. Io non sono potuto arrivare nemmeno a piazza Venezia, tanto la folla premeva. C'era nell'aria una più calma curiosità, che mi è piaciuta. Tale calma degenerava forse in indifferenza nei conducenti e nei fattorini degli autobus, che avevano un aspetto stanco e nervoso. Bloccati da ore, sempre nella speranza che la folla diradasse, non abbandonavano i loro veicoli. Qualche dissennato già se la prendeva col marziano. « Ma che è venuto a fare? » ha detto un fattorino. Gli ha risposto un suo compagno: « Vuoi mettere come si sta a Roma e come si sta su Marte? Tu ci staresti su Marte? » « Manco morto » ha replicato il primo. Poco dopo, ripassando, ho sentito gli stessi che parlavano di football. Domenica prossima ci sarà un incontro abbastanza importante.

Al Campidoglio, il Sindaco si è coperto di ridicolo parlando di Roma maestra di civiltà. Ci sono stati dei colpi di tosse. La gaffe era ormai irreparabile e il Sindaco non ha proseguito sull'argomento, limitandosi ad elogiare il sistema planetario, alla cui scoperta ha contribuito l'italiano Galilei con il suo cannocchiale, e con gli studi sul Sole. Il marziano sorrideva, e a un certo momento pare si sia chinato all'orecchio di un cardinale, che gli sedeva a fianco, per dirgli qualcosa. Il cardinale ha paternamente sorriso. Quando gli hanno offerto il diploma di cittadinanza onoraria il marziano ha detto poche parole. Gli altoparlanti le hanno trasmesse ma non chiaramente. La stampa le riporta, non è niente di eccezionale, forse ci aspettavamo un maggior impegno da parte sua; ma bisogna anche tener conto della delicata situazione del marziano, che si sente ospite.

21 ottobre

La prima fotografia del marziano, mi dicono, è stata venduta, la sera stessa del suo arrivo, per tre milioni, a una agenzia americana. Il fortunato fotografo poteva ricavarci di più ma ha ceduto di schianto alla vista dei biglietti di banca.

La vita dei partiti sembra essersi fermata. Oggi il marziano ha assistito ad una seduta della Camera dei deputati. Gli oratori balbettavano. Una proposta di legge sull'aumento di certe tariffe doganali è stata approvata all'unanimità, euforicamente. I deputati erano quasi tutti vestiti di scuro e si cedevano il passo l'un l'altro, con cortese freddezza. «Sembrava» mi diceva Vittorio Gorresio «la fine dell'anno scolastico.» Tutti ostentavano di non guardare il marziano, ben sapendo che il marziano osservava tutti. Sembra che il marziano ne abbia riportato una buona impressione.

27 ottobre

Che cosa fa il marziano? Si attendono novità e si sperano grosse novità. Per ora i giornali si limitano a informarci sull'impiego del suo tempo. Verrebbe fatto di notare che partecipa a troppi ricevimenti, banchetti e cocktail: ma ha pure dei doveri di rappresentanza ed è solo a svolgerli. C'è forse una congiura del silenzio sulle sue intenzioni, che avrebbe chiaramente espresse alle autorità governative? I comunisti già lo dicono, benché velatamente. Si è anche parlato della sua decisione di andarsene e un giornale della sera ha venduto centomila copie dando la notizia, poi risultata falsa, che il marziano era ripartito. Si pubblicano ancora molte fotografie del marziano. L'aristocrazia però, dicono, lo avrebbe abbandonato. Ma sono chiacchiere di caffè, inevitabili. E già dei loschi *bons mots*, delle atroci freddure vengono ripetute. Non le riferisco, tanto sono umilianti per la razza umana.

3 novembre

La vita a Roma è tornata quasi normale. La Questura ha ristabilito la vecchia ora per la chiusura dei bar, e vasti rastrellamenti vengono operati nelle ore notturne, nei parchi pubblici, che erano ormai diventati il ritrovo di tutte le coppie. Sono in preparazione nove film sul marziano, uno dei quali con l'attore Totò.

5 novembre

Il marziano è stato ricevuto dal Papa. Ne dà la notizia l'*Osservatore Romano*, senza tuttavia pubblicare fotografie, nella sua rubrica «Nostre informazioni». In questa rubrica, com'è noto, vengono segnati per ordine di importanza i nomi delle persone che il Santo Padre ha acconsentito a ricevere in udienza privata. Il marziano è tra gli ultimi e così nominato: il signor Kunt, di Marte.

8 novembre

Oggi il marziano ha accettato improvvisamente di far parte di una giuria di artisti e di scrittori per l'elezione di Miss Vie Nuove. Quando gli hanno fatto notare che la giuria era formata di artisti e di scrittori di sinistra, il marziano ha mostrato un certo disappunto: ma aveva già dato la sua parola. La serata si è svolta in un clima di grande letizia, e i comunisti non hanno nascosto la loro soddisfazione per questa prima vittoria. Il marziano, seduto tra Carlo Levi e Alberto Moravia, non ha detto una parola. I fotografi lo hanno letteralmente accecato coi loro lampi. Le beltà in gara sono passate inosservate. Alberto Moravia, nervoso, ha rotto la sua sedia, muovendosi.

La sera, incontro Carlo Levi, con altri amici. Mi accodo per sentire le sue impressioni sul marziano. Favorevoli. Il marziano conosce la questione meridionale, non certo quanto Levi stesso. È un uomo intelligente, benché la sua formazione risenta le lacune dell'insegnamento marziano. Tutto sommato, Carlo Levi ha molta simpatia per il marziano, che potrà fare molto, se seguirà i suoi consigli. Gli ha dato dei libri da leggere e, tra questi, *Cristo si è fermato a Eboli*, che il marziano conosceva nella edizione americana.

19 novembre

Incontro Amerigo Bartoli. Si parla del tempo. Mi fa vedere dei calzini rossi di lana, che ha acquistato in un negozio del centro, a buon prezzo. Poi mi domanda se ho ricevuto la sua cartolina. «Quale cartolina?» «Ti avevo mandato una cartolina per chiederti una sigaretta. Non l'hai ricevuta?» Mi racconta che adesso, col freddo, è costretto ad andare a letto presto perché la mattina deve alzarsi tardi. Infine, mi confida che sta cercando un'idea per un disegno umoristico sul marziano. Per la verità, l'argomento è un pochino scaduto: tutto è stato fatto. Mino Maccari ne ha indovinato uno, bellissimo, sul *Mondo*. Si vedono dei vecchi imperialisti fascisti, in divisa, che gridano: «O Roma o Marte!» Bartoli vuol fare qualcosa di letterario, non di politico. Gli suggerisco di tentare questo disegno: il marziano che dalla terrazza del Pincio guarda commosso il suo piccolo lontano pianeta natìo. «Non fa ridere» osserva Bartoli. «Non deve far ridere» replico «deve anzi commuovere.» Bartoli non risponde e si parla d'altro. Bartoli non capirà mai il marziano.

20 novembre

Il marziano sino ad oggi ha ricevuto circa duecentomila lettere. Un corpo di segretari è impegnato a leggerle. Sono per la più parte di inventori incompresi, donne deluse, bambini buoni. In una lettera, col timbro di Catania, hanno trovato una sola parola: cornuto. Ma arrivano anche lettere nelle quali si chiede al marziano di agire, presto, e lo si rimprovera di perdere un tempo prezioso. Già la delusione serpeggia. Mario Soldati che ho incontrato oggi in una libreria mi ha sussurrato all'orecchio: «Tradimento!» Ed è andato via, curvo sotto il peso dei suoi pensieri, come un congiurato che medita le dimissioni.

27 novembre

La scena che si è svolta l'altra sera alla Cisterna, in Trastevere, tra il marziano ubriaco e un popolare attore del cinema mi ha disgustato. Sembra che l'attore abbia insistito perché il marziano accettasse di mangiare certi spaghetti al suo tavolo. Naturalmente i fotografi non si sono lasciata sfuggire l'occasione di riprendere il marziano che ingolla spaghetti, imboccato dall'attore. I giornali del pomeriggio riportano le fotografie. Il senso dei volgari commenti è questo: il marziano apprezza molto la cucina romana, ed è contento di vivere a Roma, dove la vita è indubbiamente migliore che in ogni altra città del pianeta.

28 novembre

Passo alla redazione del *Mondo*, per salutare gli amici. Viene il fotografo col pacco delle novità. Lo rimproverano perché porta molte fotografie col marziano. Sembra che Pannunzio abbia deciso di non pubblicare più fotografie col marziano. Basta!

2 dicembre

Mi telefona F. per invitarmi ad un cocktail che dà oggi in onore del marziano. Rispondo io, imitando la voce della cameriera e dicendo che non sono in casa. Conoscere il marziano, fra gente che vorrà accaparrarselo, chi per raccontargli come stanno veramente le cose in Italia, chi per invitarlo ad un altro cocktail, chi per coinvolgerlo in un premio letterario, mi sembra inutile.

6 dicembre

Finalmente ho visto il marziano. È stato ieri notte, alle due, in via Veneto. Io e Pierino Accolti-Gil stavamo fumando, silenziosi, quando lo vedemmo venire, in compagnia di due ragazze, alte, cavalline, forse due ragazze di un balletto. Rideva e parlava in inglese. Smise di ridere quando ci passò accanto benché noi evitassimo di guardarlo. All'altezza dell'edicola dei giornali in via Lombardia il marziano si è incontrato con l'ex re Faruk, che passeggiava lentamente, annoiato. Non si sono salutati. L'ex re Faruk cercava delle sigarette e fece un gesto al vecchio che sta lì a venderle. «Pronti!» rispose il vecchio e corse verso il suo cliente.

Ci siamo avvicinati più tardi a due prostitute che stavano parlottando tra loro. Una diceva: «Vieni col marziano? E su, vieni!» L'altra appariva nervosa e seccata: «Io no. Vacci tu. Io col marziano non ci vado». Non ho capito se il suo rifiuto fosse dovuto a timore dell'ignoto o soltanto a malinteso nazionalismo.

7 dicembre

Mi racconta Ercole Patti che il marziano, invitato all'aeroporto di Ciampino per accogliere una celebrità cinematografica, è stato pregato dai fotografi di allontanarsi. Sembra infatti che la sua presenza in una fotografia ne pregiudichi la vendita presso le riviste illustrate. «A marzia', te scansi!?» gli dicevano ridendo, ma seccamente. E il marziano, buono, sorridente, senza capire bene ciò che gli veniva detto, agitava la testa e le mani, salutando.

18 dicembre

Parlavamo delle cose italiane, io e Vittorio Ivella, l'altra sera, quando Ivella ha esposto la sua ipotesi. Non so perché mi ha molto divertito. Ha detto: «Ma per quale ragione sarebbe dovuto scendere proprio qui? Io dico che non è venuto di proposito: c'è cascato! » L'idea del marziano che è costretto ad un atterraggio di fortuna e si comporta come uno scopritore di mondi mi ha, ripeto, molto divertito. Tutta la sera non ho fatto che ridere, pensandoci. Attilio Riccio afferma invece che il marziano è un caso tipico di idolatria dell'ignoto. Egli prevede che finirà linciato. Si dice anche, e io lo noto a titolo di cronaca, che il marziano si è innamorato di una ballerina che si fa desiderare e parla di lui in termini ignobili.

20 dicembre

Oggi per la prima volta ho parlato col marziano. Mi trovavo a Fregene e l'ho subito riconosciuto. Passeggiava sulla spiaggia piena di sole ma battuta dal vento. Guardava il mare e si fermava a raccogliere conchiglie: qualcuna ne metteva in tasca. Poiché eravamo soli sulla spiaggia, si è avvicinato per chiedermi un fiammifero. Ho fatto le viste di non riconoscerlo, per non offenderlo con la mia curiosità e anche perché in quel momento desideravo star solo con i miei pensieri. È stato lui a dirmi, puntandosi un dito sul petto: « Io, marziano ». Ho finto la sorpresa. Poi mi è balenata l'idea di intervistarlo. Pensavo di mettere giù un'intervista diversa dalle altre, una cosa un po' letteraria per intenderci, di spingerlo a considerazioni più vaste delle solite, che la presenza del mare avrebbe forse giustificato, se è vero quanto dice Flaubert che il mare ispira ai borghesi pensieri profondi. Poi la pigrizia mi ha frenato. Avrei dovuto far domande, insistere, spiegare. No – mi son detto –, accontentiamoci di guardarlo da vicino. La sua statura, enorme, mi ha sfavorevolmente colpito. È troppo alto, tanto da sembrare indifeso, come certi anziani uomini del Nord che mostrano un'età inferiore a quella che hanno realmente ma che nel loro fanciullesco sorriso svelano una esistenza trascorsa senza grandi dolori e lontana dal peccato, cioè totalmente priva di interesse ai miei occhi. L'ho invitato a bere qualcosa. Al bar ha chiesto un whisky e, certo per ringraziarmi, mi ha messo una mano sulla spalla, sorridendo. Per un attimo soltanto, fuggevole e lieve impressione, ho avuto la certezza che fosse infelice.

21 dicembre

Ieri sera, in un caffè di via Veneto, ad un tavolo di giovani pederasti si parlava del marziano: e così ad alta voce che non si poteva non sentire quel che dicevano. Sembra dunque che il marziano abbia stretto sodalizio con un giovane e sconosciuto attore di cinematografo. Ma sembra anche che il marziano viva nella preoccupazione di apparire politicamente ortodosso agli occhi (invisibili) dei suoi complanetari, i quali certamente lo sorvegliano, coi mezzi che posseggono e che noi non sappiamo nemmeno immaginare. Forse dei microfoni radiocomandati? Tutte le ipotesi sono possibili. Dunque, il marziano chiuso nella stanza del suo albergo col giovane attore, dopo essersi a lungo dilettato, si sarebbe levato in piedi e, proprio con l'aria di chi intenda rivolgersi ad un visibile ascoltatore, avrebbe detto ad alta voce, scandendo bene le parole: « Ma perché tu non vieni a vivere su Marte, Paese della Vera Democrazia? »

22 dicembre

Il marziano ha accettato di fare una particina di marziano in un film che sarebbe diretto da Roberto Rossellini, il quale si sta interessando affinché al finanziamento del film partecipi una società marziana. Mario Soldati, che ho visto oggi da Rossetti, mi ha parlato del nuovo libro, che intende scrivere prima di cominciare il suo nuovo film. È una storia che si svolge a Torino, nel 1932. Era molto felice, Soldati, raccontandomi la trama. Mi ha lasciato perché correva a farsi radere. Aveva fatto acquisti di *papeterie*. L'ho visto sparire come una farfalla.

6 gennaio

Le feste natalizie sono trascorse come al solito melanconicamente. E fa caldo! Mi sono attardato un po' stanotte, in via Veneto, perché non avevo sonno. Ad un tavolo di Rosati c'erano Pannunzio, Libonati, Saragat, Barzini e altri giornalisti politici. Parlavano della proporzionale. Ad un altro tavolo, il marziano assieme a Mino Guerrini, Talarico e Accolti-Gil. Era evidente che lo stavano gentilmente prendendo in giro. Uno sguattero dava già la segatura sul pavimento e quando sono passato ho sentito Accolti-Gil che diceva al marziano: « Se viene a Capri, a Pasqua, le faccio conoscere Malaparte. Grande ingegno, più di Levi. Profondo conoscitore questione centrale e settentrionale ». Il marziano annuiva, cortese e distratto. Poiché un cameriere, poco urbanamente, ha fatto capire che era ora di chiudere, tutti si sono alzati. Anche il marziano è uscito e sulla porta ci ha salutato, dirigendosi poi verso l'albergo Excelsior. Seduto all'ultimo tavolo, accanto alla pompa della benzina, angolo via Lombardia, c'era Faruk. Fischiettava guardando il cielo denso di nuvole rosa, preso anche lui in un suo pensiero malinconico. Poggiati i gomiti sulla poltrona di vimini, teneva le mani unite davanti alla bocca, agitava piano le dita e fischiettava. Ma sommessamente, come può fischiettare un re in esilio o un musulmano che si rappresenta l'idea del piacere. Due tavoli distante, alcuni autisti di taxi discutevano di football; e più giù il vecchio delle sigarette trotterellava aspettando di essere chiamato da qualcuno. È questo un quadro a me così familiare che non manca mai di commuovermi e infatti ho sorriso pensando a questa dolce Roma che mischia i destini più diversi in un giro materno e implacabile.

Al quadro si è aggiunto il marziano che è passato davanti agli autisti e a Faruk, allegramente ignorandoli, ma sporgendo un po' il petto. Verso l'Excelsior si è fermato, ed è tornato sui suoi passi. Non aveva voglia di andare a dormire, lo capivo bene. La noia della notte, la paura del letto, l'orrore di una stanza nemica che respinge lo tenevano ora inchiodato davanti ad una vetrina di giocattoli, ora davanti ad una vetrina di fiori. Sembra che su Marte non crescano fiori così belli come da noi... Ha deciso infine di attraversare la strada e, a questo punto, nel grigio silenzio, qualcuno ha gridato forte: « A marziano!... » Il marziano si è subito voltato ma ancora una volta il silenzio è stato rotto e stavolta da un suono lungo, straziante, plebeo. Il marziano è rimasto fermo e scrutava nel buio. Ma non c'era nessuno o, meglio, non si vedeva nessuno. Si è mosso per riprendere la sua passeggiata; un suono ancora più forte, multiplo, fragoroso, lo ha inchiodato sull'asfalto: la notte sembrava squarciata da un concerto di diavoli.

« Mascalzoni! » ha gridato il marziano.

Gli ha risposto una salve di suoni, prolungata, scoppiettante come un atroce fuoco d'artificio, che si è poi spenta in una corona di abili fiorettature solo quando il marziano ha potuto confondersi nella piccola folla che stazionava davanti al Caffè Strega. Abbiamo potuto dedurre che i giovinastri erano in folto gruppo, nascosti dietro l'edicola di giornali di via Boncompagni.

Più tardi, tornando a casa ho visto Kunt che si dirigeva, solo, a lunghi passi morbidi, verso Villa Borghese. Sopra le chiome dei pini brillava il rosso puntino di Marte, quasi solitario nel cielo. Kunt si è fermato a guardarlo. Si parla infatti di una sua prossima partenza, sempre se riuscirà a riavere l'aeronave, che gli albergatori hanno fatto, si dice, pignorare.

« Un marziano a Roma »
Pubblicato sul settimanale *Il Mondo* il 2 novembre 1954 e successivamente incluso in *Diario notturno* (Bompiani, 1956).

BEPPE FENOGLIO

1922-63

Fenoglio si è costruito due alter ego letterari: «Johnny» e «Milton». Sommando i due nomi, si ottiene una versione americanizzata di John Milton. Il poeta inglese del XVII secolo (che compose anche alcune poesie in italiano) è stato un punto di riferimento costante per Fenoglio, che non ha terminato l'università, si è unito alla Resistenza e ha raccontato la lotta di liberazione con sguardo disincantato. Forse, però, il suo primo atto di resistenza letteraria è stata proprio la scelta di non scrivere: quando a scuola gli viene chiesto di comporre un tema in elogio della marcia su Roma, lascia il foglio in bianco. Esclusi gli anni trascorsi nell'esercito, Fenoglio vivrà sempre ad Alba, dove è nato. Ed è dal territorio isolato delle Langhe e dalla sua cultura contadina che traggono ispirazione le sue opere. «L'odore della morte» è uno dei dodici racconti inclusi nella sua raccolta d'esordio, *I ventitre giorni della città di Alba*, pubblicata nel 1952 nella collana «I gettoni» diretta da Vittorini. Considerato da molti un testo fondamentale della letteratura sulla Resistenza, descrive senza retorica e con straordinaria lucidità il trauma della lotta partigiana. È stato accolto dalla sinistra come un tradimento politico, perché più attento alla verità dei fatti che all'ideologia. La conoscenza dell'inglese, lingua di cui si è innamorato perdutamente da ragazzo, è abbastanza solida da consentire a Fenoglio di tradurre Samuel Taylor Coleridge e Gerard Manley Hopkins. Ha concepito e scritto le proprie opere in lingua inglese e ha affermato che il suo ultimo romanzo pubblicato in vita, *Primavera di bellezza*, era una «mera traduzione» per i lettori italiani. I romanzi *Una questione privata* e *Il partigiano Johnny*, forse il suo migliore, sono stati pubblicati dopo la morte per cancro ai polmoni. La prima stesura del *Partigiano Johnny* è stata scritta in una strana mescolanza di inglese e italiano battezzata «fenglese» dai critici letterari.

L'odore della morte

Se si frega a lungo e fortemente le dita di una mano sul dorso dell'altra e poi si annusa la pelle, l'odore che si sente, quello è l'odore della morte.

Carlo l'aveva imparato fin da piccolo, forse dai discorsi di sua madre con le altre donne del cortile, o più probabilmente in quelle adunate di ragazzini nelle notti estive, nel tempo che sta fra l'ultimo gioco ed il primo lavoro, dove dai compagni un po' più grandi si imparano tante cose sulla vita in generale e sui rapporti tra uomo e donna in particolare.

Un odore preciso lo sentì una sera di un'altra estate, già uomo, e che quello fosse proprio l'odore della morte i fatti lo dimostrarono.

Quella sera Carlo era fermo in fondo alla via dell'Ospedale di San Lazzaro e in faccia al passaggio a livello appena fuori della stazione. Partì l'ultimo treno per T..., soffiava il suo fumo nero su su nella sera turchina, mandava un buonissimo odore di carbone e di acciaio sotto attrito, dai suoi finestrini usciva una gialla luce calma e dolce come la luce dalle finestre di casa nostra. « Otto e un quarto » si disse lui, e tutto eccitato stette a guardare il ferroviere che girava la manovella per rialzare le sbarre.

Dentro la casa al cui angolo stava appoggiato, una donna alla quale dalla voce diede l'età di sua madre, si mise a cantare una canzone della sua gioventù:

Mamma mia, dammi cento lire,
Che in America voglio andar...

« Mi piacerebbe trovarmi in America » pensò, « specialmente a Hollywood. Ma non stasera, stasera voglio far l'amore nei miei posti», e sprofondò le mani chiuse a pugno nelle tasche dei calzoni.

Carlo aspettava la sua donna di diciotto anni per uscirla verso i prati, e non c'è da farla lunga sulla sua voglia né su come il tempo camminò sul quadrante luminoso della stazione e lei non venne. Ma ciò che è necessario dire è che il corpo di lei era l'unica ricchezza di Carlo in quel duro momento della sua vita e che non venendo stasera lui avrebbe dovuto, per riaverla, vivere tutta un'altra settimana di tensione e di servitù.

Così, anche quando fu passata l'ora solita di lei, non si sentì d'andarsene, di gettare ogni speranza, restava fisso lì come per scaramanzia, quasi lei non potesse non venire se lui durava tanto ad aspettarla. Ma poi furono le otto e quaranta, guardandosi attorno vedeva la gente vecchia seduta sulle panchine del giardino pubblico, erano semiscancellati dall'oscurità, ma quelli che fumavano avevano tutti la punta rossa del sigaro rivolta verso di lui. E quella donna che prima cantava, era lei certamente che prima cantava, ora stava fuori sul balcone e da un pezzo guardava giù sui suoi capelli.

Dai campanili della città gli scesero nelle orecchie i tocchi delle nove, e allora partì verso il centro della città, verso l'altra gente giovane che passeggia in piazza o siede al caffè e deve scacciarsi le donne dalla mente come le mosche dal naso.

Camminava e ogni cinque passi si voltava a guardare indietro a quell'angolo. Incontrò due o tre coppie molto giovani, andavano sbandando sull'asfalto come ubriachetti, si cingevano e poi si svincolavano a seconda che entravano o uscivano dalle zone d'ombra lasciate dalle lampade pubbliche. Carlo invidiava quei ragazzi con la ragazza, ma poi si disse: «Chissà se vanno a fare quel che avremmo fatto noi se lei veniva. Se no, non è proprio il caso d'invidiarli».

Deviò per andare a bere alla fontana del giardino. Bevve profondo, poi rialzata la testa guardò un'ultima volta a quell'angolo, e vide spuntarci una ragazza alta, alta come lei, con una giacca giallo canarino che allora era un colore di moda, lei aveva una giacca così, e andava velocemente verso il passaggio a livello.

Scattò dalla fontana, mandando un lungo fischio verso la ragazza si buttò a correre per il vialetto del giardino. La gente vecchia ritirava in fretta sotto le panchine le gambe allungate comode sulla ghiaia, lui passava di corsa fischiando un'altra volta.

La ragazza non si voltava né rallentava, lui corse più forte, a momenti urtava il ferroviere che si accingeva a calar le sbarre per l'ultimo treno in arrivo. Saltò i binari e arrivò alle spalle della ragazza.

Camminava rigida e rapida, stava sorpassando l'officina del gas, lui si fermò perché aveva già capito che non era lei, solo un'altra ragazza pressapoco della sua costruzione e con una giacca identica alla sua. Ma quando l'ebbe capito il terzo fischio gli era già uscito di bocca, e arrivò dalla ragazza che senza fermarsi guardò indietro sopra la spalla e vide lui fermo in mezzo alla via che abbandonava le braccia lungo i fianchi. Rigirò la testa e proseguì sempre più rapida verso il fondo buio di quella strada.

Lui ansava, e non vide l'uomo che il ferroviere vide passar chino sotto le sbarre e farsi sotto a Carlo alle spalle. Ma non lo prese a tradimento, facendogli intorno un mezzo giro gli venne davanti e gli artigliò con dita ossute i bicipiti, tutto questo senza dire una parola.

In quel momento Carlo sapeva di lui nient'altro che si chiamava Attilio, che era stato soldato in Grecia e poi prigioniero in Germania, e la gente diceva che era tornato tisico.

Carlo gli artigliò le braccia a sua volta e cominciarono a lottarsi. Guardando sopra la spalla di Attilio, vide per un attimo la ragazza, per nascondersi si era fatta sottile sottile dietro lo spigolo d'una portina, ma la tradiva un lembo scoperto della sua giacca gialla.

Attilio che l'aveva assalito non lo guardava in faccia, anzi aveva abbattuto la testa sul petto di Carlo e i suoi capelli gli spazzolavano il mento. Gli stringeva i muscoli delle braccia e Carlo i suoi, ma Carlo non poteva aprir la bocca e gridargli: « Che cristo ti ha preso? » perché adesso sentiva, vedeva entrargli nelle narici, come un lurido fumo bianco, l'odore della morte, quell'odore che ci si può riprodurre, ma troppo più leggero, facendo come si è detto in principio. Così teneva la bocca inchiavardata, e quando per l'orgasmo non poteva più respirare aria bastante dal naso, allora torceva la testa fino a far crepitare l'osso del collo. Fu torcendo la testa che vide il ferroviere che stava a guardarli e non interveniva. Lui come poteva capire che stavano battendosi, se loro due non sembravano altro che due ubriachi che si sostenessero l'un l'altro? Ma ciò che il ferroviere non poteva immaginare era come loro due si stringevano i muscoli, Carlo si domandava come facessero le braccia di Attilio, spaventosamente scarne come le sentiva, a resistere alla sua stretta, a non spappolarsi. Però anche Attilio stringeva maledettamente forte, e se non fosse stato per non ingoiare l'odore della morte, Carlo avrebbe urlato di dolore.

Aveva già capito perché Attilio l'aveva affrontato così, e lo strano è che la cosa non gli sembrava affatto assurda e bestiale, Carlo lo capiva Attilio mentre cercava di spezzargli le braccia.

Adesso Attilio aveva rialzata la testa e la teneva arrovesciata all'indietro, Carlo gli vedeva le palpebre sigillate, gli zigomi puntuti e lucenti come spalmati di cera, e la bocca spalancata a lasciar uscire l'odore della morte. Chiuse gli occhi anche lui, non ce la faceva più a guardargli la bocca aperta, quel che badava a fare era solo tener le gambe ben piantate in terra e non allentare la stretta.

Per quanto il campanello della stazione avesse incominciato il suo lungo rumore, poteva sentir distintamente battere il cuore di Attilio, cozzava contro il costato come se volesse sfondarlo e piombare su Carlo come un proiettile.

Decise di finirla, quell'odore se lo sentiva già dovunque dentro, passato per le narici la bocca e i pori, inarrestabile come la potenza stessa che lo distillava, doveva già avergli avviluppato il cervello perché si sentiva pazzo. Alzò una gamba e la portò avanti per fargli lo sgambetto e sbatterlo a rompersi il filo della schiena nella cunetta della strada. Proprio allora la testa di Attilio scivolò pian piano giù fino all'ombelico di Carlo, anche le sue mani si erano allentate ed erano scese lungo le sue braccia, ora gli serravano solo più i polsi, e Attilio rantolava « Mhuuuh! Mhuuuh! » finché gli lasciò liberi anche i polsi e senza che Carlo gli desse nessuna spinta finì seduto in terra. Poi per il peso della testa arrovesciata si abbatté con tutta la schiena sul selciato.

Carlo non si mosse a tirarlo su, a metterlo seduto contro il muro dell'officina del gas, perché non poteva risentirgli l'odore. Quando fu tutto per terra, si dimenticò che l'aveva capito e aprì la bocca per gridargli: « Che cristo ti ha preso? » ma si ricordò in tempo che l'aveva capito e richiuse la bocca.

Il treno era vicino, a giudicare dal rumore che faceva stava passando sul ponte. Guardò giù nella via per scoprire la ragazza. Aveva lasciato il riparo della portina, era ferma a metà della strada, guardava da lontano quel mucchio di stracci neri e bianchi che formava Attilio sul selciato, poi venne su verso i due con un passo estremamente lento e cauto.

Carlo poteva andarsene, voltò le spalle ad Attilio e andò al passaggio a livello. Quel ferroviere si mise rivolto a guardare il binario per il quale il treno giungeva, ma Carlo poteva vedergli una pupilla che lo sorvegliava, spinta fino all'angolo dell'occhio. Il ferroviere non gli disse niente, del resto avrebbe dovuto gridare. Passò il treno e schiaffeggiò Carlo con tutte le sue luci, i viaggiatori ai finestrini gli videro la faccia che aveva e chissà cosa avranno pensato.

Se ne andava, con le braccia incrociate sul petto si tastava i muscoli che gli dolorivano come se ancora costretti in anelli di ferro, davanti agli occhi gli biancheggiava la pelle appestata di Attilio, e pensava che non sarebbe mai più stato quello che era prima di questa lotta. Camminava lontano dal chiaro, gli tremavano le palpebre la bocca e i ginocchi. Nervi, eppure si sentiva come se mai più potesse avere una tensione nervosa, si era spezzato i nervi a stringere le misere braccia di Attilio.

E sempre davanti agli occhi il biancheggiar di quella pelle. Per scacciarlo, si concentrò ad immaginare nel vuoto il corpo della sua ragazza, nudo sano e benefico, ma si ricusava di disegnarsi, restava una nuvola bianca che si aggiungeva, ad allargarla, alla pelle di Attilio.

Andò al bar della stazione ma non entrò, fece segno al barista da sulla porta e gli ordinò un cognac, cognac medicinale, se ne avevano.

Mentre aspetta che gli portino il cognac, vede spuntar dal vialetto del giardino una giacca gialla. È quella ragazza di Attilio, cammina molto più adagio di prima, lo vede, si ferma a pensare a qualcosa e poi viene da lui guardando sempre in terra e con un passo frenato. Così Carlo ha tempo di studiarle il corpo, comunissimo corpo ma che pretende d'esser posseduto soltanto da un sano.

Arriva, lo guarda con degli occhi azzurri e gli dice con voce sgradevole: « Siete stato buono a non prenderlo a pugni ».

« Cognac » dice il barista dietro di lui. Lui non si volta e poi sente il suono del piattino posato sul tavolo fuori.

La ragazza gli dice ancora: « Voi avete già capito tutto, non è vero? »

Le dice: « Credo che anche voi abbiate già capito che io mi ero sbagliato, che vi avevo presa per un'altra. Il triste è che non ha capito lui ».

Lei si torce le mani e guarda basso da una parte. Lui le dice ancora: « Scusate, ma perché lui s'è fatto l'idea che c'è uno che vi vuol portar via a lui? »

« Perché uno c'è. »

« Uno... sano? »

« Sì, uno sano. Abbiamo ragione, no? Lui vuole che io sia come prima, ma è lui che non è più come prima. E poi i miei non vogliono più. »

« Adesso come sta? L'avete accompagnato a casa? »

Sì, ma sta malissimo, ha una crisi, la madre di Attilio l'ha mandata a chiamare il medico, di corsa, ma Carlo vede bene che lei non è il tipo da correre per le strade dove la passeggiata serale è nel suo pieno.

Lei gli domanda: « Dove abita il dottor Manzone? Non è in via Cavour? »

« Sì, al principio di via Cavour. »

La ragazza fa un passo indietro, gli ha già detto grazie, fa per voltarsi, a lui viene una tremenda curiosità, tende una mano per trattenerla, vuole dirle: « Scusate, voi che gli state, gli stavate sovente vicino, voi glielo sentivate quell'odore...? » ma poi lascia cader la mano e le dice soltanto buonasera, e lei se ne va, adagio.

Prese il cognac e andò a casa. A casa si spogliò nudo e si lavò sotto il rubinetto, così energicamente e a lungo che sua madre si svegliò e dalla sua stanza gli gridò di non consumar tanto quella saponetta che costava cara.

La notte sognò la sua lotta con Attilio e la mattina all'ufficio di collocamento seppe che l'avevano messo all'ospedale al reparto infettivi.

« La Germania » disse un disoccupato come Carlo.

« Di chi state parlando? » disse uno arrivato allora. « Chi è questo Attilio? Tu lo conosci? » domandò a Carlo.

« Io? Io gli ho sentito l'odore della morte » gli rispose Carlo e quello tirò indietro la testa per guardarlo bene in faccia, ma poi dovette voltarsi a rispondere « Presente! » al collocatore che aveva incominciato l'appello.

La sua lotta con Attilio la risognò venti notti dopo e la mattina, mentre andava ancora e sempre all'ufficio di collocamento, si voltò verso un muro della strada per sfregarvi un fiammifero da cucina perché non aveva più soldi da comprarsi i cerini, e vide il nome di Attilio in grosse lettere nere su di un manifesto mortuario.

« L'odore della morte »
Parte della raccolta *I ventitre giorni della città di Alba*, nella collana « I gettoni » (Einaudi, 1952).

LUCE D'ERAMO

1925-2001

Le spoglie di Luce d'Eramo riposano, insieme a quelle di John Keats, Percy Bysshe Shelley e Antonio Gramsci, nel cimitero acattolico di Roma. Nata a Reims con il nome di Lucette Mangione, cresce in una famiglia fascista residente a Parigi e in seguito si trasferisce a Roma, dove frequenta il liceo classico. A diciannove anni, contro la volontà dei famigliari, decide di scoprire la verità sulla guerra, sulle deportazioni, e va a lavorare in un campo di lavoro tedesco. Questa esperienza la porterà a diventare un membro attivo della Resistenza. Quando viene arrestata, tronca i legami con la famiglia e finisce internata a Dachau. Fugge dal campo e riesce a raggiungere la città di Magonza dove, mentre soccorre le vittime di un bombardamento, è investita dal crollo di un muro, che la lascerà paralizzata alle gambe. Rientrata a Roma, fa amicizia con alcuni scrittori, tra cui Alberto Moravia ed Elsa Morante, comincia a pubblicare su *Nuovi Argomenti* e diventa amica intima di Amelia Rosselli, poetessa trilingue che ha vissuto fra Italia, Francia, Svizzera, Inghilterra e Stati Uniti. Il suo libro più noto è il romanzo autobiografico *Deviazione*, pubblicato nel 1979 e da cui viene tratto un film tedesco. Gli stranieri e gli sfollati prodotti dalla Seconda guerra mondiale sono temi ricorrenti nei suoi scritti; *Io sono un'aliena*, titolo di una delle sue raccolte di saggi, rappresenta il fondamento tematico di tutte le sue opere. È autrice di tre raccolte di racconti. La sua scrittura è pura, ridotta all'essenziale. « Vivere in due » è un'inquadratura stretta di una coppia di letterati, un monologo magistrale che, per certi versi, può essere considerato anche un dialogo. Dopo un inizio lento, che indugia sui particolari e i ritmi di un interno domestico, il racconto cambia registro fino a includere Roma, la storia e ciò che sta dietro le vicissitudini della vita.

Vivere in due

Anche stanotte tornerà all'una, alle due, se non saranno le tre. E mica posso dirgli che perde tempo con tutti quegli incontri e dibattiti, si irrita in un modo...

Che c'entra l'eremita? È proprio perché il senso sociale io ce l'ho che gli dico di lasciarsi un margine, se non vuole che il fare gli si consumi nel parlare. Ma quale superiorità, dove mai? Non può dirmi questo, lo sa benissimo che si tratta di discrezione.

Quest'umanità appaiata. Si finisce col serrare l'interlocutore dai due lati. In casa? Ma in casa è diverso: riceviamo insieme, però con funzioni distinte; anche dagli amici andiamo in due, ma da singoli, e lì ci si perde di vista, poi ci s'imbatte l'uno nell'altro per caso. Nei dibattiti invece, basta che partecipi un po', t'accalori, e come fai a non ritrovarti fianco a fianco, a fare fronte comune, non è simpatico. Oppure ci si scontra in un botta e risposta accanito che tanto valeva sostenere a quattr'occhi.

Ma senti, se sei sempre tu che dici: « Il riguardo è importante, il riguardo è tutto ».

Ora dormo però. Mi devo alzare presto, ho lezione alla prima ora. Lui la sera non ha mai sonno, e la mattina per svegliarsi... si lascia sempre freddare il caffè. « Hai mescolato lo zucchero? » brontola rincantucciandosi meglio. Mi fa una rabbia. Devo dirgli della bolletta della luce, dodicimila lire in due persone è troppo, la tiene accesa tutta la notte; l'elettricista ha detto però che è lo scaldabagno a portar su di giri il contatore, d'altra parte... Giro il cucchiaino dodici volte in fondo alla tazzina; no, glielo dirò dopo. Invece deve decidersi a togliere dal racconto quelle venti righe che non vanno, quel monologo non ha senso, lui c'è tanto affezionato, si piglia di quelle passioni per certe impennate vacue. « Senti » comincio, mentre giro nove volte il cucchiaino, ma no, perché devo sempre svegliarlo con qualche *memento* faticoso? Mi chino su lui, ha le palpebre arrossate nelle cupe occhiaie cave, la bocca stanca, aspetto; anche se dorme altri cinque minuti soli è tanto di guadagnato; lo guardo, giro dolcemente il cucchiaino il numero di mesi, di anni che lo conosco; presto saremo vecchi.

Non ha giudizio. L'altra notte mi sveglio, c'era già quel bianco opaco dell'alba a strati nella camera (ho ancora dimenticato di chiudere le persiane, adesso mi alzo, tra un po'), e che vedo? La luce accesa filtra di sotto la porta. «Insomma» grido, rovescio le coperte e salto giù dal letto, perfettamente destata dalla collera. Vado nel suo studio e spalanco la porta: siede intirizzito dietro la scrivania, la faccia pesta, verde, la stanza piena di fumo come nebbia, i portacenere ingombri di cicche, il barattolo di cartone del latte in bilico su uno spigolo del tavolo. Certo che gliene ho dette, e lui m'ha guardata con un rancore, una distanza, ancora più pallido, sorpreso nella sua solitudine.

«Se ho detto» ho esitato «non intendevo...» (ha stretto le labbra in un sorriso amaro). «È perché mi dispiace che...»

«Ecco come sei fatta tu: o mi spari o t'arrendi.»

«Non potresti almeno.»

«Non fare questo tono di voce, non sono un tuo scolaro deficiente.» Punta il dito contro il mio petto: «O mi spari o t'arrendi. Non c'è via di mezzo. Per te sono uno sconclusionato, uno che si tormenta a vanvera, credi che non lo so?» (Sento il suo respiro concitato; si solleva a stento dalla sedia, indolenzito.) «Per te io conto le formiche, non è così? Le formiche!» fa qualche passo legnoso verso di me: «Io conto le formiche» sillaba.

«No» mi si stringe il cuore, «quali formiche?» (Gli carezzo il viso smunto con lo sguardo.) «Dove» dico, «quali formiche?»

Ci guardiamo e d'un tratto ci siamo visti, lui ginocchioni a terra appoggiato sulle mani, intento a contare una lunga colonna di formiche nere che gli sfilano davanti: «Una, due, tre... settecentododici, settecentotredici» e io che in piedi, in camicia da notte, scarmigliata, fisso tutti quegli animalucci pieni di zampette mormorando: «Quali formiche, no non ci sono formiche...»

Siamo scoppiati a ridere. Ci siamo dovuti sedere per il ridere, poi ho infilato le sue ciabatte e siamo andati in corteo in cucina, al frigorifero.

Rannicchiati sulle sedie dure, addentiamo panini, come uccelli appollaiati in cima a un albero; come quelle palme in Riviera, in faccia al mare, quei lunghissimi fusti squamosi coi ciuffi in alto striminziti che, d'inverno, s'arruffavano a ondate, quando i cavalloni si ergevano e srotolavano sulla sabbia.

Ma che ora sarà? Mi conviene dormire. Chissà quando torna, con tutta questa pioggia poi, dev'essere sferzante, schiocca quasi; oggi pure che acquazzone, sbocciava come narcisi al suolo, doleva calpestarli, prati e prati di corolle argentee d'acqua sull'asfalto, era bellissimo.

Avrà mangiato? Forse dovevo tagliare anche il salame: tanti bei cerchi rossi nel piatto, in mezzo ai bianchi spicchi del finocchio, gli avrebbero stuzzicato l'appetito. Gli involtini invece si rattrappiscono e fanno marrone, striati di sugo di pomodoro rappreso; ibernati, non invogliano. Sì, ma se poi mi rimproverava di far seccare il salame che va tagliato soltanto lì per lì, perché io sono sprecona e così via? Il vino è meglio che non lo beva. La domenica invece sì, insieme, mezzo bicchiere, un po', in quei pomeriggi lenti centellinati, quando gironzolo per casa, entro piano nello studio, lui non alza il volto severo in ombra dietro il cono di luce. Quella luce diretta però gli rovina la vista, è una mania la sua, eppure lo vede bene che il lume io l'ho rivolto in alto, non so, è anche meno tagliente, c'è più confidenza con gli angoli.

Ma lui è brusco in tutto.

Apre il frigorifero che pare lo scardini, poi se ne sta assorto; le gambe incrociate, il gomito appoggiato sullo sportello aperto, la fronte nella mano che strofina contro la guancia sino al mento, sulla barba rasa che gli raspa la pelle del palmo; si regge il mento in profonda meditazione davanti alla carta oleata col prosciutto, alle lunghe zucchine verdi dormienti nella luce lunare della lampadina al neon, sulle grate dei ripiani di ferro.

Si riscuote, afferra il cartone del latte omogeneizzato e beve a grandi sorsi, la testa un po' all'indietro. Figuriamoci se non cerca il caffè. Ne beve troppo. Apposta è così nervoso. Dice sì, e anche che deve fumare di meno, che il fumo gli raschia la gola.

«E non mangi» dico io.

«Ti sei fissata sul mangiare, mi vorresti insaccato.»

Va bene, me ne vado, è inutile che stia lì arrampicato sullo spigolo del tavolo con la gamba penzoloni, crede che non l'abbia capito?

Lo sento trafficare con la cuccuma, stropiccia lo zolfanello sulla carta vetrata. In punta di piedi torno in cucina, mi fermo alla porta, poso la tempia contro il legno laccato dello stipite, in muto rimprovero di fronte a lui che, una mano in tasca e l'altra sul fianco, sorveglia la macchinetta espresso, in piedi davanti al fornello a gas. Guardiamo la corona di lingue azzurre che lambiscono l'acciaio nella penombra. La caffettiera si scuote e comincia a scoppiettare e sbuffare, l'aroma del caffè si spande. Lui tira un lungo sospiro e spegne il gas. Apre la credenza, fruga nel cassetto del tavolo, pone tazzine, posate e zuccheriera sul marmo con traballio di porcellane e metallo.

«Accendi almeno la luce» salta su, «che stai lì a guardare?»

Giro l'interruttore e, con passo dignitoso, me ne torno in camera. Siedo al tavolo e poggio la mano sul vocabolario aperto.

S'avvicina a passi cauti, strisciati, e me lo vedo comparire rigido, gli avambracci tesi in avanti con le due tazzine colme, l'occhio accigliato che le fissa a turno perché il caffè non si rovesci nei piattini.

Poi se ne rivà con le tazzine vuote, di corsa, scaraventa, tintinnano cocci e posate. «Non lasciare le tazzine in giro» gli strillo dietro, «mettile nel lavandino.»

Ritorno nello studio. Mi guarda aspirando dalla sigaretta, mi segue con gli occhi per la stanza. «Resta» dice, mentre sto per ritirarmi (la mia persona non l'interrompe, fa parte di lui).

Invece lui spalanca la mia porta bruscamente, piantato in mezzo, i capelli in disordine: «Disturbo, vero?»

Mi giro sulla sedia verso di lui: «Dimmi».

«Non importa, torno dopo» e mi volta le spalle.

« Dimmi. »

È così impaziente.

« Possibile che devi sempre far aspettare l'ascensore? » grida stizzito quando usciamo e all'ultimo momento mi sono ricordata di non aver controllato la chiavetta del gas, il rubinetto, qualcosa.

Corro per zelo, lentamente, perché anche l'ascensore è coinvolto. M'infilo nella cabina. Lui richiude gli sportelli di scatto.

« Mi vuoi bene? » gli domando piano, mentre la monetina fa clic nella cassetta di metallo.

« E tu? » lui subito aggressivo.

Emetto: « Sì ».

« Ehm » lui, a bocca chiusa; spinge il bottone, l'ascensore si mette in moto e lui fronteggia l'uscita lasciandomi indietro.

« Non hai risposto » brontolo. « Non hai risposto » ripeto.

Siamo arrivati a pianterreno. Stridore e squassi degli sportelli del vecchio ascensore. Approfitto del fracasso: « Allora tu perché me lo domandi sempre? » dico risentita.

Usciamo sul pianerottolo.

« Perché ho bisogno di sentirtelo ripetere », con uno strappo riserra gli sportelli, sbatte il cancelletto di ferro.

Passiamo in fila davanti alla guardiola, duri come due soldati tedeschi, e salutiamo la portinaia con la deferenza dei distratti. La portinaia ci segue con l'occhio nascosto, mentre la voce impaziente di lui articola sonora sotto la volta dell'androne: « E lo dovresti sapere ormai ».

Poi (ma la portinaia non può più sentirlo): « Non sai » dice tra sé, « è un sogno ».

Che ora sarà adesso? Quest'interdipendenza non va. Facevo meglio a leggere, a combinare qualcosa di utile, invece di starmene qui al caldo, oziosa, in questo bel torpore, al buio.

Non lo capisce lui che è molto più sano dormire presto e lavorare all'alba. La lucidità della sera, con l'organismo sfruttato non è la stessa cosa, è una chiarezza intellettuale tesa, astratta, disincarnata, non è la bella calma piena della mente che s'accinge al lavoro la mattina, col corpo rilasciato, ristorato, che risponde, c'è un altro spazio. Invece lui fa tutto al limite, deve stremarsi, è l'indole sua, assillata.

Mi telefona dall'ufficio, non-so-chi gli ha fatto non-so-cosa, e se la prende con me. « Ah sì? » penso, « ora vedrà », e mentre replico pungente nel ricevitore, mi si spande una dolcezza, e forse lui la sente perché la voce gli s'ammorbidisce, e non ricorda più che cosa mi voleva dire, richiamerà dopo.

Come quando rientra in casa. Siede a tavola, volge uno sguardo circolare ipercritico sulle pietanze, spiega il tovagliolo e, tra i denti, esaminando gli spaghetti: « Novità? », e io gli racconto gli avvenimenti della mattinata, « oggi la terza C..., quella collega sai..., non ti dico il padre di... », m'infervoro e rido in crescendo.

« Se ridi e parli insieme, non si capisce niente » dice e mastica con diligente precipitazione.

Taglia la carne rossa, infilza la forchetta nel piattino laterale dell'insalata riccia verde chiara, si versa da bere, spezza il pane, con i suoi gesti calcolati, ogni tanto mi scocca un'occhiata che mi misura e m'infilza come un boccone e riabbassa lo sguardo. Mi sento quelle odalische che allietano il pasto del pascià che, curvo sul cibo, sbircia ogni tanto se il mignolo di quella ballerina flessa ad arco in terza fila è piegato con grazia.

Il cigolio dell'ascensore sale, stride, no, s'è fermato al piano di sotto. Quasi quasi mi rivesto e l'aspetto nell'ingresso.

Questa volta è sicuramente lui, l'ascensore scatta a ogni piano di scale, ora lui entrerà, accenderà la luce grande: « Dormivi? Oh scusa » mi dirà. (Io tengo gli occhi chiusi e lo sento in piedi in mezzo alla stanza, teso e stanco, col cappotto addosso.) « Non voglio svegliarti » insiste a voce alta (ipocrita); poi, come s'accorgesse di star lì scoperto, comincia a spogliarsi coi gesti che fanno parte del mio dormire, finché siede sul letto che s'affossa, schiacciandomi un po', ma non mi scosto: « Non sai » dice piano, « piove ».

« Ti sei bagnato? » le parole m'affiorano.

« Mmh » mugugna. Mentre parla, le sue frasi mi scorrono come nuvole in sogno.

Non è lui. È qualcuno che è entrato dall'inquilina di fronte. Potrei uscire. Quando sono andata a prenderlo al penultimo congresso – ancora su « Letteratura e società » o qualcosa del genere –, non è parso seccato con me, piuttosto contento, con tutta quella gente non riuscivo a vederlo, schiacciata, m'infilavo di sbieco, me lo sono trovato di fronte all'improvviso. Ecco, quella sera tornando a casa era allegro; mentre raggiungevamo il parcheggio, declamava, allungava il passo perché gli corressi dietro, poi si fermava di colpo, sì, era allegro. Ma il suo umore trapassa subito, non so, si adombra per un niente, si ritrae e si gela. Bello però quella notte, sfrecciavamo in macchina per le strade deserte e d'un tratto rallentavamo a passo d'uomo, sull'Aventino, via dei Fori Imperiali, lungo quelle mura di mattoni riarse, a nudo, lambite dalla luce dorata dei riflettori riservati, così riguardosi; poi siamo scesi nell'aria rada dell'autunno e ci siamo seduti ai piedi della Basilica di Massenzio, in silenzio, immobili, a far tardi.

La luna veniva avanti in un arco di notte, in mezzo alle volte d'argilla impastata dagli uomini, le alte volte di terra porosa come il suolo lunare, vecchio; anche noi un giorno invecchieremo, e allora, come l'arida luna rugosa e desolata, ti resterà di me un'immagine dolce, sbiadita, sai, con discrezione.

« Vivere in due »
Pubblicato per la prima volta sulla rivista *Tempo presente* (dicembre 1966), poi incluso nell'antologia *Voci: Antologia di testi poetici e narrativi di autori italiani iscritti all'ENAP* (1993).

ANTONIO DELFINI

1907-63

Soltanto pochissimi scrittori italiani incrociano il movimento surrealista, e Delfini è uno di loro. Nasce e muore a Modena, città da lui allo stesso tempo amata e odiata. Scrive soprattutto in prosa, ma è autore anche di due raccolte di poesia sperimentale: una plaquette pubblicata a sue spese all'inizio della sua carriera letteraria e un volume più lungo uscito per Feltrinelli due anni prima della morte. Autodidatta, tracciava schizzi, scriveva sulle bustine di fiammiferi e creava collage verbali realizzati con ritagli di testi stampati. Ha scritto a mano il volantino che pubblicizzava il suo primo libro, una raccolta di racconti brevissimi che descrivono i vagabondaggi di un protagonista senza nome in una città non precisata. È stato uno scrittore profondamente avanguardista, ossessionato dal tema dell'incessante rielaborazione del passato. La sua prosa è sintetica, rapsodica, eccentrica. Natalia Ginzburg ne ha curato i *Diari*, pubblicati postumi da Einaudi nel 1982. In quelle pagine, Delfini confessa di aver iniziato e abbandonato centinaia di libri. Pochi mesi dopo la sua morte, gli viene assegnato il Premio Viareggio. La sua raccolta di racconti più famosa, *Il ricordo della Basca*, ha una storia editoriale complessa. Uscita nel 1938, viene ripubblicata nel 1956 con l'aggiunta di una dettagliata prefazione dell'autore: un *tour de force* in cui dichiarazione artistica, racconto autobiografico e metanarrazione si fondono e si intersecano. Nell'anno in cui muore è ristampata con il titolo *Racconti*, in un'edizione che include anche un frammento di un nuovo racconto incompleto. Il testo riportato in queste pagine, toccante e disperato, è insieme statico e vorticoso, e svela goccia dopo goccia i meccanismi della memoria. Sebbene la maggior parte degli scritti di Delfini sia apertamente autobiografica, qui troviamo una protagonista femminile dipinta con grande incisività (lo scrittore ha perso il padre quand'era piccolo ed è cresciuto circondato da donne). La biblioteca civica di Modena nel 2001 ha istituito in suo onore un premio di poesia contemporanea.

La modista

La signora Elvira aveva passato la sessantina. Seduta su di una poltrona morbida a fiorami, dai comodi braccioli reclinava la testa. Pareva dovesse perdersi laddove le era facile andare ma doloroso tornare. Quante volte, la notte, negli anni giovanili non si era seduta, esausta, in quella poltrona? Guardava allora l'ampio letto dalla grande coperta bianca coi pizzi. La coperta si era un po' sciupata. Ma questo non importava allora. Purché Arturo tornasse ogni sera! Il lavoro non aveva una grande importanza. La modisteria, ch'essa teneva sulla via principale, poteva ben diminuire l'attività. A lei bastava quel tanto per vivere. Arturo guadagnava abbastanza, ed essa non aveva bisogno di metterne da parte per lui. Solo che fosse riuscita a tener ben pulito l'appartamentino, ad acquistare ogni anno una coperta nuova coi pizzi sempre più lavorati, a fare ogni sera un caffè profumato della migliore qualità (c'era il *Brasile*, il gran bar che durante il carnevale teneva aperto tutta notte) la vita sarebbe andata avanti nel modo più felice. Arturo era senza dubbio un bell'uomo, forte, inesauribile. Come glielo invidiava la sarta Goldena! Costei non ci avrebbe pensato due volte ad abbandonare quell'impiegato di suo marito, per essere di Arturo. La sarta Goldena, che pure era una bella donna, non ci era riuscita con Arturo. Lei, Elvira, che si era fatta tutta da sé, orfanella, se l'era preso e non lo lasciava andare. Chi andava così bene in bicicletta come ci andava lui? Chi fumava il sigaro, inframmezzando una boccata e l'altra con dei solleticanti complimenti rauchi, come lui? Quella grossa voce a raganella, che le intorbidiva la testa, le faceva sbagliare la forma di un cappello, quando ci pensava. Che delizia quel panciotto (lo aveva cucito lei) che gli aderiva così bene all'ampio petto!

«Se la signora sapesse...» le diceva in negozio una delle sue lavoranti.

«Cosa c'è» chiedeva lei, turbata.

«Nulla» dicevo tanto per dire.

«Ma dimmi, forse l'hai incontrato ieri sera in qualche posto?»

La commessa scoppiava a ridere e spariva nel retrobottega canterellando. Elvira si guardava le mani che si era sciupate a lavare tanta biancheria il giorno prima. S'impensieriva. Aveva sentito dire da una sua amica che Arturo era ritenuto uomo di un certo avvenire, e la modesta posizione, che oggi occupava, avrebbe potuto abbandonarla un giorno o l'altro. Mio Dio, come fare? Anche lei si sarebbe fatta una fama, avrebbe impiantato a Milano una grande casa di mode. Non c'era altra via che andare di pari passo a lui. Non restargli indietro. Che sorpresa si ebbe quella sera la marchesa Y a vedersi arrivare il cappello con le piume (il giovane capitano di cavalleria avrebbe fatto fare al cavallo un saltino di contento, con un bel hop! hop! in onore della marchesa) ordinato appena il giorno prima! E com'era rifinito! E come le donava! E che maestosità nella persona! Col pomo d'argento del bastone tra le mani, il grosso marchese, seduto al caffè, vedeva, il giorno dopo, le piume svolazzanti della moglie nelle volute del suo profumatissimo sigaro. I signori lo complimentavano ammiccando. Le signorette affluivano, dopo, nella bottega: «Che bel cappello ha fatto alla marchesa! Ne vogliamo uno anche noi uguale sa, ma che costi poco, non abbiamo molto da spendere noi». La città veniva invasa da tante piume a tinte saporose, una morbidezza insolita circolava per città, e gli uomini, toccando l'orologio d'oro nel taschino del gilè, adocchiavano rallegrati, le donne. Esse passavano sculettando leggermente, mostrando appena il piede addolorato, le piume al vento e mazzetti di viole puntati sul petto. Quelle viole che un giorno, cogliendole, nei primi giorni di primavera, sui prati fuori di porta, era scivolata, e un uomo dal bel portamento le aveva detto: «Che belle gambe signora!» L'aiutò a rialzarsi, e tra un complimento e l'altro le strinse forte un braccio. Si era fatta accompagnare a casa. La vecchia zia, preparando la cena osservava: « Hai un grosso strappo alla manica. Alla tua età, a trent'anni, bisogna tenerti dietro per la strada? » Essa divenne rossa a pensare che qualcuno le aveva strappato la manica. A trent'anni non si era ancora sposata, e piacente donna che ella fosse non arrestava per questo le altre a riderle dietro. Una volta, a diciassett'anni, andò sola a passeggio con un giovincello studente in medicina. Puzzava di tabacco, aveva una bella cravatta e i denti tutti sciupati. Per sette giorni l'aveva aspettata uscire dal laboratorio della sua prima maestra: una vecchia sarta, amica di gioventù della madre. La maestra andava ancora ai veglioni per il carnevale, in compagnia di un senatore settantenne al quale piaceva godersela o far vedere di godersela. In quelle occasioni costui faceva preparare a casa una cenetta composta di pasticcio, rifreddo con gelatina, crostata di frutta, vino rosso del suo podere in collina, sassolino. Il portinaio, che vestiva da servitore per l'occasione portava il cesto della cena a teatro, e serviva il senatore e la sarta nel retrè del palco. Benché vecchia, il vino la ingagliardiva, tanto da farle scavalcare la balaustra del palco e scendere in platea mezza discinta. Per due giorni non veniva al laboratorio, e le ragazze sapevano che stava smaltendo la sbornia del veglione. Fu in uno di quei giorni che Elvira uscì dal laboratorio, ad ora insolita, prendendosi un po' di libertà che altrimenti non le sarebbe stata concessa. Lo studente le chiese il permesso di accompagnarla ed ella accettò, andando con lui per straducole deserte dove a sera brillava, tenuissimo, un fanale a gas (quando passò l'omino per accenderlo essi si nascosero dietro una colonna del portico). Era la prima volta che andava con un uomo, e la prima volta che si faceva baciare. Forse qualcuno seppe della sua avventura, poiché ognuno la guardava diversamente il giorno dopo. La sera le restò in bocca un forte sapore di saliva altrui e di sigaro toscano, tanto che alla zia, la quale le chiedeva cosa avesse, rispose: « Questo piatto mi fa schifo », e scoppiò a piangere correndo poi in camera a stendersi sul letto. Non andò più con lo studente. Di quel tipo smunto, che a ogni parola era uno sputo (anche se aveva i denari da comprarle uno scialle nuovo), ne poteva fare a meno. Dopo, quanto tempo passò senza che ella si accompagnasse con un uomo! Proposte ne aveva avute, e anche convenienti. E ricchi commercianti che avrebbero fatto sacrifici pur di averla per amica. No, non poteva, chissà per quale ragione, sopportare un uomo. E le avvenne l'occasione di cadere assai in basso. Un inverno, qualche anno dopo l'avventura con lo studente, una sua cugina, ballerina del teatro d'opera nella città di M***, l'invitò a passare colà qualche giorno di carnevale. Una sera nello studio di un finto pittore, lei, sua cugina e un'altra ballerina; un'altra sera nell'appartamentino, pieno di fotografie di donne, di un giovanotto che pagava sempre a tutti ovunque si trovasse. Elvira assisteva impassibile alle orge, fingendo di divertirsi quando era l'occasione o di scandalizzarsi e spaventarsi quando la sua incolumità personale era in pericolo. Diceva agli uomini: « Io non sono come le mie amiche », ed essi, ridendo, dopo qualche tentativo vi rinunciavano, e nella loro bonomia si rivolgevano alle altre due allegre e accondiscendenti. Tanto a loro bastava sfogarsi e finir la serata. Le altre poi riuscivano nell'intento: farsi pagar la cena e ricavarci qualche regalo, cosa che senza Elvira non sarebbe riuscita, lei più giovane e attraente di esse. Le amiche invidiavano ad Elvira quella sua impassibilità: « Benedetta te che sei così fredda e ti risparmi tanti dolori ». Nel camerino del teatro, mentre aspettava le amiche, le venne l'idea di farsi un cappello, cosa che non aveva mai fatto. Il suo lavoro in sartoria consisteva in un po' di cucito rudimentale, asole, attaccar bottoni, ecc... Ci riuscì bene. Ne venne fuori un cappello grande, come usava allora, con un enorme nastro rosa a fiocco. Quando la cugina lo vide lo volle per lei, e l'amica gliene ordinò uno uguale. Elvira lo fece diverso, questa volta: con giri di perline. Tornò a casa, in terza classe, e durante il viaggio le venne in mente di farsi suora. Teneva gli occhi bassi e ci prendeva gusto a pensare che gli altri la guardavano: « Suor Elvira, dalla caviglia ben calzata, se tu fossi una donnina come t'avrei baciata »; « Ave Maria, perdonaci Signore i nostri peccati, Ave Maria ». E intanto la cattiva zia, indispettita, attendeva la nipote: non le era riuscito di farle far la vita, e liberarsene una volta per sempre. Essa tornava: con il rosario in mano e una voglia matta di correre. Passavano gli anni, la zia invecchiava, e i cappelli e le ordinazioni e i guadagni la rendevano indipendente, libera di andare a cogliere le viole in un giorno di primavera sui prati, di scivolare per terra, di alzare le gonne. «Che belle gambe signora!» Si ruppe una manica del vestito. Quanto più bella sarà domani con un vestito nuovo!

Arturo era uno dei primi impiegati dell'azienda del gas. Guadagnava molto. Fu lui che diede ad Elvira il primo denaro occorrente a metter su bottega. Veniva in negozio, contento, massiccio com'era, scuotendo la testa e la sua bacchetta di bambù. Lei stava cucendo, seduta a gambe larghe, e scambiava con le sue lavoranti parole lente in dialetto, spalmate di grasso. Cantava ogni tanto, perduta in estasi, un pezzetto della *Traviata*. «Stasera verrò da te: bacioni», egli si affacciava così in bottega, aprendo appena l'uscio, lasciandole un leggerissimo odore di eleganti ufficiali passati in quel momento. Tornavano dall'aver mangiato dolci nella pasticceria della Celestina. Arturo spariva ingoiato dal brulichio delle sette di sera, in quell'ora in cui si mormora come la signora Altani se l'intenda col capitano di cavalleria. Finir presto di lavorare e poi si sarebbe chiuso, e che serata deliziosa! «Stasera verrò da te, bacioni, con tanti bei bignè tutti per te.» Bisognava andare dalla Celestina a comprare le paste, al *Brasile* per il caffè, e alla *Toscana* per una bottiglia di vino bianco con la spuma, e dal sigaraio per i «minghetti». Poi correre a casa a cambiarsi, profumarsi. E ogni delizia passava, sotto la lampada rotonda, con la bella corona a perline multicolori. Verso le due egli si alzava dal letto. O che avesse da prendere il treno per certi affarucci che aveva da sbrigare, o che desiderasse tornare a casa sua perché, diceva, a starci troppo con l'amante la gente poi ci trova a ridire, egli la lasciava sola a godersi il tepore delle lenzuola e delle sue gioie soddisfatte. Essa ci metteva ancora un'ora prima di addormentarsi, si lasciava cullare dalla fantasia che finiva sempre a portarla fra le braccia di lui. Poi entrava nel sonno, che la teneva fino all'ora in cui un bel cappello piumato la richiamava alla realtà. «Oh! Elvira, oh! bella Elvira» cantavano i ragazzini nella contrada. Andava in bottega la mattina, e il suo passo risuonava forte e deciso sul marciapiede. Quel signorino che stava ancora dormendo, lassù, se avesse voluto ascoltare, avrebbe capito con tormento e delizia di quali gambe si trattava. Ma essa ai signorini non dava nulla, nemmeno li guardava. Potevano ben fermarsi per ore davanti alla vetrina del negozio, che lei non si sarebbe mai turbata per loro. Che piacere però far sentire il rumore dei propri passi! Che forza che linea che spasimo (come diceva Arturo) quelle gambe! E calcava sempre più il marciapiede, andando via impettita e dicendosi qualche sconcezza in dialetto.

Talvolta, d'estate (Arturo partito per affari) si sedeva sulla morbida poltrona a fiorami, davanti alla finestra, e sognava, seminuda per il gran caldo, di essere sospesa in mezzo alle nuvole coi begli Arturi intorno a farle vento. E si vedeva anche a Parigi dirigere una grande casa di mode «Chez Arthur». O si perdeva, tra l'afa che veniva dalla contrada, in un paradisiaco giorno di fiera coi carrettini dei gelatai; e ogni gelataio aveva una strana espressione sfumata all'Arturo. Le belle passeggiate in carrozza per le grandi occasioni, un giorno sul fiume, un altro alla villa delle Quattro Torri. I giocatori di bocce si arrestavano e li guardavano passare, invidiosi. Uno di essi diceva: «Come vorrei la bella mantenuta, la porterei a Milano e la farei saltare, non avrebbe pace con me». E gli altri ridevano, mentre lui l'andava stringendo alla vita. Un anno si andò a vedere il mare in pieno agosto. Ma non le piacque e volle tornare indietro subito, rivedere sul letto la bella coperta coi pizzi. Egli si lasciava crescere i baffi, dei baffi neri. Una notte, come al solito, la salutò, e le disse che sarebbe stato via due giorni per affari. Si addormentò beata, si risvegliò al mattino, lavorò due giorni senza requie, che belle ed eleganti signore attendevano i suoi cappelli. Arturo non tornò, non lo si vide più, non si seppe più niente di lui. Le donne della città dovettero cercarsi una nuova modista. Il negozio di Elvira si chiuse.

Essa trasse un lungo sospiro e si alzò lentamente in piedi. Grossa e pesante, con una larga e lunga sottana grigia a strisce nere, ed una camicetta scura tutta lavorata che odorava di armadio chiuso coi biscotti dimenticati dentro. Camminava male per la stanza. Riuscì ad arrivare al tavolinetto da lavoro, che le batteva il cuore così forte e le si serrava la gola. Si guardò, in lontananza e di sfuggita, nello specchio a muro: com'era alta e che occhi neri aveva! Nel cassetto del tavolino c'era un pezzo di carta da drogheria. Qualcosa c'era scritto. Forse: «Che belle gambe signora» o «Stasera verrò da te bacioni». Lesse lungamente. Poi piano piano tornò a sedersi sulla sua poltrona morbida a fiorami. Sul letto la coperta bianca coi pizzi era ingiallita e dava cattivo odore soltanto a guardarla. Si soffocava. La signora Elvira non poteva tornare indietro nel tempo.

«La modista»
Pubblicato per la prima volta sulla rivista *Oggi* (1933, n. 11) e successivamente incluso in *Il ricordo della Basca: Dieci racconti e una storia*, pubblicato da Parenti nel 1938. La raccolta fu riedita da Einaudi nel 1982 e da Garzanti nel 1992.

GRAZIA DELEDDA

1871-1936

La produzione letteraria di Grazia Deledda coniuga il realismo sublime di Lev Tolstoj e la struttura morale della tragedia greca. Tra i suoi temi prediletti troviamo i matrimoni combinati, l'amore proibito, l'umiliazione pubblica, i conflitti tra generazioni, lo scontro tra vecchio e nuovo mondo. Il suo terreno sono la società e la famiglia, ma scrive anche roventi e inquietanti descrizioni della natura. A tutto ciò va aggiunta una sensibilità gotica; i suoi testi, infatti, sono popolati da streghe, spiriti maligni, venti malevoli. La Deledda impara a scrivere in italiano, non in sardo, la lingua dell'infanzia e dei suoi primi anni. Cresce sulle montagne della Barbagia, a Nuoro, regione famosa per le strutture nuragiche preistoriche che ne punteggiano gli spettacolari paesaggi. Non frequenta la scuola e ha una formazione totalmente da autodidatta. Il titolo di uno dei suoi primi racconti, uscito su una rivista di moda romana nel 1888, è « Sangue sardo », e il suo primo romanzo, *Stella d'Oriente*, viene pubblicato a puntate con lo pseudonimo di Ilia de Saint Ismail. Nel 1900, dopo aver conosciuto a Cagliari suo marito, si trasferisce con lui a Roma, città che in un primo momento la sconvolge, ma dalla quale non si muoverà più. Ed è proprio dopo aver lasciato l'isola, dal continente, che comincia a scrivere con maggiore insistenza della Sardegna, della bellezza travolgente e arcaica del suo territorio, della misteriosa energia che la pervade, della sua popolazione aggrappata sia alla terra sia al mare, e che si dedica al suo romanzo più importante, *Canne al vento*, uscito nel 1913. La scrittura della Deledda ricorda la pittura di Rembrandt: è solenne, intima, dominata dalle tonalità cupe. Ha scritto più di quaranta romanzi – quasi uno all'anno –, oltre a numerosi racconti, il tutto senza trascurare gli impegni di madre e di moglie. D.H. Lawrence era un grande estimatore della sua opera e ha tradotto alcuni dei suoi libri in inglese, tra cui il romanzo *La madre*. Il racconto incluso in questa antologia presenta una sensibilità quasi pagana, e l'animale intensamente desiderato attorno a cui ruota il testo è totemico. Il Premio Nobel per la letteratura, ricevuto nel 1926, conferma che la sua scrittura così radicata nel locale ha in realtà un respiro universale.

La cerbiatta

« Una volta » raccontava Malafazza, il servo di Baldassarre Mulas, al mercante di bestiame recatosi nell'ovile Mulas per acquistare certi giovenchi « il mio padrone era, si può dire, un signore. Abitava quella casa alta col balcone di ferro che è a fianco della chiesa di San Baldassarre, e sua moglie e sua figlia avevano la gonna di panno e lo scialle ricamato come le dame. La ragazza doveva appunto sposare un nobile, un riccone così timorato di Dio che non parlava per non peccare. Ma il giorno prima delle nozze la moglie del padrone, una bella donna ancora giovane, fu vista a baciarsi dietro la chiesa con un ragazzetto di vent'anni, un militare in permesso. Ohi, che scandalo! Non s'era mai sentito l'eguale. La figlia fu piantata e morì di crepacuore. Allora il mio padrone cominciò a passare settimane e mesi e stagioni intere nell'ovile, senza mai tornare in paese. Non parla quasi mai, ma è buono, persino stupido, a dir la verità! I cani, il gatto, le bestie sono i suoi amici! Persino coi cervi se la intende! Adesso s'è fatta amica appunto una cerbiatta, alla quale son stati forse rubati i figli appena nati, e che per la disperazione, nel cercarli, arrivò fin qui. Il mio padrone è così tranquillo che la bestia s'avvicinò a lui; quando vede me, invece, scappa come il vento: ha ragione, del resto; se posso la prendo viva e la vendo a qualche cacciatore. Ma ecco il mio padrone... »

Baldassarre Mulas si avanzava attraverso la radura verde, col cappuccio in testa e una gran barba bianca, piccolo come un nano dei boschi. Al suo richiamo le belle vacche grasse e i giovenchi rossi ancora selvatici s'avvicinavano mansueti, lasciandosi palpare i fianchi e aprire la bocca, e il cane terribile scodinzolava come se nel mercante riconoscesse un amico.

Il contratto però non si poté concludere. Sebbene Malafazza

il servo, un ragazzaccio sporco e nero come un beduino, avesse dipinto il suo padrone come uno stupido, questi dimostrò di saper fare i propri affari non smuovendosi dai prezzi alti dapprima domandati; e il mercante dovette andarsene a mani vuote.

Il servo, che tornava come ogni sera in paese, lo accompagnò per un tratto e da lontano il padrone li vide a gesticolare ed a ridere: forse si beffavano di lui; ma a lui oramai non importava più nulla dei giudizî del prossimo. Rimasto solo ritornò verso la capanna, depose una ciotola di latte fra l'erba della radura, e seduto su una pietra si mise a ritagliare una pelle di martora.

Tutt'intorno per la vasta radura verde della nuova erba di autunno era una pace biblica: il sole cadeva roseo sopra la linea violetta dell'altipiano del Goceano, la luna saliva rosea dai boschi violetti della terra di Nuoro. L'armento pascolava tranquillo, e il pelo delle giovenche luceva al tramonto come tinto di rosso; il silenzio era tale che se qualche voce lontana vibrava pareva uscisse di sotterra. Un uomo dall'aspetto nobile, vestito di fustagno, ma con la berretta sarda, passò davanti alla capanna guidando due buoi rossicci che trainavano l'antico aratro dal vomero argenteo rivolto in su. Era un nobile povero che non sdegnava di arare e seminare la terra. Senza fermarsi salutò il vecchio Baldassarre.

«Ebbe', l'hai veduta oggi la tua innamorata?»

«Ancora è presto: se non ha fame non s'avvicina, quella diavoletta.»

«Che fai con quella pelle?»

«Un legaccio per le scarpe. Ho scoperto che la pelle di martora è più resistente di quella del cane.»

«Prende più pioggia, guarda un po'! Be', statti con Dio.»

«E tu va con Maria.»

Sparito l'uomo col suo aratro lucente come una croce d'argento, tutto fu di nuovo silenzio; ma a misura che il sole calava, il vecchio guardava un po' inquieto verso la linea di macchie in fondo alla radura, e infine smise la sua faccenda e rimase immobile. Le vacche si ritiravano nelle mandrie, volgendosi prima come a guardare il sole sospeso sulla linea dell'orizzonte: vapori rossi e azzurri salivano, e tutte le cose, leggermente velate, avevano come un palpito di tristezza: i fili d'erba che si movevan pur senza vento davan l'idea di palpebre che si sbattono su occhi pronti a piangere.

Il vecchio guardava sempre le macchie di aliterno in fondo alla radura. Era verso quell'ora che la cerbiatta s'avvicinava alla capanna. Il primo giorno egli l'aveva veduta balzar fuori dalle macchie spaventata, come inseguita dal cacciatore: s'era fermata un attimo a guardarsi intorno coi grandi occhi dolci e castanei come quelli di una fanciulla, poi era sparita di nuovo, rapida e silenziosa, attraversando come di volo la radura. Era bionda, con le zampe che parevan di legno levigato, le corna grigie, delicate come ramicelli di asfodelo secco.

Il secondo giorno la sosta fu appena più lunga. La cerbiatta vide il vecchio, lo guardò e fuggì. Quello sguardo, che aveva qualcosa di umano, supplichevole, tenero e diffidente nello stesso tempo, egli non lo dimenticò mai. Di notte sognava la cerbiatta che fuggiva attraverso la radura: egli la inseguiva, riusciva a prenderla per le zampe posteriori e la teneva palpitante e timida, fra le sue braccia. Neppure l'agnellino malato, neppure il vitellino condannato al macello, mai la martora ferita o la lepre di nido gli avevan dato quella tenerezza struggente. Il palpito della bestiuola si comunicava al suo cuore; egli tornava con lei alla capanna solitaria e gli pareva di non esser più solo al mondo, sbeffeggiato e irriso persino dal suo servo.

Ma nella realtà purtroppo non avveniva così: la cerbiatta si avvicinava un po' più ogni giorno, ma se appena vedeva il servo o qualche altro estraneo, o se il vecchio accennava a muoversi, si slanciava lontana come un uccello dal basso volo, lasciando appena un solco argenteo fra i giunchi al di là della radura. Quando invece il vecchio era solo immobile sul suo sgabello di pietra, ella si attardava, diffidente pur sempre, brucando l'erba ma sollevando ogni tanto la bella testina delicata; ad ogni rumore trasaliva, si volgeva rapida di qua e di là, saltava in mezzo alle macchie: poi tornava, s'avanzava, guardava il vecchio.

Quegli occhi struggevano di tenerezza il pastore. Egli le sorrideva silenzioso, come il dio Pan doveva sorridere alle cerbiatte delle foreste mitologiche: e come affascinata anch'essa da quel sorriso la bestiuola continuava ad avanzarsi lieve e graziosa sulle esili zampe, abbassando di tanto in tanto il muso come per odorare il terreno infido.

Il latte e i pezzi di pane che il vecchio deponeva a una certa distanza la attiravano. Un giorno prese un pezzetto di ricotta e fuggì; un altro si avanzò fino alla ciotola, ma appena ebbe sfiorato il latte con la lingua trasalì, balzò sulle quattro zampe come se il terreno le scottasse e fuggì. Subito dopo tornò. Allora furono corse e ritorni più frequenti, meno timidi, quasi civettuoli. Balzava in alto, s'aggirava intorno a se stessa come cercando di acchiapparsi la coda coi denti; si grattava l'orecchio con la zampa, guardava il vecchio ed egli aveva l'impressione che anch'essa fosse meno triste e spaurita e che gli sorridesse.

Un giorno egli mise la ciotola a pochi passi di distanza dalla sua pietra, quasi sull'apertura della capanna, scacciando lontano il gatto che pretendeva di profittar lui del latte. Poco dopo la cerbiatta s'avanzò tranquilla, sorbì il latte, guardò dentro con curiosità: egli spiava immobile, ma quando la vide così vicina, lucida, palpitante, fu vinto dal desiderio di toccarla e allungò la mano. Ella balzò sulle sue quattro zampette, col muso stillante latte e fuggì: ma tornò, ed egli non tentò oltre di prenderla.

Ma oramai la conosceva ed era certo che ella avrebbe finito col rimanersene spontaneamente con lui: nessuna bestia è più dolce e socievole della cerbiatta. Da bambino egli ne aveva avuta una che lo seguiva per ogni dove e alla notte dormiva accanto a lui.

Per attirar meglio la sua nuova amica e tenerla tutto il giorno con sé senza usarle violenza pensò di andar in cerca di qualche nido di cerbiatti, prenderne uno e legarlo entro la capanna: così l'altra, vedendo un compagno, si sarebbe addomesticata meglio. Ma, per quanto girasse, la cosa non riusciva facile: bisognava andar verso le montagne, alle falde di Gonare, per trovare i cerbiatti; ed egli non era abituato alla caccia. Solo trovò una cornacchia ferita ad un'ala che agitava penosamente l'altra tentando invano di spiccare il volo. La prese e la curò, tenendosela sul petto; ma quando la cerbiatta lo vide con l'uccellaccio fuggì senza avvicinarsi. Era gelosa. Allora il vecchio nascose la cornacchia dietro le mandrie: la trovò il servo e la portò in paese a certi ragazzi suoi amici, e poiché il padrone si lamentava gli disse:

« Se non state zitto, getto il laccio anche alla cerbiatta e la vendo a qualche cacciatore di poca fortuna ».

« Se tu la tocchi ti rompo le costole, com'è vera la vera croce! »

« Voi? A che siete buono, voi? » disse ridendo il ragazzaccio. « A mangiare pane e miele! »

Ma quel giorno, dopo la partenza del mercante e del servo, il vecchio attese invano la cerbiatta. Cadevano l'ombre e neppure lo stormire del vento interruppe il silenzio della sera vaporosa. Il vecchio diventò triste. Neppure un istante dubitò che il servo avesse preso al laccio la bestia per portarsela in paese.

« Vedi, se ti lasciavi prendere? Vedi, se tu restavi con me? » brontolava, seduto davanti al fuoco nella sua capanna, mentre il gatto impassibile al dolore del suo padrone leccava il latte della ciotola. « Adesso ti avranno legata, ti avranno squartata. Questo era anche il tuo destino... »

E tutti i suoi ricordi più amari tornavano a lui; tornavano, orribili e deformi, come cadaveri rimandati dal mare.

Il giorno dopo e nei seguenti cominciò a litigare col servo, costringendolo a licenziarsi.

« Va, che tu possa romperti le gambe come le avrai rotte alla povera cerbiatta. »

Malafazza sghignazzava.

« Sì, gliele ho rotte! L'ho presa al laccio, le troncai i garretti e la portai così a un cacciatore. Ho preso tre franchi e nove reali: li vedete? »

« Se non te ne vai ti sparo. »

« Voi? Come avete sparato contro l'amico di vostra moglie! Come avete sparato contro il traditore di vostra figlia! »

Il vecchio, col viso più nero del suo cappuccio, gli occhi verdi e rossi di collera e di sangue, staccò l'archibugio e sparò. Attraverso il fumo violetto dell'archibugiata vide il servo dare un balzo come la cerbiatta e fuggire urlando.

Allora si rimise a sedere davanti alla capanna, con l'arma sulle ginocchia, pronto a difendersi se quello tornava, senza pentirsi della sua azione. Ma le ore passavano e nessuno appariva. Cadeva una sera tetra e calma: la nebbia fasciava di un nastro grigio l'orizzonte e le vacche e le giovenche si attardavano col muso fra l'erba, immobili come addormentate.

Un fruscio fra le macchie fece trasalire il vecchio: ma invece del suo nemico egli vide balzar fuori la cerbiatta che si avvicinò fino a sfiorar col muso il calcio dell'archibugio. Egli credeva di sognare. Non si mosse, e la bestia, non vedendo il latte, sporse la testa dentro la capanna. Scontenta fece una giravolta e tornò rapida laggiù. Per un momento tutto fu di nuovo silenzio.

Il gatto che dormiva accanto al fuoco si svegliò, si alzò, s'aggirò intorno a se stesso e ricadde come un cercine di velluto nero.

Di nuovo un fremito scompigliò la linea delle macchie; di nuovo la cerbiatta sbucò, saltò nella radura: subito dietro di lei sbucò e saltò un cervo (il vecchio riconobbe il maschio dal pelo più scuro e dalle corna ramose) inseguendola fino a raggiungerla. Si saltarono allegramente l'uno addosso all'altra, caddero insieme, si rialzarono, ripresero la corsa, l'inseguimento, l'assalto. Tutto il paesaggio antico, pallido nella sera d'autunno, parve rallegrarsi del loro amore.

Poco dopo passò il contadino nobile, col suo aratro coperto di terra nerastra. Questa volta si fermò.

« Baldassà, che hai fatto? » disse con voce grave ma anche un tantino ironica. « La giustizia ti cerca per arrestarti. »

« Son qui! » rispose il vecchio, di nuovo sereno.

« Ma perché hai ferito il tuo servo? » insisteva l'altro, e voleva a tutti i costi sapere la causa del dissidio.

« Lasciami in pace » disse infine il vecchio. « Ebbe', lo vuoi sapere? È stato per quella bestiuola, che ha gli occhi come quelli della mia povera figlia Sarra. »

« La cerbiatta »
Parte della raccolta *Chiaroscuro* (Treves, 1912).

ALBA DE CÉSPEDES

1911-97

Alba de Céspedes è una meraviglia: cittadina cubana, si sposa a quindici anni per ottenere la cittadinanza italiana, chiede aiuto a Mussolini per l'annullamento e in seguito diventa amica di Fidel Castro. Il suo romanzo d'esordio, *Nessuno torna indietro*, da cui verrà tratto anche un film, vende cinquemila copie in tre giorni. I suoi libri sono stati tradotti in quasi trenta lingue, prima di finire per lo più nell'oblio. Figlia di un uomo che per pochi mesi è stato presidente della Repubblica di Cuba, cresce in Europa, a casa di parenti, mentre suo padre e sua madre, italiana, vivevano in America. Nel 1943 lascia Roma, la città in cui è nata, e si reca in Abruzzo e in Puglia dove, con il nome di Clorinda, trasmette messaggi appassionati per la Resistenza su Radio Bari. Quando torna nella capitale liberata, l'anno dopo, fonda l'autorevole rivista *Mercurio*, dedicata all'arte e alla politica. Uscirà per soli quattro anni, ma vi scriveranno i più importanti autori dell'epoca, tra cui Moravia, Ginzburg, Alvaro e Ungaretti. Eppure, etichettata come «scrittrice donna», forse nel tentativo di reinventarsi o forse per mantenere una certa distanza dal pubblico italiano, comincia a frequentare per lunghi periodi Parigi, città in cui alla fine si stabilisce e dove morirà. Ha pubblicato il suo primo romanzo in francese nel 1973 e lo ha tradotto lei stessa in italiano. Negli ultimi dieci anni della sua vita si è dedicata alla composizione di un ambizioso romanzo autobiografico, scritto in francese, sulla sua famiglia cubana. È stata grande amica della scrittrice Paola Masino, compagna di Bontempelli; entrambe hanno scritto pagine molto critiche sul matrimonio e la maternità, istituti idealizzati dal fascismo per promuovere l'identità nazionale. Questo racconto, che si svolge in un arco temporale ristretto, condensa un intero periodo storico. Ambientato in una famiglia della borghesia romana, mette in luce la differenza tra il modo in cui l'Italia veniva percepita dopo la Seconda guerra mondiale e la percezione che il Paese aveva di se stesso.

Invito a pranzo

Questo che racconto è un fatto che, in se stesso, non ha molta importanza; però, ormai, la nostra vita è folta di fatti come questo che rendono amare le nostre giornate.

È accaduto poche sere fa. Avevamo invitato a pranzo un ufficiale inglese che aveva fornito a mio cognato Lello la possibilità di venire subito a Roma dopo la liberazione dal nord. Eravamo stati in gran pensiero per Lello; lo stimavamo un ragazzo svelto e intelligente, capace di trarsi d'impaccio in qualunque occasione, ma non ne sapevamo più nulla da venti mesi. Per questo motivo mio marito ed io non potevamo godere pienamente delle dolci sere primaverili né della gioia di essere tornati a casa, finalmente, e poter riprendere a lavorare, a riposarci insieme, leggendo, presso la finestra. Eravamo sempre oppressi da un'angoscia che ci tratteneva in uno stato di scontentezza, di smania. Allora dicevamo: « Non potremo essere tranquilli finché non sapremo che fine ha fatto Lello ».

Tornò d'improvviso; andai ad aprire la porta credendo che fosse il portiere con i giornali e invece era lui, sorridente, che mi tendeva la mano come se fosse uscito di qui poche ore prima. Furono grandi abbracci, esclamazioni, richiami; una gran gioia, insomma, mista al rammarico che essa ci avesse colti di sorpresa senza che avessimo potuto pregustarla nella fantasia. A questo attribuimmo il fatto di avere ancora in noi quel senso di oppressione, benché ormai Lello fosse tornato. Sùbito stappammo una bottiglia, come si fa in queste occasioni, e poi io mostrai al cognato una lampada nuova che abbiamo in casa e certe nostre fotografie e due piante fiorite sul terrazzo. Mi sembrava impossibile di non riuscire a trovare altro da dirgli dopo tanti mesi di lontananza e tanti avvenimenti, ma ero pervasa, mio malgrado, da un malinconico disagio; avevo voglia di piangere anziché di rallegrarmi. «Mi dispiace» dissi «che non ci sia un buon pranzetto, stasera. Domani...»

Allora Lello disse: «Domani sera, se permettete, vorrei invitare a pranzo il capitano Smith». Spiegò che si trattava di un capitano inglese che l'aveva portato, in macchina, da Torino a qui. Noi sùbito acconsentimmo, nell'entusiasmo della nostra riconoscenza: ci affrettammo al telefono e udimmo con gioia il capitano Smith accettare l'invito a pranzo per la sera seguente.

La nostra casa è molto grande e bella: una volta c'erano sempre fiori dappertutto, intonati ai colori delle tappezzerie. Adesso non si può più badare a tante cose. Ma quella sera sembrava di essere tornati ai vecchi tempi. C'erano fiori nel salotto e sulla tavola la tovaglia celeste invece dei soliti centrini di rafia che usiamo giornalmente per risparmiare il sapone.

Ci eravamo preparati troppo presto. In attesa dell'ospite, sedevamo composti sui divani, bevendo il vermut come se fossimo in visita, e io osservai con piacere che mio marito si era cambiato per il pranzo, come faceva abitualmente prima della guerra. Ormai la guerra è finita e mi pareva normale che si tornasse a vivere come prima. «È una persona simpatica, il capitano Smith» Lello diceva: «credo che vi piacerà». Io non dicevo nulla, ma ero contenta che la nostra casa fosse così luminosa in quell'ora e mi auguravo che l'ospite non tardasse troppo perché le nubi rosse del tramonto stavano per spegnersi. Pensavo che l'ufficiale inglese avrebbe notato, uscendo dall'albergo di via Veneto, i ragazzini curvi sulle cassette di lustrascarpe e certi uomini immobili ai cantoni, che spiavano attorno perché avevano le tasche piene di sigarette, e le ragazze vistosamente pettinate che sorridevano ai soldati e camminavano lente sulle alte suole di sughero e le strade seminate di cartacce, scorze d'arance e di limoni, ogni sorta di rifiuti. Tuttavia consideravo che per arrivare da noi avrebbe dovuto percorrere una strada in lieve salita, come se la nostra casa si levasse sdegnosa su quelle miserie e potesse finanche ignorarle. Inoltre, lo confesso, ero soddisfatta di noi tre; il vestito di mio marito era di buon taglio – sebbene egli mi abbia più volte fatto notare che è tutto liso sulle spalle – e la cravatta era stata comprata in Bond Street; mi pareva, insomma, che il nostro aspetto, la casa, i libri e il nostro inglese avrebbero potuto dare all'ospite un'impressione piacevole della gente di qui.

Eravamo pervasi da un benessere borghese e da quando Lello era tornato ci rendevamo conto di essere, in mezzo al grande sfacelo, una famiglia veramente fortunata; tutti vivi, le case intatte, neppure una scalfittura, neppure un vetro rotto. In quel momento, per la prima volta, non sentivo più in me quel senso d'oppressione e mio marito neppure, intuivo, giacché parlava animatamente, lui sempre così serio e taciturno. Ciò voleva dire che eravamo intatti anche nell'animo; eravamo giovani e potevamo ricominciare.

Il capitano Smith giunse un po' in ritardo. Era un uomo alto, dai capelli grigi, che rideva e gesticolava ampiamente, ma la sua cordialità rese più facili i primi momenti d'imbarazzo che sempre seguono gli incontri tra persone che non hanno nulla in comune, neppure la lingua. Lo condussi sul balcone e gli mostrai il panorama che è vasto e sereno, circoscritto da ondulate montagne di cui egli volle sapere i nomi, a uno a uno, con una meticolosità tutta anglosassone. Io non li conosco tutti, abito qui da tanti anni e non ho mai pensato di chiederli, mi basta contemplare il paesaggio e vederlo mutare colore secondo l'ora del giorno; ma, per non confessare la mia ignoranza, ne inventai alcuni ed egli li appuntò sul taccuino. Questo mi procurò un'allegrezza infantile. Ridevo. Maliziose, tra gli alberi sottostanti, s'accendevano e si spegnevano le lucciole.

Quando sedemmo a tavola mi sentivo lievemente eccitata, come una fanciulla al primo ballo. Ero felice di vivere in questa casa, in questa stagione, in questo paese. Oltre la finestra si vedevano le cime dei cipressi e un chiarore azzurro indugiava nel cielo. La tavola era molto graziosa, ornata di fiori bassi tra i quali danzavano rosei amorini di vecchio Capodimonte. Le vivande erano preparate con cura; da tempo non mangiavamo così bene, ma avevamo voluto festeggiare il grande avvenimento del ritorno di Lello. Si parlava delle solite cose di cui si parla in questi casi; e cioè del nostro inglese, prima, poi dei nostri soggiorni a Londra, e, infine, della famiglia del nostro ospite che ci dichiarammo ansiosi di conoscere. Regolarmente giunse anche il momento in cui egli ci mostrò, con palese orgoglio, le fotografie dei bambini. Fecero il giro della tavola, ognuno di noi sollecitandole dall'altro, e Lello, che le ricevette per ultimo, avrà certo dovuto patire per trovare, in inglese, una nuova espressione ammirativa dopo quelle che mio marito ed io avevamo usato. Tanto più che i bambini erano brutti.

Infine all'arrosto, con il vino rosso, si parlò di politica come sempre accade con gli anglosassoni: e sapevo che su questo soggetto ci saremmo intrattenuti fino al momento in cui l'ospite si sarebbe congedato da noi. Non avevo voglia di parlare di politica, quella sera; ciò mi avrebbe fatalmente riportato ai nostri angosciosi problemi di oggi. Infatti il discorso si andava facendo sempre più ristretto, si localizzava, e, quando giunse la frutta, non si parlava più che dell'Italia. Anzi, degli Italiani. E il nostro ospite, che era buon bevitore, si trovava così bene in casa nostra da essere quasi indotto a credere – anche perché poteva esprimersi rapidamente nella sua lingua – di trovarsi tra vecchi amici. Insomma parlava degli Italiani, come ne avrebbe parlato tornando in patria e pranzando al club. Non diceva nulla di inesatto. Era un brav'uomo veramente. Diceva soltanto: « Voi Italiani siete così e così ». E poiché era animato da ottime intenzioni e voleva innanzi tutto essere cortese, ripeteva ogni tanto « scusatemi », chiedendo se potesse parlare liberamente, e noi rispondevamo « prego prego ». Non diceva nulla di male, ripeto; neppure la decima parte di quello che noi usiamo dire di noi stessi. A un certo punto, con un tono paterno ed affettuoso, disse: « Bisogna aspettare che il mondo si faccia una nuova opinione di voi, o meglio che riacquisti una certa fiducia dopo questi vent'anni. È necessario, ora, non aver fretta. Bisogna lavorare e dimostrarci con la vostra politica, con la vostra civiltà, che siete un popolo al quale vale la pena di portare aiuto. Intanto gli amici dell'Italia – e io sono fra questi – lavoreranno per voi, per aiutarvi ». Sorrideva aspettando che ringraziassimo, che dicessimo qualcosa, o che sorridessimo anche noi, almeno. Io non potevo più resistere; dissimulata dal lungo ricadere della tovaglia mi torcevo a una a una le dita, fino a farne scricchiolare le giunture;

non potevo sopportare l'idea che noi fossimo ancora un popolo da giudicare, un popolo sul quale un qualsiasi capitano Smith sentisse il dovere di dare la sua opinione. Egli stava in quel momento aggiungendo che eravamo un popolo di brava gente nonostante certe nostre debolezze – scusatemi, vero?, prego prego – nonostante certi nostri errori; un popolo che bisognava aiutare. E io chinavo gli occhi umiliata che noi, tutti noi – quarantacinque milioni di persone sane e intelligentissime – avessimo veramente bisogno dell'aiuto del capitano Smith.

Gli uomini ascoltavano seri, attenti: forse perché egli si esprimeva in una lingua straniera ed essi non volevano perdere una parola, ma insomma pareva che ascoltassero una lezione. Poi ribattevano, discutevano, contraddicevano, citavano fatti, condizioni, che avrebbero dovuto mutare l'opinione del capitano Smith. Lello, che veniva dal nord, parlava di case sventrate dalle bombe, di famiglie che andavano da un villaggio all'altro, con i materassi sulle spalle, cercando asilo, di innocenti ebrei deportati e infilati vivi nei forni, di partigiani impiccati agli alberi dei viali e lasciati lì, penzoloni, con la lingua nera tra i denti, senza che le loro madri potessero staccarli da quei rami e portarseli via. Io lo fissavo, sperando che incontrasse il mio sguardo e capisse che doveva tacere. Non dovevamo parlare di tutto ciò. Di noi, delle nostre ferite mi coglieva un invincibile pudore, femminile, geloso. Non potevo ammettere che se ne discutesse così, tra un piatto e l'altro; e soprattutto intuivo che l'ufficiale straniero non avrebbe capito il motivo che ci aveva spinto a fare certe cose, o a non farle, che non avrebbe saputo valutare il nostro sforzo, la nostra sofferenza. Che ne sapeva lui, di tutto questo? Aveva posato sigarette e accenditore sulla tovaglia, sigarette finissime che da noi si vendevano di contrabbando, agli angoli delle strade, rischiando ogni giorno la galera. Le nostre erano vicende e miserie di popolo povero, di contadini analfabeti che mangiano pane e cipolla, di terra avara che dà solo frutti, fiori e figli. Tutto ciò, a leggerlo nei libri, è molto pittoresco. Ma scavava fra noi e lui un'incolmabile distanza. Mio cognato seguitava a parlare e io lo richiamavo con gli occhi, lo supplicavo: zitto, Lello, zitto. Come poteva comprendere il nostro ospite tutto ciò? Il capitano

Smith è stato educato nel primo collegio del mondo e viaggia per i continenti disinvolto, in calzoncini corti, come se dappertutto si trovasse in colonia. Vedevo sulla tovaglia il suo braccio nudo sino al gomito e coperto di folti peli rossi. Mi domandavo perché si fosse presentato vestito in tal modo, mentre mio marito non osa mai, neppure in agosto, sedere a tavola con me senza la giacca. E m'irritavo con me stessa per la possibilità che egli aveva di prendersi, in casa mia, tale licenza.

Ormai era buio e dalla finestra non si vedevano più le cime dei cipressi, i fiori sulla tovaglia erano un po' appassiti. Non capivo perché fossimo seduti a tavola con quello sconosciuto né perché avessimo speso tanto danaro per quel pranzo, indossato i nostri vestiti migliori, adornato la tavola con quegli amorini danzanti che stavano, d'ordinario, chiusi in una vetrina. Non c'erano più feste per noi: neppure quella del ritorno di Lello poteva essere festa davvero. Avevo voglia di scansare tutto con un gesto, bicchieri fiori statuine, nascondere la testa tra le braccia incrociate sulla tovaglia e piangere. Non bastava, come prova di civiltà, aver fabbricato quelle porcellane né aver scritto i libri stipati negli scaffali che foderavano le pareti della biblioteca. Bisognava di nuovo dimostrare, provare, passare tutti insieme, quarantacinque milioni, un lungo esame. Sentivo d'improvviso una grande compassione di me. E anche i due uomini della mia famiglia mi procuravano un irresistibile sentimento di pietà. Non volevo che stessero lì a discorrere, a spiegare. Mi pareva che si diminuissero, con quei loro onesti ragionamenti, che ne uscissero pesti, umiliati: forse perché non erano alti di statura e il capitano Smith li dominava con tutta la testa. « Andiamocene via di nuovo » avrei voluto dire « fuggiamo, abbandoniamo la casa e la città ancora una volta, nascondiamoci. » Questo solo poteva essere il nostro destino, come negli ultimi anni trascorsi. Fuggire, di casa in casa, di paese in paese, curvi dietro le fratte, guardandoci le spalle, complottando, combattendo, morendo anche, ma sotto falso nome. Com'era possibile tornare a indossare bei vestiti, a sederci nelle comode poltrone, leggendo o ascoltando la musica? Non eravamo tre persone come le altre che ospitano nella loro casa, amabilmente, uno straniero di passaggio. Eravamo tre di quei poveri Italiani che, in fondo, nonostante tanti difetti, bisognava aiutare.

Passammo nel salotto seguitando a discorrere. Ma io, a poco a poco, tornavo a sentire in me quell'angoscia che mi accompagnava ormai da molti anni. Non si era dissipata neppure con il ritorno di Lello e perciò capivo che non sarebbe cessata tanto presto. Non dipendeva da una casa o da una persona: era dappertutto, nell'aria. La certezza d'essere salvi e giovani, di avere ancora i libri negli scaffali e i fiori sulla tavola, non bastava a scacciarla: e noi non potevamo rallegrarci perché i tempi difficili erano finiti, ma solo perché non dovevamo più affrontarli sotto un falso nome.

Così che quando l'ufficiale inglese salutò, disse *good night*, fu per me un gran sollievo. Promise di tornare prima del suo ritorno in Inghilterra che però, aggiunse sorridendo, era ormai prossimo. Non lo avremmo visto più, lo sapevo; eravamo abbastanza vecchi per avere già fatto molte volte, in patria e all'estero, l'esperienza di altri incontri inutili e cordiali come quello. Il capitano Smith era un brav'uomo, animato da simpatia verso il nostro paese e verso di noi, come Lello aveva detto. Ma appena la porta fu richiusa dietro di lui io dissi: « Buonanotte, ragazzi » e gli altri non mi trattennero, anch'essi s'avviarono verso le loro camere. Li guardai allontanarsi nel corridoio con profonda tenerezza. E non potei a meno di notare che il vestito blu di mio marito era liso, molto liso, sulle spalle. Egli aveva proprio ragione di dire che, ormai, non era più il caso di cambiarsi per il pranzo.

« Invito a pranzo »
Scritto nel 1945 e pubblicato nella raccolta *Invito a pranzo: Racconti* (Mondadori, 1955).

SILVIO D'ARZO

1920-52

Nato a Reggio Emilia, roccaforte socialista del Nord Italia, Ezio Comparoni era un figlio illegittimo. A soli quindici anni scrive una raccolta di sette racconti e un libro di poesie, pubblicati sotto parziale pseudonimo. Studia glottologia e si laurea all'Università di Bologna nel 1942. L'anno dopo viene richiamato alle armi. Catturato dai tedeschi dopo l'Armistizio, è spedito in un campo di concentramento. Durante la deportazione riesce a fuggire e a tornare a Reggio Emilia. Tuttavia, in pericolo a causa del rifiuto di aderire alla Repubblica di Salò, deve trascorrere alcuni periodi in clandestinità fino alla fine della guerra. A quegli anni risale una serie di articoli pubblicati sotto diversi pseudonimi: saggi critici su diversi autori, tra cui Joseph Conrad, Rudyard Kipling e Robert Louis Stevenson, per i quali nutriva una grande passione. Il racconto « Casa d'altri », considerato il suo capolavoro, appare per la prima volta su una rivista nel 1952, l'anno in cui, a trentadue anni, muore di leucemia. Faceva parte di una raccolta con lo stesso titolo che era stata respinta da tre importanti editori italiani, uno dei quali le imputava una « deficienza di architettura generale », ed è stata pubblicata soltanto nel 1980. Montale ha definito quello che dà il titolo alla raccolta « un racconto perfetto ». È stato incluso nella prima edizione dell'antologia di Enzo Siciliano, che ha contribuito a far conoscere D'Arzo a un pubblico più ampio. Il testo che ho scelto è un racconto un po' più breve tratto dallo stesso volume. È un esempio della visione eterodossa, del ritmo sfuggente, dello stile rarefatto dell'autore. Il cognome da lui scelto, « D'Arzo », significa « di Reggio » in dialetto emiliano.

Elegia alla signora Nodier

È stato detto che tutti noi, almeno per un certo periodo, viviamo una vita non propriamente nostra: finché, ad un tratto, arriva il « nostro giorno », qualcosa come una seconda nascita, e solo allora ciascuno di noi avrà la sua inconfondibile vita.

Io ho avuto modo di riscontrarlo in più d'uno. Ma, quanto alla signora Nodier, proprietaria dei campi confinanti coi nostri, mi sembra che essa abbia sempre vissuto la sua.

Caso abbastanza singolare, la signorina Nodier aveva raggiunto i venticinque, i trent'anni ed anche più, senza sposarsi: non solo, ma senza esser mai stata nemmeno richiesta. Eppure era distinta e quasi ricca, avendo terre, un po' qua e un po' là, per quasi tutta la provincia. Inoltre, chi l'ha conosciuta ancor giovane ricorda ancora come la sua espressione tendesse continuamente alla bellezza, senza però mai raggiungerla: che è poi la sola maniera di esser belle sul serio e per sempre. La trovavano, insomma, sprezzante. Ma nessuno aveva abbastanza spirito da ammetterlo. Si trovava più comodo dire « che non c'era femminilità in lei », « che non aveva senso della vita » (la frase più usata era questa) ed altre tristi sciocchezze.

Verso i trenta, come accade in provincia, non si parlò più di lei. E così per cinque, sei anni. Ma, proprio sul punto che stava per raggiungere quell'età in cui delle signorine distinte, con relazioni, e di ricca famiglia si va vagamente dicendo che « fanno del bene », la città all'improvviso riseppe che si sposava col generale B.D.

La cosa lì per lì apparve strana (in provincia appaiono strane le cose anche più ovvie): benché veramente nessuno riuscisse a spiegarsene il perché. Ma quando qualche tempo più tardi, si ebbe modo di conoscere il generale B.D., di vederlo a pranzo o alla caccia, la cosa fu trovata sin troppo naturale. E, a parte l'assurdità, era perfino il caso di pensare che lei si fosse comportata per anni ed anni a quel modo, sfidando con inalterabile calma, disprezzo, ironia e l'ombra di un malinconico avvenire, nella certezza di quell'avvenimento.

Sul momento il generale deluse. Poi, ad un tratto, si riconobbe che era elegante: leggermente convenzionale, ma elegante: e che la sua eleganza consisteva appunto nel fatto che la si era notata solo dopo qualche tempo e per caso. Poi, di lì a poco, si ammise, addirittura che era un uomo di spirito. « Ah, ma è un uomo di spirito... Però ha dello spirito, conveniamone... » si sorprendevano a dire come se qualcuno li avesse contraddetti e la cosa avesse particolare importanza.

Il generale, in realtà, non aveva in nessuna maniera l'aspetto e i modi di un militare: e lo stesso suo passato era il meno militare che si potesse ragionevolmente supporre. Era stato un po' qua, un po' là per il mondo, con incarichi fra burocratici e politici, e alle campagne aveva partecipato solo raramente e alla lontana; il suo nome non era mai stato legato a una giornata: in compenso, però, non aveva mai commesso errori o sciocchezze, e non era mai apparso ridicolo: quella noncurante ironia, con cui riguardava la sua carriera, ed in fondo ogni sua azione, glielo avevano sempre impedito. Con tutto questo, però, generali dei più conosciuti, dai nomi familiari ai giornali, gli chiedevano spesso consigli.

Egli giunse ai primi di ottobre. E per qualche giorno lo si vide girare un po' dappertutto, come un turista discreto, con al fianco una cagna scozzese. Lei, spesso, non c'era. Ma nessuno notò come questa mancanza fosse, a suo modo, qualcosa di più della stessa presenza. Un pomeriggio, poi, qualcuno lo vide a caccia nella campagna vicina, in fustagno olio cotto e stivaloni rossicci: e la cagna era sempre al suo fianco.

Alla fine del mese si celebrò il matrimonio e noi non lo vedemmo mai più.

Erano andati ad abitare, come seppi più tardi (confesso che feci di tutto per non perderli troppo a lungo di vista), in una sua vecchia villa di campagna, dove, nel periodo della caccia, egli era solito ritirarsi ogni anno. Ma noi non ne sapemmo più niente. E del resto nemmeno quelli del paese avrebbero potuto dire gran che: sempre ammesso che un paese possa trovare particolare interesse per una coppia in fondo così ragionevole e composta, e senza la minima stravaganza. Solo un diario, mi sembra, avrebbe potuto dire qualcosa. Ma i diarii, in cui le pause abbiano un significato maggiore anche delle stesse parole, si vanno facendo ogni giorno più rari e io giurerei che, a quei tempi, la signora Nodier non ci avesse ancora pensato.

Egli partiva, ogni mattina, per la caccia; e lei lo guardava, ogni mattina, dai vetri della stanza allontanarsi fra i campi con al fianco la cagna scozzese. Qualche volta essa apriva ridendo la finestra per richiamarlo e ricordargli qualcosa. Qualche altra, che lui si era dimenticato, ad esempio, il coltello – cosa che accadeva abbastanza spesso – essa glielo mostrava di là, agitando il braccio, e la cagna, di colpo, accorreva a prenderlo in bocca. Non più di questo, a ogni modo: perché tutto questo, e non più, poterono vedere ogni giorno servitù e giardiniere.

Più tardi seppi anche che essi non fecero mai il minimo progetto sull'avvenire, e ben di rado si chiesero che cosa il giorno dopo avrebbe loro portato. In autunno la nebbia saliva presto dal fiume. Per le strade di campagna, già dure del primo gelo, non si vedeva quasi nessuno. A volte, l'unico segno di vita era il volo di un'anitra selvatica: tal'altra, verso il crepuscolo, il bambino colla capra che ritornava pigramente alla casa. Naturale perciò che, nei tardi pomeriggi o verso sera, le conversazioni fossero lunghe e frequenti. Tutte rivolte al passato, però. Ed essa poté dirsi veramente sicura di lui, solo quando fu riuscita a conquistare tutto il suo passato.

Una volta, tra l'altro – era venuta a un tratto a mancare la luce per via di un temporale che si abbatteva sui prati e le serve correvano qua e là per gli anditi in cerca di candelieri –, essa gli chiese dei suoi vecchi amori. E la domanda fu così naturale, che egli non s'accorse nemmeno della sua naturalezza. Quella sera parlarono a lungo; e quando la serva bussò per portare la luce fu pregata di tornare più tardi.

Con tutto questo, però, ella non diventò mai un personaggio: né cadde mai nella leggenda, così facile soprattutto in paese. Fu sempre viva, e comprensiva, e di spirito. Così di spirito, anzi, che capiva perfettamente come in questo loro atteggiamento ci fosse anche egoismo, e che era ragionevole quindi l'ostilità e l'antipatia della gente.

Ma due giornate la rimisero, per qualche tempo almeno, nel mondo, benché poi, di lì a poco, essa riuscisse a farle completamente « sue »: quando il generale, colla sua cagna, partì per la guerra in colonia, e quando, sette mesi più tardi, gliene fu comunicata la morte.

Fu, mi ricordo, in settembre, e i giornali ne diedero l'annunzio in due righe.

Ma noi lo sapemmo solo molto più tardi e per caso, per via di una vocale sbagliata.

Fu (qualche volta la banalità è inevitabile) una cosa terribile. Tanto più che lei la trovava assolutamente ingiusta, mostruosa, come una cosa che esca dal suo ordine naturale. « Ah, Dio mio » le accadeva di dire torcendo il fazzoletto od i guanti, « perché a me, proprio a me? Ma per gli altri è diverso... Ma sì, sì, è diverso, diverso. Senza nemmeno confronto » aggiungeva, poi, con impazienza, come in risposta ad un'interna obiezione. « Non dimenticano, forse? Non dimenticano ogni giorno di più? » E faceva nomi; e pensava perfino che in questo soprattutto s'assomigliassero gli uomini. Né mancarono momenti in cui fu convinta d'essere perseguitata da qualche cosa di più intelligente e personale dello stesso destino. Provò a far del male e poi del bene, ma l'uno e l'altro con soddisfazioni ben povere: e se alla fine decise di attenersi al bene soltanto, fu perché, dopotutto, la cosa le era molto più facile.

E, questo, per alcuni mesi di seguito. Fino, cioè, a mezzo marzo. Allora la si vide di nuovo, se pur raramente, uscire in paese: alle volte faceva delle piccole compere inutili, alle volte parlava brevemente con qualcuno. E fu proprio in quei tempi che prese a tenere il suo diario. « Ah, ma io non son più la stessa. Sono diventata così buona» scriveva qualche giorno più tardi «che riesco a guardare di buon animo anche le felicità degli altri a due passi da me. E non me ne offendo più; è mai possibile? Non sento nemmeno più invidia...» E poi, quattro pagine dopo: «Comincio a preoccuparmi realmente. Ma non so proprio che farci: sarei disposta a dare metà di me stessa...» e via di seguito.

Essa era, sì, disposta a dare metà di se stessa: ma non certamente ad accettare l'altra metà che la gente necessariamente le avrebbe voluto dare in cambio. E dovette accorgersi presto che il dono non sarebbe mai stato accettato, senza accettare, a sua volta, il compenso. Ora, questo era chiederle troppo. Era superiore, realmente, alle sue forze.

Gli stessi contadini, inoltre, non avevano più l'antico rispetto, ma la guardavano con una certa espressione come se lei avesse oscure colpe. Quella, ad esempio, di sorridere di certe cose e problemi sui quali essi, invece, giuravano: di essere serena, lontana e di avere in fondo, per loro, non più che una materna ironia: quella, forse, della sua stessa presenza. «Il generale sì che ha capito» li sentiva quasi pensare. «Si è accorto che non ci saranno più tempi per lui... Se ne è andato in tempo... Ha capito... Ma lei, lei cosa aspetta?»

Fu allora che si ridusse a vivere quasi senza interruzione nella villa: e, poiché vi era nel parco una vecchia cappella che ebbe cura di far restaurare, non usciva nemmeno per andarsene in chiesa. Questa specie di isola fu, in definitiva, la sua salvezza: e, a poco a poco, la morte del generale si andò tramutando via via in una sopportabile infelicità: in una, neanch'io so, eterna sera. A una nuova scossa ella non avrebbe, forse, resistito: ma, certamente, non avrebbe resistito allo spegnersi di quella infelicità. Ella se l'era venuta costruendo giorno per giorno, come altri, giorno per giorno, si va costruendo la sua illusione: era, a modo suo, un'illusione, verso il passato anziché verso l'avvenire: le era assolutamente necessaria: era, insomma, se stessa. Nella villa, adesso, ogni cosa le parlava del generale e di tutto quello che, ai suoi giorni, egli aveva significato per lei: vecchi tempi e serenità e cortesie ed altro ancora. Ella aveva però un'inarrivabile cura nell'evitare ogni cosa od incontro che rendesse troppo recente e vivace quei ricordi: perché allora il dolore avrebbe preso di nuovo il posto di quella sua dolce infelicità, e questo non lo voleva in nessun modo. Rifiutò, per esempio, di andare ad assistere a una cerimonia in memoria di lui, e non lesse nemmeno un discorso che ne ricordava la morte. Un giorno, sì, sarebbero diventati ricordi e lei sarebbe venuta di mano in mano riscoprendoli: ma ora erano soltanto vita, era il giorno appena passato: e la vita era troppo forte per lei.

Quando seppe, però, che in provincia era venuta per qualche giorno una signora di cui molti anni prima si era parlato come di un vecchio amore del generale, lei non mancò di invitarla. E dovette essere una singolarissima scena: molto fine, molto seria, e al tempo stesso con quel po' di ridicolo che rende umana ogni cosa. Anche quel giorno parlarono a lungo: parlarono fino a quando, di là dalla vetrata, il giardino si tinse in certo senso di viola. Allora, quasi sorpresa, l'altra signora si alzò. Ora, dai vetri, ella poteva scorgere, oltre i campi arati e i vigneti, lo scorrere pigro del fiume.

« Ah, le sue vecchie anitre... » ricordò a un tratto guardando la campagna già squallida. E lo disse sorridendo, come alle volte, guardando un vecchio ritratto infantile si accenna ai piccoli difetti di una persona a cui si vuol bene.

« Perché, ci andava anche 'allora'? » domandò la signora Nodier, lei pure accostandosi ai vetri. E la guardò sorridendo: essa era, in fondo, un po' lui.

« Sì, ma un pessimo cacciatore, allora » disse l'altra, ridendo. « Non tutti lo volevano in compagnia... Trovavano, perfino, delle scuse. Una volta gli diedero addirittura un appuntamento sbagliato... Fortuna che lui non è mai venuto a saperlo. »

« Non me l'ha mai confessato » pensò ad alta voce, dopo aver ricordato un poco, la signora Nodier. « Ma credo di averlo sempre sospettato ugualmente. » Ed aggiunse come a se stessa: « Lo faceva troppo seriamente per far bene ».

« Era quasi solenne » completò l'altra.

« È vero, è vero » assentì la signora Nodier, quasi grata di quel termine che rendeva più viva l'immagine di lui. « Ma sì, è vero, solenne. »

E cominciarono, tutte e due, a parlare dei difetti di lui: ed, appunto per questo, sembrava che non di un morto si parlasse, e nemmeno di un vivo, ma di una mite, comprensiva presenza che avesse dell'uno e dell'altro. Né si accorgevano nemmeno che c'erano di mezzo anni, la morte ed, inoltre, altre cose più tristi.

La signora Nodier considerò quella giornata una delle più importanti e più «sue».

Ne conobbe una ancor più importante.

Due anni dopo, una sera, mentre la serva più vecchia stava stirando, si sentì a un tratto suonare al cancello. Dai vetri, contro il fanale del giardino, si vedevano fiocchi di neve, e, a tratti, anche pioggia. Era inverno avanzato. «Vacci tu, Agata» si rivolse allora alla giovane, dopo aver dato un'occhiata alla finestra e riabbassando gli occhi sul lavoro.

Dovette alzarli, però, un momento più tardi. Sebbene ansimante per la corsa attraverso il giardino fino al cancello, e avesse i piedi bagnati e qualche fiocco di neve sui capelli, Agata apparve tutta sorridente, concitata, e parlava con qualcuno che era ancora fuori dell'uscio. Poi entrò un militare. Poi un cane. La vecchia s'accorse subito che era la vecchia cagna di lui.

Il militare, dal canto suo, si guardava intorno impacciato. Lui non sapeva niente di niente. Sapeva soltanto che, per quella vecchia cagna che non aveva mai visto, affidatagli da un altro soldato, era stato costretto a fare un lunghissimo giro: che era stanco: pioveva: e aveva i panni bagnati. Trovava tutto ben strano.

Lo trovò, ancora più strano quando la donna, dopo più di mezz'ora, scese a dirgli che la signora lo ringraziava moltissimo e che il suo era stato certo un gran gesto, ma che quella sera non poteva riceverlo: «non poteva in nessun modo riceverlo», e lo accompagnò di nuovo fino al cancello.

«Giovanna» disse poi, quando fu di ritorno, «vado a portare la cagna nella casa dei contadini.»

«Con questo tempo?» alzò il capo l'altra stupita. «Non può dormir qui vicino al fuoco? E 'lei', per vederla, dovrà andare fin là?»

«No... non in casa. Non qui» disse brevemente la giovane accostandosi colla cagna alla porta. Fuori si vedevano ancora neve e pioggia, e un lembo di siepe bagnata. Cercò qualcosa da mettersi in testa per ripararsi dall'acqua, ma non trovò che un vecchio giornale. Prese quello ed uscì. Dal primo gradino si volse ancora alla vecchia. « Sta' attenta che lei ti chiamerà per darti un biglietto. »

Ma per tutto il giorno dopo la signora Nodier non le consegnò alcun biglietto. E nemmeno il giorno seguente. Essa se ne stette quasi sempre in camera sua, e l'unica volta che scese fu per domandare qualcosa al giardiniere. Ma il terzo giorno il biglietto era sul tavolo: indirizzato a Quintilio, suo vecchio contadino, al paese di lei.

Io potei leggerlo solo molti anni più tardi.

Caro Quintilio,

non vorrete, dopo tanto tempo che non ci vediamo, farmi un ultimo favore? Senza dubbio è un po' grande, ma l'ultimo. Di questo potete esser certo. Vi prego soprattutto di non chiedermi nulla, se vorrete venire: di non domandarmi due volte di spiegarmi, come se non aveste capito bene la prima. Più strana vi sembrerà la cosa, e meglio avrete capito. Ma che stupida sono! Voi mi fate il favore (me lo farete, Quintilio?) e sono io che pongo delle condizioni. Davvero che non mi riconosco più. Tanti saluti amichevoli, e tanti saluti alla vecchia Maria, ai vecchi Tromp e alla vecchia Felicita. Tutti vecchi, ormai: com'è triste!

E c'era anche un poscritto: « Non negatemi questo favore, Quintilio. Se, per una qualsiasi ragione, credete di non poterlo più fare a me, fatelo almeno alla ragazza a cui una volta avete insegnato a pescare... »

Il contadino rispose puntualmente all'invito.

Una settimana dopo mi trovai a passare di lì e non mancai di farle una visita.

Come sempre, essa mi accolse nel migliore dei modi ed io ebbi perfino l'impressione che le mie parole potessero anche non annoiarla. Mi ricordo che a un certo punto ella si alzò e mi lasciò, per qualche attimo, solo: ed io ebbi modo di guardarmi attorno per la stanza. Prima, in sua presenza, mi sarebbe sembrato offensivo.

Potei vedere, così, quadri, ritratti, e qualche strano mobile e qualche vecchia rivista, e infinite altre cose di buon gusto: e tutto aveva un'aria come di chi a un tratto, di propria volontà, si sia, senza morire, arrestato. Da ultimo, poiché in parte nascosta dall'ombra di una tenda, vidi una cagna scozzese imbalsamata. E anche questo, ricordo, con un'aria di mite, comprensiva presenza: qualcosa assai più di un ricordo, e quasi una pallida vita.

Poi ella rientrò di nuovo, scusandosi, e riprendemmo a parlare. Di tanto in tanto prestavo orecchio ai rumori della strada e tenevo gli occhi su lei: per strano che sembri, ella sembrava quasi felice.

È una storia vera.

«Elegia alla signora Nodier»
Pubblicato con lo pseudonimo Sandro Nardi sulla rivista *Cronache* (18 gennaio 1947) e successivamente incluso in *Casa d'altri e altri racconti* (Einaudi, 1980).

FAUSTA CIALENTE

1898-1994

Gli scritti di Fausta Cialente sono difficili da rintracciare: praticamente fuori catalogo in Italia, di rado vengono inseriti in qualche antologia. Eppure è un'autrice che ha vinto il Premio Strega nel 1976, a settantotto anni, con un romanzo intitolato *Le quattro ragazze Wieselberger*. Insieme esaltata e ignorata dalla critica, lei stessa ha dichiarato di sentirsi «straniera dappertutto». Ma questa condizione, unita a una prospettiva nomade e cosmopolita, è stata un nutrimento prezioso per la sua arte. Nasce a Cagliari ma passa l'infanzia trasferendosi da una città all'altra con la sua famiglia, perciò non è considerata una scrittrice sarda. Dopo il matrimonio con il compositore ebreo Enrico Terni, si trasferisce ad Alessandria d'Egitto, dove vive fino al 1947, e comincia a scrivere. Il suo primo romanzo, *Natalia*, pubblicato nel 1930, viene censurato dai fascisti perché inscena una relazione lesbica. Dichiaratamente antifascista, dopo la guerra abbandona la narrativa per tornare a dedicarsi al giornalismo. Parlando dei propri racconti, ambientati in parte in Egitto in parte in Italia, la Cialente ha osservato che i suoi personaggi sono quasi sempre persone comuni o bambini. «Malpasso», ambientato in un paesino di montagna, racconta di un estraneo che interagisce con una comunità molto compatta. Ritratto suggestivo di un luogo, si tratta essenzialmente di un racconto sull'atto di raccontare e, tema ancora attualissimo, sulla verità affermata dal punto di vista di una donna in contrapposizione con quello di un uomo. I racconti della Cialente sono stati riuniti in un volume solo dopo che nel 1961 è stata finalista al Premio Strega. Traduttrice di *Il giro di vite* di Henry James e di *Piccole donne* di Louisa May Alcott, non riuscirà mai a mettere radici e morirà in un paesino inglese all'età di novantacinque anni.

Malpasso

Malpasso si chiama la strada là dove gira sullo spigolo del monte, scavata nella roccia a cui sono addossate le case che dall'alto si specchiano nel fiume. Le case torreggianti sembrano costruite le une sul tetto delle altre, e sotto vi scorre un basso porticato, così che d'inverno e d'estate si può fare il Malpasso al riparo dall'acqua e dal sole: d'estate la roccia soffia vampate ardenti e d'inverno la neve e la tramontana vi danzano in fischianti mulinelli.

Nel fiume si guarda dall'alto come dentro a un pozzo; esso disegna in quel punto una curva profonda, il largo e limpido specchio delle case. Lontano, fra le colline che dolcemente s'inclinano e s'aprono, ordinate come le quinte di una scena, si vedono altre curve, più morbide, d'acqua lenta e lucida. È la bella vista del paese e per questo sotto il portico hanno fatto, in antico, il caffè del Malpasso, con quelle ampie finestre che anche d'inverno rimangono senza imposte. La strada principale che finisce in piazza, comincia lì, al riparo, appena svoltato l'angolo. Il Malpasso ha i suoi clienti, che sono sempre gli stessi, e se al caffè del teatro vanno il dottore, il capitano, i magistrati, al Malpasso vengono il veterinario, il farmacista, gli uscieri.

Il vecchietto è considerato uno dei nuovi, nonostante sia lì da due anni, ogni giorno seduto alle stesse ore vicino alla finestra. Il velluto rosso dei banchi che fanno il giro delle pareti è tignoso, il tavolato sconnesso, gli specchi annebbiati. Ma il paese è bello, in primavera il cielo mite appare ingentilito dalle nuvole e sulle colline vagano le nebbie del fiume; mentre d'inverno le acque gelano tra le sponde di neve indurita e di notte si ode crepitare il ghiaccio.

Il vecchio aveva avuto, all'inizio, un'accoglienza misurata, sebbene non ostile. Non si sapeva di dove venisse. Un funzionario a riposo – ma questo si seppe dopo. Abitava dietro la chiesa e lo disturbavano, un poco, le campane. (Però le campane coprono gli strilli di una moglie collerica che grida con voce aspra, continua; e questo l'avevano raccontato i casigliani.) Al Malpasso, invece, lui ci stava bene: né moglie né campane. Si leccava le labbra soddisfatto, lasciandole un poco bagnate. Ci stava quanto poteva, al Malpasso, e ora più che mai, con gente che s'era rivelata benevola, ciarliera, costumata; un po' chiassosa a certe ore, quando venivano i giovani per il biliardo e accendevano la radio. I vecchi facevano interminabili partite a carte, a domino, a dadi. E lui capitava ogni giorno con l'aria di uno che è scappato di casa, la sciarpa di lana avvolta intorno al collo, la bombetta calzata fino alle orecchie. Veniva rasente i muri, correndo quasi, tutto affannato andava a sedere al suo posto: tanto gli piacevano il fiume e le colline. Un privilegio, quel paesaggio. Ne parlava alzando le mani, con qualche citazione in latino, e dopo qualche tempo tutti lo chiamarono « il professore ».

Al primo inverno aveva indossato un vecchio cappotto con un bavero di pelo rossiccio, un po' spelato, ma la tosse lo aveva preso lo stesso e gli era durata settimane. Gli attacchi lo scuotevano come un fuscello; poi si asciugava gli occhi col fazzoletto, davanti a un bicchiere di grog fumante. Ci stava bene, al Malpasso, lui. Il giovane veterinario, che l'aveva preso a benvolere, gli aveva prescritto un rimedio, e gli altri, neghittosi e ilari, l'avevano canzonato: « Guardate che impegno, ci mette. O non curi le bestie, tu? »

Anche il vecchietto rideva. Bestia era, sicuro. Aveva preso moglie. E che moglie! Messo in confidenza aveva cominciato a parlare, un poco reticente; e gli altri l'avevano punzecchiato, perché raccontasse. Era un vecchietto divertente, e l'idea di quella moglie-spaventapasseri li divertiva pure.

Nessuno l'aveva mai veduta, ma si sapeva che era maligna e comandava a bacchetta. In casa lui non ci poteva stare, nemmeno seduto in un angolo, zitto; né serviva fingersi addormentato o ammalato. Una vita impossibile, ecco. Anni che non ingoiava un boccone in pace, con quella donna intorno, brutta, velenosa, aggressiva. Quando gli riusciva di entrare in casa non visto, andava quatto quatto a scoperchiare la pentola in cucina, beveva la minestrina in una tazza, pescava le polpette nel tegame. La moglie faceva le sue scene, dopo; ma sulla digestione lo disturbavano meno. Poi, per qualche tempo, lei montava la guardia come un drago e tutto chiudeva negli sportelli, tenendosi le chiavi in tasca. Le coperte dai letti le toglieva quando aveva caldo, le metteva quando aveva freddo, e siccome era grossa e sudava sempre, in aprile e in novembre lui batteva i denti: la notte si buttava il cappotto addosso, dopo spenta la luce, se no la moglie gridava. Avara, avrebbe cavato sangue da un'acciuga, e tanto palpava i soldi che le uscivano lustri dalle dita.

Finché uno disse: « Ma voi, perché l'avete sposata? » e il vecchietto divenne triste, si confuse. Durante qualche giorno non parlò della moglie, tornò ad appassionarsi al paesaggio, a vantare il Malpasso. Poi vennero altre confessioni, esitanti, come se avesse da lottare contro un malinconico pudore. La moglie aveva avuto, sui trent'anni, una grave malattia. Prima di ciò, oh, era stata una cara donna, una bella e dolce sposa. Con parole frettolose sembrava volersi scusare di tenersela com'era adesso, maligna e rapinosa, ma lui ne aveva sposato un'altra, e, si sa, i ricordi del cuore... Nessuno avrebbe potuto vedere nella donna le sue antiche sembianze, ma lui sì, lui che per qualche anno era stato felice. S'imbambolava, diventava patetico. A forza di domande e risposte tesseva una trama nuova, delicata, in cui baluginava l'oro della giovinezza, e un fantasma candido, vaporoso, navigava come un cigno nell'aria affumicata del Malpasso.

Tutti lo ascoltavano, specialmente i giovani: una bella sposa, mite, fresca, con voce vellutata e casti abbandoni. I primi anni – una giovinetta, era! – portava la treccia sul vestito, un vestito celeste, e cantava. Alzando le mani come per le citazioni in latino: cantava! – diceva, quasi fosse stata una magìa, la porta di un regno fatato, chiuso per sempre. I giovani insistevano: l'intimità in cui penetravano, serbava, nonostante gli anni, un profumo eccitante. Amavano la bella donna, le sue braccia bianche, la sua graziosa fedeltà, il suo dolce sudare. Sudava, anche allora, ma non per questo toglieva le coperte al marito. E stava in cucina, ma lietamente, a sgranare piselli con le dita rosee e carezzevoli.

Il bel fantasma governò, per qualche tempo, la gente del Malpasso. Ogni giorno un tocco: un fiore nei capelli, un anellino al dito, un merletto, una piuma. Tutti sapevano, ormai, come la bella stesse al davanzale, un garofano sull'orecchio. Fortunato vecchietto!

Ma fu uno spasso che terminò abbastanza presto. Un giorno che i vecchi sedevano, come sempre, intorno al tavolino, il naso sulle carte sbertucciate, lanciando ogni tanto una voce stizzosa a quelli del biliardo perché facevano troppo chiasso, dalla porta a vetri entrò cautamente una donna alta e massiccia, vestita di nero. Reggeva una sporta da cui sbucava un ciuffo di sedani, in testa aveva un cappellaccio informe e aride ciocche di capelli grigi inquadravano un viso giallo e amaro. Non s'avvicinò al banco, lentamente fece il giro della sala, si fermò al tavolino dei vecchi e immobile rimase a guardare, reggendo la sporta con le due grosse mani. Il vecchietto allibì, ma senza fiatare, e ritirando la testa nel collo, il collo nel bavero del cappotto, sembrò voler scivolare dalla seggiola sotto il tavolino. E da ciò compresero, gli astanti, che quella doveva essere la moglie.

Brutta se l'erano figurata; ma non tanto! Ne furono indignati, e poiché dall'aver a lungo seguito un bel fantasma la realtà ora li disturbava, la guardarono anch'essi in malo modo: ma la donna non badò alle occhiate né alle parole, né a che il veterinario s'era alzato per offrirle il posto. Dondolando appena la sporta con le mani nocchiute, teneva il marito dentro uno sguardo fermo e minaccioso.

Poi, movendo appena le labbra, prese a interrogarlo. Una domanda sull'altra, senza lasciargli il tempo di rispondere: era quello il suo quartiere generale, no? Già lo sapeva. Lì veniva a raccontare le sue panzane, il vecchio scimunito. Oh, sapeva tutto, lei. E non gliene importava molto, a dire il vero. Ma perché doveva attribuirsela tutta lui, la bella parte? Un matrimonio non va sempre bene, si sa, e se lui non era stato contento, nemmeno lei lo era stata. La sorte! Ma questo non concerneva i « signori ».

Parlando non li guardò, come se non ci fossero, i « signori ». I suoi occhiacci non abbandonavano il marito che continuava a rannicchiarsi dentro la seggiola, allungando le gambe sotto la tavola, scivolando pian piano là sotto. Quello che dovevano sapere, invece, è che lei è sempre stata così, né mai ha sofferto malattie. Una salute di ferro. Brutta è sempre stata e di carattere duro, inutile nasconderlo. Ognuno nasce col suo destino, e lui se l'è sposata così, più giovane soltanto e con un bel po' di quattrini. I quattrini ci sono sempre, la moglie anche. La vita non è rosea. Mai fu rosea né migliore.

S'accorse d'avere la seggiola vuota accanto e la mandò in là cavando dall'orlo della sottana un grosso piede. Gli uomini sgranarono tanto d'occhi. Che piede, la sposa! Anche i giovani s'erano accostati, tenendo in mano le lunghe stecche del biliardo. La donna continuava a parlare a bassa voce: non era venuta per fare una scena, lei, voleva mostrarsi quale sapeva essere: civile. Ma raccontare le cose quali sono, tuttavia. Non si sa dove si può finire, con tanta immaginazione, il vecchietto legge ancora adesso tutti quei libri che gli guastano il cervello. Non vorrebbe, lei, che un giorno si vantasse di averla rapita e sedotta, a diciott'anni, quando invece è andata a nozze dopo i trenta, ma onorata, con un bel contratto in separazione di beni per cui il marito ha avuto poco da scialare, a sue spese; e di ciò le ha sempre tenuto rancore. Ah, s'è inventato una sposa carina, coi garofani nei capelli? Questo a lei non fa comodo e non piace. I signori, poi, non ci fanno una bella figura a star lì a sentire tante minchionerie.

Fece un brutto sorriso in cui balenarono i denti arrugginiti, volse le spalle e andò, senza salutare nessuno. Lo scricchiolio del tavolato l'accompagnò fino alla porta, un colpo secco e i vetri tintinnarono lungamente. Al Malpasso il vento l'acchiappò, videro che alzava le due mani e la sporta per tenersi il cappello, e scomparve con quel ciuffo di sedano che le ballonzolava sulla testa.

Al tramonto il vento cade. Appoggiato al parapetto sul fiume il vecchio si fermò a guardare il paesaggio. Quanto avrebbe fatto meglio ad accontentarsene, invece di lasciarsi prendere dalle solite debolezze! La vita è quel che è: così la moglie, così il fiume e le colline. Invece, l'avevano tanto canzonato... E chissà per quanto tempo ancora si sarebbero vendicati, quelli, giacché certamente pensavano d'essere stati presi in giro.

Il veterinario che l'accompagnava, impietosito, disse: « Cercheremo di non parlarne più... Ma avete fatto male. Perché le ore sono lunghe, al Malpasso, e le cose durano ».

Il vecchietto batteva le palpebre, ingoiava ogni tanto la saliva. Mormorò alla fine: « È che... mi ero abituato anch'io, oramai. E mi... faceva bene. Proprio come se fosse stato ».

L'altro lo prese sottobraccio e andarono giù verso il ponte. I fantasmi sono una cosa privata, bisogna coltivarseli in silenzio. Un vecchio con la sua esperienza avrebbe dovuto saperlo: con i fantasmi non si possono riparare, agli occhi della gente, gli sbagli, i compromessi di una volta.

« Ora soffre una specie di vedovanza » pensò il giovane, e camminando lo spiava in faccia. Invece gli sembrava ancora tutto entusiasmato per quel paesaggio. Ma è giusto che i vecchi sentano così acutamente la natura: eternamente essa rimane, quando loro non ci sono più, e questa incrollabile certezza li consola.

« Malpasso »
Pubblicato per la prima volta sulla rivista *Le grandi firme* (27 gennaio 1938). Successivamente incluso in *Pamela o la bella estate* (Mondadori, 1962).

CARLO CASSOLA

1917-87

« Amo la periferia più della città. Amo tutte le cose che stanno ai margini. » Questa affermazione è una sintesi quasi perfetta della sensibilità estetica di Cassola. Outsider perenne, per tutta la vita ha continuato a ridefinire il suo rapporto con la scrittura. Nasce a Roma, ma le estati trascorse a Cecina e a Volterra lo fanno innamorare della Toscana. Si laurea in giurisprudenza e per anni insegna storia e filosofia alle superiori. La sua vita è segnata da alcuni gravi lutti famigliari: perde la prima moglie a trentun anni, e una figlia avuta dal secondo matrimonio, nata con una malattia congenita, muore a soli sei mesi. *Il taglio del bosco*, un lungo racconto autobiografico su un giovane vedovo pubblicato nel 1950, riecheggia i toni malinconici di *Gente di Dublino* di Joyce. La passione per lo scrittore irlandese spinge Cassola a scrivere un racconto sulla scoperta di Joyce in giovane età. Negli anni Settanta, cura l'edizione delle opere di Thomas Hardy per Mondadori, contribuendo a ravvivare l'interesse per questo autore in Italia. Il suo romanzo *La ragazza di Bube* è selezionato per il Premio Strega nel 1960, ma nelle settimane che precedono la votazione viene attaccato pubblicamente da Pasolini, che lo accusa di aver tradito il movimento neorealista. Cassola vincerà lo stesso, e dal libro verrà tratto un film con Claudia Cardinale. Cassola reagisce alla fama letteraria tornando a una scrittura esistenziale; le sue ultime opere ruotano attorno al tema dell'estinzione del genere umano. Il racconto che segue è apparso nel volume *La visita*, raccolta giovanile in cui si possono già scorgere gli elementi distintivi della sua scrittura: pochi personaggi, una prosa sobria, forti sottintesi emotivi. Mettendo in scena un interstizio della vita quotidiana, Cassola fa luce, in modo breve ma incisivo, sulla sorte tradizionale delle donne sposate.

Alla stazione

Il treno aveva già mezz'ora di ritardo, e un ferroviere disse che sarebbe aumentato ancora.

« Si sta bene » fece la madre. « Speriamo che babbo non aspetti. »

« Se va alla stazione gli diranno del ritardo, mamma. »

« Ma sai com'è babbo. »

Percorsero in silenzio il marciapiede, fermandosi dove finiva il caseggiato della stazione. Davanti a loro l'intrico delle rotaie si andava restringendo gradualmente. Un'aria grigia, fredda, sempre più spessa gravava sulla campagna.

« Chissà perché questo ritardo » disse Adriana.

La madre la guardò senza rispondere.

« Di solito è sempre in orario » aggiunse Adriana.

Poi tacque e abbassò gli occhi. Il silenzio e lo sguardo della madre la mettevano in imbarazzo.

« Non sei mica incinta, Adriana? »

La figliola negò energicamente.

« Meglio così » disse la madre. « Almeno vi godete un po'. Avrete tempo di averli. Siete tanto giovani. »

Due uomini discorrevano a poca distanza: uno in piedi, l'altro seduto su una catasta di traversine. Adriana restò a guardare i loro gesti smorzati dal crepuscolo. Anche la mamma guardava da quella parte. Quello in piedi fece all'altro un cenno di saluto e venne alla loro volta, dondolando una lanterna. Nel passare guardò insistentemente Adriana. Adriana si volse verso la madre:

« Promettimi che tornerai presto » le disse.

« Figliola mia, non è facile con quell'uomo. Non posso lasciarlo solo. »

« Questa è un'idea tua, mamma. »

« Può darsi » rispose la madre. E dopo una pausa: « Ma gli sposi giovani vanno lasciati soli. Io non sono di quelle sempre in casa delle figliole, per ogni minima sciocchezza ».

« Ma nel nostro caso... » disse la figliola. « Mario ha piacere che tu venga ogni tanto. »

« E ogni tanto, come vedi, trovo modo di fare una scappata. Quelle però che s'installano a mesi in casa delle figliole: o dei figlioli, com'era la tua povera nonna, che Dio l'abbia in pace: ma quando se ne è andata, ho tirato un sospiro di sollievo. »

« Mamma » la rimproverò la figliola.

« Ma credimi, Adriana, che era diventato un tormento. E da allora mi sono detta: quando sposerà la tua figliola, ognuna a casa propria, col proprio marito. Ho imparato a mie spese, non dubitare » aggiunse dopo una pausa.

Improvvisamente in stazione s'accesero le luci. Gettando un ultimo sguardo alla campagna, le due donne si accorsero che era ormai buio.

« Le giornate cominciano a scorciare » disse la mamma.

Tornarono indietro. Dalla stanza del capo vennero degli scoppi di risa, poi il capo comparve sulla soglia, sorridendo, col sigaro in bocca e il berretto sulle ventitré. Adriana gli diede la buonasera.

« Buonasera » rispose il capo senza guardarla.

« Starà ancora molto? » chiese Adriana.

Il capo si voltò verso l'interno e domandò qualcosa.

« Una diecina di minuti almeno » rispose poi.

Al centro della stazione s'era adunata una piccola folla, composta in maggioranza di operai. S'erano formati tanti piccoli gruppi. Si discuteva animatamente, si rideva: nessuno sembrava urtato per il ritardo.

« Adriana » fece improvvisamente la madre « dimmi la verità, non hai qualcosa contro Mario? »

« Ma no, mamma » rispose Adriana « che ti salta in mente? »

« Così... mi sembrava » disse la madre.

Diede un'occhiata all'orologio da polso e un'altra all'orologio della stazione.

« Solo che Mario ha tanto da fare » disse Adriana. « La sera non rientra mai prima delle sette e mezzo-le otto; e, dopo cena, ha sempre avuto l'abitudine di uscire.»

«Tutti uguali gli uomini» disse la madre. «Sono una gran razza di egoisti. Mi ricordo quando allattavo...»

Il campanellino cominciò a suonare. Si udì un «oh» generale di soddisfazione.

«Finalmente» fece Adriana.

«Ma speravo che oggi le donne fossero un po' meno sfortunate» disse la madre. «Io sono vissuta come una schiava.»

Adriana si mise a ridere.

«Non sono esagerata» continuò la madre. «Buon per te se la prendi a ridere. Ma rifletti un po', Adriana: cosa godiamo noi donne nella vita? A volte penso che era tanto meglio se non fossi nemmeno venuta al mondo.»

Rimasero in silenzio prestando ascolto alle conversazioni che si svolgevano nei loro pressi. Poi dovettero scansarsi di colpo per non essere travolte da un ferroviere che passava di corsa gridando:

«Indietro, signori! Indietro!»

Dal buio della campagna erano sbucati i rossi occhi del treno. Per un momento parve immobile, poi che corresse a velocità pazza, e in ultimo sfilò lentamente fermandosi con un gran contraccolpo, mentre la gente raccoglieva senza fretta la propria roba.

Madre e figlia si abbracciarono. La madre salì una delle prime e, affacciatasi, chiamò Adriana, che rimase in piedi davanti al finestrino.

«C'è ancora tempo» disse Adriana. «Sta sempre fermo qualche minuto.»

«Vai allora se devi andare» fece la madre.

«Tanto ho la cena pronta» rispose Adriana.

«Sono le sette e mezzo» disse la madre. «Chissà che storie mi fa quell'uomo. Mi pare di sentirlo. Lui ha sempre fatto i suoi comodi, io invece...»

Nell'imminenza del distacco la conversazione si frantumò.

«Salutami tutti» disse Adriana.

«Stai tranquilla» rispose la madre.

La stazione s'era vuotata. Tre o quattro persone erano rimaste a salutare i partenti.

« Ci siamo » disse Adriana.

Aveva visto il capo alzare la paletta.

« Meno male » fece la madre.

Il treno cominciò a muoversi.

« Salutami Mario. Digli che m'è dispiaciuto di non averlo potuto salutare. »

« Tanti baci a babbo » gridò Adriana.

Rimase ad agitare il fazzoletto finché vide o credette di veder qualcosa.

« Alla stazione »
Scritto nel 1945 e probabilmente pubblicato su una testata locale. Successivamente incluso nella raccolta *La visita* (Einaudi, 1962), aggiornata dall'autore aggiungendo i suoi racconti giovanili.

CRISTINA CAMPO

1923-77

Scrittrice per scrittori che ha pubblicato pochissimi libri, Cristina Campo, proveniente da una famiglia aristocratica, era figlia di un compositore apertamente fascista. Nasce con una grave malformazione cardiaca, inoperabile all'epoca, che le impedisce di giocare con i coetanei e di frequentare la scuola. Questo senso di isolamento caratterizza tutta la sua produzione letteraria, che attinge a una vena interiore, spirituale. La creatività per lei è una vocazione nel senso più vero del termine: si tiene sempre in disparte, indifferente alle attenzioni e al successo. Il suo vero nome è Vittoria Guerrini; sceglie il nome di Cristina Campo intorno ai trent'anni. Studia con insegnanti privati, ma gran parte della sua formazione è da autodidatta; impara a leggere il francese, il tedesco, lo spagnolo e il latino. Katherine Mansfield è una delle prime scrittrici che traduce. Traduce anche Emily Dickinson, John Donne, William Carlos Williams e Simone Weil; è la prima a portare gli scritti di quest'ultima in Italia. La Campo ha abitato per la maggior parte della sua vita a Roma, in una piazzetta appartata dominata da un'enorme abbazia, e per vent'anni è stata legata sentimentalmente a Elémire Zolla, sposato, professore universitario e studioso di esoterismo e misticismo. La Campo ha scritto tra l'altro saggi critici sulle fiabe, e l'ultima parte della sua vita è stata caratterizzata da una religiosità fervente. La perfezione, estetica e morale, è il tema dominante dei suoi scritti. Questo racconto autobiografico, isolato nell'appendice di un volume che raccoglie saggi, introduzioni e note di traduzione, è il ricordo allucinato di un'infanzia insolita e difficile. Parla della magia di leggere, degli enigmi dell'età adulta e del confine scivoloso tra letteratura e vita. Il libro si intitola *Sotto falso nome*. Di lei restano diversi volumi di lettere bellissime, tutte firmate Cristina Campo.

La noce d'oro

Ave, viaticum meae peregrinationis.

CICERONE

I bambini nati di domenica hanno il dono di vedere le fate che presiedono al loro battesimo.

CARLO FELICE WOLFF

Ogni pomeriggio alle quattro e mezzo, per alcune stupende, lunghe estati, la ghiaia annaffiata del viale crepitò con speciale segretezza, quasi con cerimonia, sotto le gomme della *Dilamda* blu che dal portico buio e ardente dell'antica via Cavaliera era salita, balenando tra luce e foglie, lungo i tigli di via dei Cappuccini, oltre le nobili e folli cancellate di villa Revedin, fino alla nostra collina. E mentre allo scroscio freddo delle gomme sulla massa compatta di meriggio e cicale io buttavo sul prato inglese il mio triciclo e Luigi, talare nella giacca rossa, apriva con un lampo la piccola porta a vetri nell'arco bronzeo dell'edera, le mie belle, grandi cugine, Zarina e Maria Sofia, scendevano come uccelli dalla macchina. Subito il bianco puro delle ultime spiree, che già spargevano di petali la ghiaia, echeggiava quei nuovi bianchi: i lunghi guanti delle mie grandi cugine, le loro piccole *cloches* a spicchi, il pelo frescamente lavato del loro vecchio *sealyham* e soprattutto le loro borsette: quelle profonde borse di lino o tela nelle quali, pomeriggio dopo pomeriggio, dalle ombrose, pesanti stanze della via Cavaliera, salivano fino a me i loro antichi giocattoli.

Passato era il tempo, per me, delle grida scomposte, del checosa-mi-hai-portato appesa a quelle borsette. Col cuore in tumulto ma sorridendo in silenzio, camminavo tra loro che mi tenevano per mano verso il tavolino di ferro verde già pronto per il the sotto il cedro del Libano, con le sue alte poltrone di legno anch'esse dipinte in verde e tutte sparse di dure bollicine di vernice. Scendeva mia madre, appena alzata, in kimono viola, portando due o tre guanciali di grossa tela a rose gialle. Correvano baci e piccole esclamazioni («Ma perché sei scesa così presto?» «Per carità, ero sveglia da più di un'ora.» «Non hai dormito? Eppure sei bellissima, una rosa.» «Oh, ma non dirlo, non dormo quasi più.» «Ma che splendore questo pomeriggio.» «Oh, sì, mi sembra un sogno esser di nuovo qui») poi mia madre mi vedeva, correva in giro un sorriso e sul tavolo tondo, tra piccole risate, le belle borse si aprivano come corolle sotto i visi raggianti: i due vellutati, bruno-pesca di mia madre e di Maria Sofia che, sebbene più giovane, le somigliava; quello giapponese, ricoperto di efelidi dorate, di Zarina, che si chiamava in realtà Maria Cesarina ma così traduceva il suo nome in memoria della sventurata imperatrice di Russia. E nel silenzio compatto di meriggio e cicale, piccoli oggetti uscivano dalle borse, venivano disposti in cerchio sul tavolo.

È forse perverso ma può essere utile che un bambino venga educato tra persone che gli sono maggiori di almeno venti o trent'anni. È certo, in ogni modo, che alla mia infanzia, già per molti versi asimmetrica, si sovrappose con indicibile pace un'altra infanzia già trascorsa: quella delle mie grandi cugine e dei loro fratelli: gli ultimi bambini, in pamele di paglia e alte cinture blu, che il mondo non avesse derubato, appunto, della loro infanzia. Non vorrei indugiare troppo su quei balocchi severi ed ammalianti che, pomeriggio dopo pomeriggio, andavo ereditando: quelle stanze di bambola in noce scuro, così soavemente, caldamente funeree, col loro letto a spalliera ornata, la piccola, pingue sedia a dondolo, il lavabo simile a un calice di fiore con la piccola brocca azzurra, chiuso bocciolo. E i minuscoli tappeti di lana verde e i copriletti trapunti e quella panchetta incongrua, ben piantata su gambe ondulate, che apparteneva alla stanza ma a me suggerì il sapore di lunghe sieste all'aperto, mi ispirò tutta una serie di piccoli verzieri, cintati con pazienza e rametti di spiree negli angoli più occulti del giardino. Giocattoli che avevano attraversato una guerra, valicato, con un balzo eroico, immisurabile, l'abisso che avrebbe spezzato un secolo, per venire a posarsi sull'orlo fragile dell'ultimo sperone, dove noi ancora si resisteva – per quanto? Ultimi giocattoli, minimi pegni funerari di un tempo dove non era ancora entrato, nel rapporto con l'infanzia, l'ammicco, dove ancora il gioco era profezia e propedeutica: quell'unica e sempre insufficiente *répétition générale de la vie* che è l'infanzia, appunto: la carrozza che è solo una carrozza più piccola, il cavallo di legno, miniatura di un cavallo vero, la bambola che è una piccola donna o una bambina mai un'ambigua, allusiva pupazza. Come la fantolina di tre anni in pendenti e *bandeaux*, con una rosa in mano, che, incorniciata in un angolo della mia stanza, pareva piuttosto una paffuta piccola nonna, ed era tuttavia la sola creatura verso cui sospirasse quella mia fanciullezza popolata di soli adulti. («È un antico ritratto della principessa di Linguaglossa, la figlia di Crispi, il Primo Ministro» udivo, geroglificamente, dire in casa «ora, poverina, non è più di questo mondo...»)

Una di quelle estati, quando mi riportarono alla casa sulla collina, avevo imparato a leggere. Passeggiando col mio giovane padre (che portava il bastone a punta ritta come una sciabola, l'impugnatura infilata nella tasca del soprabito) per le vie della città dove si passava l'inverno, e seguendo la punta di quel bastone che s'alzava repentina verso insegne d'antiquario o di pasticcere, avevo afferrato rapidamente il rapporto, la legge di gravitazione che avvince insieme le lettere. La notizia raggiunse la mia madrina di battesimo, la solitaria Gladys Vucetich; e anch'ella salì quell'estate dalla sua casa di via dei Cappuccini, oscurata da vasti cedri e dal suo lutto radicale e definitivo per una stirpe intera di eroici militari; salì con i suoi veli neri, il suo passo pesante, gravato da una malattia quasi mitologica (poiché non le aveva impedito di «fare tutta la guerra in Croce Rossa») e sgombrato dai colpi della mazza nera, incappucciata di gomma alla punta: i chiarissimi occhi – così chiari che le palpebre parevano vuote – fissi in una visione leggermente maniaca, una sorta di fermo presagio di catastrofe. Gladys Vucetich aveva ritrovato a sua volta, in quella grande casa impenetrabile (dove il silenzio era tale che fino in fondo alla cupa sala da pranzo, si udivano stillare i rubinetti nella lontana cucina colma di rami carnici) i libri della sua infanzia. Ed ora anche lei veniva, col suo dono oracolare, non meno fatidico della medaglia d'oro che mi aveva passato al collo nel giorno del battesimo, con tutti e quattro i miei nomi: Vittoria, Maria Angelica, Marcella, Cristina.

Erano libri dalle durissime copertine, di belli e spenti colori e qualche poco gotiche. Ricordo, su una di esse, una figura femminile alta e chiusa, una benda gialla intorno alla fronte, che guidava, sorreggendola alle piccole scapole, una bambina. Verso dove? Non bastava a rispondere il poco spazio concesso alle due figure. Ne traspirava una sorta di dolce orrore, soprattutto dall'aspetto della fanciullina che era, in piccolo, identica alla donna: la stessa benda, verde, alla fronte, le stesse lunghe maniche appuntite; un po' più bionda, gli occhi grandi ed attoniti, si appoggiava alla persona china su di lei con quel moto di angosciata ritrosia che rivela, come uno specchio, l'estrema fascinazione. FATA NIX, stava scritto sotto, in sette grandi lettere gotiche; e niente altro segnava quella immagine femminile di viaggio ai primi misteri.

Come i disegnatori di giocattoli, in quell'era prediluviale, così anche gli illustratori di libri non avrebbero mai compreso se qualcuno gli avesse suggerito di « aiutare il bambino » ad accettare i mistici personaggi con i quali si sarebbe incontrato (e quindi, inevitabilmente, a non credervi). Con quel vile pretesto si instaurò più tardi la deformazione programmatica delle figure che seguì alla glaciazione irreparabile del cartone animato: le smorfie degli gnomi-falsi-cuccioli, gli occhi strabuzzati dell'orco (« su via, non ci credete, non vedete che non ci crede neppure lui »), l'inconsistenza iridata, da coleotteri, di principi e principesse (« al posto di questi qui, che non hanno volto, potete metterci chi vi pare, voi stessi, per esempio »). I libri di Gladys Vucetich appartenevano al tempo della sua infanzia, il *liberty* fine secolo, e con gravità estrema, in figure *liberty* fine secolo, quei pittori avevano illustrato le fiabe: nello stesso equanime, puntiglioso bianco-nero che avrebbero dedicato al *Demetrio Pianelli* o al *Crime de Sylvestre Bonnard* e tuttavia non senza quella sottile ebrietà che avrebbe guidato la loro mano nell'ideare, per esempio, scenari per *La tempesta.* Ne usciva una mischianza tetramente adorabile di Anna Pavlova in ali di garza e corone di stelle e di ricevimento spagnolesco in una corte absburgica del 1880: un ambiente di tenera funebria dove le principesse dalla vita di vespa avevano l'aria di portar busti e forse anche posticci, in vaste regge grigio-cupe, tutte palmizi in vaso, balconate, tendaggi dalle pesanti nappe di seta e dai passamani alti un palmo. Scopersi allora con un brivido che quei fatali luoghi e personaggi non erano diversi, tutto sommato, dalle gialle e inquietanti fotografie *cabinet* di mia nonna giovane e di altre belle congiunte morte che mia madre, in astucci di cuoio verde, portava sempre con sé nei suoi viaggi: quelle fotografie sorridenti di così remoti sorrisi e sempre così angustiose per me poiché, dietro la dama in piedi, friabile sotto la nube delle chiome, oltre il tendaggio sollevato, oltre caligini e fogliami, gravava costantemente una minaccia di temporale. Ora, la principessa del libro che era stato di Gladys Vucetich portava corona in testa in luogo di *toque* piumata, ma di quella minaccia dietro le spalle fragili si coglievano finalmente i segreti stupendi e dolorosi. Vertiginosamente ora, dalla bifora ornata, poteva sfrecciare nella stanza, tra le mani di lei, un gran rondone bianco-nero che trasportava sul dorso un piccolo Re degli Elfi. Ovvero, sotto il panneggio rialzato, strisciava dentro lentamente, tragicamente, nientemeno che il Mostro: il desolato incubo amoroso, il notturno visitatore di quella snella e pallida Belinda che era per me la gioventù di mia nonna, esposta tutta intera all'orrore. E il Mostro, come lo avevano figurato quei cupi e probi pittori, null'altro era veramente che un Mostro: chimera patetica e innominabile, mezzo grifone e mezzo serpente, disegnato con cura maniaca scaglia per scaglia, spira per spira; e proprio per questa folle fedeltà al suo nome, riusciva per me strazio indicibile veder sgorgare da quegli occhi le grosse lacrime, mentre se ne stava là in terra, povero Mostro, con la sua corona sulla testa – e Belinda a tavola, nell'ora cerimoniale, l'ora della cena e della musica: sola, impietrita, impavida.

Questa figura in modo speciale rimase per me luogo geometrico, insieme con un'altra, e per tutt'altra ragione, che illustrava la fiaba delle *Scarpette da ballo*. Qui un soldato di ventura, messo di guardia alla camera di dodici principesse che avevano insospettito il re loro padre con le suole sempre lucide delle loro scarpette – quel soldato, versandosi accortamente nella barbuta il vino alloppiato che le ragazze gli offrivano, riusciva a scoprire gli umidi regni sotterranei e lacustri nei quali le principesse si calavano a mezzanotte attraverso una botola, lungo una vorticosa scala a chiocciola, per recarsi a danzare in un'isola coi loro giovani amanti. E la figura le mostrava, appunto, quelle dodici, le spalle nude, i capelli rigonfi serrati da un cerchietto, non meno fascinose e toccabili della più bella delle mie grandi cugine; che in quel momento – spalle fianchi seno delicato trasparenti nell'abito bianco controsole – si avviava verso il rubinetto, celato sotto una piccola botola di ferro, che liberava magicamente, come dal centro della terra, lo stocco d'acqua zampillante nel prato inglese. Così si poteva credere a ogni parola, quasi a una seconda lettura della storia, all'udire quelle deliziose creature dalle pelli vellutate, dagli occhi a mandorla mormorare, bevendo il loro the sotto il cedro del Libano coi savoiardi e le lingue-di-gatto, nelle poltrone verdi ricoperte di bollicine (sicure, le semplici, di non essere comprese): «Ci siamo divertite ieri sera, no?» «Oh, quanto ridere alle spalle di quel poveretto!» «Purché non lo sappia papà!» «Ma figurati, non dubita di nulla...» Nel libro, certo, esse hanno ben altra voce, respirano in ben altra corrente; certo la vera vita delle mie belle cugine è una vita ridente e cupa di mezzanotte; l'ora in cui, come la povera sentinella drogata, io devo dormire tra le due alte reti del mio letto d'ottone. Ora di sfida e di lieve delirio, che a me non è dato assaporare che il giorno dopo: compitando, il dito sulla pagina, seduta sul bordo di una aiuola di zinnie color ruggine, assorta fino a sentire un filo di saliva scendere all'angolo della bocca. Seguivo le spire della scala a chiocciola, le dodici che scendevano, come le dodici ore, verso il centro della terra, verso la mezzanotte oscura e liquida della vita... Ma a un tratto, dal giardino ecco la voce di mia madre che interroga sommessamente la cuoca affacciata alla finestra della cucina: «Cuoca, avete provveduto? Sapete quanto è necessario per il professore...» Io indovinavo i suoi grandi occhi fulgidi e ansiosi, mentre senza discernere angoscia da angoscia, ascoltavo quell'altra dolce creatura stregata, l'Anatrella delle *Tre melarance*, natante nel canale del castello sotto le finestre delle cucine reali:

«Cuoco mio, nel palazzo che fanno?»
«Anatrella, dormiranno.»
«Cuoco mio, aiutami tu,
«ancora un giorno e poi non torno più.»

E le cucine reali che cosa erano se non la nostra cucina, con la sua grande dispensa ombrosa e il forno di mattoni rossi in cui Fernanda metteva in quel momento il timballo di maccheroni e in cui sarebbe precipitata più tardi, legata mani e piedi, la perversa Regina Madre? Acqua fluiva, mentre io leggevo, sotto le finestre della nostra cucina, in luogo dell'aiuola di zinnie, della siepe di spiree: concreta al punto che ancor oggi, tornasse per un momento quella cucina perduta, le zinnie e le spiree sotto le finestre mi apparirebbero stravaganti, come a vederle spuntare d'improvviso in mezzo a un rio di Venezia. E in quei mattini d'estate abbacinati di sole liquido, trapunti dal *clic* delle cesoie di Riccardo tra i bossi, dal fresco zampettio dei cani sulla ghiaia, dal tubare dorato delle tortorelle sul cedro, una voce che mi chiamasse da una porta-finestra aperta improvvisamente mi faceva trasalire come una schioppettata, esplodere dalla mia stessa pelle, che rimaneva a terra come quella di Re Serpe al rompersi dell'incantesimo, la mia pelle d'oro che era il libro: dove la botola in mezzo al prato inglese conduceva ai laghi e alle isole sotterranee dove un canale fluiva sotto le finestre della cucina – e da cui ora botola e cucina restavano di colpo tagliate fuori, brutalmente depredate del loro blasone, della loro segreta arma gentilizia.

Cominciai a pensare in quel tempo che tra i miei parenti potesse accadere qualsiasi fatto prodigioso, in quella loro innegabile doppia vita; sicché la casa intera, già di per sé misteriosa, si raddoppiò gradualmente di ulteriori enigmi. Le cose più semplici, la proibizione, per esempio, di parlare a tavola, soprattutto quando era presente mio zio, il bellissimo e taciturno fratello di mia madre intorno al quale tutta la casa gravitava come intorno ad un oscuro sole, posavano sulle ore e gli incontri il velo di magiche interdizioni. Sopra l'ovale bianco della tavola, nelle serate estive aperte sul giardino, il silenzio assumeva il suo reale valore, che è tesaurizzazione di potenze; e quando mio zio, spesso stanchissimo per le molte operazioni chirurgiche fatte durante il giorno, cadeva in una leggera *rêverie* che nessuno osava turbare, e la bella mano, che aveva al mignolo un serpente d'oro dall'occhio smeraldino, si posava distrattamente sulla vaschetta di *baccarat* facendo scorrere un dito intorno all'orlo con un suono sottile, simile al gemito di uno spirito costretto, la cara atmosfera della stanza tramutava in un antro nel quale un mago, il Mago del Latemar, per esempio, levando la sua lanterna sui volti pallidi dei prigionieri stesse per conferire il suo responso di salvazione o condanna: cosa che in fondo mio zio faceva ogni giorno e più volte al giorno, ma della quale solo io presagivo, in quei silenzi consunti dal gemito del cristallo, affinati dal bagliore dell'anello serpentino, le impenetrabili implicazioni. Sulla tavola rispondevano bagliori di altri anelli: le quattro perle che all'anulare di mia madre formavano una sorta di ape lunare; la treccia d'oro a quello di mio padre, che nei lunghi crepuscoli brillava, al battere silenzioso di una matita, sui grandi fogli delle partiture: coperte dai segni neri di un'altra lingua, più silenziosa e impenetrabile ancora.

Tra i libri di Gladys Vucetich ve n'era uno leggermente più moderno di FATA NIX, e illustrato da un artista geniale che disegnava ai suoi personaggi le sole palpebre, lasciando a quelle orbite vuote una luce acquatica e funeraria: occhi di sirene o di statue. Così la presenza stessa di Gladys Vucetich, dagli occhi chiari fino ad apparir vuoti, si caricava di nuovi arcani, il suo appellativo di Madrina (« Chi è Gladys Vucetich, mamma? » « È la tua madrina») evocava immediatamente quella scena oroscopica del battesimo, così frequente nelle fiabe, dove ciascuna delle dodici fate – le Fate Madrine appunto – porta il suo dono alla culla della principessa neonata. Ma certo non erano le bambole che Gladys Vucetich mi regalava, il dono a cui la fiaba alludeva: esso doveva trovarsi piuttosto in certe frasi improvvise che uscivano da lei mentre i suoi occhi d'acqua mi fissavano senza un batter di ciglia e il bastone le sgombrava la via come la bacchetta di Fata Gambero nella radura di Brocelianda, la notte del Consiglio Secolare: « Lo sai, che sei nata di domenica? Vedrai molte cose che gli altri non vedono ». Ovvero, posando un duro dito sulla piccola vena blu ancora visibile tra i miei occhi: « Sei fortunata, piccola. Hai il *nodo di Salomone* ».

Ma c'erano scene di fiaba che, secondo quelle illustrazioni, si svolgevano sotto immense volte di cripta, fiorite anch'esse di palmizi e di tende ma davvero troppo monumentali per richiamare alla mia memoria qualche figura familiare. Dietro quelle immagini si inseriva allora, come la seconda lastra di una lanterna magica, il grande paese, la grande terra murata della Certosa, il cimitero metropolitano, dove da qualche tempo mi si conduceva il giorno dei Morti: imponente distesa di abitazioni funerarie, e – per essere stato un vasto convento seicentesco – cimitero dissimile da ogni altro: tenebroso palazzo dalle grandi fughe di porticati, corridoi, cortili, simili a uno scenario di tragedia spagnola rappresentata all'epoca dell'Alfieri: tutta demenza romantica, votata al mal sottile, agli amori proibiti e alle guerre redentrici ma sempre e solo, per me, tenebroso palazzo di fate.

Dalle grandi cappelle gentilizie che si aprivano ai due lati dei porticati, negli immensi passaggi coperti, dall'uno all'altro chiostro, dall'una all'altra ala, imploranti mani di marmo si tendevano dai monumenti sepolcrali su cui ghirlande ancora si spogliavano, fiori ancora morivano. Mani di bianche donne in pianto, avvinte a colonne troncate, a medaglioni di pietra, il capo velato da un braccio, da un lembo di sudario. Oh se le conoscevo quelle mani. Palme levate che vietavano (« Non sedere mai sull'orlo di una fontana, non comperare mai carne di condannato...»), dita che sigillavano il labbro («E non dovrai né parlare né ridere per sette anni, sette mesi, sette giorni...»). Alte figure chine, che reggevano così spesso un bambino, lo conducevano riluttante, riparandolo con le grandissime ali, come la sconosciuta dalla benda gialla – FATA NIX, la Madrina – guidava la bambina, la piccola neofita affascinata e atterrita verso quei luoghi arcani: e gli occhi erano vuoti, come quelli di Gladys Vucetich. Ma anche qui non bisognava fermarsi né interrogare, mia madre aveva fretta, correva nella pura aria d'inverno che risplendeva azzurra e rorida – solo colore in quel mondo di grigi – negli archi dei porticati. La veletta calata fino al collo della pelliccia e al mazzo di rose tee che aveva tra le mani, sussurrava: «Presto, da questa parte, *noi* siamo in fondo, al di là dell'ultimo chiostro». Impossibile afferrare con esattezza quelle parole: solo era chiaro che la nostra meta era altrove, in fondo a qualcosa, oltre le vôlte e i giardini, oltre le grandi arche muschiose dei parenti meno prossimi, che io non avevo mai conosciuti e che si erano illustrati nelle scienze, nelle lettere e nelle armi; sotto le immense statue sepolcrali – il Lutto con la cetra spezzata, i «Piagnoni» che erano puro pianto, appunto saldificato in panneggio, il nero Tempo con la clessidra levata (eccolo, il Mago del Latemar, che ci alzava in volto la sua fatale lanterna) – che alcuni di essi avevano scolpito.

Incontravamo a un certo punto le mie grandi cugine e i loro nasini freschi, gli occhi ridenti e giapponesi di Zarina, i baci, il profumo – misto allo strano aroma di caffè fresco che tutti sembrano portar seco in quella città – tutto intesseva un intrigo ancor più struggente fra quel reame d'angeli oscuri, quell'enorme orrore pietrigno corso da soffi gelidi, e la meravigliosa gaiezza del mattino fuor città, la fragranza stillante dei loro mazzi di garofani bianchi, il ricordo delle grandi, ombrose stanze da cui venivano e a cui saremmo tornate per colazione: con la deliziosa tavola fiorita, dove amorini si tuffavano in piccole vasche d'argento, e i profondi armadi di noce che certo ancora chiudevano tesori... A braccetto con le mie grandi cugine, mia madre dimenticava la mia presenza e persino quella gran fretta di arrivare alla meta. Di tanto in tanto una grande tomba passava, ci si arrestava un attimo a leggere le iscrizioni – *Laudomiae Rizzoli, spe lachrymata*; *Federicus Comes Isolani sibi ipse et suis aedificavit*; *Vale, cara anima!* – che a me non incutevano né maggiore né minore sgomento di altri strazianti vocativi e recitativi:

Addio Falada che pendi lassù!
Addio Regina che passi laggiù!
Se tua madre lo sapesse
di dolor ne morirebbe...

ovvero:

Attendo attendo nella buia notte
ed apro l'uscio se qualcuno batte.
Dopo la mala vien la buona sorte
e viene con colui che non sa l'arte...

E tutto acquistava vita terrificante dai brevi commenti intorno a me, dietro velette e pellicce: «Anna Pepoli, povera infelice! Quanto patire per quello sciagurato...» ovvero: «Fabrizio e Bianca... la tragedia di un'intera famiglia, un attimo di follia», che mi aprivano dinanzi visioni di massacri astratti e paradigmatici: Barbablù, le sue sette mogli immerse nel proprio sangue e Anna, sorella Anna, che sulla torre spia l'orizzonte invano, l'infelice.

E a un tratto, quel mondo di motti arcani, di gesti pietrificati che gelavano il cuore (quei gesti che, lo sapevo, se un giorno fossimo andati davvero *fino in fondo*, senza far motto, senza voltarci mai, avremmo forse potuto sciogliere, liberando dall'incantesimo l'intero palazzo, facendone una vastissima sala da ballo illuminata), quel mondo si apriva a un tratto, voltato un angolo, nel chiaro cortiletto, e poi nel semicerchio di una cappellina chiusa da un ferro battuto, e poi su una parete bianca, cieca e conclusiva come il termine di un orizzonte. Là il prodigio accadeva: ai nomi cifrati, alle iscrizioni geroglifiche, si sostituivano di colpo, sul marmo tenero, i *loro* nomi, i miei stessi, quelli che io stessa portavo al collo dalla nascita sulla medaglia d'oro di Gladys Vucetich: Vittoria, Maria Angelica, Marcella, Cristina... Quella piccola cappella dove i garofani e le rose mettevano una freschezza ancor più fulgida, come aggiungendo mattino al mattino: quello era l'enigma, il vero, il solo: il nodo, non della grande Certosa soltanto ma di tutto: della fanciulletta condotta per le spalle alla festa occulta, della aiuola che mutava in canale, dei vuoti occhi, dell'anello col serpente, dei sotterranei e del sangue, del silenzio e del divieto. Della bambina con la rosa in cui vecchiezza e infanzia, tacite, annodavano il loro reciproco segreto...

Mia madre proferiva le dolci, rituali, raccapriccianti parole: «Là è la nonna, lì il nonno, prega per loro»... ed io leggevo, sotto il nome di colei che avevo visto così inerme nel suo ritratto di fanciulla – pronti i gran panneggi temporaleschi a lasciar strisciare dentro il mostruoso amore, a lasciar penetrare fino a lei il Divino Principe – leggevo sotto il nome che era anche il mio, Maria Angelica, due parole: «*suavis anima*»; e accanto, sotto il nome del nonno che era anche il mio, Marcello: «*anima fortis*». «Prega per loro» ripeteva mia madre con lo sguardo di chi debba, con la sola forza del suo cuore, liberare la coppia prigioniera, l'eroico amore stregato. E a quelle parole astratte e riverenziali, la grande tenda vellutata della pietà filiale si chiudeva alfine anche su me, una nube di pianto mi oscurava gli occhi. La fiaba era là, terribile e raggiante, risolta un attimo e irrisolvibile: l'eterna, la sempre ritornante nei sogni, viatico al pellegrinaggio, noce d'oro da serbare in bocca, da schiacciare tra i denti nell'attimo dell'estremo pericolo. Cercavo il mio piccolo fazzoletto, vi soffocavo i sospiri, mentre mia madre, gli occhi remoti, mi posava la mano guantata sulla nuca.

«La noce d'oro»
Presentato per il Premio Teramo nel 1964. Pubblicato postumo in *Sotto falso nome* (Adelphi, 1998).

ITALO CALVINO

1923-85

Presentare Calvino è un compito particolarmente difficile; lui stesso ha presentato le opere di moltissimi autori, comprese le proprie. I testi che ha scritto durante i molti anni di lavoro all'Einaudi sono perle di critica letteraria che hanno saputo trasformare la promozione editoriale in un'arte. Insieme a Umberto Eco, è lo scrittore italiano del Novecento più letto in lingua inglese. Le sue opere uniscono tradizione popolare, neorealismo e sensibilità postmoderna. Quasi tutti i suoi scritti, innovativi e segnati da un forte sperimentalismo, sono stati tradotti in inglese dal grande William Weaver. Il testo che ho scelto è, in via eccezionale, un brano escluso dal romanzo *Palomar* (1983), nel quale il protagonista eponimo, che porta il nome di un famoso osservatorio astronomico di San Diego, in California, descrive il mondo con il distacco di un filosofo e la precisione di un tassonomista. Nel romanzo, la tartaruga è rappresentata nell'atto dell'accoppiamento, in un capitolo indimenticabile intitolato «Palomar in giardino». In questa scena tagliata, la stessa creatura assume un ruolo decisamente insolito, esprimendo con sagacia le proprie opinioni personali. Questo testo è esemplificativo del doppio registro di Calvino: ironico e formale, fenomenologico e giocoso, astratto e concreto. Strutturato nella forma di un dialogo che ammicca sia a Platone sia a Leopardi, tratta il tema del linguaggio, della percezione e della molteplicità dei punti di vista. È inoltre l'unico testo presente in questo libro che parla in modo esplicito di traduzione. Calvino, che nasce a Cuba, cresce a Sanremo e vive per tredici anni in Francia, non è legato a un solo luogo o a una sola lingua. Ossessionato dal lessico scientifico, torna più volte sul tema del linguaggio animale, considerato affine, o forse alternativo, alla comunicazione umana. È stato tra le maggiori personalità letterarie del suo tempo. Nel 1984 l'Università di Harvard gli propone di tenere un ciclo di lezioni nel contesto delle prestigiose Norton Lectures, che saranno pubblicate postume con il titolo di *Lezioni americane*. Calvino muore per un'emorragia cerebrale prima di poterle completare.

Dialogo con una tartaruga

Uscendo di casa o rincasando, il signor Palomar incontra spesso una tartaruga. Pronto com'è a tener conto d'ogni possibile obiezione ai suoi ragionamenti, Palomar alla vista della tartaruga che attraversa il prato arresta per un istante il corso dei suoi pensieri, li corregge o precisa in qualche punto, o comunque li rimette in questione, li sottopone a una verifica.

Non che la tartaruga obietti mai qualcosa a ciò che Palomar opina: va per i fatti suoi e non vuol sapere d'altro; ma già il fatto che si mostri lì sul prato, arrancando con le zampe che sospingono il guscio come i remi d'una chiatta, equivale all'affermazione: « Io sono una tartaruga », ossia: « C'è un io che è tartaruga », o meglio: « L'io è anche tartaruga », e finalmente « Ogni tuo pensiero che si pretende universale non sarà tale se non varrà ugualmente per te uomo e per me tartaruga ». Ne consegue che, ogni volta che il loro incontro avviene, la tartaruga entra nei pensieri del signor Palomar e li attraversa col suo passo deciso; egli può continuar a pensare i suoi pensieri di prima, ma adesso sono pensieri con dentro una tartaruga, una tartaruga che forse li sta pensando insieme a lui, dunque non sono più i pensieri di prima.

La prima mossa del signor Palomar è difensiva. Dichiara: « Ma io non ho mai preteso di pensare niente d'universale. Considero quello che penso come facente parte delle cose pensabili, per il semplice fatto che lo sto pensando. Punto e basta ».

Ma la tartaruga – la tartaruga pensata – replica: « Non è vero: non per tua scelta, ma perché così vuole la forma mentis che impronta di sé i tuoi pensieri, sei portato a attribuire ai tuoi ragionamenti una validità generale ».

E Palomar: « Tu non tieni conto che io ho imparato a distinguere, in ciò che m'avviene di pensare, vari livelli di verità e a riconoscere ciò che è motivato da particolari punti di vista o pregiudizi di cui io partecipo, per esempio ciò che penso in quanto appartengo alla categoria sociale dei fortunati e che un diseredato non penserebbe, o in quanto appartengo a tale e non talaltra area geografica, tradizione, cultura, o ciò che è presupposto esclusivo del sesso maschile e che una donna confuterebbe».

«Così facendo» interloquisce la tartaruga, «cerchi di depurare dalle motivazioni interessate e parziali una quintessenza di 'io' che valga per tutti gli 'io' possibili e non per una sola parte di essi.»

«Ammettiamo che sia così, cioè che questo sia il punto d'arrivo a cui io tendo. Che cos'hai da obiettare, tartaruga?»

«Che anche se tu riuscissi a identificarti con l'universalità dell'umano, ancora saresti prigioniero d'un punto di vista parziale, meschino, e – lasciamelo dire – provinciale, a cospetto della totalità di ciò che esiste.»

«Vuoi dire che il mio io dovrebbe farsi carico, in ogni sua presunzione di verità, non solo dell'intero genere umano, presente e passato e a venire, ma anche di tutte le stirpi dei mammiferi, degli uccelli, dei rettili, dei pesci, per non dire dei crostacei, molluschi, aracnidi, insetti, echinodermi, anellidi e perfino protozoi?»

«Così è perché non c'è ragione che la ragione del mondo s'identifichi con la tua d'uomo e non con quella di me tartaruga.»

«Una ragione ci sarebbe, di cui non mi pare si possa mettere in dubbio la certezza obiettiva, ed è che il linguaggio fa parte delle facoltà specifiche dell'uomo; ne consegue che il pensiero dell'uomo, fondato sui meccanismi del linguaggio, non possa paragonarsi al pensiero muto di voialtre tartarughe.»

«Dillo, uomo: tu credi che io non pensi.»

«Questo non sono in grado né d'affermarlo né di negarlo. Ma quand'anche si dimostri che il pensiero esiste nel chiuso della tua testa retrattile, per farlo esistere anche per gli altri, fuori di te, devo prendermi l'arbitrio di tradurlo in parole. Come sto facendo in questo momento, prestandoti un linguaggio perché tu possa pensare i tuoi pensieri.»

«Ci riesci senza sforzo, mi pare. Sarà per tua generosità o perché ti si impone l'evidenza che la facoltà di pensare delle tartarughe non è inferiore alla tua?»

«Diciamo che è diversa. L'uomo grazie al linguaggio può pensare cose non presenti, cose che non ha mai visto né vedrà, concetti astratti. Degli animali si suppone che siano prigionieri d'un orizzonte di sensazioni immediate.»

«Nulla di più falso. La più elementare delle operazioni mentali, quella che presiede alla ricerca del cibo, è messa in moto da una mancanza, da un'assenza. Ogni pensiero parte da ciò che non c'è, dal confronto tra ciò che vede o sente e una rappresentazione mentale di ciò che desidera o teme. Cosa credi che ci sia di diverso tra me e te?»

«Non c'è nulla di più antipatico e di cattivo gusto che ricorrere ad argomenti quantitativi e fisiologici, ma tu mi obblighi a farlo. L'uomo è l'essere vivente il cui cervello ha maggior peso, maggior numero di circonvoluzioni, miliardi di neuroni, collegamenti interni, terminazioni nervose. Ne consegue che quanto a capacità di pensiero il cervello umano non ha rivali al mondo. Mi dispiace, ma questi sono fatti.»

La tartaruga: «Per vantare primati, io potrei tirare in ballo quello della longevità, che mi dà un'idea del tempo quale tu non riesci a concepire; o anche quello della produzione d'un guscio che supera in resistenza e perfezione di disegno le opere dell'arte e industria umane. Ma il punto non è questo. È che l'uomo, come portatore d'un cervello speciale e utente esclusivo d'un linguaggio, fa pur sempre parte d'un tutto più vasto, l'insieme degli esseri viventi, interdipendenti tra loro come gli organi d'un unico organismo, al cui interno la funzione della mente umana risulta esser quella d'un dispositivo naturale al servizio di tutte le specie, al quale dunque spetta di interpretare ed esprimere un pensiero accumulato in altri esseri di più sicura ragionevolezza, come le antiche e armoniose tartarughe».

Palomar: «Di questo sarei ben fiero. Ma allora andrò più in là. Perché fermarci al regno animale? Perché non annettere all'io anche il regno vegetale? All'uomo spetterebbe di pensare e parlare anche a nome delle sequoie e delle crittomere millenarie, dei licheni e dei funghi, del cespuglio d'erica in cui t'affretti a nasconderti, incalzata dai miei argomenti?»

«Non solo non m'oppongo, ma ti sopravanzo. Al di là della continuità uomo-fauna-flora, un discorso che si presuma universale dev'essere insieme il discorso dei metalli e dei sali e delle rocce, del berillo, del feldspato, dello zolfo, di gas rari, della materia non vivente che costituisce la quasi totalità dell'universo.»

«È là appunto che volevo portarti, tartaruga! Guardando il tuo poco muso affacciarsi e ritrarsi da tanto guscio, ho sempre pensato che tu non riuscissi a deciderti dove finisce per te il soggettivo e dove comincia il mondo fuori di te: se c'è un tuo io che abita dentro il guscio o se il guscio è l'io, un io che contiene in sé il mondo esterno, la materia inerte diventa parte di te. Ora che sto pensando il tuo pensiero, so che il problema non si pone: per te non c'è differenza tra io e guscio, dunque tra io e mondo.»

«Lo stesso vale per te, uomo. Arrivederci.»

«Dialogo con una tartaruga»
Scritto nel 1977 e incluso, postumo, in *Romanzi e racconti*, vol. 3: *Racconti sparsi e altri scritti d'invenzione*, nella collana «I Meridiani» (Mondadori, 1994).

DINO BUZZATI

1906-72

I racconti di Buzzati, segnati dall'inquietudine della morte e pervasi dall'assurdo, sono ambientati ai margini della realtà. La critica lo ha paragonato a Edgar Allan Poe, a Søren Kierkegaard e, non senza una certa irritazione da parte sua, a Franz Kafka; ma la fusione di reale e fantastico nelle opere di Buzzati, a tratti angosciante e a tratti ludica, è assolutamente originale. Ha isolato i momenti di panico acuto, di pericolo, di collasso delle regole. I titoli dei suoi racconti – « La frana » e « La fine del mondo », per citarne alcuni – pongono il disastro al primo posto dell'esperienza umana. Come Savinio e la Romano, Buzzati, che ha trascorso gran parte della giovinezza a Milano, era un artista visivo a tutti gli effetti e ammirava molto le opere del pittore Francis Bacon. La sua lunga collaborazione con il *Corriere della Sera* inizia quando ha ventidue anni; vi lavora come giornalista e pubblica molti dei suoi racconti nel supplemento letterario *La Lettura*. Durante la Seconda guerra mondiale è corrispondente di guerra e in seguito diventa il critico d'arte del giornale. *Poema a fumetti*, un mix di testi e immagini che avrà un'accoglienza contrastata, è considerato il primo graphic novel italiano, e *Il grande ritratto* è ritenuto tra le prime opere italiane di fantascienza. Oltre ai racconti, Buzzati ha scritto anche molti romanzi. Il più celebre è *Il deserto dei tartari*, ambientato in un paese immaginario. Nato a Belluno, ai piedi delle Dolomiti, Buzzati era un appassionato di alpinismo e ha intessuto le sue opere di riferimenti alla montagna. « Sette piani », uno dei suoi racconti più famosi, è presente in molte antologie, così ne ho scelto un altro, in cui il sovrannaturale e il domestico si scontrano brutalmente. Buzzati ha vinto il Premio Strega nel 1958 con la raccolta *Sessanta racconti*.

Eppure battono alla porta

La signora Maria Gron entrò nella sala al pianterreno della villa col cestino del lavoro. Diede uno sguardo attorno, per constatare che tutto procedesse secondo le norme familiari, depose il cestino su un tavolo, si avvicinò a un vaso pieno di rose, annusando gentilmente. Nella sala c'erano suo marito Stefano, il figlio Federico detto Fedri, entrambi seduti al caminetto, la figlia Giorgina che leggeva, il vecchio amico di casa Eugenio Martora, medico, intento a fumare un sigaro.

« Sono tutte *fanées*, tutte andate » mormorò parlando a se stessa e passò una mano, carezzando, sui fiori. Parecchi petali si staccarono e caddero.

Dalla poltrona dove stava seduta leggendo, Giorgina chiamò: « Mamma! »

Era già notte e come al solito le imposte degli alti finestroni erano state sprangate. Pure dall'esterno giungeva un ininterrotto scroscio di pioggia. In fondo alla sala, verso il vestibolo d'ingresso, un solenne tendaggio rosso chiudeva la larga apertura ad arco: a quell'ora, per la poca luce che vi giungeva, esso sembrava nero.

« Mamma! » disse Giorgina. « Sai quei due cani di pietra in fondo al viale delle querce, nel parco? »

« E come ti saltano in mente i cani di pietra, cara? » rispose la mamma con cortese indifferenza, riprendendo il cestino del lavoro e sedendosi al consueto posto, presso un paralume.

« Questa mattina » spiegò la graziosa ragazza « mentre tornavo in auto, li ho visti sul carro di un contadino, proprio vicino al ponte. »

Nel silenzio della sala, la voce esile della Giorgina spiccò grandemente. La signora Gron, che stava scorrendo un giornale, piegò le labbra a un sorriso di precauzione e guardò di sfuggita il marito, come se sperasse che lui non avesse ascoltato.

« Questa è bella! » esclamò il dottor Martora. « Non ci manca che i contadini vadano in giro a rubare le statue. Collezionisti d'arte, adesso! »

« E allora? » chiese il padre, invitando la figliola a continuare.

« Allora ho detto a Berto di fermare e di andare a chiedere... »

La signora Gron contrasse lievemente il naso; faceva sempre così quando uno toccava argomenti ingrati e bisognava correre ai ripari. La faccenda delle due statue nascondeva qualcosa e lei aveva capito; qualcosa di spiacevole che bisognava quindi tacere.

« Ma sì, ma sì, sono stata io a dire di portarli via » e lei così tentava di liquidar la questione « li trovo così antipatici. »

Dal caminetto giunse la voce del padre, una voce profonda e oscillante, forse per la vecchiaia, forse per inquietudine: « Ma come? ma come? Ma perché li hai fatti portar via, cara? Erano due statue antiche, due pezzi di scavo... »

« Mi sono spiegata male » fece la signora accentuando la gentilezza (« che stupida sono stata » pensava intanto « non potevo trovare qualcosa di meglio? »). « L'avevo detto, sì, di toglierli, ma in termini vaghi, più che altro per scherzo l'avevo detto, naturalmente... »

« Ma stammi a sentire, mammina » insisté la ragazza. « Berto ha domandato al contadino e lui ha detto che aveva trovato il cane giù sulla riva del fiume... »

Si fermò perché le era parso che la pioggia fosse cessata. Invece, fattosi silenzio, si udì ancora lo scroscio immobile, fondo, che opprimeva gli animi (benché nessuno se ne accorgesse).

« Perché 'il cane'? » domandò il giovane Federico, senza nemmeno voltare la testa. « Non avevi detto che c'erano tutti e due? »

« Oh Dio, come sei pedante » ribatté Giorgina ridendo « io ne ho visto uno, ma probabilmente c'era anche l'altro. »

Federico disse: « Non vedo, non vedo il perché ». E anche il dottor Martora rise.

« Dimmi, Giorgina » chiese allora la signora Gron, approfittando subito della pausa. « Che libro leggi? È l'ultimo romanzo del Massin, quello che mi dicevi? Vorrei leggerlo anch'io quando l'avrai finito. Se non te lo si dice prima, tu lo presti immediatamente alle amiche. Non si trova più niente dopo. Oh, a me piace Massin, così personale, così strano... La Frida oggi mi ha promesso... »

Il marito però interruppe: « Giorgina » chiese alla figlia « tu allora che cosa hai fatto? Ti sarai fatta almeno dare il nome! Scusa sai, Maria » aggiunse alludendo all'interruzione.

« Non volevi mica che mi mettessi a litigare per la strada, spero » rispose la ragazza. « Era uno dei Dall'Oca. Ha detto che lui non sapeva niente, che aveva trovato la statua giù nel fiume. »

« E sei proprio sicura che fosse uno dei cani nostri? »

« Altro che sicura. Non ti ricordi che Fedri e io gli avevamo dipinto le orecchie di verde? »

« E quello che hai visto aveva le orecchie verdi? » fece il padre, spesso un poco ottuso di mente.

« Le orecchie verdi, proprio » disse la Giorgina. « Si capisce che ormai sono un po' scolorite. »

Di nuovo intervenne la mamma: « Sentite » domandò con garbo perfino esagerato « ma li trovate poi così interessanti questi cani di pietra? Non so, scusa se te lo dico, Stefano, ma non mi sembra che ci sia da fare poi un gran caso... »

Dall'esterno – si sarebbe detto quasi subito dietro il tendone – giunse, frammisto alla voce della pioggia, un rombo sordo e prolungato.

« Avete sentito? » esclamò subito il signor Gron. « Avete sentito? »

« Un tuono, no? Un semplice tuono. È inutile, Stefano, tu hai bisogno di essere sempre nervoso nelle giornate di pioggia » si affrettò a spiegare la moglie.

Tacquero tutti, ma a lungo non poteva durare. Sembrava che un pensiero estraneo, inadatto a quel palazzo da signori, fosse entrato e ristagnasse nella grande sala in penombra.

« Trovato giù nel fiume! » commentò ancora il padre, tornando all'argomento dei cani. « Come è possibile che sia finito giù al fiume? Non sarà mica volato, dico. »

« E perché no? » fece il dottor Martora gioviale.

«Perché no cosa, dottore?» chiese la signora Maria, diffidente, non piacendole in genere le facezie del vecchio amico.
«Dico: e perché è poi escluso che la statua abbia fatto un volo? Il fiume passa proprio lì, sotto. Venti metri di salto, dopo tutto.»
«Che mondo, che mondo!» ancora una volta Maria Gron tentava di respingere il soggetto dei cani, quasi vi si celassero cose sconvenienti. «Le statue da noi si mettono a volare e sapete cosa dice qua il giornale? 'Una razza di pesci parlanti scoperta nelle acque di Giava.'»
«Dice anche: 'Tesaurizzate il tempo!'» aggiunse stupidamente Federico che pure aveva in mano un giornale.
«Come, che cosa dici?» chiese il padre, che non aveva capito, con generica apprensione.
«Sì, c'è scritto qui: 'Tesaurizzate il tempo! Nel bilancio di un produttore di affari dovrebbe figurare all'attivo e al passivo, secondo i casi, anche il tempo'.»
«Al passivo, direi allora, al passivo, con questo po' po' di pioggia!» propose il Martora divertito.
E allora si udì il suono di un campanello, al di là della grande tenda. Qualcuno dunque giungeva dall'infida notte, qualcuno aveva attraversato le barriere di pioggia, la quale diluviava sul mondo, martellava i tetti, divorava le rive del fiume facendole crollare a spicchi; e nobili alberi precipitavano col loro piedestallo di terra giù dalle ripe, scrosciando, e poco dopo si vedevano emergere per un istante cento metri più in là, succhiati dai gorghi; il fiume che aveva inghiottito i margini dell'antico parco, con le balaustre di ferro settecentesco, le panchine, i due cani di pietra.
«Chi sarà?» disse il vecchio Gron, togliendosi gli occhiali d'oro. «Anche a quest'ora vengono? Sarà quello della sottoscrizione, scommetto, l'impiegato della parrocchia, da qualche giorno è sempre tra i piedi. Le vittime dell'inondazione! Dove sono poi queste vittime! Continuano a domandare soldi, ma non ne ho vista neanche una, io, di queste vittime! Come se... Chi è? Chi è?» domandò a bassa voce al cameriere uscito dalla tenda.
«Il signor Massigher» annunciò il cameriere.

Il dottor Martora fu contento: «Oh eccolo, quel simpatico amico! Abbiam fatto una discussione l'altro giorno... oh, sa quel che si vuole il giovanotto».

«Sarà intelligente fin che volete, caro Martora» disse la signora «ma è proprio la qualità che mi commuove meno. Questa gente che non fa che discutere... Confesso, le discussioni non mi vanno... Non dico di Massigher che è un gran bravo ragazzo... Tu, Giorgina» aggiunse a bassa voce «farai il piacere, dopo aver salutato, di andartene a letto. È tardi, cara, lo sai.»

«Se Massigher ti fosse più simpatico» rispose la figlia audacemente, tentando un tono scherzoso «se ti fosse più simpatico scommetto che adesso non sarebbe tardi, scommetto.»

«Basta, Giorgina, non dire sciocchezze, lo sai... Oh buonasera, Massigher. Oramai non speravamo più di vedervi... di solito venite più presto...»

Il giovine, i capelli un po' arruffati, si fermò sulla soglia, guardando i Gron con stupore. «Ma come, loro non sapevano?» Poi si fece avanti, vagamente impacciato.

«Buonasera, signora Maria» disse senza raccogliere il rimprovero. «Buonasera, signor Gron, ciao Giorgina, ciao Fedri, ah, scusatemi dottore, nell'ombra non vi avevo veduto...»

Sembrava eccitato, andava di qua e di là salutando, quasi ansioso di dare importante notizia.

«Avete sentito dunque?» si decise infine, siccome gli altri non lo provocavano. «Avete sentito che l'argine...»

«Oh sì» intervenne Maria Gron con impeccabile scioltezza. «Un tempaccio, vero?» E sorrise, socchiudendo gli occhi, invitando l'ospite a capire (pare impossibile, pensava intanto, il senso dell'opportunità non è proprio il suo forte!). Ma il padre Gron si era già alzato dalla poltrona. «Ditemi, Massigher, che cosa avete sentito? Qualche novità forse?»

«Macché novità» fece vivamente la moglie. «Non capisco proprio, caro, questa sera sei così nervoso...»

Massigher restò interdetto.

«Già» ammise, cercando una scappatoia «nessuna novità che io sappia. Solo che dal ponte si vede...»

«Sfido io, mi immagino, il fiume in piena!» fece la signora

Maria aiutandolo a trarsi d'impaccio. « Uno spettacolo imponente, immagino... ti ricordi, Stefano, del Niagara? Quanti anni, da allora... »

A questo punto Massigher si avvicinò alla padrona di casa e le mormorò sottovoce, approfittando che Giorgina e Federico si erano messi a parlare tra loro: « Ma signora, ma signora » i suoi occhi sfavillavano « ma il fiume è ormai qui sotto, non è prudente restare, non sentite il...? »

« Ti ricordi, Stefano? » continuò lei come se non avesse neppure sentito « ti ricordi che paura quei due olandesi? Non hanno voluto neppure avvicinarsi, dicevano ch'era un rischio inutile, che si poteva venire travolti... »

« Bene » ribatté il marito « dicono che qualche volta è proprio successo. Gente che si è sporta troppo, un capogiro, magari... »

Pareva aver riacquistato la calma. Aveva rimesso gli occhiali, si era nuovamente seduto vicino al caminetto, allungando le mani verso il fuoco, allo scopo di scaldarle.

Ed ecco per la seconda volta quel rombo sordo e inquietante. Ora sembrava provenire in realtà dal fondo della terra, giù in basso, dai remoti meandri delle cantine. Anche la signora Gron restò suo malgrado ad ascoltare.

« Avete sentito? » esclamò il padre, corrugando un pochetto la fronte. « Di', Giorgina, hai sentito?... »

« Ho sentito, sì, non capisco » fece la ragazza sbiancatasi in volto.

« Ma è un tuono! » ribatté con prepotenza la madre. « Ma è un tuono qualsiasi... che cosa volete che sia?... Non saranno mica gli spiriti alle volte! »

« Il tuono non fa questo rumore, Maria » notò il marito scuotendo la testa. « Pareva qui sotto, pareva. »

« Lo sai, caro: tutte le volte che fa temporale sembra che crolli la casa » insisté la signora. « Quando c'è temporale in questa casa saltan fuori rumori di ogni genere... Anche voi avete sentito un semplice tuono, vero, Massigher? » concluse, certa che l'ospite non avrebbe osato smentirla.

Il quale sorrise con garbata rassegnazione, dando risposta elusiva: « Voi dite gli spiriti, signora..., proprio stasera, attraversando il giardino, ho avuto una curiosa impressione, mi pareva che mi venisse dietro qualcuno... sentivo dei passi, come... dei passi ben distinti sulla ghiaietta del viale...»

«E naturalmente suono di ossa e rantoli, vero?» suggerì la signora Gron.

«Niente ossa, signora, semplicemente dei passi, probabilmente erano i miei stessi» soggiunse «si verificano certi strani echi, alle volte.»

«Ecco, così; bravo Massigher... Oppure topi, caro mio volete vedere che erano topi? Certo non bisogna essere romantici come voi, altrimenti chissà cosa si sente...»

«Signora» tentò nuovamente sottovoce il giovane, chinandosi verso di lei. «Ma non sentite, signora? Il fiume qua sotto, non sentite?»

«No, non sento, non sento niente» rispose lei, pure sottovoce, recisa. Poi più forte: «Ma non siete divertente con queste vostre storie, sapete?»

Non trovò da rispondere, il giovane. Tentò soltanto una risata, tanto gli pareva stolta l'ostinazione della signora. «Non ci volete credere, dunque?» pensò con acrimonia; anche in pensiero, istintivamente, finiva per darle del voi. «Le cose spiacevoli non vi riguardano, vero? Vi pare da zotici il parlarne? Il vostro prezioso mondo le ha sempre rifiutate, vero? Voglio vedere, la vostra sdegnosa immunità dove andrà a finire!»

«Senti, senti, Stefano» diceva lei intanto con slancio, parlando attraverso la sala «Massigher sostiene di aver incontrato gli spiriti, qui fuori, in giardino, e lo dice sul serio... questi giovani, un bell'esempio, mi pare.»

«Signor Gron, ma non crediate» e rideva con sforzo, arrossendo «ma io non dicevo questo, io...»

Si interruppe, ascoltando. E dal silenzio stesso sopravvenuto gli parve che, sopra il rumore della pioggia, altra voce andasse crescendo, minacciosa e cupa. Egli era in piedi, nel cono di luce di una lampada un poco azzurra, la bocca socchiusa, non spaventato in verità, ma assorto e come vibrante, stranamente diverso da tutto ciò che lo circondava, uomini e cose. Giorgina lo guardava con desiderio.

Ma non capisci, giovane Massigher? Non ti senti abbastanza sicuro nell'antica magione dei Gron? Come fai a dubitare? Non ti bastano queste vecchie mura massicce, questa controllatissima pace, queste facce impassibili? Come osi offendere tanta dignità coi tuoi stupidi spaventi giovanili?

« Mi sembri uno spiritato » osservò il suo amico Fedri. « Sembri un pittore..., ma non potevi pettinarti, stasera? Mi raccomando un'altra volta... lo sai che la mamma ci tiene » e scoppiò in una risata.

Il padre allora intervenne con la sua querula voce: « Bene, lo cominciamo questo ponte? Facciamo ancora in tempo, sapete. Una partita e poi andiamo a dormire. Giorgina, per favore, va a prendere la scatola delle carte ».

In quel mentre si affacciò il cameriere con faccia stranita. « Che cosa c'è adesso? » chiese la padrona, malcelando l'irritazione. « È arrivato qualcun altro? »

« C'è di là Antonio, il fattore... chiede di parlare con uno di lor signori, dice che è una cosa importante. »

« Vengo io, vengo io » disse subito Stefano, e si alzò con precipitazione, come temesse di non fare in tempo.

La moglie infatti lo trattenne: « No, no, no, tu rimani qui, adesso. Con l'umido che c'è fuori... lo sai bene... i tuoi reumi. Tu rimani qui, caro. Andrà Fedri a sentire ».

« Sarà una delle solite storie » fece il giovane, avviandosi verso la tenda. Poi da lontano giunsero voci incerte.

« Vi mettete qui a giocare? » chiedeva nel frattempo la signora. « Giorgina, togli quel vaso, per favore... poi va a dormire, cara, è già tardi. E voi, dottor Martora, che cosa fate, dormite? »

L'amico si riscosse, confuso: « Se dormivo? Eh sì, un poco » rise. « Il caldo del caminetto, l'età... »

« Mamma! » chiamò da un angolo la ragazza. « Mamma, non trovo più la scatola delle carte, erano qui nel cassetto, ieri. »

« Apri gli occhi, cara. Ma non la vedi lì sulla mensola? Voi almeno non trovate mai niente... »

Massigher dispose le quattro sedie, poi cominciò a mescolare un mazzo. Intanto rientrava Federico. Il padre domandò stancamente: « Che cosa voleva Antonio? »

« Ma niente! » rispose il figliolo allegro. « Le solite paure dei contadini. Dicono che c'è pericolo per il fiume, dicono che anche la casa è minacciata, figurati. Volevano che io andassi a vedere, figurati, con questo tempo! Sono tutti là che pregano, adesso, e suonano le campane, sentite? »

« Fedri » propose allora Massigher. « Andiamo insieme a vedere? Solo cinque minuti. Ci stai? »

« E la partita, Massigher? » fece la signora. « Volete piantare in asso il dottor Martora? Per bagnarvi come pulcini, poi... »

Così i quattro cominciarono il gioco, Giorgina se n'andò a dormire, la madre in un angolo prese in mano il ricamo.

Mentre i quattro giocavano, i tonfi di poco prima divennero più frequenti. Era come se un corpo massiccio piombasse in una buca profonda piena di melma, tale era il suono: un colpo tristo nelle viscere della terra. Ogni volta esso lasciava dietro a sé sensazione di pena, le mani indugiavano sulla carta da gettare, il respiro restava sospeso, ma poi tutto quanto spariva.

Nessuno – si sarebbe detto – osava parlarne. Solo a un certo punto il dottor Martora osservò: « Deve essere nella cloaca, qui sotto. C'è una specie di condotta antichissima che sbocca nel fiume. Qualche rigurgito forse... » Gli altri non aggiunsero parola.

Ora conviene osservare gli sguardi del signor Gron, nobiluomo. Essi sono rivolti principalmente al piccolo ventaglio di carte tenuto dalla mano sinistra, tuttavia essi passano anche oltre il margine delle carte, si estendono alla testa e alle spalle del Martora, seduto dinanzi, e raggiungono perfino l'estremità della sala là dove il lucido pavimento scompare sotto le frange del tendaggio. Adesso invece gli occhi di Gron non si indugiavano più sulle carte, né sull'onesto volto dell'amico, ma insistevano al di là, verso il fondo, ai piedi del cortinaggio; e si dilatavano per di più, accendendosi di strana luce.

Fino a che dalla bocca del vecchio signore uscì una voce opaca, carica di indicibile desolazione, e diceva semplicemente: « Guarda ». Non si rivolgeva al figlio, né al dottore, né a Massigher in modo particolare. Diceva solamente « Guarda » ma così da suscitare paura.

Il Gron disse questo e gli altri guardarono, compresa la consorte che sedeva nell'angolo con grande dignità, accudendo al ricamo. E dal bordo inferiore del cupo tendaggio videro avanzare lentamente, strisciando sul pavimento, un'informe cosa nera.

« Stefano, Stefano, per l'amor di Dio, perché fai quella voce? » esclamava la signora Gron levatasi in piedi e già in cammino verso la tenda: « Non vedi che è acqua? » Dei quattro che stavano giocando nessuno si era ancora alzato.

Era acqua infatti. Da qualche frattura o spiraglio essa si era finalmente insinuata nella villa, come serpente era andata strisciando qua e là per gli anditi prima di affacciarsi nella sala, dove figurava di colore nero a causa della penombra. Una cosa da ridere, astrazion fatta per l'aperto oltraggio. Ma dietro quella povera lingua d'acqua, scolo di lavandino, non c'era altro? È proprio certo che sia tutto qui l'inconveniente? Non sussurrìo di rigagnoli giù per i muri, non paludi tra gli alti scaffali della biblioteca, non stillicidio di flaccide gocce dalla vòlta del salone vicino (percotenti il grande piatto d'argento donato dal Principe per le nozze, molti molti anni or sono)?

Il giovane Federico esclamò: « Quei cretini hanno dimenticato una finestra aperta! » Il padre suo: « Corri, va a chiudere, va! »

Ma la signora si oppose: « Ma neanche per idea, state quieti voi, verrà bene qualcheduno spero! » Nervosamente tirò il cordone del campanello e se ne udì lo squillo lontano. Nel medesimo tempo i tonfi misteriosi succedevano l'uno all'altro con tetra precipitazione, perturbando gli estremi angoli del palazzo. Il vecchio Gron, accigliato, fissava la lingua d'acqua sul pavimento: lentamente essa gonfiavasi ai bordi, straripava per qualche centimetro, si fermava, si gonfiava di nuovo ai margini, di nuovo un altro passo in avanti e così via. Massigher mescolava le carte per coprire la propria emozione, presentendo cose diverse dalle solite. E il dottor Martora scuoteva adagio il capo, il quale gesto poteva voler dire: che tempi, che tempi, di questa servitù non ci si può più fidare!, oppure, indifferentemente: niente da fare oramai, troppo tardi ve ne siete accorti.

Attesero alcuni istanti, nessun segno di vita proveniva dalle altre sale. Massigher si fece coraggio: « Signora » disse « l'avevo pur detto che... »

«Cielo! Sempre voi, Massigher!» rispose Maria Gron non lasciandolo neppur finire. «Per un po' d'acqua per terra! Adesso verrà Ettore ad asciugare. Sempre quelle benedette vetrate, ogni volta lasciano entrare acqua, bisognerebbe rifare le serramenta!»

Ma il cameriere di nome Ettore non veniva, né alcun altro dei numerosi servi. La notte si era fatta ostile e greve. Mentre gli inesplicabili tonfi si mutavano in un rombo pressoché continuo simile a rotolìo di botti nelle fondamenta della casa. Lo scroscio della pioggia all'esterno non si udiva già più, sommerso dalla nuova voce.

«Signora!» gridò improvvisamente Massigher, balzando in piedi, con estrema risolutezza. «Signora, dove è andata Giorgina? Lasciate che vada a chiamarla.»

«Che c'è ancora, Massigher?» e Maria Gron atteggiava ancora il volto a mondano stupore. «Siete tutti terribilmente nervosi, stasera. Che cosa volete da Giorgina? Fatemi il santo piacere di lasciarla dormire.»

«Dormire!» ribatté il giovanotto ed era piuttosto beffardo. «Dormire! Ecco, ecco...»

Dall'andito che la tenda celava, come da gelida spelonca, irruppe nella sala un impetuoso soffio di vento. Il cortinaggio si gonfiò qual vela, attorcigliandosi ai lembi, così che le luci della sala poterono passare di là e riflettersi nell'acqua dilagata per terra.

«Fedri, perdio, corri a chiudere!» imprecò il padre «perdio, chiama i servi, chiama!»

Ma il giovane pareva quasi divertito dall'imprevisto. Accorso verso l'andito buio andava gridando: «Ettore! Ettore! Berto! Berto! Sofia!» Egli chiamava i facenti parte della servitù ma le sue grida si perdevano senza eco nei vestiboli deserti.

«Papà» si udì ancora la voce di Federico. «Non c'è luce, qui. Non riesco a vedere... Madonna, che cos'è successo!»

Tutti nella sala erano in piedi, sgomenti per l'improvviso appello. La villa intera sembrava ora, inesplicabilmente, scrosciare d'acqua. E il vento, quasi i muri si fossero spalancati, la attraversava in su e in giù, protervamente, facendo dondolare le lampade, agitando carte e giornali, rovesciando fiori.

Federico, di ritorno, comparve. Era pallido come la neve e un poco tremava. «Madonna!» ripeteva macchinalmente. «Madonna, cos'è successo!»

E occorreva ancora spiegare che il fiume era giunto lì sotto, scavando la riva, con la sua furia sorda e inumana? Che i muri da quella parte stavano per rovinare? Che i servi tutti erano dileguati nella notte e fra poco presumibilmente sarebbe mancata la luce? Non bastavano, a spiegare tutto, il bianco volto di Federico, i suoi richiami affannosi (lui solitamente così elegante e sicuro di sé), l'orribile rombo che aumentava dalle fonde voragini della terra?

«Andiamo, presto, andiamo, c'è anche la mia macchina qui fuori, sarebbe da pazzi...» diceva il dottor Martora, fra tutti passabilmente calmo. Poi, accompagnata da Massigher, ecco ricomparire Giorgina, avviluppata in un pesante mantello; ella singhiozzava lievemente, con assoluta decenza, senza quasi farsi sentire. Il padre cominciò a frugare un cassetto raccogliendo i valori.

«Oh no! no!» proruppe infine la signora Maria, esasperata. «Oh, non voglio! I miei fiori, le mie belle cose, non voglio, non voglio!» la sua bocca ebbe un tremito, la faccia si contrasse quasi scomponendosi, ella stava per cedere. Poi con uno sforzo meraviglioso, sorrise. La sua maschera mondana era intatta, salvo il suo raffinatissimo incanto.

«Me la ricorderò, signora» incrudelì Massigher, odiandola sinceramente. «Me la ricorderò sempre questa vostra villa. Com'era bella nelle notti di luna!»

«Presto, un mantello, signora» insisteva Martora rivolto alla padrona di casa. «E anche tu, Stefano, prendi qualcosa da coprirti. Andiamo prima che manchi la luce.»

Il signor Stefano Gron non aveva nemmeno paura, si poteva veramente dirlo. Egli era come atono e stringeva la busta di pelle contenente i valori. Federico girava per la sala sguazzando nell'acqua, senza più dominarsi. «È finita, è finita» andava ripetendo. La luce elettrica cominciò a affievolire.

Allora rintronò, più tenebroso dei precedenti e ancor più vicino, un lungo tonfo da catastrofe. Una gelida tenaglia si chiuse sul cuore dei Gron.

« Oh, no! no! » ricominciò a gridare la signora. « Non voglio, non voglio! » Pallida anche lei come la morte, una piega dura segnata sul volto, ella avanzò a passi ansiosi verso il tendaggio che palpitava. E faceva di no col capo: per significare che lo proibiva, che adesso sarebbe venuta lei in persona e l'acqua non avrebbe osato passare.

La videro scostare i lembi sventolanti della tenda con gesto d'ira, sparire al di là nel buio, quasi andasse a cacciare una turba di pezzenti molesti che la servitù era incapace di allontanare. Col suo aristocratico sprezzo presumeva ora di opporsi alla rovina, di intimidire l'abisso?

Ella sparì dietro il tendaggio, e benché il rombo funesto andasse crescendo, parve farsi il silenzio.

Fino a che Massigher disse: « C'è qualcuno che batte alla porta ».

« Qualcuno che batte alla porta? » chiese il Martora. « Chi volete che sia? »

« Nessuno » rispose Massigher. « Non c'è nessuno, naturalmente, oramai. Pure battono alla porta, questo è positivo. Un messaggero forse, uno spirito, un'anima, venuta ad avvertire. È una casa di signori, questa. Ci usano dei riguardi, alle volte, quelli dell'altro mondo. »

« Eppure battono alla porta »
Originariamente pubblicato nell'inserto letterario *La Lettura*, XL, n. 9, settembre 1940. Fu poi incluso in *I sette messaggeri* (Mondadori, 1942) e in *Sessanta racconti* (Mondadori, 1958).

MASSIMO BONTEMPELLI

1878-1960

« Funambolismo » è un termine spesso usato per descrivere l'arte di Bontempelli. Tra gli scrittori più audaci presenti in questo volume, era anche dotato di una grazia fuori dal comune. Scriveva testi brevi, tesi, squisitamente controllati. Precursore di Calvino, è stato una figura chiave delle avanguardie italiane, e rimane tuttora un'anomalia espressiva. Comincia a lavorare come insegnante e nel 1912 pubblica il suo primo libro, una raccolta di racconti intitolata *Sette savi*. Intorno ai quarant'anni, dopo l'esperienza come corrispondente dal fronte durante la Prima guerra mondiale, vive una sorta di conversione letteraria che lo spinge a rinnegare gran parte della sua produzione precedente. Nel 1920 inaugura la sua nuova fase con *La vita intensa*, un volume marcatamente sperimentale e ironico che contiene dieci microromanzi, tutti ambientati a Milano. Nella prefazione, Bontempelli dichiara la sua intenzione di « rinnovare il romanzo europeo ». Sul nazionalismo di Bontempelli e sul suo incarico di segretario nazionale del Sindacato fascista autori e scrittori, sulla sua collaborazione con Curzio Malaparte[1] e sulla sua stretta amicizia con Luigi Pirandello si è detto molto. Eppure nel 1938 rifiuta la cattedra universitaria tolta a un professore ebreo, Attilio Momigliano, l'anno successivo gli viene impedito di pubblicare ed è costretto a vivere nascosto a Roma per nove mesi in casa di amici. Nel 1937, a quasi sessant'anni, era diventato il compagno della scrittrice Paola Masino, di trent'anni più giovane, che dopo la sua morte rinuncerà alla scrittura per curare la pubblicazione delle sue opere. Questo racconto, vivace, asciutto e postapocalittico, è stato scritto dopo la sua conversione letteraria. Descrive una realtà virtuale prima ancora che il termine fosse coniato. Parla di trasformazione dello spazio, della barriera tra natura e ambienti umani e dei modi contrapposti in cui uomini e donne si sostengono a vicenda e sopravvivono. Bontempelli amava la musica, ne ha scritto ed è stato compositore. È stato il primo ad applicare alla letteratura il concetto estetico di « realismo magico », preso in prestito dal tedesco.

La spiaggia miracolosa
ovvero
Premio della modestia

(Aminta)

Le strade di Roma alla prima minaccia avevano cominciato a spopolarsi, poi in pochi giorni la paura s'era fatta generale e la città rapidamente s'andava vuotando. Invasi da quello spavento i cittadini d'ora in ora avevan preso d'assalto le stazioni ferroviarie, e impadroniti violentemente dei treni erano fuggiti lontano. I più ricchi avevan rimpinzato d'olio e benzina le loro macchine e per tutte le tredici porte dell'urbe se n'erano volati via tra la polvere verso i punti cardinali più remoti.

Così per dieci giorni. Poi d'un tratto si videro le stazioni deserte, e le strade intorno a Roma non impolverarono che i carretti, i quali non hanno paura di niente. Oramai non c'era più nessuno entro la città.

A custodirla erano rimasti pochi eroi e poche eroine. Gli eroi verso mezzogiorno giravano con padronanza le vie, senza giacca, lasciando che il sole frustasse a sangue le loro camicie di seta e si specchiasse vanitosamente nelle fibbie delle loro cinture. Incontrandosi si guardavano da un marciapiede all'altro, anche senza conoscersi, con un sorriso d'orgoglio. Sapevano che il loro dominio dal Laterano a Monte Mario e da Valle Giulia a San Paolo sarebbe durato indisturbato e indiscusso almeno due mesi.

Ma le eroine non uscivano sotto il sole. Aspettavano nelle case ciascuna il suo eroe per asciugargli il sudore e stirare le sue camicie di seta. Uscivano soltanto la notte, e dietro le spalle del compagno amoreggiavano a sguardi, per tenersi in esercizio, con gli occhi dei gatti errabondi.

Io ero nel numero di quegli eroi che non avevano fuggito la città all'assalto dell'estate; perché io seguo le leggi della natura, e amo il caldo del sole l'estate e quello della stufa l'inverno. L'eroina eletta ad asciugare i miei sudori si chiamava Aminta.[1] Questo una volta era nome di maschio; ma il padre della mia donna non conosceva la storia letteraria, e diciotto anni prima, fidandosi all'orecchio, aveva imposto quel nome alla sua figliola neonata. Il prete che l'aveva battezzata non osò avvertire il padre dell'errore innocente.

Aminta, ai primi calori di quell'estate, sùbito s'era arresa alle eccellenti ragioni che le avevo esposte per convincerla che dovevamo rimanercene a Roma invece di andare ai monti o al mare.

Così trascorsero dolcemente i primi otto giorni della canicola.

Non avevo mai sorpreso sulla bianca fronte di Aminta il menomo segno di pentimento, rimpianto, dispetto, o desiderio.

Perciò fui molto maravigliato al mezzodì del nono giorno quando, rientrando io dalla ronda sui lastrici infocati, Aminta dopo una festosa accoglienza, accostandosi a me nel profondo divano dello studio, con una mano sulla mia spalla disse tutt'a un tratto:

«Caro, dovresti farmi un piccolo regalo, dovresti farmi fare un bel costumino da bagno».

Mi sentii aggrottarsi le ciglia.

Il mio calunnioso animo maschile s'intorbidò di sospetto.

La guardai scuro:

«Perché, Aminta? Che ti piglia? Non stiamo divinamente bene a Roma? Non ti verrà l'idea che ce ne andiamo? che andiamo ai bagni? Oh ti avevo tanto bene spiegato che...»

«No no» m'interruppe sorridendo con gli occhi, la fronte, la bocca e tutta la persona «nemmeno per idea. Stiamo tanto bene a Roma, sì. Chi si sogna di andarsene? Vorrei un bel costumino da bagno così, per avere un bel costumino da bagno.»

«E poi che lo avrai?»

«Me lo metterò.»

«Quando?»

«Ogni tanto. Un po' tutti i giorni.»

«E poi?»

«E poi dopo un po' me lo leverò.»

«È tutto?»

« È tutto. Te lo giuro. »

Era tanto limpida che il sospetto s'era dileguato dal mio animo.

Tacqui ancora un minuto per dare maggiore importanza alle parole che stavo per pronunciare, poi decretai:

« E allora sta bene. Sì, cara. Fatti un bel costumino da bagno ».

Batté le mani e fece un gran salto per allegrezza, baciò teneramente tutto il sudore della mia faccia per gratitudine.

I giorni appresso ella era molto occupata. Non fui ammesso a conoscere i segreti delle sue ricerche, studi, tentativi, dubbi e risoluzioni, riguardo la costruzione del costume da bagno. Uscì qualche volta da sola, di giorno; e lunghe ore rimase chiusa nella sua camera con una sarta. Non permise che mai ne sapessi nulla: volle prepararmi la sorpresa davanti al capolavoro inaspettato. Il suo volto, a tutte le ore del giorno e della notte, era pieno di felicità.

Dopo qualche giorno, preso dai miei pensieri virili avevo quasi dimenticato quel giuoco della donna. Ma la mattina del mercoledì, quando mi fui levato la giacca per uscire, Aminta salutandomi disse:

« Tra un'ora, quando torni, è pronto ».

« Che cosa? »

« Oh il costume da bagno. »

« Davvero? »

« Sì, fa' presto a tornare, vedrai, è riuscito una maraviglia. »

Rincasando, dopo meno d'un'ora, un'ombra di sospetto ancora cercava insinuarsi in me: « Davvero questa storiella del costume non preluderà a una campagna per farsi condurre al mare? »

Entrato nello studio, la voce sua di là dall'uscio della camera mi gridò:

« Non entrare qua. Sono pronta. Mettiti a sedere sul divano ».

« Ecco, non entro. Ecco, sono seduto sul divano. »

Fissavo l'uscio della camera.

L'uscio della camera si aperse, nello studio entrò una gran luce, in mezzo alla luce era Aminta, Aminta vestita del suo costume da bagno. Il cuore mi impallidì.

Aminta si avanzò. Quella luce veniva da lei. Era tutta la luce dei cieli, e si avanzava con lei. Io non mi mossi, tremavo in una estasi. Aminta si fermò in mezzo alla stanza.

Era davvero maraviglioso. Giù dalla gola la seta colore di rosa pallida si tendeva a modellare il seno, si stringeva intorno ai fianchi in una cintura di minutissime pieghe, sbocciava in un gonnellino breve, che non osava più toccare la carne, e all'orlo increspato tremava di soggezione. Sul roseo di quel gonnellino un gran fregio girava, di triangoli acuti colore dello smeraldo. Aminta era in piedi in mezzo alla stanza; il roseo, nella luce che pioveva giù dagli occhi di Aminta, cangiava di minuto in minuto in mille riflessi di madreperla; il verde del fregio pareva un volo di cetonie dorate traverso un tramonto.

Il candore delle braccia e delle gambe in mezzo a quell'effluvio di colori teneri impallidiva. I piedi scomparivano in due scarpette di raso verde. Ora Aminta rideva di allegrezza con tutte le carni morbide, con tutto il costume verde e rosato; rideva e si scrollava come una pianta nel giardino: e la stanza era piena di profumo di paradiso.

Io non avevo il coraggio di muovermi. Aminta era felice d'essere viva. Con un riso di campanelli d'argento che uscì dalla finestra e andò a correre via per il cielo, Aminta si buttò a sedere sul tappeto in mezzo alla stanza, con le braccia indietro e le gambe bianche ripiegate, il torso riverso e teso come offrendosi a Dio.

Riabbassò lo sguardo su me, che non m'ero più mosso e mi tenevo con le mani il cuore; allo spettacolo della mia commozione ella s'intenerì di gratitudine.

Me le accostai con tremore. Sedei sul tappeto quasi al suo fianco, e piano le presi una mano. La accarezzai tutta con uno sguardo, poi timidamente toccai con la fronte il rosa pallido della sua seta. Aminta aveva gli occhi pieni di sorrisi, ora quasi lacrimava per la tenerezza. Cercava con gli occhi qualche cosa da dirmi. E la voce le tremava dicendo:

«Vedi che è bello, senza bisogno di andare al mare?»

Sentii tutta la sua anima ingenua appoggiarsi a me. Fui pieno d'amore. Anch'io ora cercavo qualche cosa di semplice da dirle. Con una guancia adagiata sul suo braccio fresco, bisbigliai:

«La modestia dei tuoi desiderii merita un premio».

Allora lei si sciolse e di nuovo rise allegramente. Ma poiché non la seguivo in quel riso, lo interruppe e mi guardò come aspettando. Qualche cosa fremé nell'aria e venne a toccarmi. Vidi anche lei sentire qualche cosa nell'aria. E sùbito rabbrividì nelle spalle, e diceva:

«Che cos'è? Com'è bello!»

Tutta l'aria della stanza fu corsa da una specie d'alito leggero, che sùbito scomparve. Poi per tutt'intorno vidi un tremolìo di luce; anch'esso passò davanti ai miei occhi, poi davanti agli occhi di Aminta, e fuggì via.

«Come si sta bene!» mormorava Aminta.

Era seduta presso l'orlo del tappeto, e io un poco indietro, quasi alle sue spalle. Un rumore dolce e strano arrivò fino a noi, si spense ai piedi di lei. Vidi che ella tendeva l'orecchio.

Il suolo mormorò ancora, mentre tutte le cose della stanza sfumavano ai nostri occhi in una nebbia chiara, corsa d'ombre azzurre e di luci d'argento.

Frattanto i mormorìi del suolo s'erano fatti regolari e frequenti, venivano di lontano, frusciavano appressando, morivano tutti ai suoi piedi. Poi divennero più lunghi: uno, così accostando, parve stendersi; tutt'a un tratto lei dette un grido acuto e ritirò il piede di scatto:

«Guarda guarda» gridò.

Guardai. La scarpetta verde era bagnata, e il piede anche, fino alla caviglia.

«E ancora, ancora...»

Il fiotto cresceva: ora continuo il rumore delle piccole onde arrivava a battere il margine del tappeto, e tutte si spingevano contro i suoi piedi, lungo le sue gambe. Ella senza paura si piegò in avanti, tuffò le mani in quei flutti, le rialzò stillanti acqua: « Il mare, il mare ».

La nebbia argentea e azzurra tutt'intorno s'era riempita di luce, il tappeto ardeva come le sabbie; Aminta si buttò stesa col seno giù fuori del margine, si rialzò, la seta bagnata si modellava sul suo petto, vi sollevava le piccole punte. Io estatico guardavo lei, ascoltavo il mare che era venuto a trovarci.

Improvviso un'onda più lunga mi raggiunse, sentii salirmi l'acqua su per i polpacci.

Saltai in piedi spaventato: « Aminta, è meglio che vada anch'io a mettermi un costume ». « Sì » grida lei « ce n'è uno nel tuo cassettone, in basso; ma fa' presto. » Ed eravamo tutti e due molto felici.

« La spiaggia miracolosa »
Pubblicato nella raccolta *L'avventura novecentista* (Vallecchi, 1938).

ROMANO BILENCHI

1909-89

Bilenchi, fiorentino, è una figura inafferrabile e paradossale. Era famoso per il suo lavoro ossessivo di correzione e riscrittura e ammirato per i suoi racconti di formazione anticonvenzionali e astratti. Tuttavia, per qualche ragione è scivolato attraverso le crepe della letteratura e non esiste ancora un volume della collana « I Meridiani » Mondadori a lui dedicato. Fascista in gioventù, in seguito rompe con il regime e diventa comunista, ma poiché non appoggia pienamente le politiche sovietiche, alla fine lascia il partito. Pubblica le prime opere poco più che ventenne e scrive diversi romanzi e raccolte di racconti, tra cui il celebre « La siccità », ambientato in un luogo volutamente non precisato. Scritto nel 1940, il testo è entrato a far parte del volume *Gli anni impossibili*, composto di tre racconti limpidi e cesellati. Dopo la Seconda guerra mondiale, Bilenchi ha rivolto gran parte delle sue energie al giornalismo: ha contribuito a fondare la rivista *Il Contemporaneo* ed è stato direttore del *Nuovo Corriere* di Firenze, influente quotidiano di sinistra degli anni Quaranta-Cinquanta. Nel 1958, più o meno a metà della cosiddetta fase « silenziosa », decide di pubblicare un volume di racconti sottoposti a rigorosa revisione. Il suo obiettivo era sfrondare la lingua riducendola all'essenziale; per queste fatiche riceve il Premio Bagutta « Vent'anni dopo », prova che il suo silenzio era stato eccezionalmente produttivo. Nel 1972 vince il Premio Viareggio con il romanzo *Il bottone di Stalingrado*. Questo racconto, tratto dalla raccolta *Anna e Bruno*, parla della frustrazione crescente di un ragazzo a cui viene attribuito un soprannome sbagliato e che non riesce a farsi capire. Ma l'argomento principale – l'inesorabile specificità di un luogo e il suo legame con l'identità – fornisce una rappresentazione ancora attualissima della natura profondamente regionale dell'Italia.

Un errore geografico

Gli abitanti della città di F. non conoscono la geografia; la geografia del loro paese, di casa propria. Quando da G. andai a studiare a F. mi avvidi subito che quella gente aveva un'idea sbagliata della posizione del mio paese nativo. Appena nominai G. mi dissero: «Ohé, maremmano!»

Un giorno, poi, mentre spiegava non ricordo più quale scrittore antico, il professore d'italiano cominciò a parlare di certi pastori che alle finestre delle loro capanne tenevano, invece di vetri, pelli di pecore conciate fini fini. Chi sa perché mi alzai, dall'ultimo banco ove sedevo, e dissi: «Sì, è vero: anche da noi i contadini appiccicano alle finestre delle loro casupole pelli di coniglio o di pecora al posto dei vetri, tanto è grande la loro miseria». Chi sa perché mi alzai e dissi così; forse per farmi bello verso il professore; forse perché, spinto da un impulso umanitario per la povera gente, volevo testimoniare ai miei compagni, tutti piccoli cittadini, che il professore aveva detto una cosa giusta, che esisteva davvero nel mondo una simile miseria; ma, a parte la miseria, l'affermazione era un prodotto della mia fantasia. In vita mia, e Dio sa se di campagna ne avevo girata, mi era capitato una sola volta di vedere, in una capanna di contadini, un vetro rattoppato con pezzi di carta; e la massaia, del resto, si era quasi scusata dicendo che appena qualcuno della famiglia fosse andato in città avrebbe comprato un bel vetro nuovo. Appena in piedi dinanzi alla classe sentii ogni impulso frenato e m'accorsi d'averla detta grossa. Sperai che il professore non fosse al corrente degli usi della mia provincia, ma lui, a quella uscita, alzò la testa dal libro e disse: «Non raccontare sciocchezze». Dopo un momento rise e tutti risero, anche per compiacerlo. «Ma aspettiamo un po'» disse poi «forse hai ragione. Il tuo paese, G., non è in Maremma? È probabile che in Maremma vadano ancora vestiti di pelle di pecora.»

Di nuovo tutti si misero a ridere. Qualcuno, forse per rilevare che tanto io quanto il professore eravamo allo stesso livello di stupidità, sghignazzò ambiguamente. Mi voltai per cogliere quella incerta eppure unica solidarietà nei miei riguardi, ma il primo compagno che incontrai con gli occhi per non compromettersi mi disse: «Zampognaro» e fece il verso della zampogna. Un altro disse: «Hai mai guardato le pecorine?» e in coro gli altri fecero: «Beee, beee».

Cominciai, e questo fu il mio errore, a rispondere a ciascuno di loro, via via che aprivano bocca. Ero uno dei più piccoli e ingenui della classe, e ben presto fui preda di quella masnada. Benché appartenessero a famiglie distinte, c'era fra loro soltanto un figlio di bottegaio di mercato arricchito come avevo potuto osservare dalle mamme e dai babbi che ogni mese venivano alla scuola, me ne dissero di ogni colore. Infine con le lacrime agli occhi, approfittando d'un istante di silenzio, urlai: «Professore, G. non è in Maremma».

«È in Maremma.»

«No, non è in Maremma.»

«È in Maremma» disse il professore a muso duro. «Ho amici dalle tue parti e spesso vado da loro a cacciare le allodole. Conosco bene il paese. È in Maremma.»

«Anche noi di G. andiamo a cacciare le allodole in Maremma. Ma dal mio paese alla Maremma ci sono per lo meno ottanta chilometri. È tutta una cosa diversa da noi. E poi G. è una città» dissi.

«Ma se ho veduto dei butteri proprio al mercato di G.» disse lui.

«È impossibile. Sono sempre vissuto lì e butteri non ne ho mai veduti.»

«Non insistere. Non vorrai mica far credere che io sia scemo?»

«Io non voglio nulla» dissi «ma G. non è in Maremma. Al mercato vengono venditori ambulanti vestiti da pellirosse. Per questo si potrebbe affermare che G. è in America.»

« Sei anche spiritoso » disse lui. « Ma prima di darti dello stupido e di buttarti fuori di classe dimostrerò ai tuoi compagni come G. si trovi in Maremma. » Mandò un ragazzo a prendere la carta geografica della regione nell'aula di scienze, così anche lì seppero del mio diverbio e che ci si stava divertendo alle mie spalle. Sulla carta, nonostante non gli facessi passare per buona una sola delle sue affermazioni, abolendo i veri confini delle province e creandone dei nuovi immaginari, il professore riuscì a convincere i miei compagni, complici la scala di 1:1.000.000 e altre storie, che G. era effettivamente in Maremma.

« È tanto vero che G. non è in Maremma » ribattei infine « che da noi maremmano è sinonimo d'uomo rozzo e ignorante. »

« Abbiamo allora in te » concluse lui « la riprova che a G. siete autentici maremmani. Rozzi e ignoranti come te ho conosciuto pochi ragazzi. Hai ancora i calzettoni pelosi. » E con uno sguardo mi percorse la persona. Gli altri fecero lo stesso. Sentii di non essere elegante come i miei compagni. Tacqui avvilito. Da quel giorno fui « il maremmano ». Ma ciò che m'irritava di più era, in fondo, l'ignoranza geografica del professore e dei miei compagni.

Non potevo soffrire la Maremma. Ero stato preso da tale avversione al primo scritto che mi era capitato sotto gli occhi intorno a quel territorio e ai suoi abitanti. Avevo letto in precedenza numerosi libri sui cavalieri delle praterie americane, avevo visto al cinematografo infiniti film sulle loro strabilianti avventure; libri e film che mi avevano esaltato. Un paio di anni della mia vita erano stati dedicati ai cavalli, ai lacci, ai grandi cappelli, alle pistole di quegli uomini straordinari. Nel mio cuore non c'era stato posto per altri. Quando essi giungevano a liberare i compagni assaliti dagli indiani, sentivo che la loro piccola guizzante bandiera rappresentava la libertà; e mi sarei scagliato alla gola di coloro che parteggiavano per il Cervo Bianco e per il Figlio dell'Aquila. Quando i carri della carovana, costretta a disporsi in cerchio per fronteggiare l'assalto degli indiani assassini, tornavano allegri e veloci a inseguirsi per immense e deserte praterie e per profonde gole di monti, mi pareva che gli uomini avessero di nuovo conquistato il diritto di percorrere il mondo. I nomi di quei cavalieri – sapevo tutti i nomi degli eroi di tutti i romanzi a dispense e di tutti i film – erano sempre sulla mia bocca. Valutavo ogni persona confrontandola con loro e ben pochi resistevano al confronto. Quando lessi che a due passi, si può dire, da casa mia, c'erano uomini che prendevano al laccio cavalli selvaggi, che domavano tori, che vestivano come nel Far West o press'a poco, che bivaccavano la notte sotto il cielo stellato ravvolti in coperte intorno a grossi fuochi e con accanto il fucile e il cane fedele, risi di cuore. Neppure le storie dei cani fedeli, comuni e accettate in ogni parte del mondo, riuscii a prendere sul serio. Guardai tante carte geografiche e sempre più mi convinsi che in quella zona così vicina a me, larga quanto una moneta da un soldo, non era possibile vi fossero bestie selvagge, uomini audaci e probabilità di avventure. Né le dolcissime donne brune che cantavano sui carri coperti di tela e che, all'occorrenza, caricavano le armi dei compagni. Una brutta copia degli eroi di mia conoscenza. I cavalieri dei libri e dei film combattevano continuamente contro indiani e predoni; ma lì, a due passi da me, che predoni potevano esserci? Lontano il tempo degli antichi famosi briganti, se mai erano esistiti: anche su di loro avevo i miei dubbi.

Quando andai a studiare a F. la pensavo proprio così. Perciò non potevo gradire il soprannome di « maremmano ».

Giocavo al calcio con abilità, ma anche con una certa rudezza, nonostante fossi piccolo e magro. Mi feci notare subito la prima volta che scesi in campo coi miei compagni, e mi misero mezzala sinistra nella squadra che rappresentava il liceo nel campionato studentesco. Giocai alcune partite riscotendo molti applausi.

« Il maremmano è bravo » dicevano « deve essersi allenato coi puledri selvaggi. I butteri gli hanno insegnato un sacco di diavolerie. »

I frizzi e le stoccate, siccome ero certo contenessero una lode sincera, non m'irritavano affatto. Sorridevo e gli altri tacevano presto. Eravamo ormai vicini alla fine del campionato con molta probabilità di riuscirvi primi e mi ripromettevo, per i servizi resi all'onore del liceo, pensate che una partita era stata vinta per un unico punto segnato da me, di non essere in avvenire chiamato «maremmano», quando nell'ultimo incontro accadde un brutto incidente. Durante una discesa mi trovai a voltare le spalle alla porta avversaria. Dalla destra mi passarono il pallone. Mi girai per colpire al volo. Il portiere aveva intuito la mossa e si gettò in avanti per bloccare gamba e pallone, ma il mio calcio lo prese in piena bocca. Svenne. Gli avevo rotto tre denti. I suoi compagni mi furono addosso minacciosi. Dissi che non l'avevo fatto apposta, che era stata una disgrazia, che ero amicissimo del portiere il quale alloggiava nella mia stessa pensione, ma gli studenti sostenitori dell'altra squadra, assai numerosi tra il pubblico, cominciarono a urlare: «Maremmano, maremmano, maremmano».

Persi il lume degli occhi, e voltandomi dalla parte del pubblico che gridava di più, feci un gesto sconcio. L'arbitro mi mandò fuori del campo. Mentre uscivo dal recinto di giuoco le grida e le offese raddoppiarono. Vidi che gridavano anche le ragazze.

«Maremmano, maremmano, maremmano; viene da G.»

Tra coloro che urlavano dovevano esserci anche i miei compagni. Infatti, come potevano tutti sapere che ero nato a G.? Mi sentii privo di ogni solidarietà e camminai a capo basso verso gli spogliatoi.

«Maremmano, maremmano, ha ancora i calzettoni pelosi.»

Che i miei calzettoni non piacessero agli altri non m'importava. Era questione di gusti. La roba di lana mi è sempre piaciuta fatta a mano e piuttosto grossa. Per me i calzettoni erano bellissimi e io non davo loro colpa dei miei guai, nonostante fossero continuamente oggetto di rilievi e di satira. Anche quella volta più che per ogni altra cosa mi arrabbiai per l'ingiustizia che si commetteva ai danni di G. continuando a crederla in Maremma. Andai fra il pubblico e cercai di spiegare a quegli ignoranti l'errore che commettevano, ma a forza di risa, di grida, di spinte e persino di calci nel sedere fui cacciato negli spogliatoi.

Il giorno dopo il preside mi chiamò e mi sospese per una settimana a causa del gesto fatto al pubblico, gesto che disonorava il liceo. Mi sfogai col preside sperando che almeno lui capisse che G. non era in Maremma. Egli mi ascoltò a lungo, ma sul volto aveva la stessa aria canzonatoria dei miei compagni e, alla fine del mio discorso, confermò la punizione. Forse mi credette un po' scemo.

Primo impulso fu quello di scrivere a casa e pregare il babbo e la mamma di mandarmi a studiare in un'altra città. Ma come spiegare le mie pene? Non sarei stato compreso, anzi mi avrebbero sgridato. Essi facevano dei sacrifici per mantenermi al liceo. Decisi di sopportare ancora. Al mio ritorno a scuola dopo la sospensione, le offese contro G. e contro di me si moltiplicarono. Però si avvicinava l'estate e con l'estate sarebbero venute le vacanze. A casa avrei pensato al da farsi per l'anno dopo; forse avrei abbandonato gli studi e sarei andato a lavorare. Ma proprio allora mi capitò il guaio più grosso.

Una domenica mattina, uscito di buon'ora dalla pensione per godermi i freschi colori della inoltrata primavera, vidi i muri pieni di manifesti vivaci e molta gente in crocchio che stava ad ammirarli. Le tre figure che campeggiavano nei manifesti mi fecero subito arricciare il naso: un toro a capo basso quasi nell'atto di lanciarsi nella strada, un puledro esile e scalpitante e un buttero che guardava le due bestie con un'espressione di sprezzante sicurezza. Mi avvicinai. I manifesti annunziavano che la prossima domenica, in un prato vicino all'ippodromo, per la prima volta in una città, i cavalieri di Maremma si sarebbero esibiti in emozionanti prodezze.

Non ero mai stato in Maremma, né avevo veduto butteri altro che nelle fotografie. Migliore occasione di quella per ridere di loro non poteva capitarmi. Inoltre mi piaceva immensamente il luogo ove si sarebbe svolta la giostra. Il fiume, uscendo dalla città, si allontana, con bizzarre svolte, nella campagna, finalmente libero da case e da ponti. Tra la riva destra del fiume e una fila di colline ci sono parchi molto belli, con caffè di legno e alberi enormi; e belli sono alcuni prati verdi circondati da ben curate siepi di bosso, che si aprono all'improvviso in mezzo agli alberi. In uno di quei prati era allora l'ippodromo. I prati e le siepi verdi mi piacevano perfino più del lungofiume e non mancavo mai, nei pomeriggi in cui non avevo lezione, di recarmi a visitarli. Sedevo ai margini, accanto alle siepi, e di lì osservavo l'erba bassa e tenera che mi empiva l'animo di gioia.

« Ci andrò domenica » decisi e, a mezzogiorno, di ritorno alla pensione, invitai i miei compagni di tavola, il portiere che avevo ferito durante la partita di calcio e due alunni del mio stesso liceo, a recarsi con me allo spettacolo.

« Avevamo già veduto il manifesto » disse il portiere. « Verremo ad ammirare i tuoi maestri. » Anche gli altri accettarono e il giorno fissato c'incamminammo verso il luogo dello spettacolo. Vi era una grande folla quale non mi aspettavo, richiamata lì, pensai, più dalla splendida giornata che dai butteri e dalle loro bestie. Signore e ragazze belle, come alle corse. Avevo cominciato in quel luogo a guardare le donne andando a passeggiare la domenica nei pressi dell'ippodromo. Procedendo dietro alla folla entrammo in un prato, su un lato del quale erano state costruite alcune tribune di legno. Improvvisamente mi accorsi di non essere più con i miei compagni; forse la calca ci aveva diviso. Trovai un posto a sedere.

Entrarono nella lizza un puledro selvaggio e alcuni butteri vestiti alla maniera dei cavalieri d'oltre oceano. Ne fui subito urtato. Il puledro prese a vagare disordinatamente per il prato. Un buttero gli si precipitò dietro. Compito del buttero era quello di montare in groppa al puledro mentre correva e di rimanerci a dispetto delle furie della bestia. Ma il puledro, scorto l'uomo, si fermò e si lasciò avvicinare. Allora il buttero, forse impressionato dalla presenza di tanta gente, spiccò un salto andando a finire cavalcioni quasi sul collo del puledro. Era come montare su un cavallo di legno, eppure cavallo e cavaliere caddero in terra. Accorsero gli altri butteri. Il puledro non voleva alzarsi e teneva l'uomo prigioniero premendogli con la pancia sulle gambe. Il pubblico cominciò a gridare. Finalmente il puledro si decise a rimettersi in piedi e, quieto quieto, si fece condurre fuori dal prato.

« Non è da domare » gridò uno spettatore. « È una pecora. »

Scoppiarono risate e clamori. Anch'io ridevo di gusto.

Entrò nello spiazzo verde un toro. Subito un buttero l'affrontò tentando di afferrarlo per le corna e di piegarlo. La folla tacque. Il toro sembrava più sveglio del puledro. Infatti ben presto le parti s'invertirono. Pareva fosse il toro che avesse l'incarico di atterrare il buttero. Cominciò la bestia ad agire con una specie di strana malizia: si produsse in una lunga serie di finte come un giocatore di calcio che vuole superare un avversario: infine caricò l'uomo mandandolo a gambe levate. Una carica però piena di precauzione, senza malanimo, quasi che il toro avesse voluto burlarsi del burbero atteggiamento del nemico, e gli spettatori compresero subito che il cavaliere non si era fatto alcun male. Di nuovo gli altri butteri corsero in aiuto del compagno. Allora il toro prese a correre allegramente e quei poveri diavoli dietro. Si diresse verso le siepi, e compiuti due giri torno torno al prato, trovato un varco, si precipitò in direzione del fiume. I butteri, disperati, scomparvero anch'essi oltre la siepe fra gli schiamazzi del pubblico.

La folla gridava e imprecava. Infine, saputo che altre attrazioni non ci sarebbero state, cominciò a sfollare.

« Truffatori » urlavano.

« È uno scandalo. »

« Un ladrocinio. »

« Abbasso i maremmani. »

« Vogliamo i denari che abbiamo pagato. »

Io urlavo insieme con gli altri. Qualcuno tirò delle legnate sul casotto dove prima si vendevano i biglietti delle tribune. Io tirai una pietra sulle tavole di legno: avrei desiderato di vedere tutto distrutto. All'uscita i miei compagni mi circondarono.

« Ti cercavamo » disse uno.

« Ti sei nascosto, eh! »

« Belli i tuoi compaesani. Dovresti rendere a tutti gli spettatori i denari del biglietto. »

« È un maremmano anche lui » disse il portiere, indicandomi alle persone vicine.

« È proprio un maremmano come questi truffatori che ci hanno preso in giro. »

Numerosi ragazzi mi vennero addosso e cominciarono a canzonarmi come se mi avessero sempre conosciuto.

« Non credete che sia maremmano? » disse ancora il portiere. « Guardategli i calzettoni. È roba di Maremma. »

« Domani mi metterò i calzettoni di cotone » dissi. « Faccio così ogni anno quando viene il caldo. » Poi aggiunsi: « G. non è in Maremma ».

Al nome di G. anche i grandi fecero causa comune con i ragazzi.

«Di' ai tuoi compaesani che sono dei ladri» disse un giovanotto. Gli altri risero. Con le lacrime agli occhi cercai allora di spiegare il gravissimo errore che commettevano credendo che G. si trovasse in Maremma.

«È un po' tocco?» chiese uno a un mio compagno.

«Altro che poco» rispose il mio compagno.

I ragazzi urlarono più di prima. Mi dettero perfino delle spinte, e i grandi non erano da meno di loro.

Sopraggiunse un giovane; rideva e raccontò di essere stato sul fiume. Il toro si era gettato nell'acqua e i butteri piangevano, bestemmiavano e pregavano i santi e il toro, ma non riuscivano a tirarlo fuori. A queste notizie raddoppiarono gli schiamazzi contro di me.

«Sarà il figlio del padrone dei butteri se li difende tanto» disse una ragazza.

«No» gridai. «Non li difendo. Li odio. Non c'entro nulla con loro. Mio nonno aveva poderi. Mia madre è una signora. È lei che ha fatto questi calzettoni.»

«Sono di lana caprina» disse un vecchio signore. Un ragazzo fece: «Bee», un altro: «Muu» e un altro ancora mi dette un pugno.

Mi voltai. Stavo in mezzo a uno dei viali che portano alla città. La gente mi veniva dietro a semicerchio. Piangevo. Forse era molto tempo che piangevo. Mi staccai dal gruppo e mi appoggiai a un albero. Lontano, sul greto del fiume, intravidi i miei compagni che correvano in direzione opposta. Forse andavano a vedere il toro che si era buttato nell'acqua.

«Un errore geografico»
Scritto nel 1937 e pubblicato nella raccolta *Mio cugino Andrea* (Vallecchi, 1943). In seguito incluso in *Racconti* (Vallecchi, 1958) e nell'edizione del 1989 di *Anna e Bruno e altri racconti* (Rizzoli).

LUCIANO BIANCIARDI

1922-71

Nel 1949 Bianciardi, insegnante di liceo, da poco laureato alla Scuola Normale Superiore di Pisa con una tesi su John Dewey, lancia un'iniziativa chiamata «Bibliobus»: una biblioteca su quattro ruote. Un atto di ricostruzione e di unificazione culturale, che presenta la letteratura come un veicolo di cambiamento sociale in tempi in cui il tasso di analfabetismo in Italia è ancora molto alto. Bianciardi, senza patente, fa guidare l'autobus al suo amico Cassola, come lui cresciuto in Maremma. Tra i libri che portano nei vari paesi ci sono opere di Shakespeare, Conrad, Steinbeck, Dostoevskij, Moravia e Hemingway (gli ultimi due sono gli autori più venduti in quegli anni). Nel loro catalogo sono presenti anche la Bibbia, il Corano e manuali di agricoltura. Traduttore di Henry Miller e Jack Kerouac, per tutta la vita Bianciardi è stato un intellettuale militante, diffidente nei confronti delle città e contrario all'industrializzazione e al consumismo. Nel 1954 si trasferisce a Milano per lavorare come redattore alla Feltrinelli, esperienza alienante che ispira il suo romanzo di maggior successo, *La vita agra*, ritratto bilioso dell'intellighenzia bohémienne milanese. Il racconto incluso in questo volume, «Il peripatetico», dà il titolo a una raccolta postuma uscita nel 1976, che riunisce per la prima volta diversi testi apparsi in precedenza su giornali, riviste e antologie. Il titolo allude alla scuola filosofica dell'antica Grecia, ma ha anche un secondo significato, quello di prostituta. Per apprezzarlo appieno è necessario tenere conto dell'approvazione nel 1958 della legge Merlin, che aveva reso illegali le case di tolleranza. Bianciardi muore per complicazioni legate alla sua dipendenza dall'alcol. Il suo ultimo romanzo, *Garibaldi* – una biografia romanzata che voleva rendere più «umano» il leggendario generale italiano –, esce un anno dopo la sua scomparsa.

Il peripatetico

Quando posso un piccolo aiuto finanziario io lo do, agli amici dell'educazione demografica. È un'opera meritoria, oscura, che va incoraggiata. Il dottor Trabattoni e gli altri non han nulla da guadagnarci, in un paese come il nostro, tutto da perderci. E invece, eccoli, con una spesa irrisoria ti puoi sempre rivolgere tranquillamente ai loro dispensari, e lì ti danno consigli e assistenza medica. Certo, ci vorrebbero ben altri mezzi, e ben altra pubblicità, per risolvere a dovere il problema del controllo delle nascite.

In Italia, oggi – o per meglio dire, in quella insignificante frazione d'Italia che conosce e pratica il controllo delle nascite – i metodi antifecondativi sono sostanzialmente tre. Metodo fisiologico: detto anche ritmico, o volgarmente di Ogino-Knaus (dal nome dei due scienziati, uno tedesco e un giapponese, che lo scoprirono). Una volta stabilito che la donna ha ogni mese periodi di fecondità e periodi di sterilità, si cerca di individuare la decorrenza ritmica dei primi e ci si astiene dal rapporto sessuale al cadere degli stessi.

È un metodo che persino le autorità ecclesiastiche tollerano (senza naturalmente gradire che gli si faccia pubblicità eccessiva) ed è anche, teoricamente, il più sano. Teoricamente: in pratica la ovulazione (così si definisce infatti il « periodo fecondo ») varia fortemente da soggetto a soggetto, è influenzata da fattori esterni e interni come per esempio il mutar delle stagioni, la temperatura corporea, perfino l'umore – e nulla vieta che ricorra non una ma due volte nello stesso mese.

Certi ginecologi arguti, non ricordo più se americani o svedesi, vorrebbero addirittura intitolare a Ogino e Knaus il reparto maternità della loro clinica, a significare quanti nuovi nati debbono tale fortuna (?) a quei famosi scienziati. Mio figlio Augusto, che nacque nel 1948, è della partita. Ci sposammo molto giovani, Viola ed io, e allora ne sapevamo ben poco, di queste cose.

Più sicuro par essere il metodo chimico: come è noto gli spermatozoi prosperano in un habitat alcalino, e reagiscono negativamente, all'opposto, ogni qualvolta che si trovino in presenza di acidi. Perciò basta creare una condizione interna acidulata (mediante apposite supposte schiumogene) per provocare la morte o per lo meno la neutralizzazione degli spermatozoi. Gli inconvenienti sono palesi: l'acidità si fa avvertire, e non piacevolmente, sulla mucosa del glande e specialmente sul solco balanoprepuziale.

Infine c'è il metodo meccanico: si tratta di interporre una pura e semplice barriera fra spermatozoo e ovulo fecondabile. Lo sbarramento può porsi o direttamente allo sbocco dell'uretra (cioè usando il comune *condom* di gomma) o dinanzi al muso di tinca, ricorrendo al pessario: è un disco, pure di gomma, del diametro di centimetri otto, col bordo rinforzato, che si situa, mediante opportuna manovra, in tensione fra l'osso pelvico e i muscoli dello sfintere anale, in modo da occludere nettamente la bocca dell'utero. Conviene introdurre il pessario umettato di una sostanza spermicida, a garanzia contro un'eventuale porosità della gomma. Nei primi tempi, per la messa in sito, la donna ricorrerà a un'apposita asticciola in materia plastica, articolata e dentellata, poi sarà in grado di far con l'ausilio delle sole dita.

A parere di tutti il pessario (quasi inavvertibile dopo un breve periodo di adattamento) è di gran lunga preferibile al *condom*, fastidioso e, diciamolo pure, umiliante. Occorre però che provveda un medico a misurare nella donna posizione e inclinazione del muso di tinca, contrattilità dei muscoli striati, angolo relativo del dotto vaginale. Altrimenti può accadere che il pessario non occluda perfettamente, come per esempio nel caso del mio secondogenito Cesare. Mi nacque nel 1950, e mia moglie Viola accettò la nuova gravidanza con quella sua tacita sommissione che in lei è la dote più ammirevole.

Gli occhi le si fanno più dolci e umidi, il corpo più pieno, la pelle chiara: devo dire che diventa bella. I guai cominciano dopo, verso il settimo mese, perché allora si sforma, anche nella psiche, non è più una donna, ma un animale, una pianta, che madrenatura destina alla procreazione, e allora sta a letto, con lo sguardo vuoto e arreso della pecora, e aspetta, aspetta di espellere la creatura, di allattarla, di nettarla, di cullarsela in braccio.

Tiberio, il terzogenito, venne al mondo per errore. Fu nel 1954, un sabato sera che Cesare e Augusto erano rimasti a dormire dai nonni, e noi decidemmo, così su due piedi, di fare il *week-end* fuori di città, nel primo *motel* che incontrassimo sulla strada dei laghi. Viola aveva dimenticato il suo fedele pessario nell'armadietto dei medicinali, ma la serata fu bella, il vinello chiaro e frizzante, e io non ce la feci, a tirarmi indietro. La gravidanza fu buona come sempre: al settimo mese Viola cadde in letargo – letargo per modo di dire, naturalmente: mangiava, dormiva, passeggiava – e mi mandò a dormire nella stanza degli ospiti, per non darmi fastidio la notte, disse. Lei infatti, quando aspetta un bimbo, ha sempre caldo, la notte, e vuole la finestra aperta con un *plaid* appena, sul letto.

Ora, io voglio molto bene a mia moglie, che è una donna bravissima e calma, non chiede mai dove vado, perché ci vado, anche se torno dopo le dieci di sera. Conosco certe mogli d'altri, intriganti, capricciose, fastidiose, sempre pronte a sindacare, a domandare e così via. Viola no: specialmente quando è gravida, pensa ai bambini, a quello che sta per venire, alla casa e basta. Ora è appunto così, aspetta il quarto, ed io ho il vago sospetto che questa volta l'abbia fatto apposta, che il pessario se lo sia levato deliberatamente.

D'altro canto, io come faccio? Onestamente, credo di essere un lavoratore. La libreria antiquaria è di mio padre e l'ha fatta lui, senza dubbio. Dal padre suo, mio nonno, ereditò poco più di un banchetto a piazzale Nord. Mio nonno – non è retorica – se n'era venuto su da Pontremoli con la gerla dei libri usati, e continuando per anni a mangiar torta di ceci e a bere acqua della fontana, a poco a poco mise le radici nella metropoli, che giusto allora cominciava a espandersi. Il merito è suo e di mio padre, d'accordo, ma bisogna anche considerare che senza quel che ci ho messo di mio, nella ditta, oggi noi non avremmo la più nota libreria antiquaria della Lombardia.

Ci cercano tutti gli amatori milanesi, che sono più di quanti non si pensi, scrivono da ogni parte d'Italia. Modestia a parte, sono stato io a insegnare a mio padre che il fiuto del mestiere non basta, che ci vuole anche un minimo di impianto culturale: le vecchie edizioni piemontesi, così oneste, del Bona, gli agili tometti del Le Monnier, dalla copertina rosa, su su fino ai pezzi veramente rari. Ho infatti qualche dozzina di cinquecentine, sessanta aldine, di cui ben trentasette con l'ancora secca. Ho l'*Imago mundi* di Abramo Hortel, un meraviglioso atlante della fine del Cinquecento. A mio padre era venuta la voglia di disfarlo e di vendere le carte una per una. Infatti cinque o sei anni or sono eran di gran moda, come pezzi di arredamento, le antiche carte geografiche messe in cornice. Io mi opposi, ed ebbi ragione. Oggi per quell'*Imago mundi* mi offrono fino a quattrocentomila lire, ma nemmeno ora mi decido a venderla, perché mi piace starmela a guardare, ogni tanto.

La mattina io mi alzo sempre alle sette, un'ora dopo sono in libreria, prima dei miei quattro commessi, prima della signorina che ci tiene la contabilità. Mio padre viene e non viene, e io non gliene faccio un torto: ha settant'anni ed ha il diritto di riposare. Però lui, dal canto suo, dovrebbe pur riconoscere che l'azienda la mando avanti io, e aggiungere, se non altro, un « e figlio » nella ragione sociale. Mi tiene a stipendio – buono peraltro – ma non mi riconosce nessuna partecipazione agli utili. Ogni sera stacco alle sei, tranne il martedì e il venerdì, quando so che capitano i clienti di riguardo, quelli che bisogna seguire personalmente. Sicché non è per nulla una vita comoda, anche se non mi mancano agi che mio nonno sicuramente non ebbe: la macchina, una bella casa, quindici giorni all'anno di villeggiatura, una gita stagionale alla fiera di Francoforte, per motivi di lavoro, ma anche di diletto.

Io non sono cattolico, anche se i miei mi battezzarono (potrei, in coscienza, dichiarare che « non ricordo il fatto ») e anche se battezzati sono i miei tre figli: per quieto vivere, perché così vogliono Viola e i genitori e i suoceri. Non ho, voglio dire, il senso del peccato che perseguita i cattolici. E sono un uomo dei tempi miei, ovviamente, sottoposto cioè alle tensioni e alle suggestioni – contraddittorie, certo – della nostra età. Sicuramente subisco anch'io gli effetti della pubblicità, tanto più micidiali quanto più sottili e sagaci. Orbene, l'«articolo» più reclamizzato, oggi in Italia, è proprio il sesso. Letteratura, cinema, moda, costume, ce lo impongono di continuo. Una mia naturale disposizione a cedere completa il quadro.

Perciò senza rammarichi e senza complessi un bel giorno mi decisi e telefonai al numero che mi aveva dato un amico. Bastò fare il suo nome, e la voce femminile, dall'altro capo, mi invitò a presentarmi, quella stessa sera alle cinque, in un locale dalle parti di via Archimede, intestato a certa Ceccarelli Armida, di professione affittacamere. Era una donna sulla cinquantina, gioviale e ancora piacente. Mi accolse con molta cortesia, e subito mi fece entrare in salotto, dove la ragazza, la quale disse di chiamarsi Milly, guardava la televisione.

Era un pomeriggio del giovedì, e quindi davano *Passaporto*, lezione di lingua inglese a cura di Jole Giannini. Ricordo che sul teleschermo avevano simulato un negozio di verdure, e la signorina professoressa stava spiegando la varia nomenclatura. «*Beans*» diceva in inglese perfetto, «*peas*, *cucumbers*, *onions*, *garlic*, *avocado*, *artichoke*.» Mi venne fatto di pensare che articiocco per carciofo è termine diffuso in vari dialetti del Nord, seguendo un'area di contaminazione, forse, longobardica. Ma non ne ero certo e mi riproposi di chiederne conferma a un amico, e cliente, filologo.

La ragazza Milly stava a guardare con aria interessata, poi rientrò la signora Armida con due piccoli asciugamani di spugna, ce li consegnò, e ci chiese se volevamo metterci in libertà, indicandoci l'uscio della sua camera matrimoniale. La tariffa fu di lire diecimila. Non male. Capii poi che, della somma, metà andava alla ragazza, metà alla padrona. Prima di uscire, l'Armida mi pregò caldamente di farmi vivo presto.

Dopo di allora tornai più volte dalle parti di via Archimede, sempre dopo aver telefonato per fissare l'appuntamento. Finii per entrare in confidenza, la signora mi raccontò i suoi guai, la vedovanza, i dolori reumatici, i vicini pettegoli e ficcanaso, le pretese e le ubbie di certe ragazze. Dal canto mio feci in modo di dichiararle i miei gusti, perché a me le donne piacciono un po' piccole e rotondette, con le curve al posto giusto, insomma. E debbo dire che la signora ha sempre cercato di contentarmi, e che siamo sempre andati d'accordo fino a quando sui giornali lessi di una incursione della polizia a quell'indirizzo, dalle parti di via Archimede: avevan messo dentro la Ceccarelli Armida e anche un tale Lo Cicero Gennaro, ventottenne, suo amante e socio nello sfruttamento della prostituzione altrui: con la legge Merlin sono fino a sette anni secchi. Dopo di allora, della signora Armida non ho saputo più nulla.

Ma a Milano non è difficile rimediare, sicché dopo qualche settimana avevo già avuto un altro indirizzo, dalle parti di viale Bianca di Savoia (lo conosco perché ci andai una volta a contrattare certa pubblicità sul settimanale a larga diffusione *Epoca*), presso la signora Andreina. Il cognome non l'ho mai saputo e il numero non figura sulla guida telefonica. Anche lì, comunque, erano diecimila lire per volta, metà, come sempre alla ragazza, e metà alla padrona.

Ora, io di solito vado una volta alla settimana, e fanno quarantamila mensili. Io non nego che la tenutaria non debba farsi gli affari suoi, ma ritengo che il diritto di badare ai miei interessi spetti pure a me. Quindi, pensai, se potessi eliminare la spesa delle cinquemila lire che do alla Andreina e spendere solo le cinquemila per la ragazza, risparmierei ventimila lire ogni mese, e con quelle potrei affittarmi un *pied-à-terre* da qualche parte. Difatti ne trovai uno di due stanze, a quindicimila mensili, che divisi con un amico: mettendoci anche le spese della donna per le pulizie, per la luce e il riscaldamento, non andavo oltre le diecimila mensili, e il risparmio, una volta ammortizzate quelle poche spese di impianto, c'era pur sempre.

Così, quando dall'Andreina ebbi conosciuto una certa Linda, di professione telefonista alla Stipel, una ragazza sui venticinque, che mi piaceva e mi sembrò anche intelligente, le chiesi il suo numero, e ci mettemmo d'accordo per incontrarci fuori. Con lei inaugurai il *pied-à-terre* dalle parti di Bianca di Savoia: ci tenevo il giradischi e il baretto, in modo che prima si potesse riscaldarci con un bicchierino e un po' di *slow*.

La donna a me piace cominciare a prenderla in piedi, che è scomodo ma eccitante. Si balla un po', poi quando mi sento in vena la lascio e comincio a slacciarmi le scarpe, e intanto lei si leva il vestito. Ma la sottoveste o la *guêpière* la voglio togliere io. Le dico «Un momento, piccola. Tu permetti, vero?» e le slaccio il bustino. Poi comincio a prenderla così, in piedi. Indi la lascio ancora, finisco di spogliarmi, mi distendo sul letto, la invito discretamente a lavorare un po' da sola, ma non a lungo, perché a me piace soprattutto l'amplesso. Le cinquemila lire gliele infilo nella borsetta mentre lei è di là a lavarsi.

Con la Linda, la telefonista della Stipel, ci fu un principio di storia. Un giovedì lei era libera, e siccome io le avevo telefonato per il regolare appuntamento lei mi pregò di accompagnarla in macchina a fare certe compere e commissioni. Era di giugno, e lei già stava pensando alla prossima villeggiatura, e voleva comprarsi un costumino a due pezzi, la borsetta di rafia, i sandali e altre cose che ora non ricordo. Io la portai con la macchina, vedemmo diverse *boutiques*, mi chiese persino un parere, prima di scegliere il costume. Convenimmo che le doveva star bene quello a *pois* bianchi e verdi. Ma non c'era modo di misurarlo, perché l'apposito sgabuzzino era occupato da una signora grassa, così la commessa acconsentì a lasciarci portar via il costumino. Una volta provato, se andava bene, disse, lo pagherete domattina, con comodo.

A provarlo andammo appunto dalle parti di Bianca di Savoia, e fu molto divertente, perché io mi misi ad ascoltare Rachmaninoff nell'altra stanza, mentre la Linda si cambiava, e a un tratto mi venne davanti in costumino e sandali, ancheggiando, levò Rachmaninoff, mise un cha-cha-cha che a lei piaceva, e attaccò a ballare, così com'era. Poi bevve un bicchierino, si eccitò, e io ebbi la sensazione che quella volta raggiungesse un orgasmo completo. Lo raccontai a un amico, ma lui, che è un tipo scettico, mi rispose che forse l'umidore da me avvertito era solo quello della supposta schiumogena acidulante, introdotta a scopo antifecondativo prima dell'atto sessuale. Io per la verità ebbi, dopo, una certa infiammazione al glande, e questo confermerebbe l'ipotesi dell'amico mio, ma in ogni modo fu un'esperienza soddisfacente.

Decidemmo di fare insieme un *week-end*, come facevo un tempo con mia moglie Viola, e andammo a passare la notte del sabato a quel medesimo *motel* sulla strada dei laghi. Ebbi così modo di parlare con la Linda e di conoscerla un po' meglio. Non era contenta del suo lavoro alla Stipel, mi disse, soprattutto per via di una caposervizio già anziana e acida, che la sfotteva, le faceva rimarcare i ritardi sul servizio e le disfunzioni e i reclami dei clienti, proprio al suo numero. Ma, mi disse ancora, adesso stava entrando nelle simpatie di un pezzo grosso, lì alla Stipel, un cinquantenne sposato, certo Manera, e grazie a lui avrebbe trovato il modo di fargliela pagare, alla zitellaccia.

Di questo Manera ebbe a parlarmi altre volte, un po' ammirata, un po' ridendo. Perché costui aveva gusti strani: per esempio invitava a casa sua due ragazze, oltre la Linda, le faceva spogliare e disporre, accoccolate sotto la finestra, fra il muro e la tenda, in modo che sporgessero, visibili, soltanto i sederi. Poi lui entrava, in giacca a coda e pantaloni rigati, con la bombetta in capo, a brevi passetti sfilava dinanzi ai deretani e togliendosi la bombetta salutava: «Buongiorno, culini!»

Ma a parte questo era un signore, educato e largo nello spendere. L'aveva persino condotta con sé a Campione e avevano giocato fino alle tre di notte. «Perché non andiamo anche noi due?» mi chiese Linda una sera. «Perché il *westend* non lo facciamo a Campione?» Io non la corressi nemmeno, e da quel giorno non l'ho più cercata, perché non son certo tipo da buttar via quattrini al tavolo verde, mi pare anzi una sciocchezza indegna.

Perché non ha torto, quel mio amico, quando dice che in fondo io son rimasto pontremolese, che non ho scordato come l'han messa su, questa poca fortuna, mio nonno e mio padre, libro su libro, soldo su soldo, campando di torta di ceci e di acqua della fontana. Anzi, ogni tanto io prendo la macchina e faccio una puntata laggiù, una bella corsa sotto la Cisa per la valle angusta, fino alle vecchie case di Pontremoli, lungo il torrente. Oltre tutto, c'è sempre il caso di trovar qualcosa, rovistando nelle botteghe dei rivendugliolì di libri usati. Oppure quando danno il Premio, e allora a Pontremoli intervengono editori, scrittori, personalità della cultura, quasi tutti da Milano. Un paio di villeggiature le ho fatte proprio sulla vicina e quieta spiaggetta di Bocca di Magra, che scoprirono, dopo l'altra guerra, Vittorini e Ferrata.[1]

Ora debbo dire che una sera, passando dalle parti di Largo Cairoli, fui fermato da una vistosa passeggiatrice, e salii in camera con lei. Dopo l'atto sessuale parlammo un poco – era una donna matura ma loquace – e così seppi che proprio da Pontremoli era venuta su, in questo dopoguerra, e si era stabilita col marito a Milano. Grazie al suo lavoro, e ai risparmi, era riuscita a metter su un appartamentino nella zona di Porta Ticinese, ed ora continuava a fare la vita solo per finire di pagare le rate dei mobili e della macchina da cucire. Mi spiegò come era la camera da letto, con l'*armoire* a tre luci e il comò dal piano di marmo. Mi invitò anzi ad andarla a trovare, promettendomi che per l'occasione mi avrebbe organizzato qualche «numero».

Disse proprio così ed io, incuriosito, un giorno le telefonai e presi appuntamento per le sette. Era un bell'appartamento borghese, tenuto bene, pulito, col bagno in ordine e in cucina un barboncino e la cuccuma del caffè sempre pronta.

«Ah, qui si scaffèa dalla mattina alla sera» disse questa pontremolese, che si chiamava signora Anna. La camera era come me l'aveva descritta: mi mostrò un libro di fotografie francesi pornografiche, e mi lasciò lì mentre lei telefonava alla vicina del piano di sopra, che doveva intervenire per il famoso «numero». Dopo di allora tornai diverse volte dalla signora Anna, che provvedeva al numero, chiamando sempre un'amica differente. Fra tutte e due volevano diecimila lire, e ci potevo anche stare. Di solito l'Anna partecipava soltanto ai preliminari, poi quando ci vedeva ben avviati si rivestiva, lasciando all'altra la mansione di compiere l'opera, e tornava verso la fine a cambiare le lenzuola. Io ne ero proprio contento, e le diedi anche il numero della libreria, in modo che potesse avvisarmi. Una sera mi telefonò verso le sette.

« Pierclaudio » mi disse (infatti io mi chiamo Pierclaudio) « ci sarebbe un modellino nuovo nuovo. »

« Che modellino? » feci io, lì per lì non avevo capito.

« Una mia nipotina. Diciassette anni. Un vero bigiù. »

« Davvero? »

« Allora ci vediamo? »

E così fissammo per il giorno dopo. La nipote, a nome Rita, era veramente carina, sottile, bionda, modesta nell'abito da casa di cotonina stampata. Andammo in camera insieme. Anna aiutò la nipotina a spogliarsi, me la fece vedere davanti e didietro, elogiandone le bellezze, poi ci lasciò. Intanto mi ero spogliato anch'io e disteso sul letto. Le feci cenno di venire anche lei. Quando fu al piede del letto, e ci aveva già messo un ginocchio sopra (perché le donne entrano a letto con le ginocchia avanti – non so se ci avete mai fatto caso), si arrestò e disse:

« Vuol essere ben divertito, o passiamo subito all'atto materiale? »

Rimasi un poco perplesso, e mi chiedevo anzi se la Rita aveva detto « all'atto materiale », oppure « al lato materiale ».

Feci: « Come? »

« No, dicevo, vuol che facciamo subito del materialismo, oppure la debbo divertire? »

Dopo un po' stavo per prenderla, ma lei m'interruppe ancora: « Scusi » disse, e nuda com'era andò alla porta, l'aprì e chiamò:

« Mammaaa! »

E poi ancora:

« Mammiiina! Mammina, il guanto! »

Giunse la Anna, sorridendo, con in mano la bustina del guanto, mise dentro la testa, mi chiese se tutto andava bene, mi spiegò che la Rita, sua nipote, aveva paura, così giovane, di restare incinta e di sformarsi. Devo dire che ci rimasi male, anche perché, data la giovinezza e la freschezza della Rita, la Anna, col guanto, volle quindicimila lire invece delle solite dieci, e lei di suo non ci aveva messo niente. Non chiesi alla bambina se la

Anna era sua zia, o non invece sua madre; comunque là dentro non ci sono tornato mai più. La Anna mi ha telefonato qualche altra volta, ma io, con una scusa, ho sempre rifiutato l'appuntamento, e ora anche lei ha smesso di chiamarmi.

Finalmente l'ha capita, che gli affari sono affari, è vero, ma anche io devo pensare agli interessi miei e non posso spendere quindicimila lire per una ragazza, giovane quanto volete, ma diaccia come un baccalà, e per giunta paurosa delle gravidanze. Nessuno meglio di me lo capisce, questo timore, ma d'altra parte, se una donna vuole dieci o quindicimila lire per un solo rapporto, che poi dura al massimo mezz'ora, tutto compreso, bisognerà bene che qualche rischio lo corra, no?

Le ragazze-squillo presentano dei vantaggi, sicuramente. Quasi sempre son ragazze carine e giovani, pulite e probabilmente sane (un minimo di rischio anche noi uomini bisogna correrlo, lo riconosco). Ma di solito le devi prendere a scatola chiusa, fidandoti del gusto della padrona di casa. Certo, dopo che ne hai conosciuta e apprezzata una, ci puoi tornare; ma il guaio è che queste padrone di casa non amano tenersi sempre attorno le medesime donne. Un po' perché al cliente piace la novità, un po' perché dopo qualche tempo due donne finiscono sempre per litigare – sempre sciocchezze, si sa come son fatte le donne – e allora una ragazza incattivita fa presto a soffiare, o a far soffiare, qualcosa al commissariato. Dietro alla ragazza un uomo – un «fidanzato» dicono loro – c'è sempre, ed è proprio lui che le istiga, quando la padrona ha fatto un torto, reale o apparente, a denunciarla alla polizia. Tanto, sa benissimo che con la nuova legge Merlin chi ci va di mezzo è la sfruttatrice, la ragazza mai.

Poi ci sono i vicini, invidiosi e pettegoli, e le portiere, rimaste absburgiche, cioè spione, nella mentalità. Se vedono salire su per le scale sempre la solita donna, cominciano a parlare e la voce prima o poi arriva a chi di dovere. Così la padrona bada anche a cambiar casa periodicamente, restando però sempre nella stessa zona, in modo che, dietro mancia, le tocchi il suo vecchio numero di telefono. Così la clientela resta complessivamente la medesima, ma le ragazze cambiano spesso, e non frequentando mai per più di due o tre volte lo stesso uomo, da un lato non hanno modo di farsi una vera e propria esperienza professionale, dall'altro non si preoccupano di contentare il loro *partner*, e cercano sempre di sbrigare rapidamente la seduta.

Tanto, soddisfatto o no, domani l'uomo non ricomparirà, e la buggeratura, diciamo pure così, domani toccherà al prossimo. È un giro vizioso di scadimento professionale: certe cure, certe premure, su cui potevi contare nelle vecchie case di tolleranza, ormai sono un ricordo del passato. Ora, io sono stato favorevole alla legge Merlin, anzi, nel dibattito veneziano che accompagnò la proiezione di *Adua e le compagne*,[2] io mi levai a parlare a favore di quella onorevole signora, encomiabilissima nella sua tenacia.

È ingiusto e immondo che in un paese a costituzione repubblicana e democratica, fondata sul lavoro e non sullo sfruttamento, sia poi lo Stato che si mette a sfruttare le prostitute. Gli altri paesi, quelli veramente civili, hanno da tempo abolito la regolamentazione, sia quella delle case chiuse, sia l'altra, che si travestiva da controllo sanitario, schedando le girovaghe ed esponendole al rischio continuo d'una retata di polizia. Quelle retate erano offensive quasi quanto le case di tolleranza.

Argomenti giusti, tutti, e sacrosanti, che io son pronto a difendere anche adesso. E non mi vengano a dire: « Come faranno i nostri soldatini? » Chi parla a quel modo, poi, non si preoccupa mica di come il soldato mangia, veste, vive, della sua deca e del suo rancio. E non mi si venga nemmeno a dire che la prostituzione regolamentata era un servizio di utilità sociale. Perché se davvero si vuole parlare di utilità sociale, allora, *per absurdum*, organizziamo la prostituzione obbligatoria e coatta, per tutte le donne di età superiore ai ventun anni, tutte indistintamente, nessuna esclusa.

Mi diranno che non tutte le donne indistintamente, in età superiore ai ventun anni, se la sentono di prostituirsi. E io risponderò che nemmeno tutti gli uomini di quella età se la sentono di fare il soldato, eppure lo fanno eccome, essendosi riconosciuta la necessità sociale, anzi nazionale e patriottica, del servizio militare.

Mi diranno ancora che il mestiere della prostituta (concedersi dietro compenso al primo venuto) non è nobile. E io risponderò che non mi sembra neppur nobile il mestiere (uccidere senza compenso il primo venuto) del soldato. Insomma io ho appoggiato e appoggio la legge Merlin, vedendone tuttavia i limiti e le deficienze. Che sono sostanzialmente due:

Primo: rincaro delle tariffe. Quando esistevano le case di tolleranza, bastavano, in media duecentocinquanta lire, per un contatto soddisfacente (almeno per gli elementi giovani, dalla facile eiaculazione). Oggi la stessa cosa, e complicata dalla trafila degli alberghi eccetera, non costa meno di tremila lire. Il disoccupato, il soldato (questa volta sì), l'umile operaio non hanno modo di soddisfarsi per meno. E si potrebbe addirittura giungere a dir questo: che il rincaro dei prezzi ha fatto crescere la pederastia, e ne ha diffuso le manifestazioni *à ciel ouvert* in luoghi pubblici.

Chi frequenti il parco cittadino, o certi sterrati di periferia, verso lo stadio o verso l'idroscalo, sa che da quelle parti si aggirano decrepite prostitute, in età superiore ai sessanta, quasi orrende a vedersi, che per cinquecento lire sbrigano il cliente meno facoltoso, dietro un platano, a ridosso di un muro, dentro una scarpata. Ora, chi frequenti tali anziane girovaghe, ovviamente ad altro non mira che all'evacuazione seminale. Se tale è lo scopo, non si vede che differenza sostanziale esista fra l'ottenerla mediante rapporto con la prostituta e il concederla a un qualsiasi pederasta. (Potremmo aggiungere, nella scelta, il procurarsela autonomamente mediante masturbazione: ma questo non è del tutto vero, come potrei spiegare se avessi più spazio disponibile.)

Anzi, l'evacuatore seminale può anche preferire, al rapporto con la vecchia girovaga, che costa pur cinquecento lire, il rapido contatto con il pederasta, il quale è disposto a pagare, lui. Poco, perché il pederasta è di solito uomo astuto e taccagno, ma pur sempre pagante.

Secondo: la decadenza della professione. Abbiamo visto come la relazione umana fra cliente e ragazza-squillo sia assai labile e precaria. Non c'è tempo, né modo, né volontà, da parte della ragazza, di affinare la qualità delle proprie prestazioni. In quanto alle girovaghe di superiore rango, esse cercano anzitutto di stabilire una tariffa il più possibile alta: l'uomo poco pronto, o anche solo un po' timido, non se la sente di rifiutare cinquemila lire. La donna poi giocherà sull'equivoco del prezzo della camera. Il cliente, che aveva inteso comprendere, globalmente, nelle cinquemila lire ogni cosa, camera e prestazione, finito il rapporto e sceso con la ragazza davanti al bancone della *conciergerie*, si sentirà ingenuamente chiedere il pagamento della camera. Non ha animo di mettersi a discutere davanti al portiere, che lo guarda, con un solo sarcastico occhio. Così paga.

Il rapporto in sé, da amplesso che doveva essere – e per questo il cliente ha pattuito la mercede – si muta in un'operazione, per quanto possibile rapida, di svuotamento dell'epididimo. Certe volte vien proprio fatto di pensare che ove le prostitute sapessero con quali mezzi i carnefici delle SS estraevano dai testicoli delle loro vittime, esauste per la malnutrizione e i maltrattamenti, il liquido seminale che occorreva loro per chissà quali esperimenti di laboratorio, se le prostitute, dico, lo sapessero, non esiterebbero a fare altrettanto.

Anche quelle che si reputano più abili, e durante il frettoloso rapporto fingono l'eccitazione e l'orgasmo, e gemono, e farfugliano, apriranno bocca, fateci caso, solo per esigere e sollecitare una rapida eiaculazione. I clienti giovani in tal modo si diseducano, a loro volta non hanno né la volontà, né la nozione occorrente a chiedere una più larga e completa prestazione sessuale, e il giro vizioso si trascina, chissà da quando e chissà fino a quando.

Il rimedio ci sarebbe: non certo tornare agli antichi bordelli, che io continuo a disapprovare e condannare, ma all'opposto, adoperarsi perché in Italia si diffonda una più sana morale sessuale. Predicare più chiari e aperti rapporti fra uomo e donna, fin dalla pubertà, liberalizzare la mentalità sia dei giovani sia delle ragazze, far intendere che il rapporto sessuale è una reciproca gioia e come tale va praticato e concesso gratuitamente. Io non chiederei di meglio che non dover pagare ogni volta quelle diecimila lire.

Ma son discorsi, la meta è assai lontana, e col vento che tira c'è anzi da aspettarsi il peggio. Io ho cercato di fare quanto mi era possibile, nelle condizioni attuali e coi mezzi attuali. Per esempio, stabilire un rapporto fisso con una giovane ragazza-squillo, forfettando i compensi, coltivarla, per così dire, farle intendere le mie esigenze (che son poi, più o meno, le esigenze di un cliente italiano medio), educarla insomma al suo mestiere. Mestiere infame, potrà dire qualcuno. Ma suvvia, leggete cosa ne scrive il Croce! Il concetto di mestiere racchiude in sé il principio della economicità, e quindi è, nella sua sfera, un valore. Produce un valore, in quanto mestiere, e quindi, nella sfera dell'economico, non è né degno né indegno, né riprovevole né encomiabile.

Ma anche questo tipo di comportamento provoca dei rischi non trascurabili. Ogni rapporto umano esige dalla persona partecipazione effettiva, un impegno, un darsi, oltre il dare e il ricevere. In parole povere io dovrei darmi (membra, sentimenti, pensieri) alla ragazza-squillo. Per assurdo che sembri, io ho tentato sinceramente anche questo. Con la Pinuccia, per esempio: Pinuccia diceva la padrona, mentre lei insisteva a volersi chiamare Giusi.

Dopo il rapporto questa Pinuccia, o Giusi, andò al bidet e cantava quella canzone che fa:

Dalla bianca e lucente scogliera
Ogni sera di te parlo al mare,
ed al mare tu affidi ogni sera
i pensieri d'amore per me.

È una canzone che a me piace, così tenni dietro con la voce, che ho abbastanza educata. Lei fece:

« Ti piatze questa canscione? »

Parlava così perché deve essere una alto-emiliana, forse di Piatzenza, come dicono al suo paese: stassione di Piatzenza, mica traversciare i binari. E continuò, col suo birignao, a spiegarmi che a lei la canscione piatzeva, ma mica cantata da Sergio Bruni, bella sciagoma quel Bruni lì, non aveva mica fatto fischiare il Villa, a Napoli, aveva pagato i sciuoi scaniossi, per fischiare il Villa, ma adesso ci toccava di pagare di bei milioni, al Villa, che ci aveva fatto caugia.[3]

E a me, che sono di ceppo tosco-ligure, trapiantato a Milano, abituato a praticar gente per bene e colta, e mi picco di parlare un italiano senza accenti, ebbe il coraggio di chiedere: « Ma non scei mica per cagio un terone, tu? »

Ora, dico io, come si fa a creare dei rapporti umani soddisfacenti con un simile scorfano? Ho provato a riavvicinarmi a mia moglie Viola, ma anche lì... Anzitutto lei esige che ci si accoppi al buio piceo, *more canonico et interposito lino*. Cioè non si leva la camicia da notte e giace, sempre giace. E tutto deve risolversi in un quarto d'ora al massimo, perché lei deve dormire, dopo, e leggere, prima, e pensare alla casa e ai bambini per il resto della giornata. A conti fatti, non so proprio dove sbattere il capo. L'altra sera mi era venuto lo sconforto, ero teso di nervi, agitato di sangue, e dovevo far qualcosa.

Alle prime ore del crepuscolo viale Maino già si popola di passeggiatrici, ferme alle lor poste, in attesa delle macchine. E in macchina io feci tre volte, su e giù, l'intero viale. Solo l'imbarazzo della scelta a prima vista. Ma in realtà...

Per esempio quella che si teneva un po' in ombra, distaccata dal fanale, sembrava graziosa. Ma ci si può, onestamente, azzardare a far cenno a una che sta in ombra? E se poi rivela qualche smaccato difetto fisico, alla luce? Altre si tenevano ben visibili: una, col cappotto aperto, mostrava il gonfio dei seni, che parevano promettenti. Ma ci si può fidare di quel che dei seni si vede con la maglietta indosso? Chi ci garantisce dai trucchi dei reggipetti, dei bustini, delle *guêpières*, elastici e tiranti che sovente, una volta mollati, rivelano lo sfasciume?

Un'altra ancora mi parve, tutto sommato, eligibile, per la figura, ma aveva un volto ottuso e ostile, così preferii non farle segno. Sfilavo lentamente, tenendomi al bordo del marciapiede, tre volte in su e in giù. Ma non c'è, per quanto tu vada piano, il modo di guardar bene, di considerare i pro e i contro, di decidere a ragion veduta. Queste cose si fan meglio a piedi. Perciò tornai in via Borgogna, parcai la macchina, diedi un'occhiata alle fotografie delle *Maschere*, dove fanno lo spogliarello, traversai i portici, presi su per il ponticello provvisorio che supera gli scavi di piazza San Babila, per la metropolitana, raggiunsi i portici del Corso.

Lì il traffico è deviato, sempre per via della metropolitana, e siccome a quell'ora cessa il cigolio delle benne e il respiro delle betoniere, non sentii più altro che il tacchettare della gente a passeggio. Le donne sfilano rapide, erte e immusonite, tutte eguali, siano passeggiatrici o no. Ma io so come distinguerle: quella per esempio magari la faccia ce l'avrebbe, ma oltre alla borsa reca in mano un pacchetto, quindi non è. La regola non ammette eccezioni: pacchetto oltre la borsa, da escludere. O anche libro, rivista, rotocalco. La passeggiatrice in servizio ha sempre e solamente la borsetta.

Non solo: mentre le altre tengono gli occhi fissi dinanzi a sé, e la testa ben alta, le passeggiatrici, quando sono alla tua altezza, volgono un poco lo sguardo e accennano col capo. In questo modo ne individuai tre o quattro. Una alta, formosa, col cappotto di pelle nera, lucida; un'altra più piccola e rotondetta, come piacciono a me, con i capelli cotonati e la gonna a campana; una terza magrissima e lunga, col viso cavallino.

Mi misi dietro alla piccoletta, lei se ne avvide e svicolò per via Agnello. Si arrestò dinanzi a una vetrina e quando le fui vicino fece subito: « Me lo regali un diecimila? » Io passai oltre, e da via San Paolo riguadagnai i portici. Lì trovai subito una bruna prosperosa che avanzava a passo agiato, con un bel sorriso in faccia. Mi guardò e io subito dissi « buonasera signorina ». Lei si volse, mi fronteggiò, e tentava di rispondere, più a cenni però che con la voce. Di gola le usciva appena un sordo: « Uuuuh, uuuuh », eppure non abbandonava il suo sorriso gioviale.

Teneva la mano aperta, come a dire cinquemila. « Eeeh, annn, eh! » fece ancora.

Io rimasi impietrito, non ancora credendo che una sordomuta possa passeggiare nel centro di Milano. Voltai i tacchi, ripresi su per il ponticello, deciso a risalire in macchina e tornarmene a casa. Ma la macchina non c'era. Rifeci tutta la Borgogna, tornai indietro, voltai per la laterale, fin sotto il cinema *Rivoli*, chiesi al posteggiatore, ma lui nemmeno mi rispose, perché io la macchina la lascio solo ai posteggi autorizzati, e quello non lo era. Insomma me l'avevano proprio rubata.

Entrai in un bar, chiesi un gettone, feci il numero del commissariato di zona. Dal banco mi stava a guardare una bionda, ma io avevo ben altro per la testa. Rispose una voce meridionale, chiedendo il numero della targa, e assicurando che avrebbero fatto indagini. Ma per adesso non mi restava che tornarmene a casa.

Nel Corso non c'era più nessuno, in quell'ora morta fra le otto e le nove, quando la gente sta cenando e non è ancora uscita per lo spettacolo serale. Passeggiano solo le passeggiatrici, più sfacciate adesso, ancheggianti e maestose come galeoni. Quella sera canticchiavano persino; un paio mi si rivolsero, ma io tirai di lungo. Le vetrine della Rinascente, la Galleria: davanti ai caffè qualche donna dipinta, e seduta con le ginocchia in mostra. La Scala, col solito carosello di tram, tassì, macchine.

Ma non me la sentivo di aspettare un mezzo sullo stretto salvagente, in fila con le persone immobili e tese. Sfilavano tram carichi di facce stanche e stirate. Andai avanti a piedi per via Verdi, voltai in Monte di Pietà, poi su per via Cusani. Svoltando a sinistra c'è via Rovello, con in fondo il Piccolo Teatro (di cui sono abbonato), e in mezzo il solito manipolo di passeggiatrici fisse, sempre le solite da dieci anni, alla posta come avvoltoi. Siccome in quel punto la strada è buia, ti sollecitano ad alta voce, e se tu non rispondi insolentiscono. Passai quasi di corsa.

Forse in quel bar di Largo Cairoli... Invece non c'era nessuno. Rimasi un poco a guardare i cartelloni dell'*Olimpia*, le fotografie del *Le Roi*, poi presi verso il castello. Più oltre si serrano i cancelli del parco, e torno torno, a intervalli regolari, sostano altre donne. Ce ne sono di carine, e io non mancai di guardarle, e di farmi accorgere che le guardavo. Ma nessuna rispose: in quella zona non ci sono alberghi vicini, perciò le passeggiatrici accettano esclusivamente clienti forniti di macchina.

Mi tornò alla mente la macchina mia, rubata, così senza esitazione tagliai verso il ponte delle Ferrovie Nord. Lì sostano sempre giovanottelli in *blue-jeans* e militari, chiacchierando e ridendo fra di loro. Ma appena mi videro tacquero e si misero a guardarmi. Mi sembrò di udire un pss pss. Scesi la scalinata col cuore in gola, e adesso ero in via Venti Settembre. Una volta lì stazionavano certe passeggiatrici, ma ho notato che dopo l'assassinio della Maria Maglia, che appunto batteva quella zona, non ce ne stanno più dopo il buio.

Mi cominciavano a far male i piedi, e s'era levato un po' di vento freddo. Temetti, per la mia sinusite, ma pure continuai a piedi. Dopo la caserma di via Mascheroni c'è un viale buio, che dà sullo sterrato contiguo al Leone XIII, una scuola di religiosi, fornita anche di ampia sala cinematografica, che dà spettacoli di cineforum (qualche volta ci sono andato, perché Padre Nazzareno Taddei è una persona intelligente, son pronto a riconoscerlo). E lì appunto ci sono donne da mille lire, che di solito salgono in macchina, ma accettano anche di seguirti sullo sterrato, oltre la rete di fil di ferro, che in un punto è smagliata.

Andai con una cinquantaquattrenne (così mi disse) e ci sbrigammo contro il muro del Leone. Siccome passavano ombre, forse *voyeurs*, preferii che facesse tutto lei, coprendole il capo con un lembo dell'impermeabile. Mi tremavano le gambe quando finalmente fui a casa. Quella sera erano venute anche mia suocera e mia madre, in visita a Viola, che attende il lieto evento da un giorno all'altro. Avevano già cenato, e quando mi sedetti dinanzi al piatto di minestra diaccia, continuarono a discutere. Io credetti opportuno non far parola, per ora, della macchina rubata. Parevano contente ed eccitate, tutte e tre.

Mi chiesero un parere: se non era il caso di chiamarlo Tito, il quartogenito, e di abbinare anche il battesimo del bambino con la prima Comunione di Cesarino.

« Il peripatetico »
Pubblicato per la prima volta nell'antologia *L'amore in Italia: antologia di racconti italiani* (Sugar, 1961) e successivamente incluso in *Il peripatetico e altre storie* (Rizzoli, 1976).

ANNA BANTI

1895-1985

Nasce a Firenze con il nome di Lucia Maria Pergentina Lopresti. Nel 1916 scrive a Roberto Longhi, allora professore nel suo liceo, una lettera firmata « Anna Banti », il nome di una parente da cui era affascinata. L'anno seguente prende parte a un'iniziativa per fabbricare giocattoli italiani, così da non doverli importare dalla Germania; anche queste creazioni sono firmate « Anna Banti ». Si laurea in storia dell'arte e inizia a insegnare e a pubblicare saggi di critica d'arte. Nel 1924 si sposa con Longhi, che sarebbe diventato un leggendario critico e storico della pittura italiana. Nel 1930 invia un racconto firmato « Anna Banti » a un concorso bandito da una rivista. Così motiva la sua scelta: « Ero la moglie di Roberto Longhi e non volevo espormi né esporlo con quel nome. Né volevo usare il mio nome di ragazza [...]. Così scelsi Anna Banti: il mio vero nome, quello che non mi è stato dato dalla famiglia, né dal marito ». E così è nata Anna Banti, autrice di numerosi romanzi, racconti e saggi critici, che per tutta la vita è rimasta ufficialmente una « casalinga ». Ha nutrito una passione intensa sia per l'arte che per la letteratura. Ha scritto biografie di Claude Monet, di Beato Angelico e di Matilde Serao, la prima donna italiana ad aver fondato e diretto un giornale di rilievo. *Artemisia*, il suo romanzo più famoso, racconta la vita della pittrice secentesca Artemisia Gentileschi, il cui talento era fiorito in un'epoca in cui nel mondo dell'arte non c'era spazio per le donne. Appassionata traduttrice dal francese e dall'inglese, la Banti ha tradotto libri di Virginia Woolf, William Makepeace Thackeray, Jane Austen e Colette. Nel 1952 ha vinto il Premio Viareggio con la raccolta *Le donne muoiono*. Questo racconto, che parla di una donna senza nome, è apparso nella sua ultima raccolta. Narrato in terza persona, ma palesemente autobiografico, è un testo fondamentale per capire l'atteggiamento della Banti – diviso e duplice – nei confronti della sua formazione artistica, delle sue parole, di se stessa.

La signorina

Le paiono tanti, ventitré anni: un tramonto. Ma la gente non la pensa così e allora per dignità, per buona creanza, deve comportarsi come se ne avesse diciotto, ridere, dissimulando questo sentirsi terribilmente adulta. Già s'era allarmata quando, allo scoccare dei venti il suo nome – sino allora un infantile nome di battesimo – divenne, in casa e fuori, «la signorina». Era la toga pretesta, una investitura immutabile, a meno che... Dall'alternativa sottintesa, essa cercava scampo alzando le spalle, sapeva però di non potere evitare, almeno a giudizio degli altri, la candidatura a una promozione. E ne aveva gran fastidio.

Il suo alleato fu una passione difficile: voluta, accettata, astrattamente imperiosa. Non si ama per vincere, per conquistare la vita: la vita fu tutta una silenziosa sequenza di angosce, rotte – non dissipate – da scintille di effimera, turbata esaltazione. Avari, i miracoli: pure avvenivano, il passo dell'Amato che si avvicinava aveva dell'apparizione. Infatti, eccolo là, consente ad esistere. Per un'ora – o per qualche minuto – cammina con lei, scorrono parole, magari un po' disattente e tutte la colgono in pieno petto, talvolta pugnali, ma non importa, il sangue ristagna. Lei, rigida per pudore, come un soldato che ha paura e finge di aver coraggio.

Non poteva durare e non durò. Cosa sono tre anni di batticuori, di desolate attese, di delusioni scontate? Un lampo. Il cimento più amaro, più difficile da sostenere, fu quando, convalescente – grandi occhi pesti, viso estenuato – sperò di apparirgli così delicatamente leggiadra da intenerirlo. Prima di uscire si era guardata allo specchio: una pastorella, con quella larga pamela fiorita di violette e quel vestitino verde acqua che la rendeva trasparente. Un fiasco. L'Adorabile era aggrondato, impaziente. È finita, si disse – e le lacrime a pungere senza traboccare; la voce – un violino, secondo i compagni all'università – ad arrancare divagando, a esorcizzare con inezie la catastrofe, quell'addio sempre presentito: non per oggi, sembra, lui ha fretta, il saluto è rapido ma non definitivo. Le labbra secche rifiutarono di aprirsi per il timido « a domani »: e già era sola, e la seta leggera della veste pesava come piombo, le era tornata la febbre.

Una lenta estate di assenza, qualche rara lettera, gli ultimi esami, la laurea (« Ah già, dimenticavo, mi sono laureata »). È di regola questo ostentato distacco dalle vicende accademiche. Lui si ferma per accendere una sigaretta, aspira: « Complimenti ». A che serve camminare ancora una volta insieme? Ah, ecco: « Dovresti farmi un piacere, mi hanno regalato un cucciolo maltese, l'ho promesso per Natale agli amici C. Me lo terresti per un paio di mesi? Magari ti ci diverti, è carino ».

Ha ritrovato in un cassetto una vecchia fotografia, formato cartolina: il documento di una quasi solenne infelicità, l'impresa araldica della sconfitta accettata. Ricorda: ore vuote in questo autunno terribilmente libero, uscire o rimanere in casa si valgono e così la solitudine o una casuale compagnia. Un'amica di passaggio, un parco pubblico, un fotografo dilettante (chi sarà mai stato?) quanto occorreva perché in una immagine si concretasse l'inevitabile. Non ascoltata, l'amica chiacchierava, il cucciolo tenuto al guinzaglio seguiva a passetti minuti la temporanea padrona: adorava ed era adorato. La penombra del bosco favoriva come in un dormiveglia tenuissime speranze: forse il patto non sarà osservato, privarla della bestiola sarebbe troppo crudele. Aveva detto: « me lo consegni a tuo comodo, la settimana di Natale ». Lei aveva puntato su una dimenticanza, i disgraziati si attaccano a tutto. Se me lo lascia, non fosse che per giocare con Toby c'incontreremo ancora. Sa di illudersi ma non osa negarsi questo minimo respiro.

Gli aveva cucito a modo di collare una gorgeretta di seta scozzese, una specie di golilla spagnola; « un amore », la gente si fermava ad ammirarlo, a carezzarlo. Mai aveva supposto che quei complimenti fossero un pretesto per un approccio galante: lei era fuori gioco, lei non esisteva. La bloccò come una sorpresa l'invito del giovane fotografo a posare su quella panchina rustica («sola, la prego, un ricordo per me, signorina»). Allora capì: il ricordo a uno sconosciuto era quanto, in figura di omaggio, la malasorte le concedeva. Raccolse da terra la bestiolina e docile acconsentì: la persuadeva il dolce tristissimo pensiero che almeno sul cartoncino della foto il piccolo maltese le apparterrebbe per sempre. Sedette stringendolo al petto e fissava gli alberi, le foglie dorate, i raggi di sole sulle cime dei pini con un'attenzione religiosa, come per non perdere nulla di un momento già memorabile. Non era soltanto il cucciolo che adesso le premeva; intuiva di esser giunta a un convegno irripetibile con se stessa: con la «signorina» che stava per firmare il suo futuro. Casualmente pareva essersi preparata a questo rito: non più colori delicati, ma un abito saviamente corretto, un tailleur scuro bordato di zagana, quasi una garanzia di serietà professionale. Un turbante di velluto rosso ciliegia le raccoglieva la gran massa dei capelli: la sfida che si era permessa. Accavallate le gambe, il busto un po' piegato in avanti, sostiene fra le mani guantate il bianco maltese che col suo musetto le nasconde il collo. Sul volto appannato dalla penombra già crepuscolare vaga un sorriso disincantato, un tantino ironico, che dice no alla giovinezza e le assottiglia le labbra senza scoprirle i denti. Negli occhi larghi, dalle orbite profonde si addensa un presagio notturno che nasconde l'assenza dello sguardo: a volte la tristezza riposa. «Un capolavoro» esclama il fotografo: ma lei si alzò, disse che una foto bastava.

Le copie, fra cui questa, superstite, le furono consegnate quando tutto il peggio era avvenuto e sul puerile dolore del cucciolo non più suo era piombato il fulmine dell'estrema rinunzia, tante volte sfiorata, oggi fisicamente irrespirabile. Dopo l'ultima sfuggente stretta di mano («sei una brava figliola, ti sposerai») aveva voltato le spalle e via camminava tra la folla, per sempre allontanato. Lei non credeva di potersi muovere, ma ce la fece e si avviò lenta lenta, dalla parte opposta. Pianse, finalmente, senza ritegno né vergogna, così, per la strada, ridotta uno straccetto, e poi in una chiesa accesa di lampade natalizie non troppo indiscrete. Lì, in un angolo clemente, constatava inorridita che ventitré anni sono pochi, troppi ne debbono passare per raggiungere i limiti di una media vita umana: la vita che le toccherà vivere, sola, con dignità e coraggio, il suo unico riscatto. Non pregava di poter morire, ma che il tempo che le era assegnato passasse presto, per carità.

Lentamente, imparò ad attraversare l'onda dei giorni: come una malattia cronica, non mortale, la sfiducia condizionò il suo pensiero, i suoi studi, il suo lavoro. Sulla foto-cartolina che ogni tanto le capitava sott'occhio, fece un giorno una scoperta: to', quella melanconica damigella era davvero una bella ragazza, ma non era questo che contava, in quella immagine si configurava il modello della eterna «signorina», supplente al liceo, più tardi titolare di una cattedra, ma sempre definita da quel diminutivo fra pietoso e carezzevole, persino un po' buffo, col crescere dell'età: e lei, anche allora, ci avrebbe testardamente tenuto a questa etichetta con cui la società la segnava, senza più nome né cognome. I ricordi, custoditi in segreto – guai al collega sentimentale che vi accennasse – la mantengono in uno stato di armata adolescenza.

A volte, capitando in anticipo sull'orario nell'aula ancor vuota, appoggia la fronte alla vetrata: la strada del liceo sbocca nella piazza dove un tempo alloggiava Colui che si proibisce di nominare: e arrossendo le viene in mente l'unico giorno che entrò in quella stanza d'affitto, lei era vestita di bianco e di azzurro, lui era nervoso e disse: «mi dai soggezione». Nel poco spazio di quella camera in disordine e in una mezz'ora di costosa disinvoltura era nato e morto il futuro che le spettava. «Buongiorno, signorina» saluta un giuggiolone di diciott'anni, il primo dei trenta liceali che stanno entrando in classe. Oggi Petrarca, domani Tacito, i suoi doveri. Non muore per mancanza d'amore chi per anni si è contentato di briciole pagate a caro prezzo; ma questa privazione porta a una terribile pace. Fieramente, prendendosi in giro, la signorina partecipa a qualche ballo, una riprova che certi pericoli non esistono per lei. E difatti, ballando mai guarda il suo partner, non dice una parola, ma il ritmo le piace, preferirebbe danzare sola inventando passi e figure. Ha fama di superba, lei spiega che è soltanto timida ma sa bene che la sua timidezza è insofferenza della frase banale, del complimento goffo. Spesso sogna di esser costretta a sposare qualcuno, non sa chi, si vede all'altare e un no che non arriva a scoppiare le stringe la gola: allora si sveglia di soprassalto e respira con delizia la sicurezza della sua libertà. A chi le nomina un presunto innamorato, risponde sdegnata negando: come oserebbe, costui, prendere il posto di Chi l'ha rifiutata? Tale, pressappoco, la ragione del suo sdegno. A cuore chiuso, un tantino riottoso ammette con fastidio di essere attraente e si incupisce quando una scintilla di vanità la insidia suo malgrado. Lei non è di quelle che accettano il matrimonio borghese che ogni tanto le propongono: un così buon ragazzo, talmente innamorato. Sui suoi capelli di bronzo chiaro una parola è il suo diadema: « la signorina », guai a chi glielo tocca. Intanto si allena a una severa maturità, basta con gli anonimi omaggi floreali, con i bigliettini sciocchi nascosti fra le pagine del libro prestato: fra poco sarà una rispettabile zitella, alla maniera antica. Viaggia sola, va sola a teatro, vincendo ignobili pauracce quando, rincasando, si accorge di essere seguita. Non ha amiche.

Come prevedere che, invece, quella che è da tutti chiamata « vita », doveva ancora per lei incominciare? Che il destino si sarebbe rovesciato scoppiandole in mano, la mano stretta da quella dell'indimenticabile Amico? La felicità è terribile, ti lascia nuda, indifesa, anonima. La « signorina » si allontanava, sciogliendosi nell'aria di un mattino di Pasqua, fra le colonne del Foro Romano, disintegrata nel sole e nel suono delle campane. Nessuno dei due ha spiegato, recriminato: la naturalezza del nuovo incontro garantisce una perfetta consonanza che anni di ambiguità – oh, così futili – non hanno mai corroso. Più giovane a venticinque che a diciott'anni, la ragazza, già così avida della propria infelicità, non ha lasciato traccia né contorni a questa che con un largo sorriso dai denti brillanti, esala da tutti i pori un fermo estatico stupore. Forse l'Amico le ha detto: come sei bella, ma lei non ci ha badato, non esiste più immagine di sé con cui abbia voglia di confrontarsi, ora che le offrono (ma lei ne ha un po' paura) un nome nuovo, una nuova situazione, strumenti che non sa usare. Sul suo orizzonte, tutto è troppo « pronto », troppo disegnato in anticipo, non è facile avvezzarcisi: essere una « giovane signora » la imbarazza, se ne vergogna, le sembra di non aver più parole né azioni sue e che il suo gioioso trionfo nasconda un laccio che talvolta la immobilizza nell'incanto di vivere nella casa dell'Amato, sedere alla sua mensa, sicura che ogni sera, presto o tardi, ascolterà con delizia girare la chiave nella toppa e i suoi passi che si avvicinano. Una sconfinata dolcezza la soffoca, le chiude gli occhi, le orecchie: la sua volontà è in pezzi. La passività è pericolosa: come un animaletto sazio e festoso avverte l'insidia dei ritagli di tempo libero, aperto al capriccio. Che gli atti dell'amore, una volta spinosi e sconvolgenti siano, dall'oggi al domani non solo approvati ma quasi imposti da un nuovo codice, la turba. Dunque qualche cosa è cambiato: in meglio o in peggio? In meglio, in meglio si affretta a concludere, non senza qualche istintiva esitazione: in realtà il riconoscimento di certi diritti le pare una sgradevole mistificazione.

Disoccupata, si butta al lavoro subalterno ai compiti di segretaria: un ripiego sbagliato perché l'ordine, la precisione, la ricerca paziente non convengono alla sua natura. Il marito – ma sì! il marito – ride bonario, corregge le sviste e lei riconoscendo la sua dappochezza, odiandosi, si tira da parte, propone aiuti più elementari, battere a macchina, compilare schede. Cosa importa? Anche nascosta in un cantuccio sarebbe contenta. È bello che tutti i giorni siano uguali e che abbandonandosi al loro scorrere non sia necessario usare il cervello. Non che il cervello possa fermarsi: ma gira a vuoto o macinando frivolezze, bizzarrie, piccole impuntature. La volontà oscilla, pendula come una scimmietta nel bosco, il grande avvenimento è decidere se tagliarsi o no i lunghi capelli, una delle sue bellezze. Un salto nel buio è rimettersi allo studio del piano: mica male, approva, sorpreso, il generoso Ascoltatore. A un tratto la nube nera, la peggiore minaccia: presto o tardi egli si stancherà di una compagna senza interessi, senza problemi: troppo docile, sempre felice, uno sciocco gattino che gli ruzza fra i piedi.

Inutile illudersi, la felicità ha spento la sua intelligenza, l'ha confinata al ruolo di una furba accaparratrice. La « signorina » tradita si vendica: impossibile ritrovare l'antica solitudine, l'iniziativa personale, il gusto delle difficoltà e un'ambizione tutta volta a dimostrare un valore misconosciuto. Chi sono, ormai? Una moglie che non discute, attenta al lampo di uno sguardo aquilino, agli umori di una suscettibile generosità. Non sa più dire: «mi piace», «non mi piace», si crogiola nella rinunzia a decidere: ha persino disimparato a scegliere, i vestiti le cadono addosso come per magia, gli improvvisi viaggi la trasformano in una piccola valigia utile al viaggiatore. Lui sa ciò che val la pena di guardare, sotto la sua mano il mondo si apre, non c'è che ascoltare e applaudire. Così passano la Francia, l'Inghilterra, l'Olanda, la cupa Germania. Ma a un tratto, inatteso, uno scatto: no, la giovane signora non andrà a Berlino, «questo mi basta» disse a Monaco, uscendo dalla Alte Pinakothek e si imbarcò sola per il Brennero. Una notte travagliata, desolazione e rimorsi. A Verona nel fresco sole, l'ombra della «signorina» ricomparve davanti alle porte di San Zeno e al Pisanello: pallida, trista, come rarefatta.

Fu un amaro viaggio: la sensazione di aver tradito qualcosa di prezioso la tormentava, ma la temporanea solitudine le permise di recuperare quel tanto di chiarezza che la felicità le aveva intorbidato. «Chi si ferma è perduto» ha detto uno sciocco: in fondo questo è il suo caso. Continuando avrebbe potuto pascersi d'illusioni, ora sa che i problemi da affrontare erano risolti in partenza: prendere o lasciare. Dunque mi sono ingannata, ho sbagliato strada. Ma qual era la mia strada? Un tuffo nell'infanzia, nell'adolescenza: e lo saprebbe. Ma non vuol rischiare, constata soltanto che se l'amore le è ormai indispensabile, esso non le è sufficiente e, insomma non la giustifica. Bando ai sogni logorati dal dubbio, eccitati da piccoli successi e talvolta dalla certezza dello scopo raggiunto: queste ambizioni non sono più per lei. Ma almeno una occupazione autonoma, da lei inventata, che la salverebbe dalla disistima di sé, dalla pigrizia: questo pensava mentre il treno la riportava verso casa, inerme e vagamente irritata dagli sguardi che si posavano su di lei, ormai l'esperienza di una «bella donna», purtroppo. Un lavoro, un lavoro. Il più modesto, il più umile purché non casalingo, non legato alla condizione di chi può fare a meno di provvedere a se stesso perché altri «lo mantiene». «Una mantenuta»: questa definizione banalmente demagogica, oggi, ahimè, le calzava come un guanto.

Riprendendo la vita normale l'idea coatta del lavoro a tutti i costi l'obbligò a fingere: e non era neppure facile perché la soggezione amorosa colmava la maggior parte del suo orizzonte: l'animaletto sazio e festoso ricompariva. Ma ogni giorno, l'ora X scattava. In una sospensione dolorosa, passava in rassegna le sue possibilità. Scartate con asprezza e dispetto quelle di ordine intellettuale, si chiedeva se non le convenisse umiliarsi applicandosi a un qualche lavoro manuale da cui tante donne ricavano da vivere. Di cucito, di ricamo inutile parlare, lei ne era del tutto incapace, ma, da ragazzina aveva imparato a lavorare a maglia. Confezionare giubbetti da neonato, scarpine, sciarpe, scialli, non le sarebbe dispiaciuto, restava però il problema di come esitarli. Girellando oziosamente per certe viuzze popolari del centro, aveva notato una botteghina di merciaia che esponeva appunto di quegli indumenti. Più volte ci passò davanti e non senza rossore si propose di offrire alla merciaia un primo lavoretto. Comprò lana rosa e celeste e si chiuse in camera con ferri e gomitoli. Sferruzzava con accanimento timorosa che qualcuno la sorprendesse e potesse pensare... Infatti la domestica vedendola occupata in quel così insolito lavoro, aveva sorriso, ammiccando: evidentemente la credeva in attesa di un bambino. Era, lo capiva bene, una supposizione legittima e per nulla indiscreta, eppure, anche espressa da quella semplice ragazza la avvampò di dispetto. Fingere non volle e recisamente negò, a viso duro.

Il giubbetto fu terminato alla svelta e le parve un capolavoro, ma al momento di avvolgerlo nella carta velina, le cadde il cuore e sentì di aver perso l'ultima briciola di se stessa: il suo passato d'intellettuale schifiltosa le scottava la fronte e la condannava a un meschino sotterfugio, pagato a usura. Inventando che il lavoretto era opera di una povera giovane bisognosa, ne propose la vendita alla merciaia, una donnetta agra che, dopo averla squadrata, lo rifiutò come avrebbe rifiutato l'elemosina a un mendicante. Uscita dalla botteguccia, ad altro non pensava che a liberarsi dall'involto senza dar nell'occhio, quasi lo avesse rubato. Il tentativo di lasciarlo scivolare a terra non ebbe successo, un ragazzotto lo raccolse e glielo porse con un sorriso, la carta velina si era strappata lasciando intravedere il rosa delicato della lana. Alla fine il banco di una chiesa deserta risolse il problema, ma come l'atto fu compiuto, uno struggimento sottile la prese, parendole di aver davvero abbandonato un infante. L'ipotesi di una sua maternità mai l'aveva sfiorata fin dai tempi che, bambina, si dichiarava zia, non mamma delle sue bambole. Mai le era venuto in mente di discutere col marito la liceità di non procreare: intuiva che la paternità avrebbe disturbato il lavoro di lui, e questo sarebbe bastato a far tacere i suoi scrupoli, se mai ne avesse avuti. Ma non ne aveva, le piacevano i bambini, ma provava per loro una specie di rispettoso disinteresse.

Adesso, smaltita la frenesia del lavoro manuale, si lasciò andare a quella che le pareva la perdita definitiva della propria personalità: una perdita irrilevante, d'altronde, giacché ogni giorno la fulminea genialità del Compagno l'arricchiva e, insieme, la cancellava. Per diletto e, in un certo senso, per un patetico gusto celebrativo, si rimise a visitare musei e chiese illustri, a frequentare biblioteche dove, da ragazza, aveva trascorse intere giornate di letture remote, di ricerche che senza essere sistematiche, l'avevano inebriata. Al piacere rinnovato di quegli incontri si univa adesso il desiderio di prestare un segreto omaggio al grande studioso di cui portava il nome. Scrutando antichi testi e ritrovandovi talvolta i segni – a matita, sul margine – del suo lavoro di studente, stupiva di certe sue nuove interpretazioni. Alzando gli occhi dalla pagina si perdeva evocando quasi otticamente immagini di monaci astuti, di guerrieri bestiali, di città saccheggiate, di dense foreste intatte. Gli storici, i poeti della bassa latinità, i ceffi dei vandali, degli unni, l'affascinavano. A malincuore si riscuoteva riconoscendo che quelle lunghe letture non le servivano a nulla che non fosse favola, una favola che a nessuno avrebbe raccontata.

Sebbene molto restio alle relazioni di pura convenienza, alla lunga il marito l'aveva introdotta nella società di artisti, scrittori, poeti: lì fu, una volta per tutte, la graziosa signora X, piuttosto scostante. Fra quegli illustri si guardava bene dal rammentare la sua giovinezza laboriosa. Di che, infatti, avrebbe potuto vantarsi? Non certo del suo curriculum universitario, delle saltuarie supplenze nei licei: e meno che meno dei pochi articoli stampati su riviste accademiche. Le mogli che incontrava erano ragazze vivaci, con qualche cognizione di letture, di pitture, soprattutto di musica: nessuna aveva lavorato, ma conoscevano un sacco di gente e avevano la conversazione facile. Non l'avevano in simpatia, quelle donne, ma le apparivano così seducenti e ardite che, quasi a difesa, si applicò a migliorare il proprio aspetto con un lieve trucco, tanto da non scomparire fra quelle bellezze. Che suo marito potesse invaghirsi di una donna più attraente, più «interessante» di lei era possibile e anche probabile: se ciò fosse avvenuto non le rimaneva che rassegnarsi senza pensare al futuro, la gelosia è un sentimento di lusso, solo chi è stato adorato può permetterselo. Le sue gelosie erano fulminee, taciturne e brevi: da ragazza s'era tormentata a proposito di una compagna di corso che a lei pareva un prodigio di grazia. A quel tempo, era certa che il suo idolo ne era preso, e gli dava ragione, in un certo senso l'amava anche lei, per procura. Mai avrebbe osato confrontarsi con quel volto di alabastro, quei capelli lisci di giaietto, quell'alta persona sottile dall'andatura ondulante. Ma io sono più intelligente, si consolava, straziata. Il pericolo era passato, forse non era mai esistito, ma ora prevedendo che un giorno o l'altro qualcosa di più grave sarebbe accaduto, tentava di rassicurarsi studiando nel contegno degli uomini gli effetti della propria avvenenza. Incapace di civettare, blandire, bamboleggiare, si irritava, ironica, pungente. Pure, a volte le capitava di immaginarsi «servita» da un melanconico cavaliere, rispettoso, devoto. I crediti del suo difficile e avvilito amore giovanile non le davano forse diritto a qualche dolcezza? Non era giusto che avendo tanto dato senza ricevere, ricevesse ora senza dare?

No, non era giusto, si sentiva colpevole e si deplorava. Per la verità i veri tradimenti della signora X si limitavano a qualche lacrima per la frase di un'antica sonata (l'appello di un morto di duecent'anni fa) o a un brivido per il ritornello di una canzone spagnola. Poi, spenta l'ultima nota, si accorgeva che il suo amore di sempre, struggente e quotidiano ingigantiva, assorbendo ogni forma di sentimento: di figlia, di madre, di sorella, di eterna innamorata e con radici sempre più intricate e profonde. Ne traboccava a tal punto che osò chiedere quel che non aveva mai chiesto: «mi vuoi bene?», e si stringeva al caro petto, se ne appropriava, insensibile ormai al timore di essergli importuna. La sua conquista era divenuta solida come una roccia, i dubbi, i rimpianti ci scivolavano sopra e scomparivano. «Siamo nati insieme», si esaltava, l'orecchio poggiato sul cuore di lui, ogni battito un rapimento, nel cavo della mano il suo omero così delicato quasi infantile.

Vivere giorno dopo giorno, in fondo non è difficile se non si è troppo esigenti: il mondo è un teatrino a cui partecipa anche chi sta dietro le quinte, alla peggio c'è sempre la risorsa di dormire e dormendo sognare, la signora X sogna moltissime cose, per esempio, quando ha l'emicrania, bellissime musiche. Cambiano le scene: lezioni di canto, partite di tennis, noiosissimi giochi d'impegno, il bridge, la canasta, con amiche occasionali che osservava incuriosita dimenticando le carte da pessima giocatrice che era. E cominciò a chiacchierare, lei, la silenziosa di un tempo. Senza rendersene conto quella sua nuova loquacità prendeva il ritmo del racconto gratuito: raccontava i suoi ricordi di bambina, le città dove aveva passata l'infanzia, e quanto aveva amato una sua incantevole zia, morta giovane. Parlando parlando, divagava, favoleggiava. Un po' stranite, le giocatrici finivano per trascurare picche e quadri e l'ascoltavano, calamitate. Sì, non c'eran dubbi, la signora X giocava malissimo ma raccontava bene: un rilievo non privo di malizia giacché era sottinteso che raccontava troppo.

Frecce spuntate. Una primavera incantevole spazzò via i tappetini verdi, le fiches, le carte, il whisky e le sigarette. A metà aprile il piccolo giardino casalingo si coprì di viola e di azzurro, le spine delle rose erano tenere come dentini di latte: dopo aver zappettato, annaffiato, giocato coi gattini dell'ultima covata si poteva sedere all'aperto, fra sole e ombra. Nulla mancava a quella scena idillica dove una protagonista, proiettata da vecchi romanzi alla George Sand, prese a recitare diligentemente il ruolo della solitaria castellana, già vagheggiato nelle nebbie dei tredici anni. Nel boschetto dei lecci e degli eucaliptus una sdraio era pronta ad accoglierla insieme al libro ancora intonso, al quaderno degli appunti, alla stilografica. Si sedette, ma di leggere non aveva voglia, l'azalea fiorita le incatenava lo sguardo.

Fu a questo punto che il Caso operò: il quaderno, cadendole dal grembo in terra, s'era aperto, nitido, bianco, intatto, quasi in attesa di un segno. Nel raccoglierlo le scivolò di mano la penna che perse il cappuccio e lei non si curò di richiuderla, tenendola anzi per qualche istante sospesa sulla carta. Il sole meridiano occhieggiando tra foglia e foglia ne disegnava i sinuosi contorni con tanta grazia che la mano, quasi da sé mossa, li seguì, tessendo un aereo arazzo di ombre perlacee. La pagina ne era tutta coperta, non restava che voltarla e rinunciare al gioco: un venticello brioso aveva scompigliato le fronde ma non inaridito l'inchiostro che ancora scorreva dalla sottile punta d'oro. La tentazione vinse, ai tenui ramaggi successero parole nomi: su cui una freccia invisibile faceva centro, per uno scopo non chiaro manovrato da una forza esterna ma benigna, il tenero inganno per cui i bambini piccoli sono costretti ad ubbidire. Parole, parole, parole: adesso la mano agile le rincorreva col ritmo dei soliti racconti alle «amiche» del bridge. Viveva la storia di un primo incontro con la morte, la morte di una vecchia signora amabile, coraggiosa, voltairriana, e sul foglio infittiva la grafia ispida, frettolosa con cui «la signorina» aveva un tempo annotato venerabili, difficili testi: del tutto diversa dai caratteri rotondi usati dalla signora X nei suoi frivoli biglietti di convenienza mondana.

Cominciava a piovere, una grossa goccia si allargava dilatando un «per sempre» sul punto di sbiadire. Fu cancellato e riscritto sull'asciutto e il quaderno fu chiuso.

Stringendolo sotto l'ascella insieme al libro, la signora si avviò verso casa, salì pian piano i gradini della veranda, insensibile alla pioggia che le bagnava i capelli e fasciava di un serico fruscio il silenzio immobile dell'aria, d'un tratto grigia. Anche l'interno della casa era silenzioso, tutti erano usciti, lo studio pareva disabitato, isolato nel tempo. Allora, come un giorno lontano, irripetibile, la signora appoggiò la fronte al vetro di una finestra e, a occhi chiusi, immaginò dietro le sue spalle il vuoto di un'aula polverosa. Il presente dileguava, unico rimaneva con lei e in lei il gesto or ora compiuto: tracciare parole non chiamate, non necessarie ma urgenti e quasi supplici, voci remote di immagini sul punto di dissolversi.

S'interrogava arrossendo: era dunque questo il segreto delle sue inquietudini: il pericoloso colloquio fra la carta e la penna che prometteva una seconda vita e per gli anni tardi – se pure verrebbero – l'unica vera pace. Sui vetri rigati di pioggia che il suo fiato appannava, alitava il volto un po' appassito della negletta «signorina».

Essa perdonava, ma il prezzo del riscatto era alto.

«La signorina»
Pubblicato nella raccolta *Da un paese vicino* (Mondadori, 1975).

GIOVANNI ARPINO

1927-87

In un'intervista del 1981, Arpino ha affermato che un vero scrittore dovrebbe scrivere almeno cento racconti nella vita (lui ne ha scritti quasi il doppio). Ha paragonato inoltre la smania degli scrittori di ingrassare i racconti per trasformarli in romanzi all'annacquare un buon vino. Nasce a Pola, in Istria, allora italiana. Cresce in Liguria e trascorre le estati in Piemonte, a Bra, città di origine della madre. Studente mediocre, su pressione del padre, colonnello dell'esercito, si iscrive a giurisprudenza a Torino. In seguito passa alla facoltà di lettere e compone un libriccino di poesie. Durante gli anni di formazione scrive sia in prosa sia in versi. Pubblica il primo romanzo a venticinque anni. Ne scriverà altri quindici, tra cui *L'ombra delle colline*, vincitore del Premio Strega nel 1964. Dal suo romanzo più famoso, *Il buio e il miele* (1969), è stato tratto il film *Profumo di donna* con Vittorio Gassman, e in seguito un remake nel 1992 con Al Pacino. Arpino è stato inoltre un prolifico giornalista sportivo (nel 1972 ha seguito le Olimpiadi di Monaco per conto della *Stampa*). Ha pubblicato più di una dozzina di libri per bambini e ha scritto di arte e fotografia. Nonostante vivesse a Torino con la famiglia, teneva una stanza a Milano e faceva il pendolare per poter scrivere senza essere disturbato. *Racconti di vent'anni* è un assortimento eclettico di tecniche, stati d'animo e stili: tradizionale, surrealista, sarcastico, sincero, elegiaco, farsesco. Questo racconto, che ha come protagonista un animale, è una mescolanza di assurdo e patetico, di invenzione e verosimiglianza. Perverso pigmalione dei nostri giorni, offre un commento mordace al sessismo e al possesso; un inno, per quanto indiretto, al desiderio femminile.

La babbuina

Povera diavola. È davvero commovente. Fa tutto quel che può, tutto quel che sa, pur di vedermi contento. Le sue buone intenzioni non hanno fine. Non vorrei mai sgridarla, e se mi succede è solo perché sono stanco, innervosito dal lavoro, da cento e cento corse per la città, tasse, negozi, vendite, caparre, e l'avvocato, l'agente di cambio, l'assicuratore, chi vanta un credito e chi sfugge a un debito.

Appena l'ho sgridata, però, mi pento subito. Lei si rincantuccia nel suo angolo di poltrona e piange, si copre gli occhi con la mano, poi allarga le dita per lanciarmi una guardatina umida, di nuovo alza il lamento con quella sua vocetta stridula e disperata.

« Be', piantala, scusa, facciamo pace » borbotto io, e lei, subito buona, si rasserena, mi corre incontro, vuota e riporta il portacenere e sta lì a guardarmi mentre leggo il giornale, con un lieve sospiro. Poi si ricorda di non aver ancora preparato il caffè e di colpo si butta come una furia in cucina, dando sfogo alla sua smania di fare, far presto, rendersi utile.

Devo confessarlo: è la migliore delle mogli che ho avuto. È la quarta, sono rimasto vedovo ben tre volte, fortunatamente senza aggravio di figli. Mi sono morte tutte in giovane età, sembrava una maledizione.

« Ma che le hai fatto? Adesso ce lo devi dire » vennero fuori gli amici dopo il funerale della terza, insospettiti. E che fu per una banale polmonite, mai vollero accettarlo.

Ma questa Gilda, tra me e me lo riconosco, è un tesoro. Buona, come ho detto, docile, servizievole, le basta una collanina da due soldi un paio di volte all'anno. Lava e stira da sé le sue sottane, ogni giorno si pettina e striglia con uno scrupolo incredibile. La casa è lustra come uno specchio. In cucina, be', non se la cava troppo bene. È monotona, più che quei tre o quattro piatti non riesce a inventarsi. Ma questo lo sapevo fin dal principio, quando la comperai in quel circo equestre andato in malora per via di un tornado che distrusse il tendone e spezzò una gamba al domatore.

«Sa tutto» mi raccomandò allora il proprietario del circo: «Meglio di una serva. Giuro che non la venderei, non fosse capitata questa disgrazia... Oh, con noi si è allenata... Non consuma, sa?, proprio niente... Un buon affare per lei».

Gilda sta con mc ormai da trc anni. È robusta, sana, accuratissima dagli orecchi alla punta della coda. Sa di colonia, di sapone, di borotalco.

Mi ama. Forse anche troppo. Non è che pretenda da me espansioni straordinarie, a volte le basta una carezza, poverina, però mi gira intorno con questo suo immenso peso d'amore, me ne fa annusare il calore, l'intensità perpetua.

«Biba» mi dice ogni tanto sottovoce, chiudendo gli occhi e tremando, e allora io so che devo accarezzarla in un certo modo, finché il suo grugnito si perde teneramente, diventa un sospiro quasi impercettibile.

O magari cedo, e allora lei, dopo e per tre o quattro giorni, si dà da fare come una pazza, lucida mobili, sbatte cuscini, strofina pentole, mi accende la sigaretta, canticchia in bagno, mi manda trepidi bacetti con la punta delle dita dal fondo del corridoio. Oppure prende coraggio e mi pettina, soavemente ondulando la spazzola tra la sommità del cranio e la nuca. Adora pettinarmi, ed è una gioia che sa di poter ottenere solo in casi eccezionali. Mentre muove la spazzola, io sento il suo respiro tiepido alitarmi tra la pelle e il colletto della camicia, intervallato da un timidissimo bacio a fior di labbra.

Allora: «Buona» le dico seguitando a leggere il giornale. E lei riprende a pettinarmi, acquietata e soddisfatta dal tono della mia voce che la padroneggia.

Qualsiasi paragone tra questa babbuina Gilda e le mie prime tre mogli potrebbe suonare di cattivo gusto. Eppure adesso le ricordo come tre streghe, sempre bisognose di soldi, di robe, di parole, di evasioni. Stanche di stare in casa, ma subito dopo stanche di essere a spasso, o al cinema, o al caffè, o al mare. Con improvvisi mal di piedi, con emicranie, con piagnucolii senza motivo. Pigre. E avarissime, se non spendaccione. Talvolta mal lavate, e magari bisbetiche nei confronti dei miei amici, venuti in casa per due chiacchiere, una bottiglia, un poker domenicale.

Gilda non ha neppure uno di questi difetti. È limitata, si capisce, ma non pesa, non pretende, non ribatte la parola, non discute, non saprebbe inventarsi il benché minimo capriccio. Casa e un po' d'amore sono assolutamente tutto per lei. E questo tranquillizza un uomo maturo come me, lo rende più solido, più agguerrito, non gli turba l'equilibrio delle giornate, del lavoro.

Oddio, qualche screzio esiste tra Gilda e me, ma appartiene alla natura, più che a contrasti di carattere.

Per esempio: Gilda si illude, non so come e perché, di poter crescere, di arrivare ad essere alta almeno quanto me. Ci pensa sempre. Ogni tanto mi prende per mano e mi trascina con sé davanti allo specchio. Guarda le nostre immagini affiancate, io grande e grosso in maniche di camicia, lei nel suo sottanino e che mi arriva appena sopra la cintola, e scuote la testa, gli occhi le si inumidiscono. Oppure prende dal suo cestino da lavoro il metro arrotolato, me lo porge e io devo misurarla contro il muro, come si fa coi bambini. Ma il segno sul muro è sempre lì, non si alza da tre anni, e Gilda lo guata, lo studia, poi si asciuga una lacrima.

Per consolarla, ma in tono chiaramente scherzoso, di modo che non equivochi, le dico allora: «Biba?» E lei fa cenno di no, non so se per la disperazione di non essere ancora cresciuta o perché ha capito che con quel «biba» ho solamente giocato.

Da qualche tempo, alla sera prima di coricarci, devo darle un leggero sonnifero. Siccome io soffro un poco d'insonnia, lei si agita, si preoccupa, e sarebbe capace di passar la notte seduta a guardarmi finché m'addormento. Per evitare questo inutile pasticcio, le do il sonnifero, ne prendo due anch'io, benché sappia che non mi fanno quasi più effetto, e poi giaccio ore e ore sentendola dormire accanto a me.

Non russa, ogni tanto ha un lungo sospiro. Chissà se sogna o no. Dicono che i cani abbiano capacità di sognare; figuriamoci quindi degli esseri evoluti come i babbuini.

È nata in cattività, proprio in quel miserabile circo fallito, quindi non può ricordare l'Africa, le foreste, gli elefanti. Forse, se sogna, torna con la mente al circo, ai suoi esercizi, quando la vestivano da nonna che sferruzza, da pagliaccio che rotola, da marinaio che va in bicicletta, da cameriera che serve a tavola... Oppure, come è più probabile, sogna il suo amore, cioè me. Perché anche di notte la sua mano mi cerca. S'accontenta di un tocco leggero, io avverto quei suoi polpastrelli così delicati e subito reagisco irrigidendo il muscolo della spalla, del braccio sfiorato, per tranquillizzarla e riadagiarla nel fondo del suo sonno.

Di notte noto maggiormente la sua piccolezza. Fosse più alta, tutto ci sarebbe più comodo. La sento respirare e nel buio, a occhi aperti, mi spaventa un poco quel suo corpicino setoloso e gracile, chiuso dentro una camiciola alta due spanne. Ho comperato anni fa una camiciola simile in un grande magazzino, fingendo che fosse per una mia bambina. Da allora Gilda se ne è cucita altre tre, di colori diversi, e quando esce dal bagno e arriva a coricarsi, in quei pochi centimetri di velo, mi fa veramente commozione.

L'insonnia però avvelena questi pensieri. Da qualche notte desidero veramente che Gilda sia più alta. Mi accorgo che l'immagine di una Gilda alta almeno un metro e sessanta arriva a farmi soffrire. Stupido, cerco di controbattermi, la tua vita è perfetta, non farne una questione di centimetri. E poi: che ne sai cosa pensa lei? Che ne sai che non sogni proprio un suo babbuino più piccolo e più efficiente di te?

Sono pensieri molesti che non riesco a cancellare con facilità. E in questi momenti ho paura ad allungare una mano e sentire quel povero mucchietto d'ossa addormentato al mio fianco.

Poi l'insonnia s'intorpidisce, comincia a sfaldarsi, e addormentandomi prendo faticosamente a liberarmi da queste idiote farneticazioni.

Sono maledetto.

Perché un uomo riesce sempre – oh, per pura inerzia e follia, non premeditatamente... – a rovinare quanto di bello e di buono e di utile ha in mano?

O la mia maledizione dipende da una congiura degli astri, che appena mi scoprono tranquillo provvedono subito a farmi compiere il passo sbagliato?

Insomma: sono andato allo zoo, ieri. Era domenica, il primo sole dopo un inverno lunghissimo. Non avevo voglia di muovermi da solo, e così Gilda mi ha accompagnato: un po' riluttante, perché non ama uscir di casa, la gente la spaventa e soprattutto i cani. Visto però che insistevo, e ridevo, e il sole in cucina mi rendeva allegro, s'è messa la sua sottana migliore ed è venuta con me, tenendomi la mano.

Allo zoo c'erano molti bambini, ma in mezzo a tutte quelle bestie asserragliate o sparse nei recinti quasi non si stupivano di vedermi con Gilda al fianco. L'aria lungo il fiume, dov'è stato costruito lo zoo, era eccitante, con brividi ventosi che parevano rasoiate, ma appena appena pungenti e non crudeli.

Gilda sembrava immusonita, si lasciava trasportare qua e là, e solo davanti alla grande fossa delle scimmie non volle fermarsi ma irrigidì la mano stretta nella mia. Evidentemente, quelle bertucce sporche spelacchiate litigiose la facevano vergognare.

Tutto è successo quando fummo di fronte alla gabbia del gorilla, un esemplare rarissimo. Se ne stava ammucchiato come un vecchio tappeto. Poi si mosse, e vidi che non era un maschio, ma una femmina, con un piccolo in braccio. Era alta almeno un metro e ottanta, forse più, e lucida nel pelo nero, una gran bestia all'erta, dall'occhio violento di catrame, le dita però tenerissime intorno al piccolo stretto in grembo. Io presi Gilda in spalla perché vedesse meglio. Subito la sentii tremare come assalita da gran febbre. Le sue braccine si piegarono a stringermi il collo, il suo fiato all'orecchio mi parve rotto dall'emozione, o dal terrore.

« Buona » le sussurrai: « Non vedi quanto è bella? Una gigantessa. Mi lasceresti far 'biba' con lei, eh? »

Sentii appena le sue unghie attorno al mio colletto, e poi un gran brivido che la scosse in ogni vertebra.

Ma, tornati a casa, si chiuse in bagno e a lungo la sentii piangere disperatamente. Non dissi niente né la chiamai, perché dopo tre mogli so bene quanto valga il silenzio a contrasto del pianto femminile.

Uscì, servì la cena, ma senza che un minimo sospiro le sfuggisse di bocca. A ogni mia richiesta – il sale, l'olio, un coltello da frutta – reagì ubbidendo con la solita docilità, ma non la festosa frenesia che ben conosco.

Dopo cena, corse subito a letto, mentre m'attardavo davanti alla televisione.

E solo adesso, in camera, scopro che ha ingoiato un intero tubetto di sonnifero.

Un filo di respiro le esce di bocca, già rauco. Ho telefonato alla Croce Rossa, tra poco qualcuno arriverà. Forse riusciranno a salvarmela.

Mi sento la testa vuota, le mani secche e poi improvvisamente umide. Sto in piedi e la guardo, aspetto che il campanello suoni. Sì, forse la salveranno. Ma dopo, dopo? Sarà ancora la mia Gilda di ieri, di sempre? O comincerà a odiarmi, a diffidare, come già mi accadde con le altre mogli? Quali vendette potrà inventare, covare nel labirinto del suo animo femminile?

Ma poi: cosa vogliono queste donne da me, cosa pretendono, non capiscono davvero la fatica che faccio, anche solo per tirare avanti, mettere pace? E tuttavia... tuttavia, se rimango solo, se Gilda muore, che saprò fare di un me stesso diventato padrone di niente?

« La babbuina »
Pubblicata nella raccolta *La babbuina e altre storie* (Mondadori, 1967).

CORRADO ALVARO

1895-1956

Tra gli scrittori presenti in questo volume, Alvaro è l'unico a essere nato in Calabria, una delle regioni più povere e travagliate d'Italia. Lascia la sua terra da giovane – viene mandato in un collegio gesuita a Frascati, presta servizio nell'esercito, studia e lavora a Milano e infine si stabilisce a Roma –, ma i paesaggi aridi e isolati della punta meridionale della penisola italiana, da cui in così tanti sono emigrati, continuano a ispirarlo per tutta la vita. Figura di transizione che fonde realismo a modernismo e a elementi lirici, scrive sia in prosa sia in versi, acutamente in sintonia con le tensioni tra mondo rurale e urbano, tra costumi imposti dalla società e pulsioni irrazionali. Pubblica i primi racconti sulla *Stampa* nel 1929, seguiti un anno dopo dalla potente raccolta *Gente in Aspromonte*. Nel 1951 vince il Premio Strega con il romanzo *Quasi una vita*, ma il meglio del suo talento si esprime nei racconti, ambigui, ardenti, caratterizzati da grande sensibilità psicologica e carichi di implicazioni morali. Era famoso per le rigorose revisioni a cui sottoponeva i suoi testi; l'anno prima di morire, ha riunito i suoi racconti nella raccolta definitiva intitolata *Settantacinque racconti*. Feroce oppositore di Mussolini, nel 1925 ha sottoscritto il Manifesto degli intellettuali antifascisti di Benedetto Croce e nel 1943, dopo la caduta del regime, si è nascosto sotto falso nome in Abruzzo. Ha lavorato come giornalista per tutta la vita – è stato redattore della rivista antifascista *Il Mondo* – e per un certo periodo è stato inviato in Unione Sovietica, dove ha imparato il russo abbastanza da diventare il traduttore italiano di Tolstoj. Negli ultimi due mesi della sua vita è stato amico di Cristina Campo, che è rimasta al suo capezzale. Questo racconto, un ibrido di trama tradizionale, intrigo e riflessione intima, si sviluppa in modo rapido e imprevedibile. La sua struttura inafferrabile rispecchia il personaggio centrale della zingara priva di radici. Figura femminile ricorrente nelle opere di Alvaro, essa simboleggia allo stesso tempo la disperazione e la libertà, e sfida i concetti predefiniti di identità.

Piedi scalzi

A volte ho appena chiuso la porta di casa che sento di là nella mia stanza suonare il telefono. Scendo qualche gradino, lentamente, ascoltando sempre quel suono che a mano a mano diventa sempre più simile a una voce che chiama. Rifaccio le scale, riapro la porta, entro nella stanza. Mentre prendo il ricevitore, ecco la chiamata dilegua, e nel tubo di bachelite sento quel crac, come se formasse un nodo che non si può più sciogliere. Sembrerà strano che io adoperi espressioni come queste; un suono che forma un nodo. Eppure è così. Bisogna pensare che, vivendo solo, ho speciali impressioni su tutte le cose che mi attorniano. Altre volte, invece di tornare indietro, mi fermo al primo pianerottolo. Sento il telefono suonare sempre più intensamente, e quasi disperatamente. Implora nella solitudine delle stanze vuote. Scendo ancora, ed ecco che altre chiamate negli appartamenti vicini si sovrappongono a quella, tutte insieme si confondono in un unico appello, quasi chiedessero d'essere liberate dalla scatola sonora. Quando c'è la donna che fa le pulizie mattutine nel mio appartamento, pensa lei a raccogliere le chiamate. Tornando a casa trovo scritto su un taccuino il nome di chi ha chiesto di me. Quasi sempre è gente che non conosco. Dipenderà dal fatto che la donna storpia i nomi. Non so spiegarmi diversamente certi fenomeni: un tale, o una tale, annunziano che hanno urgenza di parlarmi e che ritelefoneranno; invece non si rifà vivo mai nessuno, o quasi mai. E allora, perché tanta fretta? Ho notato che fatti come questi accadono più di frequente in certi giorni, nelle belle giornate, per esempio.

Ma questo non m'accade soltanto con chi chiama al telefono, bensì con le persone che si presentano alla mia porta. Spesso mi dicono che è arrivato in tutta fretta qualcuno, che mi deve vedere assolutamente, che ritornerà, al solito; e al solito non riappare più. Devo dire che in altre circostanze, e per esempio se io vivessi in un paese, queste cose non avrebbero importanza. Ma certi strumenti meccanici, come il telefono, hanno dato un che di drammatico alla vita, e uno che vi chiami all'apparecchio è la spoglia di un uomo, la sua anima, la sua essenza, ridotto tutto nella voce che domanda. Perché poi io tenga tanto a sapere chi ha chiesto di me, e quasi con ansia, è un altro conto. Ricordi d'una vita più giovane, quando chi chiedeva di voi non lo faceva certo per domandarvi qualcosa, ma piuttosto per dare. Con questo strumento posso dire di aver misurato la vita. Un tempo erano persone che mi annunziavano un beneficio, donne sconosciute che mi proponevano una passeggiata giacché faceva buon tempo; e non importa che poi si burlassero di me. Ma non tutte. Altre dicevano cocenti parole in quel tubo, con la loro voce ignuda. Non a me, certo, ma all'uomo sconosciuto, all'ignoto, alla speranza. Più tardi, impercettibilmente ma sicuramente, la cosa è mutata. In genere, chi telefona chiede qualche cosa. Sono divenuto un uomo. Non aspetto più nulla dagli altri. Mi tocca dare quel poco che posso.

E tuttavia l'illusione di quel tempo rimane. E a ogni annunzio che poi non si presenta io mi ricordo di quell'antico sperare. No, non accade soltanto a me. Nei miei anni più verdi vidi uomini da tempo, già bianchi, quasi cadenti, aspettare con impazienza che si rifacesse vivo chi aveva chiamato una volta; e anche ad essi accadeva di aspettare invano. L'uomo non si stanca mai di aspettare.

Ma ecco che una volta qualcuno si rifece vivo dopo essersi presentato più volte inutilmente. Aperta la porta di casa, era solo, scoprii dietro ad essa una donna con un bimbo per mano. La prima cosa che vidi fu il bimbo, piccolo, ma con quell'aria adulta che hanno i ragazzi dei poveri e i bimbi di certi quadri antichi, un'umanità piccina, ma con gli occhi e l'espressione e l'esperienza dei grandi, com'è fra gli animali e nel mondo più vero degli uomini. La donna fece arditamente un passo furtivo e leggero. Era già nel mio studio. Abbassando gli occhi vidi che non portava scarpe, ma teneva i piedi ravvoltolati in non so che fasce di tela. Stetti un poco a pensare a quelle fasce, al suo passo silenzioso, al suo camminare di fianco, e solo più tardi incontrai il suo viso fermo, asciutto, morato, il naso dritto, la bocca tagliente, la testa piccola su una figura alta e dritta. Mi trovai dietro al mio tavolo come se ella mi avesse messo con le spalle al muro. Ella mi separava dal resto della mia stanza con la sua presenza; coi suoi occhi inquieti aveva notato ogni cosa intorno, sui tavoli, sui mobili, negli scaffali. Pensai a male e mi preparavo a difendermi, istintivamente, quando i miei occhi caddero sul suo seno, con un'impressione confidente e delicata.

Ella cominciò a parlare con una voce che voleva essere rassicurante, ma in cui era sensibile una certa preoccupazione: aveva sentito parlare di me, e qui mi citò due o tre nomi di persone che conoscevo; della mia vita, e qui me ne ricordò qualche episodio; insomma voleva che io dicessi una buona parola al direttore d'un istituto di protezione perché l'accogliesse tra le sue ricoverate, essendo ella povera, e volendosi adattare al lavoro con cui le povere donne pagano il loro mantenimento in quel provvido istituto. Levai gli occhi su di lei, e ritrovai ancora quel viso fermo in una sua bellezza cruda e segreta. Non potei fare a meno di pensare a un uomo: ero sicuro che il suo preambolo e le sue parole a mio riguardo le fossero state suggerite da un uomo; l'ordine in cui erano state dette e il genere della lusinga mi parevano di pura ispirazione maschile. Fra l'altro, mentre tutto quello che mi diceva sui miei amici rispondeva a verità, su un fatto s'era sbagliata: io non conoscevo affatto il direttore dell'istituto di cui parlava. Sono un uomo, e coi pensieri degli uomini. Difatti pensavo pure di non aver mai veduto una donna così poco curante della sua toletta; e guardavo quelle fasce ai piedi. Insomma, ebbi l'idea d'un travestimento. Devo dire che ella parlava con frasi corrette, e non senza una certa ricercatezza. Chiunque fosse il suo ispiratore, un uomo avrebbe fatto qualunque cosa per procurare un paio di scarpe a una così bella creatura. Bella, ma aspra, quasi ribelle alla sua femminilità, e con quegli occhi pronti, fuggitivi, che capivano tutto e misuravano tutto. Anche me.

Non volle sedere. Guardò con disprezzo la poltrona che le offrivo, e mi teneva sotto il suo sguardo come se aspettasse qualche cosa d'imprevisto. Diedi ancora una occhiata al bimbo. Era scalzo, e mi guardava fisso, tutto stretto al fianco di sua madre, come se aspettasse anche lui un fatto che egli sapeva dovesse accadere. Forse tremava, forse aveva paura, e si dominava con la fedeltà di cui sono capaci i ragazzi.

« Va bene » dissi io, « penserò a questo direttore, troverò qualcuno che lo conosca fra i miei amici. Se volete lasciarmi il vostro indirizzo. » Feci per porgerle la penna; volevo vedere la sua scrittura; ma la penna mi scivolò di mano, rotolò sul tavolo, e mentre io cercavo di riprenderla le diedi ancora una spinta e cadde in terra. Sentii un pianto improvviso, uno strillo, e vidi la bocca del bimbo rossa, d'un rosso popolare, spalancarsi e mostrare i pochi denti tra le gengive. La penna caduta era andata a ferire il bimbo sul piedino nudo. Persi la testa. Il ragazzo pareva stentasse a rifiatare e sul punto di soffocare. Ella lo prese selvaggiamente in braccio, senza sedersi e mi guardò sbigottita. C'era una vitalità forte e tremenda, e una paura del male come soltanto la gente semplice sa mostrarlo. Io andavo cercando qua e là una boccetta di disinfettante, trovai una fiala di iodio, mi preparai a versarne qualche goccia sulla ferita che era appena un graffio, sfiorando quel piedino e sentendolo come un frutto dell'albero materno. Il bimbo riprese fiato, e con una voce adulta, un tono incredibilmente ragionevole, mi chiese: « Pizzica? » Io risposi: « Un poco ». Allora egli cacciò un altro strillo, più forte, scoprendo la bocca fino alle tonsille. « Buono » dissi io; « cerco una medicina che non pizzica », e mi misi a cercare una boccetta di acqua ossigenata che ricordavo di aver chiusa in un cassetto. Quello si chetò di colpo e stette ad aspettare. Il ragazzo, con una prodigiosa facilità, si mise a strillare: « Ora mi fa male, ora mi fa male ». Si tirava i capelli, si graffiava le guance. Poi tacque nuovamente, d'improvviso, mentre sua madre guardava me e lei come gli animali guardando gli estranei che si avvicinano ai loro piccoli, e con quello sguardo misurano i loro nati come la cosa più preziosa del mondo, sicuri della loro forza. Io avevo posato su quella ferita un batuffolo di cotone, e ormai la vedevo stringersi e stagnare. Un sentimento violento mi prese chissà da quale antico ricordo, e in quell'operazione misurai quella carne ricca di sangue e di forza, quei due corpi inutilmente belli, come un tesoro che giace sepolto con la sua ganga, un'energia della natura non veduta, ma vivente di una profondità inesplorata. Guardando intorno, a quello che avevo accumulato in tanti anni pazienti e sottili, trovai tutto stupido e meschino. Non erano pensieri, i miei, ma piuttosto impressioni vaghe, perché io pensavo al tacito passo di quella donna per le strade della città, alla molteplicità di quella vita, allo svincolo da qualsiasi legge e norma, alla sua misteriosa avventura. E d'altra parte, il linguaggio di quella donna, civile, lusinghiero e scaltro, contrastava con quelle grida, quell'impallidire, quel fremere per nulla, e quel contenersi improvviso, quella mutevolezza da zingari. Quella goccia di sangue, viva, d'un rosso profondo e quasi mutevole e iridato, mi aveva un poco ripugnato come qualcosa di troppo forte, e nello stesso tempo attratto, come il ricordo d'un vigore perduto.

Non avevo fatto in tempo a richiudere il cassetto con la boccetta del disinfettante, che accadde qualcosa di nuovo, forse quello che avevo temuto e previsto oscuramente. Sentii alle mie spalle un trapestio, e il tonfo di quel passo felpato: vidi la porta aprirsi, e precipitarsi fuori madre e figlio, e questa volta con un'intelligenza e quell'accordo che già mi avevano lasciato pensare vedendo il piccolo accanto alla donna. Formavano come un solo organismo. Il piccolo doveva essere addestrato perfettamente a quel genere di uscite. Notai in un baleno che un vaso d'argento posato su un mobile non era più al suo posto. Ad esso avevo pensato tutto il tempo in mezzo agli altri pensieri. Mi mossi verso la porta, e la sentii chiudersi violentemente. Fui fuori. I due erano già per le scale. Raggiunsi i due al pianerottolo del primo piano, tanto erano lesti. Li trovai nella penombra. Questa volta il ragazzo non fiatava. Affondai le mani nel gruppo, e mi sentii sfiorare da due labbra. Ora vedevo quel viso femminile con una nuova espressione, sopra di me, poiché ella era più alta, paurosamente sicuro e sorridente. Vacillai sotto quell'invito, e di nuovo intravidi spazi enormi aperti alla prigione della vita urbana, strade avventurose, scale nell'ombra, stanze segrete custodite da qualche vecchia canuta e lenta, dalla voce pronta di complice. Ma, nello stesso tempo, mentre stavo sotto quegli occhi lusingatori da cui non mi sapevo staccare come da quelli d'un aspide, e mentre sentivo sotto la mia stretta due braccia abbandonate ma pronte e forti, gli usci degli appartamenti sul pianerottolo si aprirono. Io dissi, stando ancora abbracciato a colei (e dopo mi dissero che la mia posizione era alquanto strana) dissi: «È una ladra». Quel viso sopra il mio si offuscò. E allora vidi che una nuova espressione lo copriva, ripullulando come un'immagine chiara e stagnante sulla superficie improvvisamente agitata d'un lago. Si sentirono alcune voci: «Ah, l'ha afferrata, finalmente!» «Frugàtela. Deve avere anche la mia borsetta e il mio rossetto. Lo distinguo subito, è un rossetto che ho comperato a Zurigo.» «Ah, è lei!» Passò da mano a mano. Col suo passo da pellegrina la vidi allontanarsi per la strada, sotto la stretta del portiere e d'una guardia.

Nel tafferuglio m'ero dimenticato del mio vaso d'argento. Quando fui chiamato dal giudice, che mi restituì la refurtiva, gli dissi che non intendevo far del male a quella donna. Ma fu risposto che era ricercata da molto tempo, e mi ringraziavano di averla fornita alla giustizia. «Del resto» aggiunsero, «non si denuncia una ladra per non farle del male.» Ella mi guardò mentre uscivo, coi suoi occhi pericolosi, fino alla porta. Conosceva gli uomini. Sapeva quanto noi siamo vanitosi. Né si dimenticava del suo gioco, pure stando in quelle condizioni. Quanto a me, spero di non incontrarla mai più. Si sa che la menzogna, il mistero, sono le tentazioni degli uomini, gl'indovinelli da sciogliere e da spiegare. Che mistero? mi dirà qualcuno: si tratta d'una ladra. Già, ma così bella, una donna perché fa la ladra? Per onestà?

«Piedi scalzi»
Pubblicato per la prima volta in *Incontri d'amore* (Bompiani, 1940) e successivamente nella raccolta *Settantacinque racconti* (Bompiani, 1955).

Note

LA SIRENA

1. William Shakespeare, *La tempesta*, atto I, scena 2.
2. William Shakespeare, *Sonetti*, 119.
3. L'Opera nazionale dopolavoro era un'associazione fascista che si occupava di tempo libero e attività ricreative.

Leonardo Sciascia – Nota biografica

1. Leonardo Sciascia, *Opere*, a cura di Claude Ambroise, vol. I: *1956-1971*, Bompiani, Milano 2004.

LA TORRE

1. Rai 3 è una rete radiofonica dedicata in gran parte alla programmazione culturale.
2. San Francesco, proclamato santo patrono d'Italia da papa Pio XII nel 1939, era stato assunto come simbolo nazionalista da Mussolini. Il Duce lo aveva definito «il più santo tra gli italiani, il più italiano tra i santi», e aveva paragonato le sue missioni evangeliche in Palestina e in Egitto alle aggressioni colonialiste.
3. La festa dell'Unità nacque nel 1945 su iniziativa del Partito comunista italiano per raccogliere fondi per *l'Unità*, organo ufficiale del partito fondato da Antonio Gramsci nel 1924. Tra gli scrittori presenti in questa antologia, scrissero per *l'Unità* Italo Calvino, Cesare Pavese, Antonio Tabucchi ed Elio Vittorini. Dopo la dissoluzione del Pci nel 1991, le feste passarono sotto la direzione dei successivi partiti e coalizioni di sinistra. Nel 2017 *l'Unità* ha interrotto le pubblicazioni, ma le feste continuano a essere organizzate in numerose città italiane.
4. *Emmanuelle* è un film erotico francese del 1974 tratto dall'omonimo romanzo di Emmanuelle Arsan, con protagonista la moglie di un diplomatico che va in Thailandia per raggiungere il marito.

Goffredo Parise – Nota biografica

1. Dall'Avvertenza all'edizione del 1984 dei *Sillabari*.
2. Da una lettera di Parise a Omaira Rorato del giugno 1976, citata in G. Parise, *Opere*, vol. II, «I Meridiani», Mondadori, Milano 1989.

Anna Maria Ortese – Nota biografica

1. Dall'Introduzione di A.M. Ortese all'edizione del 1994 di *Il mare non bagna Napoli* (Adelphi).

Massimo Bontempelli – Nota biografica

1. Curzio Malaparte (1898-1957), nome d'arte di Kurt Erich Suckert, nato da madre milanese e padre sassone, è stato una delle figure letterarie italiane più controverse del Novecento. Fascista, anarchico, partecipa alla marcia su Roma, ma in seguito collabora con Moravia per opporsi alle leggi razziali promulgate da Mussolini. Tuttavia, artisti e intellettuali di sinistra non hanno mai perdonato i suoi legami con il fascismo. Non è stato possibile ottenere il permesso di inserire un racconto di Curzio Malaparte in questo volume.

LA SPIAGGIA MIRACOLOSA

1. *Aminta*, dramma pastorale di Torquato Tasso rappresentato per la prima volta nel 1573, nel quale il pastore Aminta si innamora della ninfa Silvia, che inizialmente lo respinge, ma alla fine ricambia il suo amore.

IL PERIPATETICO

1. Giansiro Ferrata, critico e scrittore (1907-86).
2. *Adua e le compagne*, film del 1960 con Marcello Mastroianni e Simone Signoret, nel quale quattro prostitute decidono di aprire un ristorante dopo l'approvazione della legge Merlin, che ha stabilito la chiusura delle case di tolleranza.
3. Sergio Bruni e Claudio Villa sono stati tra i più famosi cantanti napoletani. Nel 1960 Bruni si era ritirato clamorosamente dal Festival della Canzone Napoletana, rifiutandosi di partecipare alla serata finale a causa di una lite con Villa e con gli organizzatori del festival su chi avrebbe dovuto cantare per ultimo.

Cronologia

Eventi letterari / *Eventi storici*

1840: Esce l'edizione definitiva del romanzo storico *I promessi sposi* di Alessandro Manzoni (1785-1873), originariamente pubblicato nel 1827, riveduto dall'autore per rendere la lingua coerente con l'italiano parlato dalle classi colte fiorentine, creando quello che sarebbe diventato lo standard dell'italiano scritto.

Giovanni Verga, l'autore più vecchio di questa raccolta, nasce a Catania.

1861: Viene fondato il Regno d'Italia, sotto il re Vittorio Emanuele II. All'epoca, l'italiano è parlato da meno del 10 per cento della popolazione.

1871: Roma, annessa al regno l'anno precedente, diventa capitale d'Italia.

1883: Nasce a Predappio Benito Mussolini, figlio di un fabbro socialista e di una maestra elementare.

1891: **Luigi Pirandello** si laurea discutendo una tesi sul dialetto siciliano, scritta in tedesco, all'Università di Bonn.

Eventi letterari	*Eventi storici*
	1901: Guglielmo Marconi invia il primo segnale radio attraverso l'oceano Atlantico.
1905: James Joyce si trasferisce a Trieste, dove insegna inglese alla Berlitz School e fa amicizia con **Italo Svevo**, suo studente.	
1907: Arnoldo Mondadori, figlio di un modesto artigiano, costretto ad abbandonare gli studi dopo la quinta elementare a causa delle ristrettezze economiche, comincia il lavoro che lo porterà a fondare la Mondadori, attualmente la più grande casa editrice italiana.	
1909: Il Manifesto del Futurismo, scritto dal poeta Filippo Tommaso Marinetti, nato in Egitto (1876-1944), viene pubblicato in francese sulle pagine di *Le Figaro*.	
	1912: L'Italia annette parte dell'attuale Libia.
	1915: L'Italia entra in guerra al fianco di Gran Bretagna, Francia e Russia.
	1916: **Corrado Alvaro**, soldato di fanteria nella Prima guerra mondiale, viene gravemente ferito nei pressi del confine sloveno.

Eventi letterari | *Eventi storici*

1917: **Alberto Savinio** viene inviato come interprete a Salonicco, sul fronte macedone, per conto dell'esercito italiano.
Decine di migliaia di soldati italiani muoiono o vengono feriti nella battaglia di Caporetto.

1918: Finisce la Prima guerra mondiale. Si stima che nei combattimenti siano morti seicentomila italiani. Il Paese è sepolto dai debiti.

1921: Viene fondato a Livorno il Partito comunista italiano, che diventerà il più importante partito comunista dell'Europa occidentale.

1922: Il 28 ottobre, i sostenitori di Mussolini marciano su Roma. Due giorni dopo, Mussolini riceve l'incarico di formare un governo.

1924: Va in onda la prima trasmissione radiofonica italiana. La programmazione prevede concerti di opera lirica, bollettini meteo e notizie sulla Borsa.

1926: **Massimo Bontempelli** e Curzio Malaparte (1898-1957) fondano la rivista *900*, spazio d'incontro per surrealisti, dadaisti e altri scrittori sperimentali. Si tiene la prima edizione del Premio Bagutta, assegnato a otto degli scrittori presenti in questa raccolta. L'attribuzione del premio verrà sospesa tra il 1937 e il 1946 per evitare che la giuria subisca le pressioni delle autorità fasciste.

Eventi letterari	Eventi storici
1927: **Antonio Delfini** crea la rivista letteraria *L'ariete* insieme a Ugo Guandalini (1905-71), futuro fondatore della casa editrice Guanda. La censura fascista chiude il giornale dopo l'uscita del primo numero. **Grazia Deledda** riceve il Premio Nobel per la letteratura 1926 (anno in cui non era stato assegnato).	
1929: A Trieste, **Umberto Saba** inizia la psicoanalisi con Edoardo Weiss (1889-1970), allievo di Sigmund Freud. Si tiene la prima edizione del Premio Viareggio, assegnato a sedici degli autori presenti in questa raccolta. A Milano viene fondata la casa editrice Bompiani, che pubblicherà l'antologia *Americana*.	
1933: A Torino viene fondata la casa editrice Einaudi. Tra i suoi primi redattori ci sono Leone Ginzburg e **Cesare Pavese**.	
1934: **Luigi Pirandello** riceve il Premio Nobel per la letteratura. **Giuseppe Tomasi** diventa principe di Lampedusa dopo la morte di suo padre.	
1935: **Alba de Céspedes** pubblica la sua prima raccolta di racconti, *L'anima degli altri*, a ventiquattro anni.	1935: L'Italia invade l'Etiopia e ne occupa il territorio per i successivi sei anni.
1936: Nasce **Fabrizia Ramondino**, l'autrice più giovane presente in questo volume.	1936: L'Italia e la Germania si alleano, creando quella che in seguito verrà denominata l'Asse.

Eventi letterari	*Eventi storici*
	1937: Il critico e filosofo Antonio Gramsci (nato nel 1891), tra i fondatori del Partito comunista italiano, messo in prigione dai fascisti nel 1926, muore in una clinica a Roma poco dopo aver ottenuto la libertà.
	1938: Vengono applicate le leggi razziali promulgate da Mussolini; gli ebrei vengono rimossi dagli incarichi pubblici ed esclusi dalle scuole pubbliche italiane oltre che da numerose professioni. Non possono più pubblicare.
1939: **Dino Buzzati** parte per Addis Abeba come inviato di guerra per il *Corriere della Sera*.	
1941: Durante la convalescenza da una malattia, **Romano Bilenchi** conosce Ezra Pound a Rapallo.	
1942: Esce il romanzo *All'insegna del Buon Corsiero* di **Silvio D'Arzo**, l'unica opera che pubblicherà in vita.	
	1943: La Germania invade l'Italia; Mussolini è posto a capo dello Stato fantoccio noto con il nome di Repubblica di Salò. Al Cairo, **Fausta Cialente** fonda *Fronte unito*, giornale rivolto ai civili e ai prigionieri di guerra italiani in Egitto, Libia ed Eritrea.

Eventi letterari	*Eventi storici*
	1944: A febbraio, Leone Ginzburg, marito di **Natalia Ginzburg**, muore in un carcere romano in seguito alle torture subite dai nazisti. Il 4 giugno, Roma viene liberata dalle truppe alleate.
1945: **Lalla Romano** traduce i diari di Eugène Delacroix.	1945: Mussolini viene catturato e ucciso dai partigiani.
1946: **Carlo Emilio Gadda** scrive da Firenze una lettera al critico letterario Gianfranco Contini (1912-90) in cui parla delle vincite al gioco d'azzardo di **Tommaso Landolfi**, accennando al fatto che Landolfi spende i soldi in maglioni di cachemire, cappelli costosi e potenti motociclette.	1946: Le donne italiane votano per la prima volta. L'Italia diventa una repubblica.
1947: **Ennio Flaiano** vince la prima edizione del Premio Strega, il più prestigioso premio letterario italiano per la narrativa. Nonostante sia stato fondato da una donna, Maria Bellonci, in settantun anni è stato attribuito soltanto a undici donne.	1947: Viene promulgata la Costituzione della Repubblica italiana. Il testo, elaborato da una commissione speciale composta da settantacinque membri dell'Assemblea costituente, tra cui cinque donne, fu definito dal linguista Tullio De Mauro (1932-2017) «parole di tutti e per tutti».
1948: Viene fondata a Roma dalla principessa Marguerite Caetani (1880-1963), nata negli Stati Uniti, la rivista letteraria *Botteghe Oscure*. Pubblica testi in inglese, francese, italiano e in spagnolo e tedesco.	
1949: **Beppe Fenoglio** pubblica il suo primo racconto con lo pseudonimo di Giovanni Federico Biamonti.	

Eventi letterari	*Eventi storici*
1950: **Anna Banti** e suo marito, lo storico dell'arte Roberto Longhi (1890-1970), fondano la rivista bimestrale *Paragone*, dedicata all'arte e alla letteratura.	
1951: **Elio Vittorini** riceve l'incarico di curare per l'editore Einaudi la collana « I gettoni », collezione di tascabili creata per valorizzare i giovani scrittori italiani.	
1953: A Roma viene fondata la rivista letteraria *Nuovi Argomenti*, diretta da **Alberto Moravia**.	
	1954: Prime trasmissioni televisive pubbliche e regolari in Italia.
	1956: Comincia la costruzione dell'Autostrada del Sole, che collega Milano e Napoli, simbolo della rinascita economica del Paese.
1957: **Luciano Bianciardi** viene licenziato dalla Feltrinelli, casa editrice fondata nel 1954 dal figlio di una delle più ricche famiglie italiane.	1957: Inizia la produzione della Fiat Nuova 500, popolare modello di superutilitaria destinato alla classe operaia.
	1960: Il pedagogista Alberto Manzi (1924-97) comincia a condurre *Non è mai troppo tardi*, popolarissima trasmissione televisiva che aveva lo scopo di insegnare a leggere e a scrivere agli adulti analfabeti.
1962: A Milano viene fondata la casa editrice Adelphi. La collana « Piccola biblioteca » è la prima al mondo a pubblicare le opere complete di Friedrich Nietzsche.	

Eventi letterari	*Eventi storici*
	1965: La Olivetti, fondata nel 1908 e famosa per la produzione di macchine da scrivere, presenta il primo « computer da scrivania », soprannominato Perottina, alla Fiera mondiale di New York.
1966: **Goffredo Parise** si reca in Cina, Laos e Vietnam come inviato del *Corriere della Sera*. Negli anni successivi, scriverà reportage su diversi altri paesi del Sudest asiatico.	1966: L'Arno straripa a Firenze, devastando il centro storico, danneggiando migliaia di opere d'arte, milioni di libri antichi e documenti e uccidendo trentacinque persone tra città e zone limitrofe. Immediatamente dopo la catastrofe, centinaia di studenti accorrono da tutta Italia e dall'estero per salvare il patrimonio culturale della città.
1967: Esce *Il doge*, romanzo radicalmente sperimentale di **Aldo Palazzeschi**, quasi del tutto privo di dialoghi.	
1968: **Italo Calvino** vince il Premio Viareggio con la raccolta di racconti *Ti con zero* e lo rifiuta con un telegramma in cui afferma che l'epoca dei premi letterari è finita.	1968: A Roma, quasi quattromila studenti, tra cui militanti di sinistra e neofascisti, si scontrano con la polizia in quella che diventerà nota come la battaglia di Valle Giulia. Gli scontri ispirarono la famosa poesia di Pier Paolo Pasolini in cui lo scrittore prende le difese dei poliziotti.
1969: Il poeta Vittorio Sereni (1913-83) fonda la collana « I Meridiani » per Mondadori, che raccoglie le opere dei grandi autori italiani e stranieri in edizioni con apparati critici.	
1971: Einaudi pubblica le poesie di John Donne, curate e tradotte da **Cristina Campo**.	

Eventi letterari	*Eventi storici*
	1972: Quasi ottomila persone partecipano ai funerali dell'editore Giangiacomo Feltrinelli, morto mentre tentava di sabotare un traliccio dell'alta tensione. Sul suo corpo furono ritrovati dei candelotti di dinamite e una fotografia del figlio di dieci anni.
1974: **Leonardo Sciascia** pubblica *Todo modo*, romanzo molto critico nei confronti della Democrazia cristiana.	
1975: **Giovanni Arpino**, in collaborazione con Mario Maffiodo (1899-1976), fonda *Il Racconto*, rivista dedicata alla pubblicazione di racconti. Il poeta Eugenio Montale (1896-1981) vince il Premio Nobel per la letteratura.	1975: Pier Paolo Pasolini (nato nel 1922) viene assassinato a Ostia. Le circostanze della sua morte sono tuttora avvolte nel mistero.
	1977: **Carlo Cassola** fonda la Lega per il disarmo unilaterale dell'Italia e difende la causa della non violenza.
	1978: Il corpo dell'ex presidente del Consiglio Aldo Moro (1916-78), rapito e assassinato dalle Brigate rosse, viene ritrovato nel bagagliaio di un'automobile a Roma.
1980: Esce *Il nome della rosa* di Umberto Eco (1932-2016), docente di semiotica all'Università di Bologna; è il primo best seller internazionale italiano.	1980: Terroristi di estrema destra fanno esplodere una bomba alla stazione di Bologna, uccidendo ottantacinque persone e ferendone oltre duecento.
1982: Esce l'ultimo romanzo di **Elsa Morante**, *Aracoeli*, sul rapporto tra una madre e il figlio omosessuale.	

Eventi letterari	*Eventi storici*
1983: Escono per Einaudi i racconti di Edgar Allan Poe, in tre volumi, tradotti da **Giorgio Manganelli**.	1983: Bettino Craxi è il primo socialista a rivestire la carica di presidente del Consiglio.
1986: **Luce d'Eramo**, conosciuta per le sue opere sulla Germania nazista e le conseguenze della Seconda guerra mondiale, pubblica un bizzarro romanzo fantascientifico intitolato *Partiranno*, su un amichevole gruppetto di alieni che sbarca a Roma.	1986: Comincia il maxiprocesso di Palermo, nel quale vengono perseguiti 474 esponenti della mafia siciliana.
1987: **Primo Levi** si toglie la vita a Torino.	
1988: Si tiene la prima edizione del Salone del libro di Torino.	
	1991: Si scioglie il Partito comunista italiano.
1992: Esce *L'amore molesto*, il primo libro di Elena Ferrante.	1992: Una serie di inchieste giudiziarie sulla corruzione politica, nota come Mani pulite, porta alla fine della carriera di Craxi e di gran parte della classe politica dell'epoca. I magistrati Giovanni Falcone e Paolo Borsellino, che avevano istituito il maxiprocesso di Palermo, vengono uccisi dalla mafia a pochi mesi di distanza l'uno dall'altro.
1993: Dopo anni di difficoltà economiche e di indifferenza da parte del mondo letterario, a settantanove anni **Anna Maria Ortese** pubblica il romanzo *Il cardillo addolorato*, accolto con entusiasmo dalla critica.	

Eventi letterari	*Eventi storici*
1994: Viene fondata a Torino la Scuola Holden, la prima scuola di scrittura creativa in Italia, che prende il nome dal protagonista del romanzo di J.D. Salinger.	1994: Il magnate dei media Silvio Berlusconi diventa per la prima volta presidente del Consiglio.
1997: L'attore, regista, comico, drammaturgo, illustratore e attivista politico Dario Fo (1926-2016) vince il Premio Nobel per la letteratura.	
	2002: L'euro rimpiazza la lira.
2009: Il presidente del Senato Renato Schifani querela per diffamazione **Antonio Tabucchi** per un articolo pubblicato sull'*Unità*, chiedendogli oltre un milione di euro.	

Ringraziamenti

Quasi tutti i racconti che ho scoperto, valutato e infine incluso in questo volume mi sono stati segnalati attraverso il passaparola, tramite amici o conoscenti che mi hanno spronato a leggere questo o quell'autore. Comincio dunque ringraziando Daniela Angelucci, Sara Antonelli, Maria Baiocchi, Andrea Bajani, Paola Basirico, Marco Belpoliti, Ginevra Bompiani, Caterina Bonvicini, Biagio Bossone, Patrizia Cavalli, Federica Cellini, Felice Cimatti, Leonardo Colombati, Fabrizio Corallo, Alessandro Cusimano, Angelo De Gennaro, Cristina Delogu, Maddalena Deodato, Tiziana de Rogatis, Paolo Di Paolo, Isabella Ferretti, Ilaria Freccia, Maria Ida Gaeta, Michela Gallio, Ornella Gargagliano, Francesca Virginia Geymonat, Ludovico Geymonat, Martino Gozzi, John Guare, Gioia Guerzoni, Francesca Marciano, Claudia Marques de Abreu, Melania Mazzucco, Chiara Mezzalama, Michela Murgia, Gabriele Pedullà, Anita Raja, Mario Raja, Antonio Ria, Marina Sagona, Italo Spinelli, Chiara Valerio, Pietro Valsecchi e Giorgio van Straten.

Dorina Olivo è stata particolarmente entusiasta nel trasmettermi la sua passione per diversi autori italiani che non conoscevo e nel procurarmi copie dei loro libri.

Sebbene abbia ideato questa antologia in Italia, sono in debito soprattutto nei confronti di due persone che ho avuto la fortuna di incontrare in America, all'Università di Princeton: Alessandro Giammei e Chiara Benetollo. Alessandro, in compagnia del quale Nassau Street è sembrata trasformarsi in Roma, è stato un'incomparabile miniera di informazioni, mi ha aiutata a colmare le mie lacune e mi ha fornito intuizioni, assistenza e solidarietà preziosissime. E Chiara, la mia bravissima (e generosissima) assistente di ricerca, ha meticolosamente compilato e raccolto i materiali, controllato ogni dettaglio e ricostruito la complessa vicenda editoriale di molti di questi racconti. Le costanti attenzioni che entrambi hanno dedicato a questo volume in ogni fase della sua lavorazione sono state cruciali.

Sempre a Princeton, desidero inoltre ringraziare: Pietro Frassica, per avermi fornito le prime fotocopie che mi hanno aiutata a capire quale strada seguire; Michael Moore, Translator in Residence a Princeton nel 2018, non solo per aver contribuito all'antologia con le sue splendide traduzioni, ma anche per aver revisionato pazientemente e con grande competenza le mie; David Bellos e Sandra Bermann, stimati colleghi, per avermi accolta nel mondo della traduzione a Princeton; Dorothea von Moltke, libraia eccezionale; Lavinia Liang, una mia studentessa del corso che mi ha dato il primo impulso per creare questa antologia, per aver trascorso ore alla fotocopiatrice per me; Noreen McAuliffe e Erin West, del programma di scrittura creativa, per tutto il sostegno che mi hanno dato.

Sono profondamente debitrice a Sara Teardo, con la quale ho tenuto il seminario di traduzione « To and from Italian » nell'autunno del 2017 a Princeton. È da quel corso, immaginato insieme, che è nata la traduzione del racconto di Calvino presente in questo volume, e la ringrazio per la collaborazione, i consigli e l'amicizia. Un ringraziamento speciale anche ai nostri cinque studenti, Bes Arnaout, Owen Ayers, Charles East, Inés French, Jackson Springer, per aver elaborato la prima traduzione del testo di Calvino. Una classe pionieristica non poteva che produrre un risultato altrettanto pionieristico: grazie per aver « fatto il grosso », non esservi mai scoraggiati ed esservi sempre dati da fare.

Sono enormemente grata anche ai meravigliosi traduttori che hanno contribuito alla prima versione di questo progetto, per lo splendido lavoro che hanno svolto: Simon Carnell, Howard Curtis, Richard Dixon, Ann Goldstein, Jenny McPhee e Erica Segre, oltre al già citato Michael Moore.

Grazie al mio gruppo di attenti lettori sparsi in tutto il mondo, alcuni in inglese, altri in italiano e qualcuno in entrambe le lingue: Barringer Fifield, Stefano Jossa, Barry McCrea, Neel Mukherjee e Alberto Vourvoulias, il mio caro marito, che si dà il caso sia anche uno straordinario editor. Ringrazio Tiziana Rinaldi Castro, scrittrice a suo agio tanto con l'italiano quanto con l'inglese, che non solo mi ha fatto conoscere Fabrizia Ramondino, ma è diventata la mia « paladina », fornendomi aiuto e sostenendomi come nessun altro nel percorso di traduzione.

Grazie di cuore a Marco Delogu, per aver appoggiato e difeso questo libro quando era ancora in fase di lavorazione; a Domenico Starnone per l'amicizia, gli incoraggiamenti e i consigli per la selezione finale; a Giovanna Calvino per avermi fatto conoscere un testo non tradotto di suo padre; ad Alessandra Ginzburg per avermi aiutata a scegliere il racconto di sua madre.

Grazie al mio editore italiano, Luigi Brioschi, per le numerose conversazioni avute su questo progetto; a Laura Bosio, la mia bravissima editor, che ha revisionato con pazienza il mio lavoro, stavolta sia in inglese che in italiano; a Cinzia Cappelli, per gli utilissimi suggerimenti, Claudine Turla per le ricerche rigorose e per la traduzione degli apparati, Tiziana Lo Porto per il suo intervento tempestivo e Luca Zipoli per un ultimo sguardo. Ai miei agenti: Eric Simonoff a New York; Fiona Baird, Raffaella De Angelis e Matilda Forbes Watson a Londra, Giulia Pietrosanti a Roma.

Desidero ringraziare Josephine Greywoode della Penguin Classics, per avermi proposto questo progetto, per averne definito i parametri e aver preso il timone; Bianca Bexton e Ruth Pietroni per aver seguito con attenzione e sollecitudine la lavorazione; Louisa Watson per il suo enorme, diligente lavoro di revisione.

Grazie anche al Centro Studi Americani di Roma e alla Libreria Minimum fax, la mia libreria di quartiere a Trastevere, per gli splendidi consigli e per aver ordinato per me un'infinità di volumi e averli tenuti da parte dietro il registratore di cassa, a volte anche per mesi, confidando nel fatto che un giorno sarei passata a prenderli.

Sono inoltre profondamente grata alla Firestone Library di Princeton, che ospita quasi tutti i libri italiani di cui ho avuto bisogno, e dove ho scoperto un gran numero di materiali fuori catalogo, incluse alcune vecchie antologie, sia in italiano sia in inglese, che hanno aperto la strada alla mia. Se la traduzione è ciò che permette ai lettori di attraversare i confini linguistici, le grandi biblioteche sono i luoghi che accolgono i frutti di tali sforzi, li proteggono dall'incuria e consentono a chi ne esplora le profondità di superare i limiti del tempo e dello spazio, rendendo possibile un viaggio come questo. Infine, grazie a mio figlio e a mia figlia, Octavio e Noor Vourvoulias, per aver attraversato coraggiosamente le frontiere durante tutta la loro infanzia.

Le seguenti fonti si sono rivelate particolarmente utili:

Giulio Ferroni (a cura di), *Storia della letteratura italiana*, vol. 4: *Il novecento*, Einaudi, Torino 1991.

Enzo Ronconi (a cura di), *Dizionario della letteratura italiana contemporanea*, vol. 1: *Movimenti letterari-Scrittori*, Vallecchi, Firenze 1973.

Enzo Siciliano (a cura di), *Racconti italiani del Novecento*, notizie biobibliografiche sugli autori a cura di Luca Baranelli, 3 voll., «I Meridiani», Mondadori, Milano 2001.

Copyright

Italo Calvino

«Dialogo con una tartaruga», tratto da *Racconti sparsi e altri scritti d'invenzione.*
© 1994 by Palomar S.r.l. e Arnoldo Mondadori Editore S.p.A.
© 2015 by Esther Judith Singer Calvino – Giovanna Calvino e Mondadori Libri S.p.A., Milano.
Su licenza di Mondadori Libri S.p.A.

Cristina Campo

«La noce d'oro», da *Sotto falso nome.* © 1988 Adelphi Edizioni S.p.A., Milano.

Carlo Cassola

«Alla stazione», tratto da *La visita.*
© 2013 Arnoldo Mondadori Editore S.p.A., Milano
© 2019 Mondadori Libri S.p.A., Milano
Su licenza di Mondadori Libri S.p.A.

Fausta Cialente

«Malpasso», da *Pamela o la bella estate.* © 1994 eredi di Fausta Cialente.
© 1982 Fausta Cialente. Prima edizione 1962 Feltrinelli Editore.

Silvio D'Arzo

«Elegia alla signora Nodier», in *Casa d'altri e altri racconti*, Giulio Einaudi editore, Torino.

Alba De Céspedes

«Invito a pranzo», da *Invito a pranzo e altri racconti.*
© 1966 Mondadori Libri S.p.A., Milano – per gentile concessione del Conte Franco Antamoro De Céspedes.

Antonio Delfini

«La modista», in *Autore ignoto presenta: Racconti scelti e introdotti da Gianni Celati*, Giulio Einaudi editore, Torino.

Luce d'Eramo

«Vivere in due», in *Tutti i racconti.* © 2013, Lit Edizioni S.r.l.

Beppe Fenoglio
«L'odore della morte», in *I ventitre giorni della città di Alba*, Giulio Einaudi editore, Torino.

Ennio Flaiano
«Un marziano a Roma», da *Diario notturno*. © 1994, Adelphi Edizioni S.p.A., Milano. Published by arrangement with the Italian Literary Agency.

Carlo Emilio Gadda
«La mamma», da *La cognizione del dolore*. © 2017, Adelphi Edizioni S.p.A., Milano.

Natalia Ginzburg
«Mio marito», in *La strada che va in città e altri racconti*, Giulio Einaudi editore, Torino.

Tommaso Landolfi
«La moglie di Gogol'», da *Ombre*. © 1994, Adelphi Edizioni S.p.A., Milano.

Primo Levi
«Quaestio de Centauris», in *Tutti i racconti*, Giulio Einaudi editore, Torino.

Giorgio Manganelli
«Sedici», «Ventuno», «Ventotto» e «Trentasette», da *Centuria: cento piccoli romanzi fiume*. © 1995, Adelphi Edizioni S.p.A., Milano

Elsa Morante
«Le ambiziose», da *Racconti dimenticati*. Copyright eredi di Elsa Morante. Tutti i diritti riservati. Published by arrangement with the Italian Literary Agency.

Alberto Moravia
«L'altra faccia della luna», in *Boh*, Bompiani, 1976. © Giunti Editore S.p.A./Bompiani.

Anna Maria Ortese
«Un paio di occhiali», da *Il mare non bagna Napoli*. © 1994, Adelphi Edizioni S.p.A., Milano.

Fotocomposizione Editype S.r.l.
Agrate Brianza (MB)

Finito di stampare
nel mese di maggio 2019
per conto della Ugo Guanda S.r.l.
da Elcograf S.p.A.
Stabilimento di Cles (TN)
Printed in Italy